Né en 1943, Bernard Mathieu est journaliste indépendant et a fait des reportages au Liban, en Irlande du Nord, au Nicaragua, aux Philippines, en Roumanie, au Chili et, plus récemment, dans l'Arctique canadien et en Éthiopie, source d'inspiration de son roman *Du fond des temps*. Il a également vécu au Brésil et est publié en France par Joëlle Losfeld pour les romans *Un cachalot sur les bras*, *Jusqu'à la mer* ou *Sous un ciel en zigzag*. Sa trilogie *Le sang du Capricorne*, disponible aux Éditions Gallimard, a fait de lui l'un des plus grands écrivains français de roman noir.

À mon ami Manoel Ribeiro qui m'a ouvert la porte des favelas et sans qui rien n'aurait été possible.

1

Luíz Gonzaga a mal dormi. Ces nuits tourmentées qui le jettent moulu, à bas de son lit, bien avant que le jour ne se lève, le laissent d'une humeur de chien. Il sent le fiel couler entre ses dents.

Parole !

Sa bouche est amère : pleine de poison ! Il se racle la gorge, il crache à travers le rectangle de la porte ouverte. Luíz Gonzaga crache sur la nuit.

Malheur à celle ou à celui qui, aujourd'hui, marchera sur son ombre. Malheur à lui ! Il le pulvérisera, *caralho*, il lui arrachera les membres un à un et les jettera au loin comme du bois brisé !

En tout cas, c'est ce qu'il aimerait faire... C'est ainsi qu'il imagine...

Il descend précautionneusement les trois marches du seuil. Chaque fois qu'il descend ces trois marches, pas plus larges que des dos de harengs, il rêve d'être un cheval : un de ces canassons qu'on voit à la télévision sauter des barrières peintes en blanc, sauter des haies, sauter des bouts de bois qu'on met en travers de la piste.

Ces canassons-là sautent n'importe quoi !

C'est la seule chose qu'ils sachent faire : sauter !

Qu'ils amènent les chevaux dans la favela, *puta merda* ! et on leur fera un beau concours !... Un vrai de vrai !

Luíz Gonzaga fait quelques pas dans le boyau encore enténébré de la ruelle.

Ils n'iraient pas loin les malheureux ! Ils coinceraient leurs gros culs de pur-sang dans le premier *bequinho* !

Il imagine les ruelles de São Carlos obstruées par de gros fessiers de chevaux !

Il ricane.

La nuit lui paraît encore bien épaisse, pourtant le jour ne devrait pas tarder. Quel temps fera-t-il aujourd'hui ? Froid et gris comme hier ?

Toute la semaine, il a fait froid et gris.

Qu'en dis-tu là-haut ? Vas-tu te montrer ou resteras-tu caché ?

Luíz Gonzaga marche une vingtaine de mètres puis il lève la tête pour apercevoir, au fond d'une saignée entre les masures, le haut du *morro* derrière lequel le soleil se prépare.

Son cou raidi lui fait mal. Les fibres de ses muscles s'étirent douloureusement.

Ça grince là-dedans... Ça gémit comme le vieux bois.

Une gerbe d'étoiles livides éclate devant ses yeux. La tête lui tourne. Le vieil homme vacille, il trébuche, s'adosse au mur, le temps que le monde cesse de glisser.

Nuit de merde !

Combien de fois s'est-il levé pour pisser ? Dix, douze ?... Peut-être bien... Il avait le sentiment que sa vessie le brûlait, alors il allait vérifier. Il se tenait un moment en équilibre au bord du siège, jusqu'à ce que ça vienne. Au bout de quelques minutes, ça finissait par venir. Ça sortait tiède et doux, ça sortait fluide, soyeux, et Luíz Gonzaga se reprochait alors d'avoir rêvé cette soi-disant brûlure.

Peut-être qu'il l'avait rêvée…

On dit que passé soixante-dix ans, la queue des hommes se bouche. Ceux qui ont la chance d'avoir suffisamment d'argent se font opérer et survivent, les autres meurent à petit feu de l'excès de pisse qui leur plombe le ventre. Luíz Gonzaga n'a pas d'argent. Si ce putain de tuyau s'obstrue, il est foutu !

Adieu les bandaisons, adieu les séances de lit, les excursions dans le cul poissé de Fernanda. Adieu la vie, quoi…

L'étourdissement est passé. Ça ne dure jamais longtemps. C'est la tension… Chaque fois qu'il consulte, en bas, au pénitencier, le médecin, *o doutor Hélio*, insiste : « Pas de sel, hein, Seu Luíz, prenez bien vos pilules ! »

Tu parles ! Comme s'il était un gosse !

Ces médecins, ça prend tout le monde pour des gamins !

Gamin toi-même, Hélio !

Ils parlent comme des curés… Comme le Padre Miguel.

Tu me feras cent Notre-Père, mon fils !…

Cent ! Putain, *padre*, vous n'y allez pas de main morte ! Pour une épaule cassée, franchement !… Je ne l'ai pas tué votre type !

Elle est cassée ?… Tu lui as cassé la clavicule !

Un peu qu'elle était cassée ! Six mois plus tard, le type ne pouvait toujours pas bouger le bras. Il ne pouvait plus épauler un flingue, il ne pouvait même pas pointer un revolver ou un pistolet.

Tu me diras deux cents Notre-Père !

Deux cents !…

Deux cents Notre-Père, tu entends !

Padre…

Et cent « Je vous salue Marie ».

Il y avait passé la moitié d'une nuit ! En récitant à cent à l'heure parce que s'il avait articulé correctement, il y serait encore !

Filho da mãe de padre Miguel !… Les prisonniers lui importaient davantage que le personnel de la prison ! Il le disait ouvertement.

« Vous qui avez la chance d'être libres, vous qui avez la chance de dormir chaque nuit dans votre lit, ayez pitié des malheureux qui sont sous votre garde. »

Malheureux mon cul !

Assassins, oui ! Tueurs…

Alors, qu'est-ce que ça dit là-haut ?

Luíz Gonzaga, à nouveau, se démanche le cou. Il aperçoit la partie supérieure de la paroi qui se dresse comme un mur, là-bas, au fond du boyau noir. On entend à peine la cascade des égouts qui crachent depuis le sommet du *morro*. Une mince bande de ciel pâli souligne les toits des baraques qui déroulent sur la crête leur feston noir, déchiqueté.

On dirait…

Que dirait-on au juste ?

Chaque matin de mauvaise nuit, lorsqu'il erre dans les ruelles sous le fouet de la mort qui approche, Luíz Gonzaga se pose la même question.

À quoi ça ressemble ? À quoi ressemble la favela, à quoi ressemble cette putain de vie ?

À quoi ça ressemble tout ça ?… hein ?… Gonzaga…

On dirait des boîtes empilées les unes sur les autres. Comme dans le magasin de godasses de Seu Genival, Rua do Leme.

On a ôté le couvercle de l'une des boîtes ! On l'a basculé sur le côté... On l'aperçoit posé sur la tranche, qui se dresse... Un champignon a poussé dessus !

Qu'est-ce que c'est que ce champignon ?

La télévision, Gonzaga ! Tu ne vois pas que c'est une antenne ?...

Ces salauds s'offrent des paraboles ! Et ils sont bien placés, les vaches ! Là où ils sont, ils attrapent la moindre image qui passe.

Gonzaga n'aime pas les gens d'Azevedo Lima. Depuis que le Terceiro Comando a pris le contrôle du *morro*, les gens d'en haut lui font peur.

On ne peut pas les laisser dominer le dessus de nos têtes, *poxa* ! Il faut que les gens de chez nous reprennent le *morro* !... Il faut que Castor réunisse ses hommes, qu'il leur dise : bon, écoutez-moi, les gars ! On ne va pas laisser le Terceiro nous bombarder de sa merde sans broncher... On va grimper là-haut et on va chasser cette racaille à coups de flingue !

Que Castor se débrouille comme il l'entend mais qu'il reprenne le contrôle, *caralho* ! Qu'il ne laisse pas ces salauds du Terceiro nous pisser dessus ! Il tombera toujours de la merde mais, au moins, ce sera de la merde amie. De la merde chiée par des ventres de chez nous.

La bosse noire, sur la gauche, là, c'est quoi ?... Que veux-tu que ce soit, *bobo*, sinon un orteil pointant dans la boîte à godasse...

Sérieusement, Gonzaga, cette bosse noire, qu'est-ce que c'est ?...

On dirait un type. Un type accroupi ou assis.

Ils auraient mis un type en vigie, là-haut ?

Peut-être qu'il ferait bien de filer chez Castor.

Dis donc, Castor…

Il faut d'abord le trouver. Où aura-t-il passé la nuit ?

Chez la Loira ?… Chez la Moreninha aux cheveux longs ? Ils lui descendent jusqu'à la taille…

Ah… La mettre sur le ventre et empoigner cette masse de cheveux… À pleines mains, *cara* !…

Monter cette *gata* comme jadis il montait les juments du *campo*…

Ne t'excite pas, Luíz Gonzaga… La Moreninha a vingt ans et toi, tu n'es qu'un vieux bouc ! Tu n'existes pas, elle ne te voit même pas !

C'est vrai, *poxa*… Il est mort aux yeux des filles !

Cet imbécile de Castor saute de lit en lit.

Il faudrait d'abord réveiller sa mère. La vieille est aussi aimable qu'un cactus. Elle l'enverra se faire foutre. Il faudra insister : l'emmerder, lui dire que si elle ne l'envoie pas à Castor, elle devra porter la mort de son fils le temps qu'il lui reste à vivre.

Lorsque, enfin, il sera en face de Castor, un Castor mal réveillé, la gueule de travers parce qu'il aura, comme d'habitude, sniffé de la poudre et bu de la bière la moitié de la nuit, que lui annoncera-t-il ?

Dis donc, Castor, ceux d'en face ont un type sur les toits en surplomb. Viens jeter un coup d'œil.

Tu parles qu'il se déplacera…

La bosse en question ne bouge pas. Ce n'est pas un homme accroupi, c'est… Va savoir ce que c'est !

Tu déraillles, Luíz… Ta tête se débobine… Bientôt, tu ne penseras plus que de la fumée. Tu penseras les vers qui se tortillent déjà dans ta cervelle.

Le vent a changé. Maintenant il porte vers le vieil homme le bruit de l'eau d'égout qui tombe depuis la crête du *morro*.

Quand ceux d'Azevedo Lima se lèveront, d'ici peu, pour aller au boulot, ça tombera autrement dru ! Ça fera une vraie cataracte.

Recevoir la merde du Terceiro Comando sur la gueule ! Quelle pitié ! Et pourtant c'est comme ça ! Voilà le monde d'aujourd'hui !

Luíz Gonzaga soupire. Le monde est coincé… Le monde est dans la trappe ! Il a fait tant de rêves lorsqu'il était jeune homme. Que reste-t-il de ces songes qui le portaient ?

Un corps qui se débine, des organes qui lâchent…

Le pénitencier lui a mangé sa jeunesse. Toute sa vie, il l'a passée dans ce trou dont il ne peut s'arracher. Où irait-il à soixante-quinze ans révolus ?

Il a toujours senti sous ses pieds la grande bouche de la Terre, aujourd'hui elle s'ouvre, elle le suce, elle l'aspire. Viens, Luíz. Viens, mon grand…

Malgré le temps passé, les années qui s'empilent dans son corps, dans sa mémoire, il a toujours le sentiment d'être un enfant, toujours le sentiment qu'une grande mère, une mère géante, est cachée quelque part.

Il l'a cherchée toute sa vie durant sans jamais la trouver. Chaque jour, désormais, il entend son murmure obsédant : viens, Luíz… Laisse-toi aller, cesse de te raidir, donne-toi à mon baiser…

Pas encore, *mãe* ! Quand je serai adulte, *mãe*… Jusque-là je n'ai guère eu le temps de vivre… Je suis toujours un garçon, le *garoto* maigre, tu te souviens : Luíz… Luízinho !

Tu mens, Luíz, cesse de pleurnicher ! En bas, tu étais Seu Luíz. Luíz le Terrible ! Luíz la Trique, pas vrai ?

Vrai !

Il est entré au pénitencier en 58, au rang de simple gardien. À l'époque, São Carlos était une prison modèle ! Chaque détenu avait une cellule particulière équipée de son propre cabinet de toilette. Des escouades de professeurs apprenaient aux détenus à lire, à compter… Médecins, dentistes étaient aux petits soins. Dans les *lanchonetes* et les bars de la ville, São Carlos nourrissait la polémique : on s'engueulait au sang. Des gens s'indignaient du confort des prisonniers tandis que d'autres se rengorgeaient, affirmant que le Brésil donnait au reste du monde un exemple d'humanité.

Un exemple d'humanité, parole !

C'était son oncle, le défunt Djalma, qui l'avait présenté au chef du personnel. Luíz Gonzaga, alors, était âgé de trente-trois ans.

L'âge du Christ ! Seigneur ! Il venait de larguer Berenice pour Fernanda. Le lit brûlait chaque soir… Garce de Fernanda… S'il avait su, il serait resté avec Berenice, mais on ne sait jamais, pas vrai ?

Non, on ne sait jamais !

Le jour est là. Le ciel est d'un gris lourd, le plafond est bas. Luíz Gonzaga crache. La journée sera moche.

Le vieil homme reprend son chemin. Les mains derrière le dos, comme du temps où il faisait ses rondes dans les galeries du pénitencier, il monte vers la rue asphaltée qui donne accès à la favela. De temps à autre il s'arrête et regarde la ville qui émerge lentement des ténèbres. Quelques panneaux lumineux brillent encore au sommet des immeubles, mais le gros des lumières est éteint. On ne distingue pas encore la grande publicité murale que la Telemar a fait peindre sur la tour de la Central do Brasil, mais ça ne va pas tarder. S'il était le directeur du pénitencier, s'il avait du pouvoir, Luíz Gonzaga ferait détruire ce portrait de fille qui sourit, un téléphone portable collé à l'oreille.

Il paraît que c'est une actrice de la Globo.

Dieu sait combien elle s'est fait payer pour être là-dessus…

Des milliers de reais !

Les types d'en bas ont le portrait de cette salope sous les yeux du matin au soir.

Allô…

Allô, *querido…*

C'est moi, là, en face, sur le mur…

T'as une belle bouche, *querida…* Oh… Quelle bouche tu as…

Mais oui, *querido*, j'ai une très belle bouche…

De quoi se démolir la santé !

Peut-être que ça la flatte, toutes ces bites qui se tendent vers la tour dès que le jour se lève… Peut-être qu'elle a fait ça à l'œil…

S'il était le patron de cette prison de malheur, Luíz Gonzaga ferait passer ce mur au badigeon séance tenante.

Ce n'est pas humain de leur infliger ça ! Ça n'est pas compris dans le programme São Carlos, *puta merda* !

Le vieil homme passe la dernière maison de la favela, grimpe jusqu'au promontoire qui offre une vue plongeante sur le pénitencier. Il fait quelques pas sur le talus jonché de détritus puis, comme chaque matin, il pose ses fesses maigres sur un bloc de roche noire, enchâssé dans l'herbe sale.

Ce caillou c'est son siège, son fauteuil d'orchestre.

Le pénitencier est à ses pieds.

Luíz Gonzaga sourit. São Carlos est toujours à ses pieds, mais plus de la même manière… Plus comme autrefois, plus comme à l'époque où il était Luíz le Terrible, Luíz la Terreur, Luíz la Trique !

Il soupire : quelle pitié, *meu Deus*…

Ils sont réveillés depuis un moment déjà ! Hein les gars ? Il n'y a que les caïds qui traînent au lit tandis que de petits frisés dociles leur préparent le café.

Luíz Gonzaga se souvient de Tête de Cheval, de Mineirinho… La fine fleur du crime, la crème des bandits. C'étaient eux qui faisaient la réputation de São Carlos…

Dis donc, Luíz, il paraît que vous avez Tête de Cheval chez vous ?

Qui t'a dit ça ?

Comment est-il ? Hein ?… À quoi ressemble-t-il ? Dans la vie, au jour le jour ?…

Luíz Gonzaga faisait la moue, accoudé au comptoir de la *lanchonete* du Turc qui n'était pas turc, d'ailleurs, mais qu'on appelait le Turc : *O Turco !*

Son café était bon, *poxa* !

Un café de première !

Vingt ans durant, Luíz Gonzaga avait imploré le Turc de lui révéler son secret ! L'autre répondait imperturbablement que s'il le lui confiait, il le répéterait à tous les patrons de bar autour de la prison.

Non, Turc, mais non… Tu sais bien que je ne parle pas !

Comment le fais-tu ce café, allez, dis-moi…

Et puis un matin, à l'ouverture, le Turc avait versé devant lui une tasse de café moulu dans la cuve d'inox brûlant. Et *poxa* qu'elle brûlait ! Luíz Gonzaga se frotte machinalement le poignet là où la tôle chaude l'a mordu, trois ou quatre fois au moins, durant les quelque trente années qu'il a fréquenté la *lanchonete* du Turc. Quatre ou cinq fois plutôt… La cafetière était posée tout au bord du comptoir ! Combien de fois avait-il dit au Turc de la virer de là… Ça ne se comptait même pas… Ce Turc était têtu… Jamais il n'avait bougé sa foutue cafetière ! Il ne répondait ni oui ni non, il faisait comme s'il n'entendait pas ! Sacré Turc…

La tasse de café dans la cuve, c'était ça le secret. C'était ça qui donnait du corps à son café, qui le parfumait de cet arôme incomparable.

Il n'était pas turc, non, mais il était de par là-bas… Liban, Égypte… Un de ces pays à chameaux pleins de sable, de femmes voilées qui font la danse du ventre, un brillant dans le nombril.

Le vieil homme regarde la mer éteinte, la mer terne qui s'allonge en face de lui comme un grand boulevard à bateaux. La grande piste aux baleines !… Cette année, les pompiers ont déjà récupéré une demi-douzaine de pingouins sur les plages.

Chaque année à pingouins, on se tape un hiver glacial… Chaque année… *Merda* de pingouins !

Il était mort quand, cet animal de Turc ?…

Ça faisait au moins quinze ans maintenant qu'il était parti !

Où es-tu, Turco ? Il paraît que vous avez un paradis, vous aussi…

Tu tiens un bar, là-haut ? Tu as du café ?… Quand je serai près de claquer, tu me passeras ton adresse…

Comment s'appellera ton bar ? La *lanchonete Azul* ?

Luíz Gonzaga fronce le nez.

Azul mes couilles ! Rien d'*azul* aujourd'hui : pas le moindre petit lambeau de bleu !

Les immeubles sont gris, le ciel est gris, les *morro*s sont noirs… Aujourd'hui ça serait plutôt la *lanchonete cinza*… la *lanchonete* de plomb ! Hein, Turco…

Aux pieds du vieil homme, le pénitencier baigne encore dans le goudron. Vu du perchoir de Luíz Gonzaga, le mur d'enceinte ne paraît guère plus épais qu'une feuille de carton. Il colle à la falaise de l'ancienne carrière, il ondule, épousant la paroi qui, jadis, était le front de taille. On dirait un de ces champignons étranges qui poussent, en sous-bois, sur les souches pourries…

D'un gris très sombre, granuleux, il est ponctué, tous les cinquante mètres, d'une tourelle dans laquelle veille un gardien. Il y a peu, ces imbéciles de Bangu se sont fait sonner les cloches parce que le tôlier s'est aperçu que la moitié des gardes manquaient dans les guérites. Enfin le tôlier… C'est ce qu'on lit dans les journaux parce que, en vérité, le tôlier de Bangu est bien incapable de s'apercevoir de quoi que ce soit ! Luíz Gonzaga ne le connaît pas, il ne l'a jamais rencontré mais d'après ce qu'on raconte, ce n'est pas un homme à vérifier personnellement que les gardes sont bien à leur poste… Comme d'habitude, c'est un type jaloux qui a balancé les collègues : « *Seu diretor… quando o gato não esta, os ratos fazem a festa…* »

Luíz Gonzaga ricane. Quand le chat n'est pas là, tu parles…

Le chat n'est jamais là !… Le chat fait comme tout le monde : il cavale après le fric ! Ils passent tous leur temps à ça : courir après la *grana* !

Luíz Gonzaga crache dans l'herbe sale.

Avec leur toit à quatre pentes, posé sur la boîte de béton comme un chapeau pointu, ces tourelles de guet ressemblent aux fortifications d'un château pour les gosses…

Sur la droite, l'enceinte escalade la paroi et grimpe jusqu'à la favela avant de redescendre sur le terrain de football.

Une tourelle se trouve juste en face de chez Seu Ubaldo. Lorsque Luíz Gonzaga rend visite à la momie, il aperçoit en contre-jour la silhouette du gardien. Il fait trop sombre, là-dedans, pour distinguer les visages, mais Luíz Gonzaga reconnaît les gardes à leur silhouette.

L'un d'eux, un type assez corpulent, lit tout le temps, penché en avant pour profiter de la lumière. Ou bien il passe son temps à se branler sur des magazines pornos, ou bien c'est un savant ! Avec ce qu'il s'empiffre !

D'après ce que Luíz Gonzaga sait des gardiens, il le voit plutôt se branler. Dans ce cas, il y a fort à parier qu'il est sourd, comme Seu Ubaldo qui a cent deux ans et qui n'entend plus rien, qui hoche la tête quand il devine que les lèvres de ses visiteurs remuent.

« Ça va, Seu Ubaldo ?… »

Le vieux place sa main en cornet autour de son oreille et hoche la tête comme l'âne-tirelire, lorsqu'on lui glisse une pièce dans la fente.

Avec sa tête massive, il aurait plutôt l'air d'un éléphant !

Pas vrai, Seu Ubaldo ?

Quoi ?

Tu as l'air d'un éléphant, Ubaldo !

Et le vieux hoche la tête…

Tu as l'air d'un crétin !

Il hoche toujours la tête !

Seu Ubaldo était gardien en bas, lui aussi. Il était déjà chef lorsque Luíz Gonzaga a été nommé à São Carlos. C'est même lui qui s'est occupé de former les premières équipes. Il n'est pas resté longtemps : cinq ans plus tard, il prenait sa retraite… Une bonne retraite…

Il en a mis de côté le salaud, hein Seu Ubaldo…

Il les a traits comme des vaches ces abrutis-là, même si les tarifs de son époque étaient loin d'être ce qu'ils sont aujourd'hui !

D'après ce qui se raconte, il paraît que les caïds doivent payer leur assurance-vie dans les dix mille par mois !

Dix mille par mois, *meu Deus* !

Certains avancent même cinquante mille…

Luíz Gonzaga n'y croit pas. La drogue est chère, mais elle ne rapporte pas autant ! Cinquante mille par mois ! Non mais des fois… Ceux qui racontent de pareilles conneries se touchent, comme le garde qui lit, à longueur de journée, en face de la maison de Seu Ubaldo.

Il s'est payé une belle baraque, le vieux salaud. Deux étages, un garage pour la voiture, le rez-de-chaussée pavé d'*azulejos* !…

Il a su y faire, l'animal…

Tu as su y faire, vieille momie !

Luíz Gonzaga imagine le vieux portant la main à son oreille, hochant la tête comme l'âne de la crèche…

Et par-dessus le marché, vivre jusqu'à cent deux ans !

Le vieux n'y voit presque plus, il ne doit plus bander depuis belle lurette. Il passe sa journée dans un fauteuil, sur le pas de sa porte. Est-ce qu'il sent le soleil, au moins ?… Pas sûr… Ça doit être tout mou là-dedans, tout… Ça doit être comme du bois bouffé par les termites…

Dans ces conditions, est-ce que ça vaut la peine de vivre si longtemps ?

Non ! *Poxa* non !

Alors, il faudra bien se décider, un jour ou l'autre, à faire son balluchon pour l'au-delà !

Quand ? Hein ?…

Gonzaga !

Ça n'est pas à moi de décider…

Non, ce n'est pas à lui de choisir, *puta merda* ! Ça viendra quand ça viendra !

Luíz Gonzaga ramasse une petite pierre et la jette machinalement devant lui.

Les bâtiments du pénitencier apparaissent plus nettement maintenant. Les trois blocs du Comando Vermelho ont été badigeonnés de blanc et bleu il y a quelques mois. Avec cette lumière de catacombe, on dirait presque qu'ils sont en bon état.

Ceux du Vermelho savent y faire, les vaches ! Ils ont dû arroser gras ou bien menacer sérieusement pour qu'on les passe en premier… Pour qu'on les passe tout court, parce que avec ces crédits qui s'évaporent comme par enchantement, qui fondent plus vite que les glaçons des pingouins, on n'est jamais sûr qu'un chantier de ce genre se terminera un jour.

Ceux du Terceiro, par contre…

Les deux bâtiments réservés au Terceiro Comando sont rongés par la lèpre. L'humidité suinte en taches noirâtres, des fougères de deux mètres poussent dans les fissures qui entaillent les murs. Le Terceiro Comando a moins de fric, il est moins puissant que le Vermelho et ça se sent, ça se voit à l'œil nu… Pas besoin d'être expert !

Le Terceiro a toujours été un commando de ploucs. Mais mauvais, *puta merda* ! Il faut toujours se méfier de ces gars-là !… Dangereux comme des serpents, comme des jararacas du sertão ! Il faut s'en garder tout le temps ! Voilà ce que répétaient les surveillants.

On dit qu'une nouvelle organisation vient de se créer sur le Morro do Adeus, près du Complexo do Alemão. *Amigo dos Amigos !* Tu parles !… Ça tiendra combien ?… Six mois, un an… Ça tiendra jusqu'à ce que le Vermelho ou le Terceiro décide que le blé est bon pour la moisson. Pour le moment, ils regardent pousser les amis des amis. Quand ils auront suffisamment engraissé, l'une ou l'autre bande les plumera comme des poulets.

Luíz Gonzaga pouffe tout haut. Il imagine la bande des amis des amis, courant par les ruelles du Morro do Adeus, à poil, avec la chair de poule.

Hein, les amis… Avec, aux fesses, les types du Vermelho ou ceux du Terceiro et leurs gros flingues qui crachent le feu jusqu'en Patagonie ! Jusque chez les pingouins…

Le chemin de ronde est pavé de sacs en plastique remplis d'ordures que les détenus ont balancés par les fenêtres. Des saloperies jonchent le sol même au bas du bâtiment des flics qui sont, eux aussi, en détention !

Luíz Gonzaga enrage. De son temps, on n'aurait pas toléré ça !

De ton temps, Gonzaga, les bandits étaient gentils ! Ils étaient assassins, violeurs, voleurs, ils étaient *bicheiros*, mais ils comprenaient ce qu'on leur disait ! Ils n'étaient pas dans la drogue jusqu'aux yeux ! Ils n'étaient pas embrumés à mort, comme les prisonniers de maintenant.

Comment se faire comprendre d'un type qui vous regarde avec des yeux perdus ?... Hein ?...

Que passe-t-il, de ce qu'on dit, dans leur cervelle rongée ?

Rien, ou pas grand-chose !

Quand Luíz Gonzaga a quitté São Carlos, on voyait arriver de plus en plus de types comme ça ! Ils ne sortaient jamais des vapes ! Dès le matin, à l'ouverture des portes, ils regardaient sans voir.

Au fond, tu as eu de la chance, Gonzaga !

Avec les détenus d'aujourd'hui, ça ne rigole plus. On n'a guère de prise sur les camés. Le seul moyen de conserver de l'autorité, c'est de les priver de leur drogue, mais ça...

Luíz Gonzaga secoue la tête.

Ça, mon vieux... ça n'est pas pour demain ! Les tuyaux de la cocaïne débitent plus fort que les tuyaux à merde qui crachent du haut de la falaise !

Et encore... À Rio, on est vernis ! Il n'y a pas de crack ici, ça n'est pas comme à São Paulo ! On peut remercier les *chefões* ! On peut leur donner l'*abraço* et leur dire merci... Merci Escadinha, merci Fernandinho Beira Mar, merci Marcinho VP, merci Uê... Merci O Zaca...

Là-bas, à São Paulo, c'est l'enfer pur et simple ! Ils tuent les gens pour cinq reais, ils tuent pour une dose, ils tuent pour rien ! Ils assassinent parce qu'ils n'ont pas de quoi se payer leur *brizola* quotidienne ou bien ils assassinent parce qu'ils s'en sont mis plein les trous de nez...

Luíz Gonzaga regarde le pénitencier avec des yeux qui se mouillent. Parfois, il regrette de ne plus être en bas, de ne plus franchir les portes : les terribles portes de São Carlos. Il a le sentiment que sa jeunesse est restée avec les prisonniers.

Ne regrette pas, Luíz Gonzaga... Ne sois pas le chien qui, détaché, se morfond.

Le pénitencier est devenu une marmite folle. Personne ne contrôle plus rien. On ne peut que laisser bouillir en attendant que ça pète.

Les jours de rébellion, toute la favela se rassemble au bord du vide pour le grand théâtre *vivo* ! La fiesta des cadavres !

On installe des chaises et on écoute les cris des mutinés en buvant de la bière gardée au frais, dans des glacières de plastique. C'est incroyable ce que les voix résonnent dans le cirque de pierre. On regarde la crapule, grimpée sur les toits, qui fait son cinéma, qui se saoule la gueule, elle aussi, en buvant Dieu sait quoi.

Des fois, il y en a un qui dégringole et ça applaudit, ça tire des coups de pétard pour saluer le Grand Plongeon de la Mort en Direct !

On déchiffre les pancartes sur lesquelles les bandits ont écrit : « Respect des droits humains ! » ou « Nous exigeons une nourriture décente ! ».

Nous exigeons !... Tu parles !...

Pour qui se prennent-ils ? Nous exigeons mes fesses, oui ! Nous exigeons mon cul !

Une fumée épaisse, graisseuse, monte des bâtiments insurgés. Les mutins foutent le feu à leurs matelas, incendient des chiffons, du matériel de la prison, des fournitures, ils foutent le feu aux magasins…

Et après ils se plaignent, les salopards, que l'administration n'a pas ce qu'il faut pour un service correct !

Ça dure deux jours, trois… le temps de négocier le sort des otages. De négocier le sort des révoltés… En tout cas celui de certains des révoltés… Le temps d'amuser le tapis, pendant que les unités spéciales de la Police Militaire se préparent…

Il arrive que les mutins retiennent un ou deux types de la favela. Presque tous les gardiens habitent dans le coin ! On réconforte les familles, on tâche de les distraire… Le plus souvent, ils prennent le docteur, deux ou trois avocats…

On attend l'assaut.

Il est donné à l'aube, après qu'ils ont gueulé tout leur saoul, qu'ils se sont démenés comme des diables parce qu'ils savent que, d'ici peu, nombre d'entre eux feront de la viande froide, nombre d'entre eux seront des jambons, de gros jambons troués, perforés, piqués, sanglants !

Mais quand ça bout, ça bout, pas vrai, Luíz Gonzaga ?

Oui, quand ça bout, ça bout…

Les fourgons des bataillons de choc entrent de l'autre côté mais d'ici, on entend les sirènes qui hurlent au carnage, les salves de coups de feu, *pa-pa-pa… pa-pa-pa…* Ça flambe rouge, ça flambe jaune et noir… Ça pue la viande brûlée… En enfer, ça doit sentir ainsi, non ?

Je ne sais pas… Luíz Gonzaga ne tient pas à savoir… Il a des péchés sur la conscience, comme tout le monde, un peu plus peut-être, mais tout le monde n'a pas servi trente ans dans un pénitencier. Si Dieu était juste, il l'enverrait direct au paradis ! En exprès, avec un chauffeur à casquette !

Le vieil homme jette un coup d'œil sur la route, il aperçoit quelque chose : quelque chose qui grandit.

Luíz Gonzaga sourit. L'instinct, ce sens mystérieux, incontrôlable, qui plusieurs fois lui a sauvé la peau, fonctionne toujours.

Ils sont deux qui montent vers lui. Hommes, femmes, amis, ennemis ? Ils sont trop loin encore, mais d'ici peu il saura.

Ce ne sont pas des ennemis, Luíz Gonzaga, allons, à soixante-quinze ans passés, on n'a plus d'ennemis, on n'a plus que des confrères en vieillerie, des collègues de décrépitude…

N'empêche qu'il s'est détourné juste au moment où le sommet de leur crâne passait la bosse de la route. Il les a sentis venir, oui, il les a sentis.

Bravo, Luíz… Bravo, mon fils !

C'est un couple qui monte vers Luíz Gonzaga : à gauche une femme et à côté un homme. Un jeune homme. Ils ne marchent pas vite, ils ont l'air crevés. Ils trimbalent de gros sacs… Ce sont des gens qui arrivent de loin ! Du fond de la cambrousse, sans doute !

Ça ne finira jamais !… Il en arrivera toujours et toujours, chassés du *campo* par la misère, par la faim…

Des Nordestins ?

À première vue, ils ne marchent pas comme des Nordestins. Ils marchent comme des gens harassés… Comme des gens qui en ont plein les pattes !

2

Du ciel bouché, fendu au nord d'une longue balafre lumineuse, suinte une humidité qui transperce les vêtements. On la sent sur la peau, elle pénètre les chairs : visqueuse, gluante, elle alourdit le sang. On se prend à penser aux pingouins qui s'échouent sur les plages : Copacabana, Ipanema, Leblon, Praia do Arpoador…

Des pingouins, *poxa* !

De vrais pingouins en viande, qui poussent des glapissements aigus et rauques, pincent les pompiers qui leur courent après sur le sable et plongent, comme au football, pour les attraper !

Ils arrivent de ce sud extrême oublié quelque part, au-dessous du tropique, où stagne un gros caillot de gel.

C'est loin ! Très loin… C'est dans un autre monde, *cara* !… S'il n'y avait ces pingouins qui débarquent en juillet, en août, comme des extraterrestres rescapés d'un naufrage, on oublierait qu'il existe un ailleurs… La Baía de Guanabara est fermée sur elle-même, la ville est une marmite qui mijote au soleil…

Esta fervendo, meu amigo ! Elle frissonne, elle va bouillir bientôt...

Dans la fraîcheur maussade qui s'attarde sur la baie, Carmelita est en sueur. Elle souffle, ralentit le pas pour évaluer d'un coup d'œil la pente qu'il leur reste à gravir. L'asphalte s'enroule, dans un virage très raide, autour d'un épaulement de roche et disparaît derrière la pierre noire et fracturée.

Cette montée est tuante ! Jusqu'où devront-ils grimper, Seigneur ?... Ça n'en finit plus...

Carmelita s'arrête, le temps de reprendre sa respiration, et pose à terre les deux sacs qui lui scient les bras. Emerson s'immobilise à son côté, il ne lâche pas les siens.

« Pose, halète Carmelita, repose-toi un peu. »

L'adolescent fait non de la tête.

« *Não, mãe*, ça ira... »

Les yeux du garçon sont enfoncés dans ses orbites, ses traits marqués par la fatigue le font paraître plus âgé que ses seize ans. Il a soif, il pompe l'air bouche ouverte, mais il ne se plaint pas.

Une bouffée de reconnaissance submerge Carmelita. Elle a envie de prendre son fils dans ses bras, de le serrer contre elle pour le remercier de sa patience, de sa présence têtue et silencieuse qui lui apporte la force dont elle a besoin pour se jeter dans un monde inconnu...

Plus tard, quand ils seront arrivés et se seront installés, lorsqu'ils se seront douchés, elle le cajolera comme avant, lorsqu'il était encore ce garçonnet qui, chaque soir, pour s'endormir, réclamait des *cosquinhas* d'une voix somnolente.

« *Cosquinhas, mãe...* »

Elle se penchait sur lui, chatouillait sa nuque, le creux de son dos, le revers du poignet. Il riait, se tortillait sur le lit comme un chaton voluptueux.

Tu te souviens, Emerson ?

Me souvenir des *cosquinhas* ?… Pour qui me prends-tu, *mãe* ?… Pour un gosse ?…

Emerson est à un âge où l'on n'aime pas, mais alors pas du tout, que quelqu'un vous renvoie l'enfance à la figure. S'il n'est pas encore un homme fait, le gamin qu'il a été s'efface chaque jour davantage.

Carmelita lui adresse un sourire qui se voudrait encourageant mais dans lequel passe surtout l'épuisement d'un voyage interminable.

En réponse, l'adolescent dodeline de la tête.

Ça va, *mãe*… Ça ira !… Je suis solide, *mãe* !

Le sourire de Carmelita se charge de fierté : c'est vrai que son garçon est solide. Il porte, accroché à son dos, le cartable de toile presque neuf qu'elle lui a offert à la rentrée dernière. Le sac tire sur les épaules d'Emerson car il y a entassé cinq volumes des « Trésors de la Jeunesse » que Seu Renato a donnés à Carmelita, du temps où elle était à son service.

Le vieux en avait d'abord fait présent à son fils : Guilherme, en souvenir de sa propre enfance que les « Trésors » avaient illuminée, mais Guilherme se moquait des bouquins. Il n'avait d'yeux que pour les voitures ce qui, soupirait Seu Renato avec agacement, n'était guère original au pays des Senna, des Piquet, des Fittipaldi et des cinglés roulants qui se prennent pour des champions !

Guilherme n'était pas, loin de là, un de ces ratés qui vivent aux crochets de la famille. À défaut de talent, le jeune homme montrait une application assidue, Seu Renato disait bovine, à faire fructifier les affaires de son père qui ne lui en était guère reconnaissant. Le vieux aurait préféré, et de loin, un fils fauché mais poète, dépensier mais érudit… Un aventurier de l'esprit digne de son estime au lieu de l'aimable imbécile qui lui rendait visite une fois par semaine.

Avant de remettre les livres à Carmelita, le vieux avait caressé longuement, tendrement, les couvertures cartonnées, comme si chaque volume était un animal vivant. Il avait levé vers elle son visage d'aristocrate usé par l'exil et il avait ajouté, avec cette ironie narquoise par laquelle, jusqu'au bout, il avait tenté de rendre la vie légère : « Toi qui es illettrée, tu as fait un fils qui aime les livres ! Je n'ai pas eu ce talent… Tu en feras un savant… Hein, Carmelita… Fais-en un professeur d'université, un ingénieur électricien… Fais-en un maître des courants d'air… »

Elle avait écarquillé les yeux : faire d'Emerson un professeur, un ingénieur lui semblait au-dessus de ses forces mais si la Providence, ou si quelqu'un d'important, comme Seu Renato par exemple, lui venait en aide, peut-être alors réussirait-elle à donner à Emerson l'éducation qui les sauverait tous de la misère…

Seu Renato cuvait sa solitude de veuf dans le ventre de filles de vingt ans : des *gatas* bien juteuses que les maquerelles recrutaient par dizaines dans les villes satellites du Distrito Federal. Le chagrin et le stupre avaient fini par flinguer le cœur du vieux qui n'avait pas aidé longtemps Carmelita à élever ses enfants.

Dommage… Que Dieu lui pardonne ses péchés…

Seu Renato était le seul de ses anciens employeurs que Carmelita regrettait.

Lorsque, la veille du départ, elle avait vu les « Trésors » sur le lit d'Emerson, parmi les slips et les tricots, elle l'avait averti que leur poids lui martyriserait le dos.

Emerson n'avait même pas jugé bon de lui répondre. Carmelita en avait éprouvé une immense fierté : elle avait mis au monde un fils qui aimait les livres et la lecture, un fils qui accomplirait la prophétie de Seu Renato !

Les anses de deux cabas, bourrés comme ceux que Carmelita porte avec peine, scient les mains du garçon. Il s'impatiente.

« *Mãe !...* », il grogne, « *mãe !...* Dépêche-toi !... J'en ai marre ! »

Carmelita s'éponge le front d'un revers de bras. Elle se sent couverte d'une poussière à la fois grasse et terreuse. Elle donnerait gros pour sentir une eau propre et fraîche ruisseler sur son corps. Elle se souvient de la douche de sa baraque de Paranoá, les gouttes épaisses qui claquaient en rafales sur le ciment du sol.

C'est loin, loin... *Senhor Deus*...

Quand sont-ils partis ?...

Avant-hier !

Avant-hier, vraiment ?... Brasília lui paraît maintenant à des années-lumière...

Paranoá c'est fini, ma fille ! Oublie Paranoá...

Elle voudrait effacer le temps passé dans le Distrito Federal pour que s'apaise enfin la brûlure que lui inflige la mort de Zé.

L'assassinat de Zé !

« *Mãe…* », grogne Emerson, une impatience enfantine dans la voix.

Carmelita empoigne ses sacs, elle se redresse d'un coup de reins et reprend l'ascension de la côte abrupte : tellement raide, *Senhor Deus* ! Une côte dessinée par des brutes, sans souci des malheureux qui doivent se taper la montée chaque jour… Deux ou trois fois par jour…

Courage ma fille ! Allons, courage !

Elle retournera à Brasília chercher Beto et Sandra… Dès qu'elle aura trouvé un logement, après qu'ils se seront installés quelque part… Lorsqu'elle aura un travail… Quand Emerson aura repris l'école…

Enfin, ils atteignent le sommet de la côte et découvrent à leurs pieds le Grand Cirque Tragique de São Carlos.

En contrebas, le pénitencier occupe toute la piste : une vaste encoche arrondie taillée dans le *morro* pour en extraire la pierre, du temps où les immeubles étaient encore construits en pierre ! Les bâtiments du pénitencier ressemblent à de grosses boîtes abandonnées dans la poussière.

Carmelita en compte sept.

Qui les a laissés là ?

Les garçons de piste partis se saouler la gueule après un boulot éreintant ?…

Des clowns méchants s'amusant à une sale blague ?

Car il y a des gens là-dedans !…

Des poings serrent les épais barreaux qui verrouillent les extrémités des galeries. On dirait des nœuds de chair bourgeonnant sur la ferraille. Dans l'obscurité des fenêtres se devinent des dizaines de visages.

Il y a foule !

Énormément de monde !

Des bras s'agitent et les types crient. En tendant l'oreille, Carmelita comprend certains des mots que hurlent les prisonniers.

« On va baiser ta mère » ils gueulent. « On va te baiser aussi !... »

Ils veulent baiser, enculer toutes celles, tous ceux qui se baladent en haut *libres*. Empaler toutes celles et tous ceux qui se penchent au bord du trou où ils pourrissent, les enfiler sur ce braquemart qui pointe à leur falzar comme une grosse épine : comme une branche coupée, *poxa* ! Comme un membre infirme d'où suinte une sève épaisse et blanche !

Le mur d'enceinte épouse la roche noire du *morro*. On dirait une excroissance maladive, un repli de peau qui festonne, escaladant la paroi par endroits. Il évoque la lèpre, les chairs qui explosent dans une mortelle effervescence.

Un homme, assis sur un bloc de roche sombre, hoche la tête comme s'il acquiesçait aux insultes qui montent du pénitencier jusqu'au gradin où s'étale la favela. De la main, il bat la mesure, scandant la litanie inépuisable de ce chœur écumant de rage.

Allez-y, les gars ! Gueulez, gueulez...

« Ils ne veulent pas qu'on les oublie ! » il dit, amplifiant son geste. « Plus fort !... Plus fort, allez !... Qu'on vous entende jusqu'à la mairie, jusqu'au gouvernement !... »

L'homme ne s'est pas détourné, il n'a pas accordé un regard à Carmelita et à son fils, pourtant il sait qu'ils se tiennent dans son dos, contemplant, bouche bée, cette humanité qui gigote au fond du cirque São Carlos comme une pelote d'asticots.

La favela occupe le premier et unique gradin de l'arène : là où les exploitants de la carrière ont ouvert un second front de taille après que le premier eut atteint une hauteur trop importante pour évacuer les blocs de pierre avec facilité. Sur ce replat en croissant qui bute contre la muraille noire, sur cette terrasse n'excédant pas, au plus profond, trois cents mètres, s'entassent des centaines, des milliers de baraques de briques, de un ou deux étages, soudées les unes aux autres, agglutinées comme un nid de frelons accroché à la roche. Les ouvertures rectangulaires des fenêtres et des portes donnent à l'ensemble un aspect poreux. La favela semble déserte et pourtant elle chante. On entend de la musique, des voix, distinctes de celles des prisonniers qui s'égosillent, en bas, dans le pénitencier. De temps à autre, Carmelita entrevoit une silhouette furtive que la brique avale presque immédiatement. Les gens qui vivent là-dedans se cachent-ils ?

Éprouvent-ils de la honte d'habiter un lieu aussi sordide, marqué par l'infamie ?

Ont-ils peur de quelque chose ?…

Le sommet de la falaise dominant la favela, qui fut le second front de taille de la carrière, est couronné de baraques identiques à celles qui ont coagulé sur le gradin principal. On sent que derrière, ça pousse ! D'autres baraques se construisent, encore et encore ! Elles sont derrière la crête, on ne les voit pas mais on sent la pression qu'exerce la fermentation, au cœur d'Azevedo Lima, sur les bicoques de guingois du premier rang perchées au bord du vide. Certaines, mal calées dans une échancrure de la gencive de roche, paraissent sur le point de basculer, d'autres ont déjà un pied dans le vide… Combien de temps résisteront-elles avant de se casser la gueule ? Car ça finira par lâcher, Seigneur ! Tout le monde le sait, chacun guette le fracas, le nuage de poussière âcre, qui diront : ça y est ! *Puta merda*, c'est tombé !

Il ne restera plus qu'à fouiller les gravats pour dégager les corps. Tiens, cette guibolle, c'est le petit Mauro, non ?... et celle-là, qui c'est ?

Celle-là, mon vieux, pour la reconnaître...

Carmelita déteste déranger les gens mais, aujourd'hui, elle est trop lasse pour s'embarrasser de savoir-vivre. « *Senhor...* », elle appelle. « *Senhor...* »

L'homme assis sur le rocher cesse de battre la mesure, il se retourne, observe Carmelita, Emerson, note les sacs gonflés que tous deux trimbalent avec peine.

« C'est ton fils ? » il demande, pointant le doigt sur le garçon. Carmelita hoche la tête. L'homme fait une moue appréciative. Emerson est costaud, beau garçon... D'ici quelques années il fera un homme superbe. Si Dieu lui prête vie..., pense Luíz Gonzaga.

Ici, quand on est plein de vie, de force, d'énergie comme ce garçon-là, il faut être chanceux comme Luíz Gonzaga l'a été pour passer les trente ans.

Tu as vécu ta jeunesse dans un autre temps, Luíz... L'époque n'était pas aussi féroce !... Les jeunes types ne tombaient pas par milliers sous les balles, comme maintenant !

Aujourd'hui, c'est la guerre, *cara* ! La guerre... et nul ne lui échappe !

Du regard, Luíz Gonzaga soupèse les sacs des nouveaux venus, il scrute leurs visages recrus de fatigue. Ces deux-là débarquent de la cambrousse. Ils vont grossir la colonie !

« Tu viens de l'intérieur… », il demande. « Vous arrivez du *campo* ? »

Carmelita hoche la tête.

« *Da Bahia ?… Do Ceará ?* » insiste Seu Luíz.

« Brasília ! » souffle Carmelita, « du Distrito Federal. »

« Du Distrito Federal… », répète Luíz. Il réfléchit un moment puis secoue la tête : pour autant qu'il se souvienne, il n'y a personne, ici, du Distrito Federal… Non… il ne voit pas, pourtant il peut se vanter de connaître tous ceux qui vivent à São Carlos et ça fait dans les dix-huit, vingt mille personnes !

Qu'est-ce qui les a attirés là ?

Dans le bus pour Rio, Carmelita a rencontré une fille dont la sœur habite São Carlos. Celle-ci les hébergera quelques jours, le temps qu'ils se retournent.

Carmelita fait signe à Emerson. Le garçon tire de sa poche de poitrine un bout de papier plié petit, il le passe à sa mère qui le tend à Luíz. « Alair de Assunção », déchiffre Luíz Gonzaga sur le papier imprégné de sueur, « Rua Major Jacarandá, São Carlos ».

« C'est au fond, il dit : au pied du mur, là-bas !… »

Carmelita et Emerson suivent le geste de Seu Luíz : au fond ?…

Luíz hoche la tête, compatissant. Il sait ce que c'est que d'arriver épuisé dans un endroit inconnu, que de trimbaler une charge qui vous démanche le bras de l'épaule.

« Tu vas obéir à ta mère, n'est-ce pas ? » il dit, considérant Emerson d'un air sévère.

« Tu vois ceux qui sont là ? »

Quelques cris isolés fusent encore du pénitencier mais le gros de la gueulerie est passé.

« Ils n'ont pas obéi à leur père, ils n'ont pas respecté leur mère... », gronde Luíz Gonzaga. « Ils ont voulu l'argent, les voitures, les filles, la vie facile !... Ils ont violé la loi et voilà ! Maintenant ils sont là, à pourrir, et tout le monde s'en fout !... Tu ne seras pas comme eux, n'est-ce pas ? »

Carmelita frissonne. Tais-toi ! Tais-toi, vieil homme... N'attire pas le mauvais sort ! Mon fils est un brave garçon.

Emerson secoue la tête, gêné. Cet homme le morigène comme Dona Lilian, son institutrice de Paranoá. Elle, elle avait le droit de les engueuler, ils lui en faisaient voir de toutes les couleurs, mais celui-là, il ne le connaît pas. Pourtant Emerson marmonne que non, il ne fera pas comme ces types qui gueulent au fond du trou ! Jamais il ne sera enfermé comme une bête sauvage dans ces bâtiments délabrés !

« On t'offrira d'abord de faire l'avion ! » Le vieux fait les gros yeux, il fronce les sourcils. « C'est facile l'avion. Tu portes un petit paquet à un tel, à un autre, à tel autre... On te donne de l'argent... N'accepte pas ! »

Emerson continue d'acquiescer !

Il ne fera pas l'avion : il sera un fils exemplaire ! Que le type les laisse partir maintenant ! Qu'il cesse son prêche sénile ! Emerson en a ras le bol de ces sacs qui lui scient les paumes des mains ! Il a soif, il a faim, il a envie de dormir !

« Travaille, fais n'importe quoi ! Bouffe des pierres s'il le faut ! »

Emerson continue d'approuver : oui, oui monsieur.

« Tous ceux qui entrent dans la drogue se font assassiner ! » dit Luíz Gonzaga d'un ton sentencieux. « Tu m'entends, garçon ? »

Emerson jette un regard suppliant à sa mère. Tire-moi de là, *mãe* : envoie-le se faire foutre !

Carmelita fait signe à Emerson de se mettre en route. Elle aussi est éreintée, et puis les prophéties de malheur de ce vieux fou accentuent le malaise qui l'étreint. Elle remercie l'homme d'un hochement de tête et emboîte le pas à Emerson.

Courage, ma fille ! Dans un quart d'heure, au plus, vous serez arrivés !

Luíz Gonzaga les regarde s'éloigner. Deux de plus !... Deux encore qui se jettent dans la gueule de la favela ! Elle les avale déjà. Bientôt, elle chiera leurs restes ! Des esquilles d'os, des lambeaux de chiffon, quelques bouts de plastique...

Pauvres gens !

Carmelita et son fils s'engagent dans des ruelles étroites qui serpentent entre les bicoques. Emerson oublie sa fatigue. Jamais : ni à Paranoá, ni dans aucune des villes satellites du Distrito Federal, il n'a vu un tel empilement de baraques.

Il s'est passé quelque chose : elles ont rétréci, l'espace lui-même a rétréci !...

On dirait une ville pour les nains, cependant les gens qu'il voit sont de taille normale... Dans ces boyaux serpentins, ces boyaux qui tournent à angle droit, s'insinuent entre des murs aveugles, passent des voûtes basses, dans ces boyaux qui s'enroulent sur eux-mêmes comme la tripe du ventre, les gens paraissent même plus grands que la normale.

Ça pue !

Ça pue l'ombre humide, la macération dans une obscurité qui suinte… Les tuyaux fuient ; les cafards grouillent et gigotent, des rats cavalent, çà et là, gras, affairés, le museau affolé par de délicieuses pestilences… Il y a tant à explorer, *poxa* ! On ne sait plus où donner de la dent !

Ça empeste l'ordure… Ça schlingue l'eau corrompue, le plastique gangué d'une pourriture noire flottant dans des puisards immondes. Les buses de ciment brisées, les canalisations cassées à coups de masse pour chasser un tampon de saloperies exhalent une haleine insupportable… Ça sent l'ail qu'on fait frire, quelque part, dans l'huile rance…

Une fille jaillit de l'embrasure d'une porte étroite comme si elle était douée du pouvoir de traverser les murs. Elle vient à la rencontre d'Emerson qui a honte, soudain, des deux cabas qui l'encombrent. Il a le sentiment horrible de trimbaler deux grosses balloches : deux grosses couilles de plouc en toile épaisse au bout des bras !

En fille sage, l'inconnue marche visage baissé et Emerson peut la fixer tout son saoul, de tout le désir qui pointe dur dans son falzar. Il dévore la chevelure ondulée, encore humide de la douche, qui tombe sur des épaules rondes et dorées que souligne un tricot noir, largement décolleté. Il lèche les seins petits et fermes, dont les bouts durcis, agacés par l'eau fraîche, pointent sous le tissu soyeux.

Quelle *gata* !

Emerson suit la fille des yeux après qu'elle est passée, reluquant avec ferveur le fruit fendu de son derrière bombé qui se balance, emballé fin dans une jupe courte et serrée.

Une fille de ville, de grande ville, hein Emerson ? Pas une des ces paysannes du Distrito Federal qui sentent encore le *campo* !

Le garçon oublie l'odeur fétide, la saleté, les ordures, il oublie les baraques agglutinées sans ordre…

Est-ce que toutes les filles qui vivent ici ressemblent à celle-là ?

3

Son corps maigre arc-bouté contre le panneau de bois dans un effort d'insecte, la femme pousse de toutes ses forces. Le battant pivote avec difficulté, raclant le béton du sol avec un gémissement rauque. Estimant l'ouverture suffisante, la femme s'efface devant ses visiteurs. Elle souffle avec bruit pour exprimer tout à la fois l'effort que lui a arraché cette saloperie de porte et la satisfaction d'avoir vaincu sa résistance.

« Voilà ! » elle dit, invitant Carmelita et son fils à entrer, « c'est ça !... »

Carmelita a un haut-le-corps. La « chambre », à ce que prétend la femme, est un réduit rempli de dizaines de caisses de plastique, rouges et jaunes, dans lesquelles des bouteilles de bière vide, logées dans leurs casiers comme des douilles de munitions grillées, prennent la poussière.

« Tout ça, là, c'est à Gie ! » dit la femme, haussant les épaules avec, sur le visage, une expression contrite comme si elle ajoutait : c'est bien de lui !... Ça, c'est Gie tout craché... « Sérgio ! » elle précise. « Mon second fils... »

L'animal est parti. Il a laissé la maison depuis...

La femme fait la moue…

Depuis combien de temps son garçon a-t-il mis les voiles ?

Un an et demi, deux ans ?… Depuis un bout de temps, *poxa* !…

À cette heure, elle ignore où il se trouve. Il est loin…

Elle agite la main en direction de la mer…

Va savoir…

Le destin de Gie n'est plus son affaire…

Elle considère les caisses avec fatalisme. Il s'était mis dans l'idée de…

Elle ne sait pas, au fond, ce que Gie avait en tête. Durant plusieurs semaines, il était rentré chaque soir avec une caisse sur le dos. Cette folie avait duré le temps de remplir la pièce puis l'enthousiasme du garçon était retombé et il n'avait plus jamais remis les pieds au rez-de-chaussée…

« Tu verras… », dit la femme, désignant Emerson d'un coup de menton. « Il sera bientôt à l'âge où on fait ce genre de projet… »

Des projets de caisses, de bouteilles…

Carmelita jette à la femme un regard de reproche. Emerson ne joue pas avec des caisses… Il ne se rêve pas en patron de bar… Pour qui se prend cette gringalette dont les yeux brillent, dont le visage, juge Carmelita, reflète une cupidité sans limites ?…

Des caisses, des bouteilles déjà bues… C'est à peu près tout ce qui lui reste de Gie !… La femme hausse les épaules. Cochonneries !… Elle va faire enlever tout ça et, parole, ça leur fera une belle petite chambre !

Elle sourit.

Une belle chambrette…

La brique des murs est à vif. Le plafond est si bas… Des glapissements de gosses qui se chamaillent résonnent dans le boyau de la ruelle. On dirait qu'ils sont là : derrière les caisses de bière, à gueuler comme des chats, à se griffer, à se foutre des baffes…

Carmelita fait un pas à l'intérieur de la pièce. Sa tête ne touche pas le béton, non, mais elle sent la maison entière peser sur son crâne. Un chemin si long, si harassant, pour échouer dans ce trou qui ressemble à une cellule de prison. Seigneur…

Une lassitude accablante lui tombe dessus. Pourquoi les a-t-elle lancés dans ce voyage fou ?… Pourquoi n'est-elle pas restée dans le Distrito Federal en attendant que le temps lui oxyde le cœur et rouille ses souvenirs jusqu'à ce que la mort de Zé ne la fasse plus souffrir ?…

À quoi bon lutter, ma grande ?…

La femme hoche la tête avec vigueur. Elle installera ici un lit pour Carmelita et là, un autre pour son fils !

« Là ? » répète Carmelita.

La femme hoche la tête. « Vous serez tranquilles, personne ne vous dérangera… »

Elle a l'air tellement convaincue !

Carmelita a envie de se laisser persuader. Elle va fermer les yeux, un instant, comme les sorcières des feuilletons américains et, lorsqu'elle les rouvrira, les murs seront crépis, chaulés, le plafond sera plus haut d'une bonne vingtaine de centimètres… Il y aura de la lumière, de l'air…

La femme habite juste au-dessus… Là-haut, Carmelita disposera de tout ce qu'il lui faut. La douche, la cuisine… « Viens voir… », insiste la femme. « Monte avec moi, viens !… » Elle s'éloigne déjà dans le couloir étroit et obscur, comme une blatte qui se faufile dans un tuyau. Elle fait signe à Carmelita de la suivre.

« Dis à ton fils de venir… »

Emerson s'est laissé glisser sur le sol poussiéreux. Adossé au mur, calé entre ses deux sacs, il ferme les yeux, prêt à s'abandonner au sommeil. Lorsque Carmelita l'invite à se lever, il fait un geste de la main. *Desce mãe*… Qu'elle aille… Qu'elle se tape la visite du taudis : la seule chose qui lui importe, à lui, c'est de dormir… Manger quelque chose, s'allonger et dormir…

« La douche est là !… », dit la femme, écartant un rideau de plastique recousu à gros points avec du fil à coudre. Elle tourne le robinet. Un mince filet d'eau coule, avec un bruit creux, et se tarit presque aussitôt. « D'habitude, elle assure, ça coule beaucoup plus, mais, ici, tu sais ce que c'est… »

Non, Carmelita ne sait pas…

La pression, c'est un coup oui, un coup non ! Ça dépend de la caisse à eau de la Light. « Tu n'as pas vu le poste électrique de la Light : là-bas, vers Chuveirinho ?… »

Le réduit sent l'égout, le rat… l'humidité grasse, fétide ; pourtant le sol est propre.

« Tout le monde te dira : Alair a la meilleure douche du coin ! » Carmelita peut demander à Dona Marli, qui habite en face, de l'autre côté de la ruelle, à Stella, au-dessus… Tout le monde envie sa douche !

« Elle est à toi !… Tu pourras te doucher autant que tu voudras… » Maintenant que Gie a fichu le camp, il n'y a plus d'homme dans sa maison. Personne n'embêtera Carmelita... Alair rit. Personne n'essaiera de la voir à poil...

Si Carmelita était un homme : un bel homme comme Flavinho par exemple... Alair lève les yeux au plafond. Si elle avait un type comme Flavinho, tout nu, en train de se savonner dans sa douche, elle irait voir ça d'un peu plus près mais les femmes, même bien roulées comme Carmelita, ne l'intéressent pas...

Flavinho passe la voir de temps en temps... C'est un des types du service communautaire. Il bricole... Il la débarrassera des caisses et des bouteilles vides...

« Alors... », elle reprend, « qu'est-ce tu en dis ?... Hein ?... Qu'est-ce que tu décides ? »

Alair de Assunção se tient très droite dans une blouse de nylon blanc aux bords élimés, probablement fauchée dans un hôpital, une institution religieuse... Avec ses yeux mobiles dans son visage chafouin, ses jambes maigres, elle a l'air d'un petit animal combatif.

« Ça n'est pas cher », elle insiste. « Trente reais la semaine ! »

« Trente reais ! » balbutie Carmelita, « trente reais, *Senhor Deus* ! »

Trente reais pour ce trou... Cette femme est un vampire !

Alair hoche la tête : trente reais... C'est beaucoup moins que ce qui se fait partout dans la favela. Si elle consent à ce prix d'ami c'est parce qu'elle sait que la pièce n'est pas dans un état très reluisant. Elle pensait à la louer depuis un bon moment déjà. On lui disait : dis donc, Alair, pourquoi tu ne loues pas ta pièce du bas ? « Mais tu sais ce que c'est...

Nettoyer, donner un coup de peinture… C'est du travail, pas vrai ?… Flavinho est beau garçon comme tout, mais, celui-là, pour le coincer et lui mettre un pinceau dans les pattes… » Alair glousse. « Un pinceau dans les pattes… » Elle a dit ça sans réfléchir mais maintenant qu'elle réfléchit…

Ce qui l'a décidée, finalement, c'est le coup de fil de sa sœur. Est-ce que Carmelita était avec Rosali lorsqu'elle l'a appelée ?

Oui, elles étaient ensemble. Le bus s'était arrêté à Três Marias, pour le petit déjeuner. Carmelita avait acheté une carte téléphonique et elles étaient allées, elle et Rosali, téléphoner à Alair, de l'oreillon du restoroute.

Rosali est beaucoup plus jeune qu'Alair. C'est une blonde décolorée à bloc, au teint beaucoup plus clair que celui de sa sœur. Carmelita n'aimait pas la façon dont elle était vêtue : ce tricot à mailles lâches, le soutien-gorge noir… Elle a toujours détesté les collants de cycliste qui moulent les fesses comme du papier carbone. Celui de Rosali était si ajusté qu'on suivait parfaitement le contour de sa culotte, on devinait même les poils de son pubis qui moussaient au bas de son ventre… Carmelita en était gênée pour Emerson. Mais Rosali lui avait souri. Même si ses lèvres étaient d'un rouge violent, d'un pourpre pour ainsi dire putassier, qu'elle refaisait obstinément à chaque arrêt du bus, elle était la seule, de tous les passagers, qui avait souri à Carmelita… Elles avaient échangé quelques mots. À Três Marias, durant le petit déjeuner, Carmelita lui avait avoué qu'elle s'était jetée dans ce voyage comme on se fiche à l'eau sans savoir nager. Elle confiait son destin et celui de son fils à la Providence, à la Chance, aux rencontres…

Alair hoche la tête !… S'abandonner dans les bras du Destin, c'est bien ! Lorsqu'elle est indécise, quand elle ne sait que faire, elle se confie à la Providence. Et ça marche, pas vrai ?… Si Carmelita est ici, avec son fils, c'est bien parce que le Destin n'abandonne pas ses enfants !

« Trente reais ? » répète Carmelita.

Alair approuve d'un hochement de tête.

« Cent vingt par mois ! » murmure Carmelita.

« Ici, à São Carlos, assure Alair, tu ne trouveras pas moins cher… » Elle remplit un verre d'eau au robinet de la cuisine, le tend à Carmelita. « Tiens », dit-elle, « bois… goûte-moi ça… »

Carmelita avale à grands traits.

« C'est de la bonne eau, pas vrai ? » insiste Alair.

Les chiffres défilent dans l'esprit de Carmelita. Sur un salaire minimum, il leur restera cent trente reais ! Le bus, les vêtements, les livres d'école, les petites choses d'hygiène… Il faut compter aussi tout ce à quoi on ne s'attend pas et qui vous tombe dessus quand on croit être à flot : un sirop, une pommade, une boîte de pilules… Elle pense à Sandra, à Beto, qui attendent, là-haut, dans la communauté du Vale d'Amanhecer, sous la garde de sa sœur. Benedita pose à la sainte, mais elle n'est pas une sainte : loin de là ! Si Carmelita ne lui envoie rien, cette grosse garce ne se gênera pour mettre les enfants au boulot ! Et alors adieu l'école, adieu l'avenir… Adieu les études, l'espoir d'un bon emploi…

Tant de dépenses, Seigneur !… L'argent coule entre les doigts de Carmelita ! Il n'y a pas moyen de le retenir… Les billets s'envolent comme des feuilles mortes ! Bientôt, il ne lui restera plus rien de la liasse que lui a confiée Seu Otelo pour qu'elle s'occupe des funérailles de Zé.

Elle regarde autour d'elle. À travers la fenêtre de la cuisine, par la porte béante, on ne voit que du mauvais crépi d'un gris de fer…

Où aller avec Emerson qui tombe de fatigue, avec ces sacs encombrants et lourds qui leur scient les bras ? Elle n'a aucune adresse où se rendre, elle ne connaît même pas le nom d'un hôtel bon marché où ils pourraient prendre une chambre. Et puis redescendre cette rue dont la montée leur en a fait tellement baver…

« Tu veux qu'on aille voir Dona Marli », suggère Alair, « elle a peut-être quelque chose ?… »

Carmelita acquiesce : oui, allons voir Dona Marli ! Allons voir n'importe qui, mais sortons de ce trou où elle se sent au fond d'un puits…

« Ne te fais pas d'illusions », prévient Alair. « Si elle a quelque chose, ça sera plus cher qu'ici !… »

Elle sort sur le seuil de la baraque, Carmelita la rejoint.

« Dona Marli ! » crie Alair d'une voix perçante, d'une voix de blatte. « Dona Marli… »

« *Oi* », répond une voix épaisse. Un ogre femelle est caché quelque part dans le dédale de São Carlos… « *Oi.* »

« Dona Marli, tu as quelque chose à louer ?… », glapit Alair. « J'en ai deux, ici, qui arrivent de loin. »

Un buste apparaît dans l'encadrement d'une fenêtre en surplomb, à dix mètres de là. Ce buste, en soutien-gorge blanc, est celui d'un ogre corpulent, au visage charnu. Un ogre qui salue d'une main grasse, piquée de fossettes : salut, Alair !... Que me veux-tu, petite blatte ?...

Dona Marli s'accoude au bord de la fenêtre, elle croise les bras. Dans ses mains ouvertes en coupe, elle pose délicatement ses seins, gainés de blanc, comme s'ils étaient des œufs fragiles. Il faut faire attention à ne pas les casser, *cara* !... Ils sont trop gros, ils sont flapis maintenant, mais elle n'a que ceux-là, pas vrai ?... Si elle avait du fric, elle irait se faire poser une paire de nichons neufs, tout en plastique, mais elle n'a pas le fric... Alors elle fait avec ses vieux nichons...

« C'est jour de beauté, Dona Marli ! » ricane Alair.

La grosse femme a enduit sa chevelure d'une teinture épaisse, d'un noir goudronneux, qui va gommer tous ces petits fils blancs qui frisottent sur son crâne. Cette teinture est magique, mais Dieu qu'il lui faut du temps pour faire son boulot de teinture ! Et puis c'est du poison !... Tout ce qu'elle touche est fichu ! Taché à mort ! Chaque fois qu'elle se teint les cheveux, Dona Marli se coiffe d'un sac de plastique transparent mais c'est loin d'être suffisant ! Pour bien faire, elle devrait s'asseoir et attendre deux bonnes heures, sans bouger d'un millimètre, le moment de se laver les cheveux. Certains jours elle peut se permettre de feignasser mais aujourd'hui elle a bien trop à faire : c'est pour cela qu'elle se balade dans son vieux soutien-gorge.

Quand ils la voient ainsi, coiffée d'un bout de plastique, les hommes se moquent : ça leur donne des idées ! *Oi Dona Marli*, tu te balades avec une *camisinha* sur la tête ?... Si elle est de mauvaise humeur, elle les remet à leur place ! Eh oui, tête de nœud, je porte une capote en guise de chapeau !

La plupart du temps elle laisse courir… Quand elle avait vingt ans, qu'elle était une belle *gata* aux jambes solides, bien plantées, aux nichons de la taille de son poing, elle les faisait tourner en bourrique, ces imbéciles ! Ils dansaient pour elle comme des pantins au bout d'un fil !… Aujourd'hui, elle préfère se taper de la confiture de lait ou de la *goiabada* plutôt que de s'envoyer un homme… C'est comme ça… Le temps passe, la vie passe.

Maintenant qu'elle s'est installée commodément, Dona Marli prend le temps d'écouter la voisine, d'écouter la rumeur de la Baía qui monte jusqu'à la favela.

« Parle, ma fille », invite la grosse femme, « qu'est-ce que tu veux ? »

Dona Marli est un ogre aimable, un ogre bienveillant, qui a du savoir-vivre.

« Tu as quelque chose à louer pour celle-là et son garçon ? »

Carmelita a soudain la certitude que cette grosse femme va les sauver tous les deux ! Elle va leur proposer une chambre : une belle pièce claire, aérée, beaucoup moins chère que le réduit infect de cette blatte d'Alair…

Dona Marli caresse pensivement les bonnets de son soutien-gorge avachi. Elle soupèse Carmelita de son regard d'hippopotame, fait passer d'un coin à l'autre de sa bouche le cure-dent de bois qu'elle serre entre ses lèvres.

« D'où viens-tu ? » elle demande.

Ils arrivent du Distrito Federal.

« Brasília ? »

C'est la première fois que Dona Marli fait la connaissance de quelqu'un qui vient de la capitale.

« Comment c'est la vie là-bas ?… Comme on voit à la télévision ?… »

Carmelita n'habitait pas réellement Brasília. Les gens comme elle n'ont pas les moyens de vivre dans le Plan Pilote… Il n'y a pas d'endroit pour eux… Elle avait une baraque à Paranoá…

« Paranoá ?… », répète Dona Marli. Elle secoue la tête. On n'a pas entendu parler de ça ici !

Une invasion à flanc de colline, juste au-dessus du mur du barrage. Le plus beau panorama du lac…

Dona Marli fait la moue. Un barrage, un lac, un panorama, une invasion… C'est compliqué ce que raconte cette femme ! Si elle voulait comprendre, il lui faudrait la matinée.

« Quel âge a ton fils ? »

« Seize ans ! » répond Carmelita.

« Il fume la *maconha* ?… il sniffe la *brizola* ? »

Carmelita se raidit sous l'insulte. Pour qui cette vache de Dona Marli prend-elle son fils ?…

Pour qui prends-tu mon garçon, pachyderme ?

La colère lui grille la bouche, cependant Carmelita se tait. Elle se souvient de Seu Renato qui, invariablement, marmonnait après le départ d'un visiteur assommant : « Ici-bas, ma fille, deux choses sont difficiles !… » Il regardait Carmelita, attendant qu'elle fournisse la réponse. Elle répétait docilement : « Savoir parler et savoir se taire, Seu Renato… » Le vieux hochait la tête : le reste… Construire des ponts, des immeubles, envoyer des fusées dans la lune… tout cela était, selon lui, à la portée du premier venu, tandis qu'être maître de sa langue…

« Emerson est un bon garçon », insiste Carmelita. « C'est un adolescent respectueux, honnête… »

Dona Marli lâche un de ses seins et fait voler sa grosse main piquée de fossettes. Adolescent respectueux, garçon honnête… Elle connaît la chanson… Lorsqu'ils débarquent de leur cambrousse, tous les adolescents sont de bons garçons respectueux et honnêtes… Six mois plus tard on les retrouve en bas, au pénitencier, ou bien on découvre leur corps criblé de balles et ça fait un jambon de plus dans les ruelles de São Carlos !

« La chambre d'Amaury est vide, non ? » glisse Alair.

Amaury est parti, oui ! Le diable emporte ce connard !… Il est quelque part dans la Baixada… ou bien au fond de l'océan, à nourrir les poissons… Dona Marli fait un geste vers la mer qui miroite là-bas, par-delà le pénitencier, après la tour de la Central do Brasil : la mer qui embrasse le port dans une lèchure sale…

Amaury est bandit, ou était bandit… Il se cachait chez Dona Marli sans doute parce que pesait sur lui une menace de mort. Que s'est-il passé ?… Ceux qui voulaient sa peau l'ont-ils retrouvé ? N'avait-il plus l'argent pour payer sa logeuse ? En tout cas, il a fichu le camp : « Comme ça ! »… Alair claque des doigts. Et Dona Marli s'est pris deux semaines de loyer dans le cul !

« Amaury est un bandit… », approuve Alair, « un gros, gros bandit… »

Dona Marli remet son gros sein trop mûr dans sa main caressante.

« Tu vas louer cette pièce !… », l'apostrophe Alair. « Tu ne vas pas la congeler ! »

Dona Marli va louer, oui… mais elle ne sait pas quand… Ce salaud d'Amaury occupait la meilleure chambre de la baraque : tranquille, calme… donnant sur l'arrière de la maison… La grosse femme jette à Carmelita un regard de maquignon. Elle fait sa location à cent dix la semaine. Si Carmelita veut jeter un coup d'œil, il lui suffit de traverser le *bequinho* et de faire un saut jusque chez elle.

« Entrez, entrez ! » piaille Dona Marli. « Venez par là, suivez-moi ! » Elle guide ses visiteuses dans un couloir tortueux et sombre, puis dans un escalier très raide dont les marches sont si étroites qu'on ne peut guère prendre appui que de la moitié du pied. À hauteur du visage de Carmelita, l'énorme derrière de Dona Marli, moulé dans une jupe serrée vert amande qui souligne les jambons de ses cuisses massives, danse comme une montgolfière ondulant dans le vent ascensionnel. La teinture de ses cheveux a coulé et macule sa nuque. On dirait que le sac de plastique, posé sur sa tête comme une tiare, est une couronne de verre qui lui a entaillé la peau ; des blessures perle un sang épais : un sang de goudron, un sang d'ogre.

Dona Marli donne un dernier coup de reins et pose enfin sa carcasse sur le palier. Elle reprend longuement souffle, la main pressée sous son sein gauche comme si elle redoutait que son cœur, gorgé de graisse, ne jaillisse de sa poitrine comme un mollusque fou… « Aïe », elle gémit, « aïe ! » avec des accents d'agonie.

La pièce qu'occupait ce bandit d'Amaury est incomparablement plus agréable que le réduit obscur d'Alair. Certes, la vue de l'unique fenêtre bute sur la falaise noire du *morro* qui se dresse, à trois ou quatre mètres ; certes, d'innombrables ordures s'entassent entre la maison de Dona Marli et la paroi de l'ancienne carrière, mais il y a davantage d'espace pour loger à deux, davantage de lumière, les murs sont dans un bien meilleur état.

Des taches de soleil criblent une cloison. Il y en a une dizaine, posées sur la brique comme des papillons. Carmelita s'amuse, un instant, à les faire glisser sur ses mains, sur ses bras, puis elle lève les yeux. La lumière tombe de trous, ronds, forés dans la tôle du toit. Carmelita suit les diagonales dorées des rayons qui découpent la pénombre. On dirait la lumière de l'Esprit saint qui irradie la tête et le visage du Christ sur les images pieuses, mais Carmelita sait parfaitement que ce n'est pas l'Esprit saint qui lui fait de l'œil depuis le toit de la baraque. C'est la mort qui a imprimé sa trace dans l'Eternit ! La mort d'acier… La mort qui tousse et qui bégaie !

Elle ne prendra pas cette chambre : il est dit que son fils et elle sont condamnés au terrier d'Alair. Ça lui fait mal au ventre mais c'est ainsi ! Au moins, ils auront là-bas une semelle de béton au-dessus de la tête !

Dona Marli a suivi le regard de Carmelita, elle lève le doigt vers les plaques d'Eternit. « Il ne pleut pas ici ! » assure la grosse femme. « La pluie ne passe pas par ces petits trous… »

Ces petits trous, comme dit Dona Marli, sont des impacts de balles. Parfois, les types du dessus s'amusent… Pas les grands : pas les hommes des gangs, mais les gamins d'une douzaine d'années. Un flingue leur est arrivé dans les mains et ils ont besoin d'expérimenter l'aboiement de l'acier. Ils veulent sentir leur bras trembler jusqu'à l'épaule quand le canon crache le feu. Ils tirent sur de vieux bidons d'huile, sur des cartons, des bouts de papier, des bouteilles de plastique… Ils tirent sur des rats, mais il n'est pas facile d'avoir un rat ! C'est petit, ça se faufile… De temps à autre ils flinguent un chien perdu : un clebs galeux dont personne ne voudra venger la mort. Son pelage mité, sa maigreur, ses tremblements tragiques n'en valaient pas la peine… Une fois flingué, le chien gît immobile, sur le flanc ; on le dirait soulagé. Les gosses sont déçus. Ils avancent alors jusqu'au bord extrême de la falaise et font un carton sur les baraques en contrebas. Ils tirent une fois, deux fois, avant de s'enfuir en courant, redoutant qu'une âme furieuse ne jaillisse du toit, ne les attrape et ne les jette, vifs, dans le brasier de l'enfer.

Carmelita fait demi-tour.

« Tu t'en vas ? » s'étonne Dona Marli. « La chambre ne te plaît pas ? »

La grosse femme lève vers le toit un visage ébahi. Pour ces quelques petits trous ?… Elle demandera à Flavinho de réparer ça ! Flavinho répare tout…

Déjà, Carmelita redescend l'escalier.

Dona Marli fait une grimace dépitée. Sa chambre est une belle chambre mais si cette femme n'en veut pas… Elle n'en veut pas !

Emerson dort, la tête inclinée sur le côté, les bras le long du corps, avec un abandon dont la mollesse est imprégnée d'enfance.

Carmelita se penche sur lui. « Emerson… », elle chantonne, comme au temps où il était un gamin qu'elle réveillait pour l'école. « Emeeeeersooooon. »

Le garçon hausse les épaules et se tourne de l'autre côté. Laisse-moi, *mãe*… Aujourd'hui, je n'ai pas envie d'aller à l'école. Je n'ai pas envie de me taper la vie, *mãe*… Garde-moi près de toi… Garde-moi dans tes jupes, assieds-moi sur tes genoux… Laisse-moi poser ma tête sur ta poitrine, *mãe*. C'est doux, c'est élastique… C'est bon, *mãe*… C'est trop bon…

Carmelita s'accroupit. Elle caresse la joue de son fils, lui parle doucement. « Tu es crevé, n'est-ce pas… *tadinho*… »

C'est elle qui l'a embarqué dans cette histoire.

« Ne m'en veux pas, mon grand… »

Ça va s'arranger… Ils ne resteront pas ici : Carmelita trouvera quelque chose de digne… Bientôt… Qu'il lui fasse confiance.

« Réveille-toi, Emerson… Lève-toi, viens… On va manger quelque chose. Il y a un bar un peu plus bas… »

Le garçon ouvre un œil. Son regard clignote comme celui d'un hibou. Est-ce qu'ils sont encore dans le bus ?…

Carmelita rit. Elle revoit le gros bus, d'un jaune intense, qui les a emportés dans ses flancs, le nom de la compagnie écrit en lettres noires.

Non, ils ne sont plus dans le bus… Ils sont à Rio.

Emerson ferme les yeux à nouveau… Rio, *poxa*… Qu'est-ce qu'ils foutent à Rio… Le béton lui fait mal aux fesses, il lui tale la hanche, mais au moins il dort !

« Je dors, *mãe*… », il marmonne, la bouche pleine d'un sommeil pâteux. « Laisse-moi dormir, je dors !… »

Sacré Emerson. Têtu sous son air sage. Cabochard…

Carmelita secoue l'épaule de son fils.

« Allez, viens… On va prendre un *cafezinho*… On mangera un petit pain avec du beurre… Tout chaud !… Un *pãozinho* qui sort du four… Emerson. »

Emerson se redresse. Un *pãozinho* : un bon petit *pãozinho* croustillant, avec le beurre qui fond sur la mie fraîche et chaude.

Emerson mastique à vide…

Carmelita sourit. Emerson s'est toujours laissé prendre par le pain chaud du matin. Si elle l'avait voulu, elle l'aurait fait courir à l'autre bout de Paranoá pour quelques *pãezinhos* emballés dans une poche de papier kraft.

Emerson marche en somnambule. Ils descendent, sans un mot, par les ruelles étroites, les traverses… Le ciel est lourd, plombé. L'humidité de l'aube s'est évaporée. Il fait une chaleur poisseuse qui annonce l'orage.

Quelques adolescents sont assis sur un muret devant le bar de la Rua Uniço. Ces regards inquisiteurs qui se posent sur eux, qui les fouillent avec impudeur et impudence, tirent Emerson de sa léthargie.

Qui sont ces types ?… Que lui veulent-ils ?… Que veulent-ils à sa mère ?…

Est-ce qu'ils lui regardent le cul ?… Est-ce qu'ils lui palpent les nichons avec leurs yeux qui touchent ?… C'est sa mère, *poxa* !

Une odeur puissante de viande et d'oignons grillés emplit la salle du bar. Carmelita choisit la table la plus éloignée de l'entrée. Ils s'assoient. Une femme est penchée derrière le comptoir, elle manie une cuiller de bois à long manche. On entend le bruit de la friture.

Carmelita commande le pain, le beurre, le café…

Un des jeunes types assis dans la ruelle entre dans le bar. Il est grand, son teint est très sombre, des muscles ronds comme des boules ferment ses épaules larges. La femme pose devant lui une assiette de verre brun remplie de lanières de viande frite dans lesquelles sont plantés une demi-douzaine de cure-dents aux pointes effilées. Le garçon enfourne un morceau de viande dans la bouche ; il mastique longuement, avec un plaisir évident, réclame de la bière et du pain.

Tandis que la femme plonge dans une glacière, le nouveau venu surprend le regard d'envie qui brille dans les yeux las d'Emerson. Après avoir servi la bière, la femme du bar apporte les cafés, les petits pains encore chauds du four du boulanger, elle apporte le beurre, puis elle retourne à sa poêle. Peu après, elle dépose une portion de viande grillée sur la table où Emerson et Carmelita achèvent leur petit déjeuner. Carmelita avertit la femme qu'elle se trompe : elle n'a rien commandé !

« C'est de la part de Mané ! » dit la femme.

Mané ? interroge Carmelita.

La femme montre la rue. Le garçon de tout à l'heure… Il est parti maintenant…

Mané est un type comme ça : bizarre… Parfois il cogne sur quelqu'un, pour une bêtise de trois fois rien, et d'autres fois il offre tout ce qu'il a.

La femme hausse les épaules. Sans qu'on sache pourquoi… D'ailleurs lui-même, peut-être, ne sait pas.

4

« Donne !… Donne ça *caralho*… »

Carmelita se dresse en sursaut. Elle suffoque. D'où vient ce hurlement ?… Assise sur son lit, elle écarquille les yeux. Un peu de clarté pénètre par une ouverture étroite, tout en longueur. Dans l'encadrement de cette ouverture, elle aperçoit un rectangle gris sombre, uni, distant de trois ou quatre mètres.

Carmelita ne reconnaît pas l'endroit où elle se trouve.

Où est-elle, Seigneur ?

Qu'aperçoit-on par cette bouche énigmatique ?

Le monde serait-il devenu opaque ?… Indéchiffrable ?… Bouché ?…

Où sont la mer, le Planalto ?…

Où est le ciel ?…

L'espace, autour de Carmelita, est rayé de noir. Elle a le sentiment qu'elle est tombée quelque part, qu'elle gît au fond d'une fosse, dans un de ces lieux abandonnés où l'on se débarrasse des objets brisés, où l'on retrouve, parfois, les cadavres de gens qu'on est venu tuer là…

Carmelita frissonne. Ce pourrait être l'enfer…

Elle reconnaît le corps allongé à son côté. C'est

celui d'Emerson… Il dort sur un mauvais matelas de mousse. Lorsqu'elle avait arrangé ce qu'elle appelle pompeusement la chambre, Alair avait placé la couche du garçon à l'autre bout du réduit, mais, au moment de se coucher, Carmelita s'est rapprochée de son fils. Quelqu'un est avec elle… Quelqu'un qu'elle aime, qui l'aime… qui l'oblige à lutter…

Carmelita caresse la hanche de son fils.

Dors, mon grand… Dors…

Maintenant qu'elle a recollé une part de ses souvenirs, sa panique s'apaise. À nouveau elle voit, elle comprend. Les briques des murs sont fendues ou cassées et les cannelures qui apparaissent à vif, rayant la pénombre de traits plus noirs encore, donnent le sentiment que des parasites creusent des galeries dans la terre cuite. De mystérieux insectes, toutes mandibules dehors, sont en train de bouffer la baraque ! Bientôt elle ne sera plus que de la poussière dressée…

Par moments, des effluves d'égout couvrent l'odeur fade de la terre humide, souillée.

Les cris que Carmelita croit avoir entendus ont retenti dans un cauchemar fermenté dans le manque d'air, l'étrangeté de ce lieu inconnu…

Un fracas de bois qu'on brise ou de meuble qui s'effondre la détrompe. On se querelle, on se bat bel et bien, quelque part.

« *Puta !* » C'est une voix d'homme qui hurle : brisée, éclatée par la fureur, l'alcool… « Je vais te tuer ! *Puta !* »

On sent l'homme hors de lui ; une violence délabrée, incontrôlable, s'échappe de sa gorge.

Qui menace-t-il ?

Alair, leur logeuse ?… Est-ce que ça vient de l'autre côté de la rue : de chez Dona Marli ou de chez cette Stella dont Alair a mentionné le nom ?…

Les baraques sont agglomérées dans une pelote inextricable : comment savoir d'où arrivent les sons, les odeurs… Lorsqu'on habite ici depuis longtemps, on devine, bien sûr, mais Carmelita n'est là que depuis le matin !… Elle n'apprendra pas à se repérer dans ce labyrinthe fou… Elle ne veut pas apprendre : ils s'en iront, elle et son fils, de cet endroit horrible avant qu'il ne leur devienne familier !

« Aïe ! » crie la femme.

Carmelita sait qu'elle a esquivé le coup. Lorsque la douleur arrache un cri, la plainte sort toute seule, poussée par les nerfs qui se tordent sous l'impact, par les chairs meurtries, talées, par les os qui encaissent durement et parfois cassent…

Celle-là ne gueule pas sa souffrance : elle crie pour les autres. Elle alerte les voisins, elle appelle au secours. Si elle pense s'en tirer seule, elle tient tout de même à ce qu'on sache que ce *filho da mãe*, ce fils de pute, connu dans le coin, la dérouille, une fois de plus.

Il a un verre dans le nez, ce salaud ! Vous savez comment il est quand il est saoul ?… Eh bien, il est saoul, l'ordure, et il me file une danse !

Voilà ce que crie la femme.

Fais face, femme !… Ne te laisse pas faire !… Défends-toi !

On entend des raclements d'objets qu'on traîne sur le sol. Elle doit tourner autour d'une table ou d'un meuble, tâchant de garder le type à distance, attendant qu'il se fatigue, que sa rage s'épuise dans les coups portés en vain… Si elle a de la chance, l'animal se blessera tout seul. Le type balance un coup de poing dans le vide, ça lui déchire l'épaule et il se met à geindre comme un imbécile, serrant son membre amoché contre son estomac.

« *Vou te matar !* » beugle le type.

Ça vibre, ça résonne…

Ils tournent une ronde furieuse : une ronde ivre de rage, de peur, une ronde écumante…

D'où ça vient ?… Où sont-ils ?

Carmelita tend l'oreille. Ils sont probablement au-dessus de sa tête mais ça n'est pas certain. Tout s'entend dans ce réduit de misère : les sons les plus ténus traversent les murs de brique creuse comme si c'étaient des feuilles de papier. Les bruits filent dans les boyaux, les ruelles, tournent dans les innombrables recoins, se répercutent sous les voûtes ; les surplombs sont autant de chambres d'échos.

Par leurs fenêtres sans vitres, par leurs portes béantes, les masures de la favela vocifèrent la clameur incessante d'une détresse en ébullition. À l'heure du dîner, cinquante bouches de télévision braillent les mêmes publicités : Super Offre de Super Dindes dans les Super *lojas Ameriiiiicaaaanaaaaaas*…

Une rumeur de géhenne plane, nuit et jour, sur le *morro*. Où que l'on soit, on a le sentiment d'être au cœur d'un grouillement intense, inlassable. On entend les gens qui bouffent, qui postillonnent, la bouche pleine ; on entend la friture dans la poêle, les casseroles qu'on choque, les tintements des verres, de la vaisselle épaisse. On entend les gens qui prennent leur douche, on les entend qui chient. Avant que Carmelita ne s'endorme, un type a pété longuement, grassement, son riz aux haricots. Ça n'en finissait pas… On les entend baiser, gémir, les gosses chialent parce qu'ils savent, à quelques mois, que le sort les a jetés dans un endroit maudit où les âmes en carafe ne trouvent jamais le repos.

La femme crie encore.

À la voix qui se déchire, éclatant dans la gorge, on sent que, cette fois, le coup a porté. Le type l'a eue ! Il l'a approchée d'assez près et le coup est arrivé ! Le danger se précise… La mort, peut-être, est maintenant sur les talons de la femme !

Senhor Deus, prie Carmelita, faites que cette inconnue qui gueule quelque part ne soit pas estropiée. Donnez-lui la force de se défendre, *Senhor*, qu'elle casse la gueule à ce salaud…

Carmelita avait vécu quelque temps avec Ricardo : un paveur, aux bras épais, qui lui avait fait Beto, son fils cadet. Ricardo rentrait souvent au milieu de la nuit en se cognant aux meubles, puant la sueur, la bière renversée, puant le jasmin ou la rose : les parfums écœurants dont s'aspergeait cette grosse putasse de Rosirene.

Carmelita se rappelle les yeux égarés de Ricardo, ses grimaces stupides lorsqu'elle lui demandait de se justifier, elle se souvient de ses exigences violentes quand il n'avait pas eu tout ce qu'il voulait dans les bras de cette salope de Rosirene, ou quand il en voulait encore… Qu'il se vautrait sur elle en ahanant, les reins mous, englués dans la bière. Elle détournait le visage, l'enfouissait dans l'oreiller pour échapper à son haleine de hyène… Elle l'avait subi ainsi au début de leur vie commune mais après quelques mois, quand il fut clair que cet abruti de Ricardo n'entendait pas changer ses habitudes, Carmelita l'avait envoyé balader et pour finir, l'avait purement et simplement jeté à la rue… Il était venu pleurer, avec ses gros bras de paveur, gémissant, des nuits durant : *Oi !*... Carmelita... Laisse-moi entrer... Reprends-moi !... Carmelita...

Elle lui jetait de l'eau comme on en jette sur les chiens en chaleur...

Ne te laisse pas faire, femme, défends-toi !

Attrape un couteau...

Quelle heure est-il ? Carmelita ne sait pas : son vieux réveil mécanique est quelque part au fond d'un sac, mais il est tard : très tard...

Ça dure depuis combien de temps ?... Dix minutes... Au moins !

Dix minutes à esquiver, tant bien que mal, dix minutes à ramasser des beignes, c'est une éternité !

Un énorme fracas résonne. On dirait qu'un camion vient de percuter un tambour.

Emerson s'est dressé d'un coup, il se tient assis sur son matelas de mousse, scrutant les ténèbres pour tâcher de comprendre quel est ce bruit qui a bousculé son sommeil.

« *Mãe ?* » il gémit. « *Mãe ?* »

Carmelita lui caresse la tête.

« Dors, *meu filho*... », elle chuchote. « Je suis là. »

La garçon tourne son visage vers elle puis, rassuré par cette présence familière, il s'allonge à nouveau, sur le flanc, marmonne un peu et se rendort.

Le vasistas qui donne sur la ruelle s'illumine, diffusant dans la pièce une lumière terne qui allonge des ombres épaisses. Quelqu'un vient d'allumer dans la baraque voisine. Une voix d'homme résonne dans le boyau. « *Calaa boca* », il crie « fermez-la ! ».

Le type est furieux. Il est manœuvre sur un chantier de construction, à une heure et demie de bus, il se lève tôt, ou bien il est agent d'entretien dans un immeuble du centre, toute la journée durant il passe une serpillière mouillée sur les dalles du hall pour les garder brillantes, il collecte les ordures, nettoie les poubelles… Il est livreur de boissons, livreur de bouteilles de gaz, livreur d'eau minérale… C'est un homme de peine ! Lorsqu'il rentre, après une journée de boulot, il en a plein le dos ! Qu'on le laisse dormir !…

« Ta gueule !… », il hurle, « Ta gueule, *caralho !* »

Sa voix résonne dans la ruelle : elle la remplit, elle la bourre…

Une voix poilue gueule qu'elle en a marre de ce tintamarre, de ce bordel domestique. Qu'ils la ferment tous ! Que le monde entier la ferme, le laisse en paix, se taise !

Des pleurs d'enfant éclatent.

C'est un tout petit gosse qui chiale ! Quel âge a-t-il ? Deux mois ?… Trois ?… C'est un *bebezinho*, à la peau sucrée qui suinte le lait. Il serre les poings, il ouvre une bouche édentée dans son visage crispé. Un visage de vieux, *tadinho*…

Qu'est-ce que Beto a pleuré quand il était gamin !… Il lui en a volé des heures et des heures de sommeil !

Sandra était beaucoup plus calme ; quant à Emerson, à trois semaines il faisait déjà ses nuits. Lorsque Carmelita avait dit ça au médecin de la crèche, la femme l'avait regardée comme si elle la soupçonnait de raconter des bobards.

« *Ajuda !* » hurle la femme, « *ajuda !* »

Carmelita se lève. Cette fois, le type l'a coincée, il l'esquinte.

Carmelita chausse ses sandales et sort dans les ténèbres de l'escalier. Guidée par un halo de lumière, elle grimpe les marches inégales, arrive sur le palier, pousse la porte.

Le crâne bourrelé de bigoudis qui lui dessinent une auréole rose électrique, Alair de Assunção est allongée presque au centre de la pièce. Un type est vautré sur elle ! Il la besogne au milieu des meubles brisés, des éclats de toutes sortes qui jonchent le sol de ciment.

Alair ne réagit pas. Son visage est déjeté sur le côté, son bras ressemble à une branche morte.

« Arrête !... », crie Carmelita. « Arrête ! »

L'homme n'a pas l'air d'entendre ou bien il se moque de cette femme qui crie au-dessus de lui. Il est tout entier dans sa bite, à la poursuite mécanique et obstinée d'un plaisir qui tarde à venir.

Carmelita lui assène une claque sur la nuque. Le type ne bronche pas. Carmelita cogne à poings fermés sur la tête de l'homme, sur ses épaules, son cou. Il n'a pas l'air de sentir.

Les yeux d'Alair sont fermés, ses narines pincées, son petit visage d'animal combatif est gris. Avec ses bigoudis roses, accrochés à sa chevelure comme des larves, de gros vers de plastique, elle a l'air morte... Morte avec son tee-shirt blanc, déchiré du haut en bas, qui ne tient plus que par l'ourlet du tour de cou, et sur lequel on lit tout de même : VOTE JULIO CÉSAR CORRÊA !

À chaque coup de reins du type, les épaules d'Alair bougent avec cette inertie terrifiante de la chair inconsciente. On dirait, par moments, que les coups de boutoir de l'homme qui la fourgonne ne suscitent, de la part d'Alair, que des haussements d'épaules.

Tu me baises et alors ?... Que veux-tu que ça me fasse ?... Ta bite n'existe pas... je ne sens pas ton poids sur moi… Va, va, connard !…Abrège !… Grouille-toi !…

Le type sue. Ses fesses, qui se contractent en rythme, sont luisantes de sueur. Il grogne, il râle comme s'il en bavait de baiser cette femme inerte sous lui, comme s'il s'acquittait d'un labeur épuisant.

Carmelita empoigne les cheveux du type et tire dessus, de toutes ses forces. La tête de l'homme bascule vers l'arrière mais il ne lâche pas prise. La peau de son front qui, sous la poigne de Carmelita, remonte vers les tempes lui fait des yeux blancs ; un mince feston d'écume séchée ourle ses lèvres.

Submergée de dégoût, Carmelita lâche prise. Le type continue ses coups de reins laborieux.

Carmelita cherche quelque chose pour cogner. Il lui faut un objet lourd, une masse, dont l'impact fera sauter quelque chose dans la cervelle du type, coupera son énergie.

Dans les débris de l'évier effondré brillent les galbes d'une bouteille de bière. Carmelita l'empoigne par le col, frappe de toutes ses forces sur le crâne de l'homme : une fois, deux fois, trois fois ! On dirait que les coups ne servent à rien. Cet homme nu et noir semble indestructible. Cet homme c'est Exu…

Exu le diable a pris possession de ce type, il le tient !

C'est Exu qui, à travers lui, fourgonne la malheureuse Alair, étendue sur le ciment souillé comme une victime offerte. Quand Exu en aura terminé avec elle, quand il aura rempli le ventre mort d'Alair de sa semence vénéneuse, il se jettera sur Carmelita, il la prendra, il la possédera.

Carmelita abat la bouteille de toutes ses forces sur la tête de l'homme. Un ruisseau de sang déborde de sa chevelure et coule sur sa nuque, ruisselle dans le sillon de ses épaules.

Le sang a répondu à Carmelita. Il lui dit de taper encore. Si elle y met davantage de force, davantage de cœur, le type s'effondrera.

Carmelita cogne. Dans son coup, elle met tout son dégoût.

Le verre éclate et l'homme s'affaisse, comme le sang l'avait promis. Il glisse, roule sur le côté ; il n'est plus désormais qu'un long paquet de chair flasque. Il n'est plus Exu mais un type ordinaire qui a pris un coup de bouteille sur le crâne, qui est inconscient et saigne à flots.

Carmelita tire le corps par un bras et dégage Alair. La petite femme maigre porte toujours sa culotte : une culotte de rayonne rose, assortie aux rouleaux de plastique qui tiennent toujours bon sur sa tête.

Le type ne baisait pas Alair ! Il s'excitait sur sa cuisse, comme un chien. Carmelita a envie de vomir. Le type n'était pas Exu : il n'était qu'un homme fou, une loque maculée par la poussière du sol qui fait, sur son visage, sur ses bras, de grandes taches farineuses.

Carmelita se penche sur Alair. Elle tâte sa poitrine maigre où les seins se résument à deux mamelons charnus et noirs comme deux bouts de caoutchouc.

Le cœur bat : lointain, petit, faible, mais vivant.

5

La nuit est tombée depuis longtemps. Emerson est assis sur le muret chaulé qui borde le terrain raviné où les gamins de la favela jouent au football de salon. Il aurait dû lever ses fesses du ciment depuis un bon moment déjà, mais il se sent lourd, mou… Il se sent englué.

Un matin, sur la crête dominant le lac Paranoá, il avait découvert un passereau mort, pris dans les épines d'un arbuste. Un *dançador* au plumage bleu vif, à la tête casquée d'un toupet rouge. Les doigts maigres de l'oiseau étaient collés à la branchette, enduite de glu, sur laquelle il s'était posé, attiré par les graines de millet offertes en appât.

Emerson était resté un long moment devant la dépouille : fasciné !

La mort avait pris l'oiseau les ailes déployées. Bien que le cadavre fût déjà la proie de la vermine, on aurait dit qu'il cherchait encore à s'envoler. Jusqu'au bout, il avait tenté de reprendre son vol, de reprendre sa vie de *dançador*. Il y avait consumé toute son énergie !

Emerson avait imaginé l'agonie de l'oiseau, il avait imaginé ses propres pieds pris dans de la boue ou dans un bloc de béton comme on voyait dans les séries américaines à la télévision, et il s'était demandé si, comme cet oiseau mort, il tenterait jusqu'à la fin d'échapper à cette vie animale qu'ils menaient, sa mère et lui... Une vie foutue... Une vie de gens foutus...

Il se rappelle la lumière blanche, saturée de rosée, qui, ce jour-là, brillait sur le Planalto.

La gorge du garçon se serre.

Le *campo* lui manque, les jeux dans le *campo*, son école : l'école Cristóvão Buarque... La vie qu'ils vivaient là-bas, réunis tous les quatre dans la baraque de Paranoá, lui manque. Pourquoi ne retourneraient-ils pas dans le Distrito Federal ?... Hein, *mãe* ?... Pourquoi ne rentraient-ils pas pour retrouver Sandra et ce petit con de Bebeto...

Emerson sent un goût de larmes dans sa bouche. Il pourrait se mettre à pleurer...

Est-ce qu'il y a des *dançadores* ici ?... Il n'a pas souvenir d'en avoir aperçu mais, à dire vrai, jamais, depuis qu'ils sont arrivés, il ne s'est préoccupé de savoir quels oiseaux perchaient dans les arbres de Rio... Non, jamais ; pourtant ça n'est pas une question si futile...

Demain, au jour, il jettera un coup d'œil. Il aura le temps ! Demain, toute la journée sera pour lui !...

Il soupire. La journée entière, *puta merda* !

Ta mère t'attend, Emerson...

Je sais qu'elle m'attend... Deux minutes seulement : deux !...

Dans deux minutes, il se mettra en route vers la baraque qu'ils louent, presque au sommet du *morro*.

Là-haut, on trouve à se loger pour un prix de bananes mais, même s'ils étaient hébergés à l'œil, ce serait encore cher pour ce que c'est ! Une carcasse de bois plantée de guingois, un toit de tôles trouées, rafistolées tant bien que mal, qui sonne comme un tambour d'Olodum sous les grosses pluies d'été... Des murs de terre compactée à la main qui fondent sous l'averse. Des portes qui ne ferment pas, des volets de fenêtres qui ne ferment pas davantage...

Ils ont pris ça en attendant...

En attendant quoi ?... Hein, Emerson ?

En attendant que Dieu, qui bivouaque dans l'éther, se dise tout d'un coup : bon sang de bonsoir, ce vermisseau que j'aperçois là en train de gravir la termitière de Nossa Senhora da Guia, c'est Emerson !... Le fils aîné de Carmelita... Que fait-il dans ce coin-là de l'enfer, ce brave Emerson ?... Il n'a pas tué, n'a pas volé non plus... Je ne vois rien à retenir contre lui...

Franchement rien...

Lorsqu'il constatera l'injustice qui est faite à Emerson, Dieu réparera.

Qu'il leur envoie un gros paquet de billets !... Des billets de dix reais, bien tassés dans un sac-poubelle ! Emerson saura s'en débrouiller.

Ça serait chouette si un miracle se produisait...

Ne compte pas là-dessus, Emerson : Dieu a d'autres chats à fouetter ! Dieu ne t'aime pas, tu le sais... Dieu t'a condamné, depuis belle lurette, à une vie de chien, à une vie de misère...

Une nouvelle fois le garçon a envie de pleurer... Il a envie de se laisser aller à sangloter comme un gosse, mais il n'est plus un gosse, *caralho* ! Il est un homme !

Pas vrai, Emerson ?

Vrai... Vrai de vrai ! Même si, certains jours, il est sacrément difficile de se souvenir qu'on est un homme...

Il devrait être rentré depuis deux heures déjà mais, ce soir, son cœur va tellement de travers qu'il n'a aucun courage. Ce soir, Emerson se sent faible, il se sent des jambes de plomb ! L'idée même d'escalader le *morro* lui flanque la nausée.

Monter cette côte infernale, Seigneur, gravir le Golgotha de Nossa Senhora da Guia avec ce paquet gluant qui gonfle dans sa poitrine l'étouffe... Il faut être damné pour mériter un châtiment pareil...

Es-tu damné, Emerson ?... Dis... Crois-tu que le barbu céleste qui trône sur son nuage t'a vendu au diable comme, jadis, les mauvais maîtres bazardaient leurs esclaves rétifs pour peu qu'on leur en offre un bon prix ?

Tu blasphèmes, Emerson !

Ferme-la, ferme-la donc, allons, tais-toi !...

Le garçon lève la tête vers le haut du *morro*, fouille les ténèbres du regard. Dieu, comme les lumières, là-haut, sont petites. Où est-elle ?... Sous laquelle de ces lumières crevées veille sa mère ?

Il ne sait pas... Il ne veut pas savoir...

Il jette autour de lui un regard morne. Il va tout de même falloir qu'il se décide, qu'il se jette dans ce labyrinthe souillé de pourriture.

Les maisons du bas sont à peu près d'aplomb mais dès qu'on s'élève un peu, dès qu'on s'engage sous les arbres, le cauchemar commence. L'odeur, à elle seule, est terrifiante : elle pénètre dans le sang, coule dans les veines. Des fois, Emerson a le sentiment qu'elle imprègne sa chair. La puanteur d'égouts vieux, d'égouts débordants d'ordures en fermentation, se mêle à la pestilence du lisier de cochon.

Un Bahianais élève des porcs à mi-pente. À coups de pioche, le type a élargi une terrasse naturelle, il a construit dessus une demi-douzaine de boxes en planches où il engraisse cinq truies rose et noir, croûtées de boue, qui se vautrent dans la fange avec des soupirs de divas alanguies. Évidemment, leur chiasse se déverse sur la tête des gens qui habitent en contrebas. Voir et surtout sentir la merde de porc ruisseler sous leurs fenêtres, glisser sur le pas de leur porte n'a pas l'air de les déranger vraiment, sinon ils auraient foutu les cochons dans le ravin, à grands coups de pied dans le cul, depuis un bon bout de temps !

Les voisins du Bahianais attendent peut-être que les bêtes aient grossi à bloc pour les jeter dans le *barranco* ? Une fois qu'elles se seront fracassées en bas, les voisins se partageront les carcasses, ils les boufferont jusqu'au dernier petit os dans un grand *churrasco* collectif…

Plusieurs fois, tôt le matin, en dévalant le *morro* pour aller au boulot, Emerson a croisé le Bahianais. En caleçon, tout juste tombé du lit, le type parlait à ses bêtes. « Alors… Comment ça va, *porquinhos* ?… La vie, ça roule ?… »

Il paraît que parler aux animaux les met de bonne humeur et hâte leur croissance. Quand on leur tient la jambe, les cochons s'épaississent de couches et de couches d'un gras bien serré, bien blanc… « Vous m'avez fait du lard, un peu, cette nuit ?… » Le Bahianais menaçait ses bêtes d'un doigt boudiné. « Suffit pas de roupiller, *porquinhos*… faut profiter aussi… hein… sinon… »

Il passait sur sa gorge le tranchant de sa main.

Sinon couic !… Sinon je vous égorge d'un coup de tranchoir, truies de mes fesses !

Le Bahianais a l'air d'un cochon, lui aussi : ses bras, ses jambes sont des saucisses, des jambons liés ensemble ; son ventre est ballonné d'une grossesse de huit mois bien tapés… Il n'a pas de cou, son nez, très épaté, percé de deux trous noirs, ressemble à une prise de courant… Emerson est convaincu qu'au fond de son calebard froissé, l'homme cache une petite queue en tire-bouchon, il est convaincu qu'il grogne en bâfrant sa gamelle… Gron, gron, gron… *Arroz com feijão*… qu'il grogne quand il enfile sa femme : groui, groui, groui, remue le cul au lit…

Plus on monte, plus les animaux sont nombreux. En haut du *morro* un type élève un cheval cagneux, à la robe d'un blanc sale. Comment l'animal parvient-il à descendre les marches étroites et inégales des innombrables escaliers, comment réussit-il à faufiler son derrière fessu dans les boyaux tortueux et casse-gueule de la favela ?

C'est peut-être un cheval acrobate… un cheval équilibriste capable de danser sur une patte ?…

Si le bourrin était un cheval de cirque, quelqu'un l'aurait volé depuis longtemps !… Ou bien son propriétaire le logerait à la banque ! Personne ne laisserait un cheval de ce prix s'intoxiquer avec les innombrables saloperies qui traînent là-haut dans l'herbe souillée !

Dès qu'ils auront un peu d'argent devant eux, ils s'en iront. Ici, la mort fermente à l'ombre humide des manguiers, des bananiers, des jacas plantés du temps que cette partie-là du *morro* était encore la terre d'une *chácara* dont les récoltes se vendaient en bas, sur le marché central ou sur celui du port.

On part, *mãe* !… Ici la vie sent la merde et la misère, on retourne au bord du lac, là-bas, à Brasília !

Que diras-tu lorsque tu seras face à elle ?

Que diras-tu, Emerson ?

J'ai perdu mon boulot, *mãe* !…

Elle ne t'engueulera pas. Elle pleurera ou bien elle s'assoira, fauchée par cette tristesse qui l'abat quand tombe une mauvaise nouvelle, et ça sera bien pire que si elle se mettait en rogne…

C'est pas de ma faute, *mãe* !… C'est ce salaud de Portugais…

Elle aura un regard étonné.

Tu m'avais dit que c'était un brave homme.

Oui, c'est vrai, c'est bien ce qu'Emerson avait dit… Il voulait rassurer sa mère, il voulait surtout se rassurer lui parce qu'il travaillait pour la première fois et que tomber sous la coupe d'un inconnu lui faisait peur. Avec ce qu'on raconte, ici et là, sur les patrons… Sur l'arrogance, la méchanceté, la violence cupide des patrons…

Ce n'est pas un brave homme, *mãe* !… Les premiers jours, c'était un brave homme mais, ce matin, il m'a traité comme si j'étais un chien, comme si j'étais son esclave !…

Il m'a humilié, *mãe* ! Il m'a insulté devant tout le monde. Devant sa fille, devant les clients du bar…

Elle te regardera avec un air réprobateur. Toute sa vie elle a trimé sous le mépris, sous l'insulte, comme tous les pauvres… Comme toutes celles et tous ceux de sa condition… Et ça continuera… Des générations et des générations trimeront encore de la même manière…

La vie n'est pas un bouquet de roses, tu sais, Emerson… Quand on est ce que nous sommes, on avale des crapauds sans même ôter les ongles…

Écoute, *mãe*, écoute-moi…

Elle lui répétera qu'il ne changera pas le monde, qu'il lui faudra bel et bien apprendre à encaisser… À subir et se taire…

Tais-toi, *mãe*. Pour l'amour de Dieu !

Il lui racontera et elle comprendra : elle ne pourra pas ne pas comprendre !

Je briquais l'inox du comptoir, *mãe*, il s'est mis à gueuler.

« C'est comme ça que tu travailles ! Hein ?… Fainéant ! »

Emerson briquait, comme d'habitude : pas moins que d'habitude. Et l'autre s'était mis à gueuler, tout d'un coup, comme si Emerson avait commis un crime.

Le garçon n'avait rien répondu. Il avait continué à briquer à s'en faire mal aux mains !

« Retourne à la favela ! » hurlait le Portugais. « À la favela !… Bon à rien ! »

Un vieux, qui soufflait sur son café, lui avait fait un clin d'œil.

Maintenant qu'Emerson y repense, ce clin d'œil lui fait du bien, mais au moment où le vieux le lui a adressé, il était trop bouleversé pour que ce signe de connivence arrange quelque chose. Il signifiait : ne te frappe pas, garçon… laisse gueuler, laisse pisser, garçon !

Le vieux avait compris ce qui se passait. Peut-être connaissait-il de longue date ce salopard de Portugais, peut-être lui avait-il vu faire la même chose avec d'autres garçons de bar ?…

Petit, les cheveux gris, mal rasé, il n'était qu'un vieux tout en poils, sans rien de particulier. Des types comme ça, combien en passait-il, chaque jour, dans le bar du Portugais ?… Dix… vingt ?… Davantage ?… Ils entrent, marmonnent deux ou trois mots, ils boivent un *cafezinho* à petites gorgées d'oiseau, puis ils sortent et c'est comme s'ils n'étaient jamais entrés. Après qu'ils sont partis, aucune trace ne subsiste de leur visite. Les vieux, ça fait partie du paysage !

Pourquoi ce vieux-là fréquentait-il ce bar s'il savait que le patron était une *porcaria* ?

Pourquoi tu le fais travailler ce salaud, hein, *velhinho* ?… Pourquoi tu lui laisses ton fric ?…

C'était un vieux sans couilles, un vieux qui avait rampé toute sa vie, à qui on avait répété : laisse pisser, garçon !… Il avait si bien laissé pisser qu'on avait fini par lui pisser dessus !… Et le seul conseil qu'il trouvait à donner, aujourd'hui, c'était de laisser pisser…

N'empêche que maintenant qu'Emerson y repense, ce clin d'œil lui fait du bien.

Je suis de ton côté, garçon ! Je suis avec toi !

Tu parles !… Ils étaient des milliers, des millions dans tout Rio, du côté d'Emerson ! Ça changeait quoi ?

Ce vieux était un client !… C'était un clin d'œil de client qu'il lui avait adressé, pas un clin d'œil d'esclave.

Elle s'inquiète, Emerson ! Il faut monter maintenant ! Elle a préparé le repas, elle t'attend.

J'y vais…

Deux minutes et j'y vais !

Tu n'es pas sérieux, Emerson…

Mais si, je suis sérieux… Tous ceux qui me connaissent le savent, ils disent : Emerson est un garçon sérieux… Même le Portugais le savait… Le premier jour, je l'ai entendu qui disait dans mon dos : on dirait que, pour une fois, j'ai mis la main sur un garçon sérieux.

C'était de moi qu'il parlait… De moi, *mãe*… Tu me crois ?

Ça ne l'a pas empêché de me virer, de m'insulter devant les clients, devant sa fille…

Demain, Emerson achètera un calibre 38, il retournera dans le bar du Portugais, à l'heure de pointe, il lui collera le canon de son flingue dans la bouche, il lui ordonnera de s'agenouiller et lui collera une balle dans la tête, sans même lui donner le temps de bredouiller une prière.

Il lui fera sauter la tête, *caralho*, il enverra sa cervelle d'abruti sur l'inox du bar et il ne faudra pas compter sur lui pour nettoyer les taches !

Avec quoi te paierais-tu un flingue, Emerson ?… Tu n'as pas un real, tu n'as rien…

Je me débrouillerai : on se débrouille toujours !… Quelqu'un me prêtera le sien…

Tu as vu quelqu'un, ici, prêter quoi que ce soit ?…

Avec un flingue ou avec autre chose, Emerson tuera ce salaud de Portugais !

Une centaine de mètres plus loin, la porte du bar Vermelho dessine dans la nuit un rectangle de lumière ; la bouche du bar Vermelho souffle une musique en bouillie, comme une haleine trouble.

Des cris se mêlent à la musique… Des cris trempés de bière…

Le bar Vermelho est le seul bar de la favela. Il est déjà ouvert lorsque Emerson s'en va au travail… S'en allait au travail parce qu'il pourra rester au lit maintenant… Oui, il pourra traîner comme bon lui semble !…

Et ça ne sera pas agréable. Ça ne sera pas comme le dimanche, à Paranoá, où il faisait bon flemmarder dans les draps, les jours sans école !

Tu te souviens, Emerson ?

Oui, il se souvient.

Il se réveillait avant tout le monde pour que personne ne lui fauche la place et filait se pelotonner contre sa mère, il se blottissait contre son flanc tiède qui sentait la nuit et restait immobile, se goinfrant de sa tiédeur, de son odeur sucrée.

Encore envie de pleurer, Emerson ?... Pense à autre chose... pense au bar Vermelho, tiens, qui ouvre sa grande gueule sonore...

Dans la salle dépouillée, devant le comptoir d'inox terni, appuyés aux glacières cabossées où des bouteilles de bière sont empilées tête-bêche, comme des balles traçantes, des types gueulent qu'ils en ont marre, qu'ils en ont ras le bol de vivre à Nossa Senhora da Guia où il pleut de la merde de cochon, où il dégringole de l'ordure pourrissante et non pas des sacs de billets de dix reais, comme dans les rêves d'Emerson...

Même si les clients du bar Vermelho jetaient tous les cochons des ploucs de Bahia, du Ceará, de la Paraíba au fond du *barranco,* s'ils balançaient dans le ravin tout ce qui chie et pue, la face de la favela n'en serait pas changée.

Non, *meu amigo*, ça ne changerait rien !... Ça changerait pas un poil, *cara*, pas ça !...

Allez, sers-moi une autre bière...

Un homme descend à grandes enjambées la Rua São Jorge qui, en vérité, n'est qu'un chemin de terre labouré de crevasses. Depuis le muret de ciment sur lequel est assis Emerson, on dirait que la rue se jette dans la porte béante du bar Vermelho, prête à avaler tout ce qui passe.

Le type qui dévale la pente est vêtu d'un costume en grosse toile bleue d'employé de la voirie, il est chaussé de bottes de caoutchouc noires et il descend comme s'il plongeait en avant à chacun de ses pas.

Il hurle : « Me voici !... J'arrive, les gars !... J'arrive, *puta merda*... je suis là ! »

Sa voix éraillée, écrasée, sa voix qui sort écrabouillée de sa gorge irritée dit qu'il a bu déjà beaucoup. Quelqu'un, dans le haut du *morro*, où les canalisations s'engorgent sans arrêt, lui a offert de la *pinga*, en remerciement d'avoir touillé l'ordure, de l'avoir barattée avec compétence, avec la science que seule produit une longue pratique.

Tiens, *meu amigo*, bois !

L'homme s'est tapé un verre, ou deux, ou dix verres d'une gnôle forte à faire jaillir les yeux hors des orbites : de la *pinga* maison, distillée à la cocotte-minute. De la goutte qui tue, mais qu'importe... Qui se soucie de savoir ce qu'il y a dans la *pinga* ? Qui, dans ce monde de malheur, se soucie de rester vivant longtemps ?

J'en ai ras le cul de plonger les bras dans la merde ! braille le type, ras le bol de malaxer l'ordure à mains nues... Vous m'entendez ?... Est-ce que vous m'entendez ?

Bien sûr que non, voyons !... Personne n'écoute !

D'ailleurs, ça n'est pas cela que gueule le type : en vérité, il gueule des paroles tordues, des paroles difficiles à comprendre, il gueule quelque chose comme HAAAAA... Çaaaaa vaaaa *Caaaaaraaaa*...

Ce qu'il veut dire, par ces mots incompréhensibles, ces mots que lamine sa mâchoire sans dents, ces mots tapés à mort par la gnôle infecte des bouilleurs de cru, c'est qu'il en a par-dessus les oreilles de puer l'ordure, la décomposition…

Ça me fait dégueuler de rentrer chez moi avec une odeur pareille dans la peau, *cara* !…

Vous comprenez ?…

Est-ce que vous comprenez ?

Qui peut prendre ses gosses dans ses bras lorsqu'il porte sur lui la puanteur de la pourriture ? Qui peut manger avec appétit avec cette odeur-là au fond de son assiette ?

Quand je me mets à table, *poxa*, des images ignobles flottent devant mes yeux, quand je prends mon petit gosse dans mes bras, je me souviens de rats qui filent dans les puisards immondes, quand je serre ma fille, la dernière, la *loirinha*, contre moi, il me vient à l'idée que son père sent la merde…

Il faut boire, *cara* ! Il faut jeter du carburant dans le feu… de la bière, de la *pinga*…

Et l'homme s'engouffre dans le bar comme il se jetterait contre un mur !

Tu te fous du monde, Emerson !

C'est bon… Ça va, il y va… Il n'a aucune envie de se taper cette maudite escalade, mais un homme, *poxa*, ça doit savoir prendre sur soi !

Le garçon se met debout, époussette son pantalon.

J'arrive, *mãe*… je suis debout… Je viens… Dans cinq minutes, je suis là !

L'éclairage est minable. Autour du terrain de football, deux lampes sur trois ne dardent plus vers le sol que des tessons aux pointes acérées ! Les types de l'équipe de Valente les ont fait sauter à coups de flingue. Leur *boca de fumo* se trouve un peu plus haut. Ils préfèrent, et on les comprend avec les flics rôdant en bas, que le commerce se tienne dans l'ombre : les ténèbres complices où les balles se perdent.

Les baraques du bas sont en briques. Certaines sont même achevées et crépies. Les paraboles et les antennes râteaux tendues vers les images de la télévision qui filent, nuit et jour, dans le ciel de la ville, dressent sur les terrasses arides leurs moignons de ferraille.

Les baraques qui bordent la favela sont serrées les unes contre les autres. Chaque pouce de terre a été mis à profit car, ici, on est près de l'asphalte, du bus 128 qui s'arrête à cinq cents mètres à peine. L'école des gosses n'est pas loin, le supermarché Panelão non plus, et les commerces… La vie, quoi, n'est pas si loin ! Certes, les gens du bas pataugent dans la merde que ceux d'en haut lâchent dans la pente comme pour se venger d'habiter des cabanes sordides qu'ils regagnent au terme d'un chemin exténuant, mais patauger n'est pas le pire ! Dans le marché où s'échange la merde qui glisse sous les fenêtres contre la montée harassante dans les hauts du *morro*, tout le monde choisit la merde !

Dites, vous avez grimpé les escaliers, les rampes glissantes de la favela, une *melancia* sous le bras ?… Pas une grosse *melancia* : une *melancia* familiale, de quatre ou cinq kilos, qu'on se partage en six ?… Vous vous êtes tapé la côte en portant sur le dos un sac de riz brisé qui fait à peine une semaine, deux ou trois kilos de *feijão*, quelques racines de manioc ?… Non ?… Dommage ! Celle, celui qui sait, préfère toujours la merde au cauchemar de la montée !

La Rua São Jorge bute contre la paroi sombre du *morro*. Les baraques étroites qui bordent le cul-de-sac sont adossées à la pierre et semblent projetées vers le ciel comme si on les avait pressées fortement l'une contre l'autre pour que chacune tienne moins de place, qu'il entre davantage de masures dans ce cirque exigu. À la nuit tombée, les filles et les jeunes types de la favela se retrouvent entre les tas de sable qui viennent d'être livrés et qui serviront à construire d'autres maisons maigres, d'autres baraques décharnées. Lorsque Emerson traverse la placette, une fille, seule, est assise au sommet d'une pile de briques creuses. Il ne voit d'elle qu'une paire de cuisses, largement découvertes, dont les fuseaux bistre se joignent sous le bord de sa minijupe, dans un triangle d'ombre creuse.

Emerson a le sentiment qu'on vient de le frapper au ventre. La fille se trouve à une vingtaine de mètres, cependant c'est comme si elle avait ouvert ses cuisses sous le nez d'Emerson ! Comme si la terre s'était fendue devant lui : une terre frisée, *cara*, une terre humide, odorante !

L'ombre entre les cuisses de la fille, cette chair abondante qui s'enfonce sous le tissu, quelle torture ! Quel supplice de ne pouvoir la toucher, de ne pouvoir en jouir !...

Emerson ralentit le pas, il regarde avidement les cheveux, le visage de cette fille inconnue, ses seins qui bourgeonnent sous son tee-shirt au décolleté profond. Deux boules, *Senhor Deus* !... Deux petits ballons couleur de cuivre, qui sauteront en l'air au premier geste brusque !

Emerson n'a jamais vu cette fille-là. Elle doit être du même âge que lui mais le rouge à lèvres pourpre qui fait saigner sa bouche, les anneaux dorés qui pendent à ses oreilles, ses vêtements ajustés qui soulignent chaque pli de son corps succulent la font paraître femme alors que lui se sent encore adolescent...

Moche, pataud, balourd comme un adolescent...

La fille n'a pas l'air de sentir ces yeux abrasifs qui se baladent sur sa chair, qui la caressent, s'insinuent au plus profond de son intimité. Elle joue avec un bout de fil qu'elle enroule machinalement autour de son index, avant de le dérouler, recommençant aussitôt, comme si elle s'ennuyait. Elle prétend ne pas voir Emerson et peut-être ne le voit-elle pas. Il n'est qu'une silhouette sans consistance : l'ombre famélique d'un mâle pas encore achevé, pas fait !

Le type qu'elle attend a vingt ans, il porte un jean Nova Iorque, des tennis Star, ses bras, ses épaules sont tatoués d'idéogrammes chinois dont les lignes entrelacées disent : je t'aime ! Il compte s'acheter bientôt un collier d'or, aux mailles épaisses, qui lui tombera presque aux tétons : une parure de prince, *poxa !*

La fille attend le prince Zico, qui se déplace dans les ruelles, les *becos,* les *bequinhos,* avec une grâce de chat...

Passe ton chemin, vagabond... *Vai, vai*... Rien n'est pour toi... rien ! Ni mes seins, ni mon ventre, ni ma chevelure opulente qui tombe sur mes épaules... Vois comme mes cheveux sont propres, comme ils sont doux... Si tu palpais mes cheveux, *caralho*... Ah, si tu les empoignais à pleines mains, comme Zico les empoigne...

Au lieu de prendre la ruelle habituelle, Emerson s'engage dans un boyau étroit. Dès qu'il s'estime hors de vue, il s'immobilise et, durant de longues minutes, il se gave de la vision de cette fille, assise sur son tas de briques comme une grosse fleur.

Lorsque, enfin, il tourne les talons, le sentiment de ne pas exister l'accable ; il n'est qu'un plouc de l'intérieur, mal dégrossi, mal vêtu, un type sur lequel une fille comme celle qui attend son amoureux, là, tout près, dans le cul-de-sac de la Rua São Jorge, ne posera jamais les yeux. Emerson se sent encore plus misérable, encore plus seul que tout à l'heure. Il marche sans bien savoir où il va. Il pense à la fille. Que va-t-elle faire cette nuit ?

Qui va la prendre dans ses bras ?

6

Un homme dévale l'escalier, vers le bas de la favela. À son passage, Emerson se tasse contre le mur. Le type n'a pas l'air d'un *favelado*. C'est un vieux, d'une quarantaine d'années, vêtu d'un costume de tergal bleu marine. Un vêtement d'en bas, pense Emerson : un vêtement de l'asphalte, de la ville formelle…

L'étranger évite de croiser le regard d'Emerson : il baisse la tête comme s'il avait honte d'être là, comme s'il s'enfuyait.

La favela incarne la déchéance, le mal, la damnation… Elle inspire la terreur, la haine… Tout le monde voudrait en finir avec les favelas.

Chaque jour, dans le bar du Portugais, Emerson entendait les clients ruminer, le nez dans la page des faits divers, du *Globo*, du *Jornal do Brasil,* du *Dia*… : « La seule façon de régler le problème, *porra,* c'est de passer tout ça au lance-flammes ! »

Soufflant sur leur café *com leite* dans le verre cannelé qui leur brûlait la langue, ils rêvaient de les détruire : toutes ! Dona Marta, Vidigal, Coroa, Querozene, Canta Galo, Matagal, Morro dos Prazeres… Écraser les innombrables favelas de Rio, celles de

São Paulo, de Salvador, de Recife… Bousiller les favelas de la lune… de Mars !… Les passer au lance-flammes : l'une après l'autre !…

Le nez dans le journal, ils grognaient leur indignation du matin, leur fureur du soir ; ils hochaient la tête, secoués d'un dégoût incrédule à chacune des nouvelles qui leur parvenaient de là-bas : cet autre monde abhorré, terrifiant.

L'enfer, *cara* ! *O Inferno…*

« Dans la matinée d'hier, bavait le journal, deux corps non identifiés ont été découverts dans le coffre d'une voiture abandonnée Rua Limeira, à Tomás Coelho (Zona Suburbana). Avant de mourir, l'une des deux victimes, dont la tête n'a pas été retrouvée, avait été démembrée à la tronçonneuse. »

À la tronçonneuse, *poxa !*

Ils imaginaient la lame, le sang, la gueule du type qui, retrouvant avec soulagement sa voiture volée la veille, ouvrait le coffre et découvrait des morceaux d'homme jetés en vrac, le sang coagulé, noirci !

Senhor Deus… Faites que je ne trouve jamais de corps découpé jeté dans ma bagnole ! Vous m'entendez, *Senhor Deus* ?…

Les flamber méthodiquement : jusqu'à la racine, jusqu'à élimination totale ! Et ça ne sera pas facile, *cara* ! Les *favelados*, c'est comme les poux !… Tant qu'il reste des lentes, on n'en vient pas à bout !

Le Portugais qui, en général, se tenait en faction près de la cage grillagée de la caisse, son flingue à portée de la main, ricanait. Il approuvait : le lance-flammes lui semblait un excellent remède contre le cancer des favelas, car les favelas, *meu amigo*, c'est un cancer, pas vrai ?

Ça bouffe, ça ronge, ça s'étend…

Le Portugais sortait sur le seuil du bar, il jetait un coup d'œil au ciel gris, suivait une silhouette de femme traversant la placette, de l'autre côté de la rue, en roulant sur ses hanches, jetait un regard haineux aux gosses effondrés sous le manguier : en haillons, barbouillés de saleté, pieds nus, abrutis par la colle, saouls de misère, ivres d'une dérive infinie. Il revenait à la caisse, soupirant son regret... Si on le laissait faire... Si le pays ne vivait pas sous ce régime de merde, le coin serait propre, *cara* !... Les gens se baladeraient sans peur, à n'importe quelle heure du jour et de la nuit, comme du temps des militaires...

Les favelas ce sont des chancres qui fleurissent sur les glands des *morros*. Les grandes bites noires des *morros*... « Un jour, ces saloperies avaleront la ville entière ! »

Les clients quittaient leur journal un instant, ruminaient la prophétie du Portugais et parvenaient à l'inévitable conclusion, mille fois remâchée, sur laquelle, au fond, tout le monde était d'accord ! Si on ne faisait rien, si on laissait courir comme on l'avait toujours fait, Rio ne serait plus, bientôt, qu'une gigantesque favela et alors...

Alors, *meu amigo*...

Ils fixaient Emerson avec des yeux durs car ils savaient qu'il habitait la favela. C'était un message qu'il lui adressait pour qu'il le transmette autour de lui. Profitez-en, les gars : tuez tout votre saoul ! Découpez les innocents, dépecez bras et jambes, au couteau de boucher, à la scie, à ce que vous voulez... Trouez les passants au pic à glace... Dévalisez les gens de la rue, faites-leur sauter la tête d'une balle bien envoyée ! Violez les filles... Jetez leurs corps souillés, leurs corps profanés sur les décharges d'ordures, comme c'est écrit dans le journal. « Le corps de Mônica Marques, enlevée alors qu'elle arrivait à sa résidence, Rua General Glícerio, dans le quartier de Laranjeiras (Zona Sul), et celui de Carlos Alberto Bessa Gonçalo, ont été retrouvés tués par balles et à coups de pierres, dans un terrain vague... »

Jouissez vite de vos crimes car, bientôt, vous ne serez plus que de la chair noircie, du plastique carbonisé. Bientôt, nous allons faire un gigantesque barbecue ! Un *churrasco* géant et c'est vous, *favelados queridos,* qui fournirez la viande ! Les petits et les grands, hommes et femmes...

Le Portugais imaginait les broches, les grils, les bûchers... Le poil hérissé sur les avant-bras, une poche de froid dans la poitrine, l'homme se délectait de cette terrifiante et troublante vision ! Un *churrasco* inouï, *poxa* !

Il y a longtemps, déjà, qu'on aurait dû le faire !

Pourquoi l'inconnu au costume de tergal avait-il le feu au cul ?

Emerson interrompt sa montée, il regarde autour de lui, tentant de déchiffrer l'amas des baraques agglutinées entre lesquelles l'escalier étire sa plaie en dents de scie, les quelques arbres dont le feuillage mousse très noir, la pente couverte d'herbes folles, semée d'ordures, qui s'ouvre sur sa gauche. Il ne reconnaît pas le coin. Certes, la nuit est menteuse, la nuit travestit tout : les lieux, les gens, les chiens... Cependant les ténèbres ne sont pour rien dans le sentiment de désorientation qui saisit le garçon. Jamais il n'est venu dans cette partie-là de Nossa Senhora da Guia ; d'ailleurs, il n'est pas certain qu'il se trouve toujours sur le territoire de Nossa Senhora !… D'une favela à l'autre, la frontière est si mince…

C'est la fille assise qui l'a perdu ! Tandis qu'il grimpait, il ne pensait qu'à elle : à ce triangle obscur, pointé à la jointure de ses cuisses, qui disait : c'est ici ! La porte : la petite porte rose du paradis, elle est là !

Un autre type descend à la rencontre d'Emerson. Lui aussi, visiblement, n'est pas de la favela. Il est encore plus vieux que le premier mais lui n'est pas honteux : il ne se cache pas, il tient même toute la place ! Emerson doit se plaquer contre la rambarde, bricolée avec des tuyaux de ferraille, lorsque le type le croise.

Un adolescent suit le visiteur. On le dirait collé, aspiré par l'ombre corpulente de cet homme qui dégringole le *morro* dans la hâte de celui que la vie sollicite. Avec son corps maigre noyé dans un survêtement trop grand, son bonnet de ski enfoncé au ras des yeux, son air concentré comme s'il était occupé à une tâche effroyablement compliquée, terriblement sérieuse, le jeune type sent le *favelado* de pure souche ! Emerson reconnaît maintenant, au premier coup d'œil, l'allure rôdeuse de ceux qui sont nés sur les pentes d'un *morro* ou dans la tripe pourrie d'une *baixada*.

Lorsque le jeune type passe devant lui en flottant, comme si ses pattes de chat touchaient à pleine le sol, Emerson distingue, comme s'il la voyait à travers une loupe, l'arme glissée à sa ceinture. La crosse rectangulaire et quadrillée du pistolet, le chien arrondi, la culasse d'acier sombre s'impriment dans la mémoire d'Emerson avec une lumineuse précision. Quel flingue, *poxa* !

S'il possédait une arme pareille, personne ne s'aviserait de l'insulter comme le Portugais se l'est permis !...

Le jeune type disparaît à la suite de l'autre, s'enfonçant avec lui dans la profondeur du boyau ténébreux qui débouche, là-bas, sur l'asphalte de la ville, douché par la lumière électrique.

Adieu, gros flingue !...

Dès le premier étranger croisé dans l'escalier, Emerson a compris qu'il s'était égaré dans les parages de l'une des *bocas de fumo* de l'équipe Valente. Ces types qui dévalent les flancs de la favela comme des charognards heureux de leur maraude, ce sont des clients de Valente ! Leurs vêtements de qualité, leur façon de prendre place dans la ruelle, dans la vie, disent qu'ils ne sont pas des avions !... Ils sont venus conclure une affaire : régler une livraison prochaine ou bien acheter un gros paquet que personne ne se risquerait à leur faucher... Les risques, ce sont les avions qui les prennent : ces coursiers minables qui livrent n'importe où dans la ville pour quelques reais, une papillote de poudre, une trousse de *maconha.* Eux se font piller, cogner, ils se font tuer parfois... Pour pas grand-chose, mais qu'importe : ils ne valent rien...

Le cheminement qui conduit au sommet de la favela se trouve beaucoup plus à droite. Emerson n'a rien à faire là où il se trouve et le plus sûr serait qu'il retourne sur ses pas, pourtant il continue de grimper. Jamais, encore, il n'a vu de *boca de fumo*. À Paranoá, Taguatingua, Ceilândia : dans toutes les villes satellites du Distrito Federal, des types vendent *ma-*

conha et cocaïne, mais une vraie *boca de fumo* : une vraie *boca carioca*, Emerson ne connaît pas !

Lorsque, après avoir passé un coude aigu de l'escalier, à cet endroit très pentu dont chaque marche est un coup de trique dans les jambes, le garçon tombe sur deux types adossés à la rambarde qui borde le vide du *barranco*, il sait qu'il est arrivé à la *boca* de Valente.

La salive lui manque.

Tout le monde, dans la favela, obéit à la règle qui veut que celle ou celui qui passe devant une *boca de fumo* baisse la tête et regarde le sol, sous peine d'être châtié, mais l'attraction est trop forte, le frisson trop violent ! Emerson ne peut s'empêcher de regarder. Il regarde goulûment, il regarde comme s'il voulait se repaître d'images avant de perdre la vue !

Les deux gardes sont un peu plus vieux que lui. Chacun tient dans son poing droit un Uzi, au bronze patiné. L'arme est dressée le long du torse, le bout du canon se loge dans le creux de l'épaule comme si les deux garçons rendaient les honneurs aux passants de l'escalier. Ils sont calmes, sereins. À l'abri de la vitre blindée d'illusion que dresse la *brizola* dont ils se sont bourré le nez, ils ne redoutent rien ni personne : pas même la mort ! Ils ne sentent pas l'haleine immonde du *barranco* qui, sous leurs pieds, ouvre sa grande gueule fétide, attendant que quelqu'un tombe et roule dans l'ordure pour lui gober la vie. Rien ne les menace, rien ne les touche : ils sont inaccessibles ! Lorsque Emerson passe à hauteur des garçons, l'un des deux lui adresse un sourire ironique.

Tu n'as pas peur, *cara* ! dit le sourire mince et courbe ! Tu sais qu'il ne faut pas regarder et pourtant tu regardes !… Tu pourrais le payer cher, tu sais ?

Emerson sourit en réponse, en tout cas il essaie, car il peine à faire coulisser un sourire sur ses lèvres de bois.

Les garçons laissent faire : il est tôt, la nuit paisible… Cet adolescent qui ne respecte pas la loi ne vaut pas une colère… D'ailleurs, il ne les défie pas. Il n'est qu'un plouc, fraîchement débarqué de sa cambrousse, qui se repaît d'un spectacle interdit avec une naïveté de gosse !

Passe ton chemin, *rapaz* ! Va, va : file…

Dans un renfoncement, un peu en surplomb des deux gardes, un homme se tient debout. Emerson est incapable de lui donner un âge mais c'est un homme fait, un homme dans toute sa violence d'homme ! Il tient à la main une poignée de petites coupures dont le vert, dans l'ombre, vire au bleu. L'homme est torse nu. Un lourd collier d'or brille sur sa peau sombre d'Africain.

Emerson esquisse un salut de la tête comme s'il ignorait qui est l'homme debout, ce que contient le sac de plastique, d'une trentaine de litres, posé à ses pieds. Le sac se tient droit : il est encore rempli de papillotes de *brizola*.

En réponse au regard d'Emerson, l'homme pose sa main libre sur la crosse du pistolet de gros calibre qui dépasse, comme un os cassé, de la ceinture de son jean. Emerson rentre la tête dans les épaules. Il n'a pas vu la drogue, il n'a pas vu les sachets de cocaïne mais tant pis ! Il presse le pas. Il verra une autre fois.

Durant un moment il s'attend à ce que quelqu'un l'alpague mais rien ne vient et, une centaine de mètres plus haut, il se redresse, soulagé : le châtiment promis ne viendra pas.

Qu'est-ce qui lui a pris ?

Tu es cinglé, Emerson !

À quoi joues-tu, pour qui te prends-tu ?

Il l'ignore. Ce n'est pas réellement la curiosité qui l'a guidé mais un sentiment plus trouble : quelque chose qu'il ne sait pas nommer mais dont il ressent encore l'étrange clapot.

Cet homme noir, fort, bardé d'or, qui se tenait debout, une poignée de billets dans la main, c'est la tentation, Emerson !

Tu viens de croiser le diable, *meu amigo* ! Lucifer et ses deux assesseurs !

Au lieu de ressentir de l'épouvante, Emerson éprouve une excitation qu'il ne s'explique pas !

Il monte, le souffle court. En surplomb, les fenêtres béantes des baraques dégueulent une samba de plomb, une samba de feu ! La nuit grésille.

Le diable et sa suite, le diable chamarré d'or, hein Emerson ?

Le diable plein de fric !...

Que ferais-tu si tu étais le diable ?

Si Emerson était le diable, il filerait chez le Portugais, il lui foutrait un coup de fourche dans la poitrine ! Un coup de fourche trempée dans la merde de porc !

Et après ?...

Après, Emerson enfilerait un jean Nova Iorque, des tennis Star, et il apparaîtrait théâtralement sur la place São Jorge et se pavanerait devant la fille : *Oi gata !*

Et la fille le trouverait superbe, elle se pendrait à son cou. *Oi querido ! Oi meu amor...*

Le jour, le diable traîne au lit avec des filles succulentes et, la nuit, il se plante dans un coin sombre et vend de la *brizola* aux types qui rappliquent de la ville comme des mouches affolées par l'odeur de la viande.

Voilà...

D'ici le matin, combien de fric sera passé de main en main ? Des dizaines, des centaines de milliers de reais ?

L'autre jour, le gros Ricardão a soutenu que les types du trafic gagnaient des fortunes. Ricardão sait de quoi il retourne : son frère aîné, Jocimar, était dans le commerce. Les flics l'ont descendu le mois dernier. Ricardão estime qu'il devra patienter encore un an ou deux avant que Valente l'accepte dans son équipe. En attendant, Ricardão fait l'avion, de temps à autre, pour deux ou trois clients de la ville formelle. Ça lui permet de fumer et de sniffer à l'œil, de se payer une bière...

Emerson reprend son ascension. Il se penche en avant, compte ses pas pour mieux les oublier, pour qu'ils ne soient plus que des nombres, une façon de scander le temps : un et un autre, et un, et encore...

Les baraques qui bordent l'escalier de mauvais ciment jettent dans le vide leurs cubes plantés sur des pilotis maigres à faire peur. On dirait un troupeau de bêtes au ventre de brique juchées sur des pattes d'une maigreur maladive. Des bêtes qui beuglent à la lune un funk épais, un funk de guerre !

Il lui dira : ne t'en fais pas, *mãe*, je retrouverai un travail...

Je trouverai un autre bar, avec un bon patron…

Je deviendrai garçon, *mãe* !

Garçon dans une *churrascaria*…

Garçon au Copacabana Palace, *mãe*, Avenida Atlântica…

Avenida Atlântica, Emerson ? Mais c'est loin… C'est très loin !…

C'est sur la lune, Emerson ! Monte, mon grand ! Grimpe le *morro* de Nossa Senhora da Guia, regarde où tu mets les pieds : tâche d'éviter la merde de cochon ! Tâche de ne pas glisser sur de la pourriture !

Copacabana Palace, *mãe*… Ou bien l'Excelsior, le Othon Palace… Pourquoi pas le Othon ? Hein, *mãe* ?…

7

Il est à peine quatorze heures, pourtant on dirait qu'il fait nuit. Dans cette lumière venimeuse, le Grand Cirque de la Baía de Guanabara semble en attente d'un drame… Un événement hallucinant se prépare au-delà des nuages. Quelque chose va céder, va se déchirer et alors…

Alors quoi ?… La face du monde en sera-t-elle changée ?

Le monde sera le même : l'esquisse charbonneuse d'un dessin jamais fini et qui traîne, qui ne sera achevé qu'au Jugement dernier et encore… Rien n'est moins sûr !

Un moment, Carmelita a songé à différer la visite de la nouvelle baraque où elle compte emménager, puis elle s'est dit qu'après tout, autant savoir à quoi ressemblait un orage sur le Morro do Catumbi !

L'asphalte est d'un noir plombé. La route est un buvard qui absorbe les voitures. On les voit qui s'enfoncent dans le bitume : jusqu'aux moyeux, jusqu'aux vitres, jusqu'au toit…

Pour échapper à cette succion mortelle, le bus roule à fond de train. Les voyageurs se cramponnent comme ils peuvent aux banquettes, aux barres de métal oxydé, corrodées par la sueur de toutes ces mains qui les ont empoignées… Des cahots secouent les passagers à leur décrocher les viscères, à leur dérouler un à un tous les anneaux du ventre !

Ils encaissent : stoïques, résignés.

Roule, chauffeur ! Roule ! Si tu ralentis, le bus succombera au baiser glouton de l'asphalte vorace. Sauve-nous, chauffeur, de ce baiser ignoble !

Qu'y a-t-il sous l'asphalte…

Comment savoir ?

Seul le sait Celui qui est là-haut !… Et c'est Lui qui décide, c'est Lui qui ouvre la terre rouge, fait creuser un trou et dit : celle-là, celui-là, et encore ces trois, qui gisent, là, dans le coin, toute dignité perdue, fourrez-les dans la fosse et qu'on n'en parle plus !

Voilà !

Ce qui se passe après ?…

Les anges, peut-être…

Le paradis, la félicité… Pourquoi pas ?… Mais prudence tout de même ! D'après ce qu'on vit ici-bas, mieux vaut ne pas imaginer trop fort…

Carmelita regarde les maisons basses, de un ou deux étages, qui défilent de l'autre côté de la vitre, les toits en terrasse, les façades de brique creuse serties à vif dans des montures de béton grumeleux. On dirait des boîtes : une file ininterrompue de boîtes posées sur le bord de la route : plus ou moins cabossées, plus ou moins éventrées par les trous des portes et fenêtres.

Ça n'en finit pas…

Le défilé des baraques n'en finit pas : des boîtes, des boîtes, des boîtes…

Boîtes à bouffer, à dormir, boîtes à étendre sa barbaque harassée, à poser son cul sur un canapé avachi et regarder la télé sans comprendre un traître mot de ce qui se dit dans le poste parce qu'on est si crevé, après une journée d'un turbin de damné, que sa propre langue a des accents étrangers… Les mots se vident, *querida* ! Ils ne sont plus que des cocons désertés. Se laisser hypnotiser par les images qui viennent de loin, loin… D'un autre monde, de planètes distantes… Images qui arrivent d'un paradis caché mais qu'on découvrira un jour… Pas vrai, ma grande ?… On le découvrira, n'est-ce pas ?… On trouvera la porte, on se faufilera !

Carmelita hausse les épaules…

Ces histoires de télé…

Des boîtes comme des cartons à emballer des choses moches, des boîtes comme des cercueils bon marché, comme des bières de fortune…

Roule, chauffeur, roule ! Pour l'amour de Dieu, ne ralentis pas !… Ne freine pas, je t'en prie !…

Tant pis si la carcasse se plaint, tant pis si la chair tremble comme de la gelée. File, chauffeur, ne faiblis pas, je t'en conjure !

Sous le bitume, c'est la terre, *meu amigo* ! La terre où grouillent les vers, la terre qui emplit la bouche des morts, la terre grise, la terre sombre de Rio empoisonnée par les humeurs de la ville qui suintent, ruissellent, s'écoulent, selon des chemins pleins de méandres, jusqu'à la Baía de Guanabara, et se dissolvent dans ses eaux meurtries, chagrin…

Chaque fois que le chauffeur change de vitesse, Carmelita sent le rugissement du moteur résonner dans son ventre. C'est comme si elle-même rugissait pour arracher le bus à l'anéantissement.

Elle pense à Sandra, à Beto, qu'elle a laissés à la garde de sa sœur : la grosse Benedita.

Quel temps fait-il là-haut ?

Sous la lumière d'orage, la terre rouge du Planalto est moins triste que celle de Rio… Elle devient d'un ocre éteint au lieu de virer au goudron, comme ici.

Tu regrettes Paranoá, Carmelita ?… Le lac qui devient une feuille de zinc sous le ciel tourmenté ? Le cerrado : vaste, au-delà des limites humaines ?

Elle croyait que se jeter dans une grande ville lui ferait oublier l'assassinat de Zé. Naïve, elle avait cru que Rio était cette ville que montrait la télévision. Les avenues ombragées, les trottoirs pavés de pierres grises et noires, à la mode portugaise, les plages peuplées de jeunes gens nonchalants et bronzés, les restaurants bondés, les boutiques ouvertes aux passants comme des cornes d'abondance, les lumières, la joie de vivre *carioca* : légère, futile, reposante…

Elle sait, maintenant, à quoi s'en tenir et elle regrette ! Oui, elle regrette…

Ils auraient dû rester là-haut !

Les plages étaient un mensonge, Carmelita ?

Non ! Les plages sont là… Botafogo, Leme, Leblon, Ipanema, Copacabana… Recreio dos Bandeirantes, là-bas, tout au bout, après la Barra da Tijuca… Toutes les plages de la télévision sont là ! Bel et bien là…

De quoi te plains-tu, ma grande ?… La mer n'est pas la mer ?

La mer est la mer…

Alors ?…

Carmelita n'a pas la tête à se rendre à la mer… D'abord, il lui faudrait acheter un maillot… À Paranoá, un maillot de bain n'aurait servi à rien… À moins de posséder une piscine ou de fréquenter quelqu'un qui possédait une piscine…

Combien de fois Seu Müller, l'Européen de l'Aile sud qui l'a employée quelques mois, lui a-t-il rabâché : « La piscine est à toi, Carmelita ! Pourquoi ne te baignes-tu pas ?… Tu n'oses pas ?… »

Elle sourit. « La piscine est à toi… »

Une idée de *gringo*…

Les voisins en auraient fait des gorges chaudes… Dites, Seu Müller, vous savez que, lorsque vous n'êtes pas là, votre *empregada* trempe son cul d'employée dans l'eau bleue du bassin ?

Elle se souvient de Seu Müller : ses lunettes rondes, cerclées d'or, son corps un peu enveloppé, les poils argentés accusant le rosé de sa peau, qui festonnaient dans l'encolure du vieux polo qu'il passait le dimanche, pour une journée entière à boire des *caipirinha*s, vautré dans le hamac de la véranda. Il la regardait, parfois, avec un air d'invite, comme tous les patrons qu'elle avait servis.

Dis, Carmelita, tu ne ferais pas un tour au lit avec moi ?… Un petit tour, *querida*, pour se distraire, pour faire passer le temps…

Même avec un verre dans le nez, Seu Müller restait un gentleman. Seuls ses yeux parlaient. Carmelita les sentait qui se baladaient sur ses seins, s'attardaient sur son ventre : Seu Müller ne disait rien. Il attendait qu'elle s'offre et elle ne s'offrait pas… Ce regard d'homme la flattait, il la rassurait, mais elle savait comment se terminait ce genre d'histoire ! Quoi qu'il prétende, un patron ne fait pas un tour au lit avec une *empregada* ! Il en fait sa maîtresse et la quitte lorsqu'il change de poste, comme il quitte la maison, le chien qu'il a acheté pour tenir les voleurs à distance. Il quitte le pays, seul, et l'*em-*

pregada reste : triste, amère comme cette pauvre Elisa, de la villa voisine, qu'un Suisse avait larguée.

Sauf à se rendre à l'une des cascades du parc de la ville, on ne se baignait pas au Distrito Federal. Le parc était loin... S'y rendre nécessitait toute une organisation... On n'achète pas un maillot de bain pour se baigner une fois ou deux dans une cascade glacée...

Et puis quel maillot aurait-elle acheté ?... Un maillot d'une pièce qui cache le ventre ?...

Carmelita n'aime pas ces maillots-là. Ils font vieux... Ils font...

Non, elle n'aime pas...

Un petit deux-pièces : un de ces chiffons minuscules que portent les gamines, et qui leur tranchent les fesses en deux ?...

Elle n'est plus une gamine !... Elle est mère de trois enfants...

Deux enfants et un adolescent, corrige-t-elle machinalement, éprouvant aussitôt une vague angoisse. Emerson est presque un homme maintenant...

Un homme...

Il a trop de vie : trop de sang court en lui pour qu'il s'accommode d'une existence humble et servile. Il exigera des droits, se montrera sourcilleux... Et les emmerdements s'abattront sur lui aussi sûrement qu'on meurt un jour...

Laisse-le-moi, Seigneur...

Combien ? Deux ans ? Dix ans ?... D'après ce que racontent Alair, la grosse Dona Marli, Eliete, la *mulata Bonita* : ici, les jeunes hommes ne font pas de vieux os...

L'avenir paraît aussi lourd que le ciel est chargé.

Carmelita soupire : Lui seul, là-haut, sait ce qui arrivera !…

Pense à autre chose, ma fille… La peur est cannibale, ne te laisse pas manger !

L'intérieur du bus est plongé dans la pénombre. Des reflets gras courent sur le plastique, écaillé et rayé, qui recouvre la carcasse de tôle et dont les rivets ont sauté par endroits. De temps à autre, le chauffeur écrase la pédale de frein et les passagers s'en vont buter contre le dossier de la banquette de devant.

C'est la route, *gente* ! C'est cette putain de route trouée, bosselée… Une route qui a coulé sous le soleil d'été et qui n'est plus qu'un vieux linoléum, mité et gondolé.

Carmelita reconnaît la station-service Ipiranga, bleu et jaune, le magasin Mesbla… Elle est bientôt arrivée.

Un cheval gris, attelé à une charrette qui se résume à un plateau de bois posé sur un essieu de camion, glisse de l'autre côté de la vitre. Le gamin qui tient les rênes jette un regard apeuré à ce bus qui le frôle. Il fouette à la volée sa carne qui écarquille des yeux fous. Presse-toi, cheval ! Bientôt, il va dégringoler des trombes d'eau, des cataractes de boue dévaleront les collines, les pentes des *morros*. Fuyons, cheval, rentrons chez nous !

Le bus s'arrête, en chuintant fort. Carmelita descend, s'écarte aussitôt de la route, des véhicules qui filent sur l'asphalte grillé. Le *morro* de São João est plus noir que jamais ; les urubus qui, d'ordinaire, enroulent leurs orbes indolents dans le voisinage du sommet ont disparu. Ils ont senti la tempête qui venait et se sont éloignés. Ils reviendront lorsqu'il y aura de la viande à manger : de la viande noyée...

Vers le nord, une bande lumineuse s'attarde, comme une promesse de salut, au-dessus de l'église Nossa Senhora da Penha, de la Baixada Fluminense, de Duque de Caxias, mais ici, sur la Baía, le ciel est de plus en plus saturé. Le Christ Rédempteur écarte les bras avec fatalité comme s'il avouait son impuissance face au désastre qui va s'abattre sur la ville. Les baraques des favelas environnantes, Mineira, Coroa, Fogueteiro, sont d'un gris éteint. Carmelita rentre instinctivement la tête dans les épaules : ça va craquer d'une seconde à l'autre. Il y a peu de chances que l'orage lui laisse le temps de grimper jusqu'à sa baraque mais que faire ? Se réfugier dans un bar et attendre que le ciel s'apaise ? Carmelita déteste les bars et plus encore les hommes qu'on y rencontre !

Si elle coupe sur la gauche, à travers le terrain vague, attaquant la pente du *morro* de Santos Rodrigues par le flanc au lieu d'escalader, comme d'ordinaire, l'escalier de la Rua da União, peut-être arrivera-t-elle à temps ?

Elle se lance à pas pressés sur le sentier, étroit comme une cicatrice, qui s'élève, très raide, dans les herbes folles. Çà et là, des *aroeiras* à moitié déracinées lancent leurs branches rachitiques comme si elles appelaient au secours.

Un tonnerre caverneux roule lourdement sur la mer.

Carmelita se hâte autant qu'elle le peut, autant que le lui permet la pente ; la sueur perle sur son visage, au creux de ses épaules, entre ses seins. Si elle continue à suer ainsi, pense-t-elle avec ironie, elle n'aura pas besoin de l'orage pour être trempée !

La terre est friable, elle cède sous le pied comme une pâte mal cuite. Elle s'éboule par blocs et, sous l'humus, apparaissent des bouts de plastique, ensevelis il y a longtemps, des ferrailles rouillées qui avancent des pointes menaçantes, des bouts de bois émoussés par la pourriture. C'est de la terre de *lixo* : de la terre faite des ordures balancées par celles et ceux qui ont vécu ici, dans les baraques de la favela Querozene accrochées, tant bien que mal, aux flancs du *morro* ; elles se sont amoncelées, se sont décomposées en un humus gras et traître, que le ravinement emporte en paquets les jours de gros orage.

8

L'orage pèse et la ville suffoque. Le panorama de la Baía, qui arrondit ses échancrures aux pieds de Carmelita, est maintenant cendreux comme une photo de journal. Le monde noircit de minute en minute ; la Baía ouvre grande sa gueule édentée plantée des chicots sombres des *morros* aux pointes arrondies.

Il n'y a pas un souffle… La mer est d'un gris éteint, lourd, la végétation charbonne. D'une seconde à l'autre, les nuages ventrus qui coagulent au-dessus de la baie vont débonder leur flotte.

Carmelita se hâte, hors d'haleine, tandis que lui revient le souvenir de la vieille, un peu sénile, qu'on appelait Vovó Isaura là-bas, à la *fazenda* de Caruaru. Chaque fois que quelqu'un se faisait surprendre et tremper par l'orage, elle claironnait qu'une bonne averse ne fait de mal à personne ! « La peau ne rétrécit pas, hélas !… », elle ajoutait, dans un soupir pneumatique de sa bouche flétrie. Elle pinçait ses vieilles joues entaillées de crevasses profondes. « C'est pour ça qu'on se ride… », elle gémissait, avant de grelotter un petit rire contrit.

Vovó Isaura avait été une très belle femme. On

disait que vers la quarantaine, alors que sa beauté commençait à se friper, elle s'en allait dans le *campo* les soirs d'orage et s'exposait à la pluie, nue, des heures durant, croyant que, douchée par la liqueur céleste, sa peau redeviendrait élastique, ses chairs retrouveraient la fermeté de l'époque où elle portait ses seins si haut sur la poitrine qu'ils menaçaient de s'envoler.

Une tache de couleur est posée sur l'herbe, en surplomb du sentier sur lequel Carmelita se hâte. C'est une fillette, de cinq ou six ans, qui se tient assise à flanc de talus.

Une brassière de plage, en lycra vert fluo, barre son torse maigre ; ses hanches sont prises dans un bermuda jaune vif. Qu'attend-elle, seule, dans ce décor d'apocalypse ?...

La fin du monde ?...

Elle espère que le souffle de la tempête l'emportera au ciel ?... Là-haut elle creusera un terrier dans le moelleux des nuages et elle invitera les anges à une grande dînette-partie...

Ces gamines qui sentent la fièvre, la mauvaise vie, dont le visage exsude le tourment, troublent toujours Carmelita. Elle voudrait enjamber celle-là d'un bond, passer par-dessus la détresse de cette existence en rade, précocement saccagée, mais la gamine n'est pas de celles qui se laissent ignorer. Elle est assise là depuis un long moment ! Effrayés par cet orage majuscule qui gronde sur la Baía une colère électrique et humide, les autres gosses sont rentrés chez eux depuis longtemps. Elle a préféré rester près du chemin. Elle guette quelqu'un : n'importe qui fera l'affaire car elle a un besoin fou de parler.

Est-ce à cause de l'orage qui menace… de cette lumière crépusculaire qui l'inquiète ? elle ne sait pas pourquoi. Des orages, elle en a vu n'est-ce pas… En tout cas ça presse, c'est là !… Une grosse, très grosse envie qu'on s'intéresse à elle…

Carmelita ne peut éviter la rencontre. Elle s'arrête, pour reprendre son souffle, à hauteur de la gamine dont le visage s'éclaire !

Son maquillage excessif lui fait une tête de poupée usée. Sa bouche est barbouillée d'un rouge à lèvres épais, un fard violet poche ses orbites, sa chevelure, d'un blond lumineux, est enduite d'une crème blanchâtre et deux longues mèches luisantes, tordues comme des ressorts avachis, pendent de part et d'autre de son visage.

On dirait des pensées débobinées qu'elle n'a pas su rentrer dans sa cervelle.

Elle a cent ans, mille ans ! Elle a toujours été là : assise dans l'herbe souillée de détritus, guettant quelqu'un à qui confier le paquet d'une détresse sans issue et sans fond.

« *Oi menina !* » halète Carmelita.

« *Oi* », minaude la fillette, d'une voix haut perchée, grimaçant un de ces sourires *gracinha* que font les enfants qui passent à la télévision. Tous ceux qui la voient maquillée comme une grande, comme une future *gata* des plages, ne manquent jamais de lui faire un compliment. Elle attend…

Seuls les animaux quémandent ainsi : sans retenue, sans vergogne. Carmelita a envie de la chasser, de l'envoyer faire la belle plus loin. *Vai… Vai… Sai daí menina.*

Ce n'est qu'une gamine désemparée, Carmelita. Passe par-dessus ton dégoût, oublie ton angoisse.

Dis-lui quelque chose de gentil, allons ! Donne-lui ce qu'elle attend !

Carmelita fait un effort mais rien ne vient !

La fillette s'impatiente. Elle dit, avec une hâte fébrile comme si elle redoutait que Carmelita ne la plaque avant que la conversation ne soit vraiment lancée, qu'elle s'appelle Gilda.

C'est son père qui a choisi son prénom.

« Gilda », elle répète, penchant la tête sur le côté.

Gilda ! C'est chouette, non ?…

Carmelita se contente de sourire. La fillette est décontenancée. Pourquoi l'inconnue ne dit-elle rien ? Elle n'aime pas Gilda ?… Tout le monde aime Gilda !… En ce moment, c'est le prénom le plus populaire dans la favela !

D'ailleurs, pour dire vrai, c'est elle qui l'a choisi et non pas son père qui se fiche pas mal de la maisonnée… Il a d'autres soucis le pauvre !… Son père est en taule : il est bouclé à la prison de Bangu, là-bas… dans la Baixada. Elle ira le visiter un de ces jours, sa mère le lui a promis… Les promesses de sa mère ne valent pas grand-chose, certes, mais peu importe ! C'est sa mère, *tá*… Il en est de pires, pas vrai ?… Au moins la sienne ne travaille pas à la villa Mimosa ou dans la Zona Rosa, derrière les gazomètres, comme les mères et les sœurs de plusieurs de ses amies…

Elle habite dans le haut du *morro* avec son frère Ronaldo, son frère Juscelino… À chaque nom elle déplie l'un de ses doigts pour être certaine de n'en oublier aucun. Il y a aussi son frère Izalco… Elle s'interrompt, le temps que le tonnerre roule sa grosse voix sur la Baía, comme une bête en maraude, puis elle reprend son énumération. Sa sœur Laís… Sa sœur Stella… Aujourd'hui ils sont huit mais si le petit Ricardo avait vécu, ils seraient neuf en tout.

Qu'en dis-tu, ma grande ?…

Un éclair bleu : un mince trait de foudre qui laisse au fond des yeux une cicatrice livide, cisaille le ciel et se fiche dans la colline de Santa Teresa.

« Tu as vu ? » demande Carmelita. « Tu vois cette grosse tempête qui vient sur nous ? »

La fillette hoche la tête. C'est vrai, l'orage arrive.

« Tu ne peux pas rester là », décide Carmelita, « il faut te lever et retourner chez toi !… »

La fillette baisse la tête. L'orage est là, oui, mais il reste encore un peu de temps avant la fin du monde ! Parlons encore… Continuons à bavarder ! Quand la tempête sera là, elle sera là ! Et si on meurt, on meurt… En attendant, bavardons en amies !

« Où est ta maison ? » s'inquiète Carmelita.

La gamine fait un geste désinvolte, par-dessus son épaule de sardine. Sa maison est là-haut ! C'est une baraque de bois perchée dans la pente, après la bosse couverte de bananiers. « Tu la vois ?… » Carmelita cherche du regard. Elle aperçoit quelques planches qui pourraient être un toit.

C'est bien un toit !

Toute la famille s'entasse dans cette construction branlante, posée sur des pilotis de bois, maigres comme des pattes d'insecte piquées dans la terre de Lixo !

On sent le vide autour de la cabane, on sent la chute qui menace… Depuis que Carmelita est arrivée à Rio elle a vu des centaines, des milliers de baraques de guingois accrochées, tant bien que mal, aux pentes des *morros* ! Elle a pensé qu'il devait être terrible d'habiter là-dedans puis elle a passé son chemin en tâchant d'oublier.

Tant de masures s'effondrent, ici, les jours de grosses pluies ! Qui s'en soucie ?… Qui se préoccupe de ces vies négligeables, suspendues à un fil, qui se brisent ainsi ?… Des familles entières attendent, au bord du gouffre, que le destin choisisse la date et l'heure de leur écrasement.

Une lueur, plus bleue que blanche, fulgure brièvement et, aussitôt, éclate un fracas sec, comme quelque chose d'énorme qui casse brutalement. Carmelita cherche machinalement l'impact de l'éclair.

Sur le tronçon de route qui raie le fond de la vallée, les bus fous de la Baixada continuent de foncer vers le nord, les baraques gris et ocre des favelas sont toujours collées aux pentes des collines alentour comme les alvéoles d'un nid de guêpes géant. Cette tache de lumière qui balafre la rétine de Carmelita est la seule trace de la foudre, n'empêche : l'orage est là ! Ce tonnerre bref, qui a résonné comme si l'une des élingues qui tiennent le ciel s'était rompue, annonce un déluge effrayant.

Carmelita tend sa main à la fillette qui s'est tassée sur elle-même. La gamine s'en saisit aussitôt et Carmelita l'entraîne à sa suite, aussi vite qu'elle le peut, vers le haut du *morro*.

Des gouttes épaisses, lourdes, commencent à s'abattre. Elles claquent sur la peau : tièdes, grasses, écœurantes. Carmelita éprouve une étrange répulsion, comme s'il s'agissait d'un liquide humain : des pleurs, une sécrétion intime…

La gamine peine à suivre Carmelita qui la remorque en force. Parfois, les pieds de l'enfant pédalent dans le vide et Carmelita la tire à elle comme une poupée. Pour gagner du temps, elle hisse la gosse sur ses épaules et reprend son ascension, cramponnée des deux mains à ses chevilles.

Les bras noués sur la gorge de sa monture, Gilda l'étouffe lorsqu'elle craint de tomber. Carmelita crie, alors, avec le peu de souffle qu'il lui reste : « *Deixa menina !* Laisse-moi respirer !... *Por favor*... » et la petite adore ça.

Maintenant la pluie cingle : les gouttes, de plus en plus denses, de plus en plus pesantes, giflent fort ! Elles aveuglent. L'eau ruisselle sur le corps de Carmelita, le tissu de sa robe colle à ses cuisses et l'entrave lorsqu'il lui faut allonger le pas pour enjamber une ravine du chemin. Elle a le sentiment absurde que le corps malingre de la gosse qui pèse sur son dos, ses bras minces qui enserrent son menton comme une jugulaire de chair, la protègent de la foudre, de l'orage, de ce tonnerre hystérique qui se déchaîne sur le *morro*.

Carmelita glisse sur l'herbe trempée, se rattrape comme elle peut et le cœur lui manque quand elle s'imagine roulant dans le *barranco* avec son fardeau précieux.

La pluie est maintenant si épaisse, l'averse si dense qu'elle suffoque. Par moments elle a le sentiment affolant qu'elle va sombrer : oui, si ça continue ainsi, elle va bel et bien se noyer et couler par le fond de ce monde qui tourne en bouillon.

Elle ne sait plus où se diriger lorsque la masse cubique et sombre d'une baraque se profile dans cet univers rincé. Sans réfléchir, Carmelita se précipite et se jette dessous en se courbant très bas de crainte que la fillette ne se cogne quelque part.

L'endroit ressemble à une grotte béante. Au fond, le plancher de la baraque prend appui sur une petite terrasse, taillée dans la terre, tandis qu'à l'autre extrémité il paraît miraculeusement suspendu au-dessus du vide, tant les maigres poutres de bois plantées verticalement dans la pente, très raide à cet endroit, paraissent fragiles. Carmelita a largement la place de se tenir debout, même avec la gosse toujours juchée sur ses épaules.

Elle reste un moment immobile pour arrêter cette dérive qui l'a prise : que le monde cesse de glisser, *poxa* !

Elle a le sentiment de se tenir sur un balcon ouvert sur l'abîme. Avec ce qui dégringole, on ne voit rien à plus de cinquante mètres ! La pente couverte d'une herbe longue, aplatie par la bourrasque, plonge et se perd dans un gris qui écume.

Dans la lumière crépusculaire on devine en contrebas la tête ébouriffée d'un bananier qui ploie puis se redresse, dialoguant nerveusement avec le vent et la pluie diluvienne. On dirait une silhouette humaine qui supplie, protestant de sa loyauté, de son obéissance, de sa soumission…

Sur la gauche, Carmelita aperçoit le cube sombre d'une autre baraque suspendue, elle aussi, dans ce gris lourd, épais comme une vapeur. On ne voit plus la vallée ni les favelas alentour. On ne voit qu'un écran délavé, rayé par le pointillé multiple des gouttières qui tissent un rideau épais.

Les vannes du ciel ont lâché, le monde est couleur de flotte. Quelle tempête, *Senhor Deus* ! C'est l'Amazone qui se déverse sur Rio.

Remuant machinalement les orteils, la gosse ne relâche pas son étreinte. Carmelita s'amuse de ces doigts de pied qui se tortillent comme une poignée d'asticots grassouillets, qui gigotent et gigotent et gigotent encore, heureux d'être de jeunes asticots aux pieds de la gamine… Carmelita n'a pas envie de poser l'enfant à terre, pas envie de se défaire de ce corps tiède dont le fardeau la rassure. Elle lève son visage vers Gilda et sourit. La fillette lève un pouce, soulignant son geste d'une grimace complice. C'est bien, *poxa*, de se cacher sous une baraque. C'est encore mieux d'être grimpée sur le dos d'une grande femme inconnue, solide comme un cheval, tandis que, dehors, la tempête postillonne des cataractes.

Voilà une vraie histoire, bien plus drôle que tout ce qu'elle avait prévu…

Toutes deux écoutent le crépitement sourd et continu de la grosse pluie sur le bois de la baraque qui vibre comme une caisse vide, elles contemplent, fascinées, les gouttières qui dressent, au ras des pilotis, une vitre de mercure contre laquelle se brisent les éclairs délavés d'une foudre qui fibrille sans relâche. Dans ce déluge insensé on se sait pas où elle tombe, on ne sait même pas si elle dégringole vraiment ou si elle reste en l'air, prise dans la pluie comme dans un filet liquide ! Ces lueurs trémulantes, ces éclairs indistincts sont ceux d'une foudre marine : une foudre d'aquarium !

Le tonnerre roule et roule ses barriques défoncées, écrasant tous les sons dans la grande soupe du déluge.

Quel boucan, *Senhor Deus* ! Quel vacarme infernal !

Après quelques minutes, l'oreille s'accoutume. Carmelita distingue le claquement sonore des bouteilles de plastique vides qui gisent dans la boue autour de la baraque. Un récipient de tôle sonne régulièrement comme une horloge chavirée dans les herbes. Il doit être percé ou cabossé car personne n'abandonnerait un bidon qui peut servir à tant d'usages. Un bout de carton prend les rafales de plein fouet et rend un bruit lourd, détrempé.

Une odeur, à la fois âcre et sucrée, flotte dans la pénombre. Carmelita se souvient de ce parfum, fort comme un musc, qu'exhale la terre chaude du *campo* lorsqu'elle reçoit la pluie après la longue sécheresse de l'hiver. Elle se rappelle l'odeur opulente et légère qui montait de la cuvette de Paranoá, les jours d'averse, en plein cœur de l'été : affolante, poivrée, unique ! Elle s'insinuait dans les appartements. L'œil de Seu Renato s'allumait, il se mettait à la fenêtre, et les yeux clos, il humait l'air à pleins poumons comme un vieil animal nostalgique. Il disait que cette odeur, à la fois terreuse et subtile, c'était celle du sexe de la terre et ça le chavirait. Il jetait des regards brûlants à Carmelita et comme elle ne répondait jamais à ses œillades incendiaires, il filait dans sa chambre téléphoner à Dona Berta, qu'elle lui envoie en vitesse une *gata* pulpeuse, une *gata* dont la peau odorante le mettrait en communion avec cette nature trempée dont le parfum sensuel lui flanquait le falzar en émoi.

Sacré Renato !

À la *fazenda* de Caruaru, l'odeur de la pluie était différente. Elle était verte, chargée des essences d'une végétation exubérante qui inventait des fleurs inouïes pour attirer l'averse…

Ici, dans le soubassement de la baraque, ça sent la fermentation des fruits, la pourriture des épluchures qui se défont lentement et deviennent humus : cette terre d'ordure légère, instable, traîtresse, qui glisse et se débine à l'imprévu. On devine aussi la puanteur sucrée, hypnotique, de chairs en décomposition. Des loques de grillage gangué de fientes pendent dans un coin, témoignant qu'on a tenté un élevage de volailles.

Un ruisseau s'est formé dans un pli du terrain, à droite de la baraque. L'eau court, se tord comme une pâte brune, dévale on se sait où puisqu'on ne voit rien de ce qui se passe au-dessous du bananier obséquieux qui poursuit ses salamalecs échevelés à la bourrasque. De temps à autre, un bout de terre cède et file dans le courant qui l'escamote aussitôt. L'eau ronge la terre de *lixo*.

En bas, les égouts doivent déjà déborder. Le flot, aux doigts multiples, qui dévale le *morro*, bute sur les déchets amoncelés, s'accumule dans des retenues improvisées, noyant les rez-de-chaussée. Les hommes, les femmes qui habitent les maisons du bas sortent sous la pluie battante, ils pataugent jusqu'à mi-cuisse dans une gadoue épaisse, touillent avec ce qui leur tombe sous la main pour tenter de faire sauter les barrages d'immondices... Sapé par la force du courant dévié, un mur s'effondrera, entraînant une baraque dans sa chute...

Carmelita se souvient d'images de la télévision. Où était-ce ?... À Rio, Salvador, Recife ?... Dans une ville du Sud ?...

Quand était-ce ?...

Elle ne se rappelle pas mais la date n'a aucune importance. Ce sont des images hors du temps. Chaque année elles reviennent à la saison des pluies ; familières comme ces pingouins qui débarquent, ahuris, sur les plages de la Baía et qu'on exhibe en rigolant, elles sont familières et inéluctables comme la chute des feuilles, comme les incendies de forêt, là-haut, dans le Nord, dont la télé se fait l'écho quand les *gringos* font les gros yeux et gueulent, comme des putois furieux, qu'on leur saccage la belle nature sauvage…

Ces images de décombres et de mort, c'est la pluie qui les apporte…

Sur l'écran qui grelotte et qui bave, on voit des hommes en ciré jaune fouillant des monceaux de débris mêlés de boue, de brique, de bois brisé. On reconnaît ici l'émail d'un réchaud, là un tube brillant qui pourrait être le pied d'une table ou celui d'une chaise…

Sur le bord du trou, là où ça s'est effondré, une foule, immobile sous la pluie qui continue de tomber, observe les secouristes qui divaguent dans les gravats comme ces insectes obstinés que rien ne rebute, rien n'arrête. Les cheveux détrempés des spectateurs sont plaqués sur leurs crânes, les vêtements collent à leur peau : on les dirait vêtus de cellophane, de plastique fondu. À leur résignation, à leurs moues dubitatives, on voit qu'ils ne croient guère à l'utilité des secours. Depuis le temps qu'ils habitent le coin, ils connaissent la musique ! On ne sort que des morts, *cara* ! Parfois, d'ailleurs, on ne sort rien du tout ! Les corps, surtout ceux des petits, passent à travers ! Ils partent on ne sait comment, on ne sait où et adieu !…

Le monde est à la dérive, *querida* !…

Sous le poids de la fillette, la nuque de Carmelita se raidit. « Tu vas descendre, *tá* », elle l'avertit, avant de se baisser et de la faire glisser de ses épaules pour la déposer au sol.

La fillette lève vers Carmelita un visage grave.

Elle savait que ça ne pouvait se prolonger longtemps ! Comme chacun sait, le bonheur, le vrai, ne dure jamais guère plus de dix minutes !

Il lui reste le plaisir puisqu'elles sont encore là, dans cette cachette improvisée, à contempler ensemble les drapés liquides et ondoyants déployés par l'orage. La fillette loge sa main dans celle de Carmelita, presse son flanc contre la cuisse de cette femme qui lui paraît encore plus grande avec ce plancher, là-haut, qui pèse comme une chape !

Maintenant qu'elle ne sent plus le corps tiède de l'enfant sur ses épaules, Carmelita frissonne.

Elle déteste l'humidité qui sèche lentement sur sa peau : elle a le sentiment qu'elle y dépose une espèce de vernis désagréable comme la sueur qui, en s'évaporant, laisse une croûte de sel, aigre, acide, exhalant une odeur de corps à l'abandon. Elle voudrait s'éponger avec un linge propre, frictionner sa chevelure, passer des vêtements secs…

La petite est trempée elle aussi : le rouge de ses lèvres a pâli, le fard de ses paupières bave, le rimmel dont elle avait enduit ses cils dessine sur ses joues de longues coulures d'un noir lugubre… On dirait que quelqu'un a passé sur son visage un coup de chiffon trop vigoureux qui a brouillé ses traits, laissant à la place un portrait flou, dont l'inachevé fait peine à voir. Carmelita n'a rien pour la débarbouiller. Elle empoigne un pan de sa robe, commence à frotter le visage de la fillette.

La tâche est malaisée. Toutes deux doivent se contorsionner et Carmelita n'arrive à rien. Agacée, pressée d'en finir, elle fait passer sa robe par-dessus tête. Avec ce qui dégringole, personne ne risque de la surprendre ! Elle tord le tissu mouillé de son vêtement pour en exprimer l'eau puis elle s'accroupit près de l'enfant et l'essuie, retrouvant spontanément les gestes familiers du temps où elle débarbouillait Emerson, Sandra, Beto. Ça lui paraît terriblement lointain, pourtant c'était il n'y a pas si longtemps…

Le visage projeté en avant, les bras le long du corps, les mains ouvertes et les doigts écartés, tendue comme un poisson qui s'est fait prendre, la gamine se laisse faire : docile, confiante dans cette grande femme accroupie qui s'occupe d'elle, enfin, comme une adulte se doit de le faire.

Carmelita examine la fillette d'un œil critique, frotte encore la commissure de ses lèvres. Pour lui faire un visage bien net, il faudrait du savon, mais ça ira quand même !

Carmelita se relève. Elle tend sa robe devant elle, à bout de bras, dans l'espoir vain qu'elle séchera un peu.

Elle lit une gaieté espiègle dans les yeux de l'enfant.

« Qu'est-ce qui t'amuse ? » elle demande.

« Tu es *pelada* », glousse la gamine.

« Personne ne nous voit », souffle Carmelita, comme si quelqu'un risquait, malgré tout, de l'entendre. « Il n'y a que toi ici… Et puis je ne suis pas nue ! J'ai ma culotte, un soutien-gorge. »

La gamine se tait, elle observe Carmelita avec de grands yeux dévorants.

« Tu me regardes, n'est-ce pas ? » s'étonne Carmelita.

La fillette fait oui de la tête : grave, sincère, bien loin de la caricature d'adulte qui guettait les passants dans la pente.

« Tu as le temps de grandir… », dit rêveusement Carmelita. « Ne sois pas pressée… »

La fillette ne répond pas. Elle continue de l'observer, fascinée par sa chair ferme et opulente.

Troublée par ce regard curieux qui se pose sur elle, qui la palpe, l'explore, la soupèse, Carmelita considère son corps pour la première fois depuis l'assassinat de Zé. Elle l'avait oublié, méprisé, mais il n'a pas changé. Ses seins sont toujours hauts et fermes. La plupart des femmes détestent leurs seins, elles les voudraient plus petits ou plus gros, plus haut ou plus bas, parfois ce sont les tétons qui ne leur plaisent pas… Lorsqu'elle était adolescente, cette idiote de Berenice, par exemple, exhibait en pleurnichant son nichon gauche dont le bout était rentré et ne sortait qu'à condition qu'elle le frotte du bout du doigt ou de la langue, durant un bon moment. Tout le monde était au courant et on avait surnommé Berenice « Sein d'escargot ». C'était peut-être ce qui avait poussé la grosse fille à se réfugier à la communauté du Vale d'Amanhecer où elle priait l'Indien Asa Branca, le Dieu Jaguar et toute la ménagerie du Vale que vénéraient les malheureuses au physique comme ci comme ça.

Carmelita a de la sympathie pour ses seins, une tendresse ancienne qui ne se dément pas. Tels quels, ils lui conviennent ! Pour rien au monde elle ne voudrait les changer à l'instar de ces femmes qui rêvent de plastique. Lorsqu'elle aura de l'argent, elle jettera ce soutien-gorge noir aux bretelles élimées. Le prochain elle le prendra blanc, même si le blanc résiste moins longtemps au lavage que le bleu marine, le caramel ou le noir.

Ses trois maternités n'ont guère marqué ses hanches. Elles ne se sont pas épaissies, ne se sont pas aplaties non plus, elles ne se sont pas couvertes de vergetures comme celles de Clarisse, sa voisine de Paranoá, que plus d'une fois elle a surprise sous la douche, de l'autre côté de la courette. À l'époque, Carmelita vivait avec Ricardo, le père d'Emerson. Ce n'était peut-être pas un hasard si Clarisse oubliait si souvent de tirer le rideau du cagibi où elle prenait sa douche. La malheureuse était affublée des fesses les plus moches qu'on puisse imaginer : grasses, larges et lourdes, boursouflées par la cellulite, et pourtant cette garce de Clarisse se tapait à peu près tous les mâles qu'elle voulait…

Le ventre de Carmelita a bien supporté, lui aussi, le poids de ses grossesses : Emerson, Sandra, Beto… Ils sont tous passés par là ! Carmelita sourit. Lorsqu'elle était enceinte, son ventre était énorme et toutes ses « amies » prophétisaient qu'il resterait lâche comme un vieux sac, bourrelé des replis d'une peau surabondante. Aujourd'hui, il est tout juste assez bombé pour allumer la mèche qui pendouille dans le pantalon des hommes !

On dirait que la violence de la pluie diminue. Un bruit de choses remuées résonne dans la partie la plus obscure du soubassement, au ras de la banquette de terre sur laquelle s'ancre le plancher.

Un rat, traînant une longue queue tachée d'une pelade rose, se faufile dans un bric-à-brac de choses mortes. Carmelita ramasse un bout de bois et le lance sur le rat qui lui fait face avec défi. Carmelita marche sur l'animal qui détale sans hâte, car ici, c'est lui le patron, *tá*… Et il le sait, ce cochon !

Carmelita déteste la saleté, la négligence. Comment peut-on vivre dans un pareil abandon ? Comment dormir, comment élever des gosses dans un endroit si délabré ?...

Soudain, elle se sent réellement nue, exposée à la saleté, à une misère obscène. Surmontant sa répugnance pour le tissu trempé, elle enfile sa robe en se contorsionnant car le coton colle à sa peau.

Elle devine un mouvement au-dessus de sa tête. Quelque chose a bougé. Une jambe de gosse pend dans un trou du plancher. Une bousculade, un faux mouvement et l'enfant tombera ou bien il se déchirera les chairs aux échardes vénéneuses...

« *Meu Deus* », murmure Carmelita.

« C'est Jair ! » s'exclame la petite.

Jair n'est pas son frère. C'est un voisin qui habite là-bas. La fillette désigne un point dans le brouillard liquide.

« Jair ! » crie Carmelita.

La gamine joint ses cris aigus à ceux de Carmelita. « *Jair !... Oi Jair !* »

La jambe continue de se balancer dans le vide.

Avec le boucan que fait la pluie, le gosse n'entend pas.

« Jair !... Jair... »

Une tête d'enfant se penche enfin sur le trou du plancher.

Carmelita lui fait signe de s'éloigner du trou. « Sors de là ! » elle hurle, « c'est dangereux. »

Le garçon se fiche des mises en garde de cette grande femme, il dit quelque chose à quelqu'un qui le rejoint bientôt. Quelques secondes plus tard, trois visages d'enfants s'encadrent dans l'ouverture irrégulière.

Carmelita leur fait signe avec de grands gestes véhéments : fichez le camp de là, allez jouer plus loin !…

Les gosses bavardent entre eux : ils se demandent visiblement qui est cette bonne femme qui gesticule, qu'est-ce qu'elle fiche sous la baraque ?

Lorsqu'ils ont épuisé leur curiosité, ils reprennent leurs occupations et la jambe de Jair continue de se balancer dans la pénombre.

L'obscurité, les rats, la saleté, cette misère oppressent Carmelita. Elle a de plus en plus de mal à respirer.

Quand ce déluge s'arrêtera-t-il ?

Le bois des maigres poutres qui supportent la baraque est criblé de milliers de trous. Les termites sont à l'œuvre.

Carmelita ferme les yeux. Elle voit le cube noir de la barque qui bascule, qui s'abat dans la pente, elle entend le vacarme du bois qui se brise sous le choc, elle voit, oui, elle voit l'amas de terre, des planches entassées… Des jambes d'enfants gisent dans les décombres.

Elle attrape la gosse par le bras. « On va sortir », elle dit, « tu es prête ? »

La fillette écarquille les yeux. Et la pluie… La tempête… Et les torrents de boue qui dévalent la pente ?…

Carmelita s'en fout : elles ne peuvent pas rester là plus longtemps ! Les poutres sont pourries, le ruissellement mine le terrain… La baraque va tomber ! « Tu ne vois pas qu'elle va basculer dans le vide ? Si on reste ici, elle va nous aplatir !… »

L'enfant hausse les épaules : tout le monde sait que la baraque va tomber !

Sa mère le sait, elle en parle souvent. Les gosses aussi… Ils ont même inventé le jeu du *resgate*. Gilda fait la victime avec Laís… C'est pas marrant de faire la victime. Il faut se coucher par terre, et ne plus bouger. On n'est pas bien, on s'ennuie… Elle préférerait être sauveteur, mais Juscelino et Ricardo assurent que ce sont des rôles exclusivement réservés aux garçons…

Hier, Fina, sa sœur aînée, s'est engueulée avec sa mère, elle a crié qu'elle partirait bientôt parce qu'elle ne voulait pas crever avec les autres quand la baraque foutrait le camp ! Sa mère s'est moquée d'elle. Où irait-elle ? Chez les voisins ?

Leur baraque n'est pas la seule qui est menacée. Le coin est plein de bicoques qui vont tomber !

Celle de Jair va tomber aussi, peut-être même avant la leur ! Il paraît que l'autre jour, l'oncle de Jair, qui vit chez eux, a entendu craquer et il a dit : « Ça va pas tarder. » Le dimanche, la mère a conduit tous les gosses à la messe et les a obligés à communier pour préparer leur place au paradis. D'après Jair, il paraît qu'ils recommenceront chaque dimanche jusqu'à la fin.

Chez Gilda ils ont de la chance : sa mère a dit que communier une fois suffira.

9

Emerson perçoit le monde à travers une vitre. Un verre épais qui éloigne Mané assis, face à lui, sur son caillou. Un verre comme du coton que la *maconha* aurait tissé subrepticement et qui dresse maintenant, entre Emerson et l'extérieur, un écran mou et flou…

Il pourrait être ce poisson rouge que lui avait donné le camelot de la *feira da Torre* : là-bas, à Brasília. Comment s'appelait ce poisson ?… Vali ?… Vilo ?…

C'est Sandra qui l'avait baptisé : Vali, probablement, à cause d'un film de baleines qui passait à l'époque, au Conjunto Nacional.

Pendant plus d'une année sa sœur et lui avaient vu, à l'œil, presque tous les films qu'on donnait là puis la direction s'était avisée que des tas de gosses entraient sans payer et avait fait condamner les issues de secours.

Ils s'étaient repliés au Konik, dans le bloc d'en face mais, quelques mois plus tard, il avait été vendu à l'une des innombrables églises protestantes qui se battaient pour la conquête du Distrito Federal. La salle de cinéma était devenue un temple où des dizaines de fidèles exaltaient une foi tonitruante en beuglant des cantiques brûlant de la ferveur aveugle des convertis de fraîche date. Éclaire-nous, Seigneur, apporte-nous ta lumière… Ils se balançaient d'un côté l'autre par rangs entiers en tapant dans leurs mains tandis qu'un petit jeune homme en costume bleu roi, cravaté de la braguette aux sourcils, donnait la cadence en arpentant le bord de scène d'un pas de métronome. *Jesus é número um, um, um… !* Les bouches des fidèles s'ouvraient roses dans leurs visages sombres qui ruisselaient d'une sueur d'extase, surtout depuis que la climatisation avait claqué. Guide-nous, ô Seigneur, emmène-nous avec toi en Terre promiiiiiiiiise !

Le jeune homme tiré à quatre épingles semblait ne pas souffrir de la chaleur. Il faisait un geste de la main et la foule scandait : *Ameeeen*… les yeux au plafond comme si un jury d'anges se tenait là-haut, toutes oreilles déployées, attentif à distinguer les plus méritants du chœur, les plus enthousiastes, ceux qui croassaient le plus fort : je t'appartiens, Seigneur ! Mon âme monte vers toi…

C'est bien, Rosita !… Vas-y, ma grande !…

Elle se dressait au premier rang, seule, vêtue d'une espèce de robe chasuble dont l'ourlet lui tombait aux chevilles, d'un bleu roi délavé assorti au costard du pasteur.

L'avant-garde zélée du bataillon de croyants dont les pieux fessiers écrasaient désormais les fauteuils exténués du Konik c'était elle : Rosita… La kamikaze de Jésus, la tigresse de la foi ! Cinquante kilos de chair, d'os et de tendons, portés à incandescence par un amour exacerbé… Accueille-moi auprès de toi, Seigneur…

Ça changeait des explosions ponctuant les films d'action américains, des minauderies platinées, siliconées, échangées au bord d'une piscine, des serments menaçants miaulés, entre deux coups de couteau, dans les romances mexicaines, ça changeait des strip-teases de Zulma qui, les derniers temps, se dépoilait in vivo à l'entracte, espérant que son anatomie de bombe grassouillette sauverait ce bon vieux Konik du désastre… Pour rameuter suffisamment de monde, Zulma aurait dû se déloquer jusqu'aux os : exhiber l'astragale de ses gracieuses chevilles, samber la GSM : la Grande Samba Macabre qu'on ne danse qu'en omoplates, fémurs et côtes flottantes… Zulma n'était pas prête à ces exhibitions extrêmes et le vieux cinoche avait sombré.

Après ça, Emerson et Sandra avaient dû se contenter des films de la télévision…

Vali… Vilo… Vélo… Un tout petit poisson de rien du tout que cet animal de forain lui avait refilé, en guise de salaire, pour une journée de travail ! Emerson l'avait aidé à monter son parasol, à installer ses tréteaux, à déballer sa marchandise, il avait gardé le stand tandis que le type cassait la croûte un peu plus loin avec une poignée de collègues, à l'arrière d'un camion. En fin de journée, pour solde de tout compte, l'homme lui avait donné ce misérable poisson d'un rouge éteint, semé de taches livides, qui ondulait dans une poche en plastique avec des langueurs d'agonisant. Ce salopard de forain avait choisi le plus petit, le plus rachitique, imaginant sans doute que personne n'en voudrait, qu'il serait crevé avant la fin de la semaine. Emerson se souvient de l'homme lui tapotant la nuque, faussement amical, promettant : tu verras, il deviendra grand comme ça ! Il brandissait un avant-bras épais, tatoué d'une sirène à la poitrine dépressive. Emerson avait cru cette crapule. Dans le bus de retour il avait échafaudé d'innombrables projets, s'était posé d'angoissantes questions... Où et comment logerait-il un poisson rouge long d'un mètre ?... Comment diable allait-il le nourrir ? Avec de la viande ?... des saucisses ?...

Emerson avait installé le poisson rouge dans une bouteille de Guaraná dont il avait coupé le col et qu'il avait posée à la place d'honneur, sur la télévision. Il avait donné à ce Vali ou Vilo, ou il ne sait plus quoi, des mouches mortes chassées à l'élastique, des miettes de pain, deux ou trois haricots, cuits, naturellement... Dédaignant cette nourriture indigne, le poisson Vali tournait obstinément une ronde hautaine, grossissant et rapetissant selon qu'il approchait d'Emerson ou fichait le camp de l'autre côté de la bouteille.

Au bout de deux jours, ce maudit poisson s'avérait une déception complète. Il ne bouffait pas, ne répondait pas aux appels, ne chantait pas...

Pour finir, c'était Sandra qui se l'était approprié. Comment avait-elle négocié ? Avec qui, à quel prix ? En tout cas, alors que Vali n'avait plus que les écailles sur les arêtes, qu'il n'était plus qu'une ombre rouge menaçant de se dissoudre dans la flotte, purement et simplement, Sandra s'était ramenée avec une petite boîte de nourriture spéciale pour les poissons captifs. Chaque jour, elle jetait une pincée de daphnés dans le bocal improvisé en gazouillant : « *Vali... Vali querido, vem aqui meu Vali...* » et aussitôt cet animal de Vali montait vers la surface et se mettait à téter gloutonnement les espèces de poussières qui flottaient. De temps à autre, en l'absence de sa sœur qui n'aurait pas supporté son manège, Emerson faisait le simulacre de donner à manger au poisson infidèle et cet imbécile de Vali, ou Vilo ou Vélo, rappliquait aussitôt. Dressé sur sa queue comme un poisson de cirque, il pompait le vide de sa petite bouche ronde, aux lèvres épaisses, et Emerson se moquait.

Sandra l'a emporté avec elle au Vale d'Amanhecer.

Comment vas-tu, Vali ?... Tout se passe bien là-haut ?... La vie tourne toujours ?...

La promesse du forain s'est-elle réalisée ? Ce goinfre de poisson s'en est-il tellement mis dans la panse qu'une seule bouteille de Guaraná ne suffit plus à loger sa corpulence ?... Sandra trouve-t-elle de la bouffe en boîte pour poissons de bouteille chez les cinglés du Vale ?

Rien n'est impossible à Sandra ! Quoi qu'il arrive, elle se débrouillera toujours pour nourrir son Vali ! S'il le faut, elle lui préparera du flan, des mouches, des mouchettes, des mouchinettes desséchées qu'elle fera griller une à une. Pas vrai, Sandra ?...

Emerson n'aimerait pas être à la place de sa sœur et devoir supporter la grosse Benedita, sa piété ombrageuse au kilo ! Se soumettre aux prières, aux rituels absurdes de la tribu des allumés du Vale... Pauvre Sandra, pauvre Beto...

À João Operário, la vie n'est pas marrante mais, au moins, c'est la vie, tandis qu'au Vale, vivre n'est qu'un simulacre pesant, étouffant, à l'image de la grosse Benedita ligotée dans sa foi carnavalesque. Lorsqu'il aura de l'argent, Emerson ira chercher Sandra, ce petit con de Beto, il les arrachera aux ventouses de Benedita, il les ramènera ici : à Rio, pour commencer, avant qu'ils ne s'installent tous dans la villa qu'il leur offrira dans un quartier chic de chic : la Barra da Tijuca, par exemple, ou quelque part dans le Nord, vers Cabo Frio…

Quand, Emerson ?

Bientôt !…

En attendant, il mène une vie de poisson rouge enfermé dans une bulle de verre. Assis face à lui, sur son caillou, Mané est à la fois proche et lointain.

« *Oi Mané*, tu es là ?… Tu m'entends ?… Mané !… »

Le garçon lui jette un regard où se lit de l'agacement.

« Que veux-tu, Emerson ? »

Rien…

Il ne veut rien de spécial : seulement s'assurer que Mané est bien là, à portée de voix. Le garçon hausse les épaules.

« Ferme-la, Emerson !… Tiens-toi ! Retiens-toi, *puta merda* !… Tu fumes la *maconha* comme un puceau, *porra* ! Un *baseado* un peu tassé et te voilà en l'air ! »

Emerson sourit. Mané est là ! Il lui parle. Il n'a rien compris de ce qu'il a dit mais sa voix tourne encore dans sa cervelle empaquetée de linge.

Merci, Mané !… Merci de parler !…

La rumeur de la ville lui parvient assourdie. Une brume bizarre, irréelle, enveloppe les baraques de la rue Vasconcellos. D'où vient-elle ?… Du *baseado* que lui a passé Mané et qu'il tète avec application ?

Si peu d'herbe produirait tant de fumée ? Dis, Mané…

Quand cette brume est-elle apparue ? Emerson l'ignore. Tout à l'heure elle n'était pas là. Il se tenait assis sur son bidon de tôle cabossée, Mané était au même endroit, sur sa pierre échouée dans l'herbe sale, le monde était normal. Il y a peu, Emerson pouvait toucher Mané en étendant le bras. Maintenant l'autre est loin, loin… Mané est hors d'atteinte ! Les bruits ne parviennent plus à Emerson qu'amortis : ouatés ! Le monde est ficelé, emballé dans cette brume étrange, cette brume de verre qui lui gonfle la tête, lui dilate l'esprit.

Quand diable est apparue cette paroi de verre qui dresse une barrière entre les gens et lui ?… les choses et lui. Entre la vie et lui ?

« Hein, Mané ?… »

Le garçon décoche à Emerson une grimace irritée lui enjoignant de se taire et Emerson se tait. Mané est un type imprévisible, il prend la mouche pour un rien. Tous deux bavardent, tranquillement, ils plaisantent, se jetant à la tête les bêtises habituelles que se jettent les types de leur âge et, tout d'un coup, Mané se fâche. Son visage se durcit, son teint vire au gris, il ferme nerveusement ses poings, les ouvre comme s'il ne savait qu'en faire et peinait à les retenir.

« Pourquoi te fâches-tu, Mané ? »

Le garçon ne répond pas : buté, dur, haineux même. Parfois son regard brille d'un éclat noir comme une envie de tuer.

Emerson s'est interrogé souvent sur ces changements d'humeur, apparemment inexplicables, aujourd'hui il connaît la réponse. Pour un mot qu'il ne comprend pas et qu'il suspecte d'être une offense, pour une inflexion de voix qui réveille une angoisse ou un souvenir pénible, pour un regard qui, croit-il, se dérobe, Mané se persuade qu'on se moque de lui et ça le plonge dans un état second, une espèce de transe.

Le garçon habite un corps musculeux et massif, on sent une violence à vif rouler dans ses muscles saillants. C'est de la dynamite dans un corps d'Africain. Quand il est ainsi, sur le point d'exploser, Mané fait peur ! En vérité Mané n'est pas un type méchant et depuis qu'il le fréquente, Emerson a découvert son mode d'emploi. Pour apaiser la colère ombrageuse et subite qui le saisit à l'improviste, il suffit de détourner son attention. Il faut rire, le faire rire…

Mané rit pour des bêtises qui amusent les enfants ! Une grimace de clown, une démarche de pantin qui se déhanche et il rit les yeux fermés, retroussant sa lèvre supérieure comme un cheval curieux ! Emerson fait loucher ses yeux très bleus, il tord sa bouche comme un bout de caoutchouc et Mané rugit un rire naïf et disloquant.

C'est bon de rire, hein Mané ! Ris encore : encore, encore…

La charge accumulée dans les muscles de son ami se dissipe dans des hoquets, des gloussements d'enfant. Il se détend, il oublie sa colère aussi vite qu'elle est montée…

Quelque chose en lui ne marche pas, un nerf ou un organe profond est cassé, fichu !

Avec la *maconha* qui lui souffle son ivresse extralucide, Emerson devine une zone fragile dans la poitrine de Mané. C'est de la chair nécrosée qui lui enrobe le cœur ; sa carcasse, à cet endroit, ne tient pas. Emerson a le sentiment qu'il pourrait passer son poing à travers.

Certes, Mané est un compagnon toujours dangereux mais Emerson n'oublie pas qu'il est le premier type qui est venu à lui. Quoi qu'il arrive, il se rappellera le plat de viande grillée que Mané lui a fait apporter sans un mot, dans le bar de la Rua Uniço, le jour même de leur arrivée à São Carlos.

Oui, ce soir Emerson est sous une cloche de verre : la même que celle dont Yuko recouvrait le fromage vermeil qui trônait sur le comptoir de la boutique du Suisse : là-bas, dans le Plan Pilote.

Un beau fromage… Un fromage étranger ! Anglais ou suisse… Emerson ne se rappelle pas et ça n'a guère d'importance… Ce soir, il se souvient de la peau cuivrée et mate de Yuko, il se rappelle la pluie de grains de beauté semée sur le visage de la *nisei* comme une volée de plombs reçue en pleine figure, ses yeux bridés… et ça le fait durcir…

Yuko !

À l'époque où ils vivaient dans le Distrito Federal, la *nisei* ne le faisait pas bander mais, depuis, les choses ont changé. Lui-même a changé ! Comme il a changé, *poxa* ! Ici, la vie va vite ! Si vite !… Ici, le temps grésille : il se consume, on le voit qui noircit, se racornit, se tord comme du papier flambé !…

Parfois, il a le sentiment d'être emporté dans un voyage vertigineux. Quelle sera la prochaine étape ? La lune ?… Peut-être… Comment savoir ?… Le capitaine Destin est aux commandes. C'est lui qui décide, lui qui choisit la route. Il se faufile entre les constellations, les étoiles… trouve son chemin dans la Voie lactée… sacré capitaine Destin !

« À vos ordres, capitaine Destin !… »

Mané lui jette un regard en coin. Il penche la tête sur le côté, les yeux mi-clos, tirant sur le *baseado*, allongeant des lèvres immenses ! De vraies lèvres de cheval curieux !

Il tire, tire, une bouffée qui n'en finit plus !

Cette bourrique a un coffre immense.

Où fourres-tu toute cette fumée, Mané ?

Le garçon continue de tirer. La braise du *baseado* rougeoie, l'herbe grésille.

Tu vas te rôtir les doigts, Mané !

Le garçon bloque sa respiration, il reste un moment suspendu, la tête renversée en arrière. On le dirait parti. On le dirait évanoui… Reviens, Mané ! Reviens, *cara* !

Le garçon expulse la fumée d'un coup. Elle lui sort par le nez, par la bouche, les cheveux crépus de Mané fument dans cette lumière agonisante qui étire des ombres épaisses sur la terre battue de la Rua Vasconcellos.

Mané s'ébroue comme un chien qui sort de l'eau. Cette fumée âcre qui ramone, qui sature les poumons, ça fait du bien, *poxa* !

S'il le pouvait, Mané avalerait un nuage : un de ces gros nuages qui voguent au-dessus de la Baía !

« Et toi, Emerson ?… tu n'avalerais pas un nuage ? »

Emerson saisit ce qui reste du *baseado* entre le pouce et l'index. Il tire de petites bouffées. La chaleur de la braise lui grille les lèvres.

S'il le pouvait, il avalerait toute une flotte de nuages : nimbus, cumulus, cirrus, cumulo-nimbus ! Il goberait tout ce que Dona Lilian lui enseignait sur les nuages à l'école de Paranoá !

Mané s'étire voluptueusement. Cette *maconha* est bonne, *puta merda* !… Il se sent bien.

« Parle-moi encore de cette *nisei* », il dit, d'une voix rauquie par la fumée, « cette fille, là-bas, dans le Distrito Federal. La *maconha* aime les femmes, *cara* ! »

Emerson revoit la boutique du Suisse : Fritz, il s'appelait Fritz, sa mère disait : on va chez Fritz ! Presque au bout de l'Aile Sud !

Il se rappelle la fraîcheur que ronronnait la climatisation polaire alors qu'un gros soleil d'été se vautrait sur le Planalto de tout son poids de feu. Il se souvient de la propreté bienfaisante que renvoyaient les vitrines impeccables… Les lumières, bien plus intenses qu'ailleurs, qui tombaient du plafond comme des cornets de glace renversés. Cette boutique où l'entraînait sa mère c'était un autre monde dans lequel il n'avait pénétré que rarement mais qui, à chaque fois, l'avait emmené loin des taudis de Paranoá, loin du lac et de ses eaux de plomb et même loin du Brésil sans qu'il soit à même de préciser davantage.

Un bracelet d'ivoire porté haut sur le biceps, Yuko régnait sur la boutique du Suisse. Lorsqu'elle allongeait le bras par-dessus le comptoir pour tendre à Emerson un petit bout de ce fromage rouge qui rayonnait comme un astre sous la cloche de verre, elle dévoilait son aisselle rasée. Emerson devinait les poils noirs qui pointaient sous la peau et il éprouvait aussitôt une envie folle de fourrer son nez dans ce creux glabre, pour humer l'odeur intime de Yuko. Combien de fois s'est-il bercé de ce rêve avant de s'endormir…

Était-il amoureux de cette Yuko, demande Mané. Avait-il couché avec elle ? On dit que les Japonaises se rasent la chatte, c'est vrai ? « Dis, Emerson, elles se la rasent ou pas ? »

Un instant, Emerson a la tentation de mentir, de raconter ce que le garçon veut entendre mais il dit non : il ne sait pas. Il ne sait rien… À l'époque de Paranoá, il ne pensait pas aux femmes comme il pense à elles aujourd'hui…

Mané sourit. Il hoche la tête. Lui aussi porte le tourment accroché au bas du ventre, cet animal dévorant qui le griffe et le mord, la nuit venue, quand le désir et les rêves déferlent dans le lit. Mané tapote affectueusement le genou d'Emerson. Il sait ce que c'est, *poxa !* Oui, il sait foutrement ce que c'est que de bander à blanc… Ça démange, ça cuit… Des fois, on voudrait se l'arracher comme une épine ! Pas vrai, Emerson ?

Emerson soupire. Mané croit savoir mais, en vérité, il ne sait pas ! Le souvenir de Yuko qui, aujourd'hui, se tord sous le désir, c'est son enfance qui s'en va… Il la sent qui se dessèche et s'évapore dans la chaleur de four qui règne sur la Baía de Guanabara… Yuko était d'un autre temps !… Du temps de là-bas, quand la vie était simple… Depuis qu'ils sont arrivés à Rio, il se sent une marionnette qu'on manipule et qu'on jette ! C'est sa mère qui choisit les baraques où ils habitent, le Portugais qui le fiche à la porte…

Lui ne décide rien. Il n'est rien !… Quand se retrouvera-t-il ?

Mané prépare un autre *baseado* dans le creux de sa main, il colle les feuilles de papier dans un assemblage complexe, roule un cône long, élégant. Emerson le regarde, fasciné par l'habileté du garçon. « Cette *maconha* est spéciale ! » soliloque Mané. « Elle est *apimentada* ! Salement *apimentada…* » Il ricane. C'est Zico : un des types qui tiennent la *boca de fumo* d'Ezequiel qui la lui a passée. Mané ne sait pas exactement ce qu'ils ont fichu dedans mais elle cogne sacrément fort. Il allume le *baseado*. Ce qui est sûr, c'est qu'elle est mélangée à de la *brizola* mais, des fois, ils pilent des comprimés quelconques, volés à l'hôpital et alors là… « Là ça t'envoie dans la stratosphère en moins de cinq minutes, *cara* ! » Mané éclate de rire, s'étouffe, tend le *baseado* à Emerson.

« Tire là-dessus, *rapaz* !… Uranium et plutonium », rigole Mané. « Tire, *meu amigo* ! En route pour les étoiles ! »

Les yeux clos, Emerson se remplit les poumons. Dieu sait ce qu'il aspire mais lorsqu'on habite un coin comme JP II, abandonné de Dieu, rien n'a d'importance !

« Respire à fond, *cara* », l'encourage Mané, « bloque ton souffle, laisse la fumée saturer ta poitrine ! »

Emerson se crispe, résiste à l'envie violente de tousser, il retient dans ses bronches le démon pimenté !

Tu sens la sorcière qui passe dans tes veines, Emerson ? Tu sens sa chaleur dans ta chair, dans tes os ? Elle étire le temps, elle le presse, le débite ! Elle dévisse les mots, les phrases, disperse les idées aux quatre vents de la cervelle… Tu te sens en miettes, pas vrai ? Tu te sens comme ce monde en lambeaux…

Emerson relâche son souffle, expulse une fumée devenue grise. Il ne reste plus en lui que la malice de la drogue. Les deux sœurs perverses : *maconha* et *brizola* qui dansent en lui leur samba venimeuse. Elles raniment les souvenirs éteints, donnent vie à des images mortes. Voilà Yuko et ses aisselles rasées, son teint doré et chaud, ses yeux bridés de *nisei*, son cul, sa fourche de *nisei* !…

Yuko est là, *cara* ! Une Yuko qu'Emerson n'a jamais vue. Elle est venue pour lui du Distrito Federal, chevauchant un nuage ! Salut, Yuko ! Salut, ma grande !... Emerson bande fort, dur !... Son gland va s'arracher, partir comme une balle !

Ta Yuko n'est qu'une *nisei* de fumée, Emerson... Ce n'est pas une femme qu'on peut embrasser en lui fourrant la langue : elle n'a pas d'épaisseur, pas de chair, elle n'est qu'un fantôme qui danse dans ta mémoire.

Dans ton ventre, *cara* !

Dans la mémoire de ton ventre !

Personne n'a prévenu Emerson que le désir inassouvi est un tourment ! Nul ne lui a dit que bander est une souffrance, que désirer les filles qui passent en ondulant de tout leur corps rend fou ! Personne, sinon les deux sœurs : *maconha* et *brizola*, que Mané a convoquées pour lui.

Seigneur, quand me donneras-tu une fille à baiser ? Une fille, une vraie : une fille en viande, dont le corps pèse !

Cette nuit, Seigneur ?... Pourquoi pas cette nuit ?... Allez, Seigneur...

Emerson en a marre d'attendre dans l'antichambre de la vie ! Le moment est venu d'être un homme ! Un homme entier, un homme qui fourgonne les filles, qui les renverse sous lui et se perd dans leur fente !

Fume encore, Emerson ! Tire encore sur le *baseado*. Appelle l'ivresse qui sonne, celle qui laisse pantelant, insensible au réel, à ses couteaux, à ses lames dardées, celle qui extrait la cervelle du corps et jette dans un bain de vapeur chaude, sucrée, aimable. Abandonne-toi, Emerson, livre-toi à sa fièvre !

Parle-moi du sourire oriental de Yuko, *maconha*, de la peau de son cou, de ses épaules découvertes.

Parle-moi de ses aisselles, *maconha*, dévoile-moi tout ce que je n'ai pas vu et qui, pourtant, me sautait à la gorge quand nous entrions, ma mère et moi, dans la boutique du Suisse.

À l'époque, sa mère travaillait chez Seu Renato : un vieux type de l'Aile Sud qui n'aimait que le fromage rouge. Deux ou trois fois la semaine, il répétait : « Carmelita, ma fille, tu n'oublies pas de passer chez le Suisse, *tá* ? Tu n'oublies pas, n'est-ce pas ? » avec une espèce de hâte dans la voix.

Au fil du temps, les plaisirs de Seu Renato disparaissaient l'un après l'autre. Lui qui était encore un homme puissant quoique déclinant à l'époque où la mère d'Emerson était entrée à son service, ne goûtait plus la jouissance du pouvoir dont le jeu, désormais, l'ennuyait. Lorsque Emerson avait fait sa connaissance, il ne lui restait plus, pour éclairer une vie déclinante, que le fromage du Suisse et les *gatas* de vingt ans entre les cuisses desquelles il jetait, tant bien que mal, ce qu'il restait de l'homme brillant et redouté qu'il avait été. « Tu n'oublies pas le fromage, Carmelita !... Emerson, tu lui feras penser, *tá* ? »

Seu Renato rabâchait ! *Puta merda* qu'il rabâchait ! Cent fois, mille fois, il répétait la même chose. La mère d'Emerson disait que l'âge avait fondu ses intérieurs. Le vieil homme était devenu creux. Les questions, les ordres que, d'ailleurs, il n'envoyait pas d'une voix cassante – des ordres qui ressemblaient plutôt à des suppliques –, les sentences, de plus en plus exsangues, qu'il ressassait et qui, toutes, exprimaient son désappointement immense d'homme qui prend la mesure de son naufrage, résonnaient en lui et le vide qui le bouffait en renvoyait l'écho. « N'oublie pas le fromage... *tá* ? » Lorsqu'il lançait sa phrase comme un rituel au départ de Carmelita, il ne se souvenait même plus de l'avoir pensée. Vers la fin, Seu Renato ne lâchait plus que des paroles orphelines !

C'était une petite brune qui avait eu sa peau ! Une fille de vingt ans qui tortillait de partout. Sandra ou Soraia... Ou peut-être Sônia... Emerson a oublié son nom. Une fille brune qui incendiait les chaises où elle posait son cul ! Elle arrivait vers dix-huit heures trente, à la tombée de la nuit, par l'escalier de service. Avant de lui ouvrir, la mère d'Emerson le poussait dans la cuisine ou dans le réduit qui servait de chambre aux *empregada*s. Seu Renato l'avait transformé en réserve où s'entassaient les produits d'entretien, les conserves, tout un bric-à-brac digne d'une épicerie portugaise. Dans la mémoire d'Emerson, la fille brune qui visitait Seu Renato a un parfum de savon, d'encaustique...

Un soir, cette Soraia, ou Sônia, ou peut-être Sandra, s'était mise à glapir : « *Ajuda !... Socorro !...* » d'une voix suant l'angoisse. Emerson et sa mère avaient compris sur-le-champ que le vieux était mort. Carmelita s'était précipitée dans la chambre du fond où le vieux Renato s'enfermait avec sa visiteuse. Emerson l'avait suivie.

Mort, Seu Renato lui avait paru infiniment plus grand que vivant. Son corps, couvert de poils blancs, gisait délivré des approximations, des tremblements, des vacillements, de l'usure. Il reposait de tout son long : immense, massif, lourd, étouffant la fille qui gémissait sous lui « *Ajuda !... Socorro !...* », hurlant une terreur incontrôlable sous le poids de cette viande morte : « *Ajuda !... Socorro !...* » Carmelita avait aidé l'ultime visiteuse de son défunt patron à se libérer de la masse étouffante du cadavre et la fille s'était enfuie : affolée, jusque sur le palier, avant de s'apercevoir qu'elle était nue.

Mané n'a jamais entendu parler d'un fromage rouge !...

Emerson hoche la tête.

« Rouge ! Rond et rouge... Un fromage étranger pour étrangers. »

Mané fait la moue : il n'y croit qu'à moitié. Les fromages sont blancs...

« C'était du fromage rouge », répète Emerson, « d'un rouge... » Il cherche des yeux une tache de couleur qui rappellerait celle de la croûte de ce fameux fromage.

Une centaine de mètres plus loin, une fille, adossée à un mur, porte une jupe de couleur vive. Il la désigne à Mané.

« Tu vois la fille là-bas, qui porte une jupe orange ? »

Mané hoche la tête. « C'est Dina... la *gata* de Santão... »

Le fromage était à peu près de la couleur de sa jupe.

La fille est avec les garçons qui surveillent la rue. La *boca de fumo* d'Ezequiel se trouve un peu plus haut. Santão et son équipe assurent sa protection.

La nuit est là. Les clients rappliquent, de plus en plus nombreux. Dans une heure, ils feront une file de plusieurs dizaines de mètres pour acheter leurs sachets de *brizola*.

Beaucoup habitent dans les parages, d'autres viennent de loin : de la *Cidade* ou même de la Zone Sud où la papillote de cocaïne est vendue deux à trois fois le prix qu'elle vaut ici... Sans compter que, de notoriété publique, la poudre qu'on achète dans les kiosques à journaux de Copacabana est coupée de toutes sortes de saloperies.

Des avions, d'une dizaine d'années, déboulent de la Rua João Operário et s'éloignent à pas pressés, rasant les murs de crainte qu'un rôdeur en manque ne leur fauche leur précieux paquet. Ils vont livrer le client qui leur a passé commande et qui attend, dans sa voiture, à cinq cents mètres de là. Pour rien au monde le type ne se hasarderait dans la favela, car la favela, *meu amigo*, c'est l'enfer ! Les gens qui grouillent dans ces baraques sordides sont des diables ! Des démons crépus et noirs...

Dis, Emerson, tu prendras ta place dans la file ?... Tu feras la queue, toi aussi, comme ces pauvres bougres, après une journée à suer sang et eau ?...

Le garçon regarde la file des clients tristes, silencieux, qui attendent, alignés contre le mur avec une humilité de chiens, que le maître daigne les servir, qu'il veuille bien leur donner leur ration de chaleur et d'ivresse pour une soirée qui s'annonce lugubre.

Hé, les gars, vous savez que les types du trafic vous méprisent ?

Ils le savent...

Vous savez qu'entre eux ils vous désignent sous le vocable ignominieux d'idiots, de gogos ?

On sait tout ça !

Et alors ?...

Alors quoi ?...

Vous supportez ?

Que veux-tu que nous fassions ?

Qu'on rentre gentiment à la maison, qu'on passe le temps à faire sauter les gosses sur nos genoux, nous dont la vie est en loques ?

Jamais Emerson ne fera la queue dans la file des gogos : plutôt crever !

Plutôt crever, hein ?

Oui, plutôt crever !

Méfie-toi, Emerson ! Tous les adolescents jurent qu'ils ne feront jamais, au grand jamais, ce que leurs parents ont fait avant eux et puis la vie les plie !... La vie les roule, la vie les froisse comme du vieux papier et ils finissent par abdiquer, comme les autres... Tu verras, mon grand... Vieillis un peu, patience...

Sous son air juvénile Emerson cache une résolution de fer. Depuis des semaines il se contente de boulots de merde en espérant qu'un jour quelqu'un lui proposera un vrai travail. Un poste dont il sera fier, qui lui permettra de vivre décemment au lieu de faire la queue chaque fin de semaine avec la seule perspective de s'envoyer deux grammes de poudre dans le museau pour croire, le temps d'une nuit, que la vie est moins salope qu'il n'y paraît.

Il a aidé au pavage des trottoirs de l'Avenida Beira Mar, il a nettoyé le hall d'un immeuble de bureaux de l'Avenida Rio Branco, il a vidé les poubelles, il a déchargé des camions... Il s'est déchiré un muscle de l'épaule et maintenant il ne peut plus rien soulever de son bras gauche. Et quand bien même il le pourrait, qu'est-ce que ça changerait ?

Qu'est-ce que ça changerait, Emerson ?

Tu ne vas pas décharger les camions toute ta vie ?

On dirait que la rue bouge...

Est-ce qu'elle bouge ou bien est-ce la *maconha* qui lui joue un de ses tours ?

C'est comme si, d'un coup de chiffon, on brouillait les contours des maisons, la rectitude des murs aveugles qui bordent la Rua Vasconcellos... Les silhouettes des clients, celles des vigies, la silhouette de Dina dans sa jupe orangée paraissent floues tout à coup. Les gens courent, ils cavalent de toutes leurs forces parce que là-bas, au bout de la rue, vient d'apparaître une voiture de flics blanc et noir, une de ces vieilles Chevrolet lourdasses dont l'arrière est un fourgon aux vitres grillagées dans lequel on jette les prisonniers menottés.

Une détonation éclate. Est-ce la bagnole qui tire ou bien les gars d'Ezequiel qui tentent d'arrêter cette bête de ferraille, au museau camus, avançant à gros cahots dans la lumière terreuse.

Une tache claire marque l'asphalte.

On dirait qu'un corps est allongé sur le bitume, près du mur où, tout à l'heure, les clients de la *boca de fumo* faisaient la queue pour acheter la *brizola*...

Un corps, Emerson, tu crois ?

Qu'est-ce que c'est si ce n'est pas un corps ?... Cette tache sombre et ronde, c'est une tête !... C'est la tête d'un type qui ne bouge pas, la tête d'un type qui s'est fait plomber et qui est tombé : *vlaaaccc !* d'un coup.

Emerson jette autour de lui un regard affolé.

Le caillou sur lequel son ami se tenait assis est chauve maintenant. Mané a fichu le camp, il a détalé tandis qu'Emerson restait calé sur son bidon de tôle, rouillé et cabossé, posé sur l'herbe salie.

« Mané... », crie faiblement Emerson. « Où es-tu, Mané ?... »

Il s'est barré, mon grand !... Il est quelque part dans le dédale de João Operário.

Il ne m'a pas attendu ?

Non, il ne t'a pas attendu. Ici, personne n'attend personne.

Emerson a envie de pleurer.

Quelqu'un crie quelque part.

Qu'il crie…

Là-bas, la grosse voiture pie s'est arrêtée auprès du corps allongé sur l'asphalte. Deux ombres se glissent entre le mur et la voiture. Ce sont des flics : deux flics en tenues de combat ajustées, qui leur moulent les jambes et le torse, leur font des silhouettes d'insectes. Ils se penchent sur l'homme affalé, on dirait qu'ils le fouillent.

« Emerson !… » crie la nuit. « … Emerson !… »

Qu'elle crie ! Qu'elle gueule… Que font les deux flics avec cet homme étendu sur le bitume noir ?

Ils le tirent en arrière.

Une rafale éclate quelque part, sur la droite d'Emerson. Ce chapelet de détonations sèches, rageuses comme l'aboiement d'un scorpion, c'est une des Uzi de la *boca de fumo* qui l'a crachée. Les types d'Ezequiel dégueulent sur les flics leur ferraille brûlante !

« Viens, Emerson ! »

Cette voix l'emmerde… Cette voix de la nuit qui hurle son nom comme si elle le désignait aux flics le dérange.

« *Vai cagar !…* », gueule Emerson.

« Ils vont te tuer », hurle la voix.

Emerson sait que les flics vont le tuer. Et alors… Ils vont lui tirer dessus, oui, mais ils ne parviendront pas à le descendre. Leurs balles passeront autour de lui, elles le contourneront sans pouvoir le mordre…

C'est comme ça !

Emerson est persuadé qu'il est *corpo fechado* ! Personne n'a pratiqué sur lui le rituel qu'il a vu cent fois à la télévision, pourtant il est convaincu qu'aucune lame, aucune balle, quel que soit son calibre, ne peut pénétrer dans ses chairs. Il est né ainsi… C'est le seul cadeau que la nature lui ait fait…

Tous les adolescents se croient invulnérables, Emerson ! Ne reste pas là, assis sur ton bidon rouillé : cours, jette-toi dans les ruelles de la favela, rejoins Mané qui t'appelle, qui te conjure de t'enfuir.

Emerson éclate de rire. Il se sent parfaitement bien, assis sur son bidon cabossé : seul face à cette bagnole de la PM qu'on dirait ramassée sur elle-même. Chacun des deux flics s'est attelé à une jambe du type allongé sur le sol et ils tirent, ensemble, ils font glisser le corps inerte vers l'arrière du fourgon et disparaissent à la vue du garçon.

La *boca de fumo* tire encore par saccades… Les types d'Ezequiel tirent pour un oui pour un non ! Ils tirent pour dire qu'ils existent, qu'ils sont là…

On est là ! RAAAAAA…

Ils tirent pour faire chier les flics, ils font sonner la tôle de cette grosse salope de bagnole blanche et noire, là-bas.

La voiture des flics avance à nouveau.

Elle se dirige vers le fond de la Rua Vasconcellos : elle vient vers lui. Emerson la regarde approcher. Il ricane.

La bagnole est dans une impasse ! Les flics sont dans une impasse… Le monde entier est dans une impasse.

Cette voix qui gueule « Emerson… sors de là, *puta merda* !… », c'est la voix de Mané.

Dans le ciel, d'un noir moche, délavé par les lumières de la ville, brille un grand néon écarlate, un néon qui dit : *Sem Saida* !

Sans sortie ! mon ami !… Sans espoir, sans rien.

De nouvelles rafales éclatent, plus lourdes, plus grasses, au pointillé plus détaché. Cette fois, c'est la voiture qui tire. Ces cons de flics avancent à pied, protégés par la tôle, ils arrosent les façades de João Operário, ils arrosent l'ombre essoufflée de Mané qui continue de hurler qu'Emerson ne doit pas rester assis sur son bidon. S'ils le voient, ils le tueront et ils rapporteront son corps, comme un trophée, au 18e BPM, pour toucher la prime de crâne accordée par l'état-major pour chaque bandit abattu…

Emerson se moque de la menace, il reste assis, placide, sur son bidon cabossé, regardant en souriant les flics qui arrivent.

Ferme-la, Mané ! *Calaa boca, meu amigo !* Je suis *corpo fechado*… Tu ne sais pas ? *Corpo fechado*… Les balles ricochent sur ma peau enchantée, elles dévient, elles m'évitent, je ne les sens même pas !

10

Carmelita peine à respirer. Elle se retourne dans son lit, roule d'un flanc sur l'autre. De temps à autre elle s'allonge sur le dos, contemple les ténèbres du plafond dans l'espoir que le noir suspendu au-dessus de sa tête finira par descendre en elle ou par l'aspirer, qu'il l'emportera dans la paix d'un sommeil sans rêves. L'air lui manque. C'est la chaleur humide pesant sur la Baía qui l'oppresse et non pas l'absence d'Emerson dont le lit est toujours vide alors qu'on est depuis longtemps dans le gras de la nuit.

Elle s'est endormie quelques minutes, peu après s'être mise au lit. Aussitôt les cauchemars l'ont assaillie. Une masse énorme, vivante, habillée d'une peau gris-bleu, se tenait assise sur sa poitrine, l'étouffant sous son poids. Carmelita distinguait la masse double, fendue, de fesses gigantesques, alors que le reste de ce corps immense, énigmatique, se perdait dans le haut de son rêve. Elle avait cru reconnaître un éléphant du cirque Buffoni dont elle avait suivi quelques numéros sur la télévision d'une voisine, avant d'aller dormir, mais une voix qui n'était pas une voix d'éléphant : une voix désagréable, menaçante, avait croassé qu'elle se trompait. Qu'était cette masse, assise sur sa poitrine ? La voix n'en savait rien !

Ces grosses fesses grises bourrelées de cellulite, c'était le derrière plissé du Destin ! À moins que ce ne soit le cul de l'angoisse qui s'est appesanti sur elle en l'absence d'Emerson.

Carmelita se redresse, le souffle court, haletante. Sa bouche, sa langue sont douloureusement sèches. Est-ce ce rêve monstrueux qui lui a fait ce palais de carton ?

Elle meurt de soif, *Senhor Deus* ! C'est la soif qui lui a envoyé ce cauchemar asphyxiant.

Carmelita s'assoit sur le bord du lit. Du pied, elle cherche à tâtons ses sandales hawaïennes puis, sans allumer la lumière, les bras tendus devant elle en aveugle, elle gagne le réduit qui lui sert de cuisine. Parfois, il fait si lourd, ici, qu'elle a le sentiment d'être engluée dans une toile d'araignée.

Elle attrape un des verres posés à l'envers sur la planchette trop mince qui se gondole au-dessus de l'évier. Si on ne prend pas la précaution de ranger la vaisselle cul par-dessus tête, les blattes y promènent leurs pattes répugnantes qui laissent derrière elles un sillage de germes vénéneux. Chaque jour, Carmelita doit batailler contre Emerson pour qu'il se plie à cette discipline. Le garçon se fiche des blattes, se fiche des maladies !

Carmelita passe le verre sous l'eau, l'essuie avec un linge propre. À seize ans, on se croit invulnérable !… mais on n'est pas invulnérable…

L'angoisse gris et bleu pointe à nouveau son museau d'étouffeuse. *Sai ! Sai daí fossa !*

Carmelita remplit son verre au robinet et boit à longs traits.

C'est bon, *Senhor Deus* !... *Que bom !*

Les yeux clos, elle suit le trajet des gorgées fraîches qui descendent dans sa gorge, se perdent entre ses seins.

Dieu que ça fait du bien !...

D'un revers de main elle essuie la sueur qui perle à son visage, tire en arrière ses cheveux collés à son front, boit encore.

Hier, Otaviano, l'agent de santé de l'association des habitants de João Paulo II, lui a juré que l'eau qui coule aux robinets d'ici est bonne alors que celle de JK, à cent mètres de là, est si corrompue qu'elle pourrit le ventre de ceux qui osent la boire. Physiquement, Otaviano est un jeune homme quelconque, à peine plus grand que Carmelita, mais on sent chez lui une énergie, une détermination peu communes. En dépit de sa jeunesse, Otaviano est déjà quelqu'un qui compte à João Paulo II ! Le jeune homme occupe déjà dans la favela une place que beaucoup lui envient, mais on devine en lui une ambition qui vise bien plus haut. S'il reste en vie assez longtemps, il occupera bientôt un poste de choix. Certains le voient président de l'association ou même conseiller municipal... Entendant la conversation, la grosse Lygia était sortie sur le pas de sa porte. Appuyée au chambranle, elle soupesait le jeune homme du regard tandis qu'il pérorait sur la qualité de l'eau offerte aux habitants de JP II. Elle le décortiquait pièce à pièce ! « L'eau de JK bouffe les boyaux ! » Elle lui retirait son tee-shirt blanc barré d'un grand X rouge tracé en travers d'un moustique posé sur le mot d'ordre de l'année : ÉLIMINONS LA DENGUE !

Otaviano se massait l'estomac, grimaçant un dégoût de pantomime. « Ça ne vient pas tout de suite :

ça bouffe tout doucement ! » Il remuait ses doigts comme des asticots. « Ça prend des jours et puis un jour… » Otaviano avait écarquillé les yeux, il avait fait le geste d'arracher un gros paquet de tripes pourries. « Un jour, paf !… Les gens se vident d'un coup et terminée la vie ! »

Lygia se moquait des ventres avariés de JK, elle n'écoutait rien de ce que racontait Otaviano ! Une concupiscence qu'elle ne cherchait même pas à dissimuler éclairait son visage rond. Tandis que le jeune homme discourait, elle lui ôtait son pantalon de toile orange, son caleçon…

Les bras croisés sur sa poitrine informe, Lygia se caressait langoureusement les épaules. De temps à autre, elle se mordait les lèvres. Quel beau *franguinho,* cet Otaviano ! Elle le voyait en poulet : un beau petit poulet rôti à point, succulent, la peau dorée, craquante, dégoulinant d'un jus tiède, onctueux. *Oi, oi, oi querido… Como seria bom trepar com você ! Bom mesmo, né ?…*

La grosse Lygia se fichait bien qu'on puisse suivre la vague du désir déferler sur son visage de lune à fossettes ! Cet Otaviano, c'était une chair tendre à la dent, pleine d'os à ronger, à sucer !

Alair était là, elle aussi. Elle avait profité d'un voyage dans le coin pour saluer son ancienne voisine de São Carlos, jetant un coup d'œil à la baraque, approuvant ceci, grimaçant à cela… Son inspection terminée, elle se tenait aux côtés de Carmelita, suivant d'une oreille distraite la péroraison didactique de l'agent de santé, dansant d'un pied sur l'autre : incapable de tenir en place, comme à son habitude, pouffant au spectacle de la grosse Lygia à demi pâmée. Otaviano mesurait parfaitement l'effet qu'il faisait à la grosse Lygia et s'il s'en réjouissait, ça n'était pas dans l'espoir d'escalader ses rondeurs avides. En vantant la pureté de l'eau qui coulait aux robinets de JP II, Otaviano travaillait. Si l'eau qui coule à JK dissout les intestins, c'est que les gens de JK sont des culs-terreux, expliquait-il, avec une véhémence froide de prêcheur combattant. Selon Otaviano, les *favelados* de JK étaient tous originaires d'un même coin du Nordeste dont, à ce jour, le diable même ignorait l'existence. Incultes quant aux choses de la ville, ceux de JK avaient tiré leurs tuyaux en dépit du bon sens. La plupart traversaient les égouts. « Vous savez ce qui coule dans les égouts, *tá* ? » demandait Otaviano, fixant ses auditrices l'une après l'autre en plein visage pour qu'elles se rappellent le jus putride, le ferment de mort et de décomposition qui glissait dans ces saignées du sol, pour que la puanteur terrifiante de ce venin noir, de ces humeurs tournées leur revienne en mémoire. « Toi, là ! » Otaviano pointait un index impitoyable sur la grosse Lygia qui, appuyée de l'épaule au chambranle de sa porte, soutenait la baraque comme une cariatide enchâssée dans la graisse. « Tu sais ce qui coule dans les égouts ? » La grosse Lygia avait caché son visage dans ses mains, hochant la tête avec vigueur. Elle le savait ! Seigneur oui, elle savait ! La grosse Lygia gémissait d'horreur. Otaviano l'encourageait à geindre encore plus fort. C'est bien, grosse Lygia, tremble, tressaille !…

Tous les habitants de João Paulo II étaient les élèves d'Otaviano. Il s'était tourné vers Alair, poursuivant son interrogatoire ; insistant dans sa pédagogie de la peur révulsive. « Toi aussi tu sais ce qui coule dans les égouts, pas vrai ? » Il voulait qu'elle tremble, elle aussi, que la nausée lui soulève l'estomac, mais Alair avait éclaté de rire. La merde de João Paulo II ne la concernait pas. Elle était de passage, *meu filho* ! Elle visitait son amie Carmelita qu'elle n'avait pas vue depuis un bout de temps ! Elle, elle habitait São Carlos, *meu amor*, et se tapait complètement de ce qu'on buvait à JP II, à JK, à Divinea ou ailleurs ! Maigre, les nerfs à vif, Alair défiait Otaviano, le considérant de haut en bas et de bas en haut, de ses yeux dévorants comme si elle le jaugeait, jugeait de sa comestibilité. Alair s'en fichait d'autant plus qu'elle n'aimait pas la flotte. Elle préférait la bière ! Une bonne bière, bien *fresquinha* ! Tout le monde dans sa famille détestait la flotte ! Julinho, l'aîné de ses garçons, s'enfilait des litres de bière avant qu'il ne se fasse descendre. Aujourd'hui, c'étaient les filles qui s'y mettaient. Carlota, Noêmia… Chez Alair, tout le monde buvait de la bière, c'était sans doute pour cela qu'ils étaient tous en bonne santé !

Alair fixait Otaviano avec une effronterie provocante. Qu'est-ce qu'il disait de ça, ce petit agent de santé en pantalon orange ? Ce petit poulet beau à croquer mais casse-couilles comme un curé en rut pour les âmes ? Hein, *franguinho* ?… Otaviano n'était pas un type qui se démontait facilement. Des gens qui méprisaient leur santé et celle de leurs gosses, il en croisait à longueur de journée. À JK, avait-il poursuivi, les jours où la pression était insuffisante, l'eau corrompue des égouts s'infiltrait dans les tuyaux d'eau potable par les joints abîmés, ou même à travers le caoutchouc qui devenait poreux au fil du temps. Voilà pourquoi, *minhas filhas,* du jus de chiotte coulait aux robinets de JK !

Ici, à João Paulo II, les gens savaient travailler, les tuyaux passaient là où ils devaient passer, les raccords étaient sûrs !

Carmelita a encore soif. Elle remplit une nouvelle fois son verre mais ne se résout pas à le porter à sa bouche. Ce qu'elle a retenu des histoires d'Otaviano, c'est que de l'eau souillée coule à certains robinets. Elle hume le verre. Peut-être devine-t-on une légère amertume. Peut-être pas… Les gens de JK qu'elle croise à l'arrêt du bus ou dans la Rua César Ramos n'ont pas l'air plus mal en point que les gens de JP II. Alors ?…

Qui croire ?… Que croire ?…

Carmelita considère le verre, rempli aux trois quarts d'un liquide chargé d'obscurité qui, maintenant, lui répugne. Et pourtant elle a soif !…

Bois, ma fille ! Oublie les sornettes d'Otaviano. Comme tous les agents communautaires de JP II, le garçon a toutes les raisons du monde de détester JK. La favela voisine est sous le contrôle du Vermelho alors qu'à JP II, c'est le Terceiro qui fait la loi !

Divinea, qui s'étale en surplomb, sur l'éperon rocheux, est également du Vermelho, si bien que JP II est prise en sandwich entre deux ennemies ! Tout le monde sait qu'un de ces jours, le Vermelho décidera d'unifier les trois favelas sœurs sous son contrôle. Il donnera l'assaut et prendra JP II comme il l'a fait l'année d'avant et comme, l'an dernier, il a pris le contrôle de JK. Il y aura de nombreux morts…

Si le Vermelho attaque, Otaviano se battra… Ceux de l'équipe de propreté, l'homme du courrier, le président, la secrétaire du président, le trésorier : tous savent que le jour où le Vermelho prendra le pouvoir, il installera des gens à lui et expulsera l'ancienne équipe hors de la favela !

Où aller ?… Partout les places sont prises !

Carmelita tire un autre verre d'eau au robinet, elle le boit goulûment, jusqu'à perdre le souffle.

Quelle soif, *Senhor Deus* !…

Si elle avait su ce qui se trame à JP II, jamais elle n'y aurait emménagé !

Mais la bêtise est faite… N'est-ce pas, ma fille ?…

Pour être faite, elle est faite !…

Une fenêtre s'éclaire dans la baraque d'en face, une ombre obscurcit brièvement le rectangle lumineux.

Qui est-ce ?…

C'est la grosse Lygia qui va aux toilettes.

Lygia est un mystère… Elle passe des heures, assise sur le seuil de sa baraque, tortillant du doigt une mèche de cheveux.

Bobinant, débobinant… et puis encore, encore… Toujours la même mèche…

À quoi pense-t-elle ?

Elle rumine… Elle rêve…

Elle rêve de gâteaux !… Elle rêve qu'elle s'enfourne des *quindins*… Des *quindins* et des *quindins*… Elle sent l'onctueux du *quindim* dans sa bouche, elle le mâche avec volupté, elle le sent qui descend dans sa gorge comme, tout à l'heure, Carmelita a savouré l'eau fraîche.

Et c'est bon : *que bom !…*

La grosse Lygia en est toute mouillée !…

Elle rêve qu'elle se tape un *brigadeiro*, des *docinhos* de *leite moça*, de la *goiabada*… des *empadinhas*, des *bolinhos* de *bacalhau*… Elle rêve de *farofa*… Elle se délecte, une fois encore, une fois de plus, de l'inoubliable *feijoada* que sa sœur Marli avait servie à toute la famille, il y a trois ans de ça, pour le 1er janvier.

Lygia raconte cette *feijoada* à tout le monde. Plus elle la raconte, plus elle en rajoute !

Cette *feijoada,* préparée avec du haricot de première, à laquelle rien ne manquait : ni les saucisses fumées, ni la queue de porc, ni la poitrine salée, et encore moins l'orange, le manioc, la *couve*, cette *feijoada* inondée d'océans de bière, arrosée de *cachaça* : de la *cachaça do campo*. Elle avait été payée par Batata, le frère cadet. Le garçon était dans le crime depuis un bon moment déjà, mais commençait seulement à gagner de l'argent : du gros argent, celui qui se voit quand on le claque ! À l'époque, toute la famille vivait sur l'argent de Batata !

Chez la mère, chez tous les frères et sœurs, le portrait du garçon figurait à la place d'honneur. D'ailleurs on peut encore voir, cloué au mur de la pièce que Lygia appelle pompeusement son salon, un garçon aux joues pleines, vêtu du maillot de la Selação, qui sourit sur un fond azur, dans un cadre de plastique.

Il souriait comme Emerson souriait du temps où ils habitaient encore le Distrito Federal…

À l'époque de la fameuse *feijoada,* tout le monde était convaincu que Batata serait bientôt à la tête d'une *boca de fumo* ! Certains croyaient même qu'un jour il commanderait la favela.

Un crêpe noir barre un coin du portrait.

Pauvre Batata !

Carmelita a encore soif mais elle hésite : si elle boit encore, elle ne tiendra pas jusqu'au matin. D'ici une heure ou deux, elle se réveillera de nouveau, il lui faudra se lever…

Elle n'est pas certaine de trouver le sommeil…

Ce n'est pas la soif qui l'a réveillée ! C'est l'absence d'Emerson !

Dix fois, cent fois, elle lui a demandé de rentrer tôt, de ne pas traîner les rues. Elle a confiance en son fils mais il y a tant de voyous dehors, tant de violence… Tant de ténèbres dans lesquelles s'engloutir…

Rentre, Emerson !… La nuit est tombée depuis longtemps ! Viens, arrive, il est plus que l'heure maintenant !…

Lorsque Carmelita a ordonné à son fils de rentrer à la nuit, le garçon s'est raidi. Elle a compris alors que le temps du Distrito Federal, le temps où elle avait trois enfants à sa charge, était devenu du vieux temps : du temps durci et jaune… Du temps fichu… bien fichu…

Elle a fait marche arrière.

Emerson ne tolère plus les ordres. La ville est trop grande, elle lui ouvre ses bras immenses… Elle lui ouvre son ventre… C'est le ventre qui tourmente Emerson.

Que faire ?…

Carmelita ne sait pas.

Elle-même s'est si souvent trompée…

Elle a hâte que son fils devienne un homme : un bel homme, un de ces hommes dont rêvent les femmes, elle voudrait aussi qu'il reste un enfant… Qu'il soit, à jamais, le petit garçon du temps où ils vivaient encore dans le Distrito Federal : obéissant, docile, aimant…

Tout est mêlé, contradictoire…

Fourre-toi au lit, va... File te coucher au lieu de ruminer...

Carmelita lave le verre dans lequel elle vient de boire, l'essuie, le range sur l'étagère.

Un homme, sans doute, saurait parler à Emerson, lui dire les mots qu'il faut pour l'empêcher de glisser.

Est-ce que Zé aurait été cet homme-là ?

Zé était trop jeune, trop beau... Zé était un amant, pas un père. C'est elle qui voulait Zé : elle, Carmelita ! Les gosses ne voyaient en lui qu'un homme dont ils devaient se méfier car tous ceux qui, jusque-là, s'étaient vautrés dans le lit de leur mère avaient été leurs ennemis.

Quel gâchis, Seigneur !

L'ombre repasse dans le carré de lumière de la petite fenêtre.

C'est bel et bien Lygia qui revient des toilettes...

La grosse Lygia qui se dandine comme un ours...

Bonne nuit, Lygia... Dors bien, ma fille... Que tes rêves foisonnent de desserts, qu'ils soient barbouillés de confitures, regorgent de viandes juteuses... de petits *frangos* rôtis...

Carmelita éteint l'ampoule de la cuisine, gagne sa chambre, elle s'étend sur son lit.

Comme souvent, une planche ou un bout de bois bascule sous son poids et cogne, avec un son creux et lourd à la fois, les caisses qui supportent le matelas. À chaque fois que résonne ce bruit lugubre, Carmelita ne peut s'empêcher de penser que c'est un cercueil qu'on vient de choquer, qu'elle s'allonge dans un cercueil pour son dernier voyage !

Ça la rend folle !

Plusieurs fois elle a désossé le lit sans jamais réussir à découvrir la planche ou le bout de bois qui tape, lorsqu'elle s'allonge, comme une protestation. Elle a exhorté Emerson à régler cette histoire, il a promis qu'il s'en chargerait. Il a vaguement farfouillé sous le lit mais, au fond, il s'en fout !…

Carmelita comprend. À son âge, on se moque des lubies de sa mère…

La guerre imminente qui menace la favela, ce bout de bois qui tape, les absences d'Emerson, de plus en plus nombreuses : tout irrite Carmelita. En ce moment, elle a les nerfs à vif…

S'en aller, oublier l'eau corrompue, les menaces, le bois qui cogne !…

Tu n'as pas les moyens de partir ! Pense à autre chose, ma fille ! Change-toi les idées…

Se changer les idées !…

Écoute la nuit, écoute ! Sors un moment de toi-même, oublie ton tourment, oublie-toi…

La favela est calme. Les gens ont coupé le son. Ils ont cessé de se quereller, de s'interpeller d'une baraque à l'autre, de gueuler leur colère, leur ivresse… Ils dorment, écrasés dans de mauvais lits comme le sien, priant, du fond de leurs cauchemars, que le réveille-matin qui les envoie quotidiennement au bagne ne sonne plus jamais…

Plus jamais, *Senhor Deus* !…

Maintenant que la favela se tait, on entend la rumeur de la ville qui monte, dans la nuit, comme un nuage de gaz.

Carmelita distingue la vibration huileuse des autobus et des camions dans le chœur confus des véhicules. Elle les imagine, ruisselant d'une lumière humide, emmanchant les avenues en rugissant comme des poissons enragés.

Avenida Beira Mar, Avenida Atlântica…

Ils ne cessent jamais, n'est-ce pas ?

Jamais ! C'est un manège fou.

Le forain a perdu le bouton.

Ou le patron est mort…

Quelqu'un, qui n'était pas satisfait du service, lui a tiré une balle dans le corps et a fichu le camp, râlant que rien ne marchait jamais dans cette putain de ville. Plus personne ne sait, désormais, comment arrêter la machine !

Un chien aboie dans le haut de la favela. Il a l'air indécis.

Hier, ils étaient des dizaines à japper tous ensemble. On aurait dit… une conférence des chiens ! Une de ces grandes assemblées où personne n'est d'accord avec personne, comme on voit à la télévision : là-haut, à Brasília.

Ils se lèvent, ils gueulent, gesticulent…

Brasília… C'est ancien, n'est-ce pas ?…

Très ancien…

De plus en plus ancien…

Dans le souvenir de Carmelita, le Distrito Federal perd ses couleurs, le paysage baigne dans un bleu… comment dire… un bleu d'eau sombre… Comme si le Planalto s'enfonçait dans la mer, comme si la ville sombrait dans le lac Paranoá…

Pourquoi ce chien aboie-t-il de cette gorge hésitante ? Cette gorge indécise, à mi-chemin entre la colère et la plainte…

Il s'ennuie. C'est un jeune, pas encore endurci par la vie de chien qu'on mène ici.

Il appelle, mais personne ne lui répond. Il gueule la nostalgie de la mère… Du lait, de la mamelle…

Je suis là, chien. Je t'écoute, je veille aussi dans le noir… Calme-toi, n'aie pas peur. Les ombres de la nuit ne sont que des ombres. Personne ne te menace… Personne !…

Es-tu certaine qu'aucune menace ne rôde ?…

Carmelita étend le bras vers le lit d'Emerson. Elle sait qu'il est vide, qu'elle ne rencontrera pas la chair tiède, la peau moite de son fils endormi ; cependant elle ne peut s'empêcher de tendre le bras comme si ce geste avait le pouvoir d'avertir le garçon que sa mère le cherche dans le noir, qu'elle l'appelle.

Emerson… Où es-tu, Emerson ?…

À quelle heure rentrera-t-il ?

Rentrera-t-il ?

Dieu seul le sait…

Est-ce que Zé le sait ?… Est-il toujours là-haut, dans l'azur céleste, ou bien est-il déjà redescendu sur terre dans le corps d'un bébé : un tout petit *bebezinho* qui vagit, *tadinho*…

Carmelita chasse cette image. Elle n'a pas envie de rêver Zé en bébé…

Zé était un amant… Son amant !…

Même si elle n'a pas physiquement couché avec Zé, elle a fait l'amour avec lui.

N'est-ce pas Zé ?…

Elle doute, de plus en plus souvent, que le jeune homme l'ait désirée. Elle se raccroche alors au souvenir de ce baiser qu'il lui a écrasé sur la bouche, avant de s'en aller se faire tuer à la *fazenda* Pedreiro, elle se rappelle sa main enfouie dans l'échancrure de son chemisier…

Zé était un homme qui aimait les seins.

Elle a toujours su deviner les hommes qui aiment les seins. À leur façon de reluquer sa poitrine, sans doute… Les hommes qui préfèrent les seins sont plus caressants que les autres. Ils sont plus attentifs au plaisir de leur amante que ceux, par exemple, qui ne pensent qu'au ventre.

Carmelita passe la main sur sa poitrine moite, elle éponge la sueur qui perle dans le sillon entre ses seins, puis elle remonte son tee-shirt, dénude sa poitrine, l'expose à la nuit. Pour que Zé la voie de là-haut, pour qu'il regrette… Pour qu'il tende les mains, qu'il la caresse.

D'autres jappements éclatent sur la gauche de la baraque.

Ça, c'est Fuscão, le chien de Júlio. Cette saleté de Fuscão, avec ses pattes tortes, sa gueule grimaçante qui essaie toujours d'avaler quelqu'un…

Un coup de feu éclate.

Carmelita se redresse d'un coup de reins. Elle reste assise dans le noir, les yeux écarquillés. Ce qui vient d'éclater, c'est une grosse détonation !

Elle rabat son tee-shirt sur sa poitrine.

C'est une arme de fort calibre qui vient de parler !

Cette grosse voix, cette voix terrifiante est celle d'un fusil, elle sent la guerre, le drame…

Ce que Carmelita vient d'entendre, ce que tous les habitants de João Paul II, ceux de JK, ceux de Divinea viennent d'entendre, ce n'est pas un de ces coups de feu futiles que les jeunes types font claquer pour affirmer qu'ils existent, qu'ils ont un pistolet puissant pointé en haut des cuisses…

D'ailleurs le chien de Júlio s'est tu…

On n'entend plus, non plus, aboyer celui d'en haut qui clamait sa solitude.

Un silence épais, menaçant, règne sur la favela. L'écho des camions et des bus qui filent, là-bas, sur les avenues du bord de mer, paraît maintenant distant comme si ce coup de feu, qui vient de résonner dans l'étroitesse amplifiante d'une ruelle, les avait écrasés, les avait réduits à peu de chose : à des miettes d'une vie qui s'éloigne.

Un autre coup de feu, énorme lui aussi, résonne un peu plus loin, puis c'est une rafale qui éclate suivie, presque aussitôt, d'une seconde, d'une troisième : ailleurs, dans les ténèbres du bas de la favela.

C'est la nuit tout entière qui, maintenant, détone, se déchire en bégaiements violents, furieux. Ce sont les ténèbres qui explosent et répandent leur fiel dans la tripe de la favela.

Des cris résonnent...

Qu'est-ce qu'ils crient ?

Carmelita n'en sait rien. Personne ne comprend les paroles qu'on hurle, mais il est inutile de les déchiffrer.

Les cris hurlent la tuerie, l'exécution ; ils hurlent l'extermination !...

Ils hurlent la peur, la course, la fuite, ils hurlent le cœur qui menace de crever tellement on court dans les escaliers, les ruelles, les boyaux qui se tordent...

C'est la guerre qui braille la mort, le sang. La guerre, redoutée et attendue depuis des semaines, des mois, qui saute brutalement à la gorge de la favela !

Carmelita se tourne vers le lit vide de son fils. Emerson est là-bas, dehors : il est au milieu de ces rafales, de ces bredouillements terrifiants qui remplissent l'étroitesse des ruelles. On ne passe pas à travers la guerre : les détonations sont trop grosses, les armes vocifèrent trop fort !

Emerson… Emerson…

Carmelita se jette à la fenêtre.

Elle crie : « Emerson ! »

Une longue rafale éclate dans la venelle voisine, les lueurs fluctuantes du feu qui jaillit du canon arrachent aux ténèbres des spasmes jaunes et rouges.

Carmelita passe un jean. Elle ne peut pas laisser Emerson seul, au milieu de ce chaos mortel ! Il faut qu'elle le rejoigne, qu'elle le guide, qu'elle l'entraîne à l'abri. Elle se rue hors de la baraque.

Où chercher ?

Ça tire partout maintenant : au-dessus de chez elle, au-dessous…

Elle fait un effort pour oublier les détonations, tâcher de réfléchir.

Réfléchir… Quand le monde éclate…

Où les jeunes gens se réunissent-ils pour bavarder, le soir, boire une bière en taquinant les filles ?

Carmelita n'en sait rien.

Elle se souvient vaguement d'avoir vu un groupe de jeunes types chahuter en bas de la favela, près du terrain de football de salon.

Était-ce à JP II qu'elle a vu cette scène ou dans une autre favela ?…

Ça tire de plus en plus ! Les balles le cherchent, Carmelita, si tu tardes, elles finiront par le trouver !

La nuit entière se déchire et explose.

Choisis, Carmelita ! Choisis, vite ! Si tu attends encore, il ne sera peut-être plus vivant lorsque tu le trouveras.

11

Carmelita dévale la pente du *morro* vers la Rua Sampaio, aux confins de la favela, où se trouve le local de l'association des habitants. Elle y rencontrera peut-être Otaviano, ou l'homme du courrier ou un agent de santé, peu importe : tous ceux qui travaillent pour l'association connaissent la favela comme leur poche ! Ils savent où se réunissent les jeunes gens le soir, ils sauront lui dire où chercher Emerson.

Carmelita court, parfois son pied vacille sur les marches étroites et inégales de l'escalier qui plonge entre les masures comme une saignée, ouverte au coutelas, dans la brique, le bois, les tôles d'Eternit, le ciment qui s'écaille.

Cours ma fille, presse-toi ! Va plus vite, va… va !

Elle ne tombera pas, elle ne se brisera pas les os !

Dieu veille sur elle comme il veille sur Emerson…

Il veillait aussi sur Zé, pas vrai ?…

Ferme ta mémoire, Carmelita, tourne la clé ! N'écoute pas cette voix aigre qui accuse, persécute, cette voix maudite du regret éternel qui momifie le cœur, l'enferme dans un passé pétrifié. Si tu t'abandonnes à cette voix lugubre, elle te mettra en boîte, *querida* !

Oublie Zé, Carmelita ! Il est entre les mains de Dieu, aucun humain ne peut plus rien pour lui. Pense à ton fils, ma grande ! Presse-toi, dépêche ! La grande tuerie est lancée !

Une rafale éclate, une cinquantaine de mètres à peine en contrebas de l'endroit où elle se trouve. Carmelita s'arrête, suffoquant, une main sur la gorge.

D'autres rafales répondent aux premières. Les détonations s'enchaînent, les armes s'insultent ; elles crachent la haine, la mort, elles crachent la peur !

Elle crachent la fin de tout !

Carmelita scrute l'obscurité craquée d'éclairs. Un vide rectangulaire se devine entre les baraques et, sur l'un des bords de ce vide, on aperçoit un bloc sombre où grésille comme un arc électrique.

Cette clairière qu'on distingue à peine dans le fouillis des baraques est un carré de terre battue, vaguement aménagé pour jouer au football. Carmelita se rappelle l'oreillon du téléphone planté dans un angle, incendié il y a longtemps avec son combiné à demi carbonisé qui pend au bout d'un fil renforcé dont la gaine distendue se tord comme un gros cheveu de fer. Le bloc sombre, c'est le centre de *capoeira* dont la façade, criblée d'impacts de balles, porte les stigmates d'innombrables assauts.

Les gens du voisinage jettent leurs immondices dans les pièces vides du rez-de-chaussée, mais on dit, dans la favela, que l'étage du haut abrite toujours un dépôt d'armes et de drogue du Terceiro, gardé nuit et jour, et c'est bel et bien depuis la terrasse de ce qui n'est plus, maintenant, qu'une carcasse de bâtisse qu'on tire sans discontinuer.

Que faire, Seigneur ?

Sur la gauche de Carmelita, une lune, maigre comme une rognure d'ongle, monte sur la mer étale.

Du haut du *morro*, la ville est un champ de lumières, un semis de lucioles posées sur la grève qui attendent le jour. Les pointillés doubles des avenues du bord de mer épousent les courbes de la Baía : Leme, Botafogo… Les bagnoles y filent à toute vitesse : jaunes devant, rouges derrière. On dirait des insectes : un genre de fourmis chrome qui se hâtent, fouettées par la pétoche de se faire surprendre à découvert par un mystérieux prédateur. Elles se précipitent dans les terriers creusés au bas des *morros* qui hérissent la ville d'immenses termitières. Le pont de Niterói lance par-dessus les eaux sombres sa longue patte d'araignée cloutée de lampadaires diffusant une clarté livide. Les bagnoles prisonnières glissent sur les voies rapides tirées entre deux *morros*, elles s'échappent du rail à la première traverse. Dans les rues à l'écart, sectionnées net comme des chenilles tronquées avec ce vert des frondaisons qui mousse dans le halo des réverbères, elles vont au ralenti. Elles semblent désorientées, à la recherche de quelqu'un qui leur indiquera un chemin, un endroit où se rendre.

Dans la zone du port, les cages d'escalier crantent soudainement les blocs noirs des immeubles de pointillés verticaux. Un avion arrondit son approche clignotante au-dessus de l'île du Gouverneur. Lumières partout, ténèbres sur la favela !

Les gens de la ville qui vivent en bas, à quelques centaines de mètres seulement des premières baraques de João Paulo II, entendent-ils la fusillade ?

Bien sûr qu'ils l'entendent ! La moitié de Rio écoute la pétarade !

Pourquoi les gens ne sortent-ils pas de chez eux, pourquoi ne descendent-ils pas dans les rues pour appeler les secours ?

Ça tire sur le Morro da Cruz ! Allez-y, grimpez !... Séparez ceux qui se battent ! Au nom de Dieu, arrêtez ce massacre !

Personne ne sortira, ma fille, pas un ne se bougera...

Il existe bien quelqu'un, tout de même, qui peut arrêter ça !

Pas sur cette terre, ma grande !... Pas dans un monde ainsi fait !

Nul ne peut traverser la zone de feu. Si Carmelita s'entête à vouloir passer, ils la tueront ! Ceux qui arrosent de métal fumant le centre de *capoeira* ne prendront pas le risque de laisser approcher une silhouette inconnue. Ils t'abattront sans hésiter, ma fille ! À cette heure de la nuit, à ce stade du carnage, personne n'en est à un mort près !

Carmelita fait demi-tour, elle remonte dans le haut de la favela et prend, sur sa gauche, un sentier accidenté qui serpente à flanc de colline. Aucune lumière ne brille dans les baraques alentour, pourtant tout le monde est réveillé. Elle les imagine : femmes et hommes, grands et petits, priant dans les ténèbres.

Jésus, sauve-nous !

Jésus, écarte-les de nos parages !

Ils fixent, de leurs yeux écarquillés, la ligne irrégulière du muret trop bas hérissé de dérisoires défenses, la maigre palissade faite de bric et de broc qui enclôt la baraque et dont ils ont voulu croire, jusqu'à ce feu qui se rapproche, qu'elle était une manière de muraille les protégeant des assassins et des voleurs !

Protège-nous, Seigneur, sauve-nous, une fois encore !

Carmelita se hâte sur le sentier glissant. Des choses horriblement molles s'écrasent sous les semelles de ses sandales. Lorsqu'elle juge qu'elle s'est suffisamment éloignée de la bataille, elle se jette dans la première ruelle qui plonge vers le bas de la favela. Tous les chemins de João Paulo II finissent dans la Rua Sampaio !

Il y a du monde au siège de l'association des habitants. Une clarté jaune ondoie sur la galerie comme des reflets sur une eau qui clapote. Le cœur de Carmelita se serre : cette lumière de catacombe est celle des bougies qu'on allume tout autour des morts pour la veillée funèbre. La même clarté fantomatique découpe le rectangle d'une fenêtre sur le côté de la baraque. Seul le bureau du président est éclairé à la lumière électrique. Cette lumière blanche rassure Carmelita : c'est une lumière de vivants !

Seu Donizete, le président, est là !

Lorsqu'il a entendu les coups de feu, il a passé quelques nippes et il a accouru ! Seu Donizete ne laisse pas tomber les siens !

Sois béni, Seu Donizete !

Quelqu'un, dissimulé dans l'ombre, aboie brièvement. Carmelita s'immobilise, elle écarte les bras pour que l'homme qui, sans aucun doute, la tient à la pointe de son arme, voie bien ses mains vides.

« Où vas-tu ? » crie la voix. « Qui es-tu ? »

Cette voix qui sort de l'obscurité et qui se déchire du grave à l'aigu appartient à un adolescent.

Carmelita crie qu'elle est Carmelita da Cruz, elle cherche son fils : Emerson !

« Emerson ?... »

Emerson da Cruz...

« Il est mort ? »

Carmelita se signe avec vigueur.

Mort ? Pourquoi prononcer ce mot, comment peut-on dire une chose pareille !

« Je suis sa mère ! » elle crie. « Il n'est pas rentré, je le cherche ! »

« Passe ! » dit le type. « Va voir s'il est là-bas... »

La première vision qui saute au visage de Carmelita lorsqu'elle parvient en haut de la volée de marches conduisant à la galerie est un pied qui paraît abandonné, sans corps, sur le béton rugueux.

« Jésus Marie ! » elle souffle. Ce pied n'est pas celui d'Emerson. Depuis qu'ils sont à Rio, son fils ne quitte pas les baskets qu'elle lui a offertes pour se faire pardonner de l'avoir emmené avec elle dans cette ville en convulsion !

Le jeune homme déchaussé, qui gît sur le béton sali d'une poussière terreuse, n'est pas Emerson ; celui qui repose quelques mètres plus loin, non plus !

Carmelita se signe une nouvelle fois.

Graças a Deus !

Des veilleuses brûlent dans la salle du conseil où l'association des habitants réunit les assemblées. Carmelita enjambe le corps étendu en travers du chemin et s'avance, elle passe la tête dans l'embrasure de la porte. Seu Donizete est bien là : allongé sur le bureau de bois sombre derrière lequel il avait coutume de recevoir. Le plateau est trop court, les jambes du cadavre pendent dans le vide. Quelqu'un a glissé un annuaire téléphonique sous la nuque du mort, a croisé ses mains sur son ventre protubérant, attachant les deux pouces avec un lambeau de tissu blanc pour empêcher que les mains ne se dénouent et retombent de part et d'autre du corps, dans un triste abandon.

Carmelita se signe encore : deux fois, trois fois ; elle pourrait se signer mille fois.

« *Jesus Cristo* », elle chuchote, « merci, merci ! Merci, *Senhor Jesus*... »

Elle pourrait remercier Dieu jusqu'à la fin de la nuit, jusqu'à l'année prochaine, elle pourrait lui rendre grâce jusqu'à la fin de ses jours ! Son fils n'est pas là !

Des bruits mouillés, des bruits de pleurs qu'on retient autant qu'on le peut mais qui sourdent quand même, dans des aigus noyés, attirent l'attention de Carmelita. Une silhouette est recroquevillée sur une chaise, à l'autre bout de la pièce. Dans ce visage gonflé par les larmes, Carmelita peine à reconnaître Mônica, la fille cadette de Donizete. Elle la salue d'un hochement de tête mais la jeune fille ne répond pas : elle ne voit pas Carmelita. Abîmée dans son chagrin, Mônica ne voit rien : même pas la dépouille inerte de son père.

Carmelita se retire.

Le mort, allongé près de l'escalier, est un métis d'une vingtaine d'années à la peau très sombre. Pour seul vêtement il porte un bermuda de coton bleu-gris, dont la mollesse dessine son sexe qui fait, au bas de son ventre, comme un fruit biscornu. Il est mort depuis très peu de temps. Par endroits, sa peau est encore luisante de sueur. De minces filets d'un sang encore rouge ont coulé de trous guère plus gros qu'une morsure de bête mais dont on comprend, au premier coup d'œil, qu'ils sont profonds, que par ces orifices a pénétré de la ferraille qui s'est enfoncée loin, brisant les os, ravageant les organes.

Ce corps presque nu, posé à même le béton, semble déjà parti à la dérive d'un voyage sans issue. L'autre cadavre rangé le long du mur est un jeune homme lui aussi. Une large tache humide et sombre macule le papier journal que quelqu'un a pudiquement jeté sur la tête du mort. Tel quel, avec cette double page déployée sur le visage comme pour se protéger d'un soleil trop ardent, on le dirait assoupi sur la plage.

Des voix résonnent dans la pièce adjacente au bureau du président ! Leur timbre est dur. Carmelita ne comprend rien de ce que disent les hommes hormis qu'ils exigent quelque chose, qu'ils menacent quelqu'un, peut-être par téléphone.

Le visage d'une femme sans âge apparaît en haut de l'escalier et reste immobile, la bouche grande ouverte, pour reprendre un souffle qui s'affole. Dans la clarté jaune des veilleuses, on dirait un spectre femelle remontant d'une plongée au fond de la mer et qui suffoque, ou qui appelle au secours d'une voix inaudible.

La femme gravit péniblement les dernières marches et passe devant Carmelita sans même se rendre compte de sa présence. Elle apporte des bouteilles de bière, ruisselantes de buée. Le verre ambré a presque la même teinte que sa peau et les bouteilles semblent des doigts difformes.

La femme enjambe le corps étendu près de l'escalier et va jusqu'au bureau. Lorsqu'elle entre, les voix se taisent quelques instants pour reprendre leur conversation véhémente aussitôt qu'elle ressort. Elle traverse la galerie et vient s'adosser à la rambarde de ciment, près de Carmelita. Elle allume une cigarette et fume, le visage penché vers le mort étendu à ses pieds, une main plaquée sur sa joue comme si ses dents la faisaient souffrir.

« Tu as vu des garçons en bas ? » demande Carmelita.

La femme garde le silence durant un long moment, comme si elle n'avait pas entendu la question, puis elle dit d'une voix rauque, désignant d'un coup de menton le cadavre qui se trouve à ses pieds : « Il est beau… hein ?… »

« Il est beau non ? » elle insiste.

Carmelita hoche la tête.

Il est beau, oui : beau et mort…

« C'est Manga !… », dit la femme.

Elle hoche la tête, accablée, la main toujours appliquée sur sa joue. « Manga ! » elle répète dans un souffle, « Manga !… »

Son fils avait vingt et un ans, vingt et un ou vingt-deux ?… Elle ne sait plus et, désormais, ça n'a plus d'importance !

« Il avait quitté la maison depuis longtemps… », elle dit, comme si ce départ expliquait tout à la fois sa mort et le fait que sa mère ne se souvienne plus de son âge.

La femme se détourne et son bras maigre se détend pour jeter au loin un mégot consumé jusqu'au filtre dont elle suit des yeux la course incandescente. Son bermuda vert électrique pend sur ses hanches osseuses, découvrant des jambes squelettiques où les genoux font deux boules recouvertes d'une peau ridée. Elle ne pleure pas. Le mort lui a tiré toutes ses larmes bien avant qu'il ne se fasse descendre !

« Tu sais comment est la vie… », elle soupire.

Elle extirpe un paquet de Hollywood de la poche de son bermuda, fiche une cigarette aplatie au coin de sa bouche marquée, l'allume, tire quelques bouffées rapides comme si elle craignait qu'elle ne s'éteigne.

Le défunt qui gît à ses pieds n'était pas le seul à l'avoir fait pleurer : Marcos, son frère aîné, l'avait fait pleurer aussi bien avant qu'il ne se fasse flinguer, l'an dernier, par la police.

« Là ! » D'un coup de menton, elle désigne un endroit vague dans la nuit : « Juste là ! »

Avant Marcos, le père, Fábio, l'avait fait pleurer aussi. Poignardé dans une querelle d'ivrognes pour une histoire de briques volées.

« Tu sais comment est la vie, *tá* ?… »

Elle a pleuré tout ce qu'elle savait pleurer, tout ce qu'elle pouvait pleurer, maintenant ses yeux sont secs. Eh oui… Ces larmes taries la désolent car les gens pourraient croire qu'elle n'éprouve pas de peine, mais c'est comme ça, *tá*… C'est le Seigneur qui décide. Ça viendra peut-être plus tard. Lorsque la sœur de son amie Leonor s'est brûlée à mort en se renversant dessus une bassine d'alcool à brûler qu'elle avait enflammée pour se chauffer, Leonor n'a pas versé une larme et puis après, longtemps après, dans les six mois, par là, elle s'est mise à pleurer nuit et jour ! Ça coulait… Ça ruisselait… Ça ne s'arrêtait plus.

Elle rendait visite chaque matin à cette pauvre Leo pour voir où elle en était. Deux semaines après le début, ça coulait toujours autant. Elle lui disait : bon, ça va maintenant, Leonor… Tu as pleuré ce qu'il fallait et même davantage. Cesse *pelo amor de*

Deus !... *Pára !* Si tu continues ainsi, tu vas fondre comme un *pirulito* !

Elle avait bel et bien fondu ! Elle était devenue maigre, décharnée comme une momie et puis *pouf*... elle était partie comme une bulle ! Le médecin de la morgue avait dit qu'elle était décédée de cette saloperie qui traîne dans les favelas et qu'on attrape en baisant, mais le toubib se trompait. Leonor était partie d'une crise de chagrin d'autant plus violente qu'elle avait frappé à retardement. Tous ceux qui connaissaient cette malheureuse Leo savaient qu'elle n'était pas malade. À force de n'examiner que des morts, ce toubib de ses fesses ne connaissait plus les vivants. Elle-même espère que si ça doit se déclencher, ça démarrera bientôt, sinon... sinon, maigre comme elle est, elle y laissera sa peau.

Elle considère le jeune mort d'un air incrédule. Depuis le temps qu'il avait disparu, elle pensait qu'il était chez les ombres depuis belle lurette ! Elle imaginait qu'il était devenu un de ces jambons qu'on retrouve dans la vase des *rios* ou bien qu'on avait balancé son corps dans une décharge publique où les cadavres se dissolvent dans l'ordure sans que quiconque s'en aperçoive.

« Ils paieront les funérailles ! » elle marmonne... Le Vermelho paie toujours. Même pour ceux qui ne sont pas de chez eux.

Une rumeur de voix résonne dans la Rua Sampaio. Un groupe d'hommes grimpe les marches avec peine, embarrassés par le corps qu'ils transportent par les bras et les jambes.

Carmelita se signe. Celui-là non plus, ce n'est pas Emerson !

Le nouveau mort est plus âgé que les deux autres. Il est vêtu d'une chemise bleu ciel qui paraît neuve et d'un pantalon marine. Les hommes du Vermelho jettent le cadavre sur le seuil du bureau éclairé par la lumière électrique. En s'affalant sur le ciment, le corps fait un bruit à la fois mou et sourd.

Trois silhouettes se découpant dans la lumière apparaissent sur le seuil pour examiner le trophée qu'on leur apporte. Les hommes du Vermelho sont heureux. Ce type, c'est Zoreia ! Le chef local du Terceiro. Ce con s'est fait coincer avec deux de ses soldats sur le toit de la baraque à *capoeira* ! Il s'est battu comme un chef, l'animal, il leur a fallu plus d'une heure pour l'avoir !

Ils l'ont eu avec ça ! Un des hommes brandit une boule de métal.

L'une des silhouettes approuve de la tête, tapote l'épaule de l'homme en sueur qui brandit la grenade !

C'est bien ! Un bon sang coule dans leurs veines, un sang fort ! Ses garçons savent se battre !

Les jeunes types sourient : les félicitations du chef font du bien ! Ce salaud de Zoreia a coûté cher ! Ils ont laissé deux types dans l'assaut. Un blessé au ventre et un autre, de Divinea, qui a pris sur le côté de la tête. On dirait qu'il est mort mais Zezão assure que non ! Sa sœur aînée travaille à l'hôpital São Lucas et, grâce à elle, Zezão en sait davantage sur les maladies, les blessures ! Dès qu'ils pourront, ceux qui sont restés là-haut descendront les blessés jusqu'ici. En tout cas, la bataille est finie ! Elle n'aura guère duré et c'est bien ! Les guerres qui s'éternisent sont une calamité !

« Diana ! » crie le chef.

La femme qui se tient près de Carmelita fait un pas en avant. « Prends un garçon avec toi et va chercher de la bière ! »

« Une caisse ? » interroge la femme.

Le chef acquiesce : une caisse, dix caisses… Ce qu'il faudra ! Que la bière ne manque pas ! Qu'elle apporte aussi de la *cachaça* ! Une caisse de Chora Rita et trois bouteilles de whisky importé pour eux : l'état-major, *tá* !

La femme lève le pouce : elle se charge de ça !… Dans dix minutes, tout est là !

Les trois silhouettes rentrent dans la pièce et les éclats de voix reprennent de plus belle.

Les hommes qui ont amené la dépouille traversent la galerie pour s'asseoir en haut des marches tandis que le cadavre de Zoreia reste allongé sur le ventre, en travers de la porte, comme s'il voulait entrer dans le bureau et se joindre à la dispute.

Les garçons ont encore le fracas de la bataille dans la tête, ils sont saouls de leur victoire, pourtant, ils ne plastronnent pas. Les morts leur imposent de la retenue.

Lorsqu'ils se feront tuer, car ils savent qu'ils se feront tuer, ils n'aimeraient pas que leurs vainqueurs se moquent d'eux, alors ils gardent pour eux la jouissance : l'immense jouissance d'être vivants alors que les autres, là, sont jetés sur la galerie et gisent, morts de morts !

Finis la bière, les morts ! Finies les petites chattes serrées des filles qui trémoussent du cul quand on les baise !…

Finie la *brizola* qu'on se fourre dans le nez et qui fait la vie nerveuse et chaude ! Finis le *churrasco* du dimanche, le bal funk du samedi, finies les *peladas*, finies la plage, la mer… Hein les morts !

Pour eux, qui sont assis là, sur l'escalier, dans la nuit étouffante, tout continue !

Le football, la *maconha*…

L'un des garçons roule un long *baseado* d'une herbe presque noire !

Tout continue, *Jesus Cristo* !

D'autres femmes arrivent. Elles se faufilent entre les garçons assis sur les marches, entre les armes appuyées au muret par le bout du canon. Elles sont hagardes, certaines pleurent. Elles cherchent un fils, un frère, dévisagent les cadavres. Celui-là, étendu face contre terre comme s'il volait et s'était embroché sur une ferraille ou un pieu, c'est Zoreia, on le sait, on le connaît, mais l'autre là-bas, au fond, masqué par un bout de journal, qui est-ce ? Un jeune de la favela ou bien un mercenaire que Zoreia avait loué à un de ses alliés ?

Les femmes apportent des veilleuses qu'elles disposent autour des corps, des bougies qu'elles allument et fixent au sol dans une flaque de cire fondue.

Tous les jambons sont là ?

Non, il y en a d'autres, paraît-il, dans les ruelles au-dessus ! Près du terrain de football…

Beaucoup ?

Le garçon ne sait pas ! Personne ne sait ! Personne ne peut savoir tant que le jour n'est pas levé, qu'on n'a pas fait les ruelles, les boyaux, l'un après l'autre, jusqu'en haut, tant qu'on n'a pas fouillé la forêt qui borde la favela.

Attendre trois heures, quatre heures encore !

D'autres combattants arrivent, triomphants et hagards, d'autres mères rongées par le tourment… Quelques hommes viennent aux nouvelles.

La bière arrive. Diana a bien fait les choses, elle en a pris dix caisses ! Les quatre qui sont là et six autres que le boutiquier lui-même apportera d'ici cinq minutes !

Un garçon, dont le bord des narines est blanc de la poudre qu'il vient de sniffer à même la papillote, offre ce qui reste, les yeux déjà voilés.

Emerson n'est pas là ! La guerre est terminée et il ne figure pas parmi les morts ! Dieu soit loué ! Carmelita allumera un cierge à Nossa Senhora da Penha, pour rendre grâce elle montera les trois cent soixante-cinq marches sur les genoux. Que ne feraitelle pas, Seigneur, pour que son fils reste vivant et dans le droit chemin…

Carmelita est incapable de demeurer sur cette galerie au milieu de cette foule qui grossit. Elle descend l'escalier, s'éloigne de la bicoque de l'association. Lorsqu'elle rentrera chez elle, Emerson sera là, endormi de son sommeil d'enfant. Elle l'engueulera tout de même. Elle attendra qu'il se réveille et lui passera un savon ! Elle lui dira qu'il déconne ! Elle lui ordonnera de ne plus découcher, de rentrer à heure fixe.

Crois-tu qu'il t'obéira ? Fais attention, Carmelita, ne l'accable pas trop, sinon, il partira… Il fera comme ils font tous… Comme a fait le fils de cette Diana : il disparaîtra dans la nature et un jour, tu le retrouveras gisant dans la poussière. Elle hâte le pas, escalade les marches quatre à quatre. Elle a hâte de retrouver son fils, de le serrer contre sa poitrine en embrassant ses cheveux. Il est encore un enfant, *tadinho*… Emerson est un gosse !

12

La lune est pleine. C'est une lune blanche qui pointe son rond en plein milieu du ciel ! On dirait un trou : un gros trou brillant foré dans le noir.

Si Emerson s'étirait au-dessus de la Baía et collait son œil au trou de cette grosse lune, Dieu sait ce qu'il verrait.

Le paradis ?

Emerson ricane.

Il ne pourrait pas voir l'enfer car il est tout autour de lui…

Oui, l'enfer est ici.

Il regarde la pente, les baraques spectrales dans cette lumière glacée avec leurs yeux jaunes taillés dans les faces de briques ridées, leurs grands yeux rectangulaires, jaune électrique.

L'enfer c'est là, *cara* !

Depuis que Mané et lui ont posé leur cul sur l'escalier, une pluie épaisse, une pluie d'éléphant, dégringole quelque part au-dessus. Elle n'arrête pas de tomber : floc, floc, floc, floc… flatatoc, ploc… floc floc floc…

Un bruit qui n'en finit pas : toujours semblable et pourtant différent. Emerson a le sentiment que les impacts de cette pluie étrange lui pèlent la peau, courent le long de ses nerfs et s'en vont jusqu'au fond de son cerveau. Ça fait un lac là-dedans : la vasque d'une fontaine !...

C'est dans la tête d'Emerson qu'il pleut... Et ça clapote, ça clapote...

Quelle flotte, *Senhor Deus*... Quelle averse, hein...

En bas la ville scintille. À droite, à gauche... Elle scintille comme un long ruban posé sur le bord échancré de la Baía. Comme les étincelles d'une fusée de feu d'artifice qui seraient restées au sol tandis que la fusée montait pour péter à vide, là-haut : si haut que tout le monde ne s'en rappelle même plus !

La Baía est poudrée de lumière, oui, littéralement poudrée...

Poudrée, *cara* !

Emerson éclate de rire. Mané tourne vers lui son visage rond.

Comme la lune !... Une lune de cuir sombre... On dirait qu'il grimace.

« Tu grimaces, Mané ? »

Ouais, il grimace.

« Pourquoi grimaces-tu ? »

Le rire d'Emerson le dérange. C'est comme ça ! Mané pense et le rire d'Emerson lui bousille sa connexion.

« Tu penses ? » ricane Emerson.

Cette boule de cuir crépue pense !... C'est la meilleure !...

À quoi penses-tu, Mané ?...

« Au fric, *cara*... » Mané pense à ce qu'il pourrait s'offrir s'il avait... s'il avait : « cent mille contos, tiens ! ».

« Cent mille contos ? » Emerson écarquille les yeux. Combien cela fait-il de reais ?

Mané n'en sait rien. C'est son grand-père, Vovô Ratibum, qui compte en contos ! Quand il a un gros coup de *pinga* dans le nez, il se met à brailler : si j'avais cent mille contos ! À en juger par la gueule qu'il tire à ce moment-là, ça doit faire beaucoup ! Ça doit faire un sacré paquet de *grana* !

Emerson fait la moue.

Si on ne sait pas combien ça fait, eh bien, au bout du compte, ça ne fait rien… Pas vrai, Mané ?

Le garçon fait un geste par-dessus son épaule pour montrer qu'il se fout des calculs d'Emerson. Il se moque également des divagations pleines de *pinga* de Vovô Ratibum… Ce qu'il veut c'est qu'on lui fiche la paix ! Qu'on le laisse réfléchir tranquillement ! Il est suffisamment compliqué de penser quand la *maconha* fait des nœuds dans la cervelle sans que, par-dessus le marché, un type vous corne ses sornettes aux oreilles, pose des questions stupides sur… Sur quoi déjà ?

Mané ne sait plus, il a oublié !

Avec ses questions à la con, Emerson lui a fait perdre le fil…

Emerson entend à nouveau la pluie : cette pluie qui tombe en plein hiver sous un ciel vide, sans nuages, un ciel en noir et blanc…

Drôle d'averse, hein Emerson…

Le phare de la lune trace sur la mer un large trait argenté. Il tremble, on dirait, comme de la *geleia* : cette pâte rouge cerise, ou d'un bleu acide, dont il raffole et que sa mère leur préparait, le dimanche, pour le goûter, lorsqu'ils habitaient encore là-haut, dans le Distrito Federal. Il voit la famille rassemblée autour de la table attendant, la cuiller à la main, que leur mère pose devant eux le saladier de *geleia.* Attendez, elle grondait… attendez que je vous fasse signe !…

Tu parles… Il était le premier à enfoncer sa cuiller dans cette chair translucide, éprouvant une espèce de jouissance à en déchirer la surface. Cette petite conne de Sandra glapissait, horrifiée par son geste sacrilège : *pára Emerson ! Pára !…*

Mãe ! elle gueulait. Viens voir, *mãe* ! Emerson a commencé, il n'attend pas, *mãe* !

Sandra tremblait d'indignation, ignorant les coups de pied qu'Emerson lui balançait dans les tibias.

Sacrée Sandra !

Comment est-elle maintenant ? Qui est-elle ?

Lorsqu'ils ont quitté le Distrito Federal, sa mère et lui, les nichons de Sandra commençaient à pousser. Où en sont-ils aujourd'hui ?… Est-ce qu'ils sont restés de petites mangues vertes ou bien ont-ils grossi comme ceux de Dona Clarisse qui habitait de l'autre côté de la courette et que, plus d'une fois, Emerson a épiée sous la douche !

Quels nichons elle trimbalait celle-là !… Gros, gonflés… Avec des aréoles immenses : presque noires ! Des nichons à cocardes qui luisaient sous la flotte et se balançaient avec une mollesse affolante lorsque Clarisse se frictionnait les cheveux. Ils piquaient un peu du nez, mais quand même, les nichons de Clarisse étaient bien excitants ! Emerson aurait voulu les tripoter, les presser, s'en frotter le nez, les fourrer dans sa bouche…

Dans ta bouche, Emerson ?… Des gros nichons comme ça ?… Tu rigoles, mon grand ! Tu n'as pas une bouche d'ogre que je sache mais une bouche de seize ans…

Emerson bande à nouveau : dur, fort. Ça fait mal, *puta merda !* Depuis qu'ils sont arrivés à Rio, il passe ses journées à bander, *Senhor Deus* ! C'est un serpent qu'il a au bas du ventre ! Un cobra qui se tortille, se dresse à tout bout de champ…

C'est douloureux, c'est lassant…

Ce bruit d'eau qui dégringole ça ne serait pas le ressac, des fois ?…

Le bruit du ressac ne monterait pas jusque-là, Emerson… Tu déconnes, garçon…

Le jeune homme regarde autour de lui.

Sur les terrasses des baraques, les paraboles cabossées de la télévision écarquillent leurs gros yeux dans la nuit, tendent leurs grandes oreilles.

Qu'entendez-vous, les paraboles ?

La pluie, tête de nœud ! On entend cette putain de pluie. Floc, floc, floc… Flatatoc…

On entend ce gros con de Ratinho qui fait le malin sur TV Record. Il brandit une trique et il gueule en faisant mine de courir après quelqu'un sur le plateau : viens ici, *ladrão* ! Viens que je te casse la tête !…

Emerson glousse.

Ratinho ne fout pas le nez dehors. Ratinho ne se balade jamais sans une demi-douzaine de gardes du corps tellement il a la pétoche de se faire enlever contre rançon… De qui veux-tu casser la tête, Ratinho ?… De mon ami Mané qui rumine, là, à côté de moi…

Que rumines-tu, Mané ?

Le garçon ne réagit pas, il reste de profil à regarder la grosse lune qui troue de ciel de la Baía…

La tête de Mané ressemble à un ballon… Un ballon enduit de colle qui, en roulant, aurait ramassé des brins de gazon…

« Je pense à ce que je ferais si j'avais cent mille dollars... », grommelle Mané.

« Combien ça fait cent mille dollars ? »

Mané ne le sait pas davantage. C'est son grand frère, Ludo, qui comptait en dollars.

Ludo le mort ?

Ludo le mort...

Pourquoi parler de mort maintenant ? Hein, Mané... Pourquoi appeler le crime, le sang ?... On n'est pas bien, ici, à regarder la Baía ?

Mané ne répond pas. Son corps musculeux paraît voûté comme si le garçon était préoccupé.

Au-dessous de la lune, la mer brille. Ça fait comme un chemin argenté.

Pour qui ouvres-tu ce chemin, Lune ?...

C'est le chemin des monstres de l'espace, Emerson ! Tout le monde l'ignore et nul ne le voit mais, ce soir, si tu observes attentivement cette trace sur la mer tu verras arriver les créatures démoniaques qui montent des profondeurs de l'océan ou bien qui débarquent des confins du ciel : là où les étoiles sont si petites qu'on ne les voit pas à l'œil nu d'après ce que racontait Dona Lilian, l'institutrice de Paranoá.

Ils entrent dans la ville pour dévorer les gens. Il y a ici tellement d'individus dont personne ne se soucie : des gens comme lui, comme Mané, des gens comme sa mère qui, bien qu'elle soit une adulte, ne comptent pas ou si peu...

Rio est un immense garde-manger et les monstres auraient tort de ne pas se servir ! Qu'ils en bouffent un ou dix, nul ne s'apercevra de quoi que ce soit !

La lune qui brille ce soir est une lune à *lobisomem*.

OOOOOUuuuuuu...

Emerson sent les poils de loup qui poussent sur sa figure, son nez s'allonge… Il a un nez de chien, une truffe de chien.

OOOOOOuuuuuuu…

Il sent une odeur de friture, une odeur de poisson frit… Emerson sourit. Il sent comme un chien… Comme un *lobisomem.* Il étend ses mains et les regarde. Ce sont des mains normales, les mains qu'il a toujours vues au bout de ses bras. Dommage qu'elles ne soient pas couvertes de poils. Si ses doigts se terminaient par des griffes fortes, des griffes pour déchirer la chair, il retournerait dans le bar du Portugais et il lui foutrait le visage en lambeaux. Il mettrait le bar en l'air en hurlant comme un *lobisomem* dingo ! Il déchiquetterait le comptoir à coups de mâchoire !

Les *lobisomens* ont des dents terribles qui transpercent la tôle ! Un *lobisomem* qui se met après une voiture peut la réduire en miettes. Au lieu de quoi, avec ses doigts maigres et longs, ses mains ne sont guère plus costaudes que des pattes de poulet…

Emerson fourre ses mains de poulet sous ses aisselles comme une volaille qui s'apprête à dormir.

Il ne veut pas être un *frango* : les volailles on les tue. Mourir ne l'effraie pas, mais il n'a pas envie qu'une bonne femme l'attrape par le cou et le fasse tournoyer pour lui rompre les vertèbres, comme sa mère le faisait lorsqu'elle devait tuer une poule ou une dinde, chez les patrons, au moment de Noël…

Mourir est une chose mais la façon dont on meurt compte plus encore ! Emerson a faim, il mangerait volontiers un petit quelque chose… Un pâté de *frango*, tiens, justement ! Des *bolinhos* de *bacalhau*… Il avalerait bien une douzaine de *pães de queijo* bien moelleux, encore chauds, avec un *suco de limão* grand format pour faire passer.

« Hé, Mané », il grogne, « tu ne boirais pas un coup ? »

La voix qui sort de sa bouche et résonne à l'oreille d'Emerson est désagréable. C'est une voix écrasée qu'il ne reconnaît pas, c'est une voix de crapaud aplati par une bagnole. Sa bouche est pâteuse, sa langue s'embrouille dans ses dents. Ce soir, la langue d'Emerson est épaisse, elle est comme un pied d'escargot… Elle lui tient tout le palais.

Ouais, Mané se taperait bien une bière mais il n'a pas un rond. Emerson non plus. Il sont là, comme deux imbéciles, sous cette lune percée, sans avoir rien à bouffer ni à boire. Et voilà…

C'est la vie de favela, mon ami !

« Si j'avais cent mille dollars… »

Mané est un type super-cool mais il a la tête en boucle. Il finit toujours par revenir au même point. Il lui fait penser à la machine à coudre que sa mère avait, là-bas, à Paranoá ! On appuie sur la pédale, la cheville bien souple sinon on ne bouge rien du tout, la roue fait un tour, deux tours, puis elle s'immobilise, toujours à la même place ! Ainsi, on croit que ce crétin de Mané est passé à autre chose mais il est revenu au même endroit.

Tu m'emmerdes avec tes dollars, Mané !

« Que ferais-tu avec cent mille reais ? »

L'ombre de Mané se redresse, le garçon sourit. Il se sent riche de cent mille reais. *Cem mil, puta merda !*

« Ça ferait un paquet comment ?… » il demande. « Comme ça ? »

Mané tend en avant ses deux bras écartés d'un bon mètre. Emerson lui balance une bourrade dans l'épaule.

« Tu es fou ! » il s'esclaffe. « Cent mille reais ça

fait ça ! » Emerson écarte le pouce et l'index de sa main gauche d'une quinzaine de centimètres.

« En billets de cent, ça fait ça ! »

Mané hausse les épaules. Emerson est un plouc.

« Où as-tu vu des billets de cent ? » il ricane. « Dans une *novela* ?… Au cinéma ?… »

Emerson se tait. Aucun billet de cent reais ne lui est jamais passé entre les mains. Il n'en a même jamais vu.

Mané remue la tête, il fait une moue de dédain.

« Tu demanderas à Lula combien ça fait cent mille reais ! » il jette, méprisant, « C'est lui le *doleiro* d'Orlando. Il te dira, il sait… »

« Que feras-tu avec cent mille reais ? » insiste Emerson.

Mané tend son auriculaire vers le ciel.

« Un, je me paierai un polo à rayures bleu marine et rouges. Tu vois ?… »

Emerson hoche la tête. Flavio, le gérant de la *boca de fumo*, a le même. C'est un vêtement qui vaut cher, Flavio l'a acheté en bas, dans une des meilleures boutiques du centre.

« Deux, poursuit Mané, des tennis All Stars ou des Nike ! » Si Mané n'est pas encore fixé sur le modèle, il sait qu'elles seront blanches, sans lacets. Il s'offrira également une chaîne en or à maillons larges, longue. « Elle descendra jusque-là ! » Il porte la main à la hauteur de son estomac.

Une chaîne plus grosse que celle de Lourival !… Rien que pour faire chier Lourival parce que Lourival est un connard.

Emerson approuve. Lourival est tellement con que, des fois, il se demande comment il se fait qu'il soit encore vivant.

Et en plus de la chaîne ?

Un jean Hollywood, un *celular*...

Mané se paiera également une moto Kasinski avec un casque noir dans le style Dark Vador, il offrira à sa mère une maison près de l'asphalte et, plus tard, un taxi à son frère Gustavo.

Emerson, lui, n'a jamais réfléchi à ce qu'il se paierait s'il avait des tonnes de fric... Il sortirait sa mère de la favela. Il achèterait une grande maison au bord de la mer, ou peut-être là-haut, dans le Distrito Federal... Avec le reste, il s'offrirait une voiture importée : une grosse, une très grosse, climatisée, blindée, avec des pneus larges.

Mané rigole.

« Tu veux t'acheter un bus ? »

Emerson ne répond pas... La flotte continue de dégringoler.

« Quelle ligne vas-tu faire avec ton bus ? » ricane Mané.

« Lâche-moi ! » grogne Emerson.

Mané fait un bruit de moteur avec sa bouche, il fait mine de serrer un volant dans ses mains.

Emerson retrousse ses babines, il découvre ses crocs. Mané s'en fout : il ne s'aperçoit même pas qu'Emerson est un *lobisomem* !

« Couin... couin », il klaxonne, « couin... couin... »

Il se moque carrément de lui.

« Couin... couin, couin. »

Emerson se lève. Il ne va pas rester assis plus longtemps avec cet abruti. L'eau qui dégringole en cascade l'appelle.

Tu as soif, Emerson ?

Je crève de soif, *porra* !

Emerson grimpe les marches raides de l'escalier,

se dirigeant au jugé vers le bruit de l'eau qui tombe quelque part sur sa droite. Des bouffées d'une odeur écœurante lui tordent l'estomac. Son flair de *lobisomem* lui dit qu'une charogne pourrit quelque part. C'est quelqu'un qu'on a tué et qu'on a oublié. On tue tellement de gens à Dona Marta… On en oublie, on ne peut pas tous les ramasser… Ainsi, tout le monde sait que la dernière guerre a fait neuf morts. Quand Rogério est venu par le haut, par la piste dans la *mata*, comme il l'avait annoncé, il a descendu au moins cinq ou six des types de Zaca. Il en a perdu lui aussi… On n'a retrouvé que quatre corps. Un en bas, deux sur le *terrão* et un dans le Beco do Jabour.

Les autres, ils sentent… Des fois, les blessés se glissent dans un petit trou, petit, tout petit, en se tortillant comme des vers, pour échapper. Ils croient qu'ils ressortiront quand les ennemis seront partis mais ils meurent avant et la carcasse reste là, à pourrir dans le trou. On sent l'odeur, c'est tout. Les *lobisomens* sentent l'odeur, les gens ordinaires ne s'aperçoivent de rien.

L'eau déborde d'un réservoir d'Eternit perché sur un échafaudage sommaire. Emerson avance son visage vers l'eau qui ruisselle. Il boit longuement, il boit en lapant l'eau comme un chien, comme un loup. Lorsque sa soif est apaisée, son polo est trempé, son bermuda aussi. Le tissu colle à sa peau. Il se sent bien : il se sent comme à la plage lorsqu'il sort de la vague et s'avance sur le sable en titubant à cause du flot qui l'entrave jusqu'aux mollets. Dans le Distrito Federal, Emerson est allé se baigner dans la *cachoeira* du Parque Nacional. C'était loin de Paranoá, ils s'y étaient rendus à une dizaine, dans le combi de Nelson… Il était gosse à l'époque… Il voyait la vie autrement, il la voyait en blanc et noir, il la voyait en long et large mais pas en profondeur, non… Pas en profondeur.

Paranoá est devenu si lointain… C'était dans une autre vie… Maintenant il est le *lobisomem* de Dona Marta, *puta merda*.

Emerson lève le visage vers le ciel et hurle. OOOOOuuuuuu. OOOOOuuuu.

Des aboiements lui répondent, amplifiés par l'écho.

Ils viennent du haut de la favela, ils lui tombent dessus. C'est la forêt, festonnant la dent du *morro*, comme une gencive poilue, qui lui aboie dessus. Il ne s'est jamais aventuré dans la *mata de morro*. On dit qu'elle grouille d'animaux. Des *macaquinhos*, des *jaguarézinhos*, des *pacas*, des *papagaios*, des *piriquitos*… des *cobras*… Toutes sortes de *cobras*, plus empoisonnés encore que ceux du Planalto Central.

Le souvenir du grand serpent trapu que Robertão a tué au pied de sa baraque de Paranoá le fait frissonner. Emerson déteste les chiens, il déteste les serpents, déteste la forêt et ses milliers de bêtes qui, jour et nuit, se faufilent dans la végétation. Il frissonne, redescend vers Mané.

En entendant Emerson arriver, Mané se met debout. Emerson invite son compagnon à boire un coup, comme il vient de le faire, à la caisse à eau qui déborde, quelques marches au-dessus, mais Mané n'a pas envie de flotte… Il pense toujours à ces cent mille reais dont ils ont parlé tout à l'heure. Il ne parvient pas à se sortir l'argent de la tête. Pendant l'absence d'Emerson une idée lui est venue. Et s'ils se faisaient un type ?

Emerson écarquille les yeux. « Tu veux te faire un type ? »

Un type ou une femme… Mané n'a pas de préférence. Un homme serait tout de même mieux parce que les femmes sont incontrôlables. Quand on leur met un flingue sur la tempe, il arrive qu'elles se mettent à gueuler comme des folles, à gueuler à la mort. « Elles gueulent avec leur ventre. Tu vois ?… » Selon Mané, les femmes sont un mystère auquel il préférerait ne pas se frotter.

Emerson se souvient des hurlements de la grosse Eliana le jour où son gosse a flambé.

Il hoche la tête. Mané a raison : la grosse Eliana gueulait avec son ventre.

« Pour les arrêter », poursuit Mané, « on est obligé de tirer, et encore, parfois elles sont par terre, une balle dans la tripe, et elles continuent de hurler ! »

Mané soupire : on ne choisit pas toujours ce que le Destin vous envoie. Après tout, peu importe ce qu'il y aura dans la voiture. Du moment qu'il y aura du fric…

Emerson est désarçonné. Se faire une voiture… Il ne manquait plus que ça… Mané est cinglé !

« Tu es cinglé », il dit…

Non, Mané n'est pas cinglé. Ça fait une heure qu'il réfléchit. Il a tout envisagé et, franchement, il n'y a pas d'autre moyen. S'ils étaient *veados*… Évidemment, mais ils ne le sont pas, alors…

« T'es pas *veado* ? » ricane Mané.

Emerson sursaute. *Veado ?* Il hausse les épaules avec colère. Qu'est-ce qui lui prend ? Non, il n'est pas *veado* !

« Des fois, on ne sait pas », marmonne Mané, « des fois on croit que les types sont des vrais hommes et en vérité… »

Emerson regarde l'autre de travers. Il a l'air de se demander vraiment si je suis pédé, ce con !

« Comment te feras-tu une voiture ? » il aboie. « Tu crois qu'il suffit de se pointer à la portière et demander le fric ? »

Mané hausse les sourcils. « Tu le braques », il dit. « Tu gueules : *Assalto !... Assalto !* Tu lui colles un flingue là. Et puis voilà... »

Il appuie son index sur le front d'Emerson.

« Il faut gueuler fort pour que le type comprenne que tu ne rigoles pas. Si tu as de la conviction, le type donne ce qu'il a... S'il refuse, eh bien tant pis pour lui, il l'a voulu, tu tires ! »

Il a pensé que j'étais *veado,* rumine Emerson. Il n'a pas digéré ce qu'il estime être un affront. Qu'est-ce qui l'a poussé, *caralho* ? C'est peut-être lui qui est *veado*...

« Tu appuies le canon sur la tête du type et il te donne son fric ! » ricane Mané qui le regarde avec dureté.

« Cesse de faire chier ! » râle Emerson. « Tu entends ? Cesse de dire des conneries ! Tu n'as pas d'arme. Et je n'en ai pas non plus... »

Trouver une arme dans la favela n'a jamais été un problème. Mané fait signe à Emerson de le suivre et commence à descendre l'escalier étroit aux marches inégales.

13

Castro Montenegro est furieux… « J'aurai sa peau… », il grogne. Il se tourne vers son passager, siffle d'une voix que la colère étrangle : « Où il se croit, hein ?… »

Dans la pénombre de la voiture, son visage empâté d'homme prospère et vieillissant est d'un gris verdâtre. Francisco déteste lorsque Castro se met dans cet état. Il redoute qu'il ne se pète un vaisseau de la tête ou que son cœur n'éclate, purement et simplement, parce que, visiblement, ça bout à grande vapeur dans cette grosse carcasse… À voir la taille des postillons dont Castro arrose le pare-brise, il doit y avoir une méchante pression à l'intérieur…

« Castrinho », il le gronde, comme on gronde un enfant, « Castrinho… »

Castro n'entend pas, ou ne veut pas entendre : il serre le volant dans ses mains épaisses. Conduisant à la hache, il jette la voiture en avant sans se soucier de la circulation… Castro Montenegro a des mains de travailleur de force dont ses ennemis, et Dieu sait qu'ils sont nombreux, se moquent depuis toujours… Dites, vous avez vu les pognes de Castrinho ? Jetez-y un coup d'œil à l'occasion… Ce sont des mains de boucher, des mains d'équarrisseur, pas des mains de sous-secrétaire aux Arts et Lettres... Comment voulez-vous que ce type soit compétent, avec des mains pareilles !... Qu'on le renvoie aux champs... Qu'on nous en débarrasse !

Il ne manquerait plus que ça !

Castrinho ne se laissera pas faire ! Il crèvera à son poste mais il ne les laissera pas avoir sa peau, ou alors, ce sera la fin du monde...

« Je vais le bousiller ! » postillonne Castro. « Tu peux me croire, Francisco, sa carrière est finie ! » Et Castro scelle le destin de Wagner Souza d'une tape vigoureuse sur le volant !

« Sur Nossa Senhora da Penha ! » il ajoute, en saluant d'un signe de croix le spectre de l'église illuminée qui, là-bas, sur la gauche de la voiture, semble flotter comme une île sur son *morro* tronqué.

Francisco se signe lui aussi, il marmonne à voix blanche une prière rapide. Que Nossa Senhora da Penha me tienne en sa Sainte Garde. Amen !...

Castrinho fait un visage de pierre : buté, obtus... À dire vrai, l'animal est fichtrement buté. C'est même l'un des hommes les plus butés que Francisco ait jamais connus... D'ailleurs, s'il est arrivé là où il est, c'est grâce à son obstination maladive plus qu'à son talent... Beaucoup, au secrétariat, soutiennent même que Castro Montenegro est totalement dénué de talent, mais les gens sont ce qu'ils sont... On les accepte tels quels, pas vrai ?... et Castrinho, c'est Castrinho !

« Wagner est lâche, Wagner est faux jeton, c'est une affaire entendue », reprend Francisco, d'une voix apaisante, « mais calme-toi... Il ne mérite pas que tu te mettes en rogne à ce point !... »

Castro lance un regard en coin à son passager. Pour qui se prend-il, celui-là ? Pour son ange gardien ? Il n'a pas besoin d'ange gardien, pas besoin que quiconque se mêle de guider sa conduite. Il se fout en rogne quand ça lui plaît et contre qui ça lui chante... Il se met en rogne aussi souvent que ça lui plaît ! La colère est son élixir, c'est le carburant dont il alimente sa chaudière !

« Pense à ton cœur, Castrinho... »

Castro hausse les épaules... Son cœur va très bien...

Francisco soupire...

Ça n'est pas vrai : le cœur de Castrinho est loin d'être en grande forme !

« Cessez de m'emmerder, tous, avec mon cœur... J'ai un cœur de jeune homme ! »

« Ce n'est pas ce que dit Tomás ! » objecte prudemment Francisco.

« La seule chose qui intéresse Tomás, c'est percevoir de gros honoraires ! ricane Castro. Le boulot des docteurs, ce n'est pas de soigner les gens, c'est de les persuader qu'ils ne vont pas bien... Plus les gens sont malades, plus Tomás et compagnie gagnent de fric ! C'est pas vrai ? »

Si c'est vrai... Bien sûr que c'est vrai !

Et alors...

Francisco a peur de fâcher Castrinho en insistant davantage mais d'un autre côté, si cet imbécile claque subitement, lui-même se fera virer dans les quarante-huit heures !... Ils sont dix, vingt grenouilleurs de petite envergure, à guigner la place de Francisco, ils sont cinquante à espérer que le cœur de Castro se fendra bientôt comme un *mamão* trop mûr. Castrinho parti, adieu Francisco !...

Adieu, adieu *meu amigo*, bon voyage dans les ténèbres ! Il paraît que le diable cherche un poisson pilote. Vas-y... frappe à la porte de l'enfer. J'ai entendu dire que Satan souhaite un type dans ton genre : un maigre qui ne mange pas beaucoup, qui respire à peine... Un type pour s'essuyer les pieds. Ça ne te changera guère, n'est-ce pas Francisco ?... Le diable a besoin d'une âme damnée pour passer ses colères les jours d'énervement.

Francisco dit, le plus légèrement qu'il peut, presque sur le ton du badinage : « Tout de même, Castrinho, les électrocardiogrammes ne gagnent rien, eux ! »

« Tu sais ce qu'ils disent mes électrocardio ?... hein ?... Tu les as vus ? »

Castro se penche vers son passager et Francisco s'enfonce instinctivement dans son siège.

« En as-tu vu un seul ? »

Un gros postillon s'écrase sur la lèvre supérieure de Francisco. Il se retient d'essuyer cette salive qui lui répugne. Son dégoût n'échapperait pas à Castrinho qui ne dirait rien mais, à coup sûr, comprendrait son geste et le lui ferait payer, plus tard, d'une manière détournée. Castrinho est un spécialiste des vengeances mesquines, à froid.

Sur la gauche de la voiture défile la barre crantée de la voie rapide suspendue sur des piliers de béton. On sent que ça grouille dans l'ombre épaisse, menaçante, qui tombe du tablier. L'obscurité est pleine de monde, pleine d'hommes qui puent l'alcool, la pisse, la sueur, qui puent la poussière, les gaz brûlés. Chaque fois que Francisco passe dans le coin, il ne peut s'empêcher de frissonner d'une peur atroce, irréfléchie, une peur atavique qui lui chuchote : si tu ne prends pas garde à toi, Francisco, l'ombre t'avalera. Elle avalera aussi Irene, elle gobera les gosses…

L'ombre est vorace ! Putain qu'elle est vorace… L'ombre est insatiable…

Les phares de la Mercedes éclairent les papiers sales, les détritus jetés au pied du haut mur jaune de l'enceinte portuaire… Un type qui gesticule, une bouteille de *pinga* à la main, jaillit comme un pantin devant la voiture. Francisco ferme les yeux, il se contracte, serre les poings en prévision de l'impact du corps sur la tôle.

Castro donne un coup de volant adroit, jette un coup d'œil dans le rétroviseur à la silhouette titubante, il hoche la tête d'un air dubitatif. Celui-là, comme le voilà parti, a peu de chances d'être vivant à la fin de la nuit. Un de plus, un de moins, qu'est-ce que ça change ?

« Je vous enterrerai tous ! *Caralho !* » grogne Castro.

Les lumières des lampadaires giflent le pare-brise.

Il enterrera Francisco aussi. Francisco qui a quinze ans de moins que lui, Francisco qui fait son jogging chaque matin, Avenida Atlântica, des écouteurs sur les oreilles comme tous les autres crétins qui courent là-bas.

Tu n'as pas un poil de ventre… hein Francisco… tu ne bois pas, tu surveilles ce que tu manges, mais je t'enterrerai, *meu filho* ! Comme les autres !…

Castro sera dans le cortège lorsqu'on descendra Francisco dans le trou !…

Le feu grimpe d'un cran, reste fixe quelques secondes ou quelques minutes, Emerson ne sait pas. À dire vrai, il a perdu le fil du temps… Il a parfois le sentiment qu'ils viennent tout juste d'arriver au carrefour et d'autres fois, qu'ils sont là depuis des nuits et des nuits, à guetter les voitures qui glissent devant eux comme des poissons luisants.

Très peu d'entre elles respectent les feux de croisement : les seules qui s'arrêtent sont trop vieilles, ou alors trop petites pour mériter un assaut… Des voitures naines, quoi ! Emerson éclate de rire.

Les grosses filent comme si elles avaient le diable au cul, et elles ont raison, parce que le diable est à leurs trousses !… Patience… Le diable se doit d'être patient…

Lorsque le feu passe au rouge, Emerson a l'impression qu'il devient beaucoup plus gros. C'est comme s'il enflait, comme s'il était un ballon qui va grimper en l'air, s'envoler dans le ciel noir.

Il rejoindra la lune.

« Qu'est-ce qui te fait rire ? » grogne Mané. « On est là, comme deux cons, à regarder les bagnoles qui nous filent sous le nez, tu crois qu'il y a de quoi rire ? »

« Les petites, pouffe Emerson, c'est des bagnoles pour nains ! Regarde bien les gens qui sont dedans ! Ils sont tout petits ! »

Mané éclate rire, lui aussi.

« Tu as raison », il glousse. « Il n'y a que les nains pour rouler là-dedans ! On ne va tout de même pas se faire un nain ! »

« Les nains n'ont pas de fric ! » s'esclaffe Emerson.

« Nous non plus on n'a pas de fric, et pourtant on n'est pas nains ! » rétorque Mané.

Emerson rit tellement qu'il en pleure.

« Tu es con ! » il s'étouffe. « *Meu Deus !* Con, con, con... »

À regarder le visage épais de Mané, on ne dirait pas que ce débile puisse sortir des vannes comme ça, on ne croirait même pas qu'il puisse sortir des vannes tout court !

« Qui sera là, ce soir ? »

Francisco commence à réciter la liste des invités : députés fédéraux, hauts fonctionnaires, banquiers, entrepreneurs...

Castro Montenegro l'interrompt d'un geste agacé de la main. C'est la faune qu'on rencontre habituellement dans ce genre de dîner ! Il se fiche de ces gens-là : « Toujours la même *turma* », il grogne.

Est-ce que Paulinho sera présent ?

« Paulinho Barbosa ? » Francisco fait une moue d'ignorance. Si Castrinho le souhaite, il peut se renseigner. Castro approuve d'un signe de tête. Francisco passe un bref coup de fil. La Mercedes vire sur la droite, s'engage sur le pont de *Niterói*.

D'après Josimar, Paulinho serait chez sa belle-sœur, dans le sud de l'État de Santa Catarina.

« Ce sera une soirée pour rien... », râle Castro. Une de ces soirées durant lesquelles on passe le temps comme on peut, guettant le moment de se débiner. Demain, il sera crevé ! Son dos lui fera mal, toute la journée il traînera sa carcasse meurtrie. S'il boit, s'il se laisse aller à descendre whisky sur whisky comme il a tendance à le faire ces derniers temps, une ruche logera dans la tête : un essaim de *marimbondos* butinera sa cervelle ! Se pencher en avant pour attacher les lacets de ses chaussures sera un supplice...

Décidément rien ne va…

Non… Rien ne va…

Castro espère qu'il y aura quelques belles femmes… De ces femmes bien roulées qui s'offrent, sans chichis, aux caresses des regards…

Gisela, l'épouse de cet abruti de Lindoval, devrait être là… Castro aime beaucoup Gisela. Elle est à ce moment de sa vie où une femme sent que sa jeunesse la quitte. Certaines en deviennent folles d'angoisse et se mettent à divaguer, d'autres se laissent envahir par une tendresse un peu triste. On sent cette nostalgie du temps enfui chez Gisela et ça émeut Castro, oui, ça l'émeut. Ces temps derniers, il a rêvé plusieurs fois, avant de s'endormir, que Gisela s'abandonnait dans ses bras…

Le rêve lui revient, peut-être à cause de l'eau noire de la Baía qui miroite tout autour de la voiture.

Ils sont tous deux sur le balcon de son appartement de Leblon, il fait nuit, frais… Gisela appuie sa tête contre son épaule, elle se fait lourde contre lui et il caresse doucement sa joue, en regardant la lune qui monte sur la mer, il caresse son front…

C'est tout…

C'est un rêve très doux…

Il y a vingt ou trente ans, il n'aurait pas fait le même rêve. Avec le cul magnifique que trimbale Gisela…

Castro sourit.

Le cul de Gisela est monté sur coussin d'huile !… Quand elle marche, on ne voit que ce gros fruit charnu qui se balance. Le monde valse au rythme du cul de Gisela !… Et dire que ce connard de Lindoval se vautre sur elle… Qu'il lui fourre son petit machin dans la fente… Qu'elle le suce…

Une belle femme comme Gisela avec ce *canastrão* : merde ! Quel gâchis…

Peut-être qu'ils ne baisent plus ensemble depuis longtemps…

Tout à l'heure, Emerson regardait quelque chose de drôle, quelque chose qui l'amusait. Qu'est-ce que c'était ?

Il ne se souvient plus.

Où sont-ils ?… Où est-il ?… Il n'en sait rien ! Il écarquille les yeux, tente de déchiffrer le carrefour, les maisons de deux étages aux façades noircies par les gaz d'échappement, les devantures des boutiques usées par le vent que déplacent les camions, les autobus, défraîchies par les pluies. *Meubles modernes*, lit Emerson. *Appareils ménagers Milano, Atelier du Xingu : mécanique et électricité auto*…

Atelier du Xingu ?…

Le patron du garage est un Indien de l'Amazonie qui peint son visage en rouge et noir, aux couleurs de l'enseigne. À Brasília, Emerson en a vu une dizaine, qui se rendaient au Congrès, en costume de fête, c'est-à-dire pratiquement à poil, les lèvres, les oreilles percées et distendues par des pierres. Ils traversaient l'esplanade sans se presser. Tout le monde les regardait avec un air curieux ou narquois, mais ça n'avait pas l'air de les gêner…

Atelier du Xingu !

Emerson voit ce que c'est…

Lorsqu'on lui apporte une bagnole qui se sent mal, l'Indien du garage tourne autour en dansant, comme on voit à la télévision. Il pousse des cris, ZOOOOUUUUMMM, Ga… Ga… ZOOOOUUUUMMM. Et la bagnole repart.

C'est ça la mécanique Xingu !…

Les boutiques ont tiré leur rideau de fer… Elles dorment !

Les rideaux de fer des boutiques sont des paupières de tôle, des paupières ridées de mille plis horizontaux.

Ne crois pas à leur sommeil, Emerson ! Les boutiques dorment d'un œil ! Si jamais quelqu'un approche, si quelqu'un essaie de se faufiler sous la défense de leur rideau baissé, ça tire ! Dans l'antre de chacune des boutiques assoupies, un type se tient à l'affût. Il attend le voleur, un gros flingue à la main.

Viens, voleur ! Viens, mon grand, que je te fasse sauter la tête !

La nuit est verte, la nuit est bizarre. Les trois lunes du feu de croisement grimpent l'une sur l'autre : la verte, l'orange, la rouge et ainsi de suite, toujours, toujours, aussi longtemps qu'il y aura ici un bout de ville, des maisons, un croisement de rues, les lunes des feux de croisement se grimperont dessus…

Emerson déchiffre avec peine les plaques des rues. Rua Marechal Deodoro… il doit se déplacer un peu pour lire le nom de l'Avenida Marquês do Pará qui coupe l'autre à angle droit.

« Où tu vas ? » aboie Mané. « Tu fous le camp ? Tu as la trouille, tu te barres ? »

« Je ne m'en vais pas ! » proteste Emerson. « Je bougeais un peu, pour voir… »

« Reste là ! » souffle Mané. « Viens ici ! Je veux te sentir à côté de moi, tu entends ? »

Des fois, Mané est un sale con ! Personne n'a jamais donné d'ordre à Emerson, sauf sa mère, mais sa mère, c'est sa mère ! Et lui, ça n'est que Mané : ce con de Mané.

« Elle arrive », murmure Mané, « elle n'est pas loin, je la sens ! Tiens-toi prêt ! Tu es prêt ?... » Emerson passe la main sous sa chemise qu'il porte flottante par-dessus son pantalon, il empoigne la crosse du vieux Rossi que Mané a loué deux reais à un petit type qu'il a appelé Lula.

Emerson n'a pas aimé ce Lula. Il crache, ou plutôt tente de cracher car il ne lui reste plus une goutte de salive.

Toi, avait dit Lula en lui tendant le flingue, toi, mon vieux, dans l'état où tu es, tu ferais bien de faire gaffe ! Si tu ne fais pas gaffe, tu vas te tirer dans les couilles !

Con de Lula... Que sait-il de ce que ressent Emerson ?

Rien...

Il croit savoir, tout le monde croit savoir mais personne ne sait rien...

« Pas vrai, Mané ? »

« Quoi ? » grogne Mané, tendu vers le haut de la rue. Tendu vers cette voiture qu'il devine : une grosse et belle voiture qui roule sans un bruit, qui roule feutré, feutré comme tout ! Une voiture comme un coffre-fort béant.

Emerson dégage le cran de sûreté du Rossi.

Il ne se tirera pas dans les couilles... *Puta merda !* Qu'est-ce qu'il croit ce Lula ?

Quand ils en auront terminé avec cette histoire d'*assalto*, c'est dans les couilles de Lula qu'il tirera ! Avant de lui rendre son flingue, il lui en foutra un coup dans le bas-ventre !

Pour toi Lula !

La Mercedes quitte le pont et s'engage dans Niterói. Castro a dans la bouche un goût amer. Sa boîte de Mentex est épuisée et il a oublié d'en acheter. « Je dois avoir un paquet de Free dans la boîte à gants, passe-le-moi ! » il ordonne.

Francisco ouvre la bouche pour avertir Castrinho que la cigarette est un poison pour le cœur : elle a tué Fábio, Júlio César Moreira… Chaque année, la cigarette tue plus de dix mille de leurs concitoyens.

Fiche-moi la paix, Francisco. Passe-moi mes clopes et cesse de prêcher. Voilà ce que répondrait Castrinho si Francisco lui sortait son couplet.

Francisco fouille la boîte à gants en silence. Après tout, que Castrinho se démerde avec le cancer du poumon, le cancer de la gorge, qu'il se démerde avec l'infarctus, les accidents cérébraux…

Castro fait glisser une cigarette hors du paquet, il la pince entre ses lèvres, l'allume, tire une longue bouffée et souffle voluptueusement la fumée dans le pare-brise.

C'est bon : *Nossa Senhora*… c'est encore meilleur depuis que Tomás lui a interdit le tabac. Au fond, en diminuant sa consommation, l'interdiction aiguise son plaisir. La prochaine fois qu'il ira consulter, Castro en parlera à Tomás. Il lui dira : Tomás, maintenant que je n'en ai plus le droit, c'est foutrement bon de fumer… Je te remercie, Tomás… Franchement… Grâce à toi, mes quinze ans me reviennent…

Tomás fera la gueule… C'est très bien qu'il fasse la gueule ! Ces toubibs s'imaginent qu'on doit leur obéir au doigt et à l'œil ! Au doigt et à l'œil !… Non mais sans blague…

Francisco fait entendre une toux discrète. Castro abaisse la vitre de la voiture.

Francisco n'aime pas ça ! Tout le monde sait que rouler fenêtre ouverte attire les voleurs !

Castro devine la crainte de Francisco. « Il faut choisir », il raille : « Mourir étouffé ou risquer un *assalto.* »

Francisco fait la moue. Il préférerait que Castrinho balance sa cigarette par la fenêtre et referme la vitre.

« Tu veux tout !… Francisco, mon ami, tu n'es pas raisonnable… », badine Castro. « Dans la vie, on n'a jamais tout… »

Il ouvre le vide-poches qui se trouve sous le tableau de bord, à la gauche du volant, il en tire un Smith Wesson à canon court. « Contre la fumée, je n'ai pas de masque à gaz », il s'excuse, avec ironie, « mais contre l'*assalto*, j'ai ça ! »

« Range-le !… », proteste Francisco.

Castro remet le revolver à sa place.

« Tu n'aimes pas les armes… », il se moque. « Tu trouves que c'est salissant ?… »

Francisco hausse les épaules. La question n'est pas là !

Où est la question ?

Un instant, Francisco est tenté de se lancer dans l'argumentation en six points, longuement peaufinée, qu'il développe à satiété chaque fois que la question des armes à feu vient sur le tapis, mais il juge plus prudent de n'en rien faire. Castrinho n'est pas un auditeur qui se laisse impressionner par les raisonnements académiques, et puis, ce soir, il n'est visiblement pas d'humeur à l'écouter par complaisance : ce soir, Castrinho est d'humeur chamailleuse.

Francisco dit tout de même : « Ça part tout seul… Un cahot et paf ! C'est ça qui me fait peur… »

Castro sourit en douce. Francisco ignore à quel point il a raison !… Castro a limé la détente du .38

pour la rendre plus sensible. Désormais, le battement d'ailes d'une mouche se posant sur le pontet suffirait à faire partir le coup !… Heureusement qu'il n'y a pas de mouche dans le vide-poches !…

Castro ralentit, penche la tête pour déchiffrer la plaque de rue. Il a du mal : la lumière est mauvaise et l'âge n'arrange rien.

« Marquês do Pará », lit Francisco, qui a deviné son embarras.

« La voilà ! » souffle Mané.

Une ombre trouée d'yeux blancs, phosphorescents, apparaît au bout de l'avenue. À première vue, c'est une Mercedes trapue, puissante. Emerson trouve qu'elle ressemble un peu à la voiture de Batman.

« Elle va s'arrêter, elle va s'arrêter ! », prie Mané. « Le feu est bon pour nous, elle va s'arrêter pile en face ! »

« Il n'y a que les petites qui s'arrêtent ! » ricane Emerson. Son ricanement sonne blanc. Il n'a pas peur mais il a du mal à trouver la veine de la rigolade, à trouver les mots qui font rire. À dire vrai, il ne croit pas que la Mercedes s'arrêtera si le feu le lui commande. Les Mercedes ne se préoccupent guère des feux ! Feux ou pas feux, elles passent, mais Mané a l'air si sûr de lui.

« Tiens-toi prêt ! Tu as le revolver ? Tu l'as ? »

Il a presque hurlé, cet imbécile !

« Je l'ai ! » s'agace Emerson.

« C'est moi qui crie *Assalto !* Toi tu pointes… La tempe du type, hein ! La tempe… »

On dirait une machine emballée. Sur le chemin, ils ont répété dix fois ce que chacun devait faire. Emerson n'est pas débile.

« Ta gueule ! » il coupe, et l'autre cesse immédiatement de parler comme si Emerson avait manœuvré un interrupteur.

La Mercedes approche. Les reflets glissent sur ses galbes opulents. On dirait qu'elle ruisselle, on dirait qu'elle sort de l'eau.

« Une C 180 », murmure Mané, « c'est une bagnole blindée ! » Il y a du découragement dans sa voix. Ça se comprend. La voiture de Batman, c'est quelque chose ! C'est l'armure de Batman ! Une armure qui peut voler…

La voiture ralentit, elle va bel et bien s'arrêter au feu rouge. Ce Mané, quand même, tout con qu'il soit, il est très fort !

Mané agrippe le bras d'Emerson.

La vitre du conducteur est ouverte.

Mané se signe : Dieu est avec eux !

Le feu est au rouge. Castro ralentit tout en surveillant Francisco du coin de l'œil. Alors Francisco ?… Ton jogging, ton ventre plat, tes écouteurs sur les oreilles ?… Ça ne sert à rien ici ! Pas vrai ?…

Ta petite femme, tes petits gosses…

Si elle devenait veuve, s'ils devenaient orphelins ?…

Qu'est-ce que t'en dis, *meu filho* ?

Francisco comprend que l'autre va s'arrêter au feu : pour l'emmerder, pour lui faire peur.

Avec tous ces meurtres qu'on lit dans les journaux, ces *assaltos* innombrables, ces femmes, ces types qui se font flinguer en pleine rue parce qu'ils ne cèdent pas le volant assez vite au goût des assaillants, il y a de quoi avoir peur. Combien de crimes lit-on dans la semaine, à la page économie du *Jornal do Brasil* ? Des crimes de ville ! Des crimes de Rio Centro !

Une flopée !

Et le *Jornal* ne dit pas tout ! Combien de meurtres passe-t-il sous silence ?... Combien Francisco rate-t-il d'assassinats parce que, ce jour-là, il a dû parcourir le *Jornal* en vitesse ?

Ne t'arrête pas, Castrinho ! Je t'en prie, ne joue pas avec nos vies... Va, va, ferme ta vitre et roule, ne cède pas à ce feu !

Trop tard, Francisco. Trop tard, mon grand !

Mané pousse Emerson en avant et Emerson jaillit de l'ombre, fonce sur la voiture, le Rossi pointé devant lui, comme un appendice de fer au bout de son bras tendu.

« *Assalto !* » crie Mané. « *Assalto !* »

Mais sa voix est pourrie, sa voix s'écrase, se crève, se dégonfle.

« *Assalto !* »

On dirait un crapaud qui crie *Assalto !*

Batman se fout pas mal des crapauds.

« *Assalto* », gueule Emerson, « *assalto !* »

Que sa voix est perchée, *puta merda !* On dirait une voix de fille ! Une voix de poulet.

Le type dans l'auto se penche, il a l'air de chercher quelque chose comme s'il s'apprêtait à leur lancer une poignée de monnaie.

De la monnaie ? Ça ne va pas, non !

« *Assalto !* » hurle Emerson de sa voix de volaille.

C'est la bagnole qu'ils veulent !

Ils veulent tout !

Tu entends, Batman ? Tout et tout !

Le conducteur se redresse.

« Tire ! » glapit Mané. « Tire ! tire ! Pour l'amour de Dieu ! »

Emerson tire. Le Rossi saute au bout de son bras ! Il n'aurait pas cru qu'il serait si difficile à tenir ! Il imaginait les flingues dociles, obéissants, et voilà que celui-là rue dans sa main comme un cheval nerveux...

Emerson tire une seconde fois, une troisième, mais la voiture s'en va... Elle part, il ne peut l'en empêcher.

Elle t'échappe, Emerson, vois, elle glisse : pas vite, mais elle s'en va.

Il y a quelque chose d'étrange dans cette voiture qui s'éloigne... Ça n'est pas la voiture de Batman : la voiture de Batman cracherait le feu et filerait au ciel en rugissant ; celle-là, on dirait la voiture de l'Homme sans tête... On dirait la voiture du Fantôme.

La Mercedes prend un peu de vitesse puis elle oblique brusquement sur sa droite et percute de plein fouet le rideau de fer d'une boutique. Ça fait un bruit sourd, un boucan d'accident.

Emerson sourit.

Il l'a eue.

On n'aurait pas dit mais il l'a bel et bien eue.

Une grosse Mercedes !...

Avec un petit flingue de rien !

C'est bien non ?... Mané, c'est bien ?

Mané détale, il court, il s'enfuit.

Et le fric, Mané ? Le fric, *puta merda* ! Tout l'argent qu'on devait se faire dans cet *assalto* ?

La tête de Castro Montenegro repose sur l'épaule de Francisco.

Elle est lourde, lourde, grands dieux...

Voilà... C'est arrivé. Castrinho est mort...

D'ici la fin de la semaine Francisco sera viré.

14

Un son énorme sature la salle de sport. Il pousse sur les murs maculés, à hauteur d'homme, de traces de ballons qui dessinent sur le béton nu les innombrables ocelles boueux d'une peau de léopard exténué.

La boîte à rythme scande des rafales sèches qui font trembler la viande, vibrer les os, fusillent les oreilles.

Les lumières folles égrènent de fulgurants pointillés.

Ces lumières, ce sont les rampes d'atterrissage ouvertes aux cargos de l'espace des Conquérants de la Galaxie qui balisent l'écran de TV Bandeirante à partir de minuit.

Les danseurs, serrés les uns contre les autres, épaules soudées par la sueur qui roule sans discontinuer, remuent à peine. Seules leurs hanches se balancent.

« *Furacão dois Miiiiiillll...* », rugit le DJ dans la boule du micro. Il la tient dans son poing comme un sorbet chromé qu'il lèche, à chaque morceau nouveau.

« *Furacãooooo !* »

Ça sent la fumée de *maconha*, le parfum bon marché, les chairs échauffées par l'alcool, par le désir... Ça sent la drogue à fleur de peau, les nerfs à fleur de peau... Ça sent le verre brisé, les papiers moisis, les ordures qui pourrissent le long des murs... Ça sent le carrelage éclaté, les travaux jamais finis... Ça sent l'abandon et la pisse...

Dehors, ça sent la poudre !

Des gardes veillent dans l'ombre ; le fusil d'assaut à portée de la main ou posé en travers des genoux, ils scrutent l'obscurité, grillant un *baseado*. La rumeur dit qu'après la prise de João Paulo II par le Vermelho, ceux du Terceiro projettent des représailles. Plusieurs dizaines d'hommes se tiendraient prêts, quelque part dans les ténèbres, à monter à l'assaut d'Azevedo Lima. Ils connaissent un sentier secret dans la forêt, ils se faufileront par les ruelles, les boyaux, les venelles... Le son qui fuse par les vitres crevées de la salle de bal comme du gaz comprimé les attire. Ils approchent, ils arrivent, ils sont là...

On dit tant de choses... hein Mané ?

« Bouge ton cul... », rugit la voix électrifiée de Rômulo. « Boubouboubouge ton cul !... »

Tout le monde connaît Rômulo ici ! L'an dernier il est venu, avec DJ Dennis ! Deux fois dans la soirée, lorsque ça commençait à s'énerver, Rômulo a grimpé sur le podium pour calmer ses fans ! Il leur a demandé d'être fair-play, d'éviter la bagarre...

« Super-mec ! » braille Mané, pouce levé. « Superson !... »

Ce soir c'est super-tout !

Mané a mis la main sur une *brizola* de première, il s'en est littéralement farci le pif. Tout ce qu'il a pu entrer dans ses narines, il l'a entré et il a passé le reste à Emerson !

Comment te débrouilles-tu, Mané, pour payer la *brizola* ?… Tu n'as pas un real ?…

Le garçon hausse ses épaules musculeuses.

La *brizola* n'est pas bonne ?

Elle est très bonne : super-bonne !… Il n'y a rien à redire !

Alors, de quoi t'occupes-tu, Emerson ?… Qu'est-ce que tu vas chercher ?

« B… B… B… Bouge ton cuuuul. »

Les lumières sont prises sur des rails, elles filent en avant, en arrière, ce sont des bulles qui crèvent en libérant des bouffées d'énergie.

« B… B… B… Boooouuuuge ton cuuuul. »

Le rythme s'accélère, les hanches ondulent plus vite, la sueur dégouline : abondante, fluide, elle ruisselle entre les seins des filles, entre les fesses…

Les filles sont trempées, *cara* !

Trempées mouillées ! Tu vois ce que je veux dire ?…

Mané cligne de l'œil. Il voit… Il voit très bien…

La basse électronique trémule, Emerson vibre de la tête aux pieds comme un jouet mécanique ! C'est bon, *porra* ! *Que bom, puta merda ! Bom demais*…

Les lumières tournoient, elles sautent de haut en bas, jettent des éclats qui perforent les yeux : bleu, orange, vert, jaune… !

Rouge, Emerson !… N'oublie pas le rouge, garçon !

Il n'oublie pas le rouge !

Le rouge du feu à éclipses qui brillait dans la nuit de Niterói.

Emerson se tourne vers Mané qui danse à son côté, roulant ses épaules brunes.

« C'était quand ? » hurle Emerson. « Hier… Avant-hier ?… »

Mané n'entend rien. Il ondule, les yeux baissés, se mordant les lèvres comme un gosse qui s'applique à calligraphier sa danse.

« Qu'est-ce qu'ils ont tes pieds ? » gueule Emerson. « Cesse de regarder tes pieds ! »

Que de filles, Seigneur ! Des filles de tous calibres, de toutes les couleurs. Des faces larges, des minces, des filles avec des culs de jument ! Des filles dont les seins pointent dur et gros sous le coton du tee-shirt, des filles dont les seins tremblotent comme de la *goiabada*…

De la *goiabada*, Seigneur !

De quoi se goinfrer ! Hein Mané !… De quoi s'en mettre plein la lampe !

Mané ne répond pas.

Emerson s'irrite de ce silence.

« Tu as quelque chose sur tes godasses ? » il hurle.

Mané lève la tête, il lance à Emerson un regard ahuri.

« Sur mes godasses ? » il crie.

Emerson approuve d'un coup de menton.

Mané grimace. Il n'a rien sur ses godasses ! Il ne voit rien de particulier…

Emerson ricane : « Alors pourquoi danses-tu en regardant tes pieds ? »

« Va chier ! » crie Mané. « Fous-moi la paix, va chier ! »

Emerson éclate de rire. Ce Mané est vraiment une mule ! Hein Mané ?…

« Tu es une mule, Mané !… Tu es con comme tes pieds !… »

Les lumières filent, rebondissent contre les murs, le son continue de pousser : fort. Encore plus fort !

« AAAAAAA COOOOOOVAAAAA », hurle le DJ.

Un fin collier de barbe noire enserre son menton et lui fait une seconde bouche, barbelée, béante !

« AAAA COOOOVAAA. »

Les lumières repartent à glisser sur leurs rails, éclatant comme des rafales de coups de feu lumineux. Le toit de tôle et le béton nu de la salle de sport ajoutent à la réverbération de la sono.

Emerson voudrait se plaquer aux baffles pour vibrer encore plus fort, n'être plus qu'un hoquet à répétition, se faire secouer par le rythme électronique jusqu'à ce que sa cervelle se décroche. Il tente de forcer le passage entre les corps agglutinés. La foule lui oppose une barrière compacte.

Les filles se balancent, elles ondulent dans les lumières qui glissent sur les peaux humides.

Tant de filles !

Des hanches sur roulements à billes, des bassins lubrifiés… Des seins qui gigotent rond, qui tressautent comme du caoutchouc tout frais moulé, des fourches crépues, profondes, humides, des fentes qui attrapent la bite, l'avalent jusqu'à la racine…

Le ventre d'Emerson lui fait mal : ça pointe tellement fort dans son jean !

Une main appuie sur sa poitrine et le repousse violemment.

Emerson recule sur les talons mais la foule qui se presse dans son dos l'empêche de tomber.

Il quitte les visions de baise qui le bercent et le déchirent, redescend dans la salle de bal.

Qu'est-ce qui se passe, pourquoi l'a-t-on bousculé ?

Face à lui un type hurle et gesticule, l'air furieux.

Emerson ne comprend pas ce que gueule ce type mais il est facile de deviner pourquoi cet abruti aboie ainsi. Il est furieux parce que Emerson se tient trop près de sa *gata* !

La jalousie et la bière, la *maconha,* la *brizola*, cette musique qui fouaille le mettent hors de lui !

Le type hurle que la fille qui se tortille à son côté est à lui !

À lui ! *Cara !...*

Le garçon, dont les traits se tordent d'une fureur capricieuse, est plus âgé qu'Emerson.

Quel âge a-t-il ?... Dix-neuf ans ?... Vingt ans ?...

Avant de se rendre au bal, l'animal a fait péter ses boutons d'acné. Son visage, criblé de petites plaies à vif, semble avoir reçu une décharge de plombs !

La fille qui l'accompagne continue de rouler d'une hanche sur l'autre comme si de rien n'était. La couture de son short orange, échancré haut sur ses cuisses brun d'or, souligne le sillon de sa chatte.

Emerson ricane. Pourquoi une fille de ce calibre s'affiche-t-elle avec ce minable ?

Pourquoi n'est-elle pas avec lui ?

« Hier », hurle Emerson, « j'ai descendu un type !... » Il pointe son index sur la tempe du garçon aux boutons. « *Paw !* » il crie. « *Paw ! Paw !...* Balle dans la tête ! »

La fille lui coule un regard par-dessous, accentue le mouvement de ses hanches lubrifiées à l'huile d'amour.

Le type aux boutons arrache son débardeur. Il se fait de la place au milieu des danseurs en faisant tournoyer le vêtement au-dessus de sa tête ; il parade, tous muscles saillants, endurcis par des années de chantier, les sacs et les sacs de ciment montés sur les pentes des *morros*. Les amis de sa *turma* l'encouragent.

« Vas-y, Negão !... »

Emerson tire un bout de journal de la poche de son jean, déplie une double page qu'il brandit sous le nez du type.

« C'est écrit là ! » il vocifère. Le doigt d'Emerson suit les lignes dont l'encre commence à baver sur le papier froissé.

« Le sous-secrétaire d'État aux Arts et Lettres, ex-conseiller municipal de Niterói : Castro Montenegro, 53 ans, plus connu sous le nom de Castrinho, tué d'une balle dans la poitrine dans la nuit de jeudi à vendredi, durant une attaque dans le centre de Niterói, a été enterré hier après-midi au cimetière Marni. »

Emerson n'a pas besoin de lire : il connaît l'article par cœur, il pourrait le déclamer à l'endroit, à l'envers, comme les poésies qu'il apprenait dans la classe de Dona Lilian, à l'école de Paranoá.

Le type aux boutons grimace un dégoût qui ne trompe pas Emerson. Derrière ce rictus de théâtre, l'imbécile tente de cacher qu'il est analphabète.

« Tu ne sais pas lire ! » ricane Emerson.

Lui, il était le meilleur en lecture, il était le meilleur en tout ! Il était le chouchou de Dona Lilian !

« Castrinho se rendait avec un ami à un dîner de bienfaisance, à bord de sa Mercedes Benz C180, lorsqu'il a été attaqué par deux agresseurs à l'arrêt du feu tricolore au coin de la Rua Marechal Deodoro et de l'Avenida Marquês do Pará », claironne Emerson.

Ondulant de tout son corps, la fille au short orange avance imperceptiblement vers le centre du cercle, elle pivote sur elle-même, elle tend en arrière son petit cul bombé. Comprimés par le short, les lobes de ses fesses jaillissent à moitié.

« Les bandits ont réussi à fuir à bord d'un taxi après avoir fait descendre le chauffeur. »

Emerson se délecte du dépit qui, maintenant, se lit sur le visage du type aux boutons.

« C'est nous ! » hurle Mané. « Les bandits, c'est nous ! »

Emerson pointe son index entre les yeux du garçon. « *Paw !* » il crie. Le type recule, instinctivement.

Emerson éclate de rire. Le type a eu peur ! Il est illettré et il a peur !

Le garçon lui arrache le journal des mains, il le déchire, jette les morceaux vers le plafond tandis qu'Emerson regarde les bouts de papier qui voltigent dans l'air surchauffé de la salle de sport, la jambe du type aux boutons se détend d'un coup. Surpris, Emerson esquive de son mieux, mais il ne peut empêcher la semelle de le toucher au cou, lui abrasant la peau.

Humilié, Emerson frappe en réponse, mais son coup se perd dans le vide. Il trébuche, un poing lui écrase les lèvres.

Le cercle s'agrandit autour des combattants puis se resserre d'un coup, s'élargit encore, suivant les gesticulations des adversaires.

Le type danse.

Il regarde Emerson dans les yeux et il danse, feintant des attaques courbes du pied, comme un lutteur de *capoeira*.

Il bluffe. Il ne sait rien de la *capoeira* !

Ce n'est qu'un illettré qui fait le malin.

Emerson tient une garde malhabile inspirée des films de kung-fu que la Globo diffusait à pleins écrans, il y a quelques années.

« Boutons pétés ! » il gueule, comme si les railleries pouvaient blesser cet ennemi fuyant.

Le poing du type lui fait éclater la pommette.

Emerson se rue en avant, il sent de la peau sous ses doigts, il plante ses ongles, déchire du mieux qu'il peut.

Un choc violent lui paralyse l'épaule, il sent dans sa bouche le goût fade du sang, un cataplasme chaud lui englue le côté du visage.

La garde du bal est là : une demi-douzaine de types pas spécialement costauds, vêtus de tee-shirts blancs. En apparence, ils ne sont pas armés. Ce sont eux qui ont frappé Emerson comme ils ont cogné le type aux boutons et sans doute deux ou trois spectateurs pour marquer en force leur présence dans la foule. Chacun sait qu'ils sont une vingtaine, au moins, à l'extérieur, prêts à foncer dans le tas au cas, très improbable, où quelqu'un s'aviserait de leur résister. Une trentaine d'autres, ou peut-être même une cinquantaine, sont également planqués aux alentours de la salle de sport, muselant la nuit de leurs fusils-mitrailleurs pour que nul ne s'avise de profiter du bal pour attaquer la favela.

Le chef de la garde empoigne l'oreille d'Emerson, il tire dessus à l'arracher. « Sors ! » il aboie. « Allez vous tuer dehors ! »

Un autre a tordu le bras de Mané et le lui a replié dans le dos, prêt à faire sauter l'articulation du coude au moindre geste de sa part. Mané est courbé sous la douleur, cassé en deux, ses grosses lèvres de cheval retroussées dans un rictus de souffrance. L'adversaire d'Emerson ricane de le voir traité comme un écolier mais une baffe, assenée à toute volée, le frappe à l'oreille, effaçant son sourire sur-le-champ.

La foule, médusée, regarde opérer les hommes de la sécurité. Les danseurs sont ravis de leur détermination, de leur efficacité ; ils les soutiennent même s'ils les effraient ! Un bal est une affaire sérieuse, *cara* ! Si n'importe qui s'y bat et s'y étripe, où ira-t-on s'amuser en fin de semaine ?

Le bal funk est le seul endroit où ils peuvent se rassembler. Ailleurs, dans les boîtes de la ville, on les chasse ! On laisse entrer quelques-unes des filles les plus jolies, mais les garçons se font éjecter au premier coup d'œil jeté par les cerbères qui filtrent les entrées sur leurs jeans bon marché, leurs tennis trop neuves, leurs lunettes de soleil en plastique ! D'ailleurs, les garçons de la favela ne se hasardent plus dans ce genre d'endroit depuis belle lurette ! Qu'y feraient-ils ? Pas une fille ne les laisserait approcher ! Trop fauchés, trop vulgaires, trop violents à leur goût ! Infréquentables, vraiment, même pour tirer un coup car la canaille, *meu amigo*, reste la canaille ! Une bite de canaille est d'abord canaille avant d'être bite, pas vrai ?

Les gardes poussent les combattants vers la sortie. La foule s'écarte à leur passage, des types les insultent, deux ou trois filles applaudissent.

Là-bas, le DJ lèche son micro, hurlant.

« A COOOOOVAAAAAA... »

Les lumières glissent sur les verres en amande de ses lunettes noires. Sous la visière courbe de la casquette sombre, elles adhèrent comme un masque de latex à son visage émacié par la drogue.

« A COOOOVAAAA !… »

La musique éclate, lancinante, obsédante. Sitôt refermée, la foule se remet à danser, épaule contre épaule, corps contre corps. Les gens se palpent, se caressent, ils se frottent, retournent à l'extase trafiquée de la dope.

« A COOOOVAAAA ! »

La boîte à rythme fait une syncope, puis elle reprend : plus rapide, encore plus vite !

Le chef des gardes pousse Emerson vers la nuit. « *Vai, vai !* », il crie, sans colère maintenant que son boulot est fait. « Fous le camp ! »

Emerson titube sur la terre battue, il cherche Mané. Il a du mal à se repérer. Il avance au hasard, se tordant les chevilles sur le sol inégal.

Un groupe de types est rassemblé dans un coin. Est-ce que Mané se trouve parmi ces ombres qui font cercle autour de ce qui semble être un corps qui gigote par terre, est-ce que les types en ont après son ami ?

Non, *cara*… Mané n'est pas là ! Les garçons, des adolescents pour la plupart, sont occupés à baiser deux filles, deux *gata*s allongées dans l'herbe sale, la minijupe remontée jusqu'à la ceinture, les cuisses grandes ouvertes, les yeux perdus.

Elles s'empiffrent de *brizola* depuis le début de la nuit mais ce n'est pas assez ! Elles en veulent encore, et elles n'ont pas d'argent mais quand on a, au bas du ventre, une petite chatte accueillante et goulue, qui ne rechigne pas à s'envoyer ce qui se présente, pourquoi se soucier de l'argent ? Il suffit d'ouvrir les pattes, *cara*, la poudre arrive !

Elles réclament de la bière, aussi, pour apaiser cette soif qui les dévore, qui les tue, cette soif infernale provoquée par le feu qui leur consume le corps, l'âme : le feu de la damnation à laquelle on les a condamnées, il y a longtemps, elles ne savent pourquoi.

Par-dessus l'épaule du garçon qui la fourgonne, la fille regarde Emerson approcher. C'est une brune, mince, aux longs cheveux ondulés. Ses traits respirent la fièvre, le tourment, ses yeux flambent !

Ses yeux très sombres brillent d'une lueur dévastée !

La fille tend vers Emerson une main spectrale dans la pénombre.

« Tu as de la poudre ? » elle demande. Emerson remue la tête. Non, il n'en a pas. Tout ce que Mané lui a donné, il se l'est fourré dans le nez.

Le type qui était sur la fille a lâché sa purée, il se relève, se rajuste tandis qu'un autre lui succède.

Le nouveau donne sa papillote et la fille, d'un geste preste, la fourre dans son soutien-gorge. Un soutien-gorge noir qui trace une barre de ténèbres sur sa poitrine maigre. Le nouveau la soulève, il la met à quatre pattes.

La fille se laisse faire. Lorsqu'il se colle à elle, elle détourne la tête pour lui dire qu'elle refuse de se faire enculer, *tá* ?

« Pas dans le cul, *querido* ! » Pas dans son petit trou du cul ! C'est entendu ? Pas avec le sida qui court les favelas !

« Tu as de la poudre ? » elle demande, une nouvelle fois, à Emerson comme si elle découvrait sa présence.

Le type qui l'enfile, à genoux dans la poussière, lui fait mal et la fille grimace, elle lui tape sur les mains pour qu'il desserre un peu son étreinte. Les doigts de ce con vont lui marquer la peau, *poxa* ! Après-demain, elle aura des marques violettes imprimées sur le ventre.

Le type obéit, d'ailleurs il donne encore deux ou trois coups de reins rageurs puis il se décolle, hors d'haleine. Avec un bout de papier, il essuie son sexe luisant, se remet debout en titubant.

« Alors ? » insiste la fille, « cette poudre, tu la donnes oui ou non ? »

Emerson fait non, une nouvelle fois : plus de *brizola*, même pas une trousse de *maconha*, et la fille l'insulte. Elle hurle qu'il est un rat, un moins que rien, qu'il est une merde ! Elle réclame qu'il disparaisse de sa vue.

Elle est toujours à quatre pattes, la jupe remontée sur les hanches. Ses fesses gonflent l'obscurité de deux lobes charnus entre lesquels le blanc laissé par le maillot de plage dessine un triangle livide.

On dirait un animal inconnu… Un monstre, une sorcière.

« Fous le camp ! » elle écume. « Tire-toi, connard ! »

Emerson s'en va. De toute manière, même s'il avait eu de la *brizola*, il n'aurait pas baisé cette fille. Trop violente, pas assez fille. L'autre qui était étendue par terre, à côté d'elle et ne faisait pas tant de foin, peut-être, mais il ne l'a pas regardée, il n'a pas vu son visage, ni son corps : ce n'est qu'une ombre offerte à la nuit, aux démons des ténèbres.

Emerson repart à la recherche de Mané. Il trébuche sur un corps, vautré, qui grogne, avec des relents de bière.

Un autre groupe s'agite un peu plus loin, sous le regard des gardes, assis le long du mur de la salle de sport, le flingue en travers des cuisses. Ils se repassent un *baseado* et observent, amusés, les types qui se battent.

C'est bien Mané, cette fois, qui est au centre du cercle : Mané qui se bat superbement. Il allonge des coups terribles, des coups comme des griffures de chat mais qui détruisent le type qui les reçoit. Un type déjà est par terre, un autre a le visage en sang.

Bravo Mané ! Tape-les jusqu'au dernier !

Mané continue, ses épaules roulent, il est couvert de sueur qui luit dans le peu de lumière qui parvient jusqu'aux combattants.

« Vas-y Mané ! » gueule Emerson.

Il va les détruire, il va les descendre un à un, comme les héros de la télé. Cogne, Mané ! Sors ta manchette secrète, le geste qui paralyse, la fourchette entre les yeux, le coup au bas du nez, balance le coup de pied qui tue !

Mané n'entend pas, il frappe ! Le visage dur, ses grosses lèvres entrouvertes pour pomper l'air. L'homme qui lui fait face gémit et s'effondre sur lui-même. On dirait qu'il glisse autour d'un axe. Il gît sur le sol, les genoux repliés, cassé sur lui-même. Cassé, oui… Cassé !

Un autre type se précipite sur Mané et le garçon ouvre la bouche comme si, cette fois, il n'avait plus d'air du tout. Ses yeux exorbités font deux taches claires dans son visage sombre.

Que se passe-t-il, Mané ? Que t'arrive-t-il, mon grand ? On t'a coupé le souffle ?

Le manche d'un couteau, planté jusqu'à la garde, fait une corne dans la poitrine de Mané. Le garçon fait quelques pas vers Emerson puis il s'abat d'un coup.

Emerson gueule : « Mané ! Mané ! »

Il va vers son ami.

« Tu es mort, Mané ?… Réponds… Relève-toi ! »

Ils ont descendu Mané, *cara* ! Pourtant Mané est un type indestructible !

Emerson passe sous sa chemise une main éperdue, cherchant une arme qui n'est pas là. S'il avait un flingue, tout serait résolu. Il creuserait un gros trou dans la tête de ces abrutis, un vrai trou ! *Paw !*

Mais il n'a pas de flingue et les coups continuent de tomber.

15

Couché en chien de fusil, Emerson geint dans la pénombre, tournant le dos à sa mère. Carmelita lui a apporté de l'eau qu'il a bue avec difficulté à cause de ses lèvres boursouflées de croûtes noirâtres, puis il s'est recouché sur le flanc.

Depuis deux jours, il tremble : les mains entre les jambes, refusant de s'alimenter. La veille, il a picoré un peu de *farofa*, avec difficulté, mais depuis le matin il est à jeun. Il n'a pas touché au plat de riz et de haricots que Carmelita a cuisiné pour le déjeuner. L'assiette, couverte d'un linge pour empêcher que les mouches ne se posent dessus, est toujours à la tête du lit.

Samedi soir, en voyant son garçon rentrer défiguré par les coups, Carmelita avait cru s'évanouir. Elle s'était précipitée sur son fils qui l'avait repoussée d'un coup de coude. Emerson s'était allongé sur son lit tout habillé, se tournant vers le mur pour cacher son visage tuméfié. Carmelita l'avait imploré : qu'il raconte ce qui était arrivé, mais il avait refusé de répondre.

Elle voulait aider son fils mais ne savait que faire.

Elle avait prié longuement.

« Guéris-le, Seigneur, prends soin de lui… Accorde-lui ta Sainte Protection… »

Après qu'elle se fut calmée, elle s'était assise au bord du lit, elle avait caressé doucement les épaules de son garçon, sa nuque, son dos crispés. Au début, elle l'avait senti qui se rétractait au contact de ses doigts, comme si la tendresse de sa mère lui répugnait. Elle avait insisté : doucement, précautionneusement, comme pour apprivoiser un animal effrayé.

Elle avait envie de lui chanter la berceuse du bœuf à tête noire : *Boi, boi, boi da cara preta…* comme elle leur chantait à tous les trois, lorsqu'ils étaient encore dans le Distrito Federal, mais elle s'était retenue. Elle savait qu'Emerson l'aurait mal pris.

Son fils s'était détendu peu à peu et avait fini par s'endormir.

Carmelita avait pleuré en silence.

Elle pleurait parce que son fils s'éloignait d'elle, parce que l'enfant qu'elle avait serré contre sa poitrine, le gosse avec qui elle avait partagé plus de tendresse qu'avec aucun de ses amants, s'en allait. Il entrait dans un monde violent, un monde tordu et sale, sans rien d'autre pour se défendre qu'un enthousiasme naïf de jeune homme…

Elle pleurait de le sentir exposé, si vulnérable…

Ces blessures qu'il portait au visage, c'étaient les premiers coups que lui assenait la vie…

Elle sentait Emerson meurtri, humilié…

Elle avait peur que la vie, cette chienne de vie qu'ils menaient, ne le lui tue !…

Plus tard, elle s'était étendue à son tour, tressaillant au moindre gémissement du garçon, à chaque mouvement.

Peu avant l'aube, il s'était réveillé en sursaut, s'était levé d'un coup de reins, il avait croisé ses mains devant lui, dans une de ces poses puériles qu'il avait apprises des films de kung-fu que vomissait la télévision et dont il se repaissait quand il était gamin. Il était resté immobile, les yeux écarquillés, dans une garde dérisoire contre ses cauchemars. Carmelita l'avait pris par le bras et il s'était laissé reconduire docilement jusqu'au lit.

Dès qu'elle avait jugé l'heure décente, elle était allée consulter la vieille Antonieta qui s'y connaît en médecine du *campo* et cultive des plantes curatives dans un carré de terre, à l'arrière de sa bicoque. Chacun, dans la favela, respecte son savoir et nul ne s'aviserait de la voler ou de saccager son jardinet !

La vieille était venue faire un tour, en fin d'après-midi. Elle avait observé Emerson un moment, puis, d'une main à la fois ferme et experte, elle avait palpé le corps du garçon qui refusait toujours de se tourner vers la lumière. Aucun os n'était rompu. S'il avait pris un mauvais coup, avait-elle conclu, il serait déjà mort ! Une rate éclatée ou le sang qui coule dans les organes est une affaire réglée en quelques heures.

De l'encolure de sa robe fripée, la vieille femme avait extirpé un petit flacon, rempli d'un liquide marron, avec lequel Carmelita devait, matin et soir, tamponner le visage de son fils pour empêcher l'infection. « Lorsque les croûtes seront sèches », avait insisté la vieille en fixant Carmelita comme si elle la soupçonnait de complaisance, « tu devras les arracher, même s'il se plaint que ça lui fait mal ! » Elle avait expliqué, haussant le ton pour être entendue d'Emerson, que les microbes grouillaient là-dedans comme les termites dans les termitières du *campo*. Si on les laissait faire, ils se faufilaient sous la peau et mangeaient tout ce qu'ils pouvaient ! Emerson était beau garçon et devait le rester, sinon les filles se détourneraient de lui !

Avant de partir, Antonieta avait attiré Carmelita près de l'évier et lui avait demandé à voix basse ce que prenait Emerson.

Carmelita n'avait pas compris, ou pas voulu comprendre, ce que la vieille entendait par là. Sans concession, Antonieta lui avait mis les points sur les i : « *Brizola*, *maconha*, des pilules d'hôpital ?... »

Carmelita avait été submergée par la honte, comme si la vieille l'accusait d'une chose effroyablement vile : d'une de ces maladies vénériennes dont on sait qu'on ne guérira pas ! Comme si elle lui révélait qu'elle était atteinte d'une de ces pestes sales qui pourrissent le ventre par où pénètre le péché !

« Il boit beaucoup ? » insistait la vieille, portant son pouce à sa bouche dans un geste éloquent.

Non, Emerson ne buvait pas...

La vieille avait secoué la tête, grimaçant une sinistre certitude. « Ton fils prend de la drogue ! C'est ça qui le fait trembler ! »

Elle avait vu assez de drogués pour savoir de quoi il retournait, *sabe* !

Lygia, qui rappliquait chaque fois qu'il se passait quelque chose, se tenait sur le pas de la porte et approuvait d'un air pénétré. Son frère tremblait, lui aussi, lorsqu'il manquait de poudre ! Elle avait pointé son gros doigt boudiné sur le dos d'Emerson : « Il tremblait comme ça : un chien trempé ! »

Lygia se repaît du drame, c'est le malheur qui l'engraisse !

Carmelita l'avait mise à la porte avec vigueur, se jurant que la grosse femme ne remettrait plus les pieds chez elle.

La vieille Antonieta lui avait donné une espèce de poudre jaune, à dissoudre dans un demi-verre d'eau, qu'elle devait faire boire à Emerson chaque fois qu'il se mettrait à trembler. Le remède avait effectivement calmé le garçon durant le premier jour mais il n'y avait plus de poudre dans le sachet et Emerson tremblait toujours.

« Soigne-le, Seigneur, guéris-le !... Prends soin de lui !... »

Il faudrait encore de cette poudre jaune mais Carmelita n'a plus de quoi payer. Le peu d'argent qu'il restait de ce que lui avait donné l'homme de São Paulo, pour offrir à Zé des funérailles dignes de lui, elle l'avait dépensé dans le voyage de Brasília à Rio, dans les locations de baraques misérables... Il avait filé comme l'eau entre les doigts.

« Occupe-toi de nous, Seigneur... »

Le diagnostic de la vieille Antonieta tournait dans sa cervelle. « Ton fils prend de la drogue ! » Si elle avait eu honte, si elle avait ressenti comme une accusation personnelle ce qui n'était qu'une constatation de bon sens, c'était parce qu'elle se doutait depuis longtemps qu'Emerson prenait de la drogue.

Lorsqu'ils dînaient ensemble, son fils gardait un silence hébété, il paraissait absent... Lorsqu'elle lui demandait les raisons de son mutisme, il répondait d'une voix pâteuse qu'il était exténué.

« C'est le Portugais, *mãe* !... Il me fait travailler comme une mule, *sabe* ! »

Plusieurs fois, elle lui avait conseillé de chercher un autre emploi. Il répondait que le seul boulot qu'il pourrait trouver serait de décharger les camions de pierres sur les chantiers, pousser des brouettes de sable, hisser des sacs de ciment dans les échafaudages…

Il disait vrai…

« Tu sais lire, tu pourrais faire *office boy* !… Non ?… »

Il aurait fallu graisser la patte aux portiers, aux huissiers, aux garçons d'ascenseur qui se chargeaient de placer les innombrables postulants…

« Tu pourrais faire électricien… C'est bien électricien ! »

Il secouait la tête.

« Non, *mãe*, non ! » Il fallait suivre un cours, décrocher un diplôme… Il le ferait… bientôt… à la prochaine rentrée scolaire… En attendant, la seule chose qu'il pouvait faire c'était continuer à briquer vaillamment le bar du Portugais…

Elle lisait dans son regard, trop brillant ou trop terne, dans sa nervosité à fleur de peau, que quelque chose n'allait pas… Elle lui demandait si ça allait.

« Ça va, Emerson ?… »

Il répondait que ça allait.

« Ça va, *mãe. Tá legal…* »

Carmelita se satisfaisait de la réponse bien qu'elle sût, au fond d'elle-même, qu'il mentait. Elle ne se sentait pas le courage d'affronter cette vérité-là… Elle avait peur de devoir lui dire en face : tu mens, Emerson !

Elle avait surtout peur qu'il lui réponde, en la regardant en face : oui, je mens !

Maintenant qu'il tremblait, recroquevillé sur lui-même, lui tournant le dos pour cacher sa détresse, les choses étaient plus faciles. Elle avait différé le moment d'affronter la vérité jusqu'à ce qu'Emerson soit malade et qu'elle doive le soigner sans se poser de questions !

C'était d'avoir attendu si longtemps que Carmelita avait honte !

En fin d'après-midi, elle avait ravalé sa rancœur et s'était rendue chez Lygia dans l'espoir que la grosse femme lui révélerait un remède à sa portée. La grosse femme avait accueilli Carmelita sans aucune aigreur. Comment avait-on soigné son frère Batata ? La grosse Lygia avait haussé les sourcils… Eh bien, on l'avait laissé trembler !

16

Le soleil a franchi la Serra da Misericórdia depuis longtemps. Il monte, monte… *Poxa*, comme il monte !

La favela rissole. À midi elle entrera en friture, à quinze heures elle sera cuite jusqu'à l'os, en fin d'après-midi elle étalera son squelette calciné sous l'œil gourmand des urubus. Toute la nuit, la brique régurgitera la chaleur bue le jour durant !

Dormir sera difficile.

Il y aura des rixes, des morts, à cause de ce soleil électrique qui porte les nerfs à incandescence !

L'ombre de la tôle, accrochée entre les arches du fer du pylône de la Furnas, glisse lentement sur le béton souillé. Des odeurs de pourriture, fortes, suffocantes, arrivent du collecteur, en contrebas, qui ouvre sa gueule noire où convergent tous les ruisseaux à merde qui dégringolent les pentes du *morro*.

Ferrinho s'éponge le torse avec son tricot roulé en boule, il se tamponne le cou, les aisselles.

« Qu'est-ce qu'on attend ?… » il soupire.

« On attend, *cara* ! » s'énerve brusquement Barba.

Il craint qu'à bout de patience, les autres ne foutent le camp, le plantant là : seul, dans cette chaleur asphyxiante, à surveiller la Rua Itapiru.

C'est la seule voie d'accès à la favela : c'est par là qu'arrive le danger ! Lorsque les flics attaquent, ils garent leurs fourgons en bas, au ras des maisons, puis ils se lancent à l'assaut, tirant sur tout ce qui bouge.

Le pylône de la Furnas est le seul poste d'observation qui permette de donner l'alarme en cas de menace sur la *boca de fumo* de Nardão qui se trouve quelques dizaines de mètres au-dessous, dans un renfoncement de l'escalier São Vicente.

Les *bocas de fumo* sont toujours près de l'asphalte, *cara* ! On ne va pas demander aux clients de se taper toute la côte, de faire de l'alpinisme !…

Sans compter qu'un type qui s'enfonce dans pareil labyrinthe un rouleau de billets dans la poche pour acheter un bon paquet de poudre est un gibier facile ! Trop tentant pour que les gérants des *bocas* prennent le risque d'un *assalto*. Si le bruit se répand qu'on attaque les clients, plus personne ne se déplacera à Querozene ! Valente pourra brader ses papillotes, les clients ne bougeront pas. Ils achèteront dans la Zone Sud. Ils paieront deux fois, trois fois le prix mais ils ne se hasarderont pas sur les pentes dangereuses du Morro Santos Rodrigues ! On n'a qu'une vie, *cara* !

Il ne restera que la clientèle locale : des manœuvres, des hommes de peine, les putes… Des fauchés… Ce n'est pas avec ça qu'on fait des affaires, n'est-ce pas ! Ce ne sont pas ces clients-là qui leur feront gagner leur croûte !

Les hommes du crime ont toujours été réticents à l'entrée d'étrangers dans la favela. C'est leur domaine, un espace comme qui dirait privé où personne ne leur dispute le pouvoir.

Et puis, il y a de tout parmi les clients ! Des hommes d'affaires, des artistes, des fils et des filles à papa...

Il y a aussi des gens qui renseignent les flics ! *Caguetas... Caguetas...* Ils se sont fait poisser dans une affaire de mœurs, une escroquerie, un vol... Ils décrivent les postes de guet, les concentrations de bandits... Pas question d'aider les *caguetas*, *cara* !

Dernièrement, plusieurs bicoques ont été rehaussées d'un étage et on n'aperçoit plus, désormais, de la Rua Itapiru que deux ou trois rectangles d'asphalte noir.

Barba a déjà signalé le danger à Valente.

« Dis donc, Valente, avec ces cagibis qu'ils ont construits sur les terrasses, on a du mal, maintenant, à voir ce qui se passe en bas. Tu devrais les faire abattre... Tu ne crois pas ?... Dis, Valente... »

Valente a regardé Barba d'un air narquois et lui a répondu qu'au lieu de se plaindre, il ferait mieux d'envoyer un homme en vigie dans le haut du pylône !

Tu parles... Avec une chaleur comme ça...

Barba n'a même pas essayé de faire grimper quelqu'un...

Valente ne l'aime guère, Barba le sait, il le sent.

Pour quelle raison ?...

Une question de gueule, sans doute... Valente n'aime pas sa façon d'être, de parler, de se fringuer...

Va-t'en savoir...

Une main tapote le bras d'Emerson, il se détourne.

Les poumons saturés de fumée, retenant son souffle, Mooca lui tend un *baseado* à moitié consumé. Emerson saisit le mégot entre le pouce et l'index, tire une longue bouffée, bloque sa respiration pour que la *maconha* pénètre jusqu'au fin fond de sa poitrine, imprègne chaque alvéole de ses poumons, noie son cerveau dans une ivresse bleue qui le libérera de la chaleur, rendra l'attente anodine, fera le pylône léger…

Adossé à la ferraille, Ferrinho a posé son cul maigre sur un bout de carton, il a replié ses jambes longues et minces. Avec ses genoux qui pointent à hauteur de visage, il ressemble à une sauterelle : à un *grilo*, pattes ramassées, prêt à bondir…

Bondir où, Ferrinho ?

Tu comptes sauter à bas du socle en béton de ce maudit pylône et te carapater chez toi ?… Tu préférerais regarder les *novelas* de la télévision, avachi dans la pénombre, un verre frais à la main, plutôt que de rôtir ici, n'est-ce pas ?…

Ferrinho préférerait se trouver n'importe où plutôt que là, dans cette fournaise, avec des imbéciles qui l'insupportent.

« Les PM ne viendront pas !… » il grince.

Ferrinho est d'une humeur de chien. Il récrimine contre tout et tout le monde, râle au plus petit prétexte, se plaint à la moindre occasion, mais on ne peut pas lui donner tort !

À l'heure qu'il est, les policiers sont attablés dans l'ombre d'un auvent, devant une bière glacée. Ils somnolent, affalés sur des chaises de tôle rouge Brahma ou blanches, avec, sur le dossier, le pingouin aux yeux d'or de l'Antártica !

Tout le monde les a vus ainsi : la casquette sur les yeux, le fusil posé sur le ventre, les jambes allongées devant eux comme s'ils allaient glisser par terre, écrasés par cette chaleur laminante qui les aplatit comme elle aplatit la ville entière, ses faubourgs, les *morros*, la *mata*, le *campo* et la mer…

« Ça ne sert à rien d'être là ! » s'exaspère Ferrinho. « D'attendre comme des cons ! »

Tu as raison, Ferrinho ! En ce moment, les PM roupillent…

Ils savent qu'une équipe de Valente poireaute dans la fournaise pendant qu'eux tirent leur flemme, et ça les fait rigoler. En ce moment, *cara*, les PM se moquent d'eux qui sont en train de cuire…

« Ils boivent à notre santé !… », raille Ferrinho. « À la santé de Mooca !… Hein Mooca ?… À la santé de Baiano ! »

« Tu es payé, *puta merda* !… », aboie Barba.

Il reste un instant bouche ouverte comme si, dans cet accès d'une colère peureuse, le nerf de sa mâchoire avait claqué. Ses cheveux ras, d'un rouge intense, crépellent son crâne d'un halo sanglant. Une veine épaisse serpente sur son cou et bat au rythme de son cœur… Barba ressemble à un de ces gros lézards des *morros*, à la peau sombre, qui, se croyant menacés, se crispent un instant et font face, avant de détaler sur la pierre noire dans une course affolée.

Ne t'énerve pas, Barba, il fait trop chaud pour s'exciter !

Le garçon referme la bouche, cligne des yeux, déglutit deux ou trois fois une salive épaisse et blanche, puis retourne à une hébétude maussade.

« Payé, tu parles !… », maugrée Ferrinho. « Qu'est-ce qu'on est payé ?… Cent reais la semaine !… »

Il grimace de dégoût, arquant exagérément ses lèvres dont les commissures descendent presque à son menton.

Jacó, le petit Jacó, qui ne tient pas en place et tournoie, entre les pattes arquées du pylône comme une mouche inquiète dans sa cage de fer, s'irrite des pleurnicheries de Ferrinho.

« Qu'est-ce que tu veux ?... », il le défie. « Qu'est-ce qui te démange ?... Tu n'as pas assez baisé cette nuit ?... Tu n'as peut-être pas baisé du tout... »

Il se tourne vers les autres et ricane : « Notre ami Ferrinho a les couilles pleines !... Ça lui monte au cerveau, hein Ferrinho ! »

Quoi qu'il arrive, Jacó appuie Barba. Il est l'âme damnée du chef de poste et attend, avec fébrilité, de lui succéder !... C'est son impatience qui le fait danser, tourner, tournoyer sur lui-même...

Jacó risque d'attendre longtemps.

Valente juge Barba trop mou, trop abîmé par la poudre qu'il s'enfile sans arrêt dans le nez pour lui confier autre chose qu'une responsabilité mineure comme celle de ce poste de guet. Ce n'est pas demain la veille qu'il lui concédera la gestion d'une bouche de fumée, par exemple ; Barba n'aura jamais le commandement d'un groupe de protection ! Il y a trop de nœuds dans sa cervelle, c'est trop compliqué là-dedans ! Les *viciados* ne sont pas de bons combattants, *sabe* ! Les *viciados* sont des types à problème et, un de ces jours, Valente virera tout ce monde-là !

Si la succession de Barba tarde trop, peut-être, un soir de guerre, Jacó prendra-t-il la décision de hâter le cours des choses. Il collera discrètement une balle dans la tempe de Barba et la messe sera dite !

Jacó deviendra chef du poste du pylône, et il ne s'arrêtera pas là car il a d'autres ambitions, *cara* ! Il se voit beaucoup plus important que ça ! Il se voit... Mieux vaut qu'il ne confie pas ses rêves : les autres ne comprendraient pas, ils se moqueraient de lui, et pourtant... il sera riche un jour, puissant ! Foi de Jacó !

En attendant, il faut attendre... Les heures ne passent pas, les minutes se traînent... Même les secondes pinaillent, on dirait.

Jacó hèle Baiano, assis sur l'arête du socle du pylône, les jambes dans le vide. « *Oi Baiano !* »

Dans sa main gauche, enveloppée d'un chiffon pour ne pas se brûler, le garçon tient une fusée d'alarme pointée vers le haut de la favela.

Baiano est le seul de la bande à veiller encore, le seul qui s'entête à observer la Rua Itapiru comme si, d'une seconde à l'autre, devait apparaître une voiture pie de la PM.

Sacré Baiano !

À l'heure qu'il est, peu de passants se hasardent sur le bitume brûlant : en bas, le mouvement est presque nul. La *boca de fumo* de Nardão a probablement plié bagage.

« Baiano... », insiste Jacó, « tu ne veux pas faire une pipe à Ferrinho ?... »

Baiano se détourne, le temps de lancer à Jacó un regard haineux, il hausse les épaules et retourne à son guet inutile.

« Et toi, Mooca », enchaîne Jacó, « tu ne veux pas sucer Ferrinho ?... »

Mooca ne bronche pas. Il a l'air de dormir les yeux ouverts.

« Tu ne veux pas te faire enculer non plus ?... », grince Jacó.

Mooca remue l'index de droite à gauche, sans prendre la peine d'ajouter un mot, montrant à l'autre, par ce geste futile, qu'il a bien entendu ses glapissements de roquet. Ils ne méritent pas mieux que cette dédaigneuse dénégation.

« Je vais te casser la tête, Jacó !... », menace Ferrinho. « Un de ces jours, je vais t'en balancer une... Tu voleras jusqu'en bas ! »

« Va te faire mettre ! » le défie Jacó. « Va te faire foutre jusque-là ! » Il tend le bras, la main plaquée à hauteur de l'épaule.

« Cesse de faire chier, Jacó !... », ordonne Barba. « Ouvre l'œil et ferme-la !... »

Il a pris une voix dure qui pose à la voix de patron mais personne n'est dupe : avec ce qu'il s'est enfilé dans le nez depuis qu'ils ont pris le guet, Barba plane à quinze mille !

Dans l'état où il s'est mis, Barba n'est plus que le chef de ses fesses et Jacó continue d'emmerder son monde comme si l'autre n'avait rien dit.

« Qu'est-ce que tu fous, Baiano ? » il ricane. « Tu veux être le premier à les voir, tu veux donner l'alerte, hein Baiano ?... »

Jacó a raison. Baiano rêve nuit et jour. Il rêve en boucle !

Les flics arrivent, il les voit qui se faufilent comme des cafards entre les baraques, vers la *boca de fumo* de Nardão, et il envoie sa fusée.

Lorsqu'il entend la double détonation qui annonce la police, Nardão empoigne le sac de *brizola* et, couvert par ses deux gardes, il met les voiles vers le haut du *morro*.

Valente, lui aussi, entend le signal d'alarme, il file à l'entrepôt, prêt à déménager le stock de poudre en quatrième vitesse et, tout en se hâtant dans les ruelles, tandis qu'il grimpe un escalier quatre à quatre, il pense : *poxa !* Heureusement qu'en bas, j'ai des hommes sur qui je peux compter !

Des fois, Baiano imagine que, lorsque la fusée explose dans le ciel de la favela, Valente est en train d'enfiler la grande Maura avec laquelle il fricote depuis quelques semaines. Alors le rêve de Baiano se prend dans le cul de Maura, il se glisse entre les fesses charnues de la grande *mulata*...

Calme, Baiano... reviens à toi, garçon !...

Les flics s'en retournent : penauds. Comme des cons !... De gros cons, hein Baiano...

Dépités, les PM montent à bord de leur vieille Chevrolet noir et blanc et rentrent à la caserne ! Plus tard, quand le danger est passé, Valente se demande : au fait, qui a donné l'alerte ?

Quelqu'un lui répond : c'est Baiano !

Baiano ? Valente fronce les sourcils. Il ne connaît pas de Baiano, alors, pour avoir le cœur net, il ordonne : va me chercher ce Baiano !

L'ombre que projette la tôle se racornit sous le soleil qui brûle, elle se déforme, les angles s'aiguisent, elle glisse lentement vers le centre du socle en béton du pylône... Bientôt, le soleil sera à l'aplomb du poste de guet et ils devront se serrer les uns contre les autres pour ne pas rôtir, à moins que quelqu'un ne se décide enfin à accrocher cette plaque d'Eternit que Mooca a apportée, précisément pour cet usage, il y a au moins trois semaines de ça.

Personne, jusqu'alors, ne s'est donné le mal de grimper dans la charpente pour mettre en place le morceau d'Eternit. Et personne ne le fera, en tout cas aujourd'hui !

Le visage gras de Baiano est constellé de fines gouttes de sueur, la nuque de Mooca est trempée, Ferrinho a cessé de tamponner sa poitrine humide.

Emerson est le seul qui semble ne pas souffrir de la chaleur.

« Tu n'as pas chaud, Emerson ? »

Bien que la voix de Jacó soit plutôt amicale, Emerson se tient sur ses gardes. Il hausse les épaules : il fait chaud mais ça ne le gêne guère…

« D'où viens-tu, Emerson ?… », le taquine Jacó, « Du sertão da Bahia ?… Tu es né dans la *caatinga* ?… Tu bouffais du serpent ? »

Emerson se rembrunit. Bouffer du serpent ?… Qu'est-ce que Jacó insinue ? Chez lui, on n'a jamais bouffé de serpent !

Le garçon a l'air fâché. Jacó se méfie. On raconte qu'il a flingué un homme près du pont de Niterói, qu'il s'est battu très dur avec un type beaucoup plus vieux que lui…

« C'est une blague, Emerson !… », plaisante Jacó. « Le serpent est une bête à sang froid, on dit chez moi que ceux qui bouffent du serpent ne sentent pas la chaleur ! »

Emerson n'aime pas cette blague, elle ne le fait pas rire !

« Laisse pisser Emerson… laisse tomber !… », dit Jacó sur un ton apaisant… « Tire sur le *baseado*… relax… »

Emerson est sur le point de rétorquer qu'il n'a pas besoin de conseils, qu'il n'aime pas se sentir observé, mais il préfère se taire. Il est encore trop neuf dans le crime, il n'en connaît pas les usages, en ignore les limites…

La veille, il était assis sur le seuil de la baraque qu'il occupe avec sa mère, ruminant, une fois de plus, l'assassinat de Mané, la dégelée reçue au bal funk…

Il regardait les filles descendre et monter l'escalier qui passe devant chez eux…

S'il avait été un sac de sable posé contre le mur, elles lui auraient accordé davantage d'attention !

Il sait que cette indifférence est jouée : les filles de la favela sont parfaitement au courant qu'il a tué un homme dans un *assalto*, qu'en affrontant la bande du type au visage dévoré par l'acné, il a fait preuve d'un courage d'homme, mais une réputation ne suffit pas !

Pour que les filles se laissent approcher, il leur faut une bière au bar du coin, une glace bâton, quelques *empadinhas*, un jus de fruits, une *batida* de citron… Emerson était incapable de payer quoi que ce soit. Il ne lui restait plus rien ! Même pas un real, pas une pièce : rien !

Il était misérable jusqu'à l'os et ça devait se voir, *cara* ! Ça devait se sentir car pas une de ces *gatas* qu'il dévorait des yeux n'avait manifesté le moindre intérêt pour ce garçon assis qui les regardait passer avec un désir fou.

Pour dire vrai, depuis le matin la pensée de se faufiler dans un trou pour y crever tourmentait Emerson. Des fois, il se disait que mieux vaudrait disparaître à jamais plutôt que de vivre dans l'humiliation et le dénuement…

L'humiliation du dénuement !

En milieu d'après-midi, un type s'était arrêté à sa hauteur.

Emerson ne le connaissait pas.

C'était un type maigre, chaque muscle de son torse nu se dessinait avec précision sous sa peau claire. Il n'était guère plus âgé qu'Emerson, mais il irradiait une assurance, une sûreté de soi qui ne trompait pas.

Bien qu'il ne portât ni chaîne en or, ni bracelet, ni bague, ni breloque, d'évidence ce type était un bandit.

« Qui veut être bandit travaille avec nous... », avait laissé tomber le garçon, comme s'il parlait en l'air, mais Emerson avait su que cette phrase sibylline s'adressait bien à lui. Il n'avait pas empiété sur le territoire de la bande de Valente, il avait braqué la Mercedes loin, très loin : après le pont de Niterói ! S'il s'était battu avec le type aux boutons, dans le bal funk, personne ne pouvait lui en faire le reproche.

Qui veut être bandit travaille avec nous...

On aurait dit que le nouveau venu n'avait pas de lèvres. Sa bouche était un trait dans son visage triangulaire : la coupure d'une vieille blessure cicatrisée depuis longtemps.

« Tu veux du fric ? » avait demandé le type comme s'il se préoccupait réellement du manque de ressources d'Emerson et se tenait prêt à l'aider.

Emerson avait haussé les épaules : qui, dans la favela, ne voulait pas de fric ?

Après qu'elle eut payé les potions et les onguents de la vieille Antonieta, Carmelita s'était retrouvée à sec.

Au lever du jour, Emerson l'avait entendue qui se préparait à sortir en s'efforçant de faire le moins de bruit possible pour ne pas le réveiller. Sa mère était descendue dans le centre-ville de bonne heure pour tâcher de dénicher un de ces travaux de chien, payés une misère, que personne n'accepte à moins d'être à la dernière extrémité. Peut-être rapporterait-elle un peu d'argent ?...

En appui sur une jambe, déhanché comme pour exhiber la crosse du pistolet qui sortait de la ceinture de son jean, le type guettait la réaction d'Emerson.

Son flingue était de gros calibre… Un vieux flingue qui en avait vu de toutes les couleurs ! La bakélite des plaques de couche était écaillée, le quadrillage encrassé…

Combien de balles avait-il crachées ?… Combien d'hommes avait-il tués ?…

Bien sûr qu'Emerson voulait du fric ! Tout le monde, ici, voulait du fric !

Dans ce cas, qu'il se présente à huit heures du matin, au pylône de la Furnas !

Emerson avait promis qu'il y serait, pensant aussitôt : *poxa*, huit heures !… Autant dire à l'aube !

Il avait perdu l'habitude de se lever de bon matin.

« Sois exact ! » avait jeté le type en tournant les talons. « Chez nous, huit heures c'est huit heures, pas huit heures dix ni même huit heures cinq ! »

En ville, Carmelita ne connaissait personne à qui s'adresser. Elle avait erré dans le centre, Rua do Ouvidor, Rua Sete de Setembro, Rua da Quitanda, proposant ses services aux boutiques, aux portiers d'immeubles…

On la chassait, souvent rudement.

Elle poursuivait, murée dans son obstination.

« Vous ne voulez pas que je lave les sols ?… Que je porte vos cartons ?… »

« *Não !…* » La patronne hochait la tête dans une dénégation presque fâchée. « *Não preciso de nada !* »

Personne n'avait besoin de rien…

La ville regorgeait de femmes qui nettoyaient le sol pour cinq ou dix *reais*, quelle que soit l'heure du jour ou de la nuit… On prenait celles qu'on connaissait… Avec les autres on se méfiait.

Carmelita ne se décourageait pas, obscurément convaincue qu'à travers cette quête désespérée elle expiait une longue suite de péchés. Les amants imbéciles qui, par trois fois, l'avaient engrossée, l'assassinat de Zé… La couleur de sa peau…

Tant de fautes à se faire pardonner !…

« Je récure les poubelles, *sabe* ! »

« *Sai !… Sai daí mulher !* »

Le type accompagnait son ordre d'un geste agacé de la main, continuant à surveiller la rue à travers Carmelita comme si elle n'existait pas.

Elle n'avait rien trouvé : pas même quelque local sordide à débarrasser, pas même une carriole à pousser.

Elle était rentrée à la nuit tombée : épuisée, accablée. Ils avaient dîné en silence d'un reste de haricots noirs et de riz. Dans l'obscurité, avant qu'ils ne se souhaitent bonne nuit, Carmelita avait murmuré qu'ils ne devaient pas s'en faire. Dieu veillait sur eux ! Ils devaient se confier aveuglément à la Providence !

« Tu m'entends, Emerson ?… Confiance, mon grand, confiance ! »

Il avait marmonné une vague approbation, se gardant bien de révéler à sa mère qu'il passerait sa journée du lendemain à guetter sous le pylône de la Furnas, car il ne voulait pas qu'elle se ronge les sangs.

Carmelita avait quitté la baraque au point du jour.

Un peu avant huit heures, Emerson se présentait au poste de guet du Vermelho avec la même appréhension que naguère, lorsqu'il s'était présenté au bar du Portugais pour y commencer sa première journée de travail.

Barba était déjà sur place. Visiblement, il ne s'était pas couché de la nuit et, pour tenir le coup, le garçon s'enfilait dans le nez papillote sur papillote ! Il avait donné les conditions tout en inspirant la *brizola* d'une narine puis de l'autre : cent reais la semaine de sept jours pour un service ininterrompu jusqu'à dix-huit heures, payables le dimanche soir.

À huit heures pétantes, ils étaient tous là : Jacó, Mooca, Ferrinho, et Baiano, sa fusée à la main.

Des fruits pourris, d'innombrables bouteilles de plastique, du carton, des bouts de papier détrempé, des chiffons baignent dans l'eau, d'un noir abject, qui stagne au fond du collecteur. Des rats affairés, au poil collé par une glu immonde, se faufilent dans le chaos putride, certains nagent à travers le courant, le museau hors de l'eau. Des rats gras, à la fourrure pelée gris sombre, qui chient et pissent en abondance, ajoutant leur propre poison à l'ordure.

Le frère de Baiano a attrapé la maladie de la pisse de rat.

« Où ça, Baiano ? »

« Là-bas, dans la Baixada !... »

Lorsque le gosse était tombé malade, la famille de Baiano habitait une cabane en bois, en face de Vigário-Geral : entre le Morro da Pedreira et le rio Jacaré...

« Quand on est arrivés du Minas », dit Mooca sans presque bouger les lèvres, articulant à peine comme à son habitude de type hyper et super-cool, « on a vécu sur les bords du rio Acari. Les rats pullulaient !... » Le père de Mooca n'avait jamais vu ça et pourtant c'est un homme qui en a vu !

« Ils nichent dans la terre ! » grogne Ferrinho.

Ferrinho crache sur le ciment brûlant une haine générale. Les rats sont des salauds, Jacó est un salaud, les types qui poireautent avec lui sont des salauds aussi…

Le monde est un ramassis de salauds et de salopes accouchant de monceaux de saloperies, pas vrai Ferrinho ?…

Sacré Ferrinho !

Comment s'attrape la maladie de la pisse de rat ?

Baiano n'en sait rien.

« Les rats ont pissé sur son frère ! » ironise Jacó.

Aujourd'hui, Jacó en a après Baiano !

Pourquoi lui, *cara* ?…

« Parce que c'est son jour !… », se gausse Jacó. « Hein Baiano ?… »

Le lieutenant de Barba gratte le béton avec un bout de bois comme s'il voulait en arracher les milliers de taches dont il est constellé. Sa chevelure peroxydée, presque blanche, lui fait une espèce d'auréole autour de la tête, mais c'est le diable qui lui file la bougeotte !

« Les rats ont pissé sur la gueule de son petit frère ! » il grince.

Baiano pivote sur lui-même, il pointe la fusée d'alarme en direction de Jacó mais l'autre se moque de sa menace. Il n'a pas peur de ce gros lard de Bahianais ! « Hein Baiano ? »

Barba s'alarme une nouvelle fois : si Jacó poursuit sur le même registre, quelqu'un va se mettre en rogne pour de bon ! Apparemment, aucun des garçons n'est armé mais il se peut que l'un d'entre eux cache un couteau dans sa poche. Que fera Barba si le groupe se déchire ?… Ils foutront le camp et le planteront là : seul, dans cette chaleur de four !

« Ferme-la, Jacó !… », gueule Barba.

Baiano continue de dévisager Jacó, la fusée pointée sur sa poitrine. L'envie de tirer sur le cordon de mise à feu se lit sur son visage poupin qui se tord, brusquement, dans un spasme qui semble présager un sanglot.

Si Baiano se met à chialer, Jacó aura gagné sur toute la ligne et personne ne souhaite lui accorder ce plaisir !

« Ton frère est mort, Baiano ? » demande doucement Emerson.

Le garçon ne cherche même pas à savoir qui a parlé. Sans se départir de ce masque indécis qui oscille entre fureur et pleurs, il balbutie que le bébé dormait dans un carton.

« Ma sœur Maria aussi est morte… », il ajoute, comme un appel à l'aide.

« De la maladie de la pisse de rat ?… », insiste gauchement Ferrinho, tâchant de changer son aigreur habituelle pour une voix presque aimable. Afficher sa solidarité avec Baiano est une façon de contenir Jacó, d'imposer des limites à sa hargne.

Baiano ignore de quoi la petite est morte. Elle n'avait que quelques jours…

« Un *bebezinho* comme ça… », il montre en écartant les mains, abandonnant sa posture menaçante. « Un bébé tout petit tout petit !… », il ajoute, d'une voix qui se plaint.

Emerson lui tend un *baseado*. « Tire là-dessus, Baiano ! » il invite : souriant, amical. « Oublie ton frère, ta sœur Maria, le *bebezinho*… Oublie la Baixada… »

Baiano approuve avec reconnaissance : Emerson a raison, seul compte le temps présent, n'est-ce pas ?…

Si, Baiano ! Seul compte le présent !

Une demi-douzaine de points noirs tournoient nonchalamment à l'aplomb de la Pedra do Andaraí. À l'approche de la paroi, les oiseaux s'appuient sur les veines d'air chauffées par la réverbération de la pierre noire et montent sans effort, sans un seul coup d'aile.

Les yeux mi-clos, Emerson suit les orbes indolents, majestueux des urubus.

Envoie-moi là-haut, *maconha* ! Fais-moi tourner avec eux au-dessus de la favela !

Étendre ses deux bras et planer dans le ciel, scruter le sol, voir les gens comme des fourmis. Basculer sur une aile, au ras de la pierre noire, comme les vaisseaux de chasse de *La Guerre des Étoiles* !

Que voyez-vous, urubus ?...

Ils survolent la frange de la favela, en lisière de la *mata* ! Leur tête chauve, leur tête brûlée qui n'est qu'une cicatrice pourpre pivote d'un côté et de l'autre, roulant un œil de machine.

Il y a de quoi bouffer par là ?

Toujours, *meu amigo* !... On trouve toujours de quoi se remplir l'estomac !

À l'aplomb des oiseaux, le *barranco* déroule sa faille étroite, profonde, crevassée, semée de buissons et d'épines où les *favelados* se débarrassent des charognes ! Ils jettent les chats crevés, les avortons de chèvres, les porcelets mort-nés que la truie n'a pas daigné bouffer. L'autre jour, un type a balancé dans le ravin deux cadavres de pitbulls. Une femelle brun sale et un jeune, au pelage blanc taché de sombre, gisaient dans les herbes souillées.

Le type les avait abattus lui-même, en fin d'après-midi. Un type qui habite une baraque sur la frontière entre favelas. Il avait beaucoup bu et trébuchait sans cesse en se rendant au *barranco* ! Tous les urubus de la Pedra do Andaraí peuvent en témoigner !

Pour expliquer son geste l'homme disait que la chienne avait mordu un vieux, presque aveugle, qui était passé trop près... Quant au jeune, le type avait profité de l'occasion pour le flinguer aussi. Son pelage ressemblait trop à une voiture de flics et l'homme n'aimait pas ça ! Il haïssait les flics !

Vrai, pas vrai... Des histoires de favela...

On dit aussi que ce seraient les gens du crime qui auraient poussé l'homme à abattre ses chiens, pour quelque obscure raison. Il aurait refusé jusqu'au jour où ils lui auraient mis le marché en main : ou tu abats tes clebs, ou on les descend nous-mêmes avant de s'occuper de toi !

Le type des chiens se serait saoulé tout l'après-midi pour se donner le courage...

Voilà ce qu'on sait, nous, là-haut ! Des histoires d'urubus...

De temps à autre, on jette aussi des jambons dans le *barranco*. La plupart du temps, il s'agit de quelqu'un de la favela. Un amant, un mari, un garçon tué au couteau dans une querelle d'ivrognes, un voleur surpris en flagrant délit et exécuté, plus tard, sur ordre du chef local.

Un fourgon de police vient enlever le cadavre... Les flics, parfois, prennent deux ou trois photos, posent deux ou trois questions dont ils notent vaguement les réponses. Ils ne s'attardent pas. La favela échappe à leur contrôle. Elle est le territoire des bandes...

Qui veut être bandit travaille avec nous... Le Vermelho avait compris qu'Emerson était décidé à entrer dans le monde du crime avant même qu'il n'en ait lui-même conscience ! C'était cela qu'était venu lui dire le garçon à la bouche mince comme un trait. Il lui avait dit également : si tu ne veux pas d'ennuis, ne t'avise pas de jouer les francs-tireurs ! Joins-toi à nous ! Entre chez les hommes ! Et il lui avait proposé un travail pour le lendemain. Pas une tâche importante : un petit travail pour l'éprouver, voir comment il se comportait quand il fallait guetter, des heures durant, exposé au chalumeau du soleil.

Le Vermelho a toujours besoin de jeunes types intrépides ! Valente avait entrebâillé la porte ! Si Emerson acceptait de se plier à la discipline du Comando, bientôt il serait un des leurs.

Il était déjà un des leurs, *cara* !

Emerson n'a pas envie d'obéir à quiconque : ni à Valente ni à un autre et pourtant il est là, sous cette tôle mitée qui projette une ombre maigre, légère, sur le béton maculé.

Les glapissements des gosses qui, tout à l'heure, résonnaient sur le terrain de football se sont éteints. On dirait que la vie se retire peu à peu de la surface pour se réfugier dans les creux où l'ombre est humide.

À l'heure qu'il est, les gosses jouent sous les arches des baraques jetées par-dessus les ravines, au creux des *barrancos*, ils jouent au bord de rigoles où ruissellent la merde, le purin.

Ils sont nés dans la favela, ils sont tellement accoutumés à l'odeur de la pourriture, à la puanteur de la décomposition qu'ils ne les remarquent pas ! Ils sont persuadés que c'est là l'odeur naturelle du monde.

17

« Regarde-la, celle-là !… Regarde-moi ça ! »

Exorbitant ses yeux, tirant la langue, Weiner grimace une concupiscence paillasse.

Une dizaine de mètres, à peine, devant le museau de la Chevrolet, une fille traverse la rue en diagonale. Pressée de gagner l'ombre des flamboyants, sur le trottoir d'en face, elle se hâte, allongeant le pas autant que le lui permet l'entrave de sa jupe serrée, d'un jaune acide. Son derrière qui ondule éclipse le reste de sa silhouette : on ne voit d'elle que ce globe plantureux qui danse, sur le noir de l'asphalte.

« Quel cul !… *meu amigo !…* », gémit Weiner. « *Que bundão maravilhoso !* »

Lorsqu'il reluque les filles, Weiner a coutume de s'empoigner le sac à pleines mains et de presser dessus comme s'il cherchait à en extraire le jus. Ney déteste quand Weiner se prend les couilles comme ça, ses exclamations, ses mimiques vulgaires l'exaspèrent. Il a envie de l'attraper au col et de le secouer, de lui gueuler dans la figure : ferme-la, Weiner !… Quand tu es avec moi, cesse de te peloter le sac…

Dans un moment comme celui-là, où les nerfs le démangent, il a envie de sortir son flingue et de le coller dans l'oreille de cet animal pour qu'il cesse ses singeries.

Calme-toi, Ney… garde ton sang-froid, mon grand !

Quand on est tendu comme ça, une mouche qui tousse, c'est le tonnerre de Dieu !

Ney essuie ses mains trempées de sueur à son pantalon.

La fille s'est éloignée de quelques pas lorsqu'elle ralentit, semble hésiter un instant puis se décide à faire demi-tour et revient vers la voiture.

C'est une *mulata* de dix-huit ans, au port cambré, qui rejette en arrière ses cheveux noirs, longs et ondulés. Des taches de soleil, perçant à travers les frondaisons, glissent sur son visage, courent sur ses bras, sur ses épaules rondes, comme des papillons de lumière.

En la voyant qui vient vers eux, Weiner passe sa tête, puis son torse tout entier par l'ouverture de la vitre baissée. Il se redresse, cassé en deux comme un centaure à demi désassemblé. « *Oi brotinho !* », il appelle, cramponné au toit de la cabine.

La fille continue de marcher comme si elle n'avait pas entendu mais, lorsqu'elle passe à leur hauteur, Ney voit bien qu'elle pince les lèvres pour contenir un sourire.

« *Broooottiiiinhooo* », roucoule Weiner.

Avec une silhouette pareille, cette cambrure des reins, des types comme Weiner doivent la héler dix fois, cent fois par jour !…

« *Brooootiiinhoooo*. »

Devant l'absence de réaction de la fille, Weiner se rassoit pesamment sur le siège du conducteur ; il renvoie sa casquette en arrière et s'essuie le front d'un revers de main.

« *Poxa !* » il souffle. « Quel morceau… »

Il sait que Ney déteste parler de femmes mais il s'en fout ! Il faut que ça sorte ! Un jour comme celui-là, il a besoin de cracher, là, tout de suite, le désir qui flambe dans son ventre…

Parce qu'on ne sait pas de quoi sera fait demain, pas vrai, mon grand ?…

Personne ne sait…

Qui sait si tu banderas encore…

Je banderai !

Il bandera, *puta merda* ! Pourquoi ne banderait-il pas ?

Parce que demain, *meu filho*, tu seras peut-être sous terre…

Conneries ! Demain, il ne sera pas dans la tombe, il enfilera une belle petite comme cette *mulata* !… Avec l'argent qu'ils vont ramasser, il ira voir les putes de la Zona Rosa ! Hier, Zico lui a dit qu'il y a de très belles *gatas*, là-bas, en ce moment…

Ne fais pas le mariole, Weiner ! Dieu n'aime pas ça… Si tu persistes, ça te portera malheur…

Bien qu'ils habitent à quelques dizaines de mètres l'un de l'autre, Weiner et Ney ne se fréquentent pas en dehors du boulot. Ils ne s'adressent la parole que lorsqu'ils tombent nez à nez, au détour d'une ruelle, et ne peuvent s'éviter, sinon ils se saluent de loin. L'un ou l'autre lève le pouce : ça va ?… Et l'autre répond de même : ça va !

Quand Ney passe dans la Rua Oliveira, souvent il devine la silhouette de son coéquipier dans la pénombre du bar Progresso. Accoudé au comptoir, debout, une bière à la main, Weiner parle fort, rit bruyamment… Ney détourne la tête pour que, croisant son regard, l'autre ne se sente pas obligé de l'inviter à boire.

L'ignorance feinte de Ney arrange Weiner.

Ils se disent suffisamment de choses dans la voiture...

La dernière fois qu'ils attendaient, comme aujourd'hui, de se jeter dans la gueule du loup, Weiner a avoué que Raquel l'avait quitté à cause du bar Progresso... De la bière et des femmes qui ont leurs habitudes au bar Progresso...

Weiner parle souvent de Raquel. Quand je vivais avec Raquel... Du temps de Raquel...

Ney n'a pas connu cette femme. D'après ce qu'il a compris, au hasard des confidences de son coéquipier, Raquel était sa troisième ou quatrième épouse. À l'entendre, Weiner avait collectionné tout un harem...

En ce moment il vit à la colle avec une gamine : une *mulatinha* d'une vingtaine d'années. Ney ne parvient pas à retenir son prénom. Maria de quelque chose... *Maria das Dores* ou *Maria dos Remédios*...

Courtaude, le visage large et rond comme un cul de casserole, la fille est assez moche... Weiner prétend qu'au lit elle en vaut dix et ajoute aussitôt, comme s'il devait se justifier encore, que celle-là, au moins, lui fout la paix. Lorsqu'elle s'aventure à lui reprocher de rentrer tard, de rentrer saoul, il lui retourne une baffe qui la colle au mur ! Elle pleurniche un moment et s'écrase, sans faire de manières, jusqu'au lendemain matin.

Un jour, il a confié à Ney qu'avec Raquel ça ne se passait pas comme ça ! La seule fois où il l'avait cognée, elle avait attendu qu'il s'endorme et lui avait fracassé sur le crâne un lourd plat de terre cuite… De quoi assassiner un bœuf !

Il avait penché la tête. Deux cicatrices livides balafraient sa chevelure rase.

« Ça, c'est Raquel ! » il avait dit, avec une espèce de fierté, arquant les lèvres dans une moue de respect. Dans l'esprit confus de Weiner, si Raquel l'avait plaqué c'était parce qu'elle était une femme !… Une vraie femme !… Les autres…

Il avait fait une grimace de mépris. Dans « les autres », Weiner incluait manifestement la petite *mulata* qui partageait son lit et se laissait cogner.

Ney ne comprend rien à Weiner et il soupçonne son collègue de ne rien comprendre non plus, ni à ce qu'il est lui-même ni à ce que sont les autres…

Weiner est un surfeur ! Il vit sur la vague… Au gré de la vague…

Ney ne pourrait pas vivre ainsi. Il a besoin de certitudes, besoin de savoir de quoi demain sera fait… C'est d'ailleurs pour cela qu'ils attendent, dans la voiture, le moment d'y aller, sinon il aurait plaqué cet animal de Weiner depuis longtemps ! Il ferait équipe avec un père de famille paisible comme Joppert, par exemple.

Joppert est mou, il a une âme de lapin mais il se contente de ce qu'il a… Avec un type comme Joppert, on est sûr d'éviter les embrouilles ! En tout cas toutes celles qui, humainement, peuvent être évitées.

Weiner replace sa casquette en tirant sur la visière, il fait le geste d'empoigner une silhouette aux hanches et de l'empaler, d'un coup sec du bassin !

Il se tourne vers Ney.

« Jusque-là ! » il dit, portant sa main à sa gorge. « Celle-là, je le lui mettrais jusque-là !… Pas toi ?… »

Ney ne répond pas. Weiner insiste : « Celle-là, tu l'enfilerais pas ?… »

Son visage est d'un gris verdâtre.

Ferme-la, Weiner, boucle-la, ferme ta grande gueule jusqu'à ce que je t'ordonne de mettre en route !

Ce n'est pas le moment que Ney s'engueule avec Weiner, pourtant ça le démange… *Poxa !* Ça le démange à s'en arracher la peau des mains !

Ney hausse les épaules.

« Si on devait les baiser toutes… », il jette, avec humeur, avant d'ajouter qu'à Leblon, où il pique-nique en famille, les dimanches d'été, on compte des dizaines de filles du calibre de cette *mulata*, sur cent mètres de sable !

Qu'est-ce qu'il dit, sur cent mètres… Sur cinquante, oui ! La plage en est farcie !

« Je ne te parle pas des autres », s'agace Weiner, « je te parle de celle-là !… Celle qu'on vient de voir passer, là ! »

Et il répète qu'à cette *mulata*, il mettrait volontiers sa bite profond jusqu'à la glotte !

De la main, Ney fait semblant de tourner une manivelle.

Vas-y, Weiner : les bites, les chattes, les culs, les trous du cul…

Sans même prendre garde à la mimique de Ney, Weiner embraie, d'une voix tendue par la frousse qui le tient de plus en plus fort, à mesure que l'heure avance : les bites, les chattes, les culs, les trous du cul…

« Hein Ney ?… »

Peut-être que Weiner a raison… Peut-être que c'est la dernière fois qu'ils bavardent ensemble ! Si Ney doit claquer aujourd'hui, mieux vaut parler de cul maintenant parce que plus tard…

Sous terre, il n'y a guère de chattes, pas vrai Ney ?… Et pas tellement de culs non plus !

Non, sous terre, il n'y a pas de culs !

À la plage, le dimanche, les filles barbotent, dans l'eau jusqu'aux genoux ; elles poussent de petits cris pour attirer l'attention : que tout le monde remarque ce derrière savoureux qu'elles exhibent comme un fruit gorgé de sève. Le fil dentaire du maillot de bain disparaît dans le sillon de leurs fesses ! Elles se penchent pour tremper les bras et se mouiller la nuque, le cou, la poitrine, le ventre…

Elles rient, elles crient, le cul tendu, offert, singeant les filles qui gigotent le samedi après-midi, à la télévision !…

Ney se souvient avec nostalgie du programme de Chacrinha !

Chacrinha est mort et personne ne l'a remplacé : surtout pas ce gros con de Faustão !

Où es-tu, Chacrinha ?… Tu danses, maintenant, avec les sambistes du ciel !

Hein Chacrinha ?…

Veille sur moi, *velho guerreiro* !

Veille sur ton ami Ney qui se prépare à un de ces rendez-vous dont, peut-être, il ne reviendra pas…

Ne pense pas à la mort, Ney !… Les pensées noires portent la poisse ! Pense au fric que vous allez ramasser, pense aux sorties que vous allez vous offrir, Priscila et toi, avec l'argent qui vous attend là-haut !

Combien il y aura cette fois ?… Cinq cents reais, mille reais ?…

Est-ce que ça vaut la peine de risquer sa peau pour cinq cents reais ?…

Pense aux filles, Ney !… À toutes ces belles *gatas* qui se pavanent sur la plage…

Lorsque Priscila le surprend qui s'abîme dans la contemplation d'un cul, elle lui flanque une tape sur l'épaule ou sur le gras du bras !

Ney ! elle gronde. Je suis là !

Il sursaute et bafouille qu'il ne fait rien… Il observe un bateau, là-bas : tout petit, presque au large… Une barque…

Un bateau ! elle le tance ! Toujours un bateau !

Elle désigne du doigt la fille qu'il est en train de mater, criant pour que les voisins l'entendent : ce cul, là, tu me dis que c'est un bateau ?

Ney ne sait plus où se mettre !

Priscila est jalouse !… *Poxa* qu'elle est jalouse ! Avant la naissance de Carlinho, elle n'était pas si mordante ! Elle est persuadée que le bébé lui a démoli le corps, qu'il lui a volé son ventre, les fesses de ses vingt ans ! Il est vrai que lorsqu'elle se tient assise, des bourrelets plissent désormais son estomac… Ses seins ne sont plus si fermes, les bouts ont épaissi, ils sont descendus d'un bon centimètre… Peut-être même de deux ?…

Ney a beau lui rabâcher qu'il se fout qu'elle ait pris un petit coup de vieux, elle ne l'écoute pas !… Il la soupçonne de se foutre qu'il s'en foute ! C'est elle qui ne s'aime plus, qui ne se supporte pas en mère de famille !

Un soir, alors qu'elle le croyait endormi, il l'a surprise à empoigner son ventre à pleines mains, tirant avec dégoût sur le surcroît de peau comme pour l'arracher.

Parfois, il a peur qu'elle en veuille au gamin mais, jusqu'à présent, là-dessus Priscila est irréprochable…

Un chien d'un blanc très sale, l'oreille basse, flasque, traverse la rue en trottinant, le museau au ras du sol. Son ombre se résume à un trait noir entre ses pattes.

Ney, ce chien, c'est le signe que tu attends !

Je n'attends pas de signe…

Il te dit qu'il est l'heure, Ney !

Maintenant…

« Mets en route ! » commande Ney, d'une voix qui s'étouffe.

Weiner s'interrompt, en plein milieu d'une phrase et, comme s'il guettait cet ordre depuis longtemps, il tourne vivement la clé de contact.

La vieille Chevrolet éternue puis le moteur se met à battre régulièrement. Weiner veille personnellement au bon état de la bagnole, Ney lui en est profondément reconnaissant. Lorsqu'il entend ce ronronnement gras et fidèle, il oublie la vulgarité de Weiner, sa concupiscence obscène… Il oublie un peu sa peur car il a choisi le meilleur chauffeur de toute la Police militaire et il sait que, quoi qu'il leur arrive, de ce côté-là, au moins, il n'aura rien à se reprocher !

La voiture s'engage en marche arrière dans la Rua Itapiru qui bute sur le bas de la favela. Au lieu de se tordre sur son siège pour regarder derrière lui comme le ferait Ney s'il était à sa place, Weiner conduit au rétroviseur avec une vélocité et une sûreté stupéfiantes. Les mains posées à plat, guidant le volant avec les paumes seulement, il semble jouer avec désinvolture.

La première fois qu'il avait fait le coup, Ney s'était mis à gueuler, certain que la bagnole allait emplafonner quelque chose : un mur ou un poteau, une pierre poussée au milieu de la rue… Une voiture emplafonnée c'est un rapport d'accident : six bons feuillets à remplir, les primes qui sautent, une note sur le livret…

Weiner n'avait rien emplafonné du tout : ni cette fois-là ni les autres, innombrables, où il avait reculé à toute vitesse dans une rue pour placer tout de suite le véhicule en situation de repli. On ne comptait plus les collègues du bataillon qui s'étaient fait trouer la peau dans une fuite désordonnée sous les balles des bandits de favela.

Béni soit Weiner le virtuose, capable de faire demi-tour dans un lit avec un autobus !

La Chevrolet zigzague rapidement entre les trous qui crèvent l'asphalte fendu. Ney observe les façades qui défilent derrière le pare-brise. La rue, dont l'extrémité s'éloigne très vite, semble se refermer sur eux comme un tuyau : comme le boyau d'un ventre qui les avale !

On ne voit personne : pas même les gosses qui, d'ordinaire, jouent au cerf-volant sur les terrasses. Il est vrai qu'aujourd'hui, il n'y a pas le moindre souffle d'air. Les baraques semblent mortes mais ce désert apparent est une illusion. Elles sont pleines comme des œufs, elles sont bourrées de monde !

Weiner ralentit, Ney saute de la voiture et court jusqu'au coin de la Rua São Vicente : une venelle qui, une vingtaine de mètres après la bouche, se casse en escalier qui grimpe, par volées successives, jusqu'en haut de la favela. Ney se plaque contre le mur, fusil pointé, il risque un rapide coup d'œil.

Weiner le rejoint peu après et se poste au coin de mur opposé. Il interroge son équipier du regard : c'est bon ?…

Ney lève le pouce : tout va bien !…

Du canon de son arme, il désigne le pylône de la Furnas qui écarte ses bras de squelette au-dessus des baraques, il porte son index à l'oreille puis il secoue la tête : la double détonation de la fusée d'alerte n'a pas retenti, il n'y a pas trace, dans le ciel, du flocon de fumée bleutée qui s'attarde après l'explosion des pétards !

Là-haut, ils ne se doutent de rien !

S'il le pouvait, Weiner adresserait un large sourire à Ney, mais son visage est figé comme si on l'avait enduit d'un vernis durcissant. Il répond lui aussi d'un pouce levé.

Ça va, Ney…

Je suis avec toi !

On est deux, *cara* !… Nous sommes deux !

Deux durs à cuir en face de merdeux !

D'un coup d'épaule, Ney tourne le coin de mur et se jette dans la ruelle.

Weiner attend que son équipier parvienne au bas des marches puis il s'engage à son tour. Il passe Ney, tassé dans un renfoncement et qui le couvre, le fusil épaulé.

Weiner lui accorde une confiance totale : il sait que rien n'échappe à son compagnon !

Il attaque les marches.

Ney lui a raconté que lorsqu'ils partent à l'assaut d'une favela, il sent, littéralement, l'endroit. Il sent les murs : le grain du ciment, la brique, il sent s'il y a des gens sur les balcons, les terrasses…

Weiner n'aime pas son équipier. Il déteste sa pruderie, la manière papa/maman dont il parle de sa femme, de son gosse trop braillard, trop gras… mais il le croit sur parole ! Si Ney dit qu'il sent le ciment de l'escalier sous la semelle de sa botte, il le sent !

Et puis Ney lui a sauvé la peau.

L'an dernier, à cette même époque, une femme qui habitait en bas de João Operário avait appelé le bataillon. Des types de la favela lui avaient fauché sa voiture : une petite bagnole importée, achetée quelques semaines plus tôt ! Weiner a oublié la marque.

Une patrouille était montée dans la favela pour récupérer la bagnole !

Incroyable !

Le commandement du 18e BPM avait envoyé six hommes récupérer la bagnole d'une femme qui n'était même pas l'épouse d'une huile… Une habitante qui, certes, avait assez de fric pour s'offrir une voiture zéro kilomètre, mais une femme commune !

Aucun d'eux, pas même Ricardo et Euclides qui ouvraient le chemin, n'était équipé de gilets pare-balles !

Weiner se plaque contre le mur. Il a du mal à croire qu'ils n'ont pas été repérés !

Ce serait trop beau pour être vrai ! Un type les aura prévenus d'un coup de portable.

Vous avez de la visite, les gars !… Deux hommes de la PM sont en route ! Ils montent vers la *boca*…

Weiner scrute les toits des masures, les balcons, les terrasses…

On ne voit rien mais, d'expérience, il sait comment ça se passe !

Ça se met à péter d'un coup : fort ! Ça bégaie !... Ça gueule et ça bégaie ! On a le sentiment que le monde vous craque à la figure !... Le ciment gicle, des bouts de brique griffent le visage !

Lorsqu'ils se sont fait coincer, à João Operário, ça s'est passé exactement ainsi !

Tout était calme et puis d'un coup : *raaaaaannnn !*

Un type planqué leur tirait dessus.

Il paraît que les Américains ont des jumelles spéciales qui voient à travers les murs !

Weiner soupire !

Les gringos paient la peau du cul pour épargner leurs hommes mais, ici, on n'est pas en Amérique ! Lui, il vit dans un pays de fauchés : là où les hommes sont bon marché, *puta merda* ! Foutrement bon marché !

D'un appel de la main, il fait signe à Ney de passer devant !

Vas-y... C'est propre !...

Tu parles...

Pour autant qu'il puisse en juger !...

Ney se glisse le long du mur, sur l'autre bord de la ruelle. Lorsqu'il passe à la hauteur de Weiner, son regard ne dévie pas, ne cherche pas celui de son équipier pour y trouver du réconfort.

Lorsqu'il monte au combat, Ney est fou comme un curé possédé par sa foi !

Weiner l'embrasserait ! Il étouffe de gratitude.

Garde tes yeux sur les baraques, *filho* !... Ne te laisse pas distraire...

Dans un moment comme celui-là, Ney ne se laisse jamais distraire !

Grimpe, Ney ! Ne te laisse pas surprendre ! Si quelqu'un bouge, tue-le !

Quand il flingue, Ney est une machine !

Il pointe comme une machine, avec une rigueur mécanique de machine !

Quand il part à l'attaque, Ney oublie son âme !

C'est lui qui l'a raconté à Weiner, un jour qu'ils attendaient dans la bagnole.

Quand je monte à l'assaut, plus rien n'existe !... S'il faut tuer, je tue !... Peu importe qui je tue !... Une femme, un gosse...

Ney ne se demande jamais qui est dans sa ligne de mire et il a raison : celui qui se pose la question est mort avant de trouver la réponse !

Tue, Ney... Tue-les, mon grand !

Weiner se souviendra toujours de Nelson s'effondrant à ses pieds.

Ils s'étaient enfoncés dans la favela d'une centaine de mètres : la patrouille progressait en direction du terrain de football, là où on leur avait confirmé la présence de la bagnole de cette conne d'en bas. Devant Weiner, marchait l'ombre pesante de Nelson, et puis crac : ça avait bégayé et gueulé quelques coups secs. Aussitôt après, il y avait un homme par terre, en treillis bleu marine... Weiner avait reconnu Nelson... Ce gros lourdaud de Nelson !

Oi Nelson !...

Ça coulait sur le béton... Les jambes de Nelson gigotaient nerveusement, moulinant le vide comme s'il avait perdu le sol, comme si cet imbécile ne se rendait pas compte qu'il était couché par terre, de tout son long.

Remets-toi d'aplomb, Nelson !... Redresse-toi !

Avec le temps, Weiner a oublié la plupart des péripéties. Dans sa mémoire, il ne conserve que cette tache rouge qui s'élargit, s'élargit...

Après que Nelson fut mort, ça avait recommencé à tirer. Weiner était parti droit devant lui : fou de ce sang répandu, fou des spasmes de ces jambes qui raclaient le ciment comme les pattes d'un animal agonisant… Les bandits l'avaient repéré et encerclé. C'est Ney qui l'avait sorti du piège. Seul ! Pointant et tirant comme une machine froide.

Ney lui fait signe que c'est à lui maintenant.

Weiner approuve de la tête. OK, c'est à lui ! Il y va, une seconde…

Il sent la sueur qui dégouline de ses aisselles et roule le long de ses flancs. S'il en ressort vivant, il prendra une longue douche, *puta merda* ! Une très longue douche… la plus longue douche qu'il aura jamais prise !

La *boca de fumo* devrait se trouver un peu plus haut sur la droite, masquée par le coude de la ruelle. Qui tombera dessus en premier ? Lui ou Ney ?

Weiner lève le nez au ciel. Une demi-douzaine d'urubus planent, très haut, indolents, indifférents à la chaleur qui fait fondre la ville.

Qui tombera sur la *boca*, les urubus ? Lui ou moi ?

Ils ne répondent pas… Ils ne l'entendent pas…

Weiner prend une grande inspiration comme s'il plongeait au fond de l'eau, et se jette en avant. Il grimpe une volée de marches quatre à quatre, traverse la ruelle pour ouvrir l'angle de tir à Ney et quand il est au coude, il se plaque contre la brique. Il attend, prêt à faire demi-tour, à se jeter follement dans la pente mais rien ne se passe.

Weiner fait pivoter sa casquette sur son crâne, repoussant la visière sur sa nuque de crainte qu'elle ne dépasse l'arête du mur, il essuie son front de la manche de sa chemise.

Ça ne sera pas lui qui tombera sur la *boca* ! Ou alors plus haut, plus tard…

Il a encore un répit. Quelques secondes, quelques minutes… Une vie, *poxa* !

Entends-tu, Weiner ? On dirait des voix…

Weiner ferme les yeux pour se concentrer sur ces sons qui lui parviennent de manière épisodique.

Oui, ce sont des voix… Des types bavardent… Deux ou trois… Ça ne vient pas des maisons…

Ça ne serait pas des gens, des fois, qui descendraient la ruelle et viendraient à ta rencontre ?…

Les voix enfleraient, or elles restent petites : faibles, ronronnantes ! Un rire éclate comme une bulle qui surnage un instant avant de crever et retourner aux profondeurs de ce début d'après-midi écrasé de chaleur.

Ils doivent être juste au-dessus.

Raquel prétendait que, si elle s'en donnait la peine, elle parvenait à mentaliser les gens, les choses… À l'instant où Vovó Dolores avait rendu l'âme, Raquel l'avait vue, allongée dans son lit. Elle avait décrit la chemise de nuit, les mains posées sur le drap… Elle avait dit l'heure précise de la mort…

Weiner crispe ses paupières, il se concentre de toutes ses forces, espérant qu'ils lui apparaîtront : assis dans l'ombre, le sac de *brizola* posé devant eux, bavardant paisiblement.

Aucune image ne lui vient : il n'a dans les yeux que des ténèbres semées de taches verdâtres.

Les voix continuent leur bourdonnement.

Weiner se retourne vers Ney, il fait un signe.

Ils sont là !

Il ouvre et ferme sa main gauche quatre fois.

La *boca de fumo* est à vingt mètres, déchiffre Ney !

La main de Weiner ondule comme un oiseau qui glisse sur une aile puis sur l'autre.

À peu près vingt mètres…

Ney approuve d'un coup de menton. Vingt mètres sur la droite !

Il traverse la venelle en deux enjambées, rejoint Weiner, se plaque de tout son corps contre le dos de son équipier.

« Je vais à gauche ! » il murmure à son oreille, si bas que Weiner a le sentiment que la voix de Ney se mêle à celles des types qui bavardent au-dessus, qu'elle est l'une d'elles, qu'elle leur appartient.

« *Um* », compte Ney, « *dois… três !* »

Ney s'arrache à Weiner, s'écarte d'un bond, il épaule son fusil et tire, planté bien droit sur ses deux pieds, par rafales sèches, courtes, qui s'enchaînent comme s'il disait aux trois types de la *boca* qu'ils sont morts !

Ça y est !…

C'est fini !…

Terminéééé… Terminéééé !…

Weiner s'est jeté en avant lui aussi. Il voit les trois hommes assis, tournés vers eux avec, sur le visage, un étonnement indicible.

Deux jeunes métis : deux adolescents, en bermuda et chemisette déboutonnée. Le troisième est un Noir épais, d'une trentaine d'années, en jean, torse nu. Une lourde chaîne d'or dessine un arc lumineux sur sa poitrine sombre où mousse une toison frisée et rase.

Ils sont assis sur une dalle de ciment, là où un escalier secondaire se jette dans l'escalier principal que gravissent Ney et Weiner. Le gros, qui commande la *boca*, est adossé à une palissade de planches décolorées par les pluies. Les deux jeunes sont assis à ses pieds, un Uzi posé en travers des genoux. Un sac-poubelle de plastique noir est posé par terre, à côté du chef ! Il a l'air plein à moitié !

Plein à moitié ! *Puta merda !...*

Brizola et *maconha* !

Les trois ne bougent pas : l'image semble gravée à l'acide dans l'air chaud.

Weiner tire. Il lâche la mort rangée en tubes de laiton et de cuivre dans la culasse de son fusil.

L'arme tressaute dans ses mains ! Elle hoquette, bégaie ; elle aboie, elle mord ces trois types paralysés par la surprise.

Il faisait si chaud, *poxa* !...

Il faisait tellement chaud !...

Weiner ne vise pas : il lui suffit de faire un vacarme mortel pour que les types tombent.

Et ils tombent !

L'un des deux jeunes bascule en arrière, son Uzi glisse dans la pente de ciment et la dévale avec un bruit de ferraille creuse !

Weiner est cassé en deux pour se faire le plus petit possible : tout petit, si petit qu'ils auront du mal à lui loger une balle dans le corps ! Et il tire, lui aussi, il tire tout ce qu'il peut, tout ce qu'il a !

Depuis combien de temps canardent-ils ces trois types ?

Le chargeur de Weiner n'est pas vide, il reste encore des balles qu'il tire par rafales courtes, saccadées.

Le gros ne veut pas crever, il empoigne la crosse du pistolet passé à sa ceinture.

Trop tard, *querido* !

L'homme ne parvient pas à extraire l'arme glissée dans sa ceinture : il gigote, il tressaute sous les impacts qui le clouent contre la barrière qui lui servait de dossier.

Tire, Ney ! Tire !…

Fous-le par terre, ce gros-là, ou c'est lui qui nous aura !

L'un des jeunes types rampe sur le ciment, il parvient à se relever, il leur tourne le dos, il fiche le camp !

Ce salopard détale !

Weiner l'ajuste.

Tu ne t'en vas pas, *cara* !

Weiner presse la détente. Deux coups partent.

Je t'ai dit que tu ne partirais pas !

Le jeune homme s'est écroulé. Son corps gît dans la pente, ses jambes remuent spasmodiquement comme celles de Nelson !

Weiner arrache le chargeur vide, il le fourre dans sa poche, il en empoigne un autre qu'il enclenche dans son logement en tapant d'un coup sec.

Ney ne tire plus.

Le gros est étalé dans son sang, la nuque et le haut du torse soutenus par les planches de la palissade comme un ivrogne sonné par la *cachaça*.

« Vas-y ! » gueule Ney, et Weiner se rue en avant, il shoote au passage dans l'Uzi du jeune type qui valdingue dans le *barranco* dont la gueule brisée s'ouvre large au-dessous de la *boca*.

Weiner attrape le sac de plastique.

Il est à moitié plein, *puta merda* ! À moitié plein !

Weiner dégringole l'escalier, il court dans la ruelle. Ney recule posément, scrutant le haut de la favela.

Weiner se précipite, s'engouffre dans la voiture, jette le sac sur la banquette arrière.

Brizola et *maconha* !

Lorsque Ney ouvre la portière, une double détonation retentit dans le ciel de la favela, un flocon bleu marque l'endroit où la fusée d'alerte vient de péter.

Trop tard, connards ! Beaucoup trop tard.

Weiner fait rugir le moteur, arrache la vieille Chevy au bitume, enquille la Rua Itapiru à fond !

Dans ce sac qu'ils viennent de voler, il y en a pour des milliers de reais !

Ils sont riches, *puta merda* ! Riches !

18

Le bus a quitté l'Avenida Brasil, il s'enfonce dans la Baixada : loin, plus loin que Carmelita n'est jamais allée. Elle regarde avec avidité ces baraques basses qui défilent de l'autre côté de la vitre, les rues poussiéreuses, les panneaux publicitaires aux couleurs vives, tendus aux frontons des boutiques : *Ferramentos Taurus… Móveis da Mesbla… Aparelhos elétricos Gradiente… Promoções de Verão…* Ce sont les mêmes maisons, les mêmes rues qu'on voit ailleurs en ville, les mêmes boutiques et pourtant, comme un voyageur arrivant dans un pays étranger, Carmelita se gave d'images qui lui paraissent neuves.

Le bus ralentit à peine pour passer le dos-d'âne d'une voie ferrée et tous les passagers, cramponnés à la barre d'acier chromé qui souligne le dossier du siège précédent, sentent, avec un haut-le-cœur, leurs fesses qui décollent de la banquette puis retombent lourdement. C'est la route, c'est le bus, qui lancent cette ruade, la vie ! Elle les tasse, du coccyx à la nuque, *poxa* !

Cahot après cahot !

Sur la droite, les rails filent entre deux murs de parpaings et disparaissent bientôt, à l'arrondi d'une courbe.

Un frisson de curiosité traverse Carmelita.

Où va cette voie ?… Où emporte-t-elle les passagers des convois qui glissent sur ces deux lames couleur de rouille dont le fil, seul, luit sous la lumière terreuse qui tombe des nuages ?

Elle tente d'imaginer.

Des couleurs se mêlent en vrac dans un espace vague : du vert, ce vert un peu gris du gazon à larges feuilles dont on fait les pelouses ; du jaune, dont elle ne sait si c'est celui du soleil ou celui du sable de la plage… Un bleu turquoise : un bleu de piscine et non pas un bleu de mer car la mer ne la fait pas rêver. Elle la voit chaque jour, en descendant le *morro*. Elle n'est jamais la même, certes, mais c'est toujours la mer et Carmelita se dit alors que rien ne bouge, rien ne change ni ne changera : jamais…

Elle ne parvient pas à ordonner les couleurs qui se mêlent. Le paysage dont elle voudrait rêver, un moment, pour échapper au bus, oublier l'échéance qui approche et qui la terrifie, reste brouillé, décomposé…

Le bonheur est lointain, n'est-ce pas Carmelita ?…

Très lointain !… Et très flou…

Il est hors de portée !… N'y pense plus, ma grande !

À travers la toile de son pantalon, elle sent la chaleur du plat de riz aux haricots, emballé dans un linge immaculé, qu'elle serre contre son ventre. Même si le terme du voyage approche, tout sera froid lorsqu'elle arrivera… Le jus aura coagulé… Peut-être pourra-t-elle réchauffer son plat avant de le servir ?…

D'après ce que lui a raconté Alair, elle en doute. Dans une maison dont la patronne a fichu le camp, tout se débine…

Qui sait, même, s'il restera du gaz dans la bouteille ?

Mon Dieu, elle prie, faites que tout aille bien…

Le chauffeur a promis qu'il lui fera signe au moment de descendre. Dans le miroir du rétroviseur intérieur, elle aperçoit le haut de son visage. De temps à autre, l'homme jette un coup d'œil à l'arrière du bus et Carmelita sourit car elle a le sentiment que c'est à elle que s'adresse ce regard, qu'il lui dit : on arrive ! Nous ne sommes plus loin maintenant !

Seigneur, elle prie, faites que tout se passe comme il faut…

Comme il faut, Carmelita ?…

Comment ça, comme il faut ?…

Tu te rends dans une baraque où on garde un type en otage et tu demandes que tout se passe comme il faut !…

Qu'est-ce qui te prend, ma fille ?

Le cœur de Carmelita accélère… Elle le sent qui fait *pipoca* dans sa poitrine… Le sang bourdonne à ses oreilles… Quand elle était gosse et ne parvenait pas à dormir sur sa paillasse de la *fazenda* Caruaru, elle écoutait son cœur qui battait avec un bruit sourd : *pipoca… pipoca… pipoca…*

Dieu, comme elle voudrait retourner à cette époque !…

Retourner dans la Zona da Mata ?… À bouffer du serpent ?…

Tu as oublié la vie de chien qu'on y menait !…

Non… Tout compte fait, elle ne voudrait pas retourner là-bas, ni même revenir à son enfance… En vérité, elle voudrait ne pas avoir accepté la proposition d'Alair.

« Tu veux te faire de l'argent ? »

La petite femme regardait Carmelita de ses yeux charbonneux : maigre, noueuse dans sa robe de coton qui pendait sur son corps comme un chiffon accroché à un portemanteau...

« Pas mal d'argent ! »

Elle frottait son index sur son pouce.

Grana !... Dinheiro... Du fric !...

Carmelita avait haussé les épaules.

Pourquoi poser des questions idiotes, hein Alair ?

La vraie question était : jusqu'où irait-elle pour gagner de l'argent ?

Carmelita l'ignorait. Elle se le demandait, parfois, dans l'obscurité de la baraque, avant de sombrer dans un sommeil inquiet. Jusqu'où irais-je pour une centaine de reais ?

Elle savait ce qu'elle se refuserait à faire, quoi qu'il arrive, mais n'avait pas la moindre idée de ce qu'elle consentirait pour gagner cent reais.

« Tu apporterais à manger à un homme ?... »

« Un homme ?... »

Carmelita s'était rembrunie. Dans la bouche d'Alair, le mot homme se nappait d'une douceur répugnante, comme une de ces friandises trop sucrées dont le poison pourrit les dents, bousille le sang... Carmelita avait secoué la tête avec véhémence : qu'on ne lui parle pas des hommes ! Zé était mort, elle n'avait rien à faire avec les hommes...

Alair avait deviné sa méprise. « Ça n'est pas ça ! » elle s'était moquée. « Si c'était pour ce que tu penses, je ne me serais pas adressée à toi ! Je connais des *moças* de vingt ans ! Jeunes, pulpeuses, savoureuses... »

Elle dévisageait Carmelita avec ironie, se délectant de la vacherie qu'elle venait de balancer.

Qui est cet homme pour lequel Carmelita a soigné son riz aux haricots comme s'il devait être servi à la table d'un palace de Copacabana ?

Par-dessus le vacarme du bus, elle entend son cœur qui tape : *pipoca... pipoca... pipoca...*

À travers le pare-brise, on voit une fumée noire, épaisse, qui s'élève dans le ciel plombé. On dirait une de ces tornades qu'on montre à la télévision et qui balaient la plaine, là-bas, en Amérique. Un gros feu, un feu mauvais brûle derrière la colline pelée qui bouche l'horizon.

Par ici, l'eau ravine la terre rouge. De loin, on dirait une peau labourée de rides profondes... Le dos arrondi d'un vieil éléphant assoupi, d'un dinosaure... L'échine crevassée d'une de ces bêtes qui, à l'apocalypse, feront trembler la terre lorsqu'elles s'éveilleront pour dévorer les méchants...

Car les méchants seront dévorés, n'est-ce pas ?...

Les croyants du Vale d'Amanhecer en sont persuadés !... Sa sœur Benedita, à qui elle a confié Sandra et Beto...

Ses enfants croiront-ils eux aussi au Dieu Jaguar, à l'Indien Asa Branca, au bazar cosmique hétéroclite du Vale ?...

Qui sait ce que Benedita leur fourre dans la tête ?...

Chaque jour, ou plutôt chaque soir, lorsque Carmelita prie pour eux, avant de s'endormir, elle se reproche leur éloignement, leur abandon. Benedita est grosse, mais c'est d'elle-même qu'elle est pleine ! Jamais elle n'aurait dû lui confier les gosses ! Envieuse, tourmentée de jalousies puériles, à trente ans révolus Benedita n'est jamais sortie de l'enfance...

Le bus se dirige droit sur la colline d'où monte ce panache sinistre et Carmelita implore le ciel que sa route dévie, mais elle ne dévie pas ! On dirait même que la fumée attire le bus : viens, bus ! Arrive !... C'est par là !...

Tout est rouge ici : couleur de sang séché. Les maisons, dont la brique est à vif, la piste qui, peu après le franchissement de la voie de chemin de fer, a perdu son asphalte, les chiens au poil ras, imprégné de poussière, qui allongent un trot furtif et bas pour esquiver les coups de trique...

Le bus s'arrête en chuintant sur le bord de la rue.

Carmelita voudrait retarder l'échéance mais, dans le miroir du rétroviseur intérieur, les yeux du chauffeur lui disent : nous y sommes !

Tu es arrivée, ma grande !

C'est là !

Prends ton riz aux haricots sous le bras et descends.

Agrippée à la barre rouillée de l'appui-main, Carmelita allonge un pas précautionneux qui la fait se déhancher. Elle est seule à descendre comme si personne ne se hasardait dans un lieu pareil. La porte se replie dans son dos et elle regarde le bus, rouge et blanc, qui reprend sa route, laissant derrière lui un sillage de fumée chargée de suie comme celle qui monte, là-bas, de l'autre côté de la colline.

Ce n'est qu'un de ces bus harassés, aux banquettes dures, aux freins carbonisés qui, vibrant de toutes leurs tôles, desservent les faubourgs les plus pauvres, pourtant Carmelita regrette qu'il s'en aille et la laisse sur le bord du chemin. Elle a le sentiment que c'est un refuge qui s'éloigne, un abri ! On l'abandonne avec son plat de riz aux haricots qu'elle tient à la main par le nœud du linge qui l'enveloppe.

Dix fois, Alair lui a expliqué le chemin et à chaque fois Carmelita a répondu qu'elle se souviendrait mais, maintenant qu'elle est là, dans cette rue aride, elle se sent désorientée, perdue. Le seul point de repère qui lui vienne à l'esprit c'est cette fumée, si épaisse qu'elle paraît onctueuse, comme la fourrure de taupe !

Toutes les indications d'Alair se sont effacées de sa mémoire. À la place, il ne reste que le vide et une voix qui lui crie : tu ne trouveras pas !

Regarde autour de toi !

Comment veux-tu dégoter cette maudite baraque au milieu d'une termitière ?

Retourne, allons !

Mais cent reais : c'est quelque chose cent reais !

Qui a dit qu'on te paierait cent reais ?

Personne ! C'est vrai, mais dans l'esprit de Carmelita, c'est ce nombre qui s'est gravé : cent reais ! Elle a cuisiné du riz aux haricots à un homme prisonnier pour cent reais ! Et elle le lui apporte !

Deux femmes et une gamine viennent à sa rencontre. Maintenant que le bus est passé, elles tiennent le milieu de la rue comme si aucun autre véhicule ne devait l'emprunter.

« Nova Jerusalem ?... » demande Carmelita.

Les deux femmes la considèrent avec méfiance, puis la plus âgée des deux approuve d'un hochement de tête.

Nova Jerusalem... Oui...

D'un geste ample, elle embrasse les baraques aplaties, la rue de terre rouge, les boutiques poussiéreuses, les portées de fils électriques qui arrondissent un ventre obèse et mou entre des poteaux de bois, la carriole attelée d'un cheval impassible dont le pelage clair, comme celui des chiens, se teinte du rouge de la poussière.

« Nova Jerusalem ! »

La femme sourit de ses lèvres flasques qui s'étirent, minces, sur une mâchoire édentée.

« La rue São José », insiste Carmelita.

« Là-bas ! » dit l'autre femme, désignant la colonne de fumée qui se tord comme un serpent...

Cette fumée, c'est une grande *jibóia* qui enroulera ses anneaux autour du corps de Carmelita, si elle approche trop près. Elle serrera, serrera jusqu'à lui prendre son souffle !

Carmelita porte la main à son cou.

« Ça n'est pas loin ! » ajoute la gamine d'une voix pointue, coquette, qui veut se faire entendre.

Carmelita abaisse son regard vers la fillette, elle sourit, pensant à Sandra, là-bas, dans le Distrito Federal, pensant à Bebeto...

Une nostalgie féroce lui laboure la poitrine.

Elle a envie de pleurer, de les appeler par-dessus les *morros*, par-dessus le *campo* : *Oi Sandra*, *oi Beto !...*

Tu les retrouveras bientôt, ma grande !

Bientôt, oui, bientôt !

Ils se jetteront dans ses bras et elle les étreindra. Seigneur, comme elle les étreindra !

Elle se met en route, cap sur la fumée puisqu'il est dit qu'elle ne peut lui échapper.

C'est une voiture qui se consume : une petite bagnole, retournée sur le toit, et qui dévoile avec impudeur son ventre croûté de boue séchée, les moignons de ses essieux. En surplomb, se découpant en ombres chinoises sur le ciel chargé, une volée de gamins joue avec la fumée noire qu'une brise, presque imperceptible, rabat mollement sur la crête de la colline. Les gosses prennent du recul puis s'élancent, traversent les volutes épaisses en glapissant.

Trois autres carcasses rouillent dans la pente, probablement volées, désossées, puis incendiées avant d'être précipitées dans le vide par les bandes qui règnent sur le haut du *barranco*.

Des bouquets de bananiers dressent leurs lambeaux verts sur la terre pourpre.

Carmelita reconnaît l'édifice communautaire, aux volets bleu vif, que lui a signalé Alair ; elle compte : une maison, deux maisons, trois maisons…

Une rumeur étrange monte de la favela qui s'étale en contrebas, épousant le relief d'un vallon profond, fermé par une demi-douzaine d'immeubles aux façades arides, plantés dans le sol comme un mur de barrage. On entend des voix qui s'interpellent, des cris de gosses, de la musique beuglée par une boîte à son poussée à fond.

Des cerfs-volants ondoient au-dessus des baraques, ils dansent, se poursuivent ; on dirait des giclées de sperme de papier lancées en l'air, retenues par un long flagelle qui les tient prisonnières.

Quatre maisons, cinq maisons…

Des chiens, enragés par l'irruption d'une étrangère, se jettent à corps perdu contre le grillage de leur enclos ; ils jappent frénétiquement, les yeux exorbités, cinglés d'une fureur baveuse. D'autres chiens, en contrebas, leur répondent, puis d'autres encore. Tous les chiens de Nova Jerusalem aboient au passage de Carmelita.

Dans cette lumière crevée de fin du monde, toute la vallée retentit d'une clameur de damnés.

La maison de Sagão est la septième : l'avant-dernière de la rue, si toutefois on peut appeler rue cette entaille dans la terre rouge.

Une silhouette veille sur la terrasse. Le garçon en vigie a vu Carmelita de loin, il a prévenu les occupants de la baraque d'un coup de téléphone.

Sagão, il y a du monde pour toi !...

Une femme arrive !

Une femme ?...

Elle tient un paquet à la main, enveloppé dans un linge...

Laisse venir !

Le panneau de la porte a été renforcé. Les pointes des clous, repliées sur le bois à coups de marteau, dessinent une couronne de petites dents de fer et pourtant dérisoires : des dents de lait qui s'arrachent d'un coup de pied !

Carmelita frappe du poing, trois fois, laisse un temps, puis cogne encore à deux reprises. Elle attend. Les chiens continuent d'aboyer.

Personne ne vient, Carmelita !

Personne ne t'a entendue !

Ils sont tous morts là-dedans...

Retourne, allons !... Rentre chez toi, ma grande !

La porte s'entrouvre, un œil s'encadre dans la fente : un œil mobile qui dévisage Carmelita de la tête aux pieds. Pas pour la peloter, par pour caresser ses seins, s'attarder sur son ventre : non, pour la peser, la soupeser, deviner s'il n'y a pas de l'acier caché quelque part, dans les plis de sa chair.

Un flingue ?...

Non, pas de flingue !... Pas de grenade non plus...

La porte s'ouvre en grand et un type jeune, emballé dans un ample maillot rouge et noir du Flamengo, s'efface derrière le panneau de bois pour la laisser passer.

Carmelita entre.

L'homme ferme aussitôt la porte, plongeant le corridor dans une pénombre de caveau.

Carmelita ne voit rien. Elle sent le corps du type qui glisse contre le sien mais elle ne se contorsionne pas pour échapper à son contact. Elle est loin, très loin de la chair : elle vient de pénétrer dans un autre monde dont elle sait que c'est le territoire du crime, de l'effroi.

Elle lance la main en avant, empoigne le maillot du type et s'y accroche. Le toucher familier du tissu soyeux la rassure, fugacement. Elle suit, sans un mot, étourdie par ce noir épais, la certitude qu'elle se jette dans un inconnu épouvantable.

19

« Qui t'envoie ? »

L'homme est assis sur un canapé couvert de skaï noir mais on dirait qu'il va sauter sur ses pieds d'une seconde à l'autre tant il paraît tendu, habité par une énergie inquiète frissonnant à fleur de peau. Coiffé d'une casquette plate de paysan portugais, la tête penchée sur le côté, il ressemble à un oiseau méfiant, vindicatif. Il dévisage Carmelita d'un air hostile, dur, comme si elle le dérangeait indûment, s'immisçant dans une vie qui ne la regarde pas.

Carmelita reste sans voix, abasourdie par le sentiment que quelque chose ne tourne pas rond : il est impossible que ce type ne sache pas qui l'envoie !...

Se serait-elle trompée de baraque ?... Cette histoire d'otage, de ravisseur abandonné par sa femme, ne serait-elle qu'une fable imaginée par Alair ?... Pourtant le garçon vêtu du maillot du Flamengo qui l'a introduite dans la maison se tient sur le seuil de la pièce, un lourd pistolet à la main, comme s'il voulait lui couper toute retraite.

« Je viens de la part d'Alair... », répond docilement Carmelita.

« Alair ?... », répète l'homme. Il observe Carmelita avec une impassibilité glaçante et elle éprouve le sentiment affolant que le nom d'Alair ne lui dit rien.

Elle hoche la tête.

« Alair », elle répète, mais sa voix n'est qu'un souffle inaudible.

Elle n'imaginait pas l'homme ainsi : maigre, le teint pâle, sans aucune trace apparente de métissage... Un teint si blanc est rare dans la favela !... C'est un teint qui vient de l'autre côté des mers... Son visage, aux traits anguleux, est empreint d'une réserve, d'une sévérité inattendues. On dirait un curé... un jeune curé comme celui qui célébrait la messe à la chapelle de la *fazenda* Caruaru, le dimanche matin, mais pas un type dont l'épouse s'est enfuie. Sur ce corps émacié et tendu, Carmelita ne retrouve nulle trace de la mollesse un peu veule qui marque la plupart des hommes mariés.

Pourquoi sa femme l'a-t-elle plaqué ?

Alair ne le lui a pas révélé. Elle lui a dit seulement, comme une justification, le jour où elle lui a proposé le travail : « *A mulher dele se foi... sabe...* »

Sa femme a foutu le camp !

Et Carmelita en avait conclu, sans même prendre la peine de le formuler clairement dans son esprit, que l'épouse de Sagão avait mis les voiles comme toutes celles qui, lasses d'être cognées, trompées, épuisées par la compagnie éreintante d'un ivrogne, exaspérées par une vie de misère, retournent chez elles, dans le Nordeste, avec, pour tout bagage, quelques hardes dans un sac boursouflé et deux ou trois gosses accrochés à leurs jupes...

Sagão a l'air d'un paysan économe, un de ces types qui travaillent dur, sans se laisser distraire, et qui comptent les sous… Un de ces types qui, à défaut de séduire les femmes de la campagne, savent leur apparaître comme un placement sûr…

À bien y réfléchir, Carmelita n'est pas certaine, d'ailleurs, de la phrase d'Alair…

Peut-être a-t-elle dit : « *A mulher dele fugiu…* »

Sa femme s'est enfuie…

Elle l'a plaqué, elle a fui… qu'est-ce que ça change ?

Peu et beaucoup… On plaque un type mais on fuit le danger…

Ce type serait-il dangereux ?

Carmelita n'en sait rien. Elle s'est toujours vantée de connaître les hommes, de les sentir dans sa chair, à travers sa peau… Celui-là, elle ne le sent pas. Il respire un air de fausse jeunesse qui l'inquiète. Il paraît vingt-cinq, trente ans, mais elle donnerait sa main au feu qu'il en a au moins quarante…

« Quelle Alair ? » demande l'homme.

Sa voix est neutre comme celle du prêtre qui écoute, sans broncher, la litanie inépuisable des péchés.

« Alair Mendonça », chuchote Carmelita.

Sagão répète, comme pour lui-même : « Alair Mendonça… » Carmelita ignore si le hochement de tête dont il accompagne sa réponse est une approbation ou un simple enregistrement.

D'après le peu qu'elle sait, Alair et cet homme sont du même village : São João dos Loucos, un bled minuscule, au fin fond du Ceará. Alair s'est vantée d'être la sœur de lait de Sagão. Elle fait deux fois son âge mais elle a eu quatre ou cinq gosses, Carmelita ne se souvient jamais du nombre exact, qui lui ont sucé les chairs et l'ont laissée exsangue…

D'où connaît-elle Alair ?

Elles étaient voisines sur le Morro São Carlos !

Pour la première fois, Sagão ébauche un sourire. C'est là qu'il est arrivé, lui aussi. Il y a combien maintenant ?… Il baisse la tête comme s'il cherchait la réponse sur le sol malpropre.

Une balle est abandonnée sur le ciment : une de ces petites balles de plastique, guère plus grosses qu'une bille, que les gosses font rebondir inlassablement en se racontant des histoires que nul ne comprendrait. Dans celle-là est incrusté un dinosaure, d'un vert acide, qui se dresse sur ses pattes arrière, la gueule ouverte.

Sagão relève la tête. Une dizaine d'années…

Il dirait onze… Peut-être même onze et demie…

« Seu Luíz est toujours le président de l'association des habitants ?… », il demande, d'une voix adoucie. « Et Bigorneiro ?… Comment va Bigorneiro ? »

Le nom de Luíz dit vaguement quelque chose à Carmelita mais elle n'a jamais entendu parler de Bigorneiro.

« Il fait de la *pinga*, chez lui… », explique Sagão, « elle est loin de valoir la *pinga* du Ceará, mais c'est tout de même de la *pinga*… »

Sagão sourit franchement maintenant, et Carmelita sourit aussi car elle sait que l'épreuve est terminée.

Tout compte fait, Sagão a eu raison de l'interroger avec cette froideur intimidante.

S'il l'avait accueillie en disant : c'est Alair qui t'envoie, pas vrai ?… elle ne l'aurait pas pris au sérieux…

Personne ne le prendrait au sérieux !

Ni elle, ni le jeune type qui lui a ouvert la porte.

Sagão est le chef du *sequestro*. Il doit montrer de l'autorité, une fermeté inébranlable pour que la vigie sur le toit garde les environs à l'œil, pour que les hommes de main qui se cachent dans les profondeurs de la baraque tiennent leur langue, qu'ils ne s'en aillent pas clabauder leur secret à tort et à travers, après quelques verres éclusés dans un bar du coin.

S'il ne menait pas son affaire avec une rigueur de tous les instants, les flics ne tarderaient pas à défoncer la porte et alors adieu Sagão. Adieu l'otage, adieu tout le monde !...

« Personne ne t'a vue ? » il demande brusquement. Il a repris son air glacial, son air de serpent, ou de curé qui ne badine pas avec la damnation.

Carmelita se contente d'un haussement d'épaules avec, sur les lèvres, un sourire empreint d'une connivence fataliste : personne ne passe inaperçu dans une favela...

Sagão chasse l'objection d'un geste agacé de la main, néanmoins il corrige : « Personne ne t'a suivie ? »

« Personne... »

Comment le sait-elle ?

Elle s'est retournée plusieurs fois, pour s'en assurer... Lorsqu'elle a passé la maison communautaire aux volets bleus, personne ne la suivait.

Sagão la fixe un moment sans rien dire, comme s'il se demandait s'il fallait la croire ou non, puis il lui fait signe de déposer le plat sur la table basse jonchée de boîtes de bière, vrillées et aplaties d'une étreinte du poing, de bouteilles vides où des mégots enflent dans une humidité immonde. Un journal dépenaillé traîne, semé des croissants jaunis laissés par les culs-de-bouteille poissés de la bière qui a dégouliné.

Carmelita s'exécute et Sagão se lève du canapé, il se penche sur le faitout, dénoue le linge, ôte le couvercle qu'il garde à la main comme s'il se tenait prêt à le plaquer vivement sur la casserole au cas où un danger menacerait d'en gicler. Il examine avec attention la pâte sombre et grumeleuse que forme le riz aux haricots, il lève les yeux comme s'il cherchait quelqu'un mais le jeune type qui porte le maillot du Flamengo s'est éclipsé. Sagão trempe un doigt dans le riz aux haricots, il goûte, mastique avec précaution tout en observant Carmelita puis il repose le couvercle sur le faitout, essuie son doigt maculé de jus à une feuille du journal et fait signe à Carmelita de replier le linge.

« Monte ! » il ordonne. « Grimpe jusqu'en haut ! »

Lorsqu'elle émerge de l'escalier étroit, d'une raideur effarante, Carmelita s'immobilise et regarde autour d'elle. Ce qu'elle voit d'abord, c'est le sol de béton : nu, poussiéreux, aride. Elle cherche l'homme : l'otage auquel elle apporte à manger, mais elle ne le voit nulle part et cette absence la soulage. Une bouffée d'espoir flambe dans sa poitrine ! Elle va redescendre, elle dira à Sagão que l'homme s'est échappé. Elle laissera le plat de riz aux haricots sur la table et rentrera chez elle… Elle oubliera Nova Jerusalem, les chiens absurdement furieux qui, maintenant, se sont tus, la fumée d'incendie qui marque le ciel de son panache de deuil… Rien n'est arrivé, en tout cas, rien d'irrémédiable. Le Destin retient encore sa main…

Merci, mon Dieu… elle prie, se signant d'une croix rapide tout en achevant de grimper les dernières marches.

Dans la pénombre, à l'autre bout de la pièce, elle aperçoit une tache blanche qui paraît suspendue dans l'espace.

Son cœur se serre.

Ce flocon argenté, aux contours flous, c'est lui n'est-ce pas ?

Carmelita s'immobilise une nouvelle fois.

Lui, Seigneur…

L'otage…

Ce flocon blanc, c'est les cheveux de l'otage !

Qu'imaginais-tu ?… Qu'espérais-tu, Carmelita ? Que Dieu t'accordait une grâce ?

En quel honneur, ma fille ? Pourquoi diable le Seigneur te ferait-il une fleur ?

Il y a bien un homme, là-bas… Il est assis par terre, le front appuyé à ses bras croisés posés sur ses genoux à l'horizontale. De cette silhouette recroquevillée sur elle-même émane un sentiment poignant de solitude, d'abandon.

À coup sûr, l'homme a entendu Carmelita, il sait que quelqu'un est là, pourtant il ne relève pas la tête, il reste tassé dans le coin du mur : transi on dirait, terrifié.

Carmelita éprouve du malaise à voir cet homme accroupi sur les talons comme un animal craintif ou comme un gosse puni. Elle a le sentiment d'assister à une scène profondément humiliante : pour lui, pour elle !

Elle se trouve là où elle ne devrait pas être, elle est le témoin d'une intimité douloureuse, presque obscène, qui devrait rester cachée. Elle attend, pour approcher, que l'homme lui adresse un regard mais il ne réagit toujours pas. Elle voudrait lui dire qu'il n'a rien à redouter : au contraire ! Elle lui apporte de quoi manger !

« *Senhor…* », elle murmure, « *Senhor…* »

L'homme n'est pas à portée de voix. Il est replié au cœur de sa terreur… Qui sait les démons dont il se sent menacé. Carmelita pense à Sagão, à Valdão, qui sont en bas. À la vigie sur le toit… Elle lève la tête vers le plafond comme si elle pouvait voir le guetteur, par transparence, à travers la plaque de béton mince et mal coffrée.

Elle reste un moment hésitante, ne sachant que faire, puis elle a le sentiment que sa présence inflige un tourment supplémentaire au prisonnier. Elle va rapidement jusqu'à lui, ôte le linge, pose le faitout sur le sol poussiéreux avec le remords de ne pouvoir faire davantage.

Il n'y a pas de nappe pour recouvrir le ciment terreux, pas de fourchette pour manger décemment. La bouteille en plastique, de deux litres et demi, qui contenait de l'eau, est vide. Carmelita s'en saisit et repart. Ses pas résonnent dans la pièce atrocement vide.

Sagão est seul dans la pièce qui fut sans doute le salon du temps où son épouse vivait encore avec lui. Assis sur le canapé noir, au plastique taché, il se tient voûté, les épaules rentrées comme si sa casquette plate de paysan pesait trop lourd… Au-dessus de lui, dans un cadre de métal doré, un Christ au cœur ardent bénit de deux doigts levés : grave, désenchanté.

En entendant le pas de Carmelita, Sagão se redresse.

« Alors ? » il demande, « comment tu le trouves ? Il t'a parlé… Il a dit quelque chose ?… » Il y a dans sa voix une anxiété qu'il ne cherche pas à masquer.

Carmelita secoue la tête. Non, l'homme ne lui a rien dit.

« Où était-il ?… Comment se tenait-il ?… », insiste Sagão.

Carmelita décrit l'homme prostré, elle mime le front posé sur les bras.

Sagão fait la grimace. Depuis la veille, l'homme se tient ainsi : recroquevillé dans un coin de la pièce. Quand on lui parle, il ne bronche pas.

Sagão n'aime pas ça ! Non, il n'aime pas du tout voir son prisonnier dans cet état. Si le *sequestro* se prolonge, et il a de bonnes raisons de penser qu'il durera longtemps encore, il redoute que l'homme ne se laisse mourir.

C'est arrivé dans le passé : à Porto Alegre, à São Paulo, il ne sait plus…

« Un type qui valait des millions de reais… Il s'est laissé mourir… Pas vieux pourtant ! » il ajoute, avec étonnement. « En bonne santé… Au bout de deux mois, il s'est laissé crever… Que veux-tu qu'on fasse d'un otage mort ? »

C'est à lui-même que Sagão pose la question. Dis, Sagão, que feras-tu si cet imbécile te claque dans les doigts ?

Il se tourmente : il ne sait pas. Il y a quelques années, au début de la vogue des *sequestros*, on pouvait facilement berner les flics et rendre un mort pour un vivant, mais les choses ont changé. Les flics sont allés apprendre le métier en Amérique, ils ont acheté du matériel… Désormais, il faut fournir des preuves, une fois par semaine, au moins, que le prisonnier est en vie. Des photos, des cheveux… Sagão cherche autour de lui, dans la pièce, quelque chose qui pourrait exprimer à quel point le matériel des flics est désormais perfectionné mais il n'y a que la télé : une télé massive et neuve dont l'écran est couvert d'une épaisse peluche de poussière. Sagão hausse les épaules. Le jeu change mais c'est le jeu !

« Parle-lui ! »

Il a l'air d'implorer Carmelita.

« Raconte-lui… »

Il ne sait pas ce qu'elle peut raconter mais il a l'air convaincu qu'une femme, surtout une femme comme elle, solide, sérieuse, peut faire quelque chose là où lui et ses hommes se sentent impuissants.

Carmelita brandit la bouteille de Guaraná vide.

« Toni ! » crie Sagão avec de l'irritation dans la voix. « Toni !… »

Un bruit de chasse d'eau retentit, de l'autre côté de la cloison, et quelques secondes plus tard, un jeune type entre dans la pièce, achevant de replacer un lourd pistolet à la ceinture de son jean.

Sagão le brûle du regard. « Tu passes ta vie aux chiottes ! » il aboie. Le garçon jette un coup d'œil gêné à Carmelita.

« Va me remplir ça et monte-le ! » siffle Sagão.

Le garçon saisit la bouteille et disparaît aussitôt, soulagé d'échapper à la fureur inquiète de son chef.

« Donne-lui de quoi se laver… », ajoute Carmelita. « Trouve-lui du linge de rechange. » Sagão approuve d'un hochement de tête. Il lui fera monter une cuvette de plastique, il enverra un des garçons acheter du linge, à moins qu'elle-même ne consente à s'en charger… On peut faire confiance aux garçons pour garder la maison, pour se battre en cas d'attaque, mais pour acheter du linge… Sagão grimace.

Carmelita recule, elle gagne la porte.

Alair lui a demandé de cuisiner du riz aux haricots et elle l'a fait, du mieux qu'elle a pu, mais acheter du linge… Non… pas elle ! Qu'ils se débrouillent avec leur otage… Elle n'a pas l'intention de revenir. C'était une fois !… Une seule fois !

Qui est cet homme aux cheveux blancs ?

Le bus freine brutalement comme freinent les bus de la Baixada, sans égard pour leur cargaison de corps, et Carmelita doit jeter ses mains en avant pour ne pas aller percuter le dossier de la banquette de devant.

Les portes s'ouvrent dans un chuintement bruyant d'air comprimé.

Vers l'ouest, le ciel s'est éclairci ; les rayons obliques du soleil couchant jettent des ombres longues. Carmelita plisse les paupières pour ne pas être éblouie mais ça ne suffit pas, ce soleil-là se faufile à travers les cils. Elle porte la main en auvent sur sa tempe, pour abriter ses yeux.

Des jeunes gens grimpent sur la plate-forme arrière, ils rient, parlent fort. On entend cliqueter le dévidoir à billets du receveur, cogner le tourniquet métallique qui filtre les passagers.

Elle regrette d'être restée si peu auprès de lui. Elle ne se souvient que de sa chevelure argentée, cependant elle n'a pas le sentiment qu'il était un vieillard.

Non, en dépit de ses cheveux blancs, ce n'est pas un vieil homme…

Les portes se referment. Le chauffeur fait rugir le moteur et arrache la grande carcasse bringuebalante au bas-côté.

Dans la lumière chaude de fin d'après-midi, les couleurs flambent, les masures paraissent moins lugubres. La fumée, cette sale fumée sinistre, ne tache plus le ciel.

L'homme rencogné contre le mur, Sagão inquiet que son otage ne lui claque entre les mains, s'éloignent. Ils restent là-bas, sous la part sombre du ciel.

La nuit tombe déjà sur Nova Jerusalem ; Carmelita retourne à la vie.

20

Alair saisit la liasse que lui tend Carmelita et la fourre vivement dans le sillon de sa poitrine. Les billets disparaissent aussitôt comme si le papier se dissolvait au contact de sa peau sombre et fripée. On dirait qu'Alair a avalé l'argent, qu'elle l'a fait disparaître d'un coup !

Un souvenir absurde remonte à la mémoire de Carmelita. Le profil arrondi d'une tête de lézard, recouverte d'une peau écailleuse, d'un gris vaguement jaune, ouvre une gueule rose, nacrée, déroule le fouet d'une langue mince qui s'abat sur une mouche puis s'enroule aussitôt sur elle-même comme un ressort de montre et rentre dans la bouche. Ça y est !…

La mouche est prise, la mouche est morte !

Ce lézard qui gobe les insectes avec la froide aisance d'un prestidigitateur endurci, d'où vient-il ?…

Est-il un souvenir de ton enfance, Carmelita ?

Ce lézard est-il l'un de ceux qui se faufilaient dans les buissons, entre les pierres de la Zona da Mata où tu courais gamine ?

Pas qu'elle se souvienne…

D'ailleurs, dans le *campo*, on ne voit pas ainsi, n'est-ce pas ?… L'œil ne sculpte pas les bêtes, les plantes, les choses et les gens avec cette précision de scalpel, isolant des détails et les projetant au premier plan pour se repaître de leur étrangeté comme cette langue qui s'enroule sur elle-même, ce rose de la bouche incroyablement délicat…

Cette tête de lézard qui se substitue au visage d'Alair est probablement le relief de ces myriades d'images qui crépitent sur l'écran de télé comme des bulles de Coca… Il en vient et il en vient encore : nuit et jour… Des millions et des millions… Elles font leur nid dans la cervelle et un jour, *paf* ! ça sort comme ça : sans qu'on sache pourquoi !

La tête, on ne sait pas comment ça marche, pas vrai, ma grande ?…

Non, on ne sait pas !… Vraiment pas…

« Alors ?… », demande Alair. Ses yeux d'un noir mouillé, animal, luisent dans son visage maigre. Elle veut tout connaître de l'expédition de Carmelita à Nova Jerusalem. Il faut qu'elle lui raconte Sagão, la baraque, et l'otage bien sûr !… Surtout l'otage !

« Tu l'as vu ?… », elle demande, avançant la tête comme le lézard de la télévision dont le souvenir, décidément, colle à la mémoire de Carmelita.

« Dis-moi… ! »

Elle veux tout savoir : tout !

« Raconte-moi en couleurs ! » elle insiste : avide, goulue.

Alair affiche une curiosité sans frein : un goût cannibale pour le drame, la douleur, pour la chair ouverte qui palpite sous le fil du couteau…

« Comment est-il ?… Quel âge a-t-il ?… C'est un monsieur ?… »

Alair est de ces gens qui se rassemblent autour des cadavres qu'on découvre au matin dans les ruelles de la favela, elle est de cette foule qui commente les mutilations, les blessures, le sang noir coagulé... Plus tard, dans les conversations entre commères, elle apporte, avec délice, une précision qui a échappé à la plupart de celles et ceux qui étaient là mais que son œil à elle, son œil pointu et agile, son œil qui fouine et fouille, a su saisir au vol.

« C'est un monsieur ?... », elle répète.

Carmelita secoue la tête : elle ne sait rien de l'homme que Sagão retient en otage, au dernier étage de sa baraque. C'est à peine si elle l'a vu.

Alair ne la croit pas ! « À peine si tu l'as vu ? » elle s'exclame, les sourcils haussés jusqu'au milieu du front, découpant les syllabes et appuyant dessus de tout le poids de son incrédulité. Elle est persuadée que Carmelita lui ment, qu'elle se refuse à partager ce qu'elle sait, ce qu'elle a vu dans cette favela si lointaine que Dieu lui-même peine à la retrouver, et elle en éprouve du dépit, le sentiment d'être trahie.

Sa bonté, sa générosité sont bafouées !

Elle fait non de la tête. Non, non, non, ma fille !... Pas à moi, Carmelita !... Tu racontes ça à qui tu veux mais pas à moi !...

Carmelita reçoit l'incrédulité d'Alair comme une mise en doute de son honnêteté et s'efforce d'expliquer ce qu'elle a éprouvé en découvrant cet homme prostré. Elle choisit ses mots, cherche à découvrir la vérité de cette rencontre qu'elle n'a pas encore pris la peine de formuler vraiment en donnant un sens à ce qu'elle a ressenti.

Elle dit qu'elle ne se sentait pas autorisée à se planter devant cette silhouette, recroquevillée sur elle-même, pour la reluquer...

Alair se rembrunit, fronce les sourcils, prête à s'indigner : Sagão n'a pas laissé son amie approcher l'otage ?…

Non, oh non…

Carmelita aurait pu toucher l'homme de la main mais elle s'est interdit de le dévisager, de le contempler comme on contemple une bête du zoo.

« Tu comprends ?… », elle insiste.

Alair hausse les épaules. Les pudeurs de Carmelita lui paraissent ridicules. Elle s'irrite de ce qu'elle prend pour de la mauvaise volonté, un désir plus ou moins sournois de la mettre à l'écart maintenant que cette garce a noué des liens avec les ravisseurs, qu'elle va avoir sa part de ce gros argent qui coule dans les *sequestros*. Grâce à elle, *puta merda* ! Cette salope devrait s'en souvenir ! La petite femme se renfrogne, grimace, secoue la tête. Elle n'aime pas qu'on lui cache les choses ! Elle n'aime pas ça du tout et elle le dit tout cru.

« *Não gosto não !… Sabe !…* »

« Je ne l'ai pas bien vu, répète Carmelita, mais c'est un monsieur… », elle ajoute, tentant d'apaiser un peu la curiosité exacerbée d'Alair. Elle insiste sur le sentiment d'abandon, la détresse poignante qui émanait du prisonnier ; elle décrit sa posture craintive, ce visage qu'il refusait de montrer comme s'il avait honte, elle évoque sa chevelure argentée…

Peu à peu, le visage d'Alair s'éclaire. Voilà ce qu'elle désire entendre ! Elle ne demande pas la lune : elle veut seulement que Carmelita lui raconte ce genre de détails qui font que l'histoire vit dans la mémoire, qu'on peut la reprendre à son compte, plus tard, au calme, et s'imaginer dans le rôle de l'un des personnages…

Bon sang que c'est bon d'écouter ça... C'est comme si elle était dans la télévision, comme si elle entrait par effraction dans le poste de télé, pas vrai ?

« Pára aí ! » elle s'exclame. La main tendue en avant comme un flic de la circulation stoppant le flot des bagnoles ! Pour savourer pleinement le récit qui s'annonce, il lui faut une bière : une bonne bière, bien *geladinha* !

Alair file au réfrigérateur cabossé qui ronfle, avec un bruit de métal bougon, dans un coin de la cuisine. Une bouteille solitaire, croûtée de gel, gît dans le compartiment à glace. Tout en faisant sauter la capsule avec le dos d'une fourchette, Alair promet de la partager. Elle siffle une longue rasade au goulot, puis elle tend la bouteille à Carmelita qui refuse d'un pincement de lèvres.

Alair n'insiste pas car une demi-bière, *minha filha,* c'est pire que pas de bière du tout ! Ça ne fait qu'aviver le regret d'une bière entière ! Une demi-bière c'est comme lorsque l'homme laisse la femme sur le sable avant de l'avoir fait jouir... Tous ces connards de types qui lâchent leur purée sans se préoccuper de savoir si c'est le moment ou pas, *tá* ?

La petite femme sombre, agitée comme un cancrelat fou, regagne sa place au bord du lit, en face de Carmelita, elle prend le temps de s'envoyer encore une longue rasade avant de relancer le récit : « Alors... cet otage ?... »

Un rot sonore lui coupe le sifflet et Alair éclate d'un rire dissonant. La bière lui porte sur l'estomac, elle s'excuse ! Le docteur du centre de santé lui a dit, l'autre jour, alors qu'elle se plaignait de brûlures, là, en plein milieu de la poitrine, que la bière lui était interdite. Mais c'est si bon quand ça descend… pas vrai ?

La petite femme rit encore de son rire qui se casse. Lorsque le dernier hoquet s'éteint, elle s'en remet un coup dans le gosier, s'essuie les lèvres d'un revers de main, puis elle encourage son amie de la main. « Va ! » elle dit. « Va, ma fille, va ! »

Carmelita raconte le *feijão* de première qu'elle a acheté chez un Portugais de Santa Teresa, elle décrit comment elle l'a fait tremper, toute une nuit durant, avec un peu de bicarbonate pour ôter toute trace d'acidité, comment elle l'a fait cuire, avec un bon doigt de lard, une moitié de *linguiça*, comment elle a ajouté du riz, de première également, dans le jus de cuisson bien épais et bien sombre.

Alair dodeline de la tête. C'est bien… C'est parfait… c'est pour ça qu'elle a pensé à Carmelita et non pas à une *mulata* quelconque du voisinage.

« Va, ma fille, va », elle s'impatiente, « ne traîne pas sur les haricots : tout le monde sait faire du riz aux haricots. » Ce qu'elle veut en premier, c'est l'otage ! Après, Carmelita reviendra à Sagão, à la baraque où l'homme est prisonnier, Carmelita racontera ce qui lui chante mais « après l'otage, *tá* ?… ».

L'homme que Sagão a attrapé et qu'il retient maintenant lui paraît aussi exotique qu'un extraterrestre. C'est un homme riche, n'est-ce pas : un de ces hommes qu'on voit à la télévision…

Comment sont-ils une fois qu'ils ont quitté l'écran ? Que sent-on lorsqu'on les voit en viande ?… Hein Carmelita ?… Ils parlent comme tout le monde, ils rotent quand la bière leur remonte au gosier ?… Dis, ma grande… Dis tout !

« Tu lui as parlé, il t'a parlé ?... », s'excite Alair, plissant son petit museau de rat.

« J'ai dit : *Senhor... Senhor...* » Carmelita chuchote, comme elle a chuchoté dans la pénombre du dernier étage de la baraque.

« Il ne m'a pas répondu. » Elle se désole, encore navrée du silence de l'homme dont elle sent bien qu'il l'accuse de son enlèvement, de ses souffrances, de la peur qui le ronge, le grignote, de la faim qui lui mord le ventre, de la crasse qui l'accable.

« Peut-être qu'il ne t'a pas entendue... », suggère Alair. Peut-être dormait-il ?...

Non, l'otage ne dormait pas. Il ne voulait pas voir Carmelita, il essayait de rentrer en lui-même, de se rétracter autant qu'il le pouvait parce que la présence de Carmelita lui répugnait.

Pour l'otage, elle est du *sequestro* ! Voilà la vérité.

Alair se tape complètement des regrets et des remords de Carmelita. Elle s'envoie une nouvelle rasade de bière et pousse son amie vers un autre chapitre du récit. Qu'elle avance, bon sang ! Elles sont ensemble depuis bientôt une demi-heure et cette conne ne lui a pratiquement rien appris !

Comment est-il vêtu ?

Carmelita n'en a aucune idée mais, pour satisfaire ce cancrelat d'Alair dont elle sait qu'elle ne lui fichera pas la paix tant qu'elle n'aura pas eu sa ration de frissons, elle invente un polo de fil vert : un de ces tricots chics ornés, sur le cœur, d'un petit animal que portait Seu Ernesto, le vieux pour qui elle a travaillé dans le Distrito Federal.

Quel animal ? interroge Alair.

Carmelita ne se souvient pas. Un lézard... un cheval...

Alair boit encore un coup et jauge d'un coup d'œil ce qu'il reste de bière dans la bouteille.

« Continue ! » elle ordonne. « *Vai, vai !* Laisse tomber les animaux… On se fout des animaux ! »

L'homme portait également un bermuda de toile, des sandales… Pas des sandales hawaïennes en plastique, non, des sandales de cuir… d'un joli cuir tressé…

Alair fait la moue. La description de Carmelita ne lui plaît guère. Elle imaginait un type en costume sombre, en chemise blanche au col dégrafé, aux pieds des chaussures noires, luisantes…

Elle le voyait pas rasé, l'œil brillant de lassitude.

Un type grand, athlétique : un de ces types virils nés pour gagner de l'argent. Un type à succès : un homme qui vole dans son avion personnel, qui se déplace au volant d'une voiture blindée…

Ce genre de type quoi… Carmelita voit bien ce qu'elle veut dire…

Elle voit… mais l'otage de Sagão n'est pas un type comme ça, en tout cas, pas au premier abord…

Dommage…, se résigne Alair. La bière se termine, le type n'est pas ce qu'elle voudrait… Pour résumer, le monde continue à l'emmerder, comme toujours depuis qu'elle est au monde ! La petite femme soupire.

Lorsqu'elle reprendra cette histoire dans le calme de sa tête, rien ne l'empêchera d'habiller l'homme à sa guise, n'est-ce pas ?… Lorsque Carmelita aura fichu le camp, cet otage, elle en fera ce qu'elle voudra ! Elle l'arrangera comme elle voudra, ma vieille ! Continue, ma grande, avance, va… Quel âge a-t-il ?

Carmelita réfléchit. Elle lui donnerait une soixantaine d'années.

Alair fait la moue. Ça aussi, ça ne lui plaît qu'à moitié. Ici, dans la favela, un type de soixante ans est une épave achevée ! Plus de dents sur le devant de la bouche, du chaume blanc sur le visage et puis les yeux éteints... Éteints comme on dit d'une âme qu'elle est éteinte, éteints comme la terre qui les avalera bientôt. Chez les riches, certains types de soixante ans sont aussi séduisants que des galants de vingt ans ! Ils soignent leur ligne, font du sport... On les voit courir le long de l'Avenida Atlântica, en fin de journée, ou le matin, tôt, avant qu'ils ne se rendent au bureau... L'otage de Sagão est peut-être un type comme ça ? « C'est un type dans ce genre ? Dis-moi, *querida*, cet homme est-il bel homme ? »

Si Carmelita avoue son ignorance, Alair va râler. Elle acquiesce, mollement : « Plutôt bel homme. »

Alair est contente. Elle avale une interminable gorgée qui la laisse essoufflée, suffocante ! *Poxa*, quel coup elle vient de s'envoyer !

Elle mire la bouteille à la lueur de l'ampoule nue, suspendue au plafond, et grimace : la dernière ! Cette salope de bière est raclée ! Il ne reste plus rien : même pas de quoi saouler une mouche... Pourtant la nuit n'est pas finie...

Elles iront au bar Progresso, n'est-ce pas Carmelita ?... ou bien elles se taperont de la *cachaça*. Il doit lui rester un fond de *pinga* quelque part.

Alair fait le tour de la cuisine en marmonnant. Elle a planqué ce qu'il lui reste de gnôle pour empêcher que Simão ne la lui siffle. Elle en a marre d'abreuver cet abruti ! Il vient chez elle, il se saoule avec la *pinga* d'Alair, et après : bonsoir... Au lieu de se comporter avec elle comme un homme doit se comporter avec une femme, ce salaud ronfle. Alors, pour Simão, finie la *pinga*. Plus de *cachaça* ! Désormais, elle planque sa bouteille !

Alair s'accroupit, fouille dans le fatras de cartons détrempés, de caisses récupérées çà et là, qui s'entassent sous la pierre de l'évier, elle s'impatiente : où a-t-elle fourré cette *pinga*, *puta merda* ?

Enfin elle se relève, brandissant une bouteille nue aux trois quarts pleine.

« Voilà cette putain de *pinga* ! Ça, ma fille, c'est de la *pinga* Bigorneiro !... », elle s'exclame, le pouce dressé, clignant de l'œil d'un air entendu. « *Mestre* Bigorneiro ! » elle souligne, tandis qu'elle cherche des verres propres.

La petite femme pose deux verres à même le sol, devant le lit. Elle les remplit à moitié avant de lever le sien à la santé de l'otage, à la santé de Sagão ! À la santé de toute l'équipe du *sequestro* dont les soldats se débrouillent comme des chefs : là-bas, à Nova Jerusalem !

« *Saúde !* Ma grande... », elle se réjouit.

Carmelita trempe ses lèvres dans le verre et fait semblant de boire. Elle a toujours détesté la *pinga*. Lorsqu'elle sentait son odeur sucrée et chaude dans l'haleine des hommes qui s'abattaient dans son lit comme des bêtes exténuées, ça lui tournait le cœur...

Alair claque la langue avec satisfaction. Ça c'est de la gnôle : « De la *pinga* presque aussi bonne que celle du Ceará ! *Minha filha... De primeira, tá ?* »

Maintenant, fini de rire, finis les scrupules, terminés les états d'âme à la mords-moi le bouton ! Alair veut que Carmelita lui raconte tout de l'otage : ce qu'elle sait et ce qu'elle ignore ! Par exemple, qu'elle décrive la villa qu'il habitait, là-bas, à Brasília...

Combien de pièces, de chambres, combien de domestiques, de voitures ?…

Carmelita sursaute : l'homme vivait dans le Distrito Federal ?…

Alair s'étonne de sa surprise. Sagão ne le lui a pas dit ?

Il ne lui a rien dit ! La seule chose que sache Carmelita, c'est que Sagão a peur que l'otage ne lui claque entre les mains ! Il craint que l'homme ne se laisse mourir de désespoir, de peur, d'abandon. C'est à elle qu'il appartient de le garder en vie. Sagão le lui a confié.

Alair ricane. Carmelita est désormais la gardienne du capital ! Autant dire que Sagão lui a confié sa propre peau !

Elle secoue la tête avec perplexité : drôle d'idée ! Bizarre décision que de se confier corps et âme à une femme inconnue. Idée de *louco* !… Alair n'aurait pas imaginé Sagão capable de pareille légèreté ! Elle le croyait plus solide, plus sûr… mais en réfléchissant, si sa femme s'est tirée lorsqu'il s'est lancé dans cette histoire de *sequestro*, c'est sans doute parce qu'elle savait à quoi s'en tenir !…

Alair a rencontré la loira quelques jours seulement avant qu'elle ne retourne chez elle : à São José do Peixe, un petit bled loin de tout, dans le Piauí… Elle se rappelle ses traits tirés, son teint jaunâtre de vieille femme, le laisser-aller de ses cheveux, de ses vêtements : elle avait peur. La loira crevait de trouille, *minha filha* ! Et tout compte fait, il y avait de quoi !

Alair s'envoie son verre cul sec. L'alcool raide, sauvage, de cette *pinga caseira* lui fait monter les larmes aux yeux. Putain de *pinga* ! Putain de Bigorneiro… Putain de Sagão qui remet son otage entre les mains d'une conne dont il ne sait rien d'autre que ce qu'elle, Alair, a bien voulu lui raconter !

Une telle bêtise… Elle n'en revient pas !

« Il va se faire baiser ! » elle jette, s'essuyant les joues d'un revers de main. En vérité, elle pense que Sagão est déjà baisé !

Elle devrait garder tout ça pour elle mais tant pis ! Si elle en juge par la conduite de Sagão avec Carmelita, cet abruti n'a pas besoin d'elle pour se fourrer dans la mouise ! Et puis Carmelita ne dira rien ! Elle n'est pas une femme à clabauder à tort et à travers ! Si Sagão tenait tant que ça au secret, il n'avait qu'à la choisir elle ! Lui proposer à elle de s'occuper de son connard d'otage !

Tu mens, Alair ! Sagão s'est adressé à toi en premier !

Trois ou quatre jours après que la loira eut fichu le camp, Sagão était venu chez elle : ici, à São Carlos, il s'était assis sur la chaise où cette garce de Carmelita pose son cul et il lui avait dit : « Alair… j'ai un boulot pour toi… »

Un boulot… Tu parles !…

Il va se faire flinguer ! L'otage aussi, toute l'équipe va se faire descendre !

Alair remplit son verre d'une bonne dose de *cachaça*.

« Sagão est coincé, il est pris jusque-là ! » elle dit, portant sa main droite à son cou, serrant à se faire mal.

Sagão est neuf dans le *sequestro*. Il a fait pas mal d'argent en tenant une *boca de fumo* ici, à São Carlos, pour le compte de Castor. Avec son esprit de paysan économe, il a mis de côté, jour après jour, les sous qu'il gagnait dans le commerce de la drogue.

Bercée par ses rêves de dame, la loira le poussait en avant : va Sagão, va mon grand !... *Dinheiro, grana*...

Du temps qu'ils habitaient encore dans le haut du *morro*, la loira avait coutume de débarquer chez Alair à n'importe quel moment du jour ou de la nuit. Elle apportait avec elle une demi-douzaine de bouteilles de Brahma et se mettait à tourner dans la pièce en égrenant ses projets.

Elle décrivait la maison qu'ils achèteraient une fois que Sagão aurait fait fortune. Une vraie maison, une belle ! Plus le temps passait et plus la maison prenait de l'ampleur : elle devenait une *mansão* ! Peu avant qu'elle ne décampe, la peur au ventre, la loira se voyait nageant dans une piscine pavée de marbre rose et vert, illuminée, dès la tombée du jour, par une myriade de candélabres à trois branches laqués d'émail blanc, qu'elle avait vus Dieu seul savait où... Elle décrivait tout par le menu... La salle de réception, le salon, les chambres, la cuisine... Tout y passait : les murs, les sols, les rideaux... Ça durait, ça n'en finissait plus...

Alair en avait marre ! Le stock de bière épuisé, elle avait hâte de mettre la loira dehors. Elle lui montrait les bouteilles vides, bâillait à s'en décrocher la mâchoire, s'enfermait dans les toilettes pour y pisser sans fin.

L'autre feignait de ne s'apercevoir de rien ! Elle roulait en Mercedes blindée, les épaules couvertes d'une étole de vison argenté... Elle voyageait, *querida* : elle se rendait en Amérique !

En Amérique loira ?...

Floride, Californie, Texas...

Cette conne imaginait que Sagão serait bientôt le patron de toutes les favelas de Rio ! Elle le voyait assis à la droite du Seigneur, faisant le gros dos sous la pluie d'or qui lui tombait dessus.

Si Sagão, à coup sûr, ne partageait pas les projets de sa femme, il rêvait tout aussi fort. Cet imbécile se voyait *fazendeiro* : là-bas, à São João dos Loucos. Il s'imaginait déjà en Seu Oliveira, son vrai nom, patron de la *fazenda* Cucurucu, ou Pipiripi, qui, chaque dimanche, garait sa Chevrolet Ranchero devant l'église et se rendait à l'office solennel de onze heures, en costume de lin blanc, chapeau de paille à large bord, enfoncé jusqu'aux genoux dans des bottes de cavalier. Avec l'argent mis de côté, il s'achetait des terres immenses : des milliers d'hectares sur lesquels divaguaient d'innombrables *boiadas*.

Alair porte un toast aux rêves défunts de la loira, à ceux, incertains, de Sagão. « *Saúde meus filhos !* Que Dieu vous garde ! »

Elle avale une grande gorgée de gnôle qui la laisse bouche ouverte, le temps que s'apaise le feu qui lui rôtit la langue, le palais et la gorge, puis elle dit, dans un souffle, savourant la délicieuse brûlure : « *Nooosssssa Senhora…* Quelle *pinga* !… »

Sagão avait compris que pour accéder aux premiers rangs de l'église de São João où se rassemblait le gratin des éleveurs et des notables de la région, l'argent qui coulait de la *boca de fumo* de São Carlos ne suffirait pas, loin de là ! Il lui fallait réussir un gros coup. Le coup gagnant qui lui apporterait tout à la fois le costume de lin blanc, le chapeau, la Chevrolet Ranchero et une place inamovible, juste derrière le maire !

Pendant des mois, il avait mijoté le *sequestro* dont il espérait pas moins d'un million de reais. Alair grimace. Un *sequestro* trop grand pour le petit homme qu'est Sagão ! Pour elle, il reste le compagnon de jeux de son enfance : un garçon plutôt timide dont on ne savait jamais très bien ce qu'il mijotait.

Grisé par le matelas de billets qui épaississait sous son lit, l'animal avait fini par se persuader que tout lui réussissait. Il s'était découvert une vocation d'entrepreneur !

Alair ricane. Sagão entrepreneur !... Elle claque à deux mains ses cuisses de sauterelle ! « *É gozado não ?* » Pourquoi pas Sagão aviateur, Sagão astronaute ?...

Il oubliait que si ses affaires marchaient bien, il le devait à Castor ! À la protection de Castor, à l'organisation de Castor... Sagão n'était pas, loin de là, le chef qu'il croyait être : il n'était qu'un gérant de *boca de fumo*, un criminel sérieux, honnête et ponctuel, certes, mais un de ces troisièmes couteaux que les chefs de *comando* apprécient parce qu'ils connaissent leurs limites et savent rogner leur ambition.

Quelqu'un avait eu vent des projets de Sagão et lui avait fait miroiter l'affaire du siècle. Le type était allé chercher son otage dans le Distrito Federal. Il avait chargé une équipe de Brasília d'enlever le plus gros entrepreneur du Goiás. En soi, l'idée était bonne : un type de ce calibre valait une fortune, mais enlever quelqu'un à mille cinq cents kilomètres de sa base coûtait les yeux de la tête. À lui seul, le transfert de l'otage à Rio valait une fortune !

Le commanditaire du rapt avait économisé sur tout. Plutôt que de se payer un camion aménagé où le prisonnier aurait voyagé dans un confort acceptable, il se l'était fait expédier transformé en momie par des mètres et des mètres de ruban adhésif, planqué au milieu d'un chargement de bois et confié à la seule garde du chauffeur. À l'arrivée à Rio, le commanditaire avait récupéré un otage à moitié mort de peur, de faim, d'épuisement. Il l'avait vaguement remis sur pied puis, persuadé que l'homme lui claquerait entre les mains avant la fin du *sequestro*, il l'avait revendu au premier gogo venu. Et ce gogo, c'était Sagão !

Alair hoche la tête. « *Sagão, menina !* »

Le pécule de Sagão ne suffisait pas à financer le rachat de l'otage et cet âne s'était endetté jusqu'au cou. Il avait d'abord tenté de s'associer à Valente. Contre un investissement de cinq cent mille reais, Sagão garantissait au caïd de Querozene cinquante pour cent de la rançon à venir. Sur le papier, ce n'était pas une bonne mais une excellente affaire, cependant Valente l'avait dédaignée. Il se bornait à prêter cent mille reais au taux de cent pour cent sur six mois, et c'était tout ! Si Sagão ne remboursait pas l'intégralité du prêt à la fin du délai, Valente récupérait l'otage et le négociait pour son seul compte ; quant à Sagão, sa femme et son enfant, Valente promettait de les démembrer et d'abandonner leur viande morte aux rats du rio Jacaré. Qui connaissait le chef de Querozene savait qu'il ne s'agissait pas de paroles en l'air, voilà pourquoi la loira avait préféré foutre le camp, son gamin sous le bras, la veille du jour où Sagão prenait livraison de son otage !

Alair avale d'un coup son verre de *pinga*.

« Voilà où nous en sommes ! » elle bafouille. L'alcool flambe dans ses yeux, l'ivresse lui empâte la langue.

Sagão est coincé ! Il est pris ! Il lui faut réussir ce putain de *sequestro* sinon on trouvera son corps sans couilles, haché comme du bifteck pour vieux, sur une plage de la Baía ou dans une darse du port.

Alair se penche pour remplir une nouvelle fois son verre mais elle ne va pas au bout de son geste. Le verre est trop bas, la terre penche trop fort et quand la terre penche, *minha filha*, c'est le monde entier qui penche… Alair sent ses boyaux qui glissent dans son ventre, son cerveau lui échappe… Le mieux, ce serait qu'elle s'allonge un moment, le temps que cesse cette glissade générale, mais elle ne peut pas s'étendre… On l'attend. Ce soir, elle doit participer à une réunion des bites de plastique…

Alair se tient assise sur son lit, la bouche arquée pour un rire qui ne veut pas sortir. On dirait une gamine : une vieille gamine qui se sait trop âgée pour blaguer sur les bites de plastique, mais elle s'en moque !

Elle a trop bu, *tá* ?

Quand la cervelle baigne dans la *cachaça*, on peut dire des choses comme ça, n'est-ce pas ?

« Les bites de plastique ! » Elle répète, avec une obstination ivre, écarquillant les yeux : des grosses bites… « grandes comme ça ! » elle dit, montrant le poing comme si elle avait peine à y croire. Ce qui l'ennuie, c'est que toutes ces bites sur lesquelles les femmes du groupe apprennent à enfiler des *camisinhas* sont exclusivement roses ou blanches ! L'autre jour, elle a demandé à la petite du poste de santé pourquoi elle ne leur proposait que des bites de Blancs pour faire les exercices alors qu'ici, à São Carlos, il n'y a guère de bites blanches ! « Pas vrai ? » Elle prend Carmelita à témoin. « Regarde autour de toi ! »

Carmelita sourit.

D'après le souvenir d'Alair, la petite a répondu

que c'étaient des bites américaines… Les *camisinhas* aussi sont américaines… Les pommades qu'on doit se mettre dans la *xoxota*, américaines également… Tout le programme est américain, *poxa* !…

Alair bascule sur le dos. Carmelita doit l'aider à poser ses jambes sur le lit.

« Ils pourraient faire un effort… », marmonne Alair d'une voix de plus en plus pâteuse, « ils pourraient nous donner des bites nationales ! Qu'est-ce qu'ils s'imaginent ?… Que ce sont des Américains qui vivent dans la favela ?… À São Carlos, il n'y a pas d'Américains… » Alair se tourne sur le flanc, elle ferme les yeux, le sommeil la prend.

Avant de quitter la baraque, Carmelita prend la peine d'éteindre la lumière.

La nuit est douce. On entend des chiens qui aboient aimablement. Ils aboient pour annoncer au monde qu'ils sont vivants… Qu'ils sont de braves chiens… Que ce soir, ils ont bouffé un reste de riz aux haricots, quelques os de cochon et que ça suffit à un bonheur de chien… Ils aboient à la vie qui passe, malgré tout, à São Carlos, comme ailleurs…

Tandis qu'elle rentre chez elle à pied, Carmelita pense à l'homme capturé à Brasília, elle pense à ses enfants qu'elle a laissés dans le Distrito Federal, elle pense à Zé, assassiné dans la *fazenda* Pedreiro.

Est-ce que le prisonnier de Sagão connaissait Pedreiro ? A-t-il entendu parler du suicide de Dora, du massacre de la *fazenda* ?

Elle lui demandera.

Carmelita presse le pas. Elle a hâte d'être au lendemain.

21

Ferrinho se retourne, il jette à Emerson un regard qui s'inquiète. Du canon de son arme il montre la ruelle qui se tord devant eux et se casse en un coude aigu, presque à angle droit.

En réponse, Emerson l'interroge d'un coup de menton. Que veux-tu, Ferrinho ? Tu as vu quelque chose ?…

Ferrinho hausse les épaules. Il n'a rien vu et c'est précisément cela qui le chagrine. Rien, personne ! Juste un chat, tout à l'heure : un chat blanc qui est passé sans bruit, comme une ombre ondulante…

Depuis, Ferrinho s'écorche les yeux à la râpe du ciment granuleux, il scrute les murs aveugles qui bordent la ruelle, cherche un indice sur le sol de terre battue semé de gravier, de papiers, de débris… Il n'y a rien à voir : rien à quoi il puisse accrocher ses pensées.

À l'exception d'une samba lointaine, laminée par le soleil écrasant de onze heures, on n'entend rien ; pourtant il y a des gens alentour ! Ferrinho pointe le canon de sa vieille kalachnikov vers les toits en terrasse qu'on devine, surplombant le boyau de la ruelle.

Il y a des gens dans le coin, non ?… Dis, Emerson… Il y a des gens, pas vrai ?…

Emerson grimace. Bien sûr qu'il y a des gens ! Ici… là… il y a des gens partout !

À onze heures, ça devrait sentir le haricot qui mijote, l'huile de friture, le poisson… On devrait entendre les cris aigus des gosses, les cris exaspérés des mères qui les engueulent : « *Pelo amor de Deus !… pára de fazer iso Gugu !* »

On n'entend rien… Rien que cette samba agonisante qui monte : plate, laminée, venant d'on ne sait où dans la solitude du ciment et de la brique.

Acari paraît morte ! Acari est une nécropole…

Pour une fois, Ferrinho ne maugrée pas, il ne se plaint pas de la chaleur de four qui s'appesantit sur le labyrinthe, sans fin et sans fond, de la favela, il ne réclame pas à boire, ni à fumer, ni à manger, pourtant, comme les autres, il a l'estomac vide. Pour une fois, Ferrinho se tait : il garde le silence en espérant que son mutisme suffira à le tenir en vie.

Mince espoir, n'est-ce pas Ferrinho ?

Ils sont arrivés peu avant l'aube, suivant la rive du rio Jacaré. Cassés en deux, ils ont franchi en courant le terrain vague dont les herbes sales butent sur les premières maisons, ils se sont enfoncés d'une cinquantaine de mètres dans le méandre de ruelles inconnues, puis Barba leur a commandé de s'immobiliser.

Depuis, ils attendent.

Qu'attendent-ils ? Ils ne le savent pas, ou, plus exactement, ils ne veulent pas le savoir. En vérité, ils attendent que la mort fasse son choix ! Lequel, ou lesquels d'entre eux s'évanouiront bientôt dans la tiédeur écœurante du sang frais ?

Baiano ?

Non, pas Baiano ! Lorsque la nuit tombera, lorsqu'ils sortiront enfin du dédale insensé d'Acari, Baiano aura été remarqué par Valente !

Par Valente... vraiment ?...

D'ici la nuit, Baiano aura trouvé le moyen d'attirer l'attention du chef de Querozene, il aura accompli une action héroïque et Valente l'appellera auprès de lui : allez me chercher ce Baiano dont on dit tant de bien !

Tu rêves, Baiano ! Valente n'est pas ici ! Crois-tu qu'il risquerait sa peau dans cette bataille obscure ? Crois-tu qu'un chef de son calibre s'aventurerait dans cette tripe de ciment où la mort rôde, de ruelle en venelle ?...

Tu déconnes, Baiano ! Tu es à côté de la plaque, mon gros ! Valente est resté dans son fief ! Il préfère les pentes du Morro Santos Rodrigues d'où il domine son monde ! De son perchoir il voit qui arrive, qui grimpe, lui et sa garde peuvent se préparer à recevoir un inconnu, un ennemi, mais ici...

Ici, le diable saute au cou sans qu'on l'ait vu venir !

Qui embrassera-t-il ?

Sur les lèvres de qui posera-t-il un baiser dévorant ?

Mooca ?...

Mooca ne redoute ni diable, ni démon, ni aucun des anges déchus qui noircissent en enfer ! Le seul être qu'il craigne c'est sa grand-mère : Vovó Elisa ! Vovó la borgne dont il a le sentiment qu'elle arrache le masque dont il couvre son visage lorsqu'elle pose sur lui son œil unique, son œil qui n'y voit presque plus mais qui, pourtant, sait deviner le plus véniel des péchés. Les autres, Mooca s'en fout ! Pas vrai, Mooca ?

Assis dans un pan d'ombre, en arrière d'Emerson et Ferrinho qui sont aux avant-postes, Mooca se contente de lever l'index de sa main droite. C'est moi, Mooca le flegme ! Dans les seins de ma mère coulait du sang de tortue, visqueux et froid.

Mooca sourit : le diable peut venir, s'il ouvre la bouche pour un baiser, il lui arrachera les dents.

Alors qui, si ce n'est pas Mooca ?… Qui d'entre vous sera mort ce soir ?

Barba aux cheveux rouges ?

Barba hausse les épaules. Il n'est que onze heures : la nuit est lointaine ! S'il est mort lorsque la nuit jettera ses ténèbres sur Acari, au moins il ne sentira plus les douleurs cuisantes de sa face martyrisée… Valente l'a dérouillé tellement fort que Barba ne parle plus qu'avec une extrême difficulté : ses lèvres ont éclaté sous les coups ! Plisser les yeux pour échapper à l'aveuglement du soleil lui arrache des larmes qui coulent sur ses joues fendues, semées de croûtes, aux répugnantes boursouflures. Avec son cou à vif, écorché jusqu'aux veines, jusqu'aux tendons par la corde avec laquelle Valente a fait le simulacre de le pendre, tourner la tête est un supplice. Sa chevelure incandescente, c'est la douleur qu'irradie son cerveau !

La douleur physique est atroce, n'est-ce pas Barba, mais elle n'est rien comparée à l'humiliation que Valente t'a infligée.

Non, elle n'est rien.

Lorsque Valente le frappait, lorsqu'il l'obligeait à ramper par terre en implorant pardon, Barba sentait son âme se débiner dans la poussière. Il n'était plus

Barba, le chef du poste de guet du pylône de la Furnas, il n'était plus qu'un animal gémissant : un insecte à la merci d'un coup de talon… Il n'était plus rien ! En somme, il était déjà tué !

Depuis deux jours, Barba se demande s'il vaut mieux vivre ou mourir, alors, si le diable l'enlace, il n'aura plus à se tourmenter. En attendant que le Destin décide de son avenir, Barba s'enfile des tonnes de *brizola* dans le nez. Il glisse une paille de plastique dans ce qui lui reste de narine et il respire à fond. Ce n'est pas une paille, d'ailleurs, c'est un pipeline ! Si Barba mourait maintenant, si le médecin légiste retirait ses poumons de sa poitrine, il découvrirait deux grosses éponges blanchies de cocaïne. Pas vrai, Barba ?…

Jacó, le petit Jacó, lieutenant et âme damnée de Barba, lance à son chef un regard haineux. Jacó a dérouillé, lui aussi ! Valente l'a battu, il l'a giflé longuement, à la volée, en plein visage. Depuis, Jacó se fout du diable : que le diable aille au diable ! Il attend le moment de se venger, le moment où il pourra envoyer une balle dans la tête de ce connard de Barba, car c'est à cause de ce type que Valente lui a cassé la gueule ! À cause de Barba et du pipeline de *brizola* branché directement sur son cerveau !…

Barba est cuit ! Plus rien ne marche dans sa tête. Sa cervelle a fondu depuis belle lurette ! La coke l'a dissoute comme elle dissout les dents des drogués qui se pressent à la *boca de fumo* pour acheter leur dose.

Jacó en a marre d'attendre. « Qu'est-ce qu'on fait ? » il demande, tendu, hargneux. Barba hausse les épaules. Il n'en sait rien. Kenedi enverra bientôt un messager qui leur transmettra ses ordres. En attendant, ils attendent…

Jacó lève le nez vers le ciel vide. Il est onze heures et personne n'est venu ! Il n'aime pas ce silence, ni le vide du ciel creux dans lequel il redoute de tomber. Pas un seul cerf-volant n'ondoie dans cet azur trop propre ! Pourquoi ?

« Pourquoi, Barba ?… »

Barba braque son œil valide sur Jacó. « Il se prépare des choses… », il marmonne, de sa voix pâteuse à la diction embarrassée.

Quelles choses ?

Une attaque… un coup de main… Tout le monde retient son souffle.

Jacó déteste attendre. Il a besoin de savoir ce qui se trame. Il faut envoyer des éclaireurs, *puta merda*, il faut qu'ils sachent ce qui se passe après ce coin de mur qui leur bouche la vue !

Barba ne veut pas savoir : il préfère l'ignorance, l'attente, le repli… Barba mourra bientôt ; il n'est pas assez stupide pour l'ignorer. Toute cette coke qu'il s'enfile dans le nez c'est sa manière à lui de se résigner, de couper les liens avec le monde avant que l'ennemi ne les tranche pour de bon !

Envoie quelqu'un aux nouvelles, *cara* ! Au nom du ciel, Barba !…

La voix aigre de Jacó irrite les oreilles de Barba : elle lui vrille les tympans, tourbillonne dans sa tête, bousculant ses idées.

Tu ne pourrais pas la fermer ?… Dis… Tu ne pourrais pas te taire !…

« Envoie deux hommes, supplie Jacó, jusqu'au prochain carrefour. »

Rester là, sans savoir ce qui se trame, est dangereux. Là-haut, au pylône de la Furnas, ils se sont fait surprendre et l'ont payé très cher mais ils sont vivants, pas vrai ? Amochés mais vivants ! La chance, cette grosse salope, leur a fait une fleur inespérée, mais s'ils se font surprendre une seconde fois, elle les enverra balader et tous y laisseront leur peau !

Tais-toi, Jacó ! Ferme-la, *puta merda* ! Ne ravive pas les coups, le simulacre de pendaison dont, tout compte fait, Barba n'est pas certain qu'il ait été un simulacre… Prends deux hommes, envoie-les où tu veux, et fous le camp, Jacó ! Que je n'entende plus ton bourdonnement de mouche à viande… de mouche qui *buzina* sans fin le châtiment, l'échec…

OK, Barba, OK ! Je prends deux types… *Perfeito !*

Jacó est satisfait. Il va envoyer deux de ces connards reconnaître les alentours. Qui va-t-il envoyer ? Baiano ?… Baiano est une bouse de vache du Nordeste ! Les rats ne se sont pas contentés de filer à son frère la maladie de la pisse de rat, ils ont bouffé les couilles, la cervelle de Baiano ! Ce con n'est bon à rien ! Alors qui ?… Mooca ?

Mooca est le seul type sur lequel Jacó puisse compter ! S'il l'envoie se faire descendre, sur qui s'appuiera-t-il ?… Non, il va envoyer ce salopard de Ferrinho et l'autre, le nouveau, Emerson, dont il ne sait jamais ce qu'il a dans le crâne.

« Ferrinho !… », chuchote Jacó. « Ferrinho, tu m'entends ?… Tu vas aller voir ce qui se passe là-bas !… Prends Emerson avec toi !… Allez-y tous les deux… »

Ferrinho lui jette un regard abruti comme s'il ne comprenait rien à ce que Jacó ordonne.

« Fais ce que je te dis, Ferrinho ! Obéis !… Si tu n'obéis pas, je te flambe, tu entends !… Je t'envoie une rafale !… Mon flingue est pointé sur ton dos ! *Poxa !* Mon doigt caresse la détente ! »

D'un coup d'œil par-dessus son épaule, Ferrinho vérifie que la bouche creuse du fusil automatique de Jacó menace bien son dos, que le doigt de cette petite brute se crispe sur la queue de détente.

« Tu m'as fait chier assez longtemps, Ferrinho !… Je n'hésiterai pas ! Tourne le coin de ce putain de *bequinho*, vois ce qui se passe, reviens et raconte-moi ! »

Emerson avance à pas prudents vers le coude de la venelle. Avant de tourner le coin, il se plaque contre le mur et il écoute de tout son corps ! Il écoute avec son flingue : le M16 à la crosse cassée que Zizi, l'armurier de Valente, lui a fourré entre les pattes, ce matin même, avant qu'ils ne s'engouffrent tous les six dans le combi de Jocimar, cap sur Acari. Lorsqu'il lui a tendu ce fusil brisé, Zizi a fait une grimace d'excuse et il a dit qu'il n'avait rien d'autre pour lui que ce flingue ramassé sur le champ de bataille. Devant le moignon de plastique qui tient lieu de crosse, Emerson n'a pu s'empêcher de penser que cette arme mutilée était passée de main en main avant d'échouer entre les siennes. Des mains dont beaucoup ne se résument plus, désormais, qu'à une poignée d'os nettoyés par les vers… Il a fanfaronné et il a promis à Zizi qu'il ne garderait pas longtemps ce fusil estropié : avant la nuit, il l'aurait échangé contre une arme en bon état, ou bien il serait mort et alors il n'aurait plus besoin de se défendre contre les créatures terrestres. Zizi lui a souhaité bonne chance en le regardant comme s'il le voyait pour la dernière fois.

Ferrinho a raison : on n'entend rien, en effet, que cette samba funèbre, aplatie comme si, pour parvenir à leurs oreilles, il lui fallait se faufiler sous une porte et y laisser la moitié de ses notes...

Que découvrira Emerson lorsqu'il aura tourné le coude de la ruelle ? S'il se trouvait soudain face à un monstre ? Une de ces créatures de chair et d'acier, au masque impénétrable, qu'il regardait sur la Globo, en fin d'après-midi, après l'école, avec ce petit con de Beto, là-bas, à Paranoá !

L'école est loin aujourd'hui, n'est-ce pas Emerson ?

Poxa qu'elle est loin, lorsqu'on se tient au coin d'une ruelle, un fusil abîmé dans les mains !

A-t-il entendu un bruit ?... A-t-il cru entendre un bruit ?... Tout est si confus... Ses yeux se portent vers le sol. Son ombre est par terre : noire, une ombre courte, certes, ramassée, trapue, une ombre qui ne lui ressemble en rien mais qui dessine tout de même le contour de sa tête. Cette putasse d'ombre s'allonge, passe le coin du mur... Elle dit à tous ceux qui guettent Emerson pour le bouffer vivant, le monstre de télévision, les ennemis qu'il n'a jamais vus mais dont Barba dit qu'ils sont à leur recherche, les morts dont il tient l'arme brisée entre ses mains : il est là, les gars ! Ce con d'Emerson se tient raide au coin du mur et il croit qu'on ne le sait pas !

Comment rétracte-t-on son ombre ?... Comment la rappelle-t-on à soi ?...

Viens-là, ombre ! Remonte dans mon corps ! Rentre dans mes jambes, dans mon ventre...

L'ombre ne rétrécit pas.

Une main s'abat sur l'omoplate d'Emerson qui tressaille. C'est la main de Ferrinho.

Que veux-tu, Ferrinho ?

Le garçon lui fait signe de jeter un regard en arrière, là où se tient Jacó.

Cet abruti a l'air furieux ! Il se démène, agitant le bras comme un possédé. Il fait signe à Emerson de tourner ce putain de coude, d'aller voir ce qu'il y a plus loin, dans la ruelle !

Mon ombre me dénonce, Jacó ! Regarde-la, cette pute, qui s'allonge sur la terre piétinée. Si je tourne le coin, ils vont me tuer !

Jacó s'en fout ! Il gesticule de plus belle ! Vas-y !… Va !… Fais ce que je te dis, *puta merda* !

Emerson pivote, s'enroulant littéralement autour de l'arête du mur.

Il n'avait rien prémédité : ça s'est fait tout seul comme si le bras que Jacó agite, là-bas, l'avait empoigné par l'épaule et l'avait projeté en avant.

Le tronçon de ruelle qui s'ouvre devant Emerson est d'une aridité glaçante. Des murs de hauteur inégale, aveugles, sans porte, sans fenêtre, sans aucune ouverture par laquelle s'échapper, délimitent un couloir qui conduit inexorablement à un carrefour qu'on aperçoit, une centaine de mètres plus loin, ouvert comme un tombeau. C'est là-bas qu'ils l'attendent ! Ils sont tapis dans l'ombre des baraques, le fusil en alerte. Dès qu'Emerson se mettra à courir, ils le fusilleront, il sentira son corps lacéré par les impacts…

La ruelle ressemble à une veine asséchée, vidée de son sang, à un vaisseau boursouflé de kystes, de varices. Deux espèces de dômes, hauts d'environ un mètre, construits dans un ciment gris de plomb, craquelé, font comme deux énormes furoncles poussés au milieu de la ruelle. L'un des deux est en partic enchâssé dans le mur qui borde le boyau tandis que l'autre est piqué, à son sommet, d'une plaque de tôle, rouillée et ronde. Emerson se casse en deux et court jusqu'à cette étrange construction.

Personne n'a tiré mais ça ne veut rien dire. Emerson sait qu'ils sont en embuscade, il sent sur sa peau, dans son corps leur présence invisible. Ils ont calé sa silhouette dans leur ligne de mire et ils attendent, patiemment, l'opportunité de le descendre.

Attention, Emerson… Sois prudent, garçon, ne te découvre pas…

La bouche d'Emerson est sèche pourtant, ce matin, il n'a pas pris de *brizola* ni même de *maconha*. Il voulait garder l'esprit clair, ne pas noyer sa vigilance dans la narcose euphorique de la poudre ! Peut-être aurait-il mieux valu qu'il s'abandonne, comme Barba avec ses cheveux rouges et son visage massacré, au Destin qui, par caprice, choisit de tuer ou de sauver les pauvres diables qui s'en remettent à lui ?

Ce n'est pas un pauvre diable, *puta merda* ! C'est Emerson da Cruz, fils de Carmelita da Cruz et d'un père inconnu dont il sait seulement qu'il était paveur de routes, que dans ses bras musculeux roulaient des biceps aussi gros que des ballons de football !…

Les biceps ne sont utiles que dans les films américains qu'on voit sur la Globo ou TV Bandeirante, Emerson… Ce qu'il te faudrait maintenant, c'est un bon fusil, un vrai flingue qui déchaîne l'enfer au lieu de cette cochonnerie mutilée que tu tiens à la main…

Le soleil tombe à pic dans la tranchée aux lèvres de ciment. On dirait qu'une volute de chaleur se déplace, là-bas, nonchalamment. Emerson épaule. Les éclats acérés du plastique lui meurtrissent les chairs…

Ce n'est qu'un chat, Emerson ! Un chat blanc, au pelage terni, qui semble flotter au-dessus du ciment. Un matou en maraude !…

Emerson a envie de tirer quand même, de flinguer cette cible facile pour déchirer ce silence qui l'oppresse, mais il sait que tirer soulignerait bêtement sa présence. D'ailleurs, il est trop tard : déjà, le chat s'efface. On ne voit plus que son arrière-train, l'hameçon de sa queue, on ne voit plus rien : même pas un remous dans l'air brûlant !

Emerson relève le canon de son arme. Personne : pas une âme qui vive. Là-bas, au carrefour, les baraques braquent sur lui les orbites creuses et noires de fenêtres béantes. On dirait des crânes : des boîtes crâniennes qui rissolent au soleil, indifférentes à la bataille qui se prépare, dont la fureur éclatera bientôt en rafales rauques, en détonations dont les façades impavides renverront un écho amplifié.

Emerson regarde son flingue brisé avec dégoût. Comment défendre sa peau avec ça ? À la première rafale, le canon, mal calé, va se balader où bon lui semblera ! Il va arroser à tort et à travers et les ennemis qui le guettent, le monstre en métal et plastique de la télévision, ricaneront de son impuissance, ils le mettront en joue posément, tranquillement, indifférents aux balles crachées par son flingue infirme, qui voleront, ici et là, comme un essaim de mouches folles…

Ce sera comme dans les rêves qui l'assaillent. Le Portugais, le type qui l'a cogné au bal funk, d'autres, dont il a oublié le nom mais pas le visage détesté, tous ceux qui lui ont fait du mal font cercle autour de lui. Emerson veut se venger, il leur porte des coups, de toutes ses forces, mais ses poings sont du chiffon et les types rigolent.

On entend une rumeur d'eau courante. Emerson plaque son oreille au furoncle de ciment derrière lequel il se tient accroupi. Le bruit résonne plus fort : de l'eau coule à l'intérieur. Ces deux constructions arrondies, ces deux pustules, ces deux seins de ciment qui ont perdu leur corps sont des bouches d'accès aux égouts bricolées par les gens d'Acari.

Une pierre frappe Emerson dans le dos. C'est Jacó, ce petit con de Jacó, qui la lui a envoyée. Il se tient au coude de la ruelle et il lui fait signe de continuer : il lui désigne le croisement où le chat blanc est passé tout à l'heure, avec une indolence de mirage, les baraques aux fenêtres caves ! Vas-y, va là-bas ! Grouille !..., dit le bras de Jacó qui se démène en l'air comme un serpent vindicatif !

Emerson lui montre, comme une excuse, la crosse brisée de son M16, mais Jacó s'en tape ! Il se moque qu'Emerson, en tirant, se dilacère l'épaule, qu'il se fasse descendre. Un type comme ça, encore gamin, novice dans la bande, ne compte guère ! Des jeunes comme cet Emerson, le Vermelho les recrute par dizaines !

Sors ton cul de là ! aboie le bras de Jacó, file jusqu'au bout du *beco*, salopard !

Dans la main droite de Jacó, un Uzi, d'un noir de deuil, approuve, du bout, camus, de son canon.

Si Emerson n'obéit pas, il sait que Jacó le descendra ! Pour l'exemple... pour se forger une réputation de chef impitoyable au combat !

Putain de Jacó !

Ferrinho est plaqué contre le mur, sur le bord opposé de la ruelle. Il fait signe à Emerson qu'il le couvre.

Tu me couvres mon cul, Ferrinho !

Si quelqu'un tire sur Emerson, ce connard de Ferrinho arrosera au hasard. Quand son chargeur sera vide, il retournera en courant au coin de la ruelle !

La joue collée au ciment craquelé de la bouche d'égout, Emerson comprend soudain ce qu'il doit faire.

Il se met debout, attrape la poignée rudimentaire soudée à la plaque de tôle et tire de toutes ses forces… La plaque cède d'un seul coup. Emerson tombe à la renverse, puis il roule sur lui-même, se couche, de tout son long, sur la buse et engage le haut de son corps dans le puits dont il vient de dévoiler l'ouverture. Dedans, ça pue atrocement !

C'est la tanière du diable, *puta merda* !

C'est le cul de Satan !

Emerson se laisse glisser à l'intérieur de la bouche d'accès. Il va s'en mettre partout, il va puer l'égout des jours et des jours, mais il n'a pas le choix !

Dans l'obscurité, il devine sur sa droite l'ouverture de la seconde chambre qu'il avait pressentie. Il s'y faufile. Au-dessus de sa tête, le couvercle de tôle dessine un cercle lumineux.

Emerson pousse de toutes ses forces sur la ferraille qui se soulève, il fait glisser la plaque hors de son logement. Elle bascule, lui semble-t-il, avec un bruit énorme, avertissant tout le monde alentour qu'un type, couvert de merde, va émerger de l'égout en se tortillant comme un ver.

Emerson sort à la lumière, se dégage du puisard. Comme il l'avait deviné, il émerge bien de l'autre côté du mur qui borde la ruelle. Il débarque dans une courette exiguë, jonchée de débris. Une famille entière le regarde apparaître comme une créature surgissant des entrailles dégueulasses de la terre, brandissant un flingue cassé que la mutilation rend plus terrifiant encore.

Ils sont assis dans la pénombre sur des chaises bancales, un canapé défoncé dont l'un des pieds, qui a flanché, est remplacé par un caillou. Ils attendent : silencieux, résignés. Il est midi mais la mère ne cuisine pas : elle serre un tout petit enfant sur sa poitrine comme si le corps de ce gosse était un talisman contre la guerre qui gronde. Pour une fois la télé est éteinte.

« Avez-vous vu quelque chose ? » demande Emerson. « Quelqu'un est passé, quelqu'un est là ? »

Le père fait non de la tête. Il n'a vu personne ! Ni ici, ni plus loin… Ni dans cette cour-là, ni dans la suivante… Il a seulement hâte qu'on en finisse : que tous ces types qui se cherchent, des armes à la main, se trouvent enfin et se tuent les uns les autres, jusqu'au dernier, qu'on les jette dans un *barranco* et qu'on n'en parle plus !

Emerson jette un coup d'œil autour de lui. Le seul passage qui lui paraisse à peu près sûr, jusqu'à ce maudit carrefour qu'il doit reconnaître, est celui des toits. L'accès à la terrasse se trouve à l'intérieur de la baraque. Emerson répugne à entrer, il répugne à demander qu'on le conduise. Il ne veut rien avoir à faire avec ces gens terrifiés : il se débrouillera seul. Il fait signe à l'un des gosses de lui passer sa chaise. Le gamin tourne vers son père un regard anxieux. Le père hoche brièvement la tête et l'enfant s'exécute. Emerson passe la bretelle de son flingue en travers de sa poitrine, rejette l'arme dans son dos, grimpe sur la chaise qui vacille, s'accroche au bout de tuyau par lequel s'évacue l'eau de la terrasse et parvient à se hisser sur le toit.

Vue de haut, Acari est méconnaissable. On dirait que des caisses de briques et de ciment ont été abandonnées sans ordre dans cette plaine étroite, orientée vers le nord, comprimée entre le rio Jacaré et une ligne de collines pelées par un feu de broussailles. Les taches vertes des manguiers, qui poussent dans les cours, moussent ici et là. Les antennes de télé brandissent vers le ciel de midi la supplique de leurs bras décharnés. *Senhor,* donne-nous nos images jusqu'à l'heure de notre mort, amen...

Emerson se met en route. Il saute sur la terrasse de la baraque voisine, de là il passe sur une autre, puis une autre encore et encore. Il approche du carrefour, décide de reprendre son souffle.

Des bouteilles de plastique sur lesquelles sont enroulées des lignes à cerfs-volants sont abandonnées çà et là. Un bout de miroir avec lequel les gosses échangent des signaux gît dans un coin. Quelqu'un a barbouillé « Mônica » en lettres maladroites sur un pan de mur. Emerson tente d'imaginer les terrasses, le soir, après l'école, ou le dimanche, en fin d'après-midi, quand tout un peuple de gamins grimpe là pour jouer, faute de place ailleurs.

Un gazouillement de bambin résonne en contrebas. Emerson se penche dans le vide. Un enfant de deux ou trois ans, vêtu seulement d'un lange de coton qui bâille sur ses reins grassouillets, court sur le balcon du logement qui se trouve juste sous la terrasse. Il a échappé à sa mère et il court, aussi vite qu'il peut, tricotant de ses jambes courtes et tortes sur le ciment brûlant, heureux de s'échapper il ne sait où.

La mère jaillit à la poursuite du bambin, échevelée, pieds nus, à peine couverte d'une robe de coton qui, à contre-jour, révèle, comme une radiographie malicieuse, l'ombre chinoise de son corps. La femme attrape le gosse par un bras, avec une violence disproportionnée, et le hisse, d'un coup de reins, jusqu'à sa poitrine. Avant qu'elle ne s'engouffre à l'intérieur de la baraque, elle lève son visage vers Emerson qui lit dans ses yeux une terreur panique. Il lit qu'elle savait, avant de rattraper son gosse indocile, que quelqu'un était sur le toit !

Emerson se suspend au muret qui borde la terrasse et se laisse tomber sur le balcon.

Il dégage son arme et la porte à sa hanche. Le canon pointé devant lui, il pénètre dans la pièce.

La femme se tient debout, aplatie contre le mur. L'enfant sanglote, plein d'une rage convulsive. Il étouffe, se débat pour échapper à l'étreinte de sa mère. La jeune femme ne cède pas aux contorsions de l'enfant : elle plaque sa tête dans le creux entre ses seins comme si elle voulait qu'il entre tout entier dans sa poitrine. Le gosse pisse de colère, de peur, l'urine ruisselle sur le bras de la femme, mouille sa robe, dégouline le long de sa jambe, collant le tissu à sa peau. Elle n'y prête pas attention : elle tremble, épouvantée. Emerson tente un geste pour l'apaiser mais elle ne le voit pas. Il comprend alors que cette angoisse irrépressible qui cloue cette fille contre le mur, serrant à l'étouffer son gosse dans ses bras, cette angoisse palpable qui sature la pièce et qu'il sent, qu'il renifle comme un animal sur ses gardes, a d'autres causes que sa seule présence.

Il observe chaque meuble, chaque recoin. Lorsque son regard retourne au fond de la pièce, il enregistre un rai de lumière vertical dont il n'avait pas souvenir. La porte du logement est entrebâillée de quelques millimètres.

Emerson tire ! Il a empoigné le canon du M16 à pleine main pour tâcher de le dompter mais il ne parvient pas à empêcher l'arme de ruer follement. Il sent la crosse, aux éclats acérés, lui labourer la hanche, il continue de presser la détente, il tire sans relâche !

Poxa, comme cette arme est indocile !

Poxa, comme elle se cabre, comme elle cherche à lui échapper !

Tout brisé, tout mutilé qu'il soit, le fusil éructe un bruit infernal, les explosions s'enchaînent en hoquets monstrueux ! Le fusil tressaille une fureur de fer ! De longs spasmes d'un feu poreux, des flammes jaunes trémulent à l'orée du canon.

Tire, fusil ! Tire, *puta merda* !

Le bois de la porte éclate, des fragments de ciment et de brique volent à travers la pièce.

Continue, Emerson ! Arrose-les de tes balles. Si tu te relâches, ils te tueront. Détruis la porte, désintègre-la, pulvérise ce qui se trouve derrière !

Le feu forcené du M16 ouvre un grand rectangle de lumière, puis la culasse tape à vide. Tout s'arrête mais il faut du temps à Emerson pour comprendre que c'est fini. Durant le silence blanc qui succède à la furie, il a le sentiment que son sang s'arrête de circuler, que son cœur cesse de battre. Les oreilles d'Emerson sont voilées par l'écho des rafales. Il n'entend plus les pleurs du gosse. L'enfant est recroquevillé dans les bras de sa mère. La nuque contre le mur, la fille ferme les yeux : livide, le visage verdâtre, les traits creusés, les narines pincées.

En s'abattant, le mort a pénétré dans la pièce. Son corps, allongé sur le ventre, semble coupé en deux par la lumière qui tombe, de l'extérieur, avec la brutalité aveuglante d'une lame de guillotine.

Il est grand ! *Poxa* qu'il est grand !

C'est un jeune homme qui repose, dans l'abandon désordonné de la mort violente ; il est torse nu, un sac de nylon noir est agrippé à son dos par ses bretelles. On dirait une araignée : un animal parasite goulu, pressé de bouffer le cadavre, d'emplir sa poche de nylon noir de la chair et du sang du garçon.

Il est… Il était mince… Son bermuda bleu est flasque sur ses reins maigres, sur ses fesses de chat.

Il avait des jambes pour courir, pas vrai ? Oui, de belles jambes, bien dessinées, minces… Le modelé de ses muscles s'efface déjà… Étrangement, le corps ne saigne pas, comme si l'homme était mort du bruit de la fusillade, ou des flammes qui fluctuaient, dans une rage inouïe, au canon du M16.

Dehors, le soleil de midi tombe à pic sur le ciment, sur la brique, la terre battue. Personne ne bouge à l'exception d'un coq rouquin qui, dans la cour en bas, divague de son pas suspendu.

Le mort tient encore son fusil : un long fusil puissant, presque neuf, à l'acier sombre, au bois ambré encore imprégné de graisse. Un vrai fusil de combat comme Emerson n'en a jamais vu ! Il s'en empare et dépose, à côté du corps, le M16 mutilé. Il avait dit à Zizi qu'avant la fin du jour il n'aurait plus besoin de cette arme misérable.

Le jour n'est pas fini, Emerson. Il y aura des morts encore, beaucoup de morts !

Dans le sac de nylon, Emerson découvre cinq chargeurs pleins et plusieurs centaines de balles : certaines en vrac, d'autres dans leur emballage de papier d'origine. Lorsqu'il charge le sac sur son dos, il éprouve un vague malaise, comme si endosser les effets d'un mort pouvait lui attirer la guigne.

Avant de quitter la pièce, il lance un dernier regard à la femme. Elle est assise à même le sol, la tête penchée sur l'épaule : les yeux clos. L'enfant, niché entre ses cuisses, risque vers lui un œil inexpressif.

La vue de cette femme abandonnée, presque inconsciente, trouble Emerson. Il sent son sexe qui durcit, il s'en étonne car il n'éprouve aucun désir. Certes, il pourrait chasser le gosse, le boucler quelque part et se coucher sur cette femme inerte, la prendre : là, par terre…

Remonter sa robe sur ses cuisses charnues, dénuder son ventre, ouvrir sa touffe noire et la baiser, en présence du mort… malgré cet inconnu qui gît sur le seuil, le nez sur le ciment.

22

« Tire !... », hurle Barba. « Tire, *puta merda* ! Aide-moi, Baiano !... Sors-moi de là !... »

Baiano ne répond pas aux appels désespérés de Barba. Bizarrement dressé sur la pointe des pieds, incapable de bouger, il est plaqué contre un pan de mur, regardant fixement devant lui.

Que regardes-tu, Baiano ? En face de toi, il n'y a qu'un mur. Un mur nu, *puta merda* ! Un mur comme n'importe quel mur...

Emerson est allongé sur la terrasse d'une bicoque. Depuis un moment déjà, il bataille avec son arme : le beau fusil pris au type abattu chez la fille, ce fusil magnifique dont il a cru qu'il ferait de lui un authentique guerrier et non pas un vagabond traînant une arme de pouilleux !

Ce putain de fusil est inerte : il se refuse à lui, *poxa* !

C'est le mort qui se venge, Emerson. C'est l'âme du mort qui paralyse ce flingue maudit !

Emerson tape nerveusement sur l'acier qui résiste. Quelque chose coince dans cette saloperie. Tout à l'heure, il a vidé son chargeur sur une ombre de passage, il a tiré pour jouer... Les grosses détonations qu'éternuait le canon, fantastiquement stable, résonnaient délicieusement dans la poitrine d'Emerson. Il tirait pour jouir de ce bruit épais, grave, prolonger cette sensation inouïe de tenir la foudre entre ses mains ! À aucun moment il n'a cherché à atteindre l'ombre qui s'enfuyait, mais elle courait : *poxa* qu'elle courait !

Après que le chargeur fut vide, Emerson l'a extrait sans peine mais celui qu'il veut introduire maintenant pour appuyer ses compagnons qui se battent, dans la ruelle en contrebas, ne rentre pas dans le logement, en avant du pontet.

Entre !… Entre là-dedans, *porcaria* !…

Le verrou ne s'enclenche pas et l'arme reste inerte. Emerson en pleurerait.

« Tire, Baiano, *pelo amor de Deus* ! » supplie Barba.

Baiano a laissé tomber son flingue. Le vieux FAL qu'il trimbale, sans conviction, depuis le matin, gît à ses pieds. Le garçon ne le ramassera pas mais cela, Barba l'ignore.

Barba est vautré dans son sang. Il a pris une balle dans la cuisse qui l'a fauché, l'a couché sur la bande de terre sale entre le mur aveugle, le long duquel il progressait, et le gros collecteur d'égout qui roule à ciel ouvert un flot épais, d'une terrifiante noirceur. L'arme de Barba a valsé à quelques mètres de là. Il pourrait l'atteindre en s'étirant un peu mais il est trop effrayé par ce sang qui s'écoule de sa jambe pour penser à tenter quelque chose.

Barba a de la chance : un tas de briques et de moellons lui offre un mince parapet ! Et puis le type qui l'a touché ne semble guère pressé d'achever le boulot. C'est un éclaireur en reconnaissance. Pour le moment, il se contente d'allumer le blessé de loin mais lorsque les renforts qu'il attend seront là, il quittera le couvert du recoin où il s'abrite, il courra sur Barba et alors, salut Barba, *ciao* mon grand !

Arrivé à bonne distance, l'homme de Maluco collera une poignée de balles dans la viande de Barba !

Salue le diable de ma part, *cara* !

Dis-lui qu'il a le bonjour de Sete Dedos !

Barba jette autour de lui des regards effarés. Pour se sortir de là, il lui faudrait d'abord traverser l'égout. Une passerelle de planches est jetée par-dessus le canal, une trentaine de mètres en arrière. C'est loin ! *Poxa* que c'est loin pour un type qui sent sa vie le quitter par un trou dans sa cuisse ! Le canal franchi, il prendra la ruelle, comme il pourra.

Barba commence à ramper mais la souffrance de sa jambe blessée l'arrête très vite. Traîner ce morceau de bidoche lacérée, inutile, qui lance dans son corps une douleur perforante est au-dessus de ses forces. Coincé entre l'égout qui dégueule une puanteur atroce et le mur qui lui oppose une barrière infranchissable, Barba se sent abandonné. « *Mãe !* » il crie. « *Mãe !* Aide-moi, *mãe*. »

Cloué sur la terre sale et graisseuse, Barba pleure, la tête dans les mains. Sa chevelure rouge sang ressemble à un chiffon d'étoupe qui tressaute au rythme de ses hoquets.

Il savait que la *brizola* dont, depuis des jours et des jours, il s'inonde le cerveau, ne le protégerait pas de la mort ou d'une sale blessure, mais il croyait qu'elle le blinderait contre cette peur atroce qui s'est saisie de lui, qui serre, dans son poing glacé, intraitable, sa poitrine de jeune homme.

« Ne me laisse pas, *mãe* », il sanglote. « N'abandonne pas ton fils, *mãe…* »

Le type qui l'a blessé et le tient sous son feu répond d'une brève rafale.

Ta mère ne peut rien pour toi, fils de pute ! C'est moi qui commande, moi qui décide de ta vie ou de ta mort !

J'ai décidé ta mort.

Une autre volée de fer laboure la terre, deux mètres devant les cheveux rouges de Barba ; les impacts font gicler des éclats de ciment, ils cinglent le blessé qui enfouit son visage au creux de son bras replié.

Allongé au milieu des papiers sales, des débris de verre, des bouts de plastique, Emerson continue de batailler avec son arme et, soudain, le chargeur s'enclenche avec un bruit sec de cliquet. Emerson manœuvre le levier d'armement, il engage une cartouche dans la chambre, puis il rampe jusqu'au bord de la terrasse.

Collé contre son pan de mur, Baiano ressemble à un enfant qui joue à cache-cache. Il voudrait se faire mince, mince… Il voudrait n'être plus qu'une feuille de papier épousant les aspérités du ciment.

Un peu plus haut dans la ruelle, le feu qui crucifiait Barba derrière son tas de briques s'est calmé. Le blessé reprend un peu de sang-froid. Il ramène son G3 à lui, avec difficulté, le pointe sur l'anfractuosité d'où partent les coups de feu, il lâche une longue rafale avant de rouler sur lui-même et basculer dans le collecteur où il se débat dans une eau noire, lourde comme un poison.

Barba glisse par à-coups : porté plus qu'emporté par le courant. Seuls ses yeux écarquillés trouent son visage ignoblement souillé.

Emerson se redresse. Il ajuste le coin de mur et il attend que l'homme de Maluco se découvre pour lâcher sur Barba une rafale mortelle. L'homme apparaît, en effet : il fait un pas de côté qui l'amène presque au centre de la ruelle, il prend son temps pour ajuster sa cible qui gesticule.

Emerson a mis la silhouette du type dans sa ligne de mire, il presse la détente, il sent la secousse du fusil sur son épaule. L'homme tombe lourdement sur lui-même. L'une de ses jambes reste en équilibre quelques secondes, le genou pointé vers le ciel, puis elle se détend avec une mollesse de ressort en fin de course.

Emerson dévale l'escalier qui plonge dans le ventre de la baraque. Il ne rencontre personne. Les habitants ont foutu le camp dès les premiers coups de feu, ou bien ils se terrent, aplatis sous les meubles…

Emerson débouche dans la venelle, il court jusqu'au blessé, assis au milieu de l'égout, l'air ahuri comme s'il ne comprenait pas ce qu'il fout, le cul dans ce canal bétonné. Lorsqu'il aperçoit Emerson, Barba tend ses bras vers lui avec une ferveur désespérée.

L'idée même d'empoigner Barba révulse Emerson. Pas lui !… pas ça !

Tirer Barba de cette fosse, se taper la merde n'est pas un boulot pour lui mais pour Baiano : ce salaud de Baiano qui n'a rien fait, qui est resté planqué au lieu de se battre ! Emerson se met en position, à hauteur de Barba, le fusil braqué vers l'extrémité de la ruelle, pour en interdire l'accès.

« Baiano ! » il appelle. « Baiano ! »

Quelque chose a bougé, là-bas, près du corps affalé. Le mouvement a été si bref qu'Emerson n'a pas réussi à identifier la silhouette. C'était peut-être un chien : un gros chien attiré par le sang…

« Baiano ! » hurle Emerson. « Si tu ne viens pas tout de suite, je te tue de ma main ! »

Lorsqu'il gueule cette menace, il sent que si Baiano n'accourt pas dans les secondes qui viennent, il le tuera bel et bien !

« Baiaaaano… »

Le garçon est là : tremblant, le visage gris, ruisselant de sueur.

« Sors-le de là ! » ordonne Emerson.

Baiano semble sur le point de s'enfuir, cependant il s'exécute. Il saisit le bras de Barba, tire de toutes ses forces.

Ce sont bien les hommes de Maluco qui arrivent. Des coups de feu résonnent, désordonnés. Emerson réplique. Il sent qu'il ne doit pas céder. Si la mort le choisit, alors elle le choisit et tout est dit, mais s'il tient les assaillants en respect, s'il les empêche d'avancer par sa seule volonté et le feu de son arme, il devine, obscurément, qu'il ne sera plus jamais le garçon fraîchement débarqué de sa cambrousse : il sera désormais Emerson de Rio, Emerson le combattant, un guerrier respecté !

Emerson tire avec raison, épaulant posément, ajustant les ombres furtives qui sautent, bondissent, d'un côté à l'autre de la ruelle, cherchant à gagner du terrain. Là-bas, les assaillants éprouvent la rigueur de son feu : ils sentent que l'homme qui les canarde ainsi ne craint pas de mourir, qu'il s'est mis hors d'atteinte, hors de portée : un homme *corpo fechado*, à l'épreuve des balles. Ils s'abritent comme ils peuvent, répliquant, au hasard, des giclées de métal hystérique.

Emerson lâche des rafales courtes, de deux ou trois cartouches, pour économiser ses munitions. Il tire presque au coup par coup, pour leur montrer qu'il n'a pas peur de leur fureur prolixe, incontrôlée, de leur brutalité aveugle qui sème l'acier comme autant de volées de postillons brûlants.

Lorsqu'il se retourne pour voir où en sont Baiano et le blessé, il constate que les deux garçons ont disparu.

Au fil des coups de feu, Emerson est entré dans un état second. Il recule pas à pas : lentement, prenant le temps d'attraper le chargeur plein glissé dans sa ceinture, d'extraire posément le chargeur vide pour le fourrer dans sa poche. Ses gestes s'enchaînent avec une fluidité, une aisance qui le charme. Oui, qui le charme, *cara* ! Comme dans un sortilège !

Lorsqu'il parvient au coin de la ruelle, il éprouve une espèce de déception. C'était si bien, *rapaz* ! Il se sentait si fort, si maître de lui ! Maître des lieux, maître de tout !...

Ce salaud de Barba est lourd, lourd : *poxa* comme il pèse !

Avec la bretelle de son flingue, en travers de la poitrine, qui lui coupe le souffle, Emerson n'en peut plus. Il a passé ses bras sous les aisselles du blessé, noué ses mains sur sa poitrine, cependant il a du mal à assurer sa prise. La peau de Barba est couverte d'une pellicule graisseuse et le corps glisse, lui échappe constamment.

Emerson a arraché la chemisette du blessé mais l'odeur est toujours là : pestilentielle, écœurante. Il doit se crisper pour ne pas vomir.

« Avance, Baiano ! » il aboie.

Baiano hoche la tête : oui, oui, il avance, il fait ce qu'il peut, il va aussi vite qu'il peut !...

Mieux vaut que Barba se soit évanoui, mieux vaut qu'il ne soit qu'un paquet de chair molle, abandonnée, ça lui épargne la douleur...

On entend une fusillade lointaine. Baiano redresse la tête, il ralentit le pas.

« Marche, Baiano, avance, *porra* ! » gueule Emerson.

« Tu entends ? » s'inquiète Baiano.

Oui, il entend !

« C'est Jacó ?... tu crois ?... » Depuis que Baiano s'est déballonné, il parle d'une voix plaintive : une voix qui s'excuse de n'être pas le soldat courageux qu'il croyait être, de n'être que le Baiano de toujours : faible, veule, qui allait pleurer dans un coin après s'être fait tabasser par son père au lieu de profiter de son ivresse pour lui fracasser une bouteille sur la nuque.

Emerson grimace. Non, ça n'est pas Jacó qu'on entend. Ça se bat sur leur gauche, or Jacó se trouve quelque part dans leur dos !

Le marché couvert dresse devant eux un parallélépipède de moellons surmonté d'un toit en tôles d'Eternit badigeonnées d'une peinture grenat. Emerson ordonne à Baiano de s'engouffrer à l'ombre du marché. Ils zigzaguent entre les étals de ciment et déposent le blessé sur une table de poissonnier.

Délivré de leur fardeau, ils soufflent, attentifs aux péripéties de la fusillade.

Là-bas, les rafales crépitent. Les hommes de Kenedi attaquent par le nord. « Barba ! » appelle Emerson. « *Oi Barba !* » Le blessé ne répond pas. La blessure de sa cuisse a cessé de saigner mais son corps est d'une flaccidité inquiétante. Lorsque Emerson lui pince la joue, l'empreinte livide de ses doigts persiste un long moment sur la peau de Barba. Emerson n'aime pas cet abandon, cette mollesse dans les chairs.

Il faudrait confier Barba à un docteur mais où trouver un docteur dans cette favela qu'il ne connaît pas ? Où trouver un poste de santé, un infirmier, une infirmière : quelqu'un à qui demander du secours ?

« Reste ici », ordonne Emerson, « reste avec lui ! »

Baiano lui jette un regard affolé. La perspective de rester seul avec ce blessé inanimé le terrifie.

« Tu as ta fusée ? » demande Emerson.

Aussitôt, Baiano extirpe fébrilement de sa poche une des fusées qu'il tenait à la main lorsqu'il veillait sur la *boca de fumo* de Nardão depuis le pylône de la Furnas : une de ces fusées qu'il a tirées, trop tard, après que les PM eurent abattu le gérant de la *boca* et ses gardes. Il avait cru que ses fusées le protégeraient, qu'elles attireraient sur lui l'attention bienveillante de Valente… Tu parles !… Ses fétiches l'ont trahi, mais le garçon n'a rien d'autre à quoi s'accrocher.

Emerson entraîne Baiano jusqu'à l'entrée du marché couvert, il le poste dans l'ombre d'un pilier.

« Si quelqu'un vient », il dit, « tire ta fusée pour me prévenir ! »

Baiano approuve avec vigueur. Ses yeux brillent. Ça, il sait faire ! Tirer une fusée qui dira : Baiano veille ! C'est ce qu'il fait de mieux !

Va tranquille, Emerson… Je serai tes yeux… Je serai ton cœur, tes sens… Compte sur moi, *irmão*.

Emerson claque l'épaule du garçon et part à la recherche d'un hypothétique secours.

Aucun médecin n'habite une favela ! Les docteurs, même les plus humbles, même les plus engagés dans le combat social, vivent en ville… Parmi les vivants… Ici, personne ne les laisserait en paix : jamais !… Il y a tant de misère, tant de soins à donner, tant de malades, de blessés sur qui se pencher, nuit et jour… Ils lui suceraient la moelle, ils le mangeraient vif !…

Les boutiques logées dans les bicoques basses d'un étage qui enserrent le marché couvert sont bouclées. Emerson tambourine longuement sur les rideaux de fer. Personne ne lui répond.

« *Ajuda !* », il crie. « *Socorro.* » Il sait qu'ils sont là : tapis dans la pénombre, immobiles, le cœur battant, priant le Seigneur que l'inconnu s'en aille, qu'il s'adresse ailleurs, jette son dévolu sur une autre boutique…

« *Ajuda !… Socorro…* »

Ils ont vu Emerson transportant le blessé, ils savent qu'il l'a laissé dans le marché couvert en attendant de trouver un lieu sûr où l'installer pour dispenser des soins.

Senhor Deus, je ne connais pas cet homme ! Il n'est pas d'ici, il n'est pas des nôtres… Faites qu'il n'entre pas chez moi, qu'il ne fasse pas de ma boutique un poste de secours que Maluco attaquera.

Que deviendrai-je si l'incendie dévore le peu que je possède ?

Va plus loin, va là-bas… je ne peux rien pour toi !

« *Ajuda… Socorro !…* »

Emerson s'éloigne du marché couvert, emprunte au hasard une ruelle qui s'enfonce dans les tripes de la favela. S'il a de la chance, il dénichera un curé ou un prêtre… Le pasteur d'une église baptiste qui garde en réserve quelques médicaments pour les urgences…

« *Ajuda… Socorro…* »

Personne ne répond. Emerson pense à retourner au marché lorsqu'il aperçoit une porte, à peine entrebâillée.

D'un violent coup d'épaule, il force le passage, repoussant une femme corpulente vers le centre de la pièce.

Trois enfants, assis sur des chaises branlantes, regardent la télévision dont le son est très bas. Ils tournent vers Emerson des visages plus amusés qu'effrayés, comme s'ils ne s'étonnaient guère qu'un des personnages dont ils sont familiers entre théâtralement par la porte de la rue pour regagner l'écran après avoir fait un tour à la lumière du soleil.

Emerson braque le canon de son arme sur le ventre de la femme. « J'ai un blessé, va me chercher quelqu'un ! » il ordonne. La femme s'éclipse sur-le-champ.

Emerson réclame à boire. La plus âgée des fillettes lui apporte un verre d'eau qu'il engloutit en trois gorgées. Il réclame à manger et la fillette lui apporte un morceau de fromage du Minas sous une cloche de grillage. Après quelques bouchées, Emerson délaisse la nourriture. Une boule lui bloque l'estomac. Rien ne passe.

Machinalement, il jette un coup d'œil à la télévision qui débite son flot d'images comme si de rien n'était, ignorant les convulsions qui tordent les favelas.

Les têtes des enfants se découpent en noir sur l'écran lumineux. Il n'y a pas si longtemps, Emerson était l'un d'eux.

La fusillade enfle. On entend maintenant des rafales sèches, pointues, enchaînant les coups de feu sur un rythme effréné. Une arme automatique vient mêler une voix nouvelle à la conversation pétaradante des flingues. Elle parle plus haut, plus fort, plus vite que les autres !

Qu'est-ce que c'est que cette grande gueule ?... Une mitrailleuse ?...

La femme est de retour, accompagnée d'un homme âgé portant le pantalon orange des agents de santé. « Seu Evandro », elle présente, le souffle court. Elle a cherché Morris, qui a longtemps travaillé au Pinel, l'hôpital des fous, mais elle ne l'a pas trouvé, alors elle s'est rabattue sur Seu Evandro, qui salue une nouvelle fois, d'un signe de tête, lorsqu'on prononce son nom.

Emerson doute que le vieil homme soit capable de soigner qui que ce soit, mais au moins il veillera sur Barba en attendant que les combats diminuent et qu'on puisse le transporter dans un dispensaire ou un hôpital.

Seu Evandro approche son visage buriné à quelques centimètres de celui du gisant.

Seu Evandro ne voit pas grand-chose !

Il voit un jeune type, à la figure très sale, qui ne bouge plus du tout. Le vieil homme saisit le poignet de Barba, tâte le pouls : rien ne bat à ce poignet, il ne sent rien non plus aux jugulaires.

L'oreille collée à la poitrine maigre de Barba, Seu Evandro n'entend pas davantage. Le vieil homme se redresse, la bouche arquée par une moue désabusée. Le cœur du garçon étendu devant lui, sur l'étal à poissons, n'est pas plus vigoureux qu'un cœur de poule, il se pourrait même qu'il soit éteint…

Seu Evandro hoche la tête, pointe sur le corps un doigt tordu d'arthrite : rien ne va là-dedans, rien ne fonctionne, *sabe* ! C'est beaucoup de silence pour un homme blessé.

Beaucoup trop de silence…

Le vieil homme hausse les épaules : trop de silence pour lui !

Il salue du mouvement de tête qui lui est coutumier et s'en va sans se retourner.

Apporte de l'eau, Baiano !

Au méchant robinet encastré dans le mur décoré de coquilles, de poissons, de sirènes qui jouent dans des vagues bleues, le garçon remplit un bidon d'huile d'olive dont la poignée est un bout de fil électrique tressé.

Il le hisse au-dessus de la tête de Barba, allongé sur le ciment de l'étal, verse doucement.

Le filet d'eau dissout la pellicule de boue noire qui brouille les traits du jeune mort. Emerson frotte avec précaution, du bout des doigts, évitant, d'instinct, les douloureux tatouages de la terrible dérouillée infligée par Valente.

Apporte encore de l'eau, Baiano !

Le visage revient lentement mais celui qui réapparaît n'est pas le Barba qu'Emerson connaissait. Ce n'est pas le type à fleur de nerfs, toujours au bord de la panique, qui endormait sa peur avec la *brizola*. L'homme qui émerge de sa gangue sous les doigts attentifs d'Emerson est un Barba tragiquement indifférent. Plus de *brizola*, plus de *maconha*, plus rien : le silence !

Le silence infini, éternel.

Salaud de Valente !

Lorsque Barba est entré dans Acari, à la tête de son groupe, il était déjà mort ! En l'abattant, l'homme de Maluco n'a fait qu'achever un travail déjà bien entamé.

Baiano apporte de l'eau, encore et encore, Emerson jette de pleins bidons à la volée qui, en frappant le corps du défunt, projettent alentour de grandes éclaboussures.

Barba s'en fout, Barba ne bronche pas. Désormais, on pourra le doucher autant qu'on voudra, aussi rudement qu'il plaira : il ne mouftera pas. Il ne répondra rien, ne consentira pas la moindre grimace sous le choc de cette eau qu'on lui balance en pleine figure.

Barba est mort, *cara* !

Apporte de l'eau, encore de l'eau, des tonnes d'eau !

Baiano ne proteste pas : il met dans ses va-et-vient incessants une ardeur qui lui vient du fond du cœur.

Si Barba finissait par se dissoudre ? S'il disparaissait, si la mort elle-même se dissolvait sous cette eau qu'ils balancent à grands seaux…

23

Assis sur une caisse de bière retournée, le dos calé contre le mur, l'otage regarde Carmelita sans un mot. Elle lui sourit mais l'homme reste impassible, fixant sur elle des yeux durs dans lesquels elle croit lire de la rancune. Il lui reproche d'être du *sequestro*, elle aussi, d'appartenir à la bande de ces types : Sagão, Toni, Valdão et les autres, ces bandits en guenilles qui veillent en bas, les armes à portée de main, et qui le tueront sans même réfléchir, s'il tente de s'enfuir… Un instant Carmelita pense à détromper le prisonnier mais que lui dirait-elle ?… Soutiendrait-elle, les yeux dans les yeux, qu'elle n'est pour rien dans son supplice ?…

Allons Carmelita, allons ma fille… Même si tu ne fais que cuisiner pour un otage… Sagão te paie… tu gagnes de l'argent sur le dos de cet homme, à ses dépens, car c'est lui, au bout du compte, qui réglera la note…

Et il le sait, *Senhor Deus* !… Bien entendu, il le sait…

Sequestradora…

Elle a honte, honte !…

Sur une autre caisse de bière, également retournée, posée face au prisonnier, Carmelita déplie une des nappes de papier blanc dont elle a acheté un paquet de cinquante au supermarché Fofi, près de l'arrêt du bus qui l'emmène chaque jour, désormais, à Nova Jerusalem. Tandis qu'elle déplie la nappe et la lisse du plat de la main, elle sent le regard de l'homme qui court sur son dos, s'attarde sur sa nuque.

Pense-t-il à lui rompre le cou ?…

Pense à ta guise, homme… C'est la seule liberté qu'il te reste !

Carmelita pose sur la nappe le plat qu'elle a fait réchauffer avant de monter, ainsi qu'un verre, une assiette et une fourchette qu'elle prend la peine d'essuyer, une nouvelle fois, devant l'otage, pour lui prouver qu'elle n'est pas une souillon mais une femme soucieuse de propreté et d'hygiène. Elle pose également une bouteille de Guaraná qu'elle a remplie d'eau fraîche.

L'homme ne bronche pas, conservant une immobilité dont Carmelita ne sait si elle est l'expression d'une hostilité contenue ou le signe d'un abattement extrême.

« C'est une *moquequa* de *camarão* », elle annonce, d'une voix mal assurée, en ôtant le linge qui recouvrait le plat, puis elle se retire de quelques pas, attendant avec anxiété le verdict de l'homme.

Elle a peur qu'il repousse l'assiette avec humeur ou qu'il repose sa fourchette après quelques bouchées en déclarant avec une grimace de dégoût qu'il n'aime pas, qu'il trouve ça infect…

Il est visiblement de ces hommes qui fréquentent les meilleurs restaurants. À Brasília, combien de fois a-t-elle regardé avec envie les convives insouciants attablés au Sagres, dans la zone commerciale nord, ou bien à la Churrascaria da Torre, près de la tour de télévision.

Que va-t-il penser de sa cuisine ?

Jamais elle n'a préparé de *moquequa* mais elle ne pouvait se résoudre à lui servir le sempiternel riz aux haricots qu'on mange ici, d'un bout à l'autre de l'année. Le prisonnier n'est pas un homme de la favela, il n'est pas accoutumé, depuis l'enfance, à se taper le même plat cinq ou six fois dans la semaine. Comme elle l'avait soutenu à Sagão en exigeant qu'il remplace la bouteille de gaz qui commençait à sonner le vide : la nourriture est plus importante pour un otage que pour quiconque ! *Tá ?...*

En guise de réponse, Sagão lui avait demandé avec un ricanement méprisant combien de temps elle avait été elle-même prisonnière pour affirmer une chose pareille avec autant d'aplomb ?

Les sarcasmes de Sagão ne sont que l'expression de sa mauvaise humeur. Il sait que Carmelita a raison : pour conserver son otage vivant, sinon en bonne santé, il doit le nourrir convenablement. Devant le silence buté de Carmelita, il avait fini par hocher la tête et il avait ordonné à Toni d'acheter un *botijão* de gaz.

Carmelita comprend la rogne de Sagão. En ce moment, lui et ses hommes doivent se contenter de ce qui leur tombe sous la dent.

L'application de Carmelita à cuisiner laisse croire à Sagão que le prisonnier est mieux traité qu'ils ne le sont lui et sa bande.

Comme toujours, *puta merda...* Qu'il soit en liberté ou qu'il soit otage, ce genre de type mangera toujours mieux qu'eux ! Il sera toujours davantage considéré…

Sagão n'a pas tort, n'est-ce pas Carmelita ?

Non, il n'a pas tort…

Certes, Carmelita pourrait se charger de la cuisine pour toute l'équipe mais elle refuse de s'impliquer davantage dans cette histoire. Elle ne veut pas devenir membre de la bande à Sagão.

Membre à part entière, à plein temps !

Elle imagine déjà ce que dirait la télé si elle se faisait prendre : « *A mulher do sequestro !* » On la verrait, tête baissée, entre deux flics…

Pas ça, *Senhor Deus* !… Plutôt mourir que de vivre ça !

Mourir de quoi, *querida* ?… Crever de honte, vraiment ?… Et pourquoi, diable ?… Qui te connaît, qui se soucie d'une *morena* qui se fait prendre par les flics. Ils en arrêtent des cents, des mille, ils en coincent tout le temps…

Tout le monde s'en fout, tu sais…

Oui, elle le sait… mais elle ne se fera pas prendre ! Elle ne fréquentera pas Nova Jerusalem assez longtemps pour se faire prendre !

Quelques jours encore : le temps de mettre de côté suffisamment d'argent pour payer le billet du retour à Brasília, le temps de remettre l'homme sur pied, *tadinho,* et elle leur dira adieu.

Adieu Sagão, adieu favelas, adieu Rio…

Adieu l'otage…

Elle s'est interrogée longuement sur un plat qui pourrait changer l'ordinaire du prisonnier, lui procurer un peu de plaisir dans une si profonde affliction. De la morue à la portugaise ?… du *chuchu*, de la courge ?… une *picanha* accompagnée de *farofa* ?… Rien ne lui semblait assez bon.

Incapable de se décider, elle était allée demander conseil.

Alair, qu'est-ce que je lui prépare, dis-moi ?… Que lui préparerais-tu, si tu étais à ma place ?

Alair avait rétorqué, avec une pointe d'aigreur, qu'elle n'était pas à la place de Carmelita, avant de lancer avec désinvolture, comme si ça tombait sous le sens : « Fais-lui une *moquequa* ! »

Carmelita avait haussé les épaules. Cette conne d'Alair se fichait complètement de l'otage ! Elle avait balancé ce qui lui passait par la tête, pour se débarrasser…

Une *moquequa*… Carmelita ne connaissait rien à la cuisine bahianaise… Elle était retournée chez elle furieuse mais, en chemin, l'idée de se lancer dans un plat compliqué lui était apparue comme un moyen de racheter en partie le péché qu'elle commettait en s'impliquant dans le *sequestro* de l'homme de Brasília. Car c'est bien un péché, n'est-ce pas Carmelita ?

Un énorme péché !

En salivant, car elle espérait sans doute se faire inviter, la grosse Lygia lui avait longuement expliqué la recette, s'attardant à de minuscules détails comme la hauteur de flamme durant la cuisson ou insistant sur la nécessité d'utiliser une coquelle de fonte : de cette grosse fonte noire, poreuse, lourde, qui conserve la chaleur…

Ni elle, ni Lygia, ni même aucune des femmes que Carmelita connaissait dans la favela ne possédait pareille coquelle ! N'empêche que c'était là-dedans qu'on mijotait les bonnes *moquequas*, rabâchait sa grosse voisine : « Des *muquequas* de roi, *tá* ! *minha filha*... »

Un instant, faute de la fameuse coquelle, Carmelita avait été sur le point de renoncer mais elle s'était reprise : une simple casserole d'aluminium ferait tout aussi bien l'affaire.

Elle était allée acheter de l'huile de *dendê*, du lait de coco, des crevettes, du *chuchu*... Elle avait pris plaisir à faire ces emplettes car cela lui donnait l'illusion qu'elle préparait un repas de fête. Mais Dieu que c'était cher !... Cette garce d'Alair, avec sa jalousie, l'avait poussée à préparer un plat de riche !

Les crevettes fraîches coûtaient les yeux de la tête mais Carmelita ne pouvait tout de même pas servir des crevettes séchées qui, même trempées longtemps dans l'eau, ressemblent à du carton ! Elle-même s'en accommoderait volontiers mais pas lui !... pas un habitué des meilleures tables de Brasília comme ces restaurants français dont se gargarisait Seu Renato et dont elle n'était jamais parvenue à retenir le nom.

L'homme mange. Courbé sur sa table improvisée comme s'il cherchait à protéger son assiette de mystérieuses convoitises, il enfourne précipitamment des fourchetées énormes. Du riz pleut de sa bouche, des grains se prennent dans les fils de sa barbe.

On dirait des œufs de fourmis.

Carmelita est heureuse. Si sa *moquequa* était vraiment détestable, le prisonnier ne se goinfrerait pas ainsi !

Elle remplit le verre posé devant l'assiette avec l'eau de la bouteille de Guaraná. L'homme ne voit pas son geste, il continue de manger comme si elle n'était pas là, comme si sa vie se résumait à ce plat de crevettes mijotées dans l'huile de *dendê* et le lait de coco, avec de petits dés de *chuchu,* et servies avec du riz blanc que Carmelita a fait cuire comme Seu Renato le lui a appris. Elle est fière de son riz : il est ferme, les grains en sont bien détachés.

L'homme se redresse. Il voudrait s'essuyer la bouche mais il ne trouve rien qui fasse l'affaire et jette autour de lui un regard ahuri comme s'il avait oublié qu'il était prisonnier au dernier étage d'une baraque perdue quelque part dans la périphérie de Rio.

Carmelita déchire un bout de nappe et le lui tend. L'homme prend le papier et se tamponne les lèvres.

Carmelita ébauche un geste pour lui signaler qu'il oublie des grains de riz accrochés dans les fils de sa courte barbe, aussi blanche que ses cheveux, mais lorsque, intrigué par son geste, le prisonnier l'interroge des yeux, elle se sent bête, soudain, et détourne le regard, feignant de se concentrer sur l'inventaire des rares objets posés ici et là.

Un petit miroir cerclé de jaune, une cuvette de plastique rouge, un bout de savon sur un morceau de bois, un torchon qui pend à un clou fiché dans la brique du mur, une brosse à dents... Elle cherche des yeux la douche où l'homme fait sa toilette.

À l'autre bout de la pièce, un tuyau blanc pénètre par un trou percé dans l'un des panneaux de bois qui obstruent la fenêtre. On dirait un serpent, ou un gros ver, qui hésite à entrer... Une large tache d'humidité marque le sol, là où l'homme s'est douché. Dans un coin, un bloc de mousse, étroit et mince, recouvert d'un drap qui paraît propre, est posé sur des feuilles de journal.

Où sont les toilettes ?... Doit-il réclamer, crier pour qu'un des types de Sagão le conduise aux W.-C. ?

Quelle humiliation, Seigneur…

L'homme mange plus calmement maintenant, il prend le temps de mastiquer. Carmelita l'observe, elle suit la main qui porte la fourchette à sa bouche : les ongles ne sont ni noirs ni cassés, la paume n'est pas épaissie à force de manier des charges, la peau n'est pas brûlée par le ciment ou la chaux, mais c'est une main ordinaire, une main qu'on pourrait trouver ici, dans la favela. Elle pourrait appartenir à un bandit de la drogue, par exemple, à un patron de bar, à quelqu'un qui travaille dans une boutique ou un bureau… La banalité de cette main étonne Carmelita.

À quoi t'attendais-tu, ma fille ?… À des doigts longs et fins comme des doigts de femme, à des ongles manucurés ?…

C'est un homme, ma grande… Un homme…

Un otage, certes : un de ces types riches qui se font enlever et qui, lorsqu'ils sont relâchés, racontent l'histoire de leur séquestration à la télévision. La joie fébrile de ceux qui se sont enfuis du cercueil à la dernière minute illumine leurs gueules de déterrés mais ce sont des types comme les autres… Des gens comme toi et moi en somme…

C'est la première fois que Carmelita considère l'otage sous les traits d'un type ordinaire et ça lui fait un drôle d'effet…

C'est comme si une vitre s'était brisée entre elle et lui… Comme s'il était sorti du poste de télé, comme s'il était réellement dans cette pièce sordide, alors qu'avant…

Avant il était ailleurs, il était… Elle ne sait pas où il se trouvait mais il lui paraissait lointain : infiniment éloigné d'elle… Il était réel, certes, mais pas comme elle le voit, comme elle le sent maintenant, avec ce riz qui continue de pleuvoir de sa bouche trop avide, ses coups de fourchette maladroits…

L'homme a lavé son tricot bleu marine à manches courtes. D'avoir été frottée longuement au savon, la maille est restée un peu blanche… Sagão n'a pas procuré au prisonnier les vêtements promis, Carmelita devra penser à le lui rappeler. Elle dresse mentalement la liste des habits dont l'otage a besoin : deux slips, ou plutôt deux caleçons car un homme comme lui porte des caleçons… un bermuda de rechange, deux tee-shirts pour le jour, un pour la nuit… et un caleçon supplémentaire, pour la nuit également…

La dernière fois qu'elle s'est préoccupée de la garde-robe d'un homme, Carmelita préparait le sac d'Emerson…

Il lui faudrait aussi quelques mouchoirs…

Elle plie la nappe de papier dont elle a déjà déchiré un morceau, la découpe en carrés… Lorsqu'il entend le bruit du papier qu'on déchire, l'homme lui jette un coup d'œil rapide.

Ce que fait Carmelita ne l'intéresse pas et il retourne aussitôt à son assiette.

Ce papier de nappe n'est pas confortable pour se moucher : il est trop épais, trop raide… Si elle demande à Sagão d'acheter quelques paquets de mouchoirs, il va se foutre en rogne ! Il va gueuler que les gens du *campo* ne font pas tant de manières : ils se mouchent avec leurs doigts…

D'évidence, cet homme-là ne sait pas se moucher dans les doigts…

Elle-même se mouchait ainsi quand elle était gamine : là-bas, à la *fazenda* Caruaru dans la Zona da Mata, mais c'est loin… Elle a oublié le geste et même si elle ne l'avait pas oublié, elle n'aimerait pas, aujourd'hui, devoir renouer avec cette vieille habitude marquée par la misère, le dénuement, le manque d'éducation. Elle a fait du chemin depuis Caruaru, elle a fréquenté des gens qui vivaient autrement, a compris qu'elle-même pouvait vivre autrement que dans la Zona da Mata…

Elle achètera des mouchoirs elle-même, elle retournera à Fofi. Elle prendra aussi un petit flacon de lotion…

Tu crois qu'il aimera ça ?…

Tu imagines que c'est un homme à se parfumer avec des lotions vendues chez Fofi ?… Des lotions de pauvres ?…

Il y a quelques années, elle avait offert au père de Bebeto, son cadet, une eau de toilette au vétiver, achetée au Panelão, qui n'était pas si mal…

En tout cas, elle ira faire un tour dans le rayon, regardera ce qu'ils ont chez Fofi…

L'homme ramasse tout ce que peut ramasser sa fourchette et lorsqu'il ne reste plus que le jus, il contemple l'assiette avec un air désappointé, à la fois émouvant et comique, qui tire à Carmelita un sourire involontaire. Il y a chez ce type quelque chose d'adolescent. Comme une étincelle de jeunesse qui brillerait encore, attardée dans le blanc de ses cheveux, dans l'argent de sa barbe.

Lorsqu'il lève son visage vers elle, tout sentiment a disparu. Il est dur à nouveau, arc-bouté sur sa rancune. Il ne veut pas parler, ne veut rien partager d'autre que ce constat terrible : il est prisonnier, autant dire presque mort, et elle, Carmelita, est complice de son calvaire.

Il n'y a rien à dire, rien à faire : l'homme a raison !

Carmelita se sent abattue, découragée. Elle a le sentiment qu'on l'accuse injustement.

Le Destin jette les gens sur des continents tellement éloignés… Il les abandonne sur des îles ennemies…

Tu comprends, homme ?…

Non, il ne comprend pas : il ne veut pas comprendre ! Qui l'en blâmerait ?…

Laisse tomber, ma grande, descends l'escalier, rentre chez toi, oublie…

Déjà elle tourne les talons lorsqu'elle se ravise.

Elle en a plein le dos de l'obstination du Destin à la renvoyer vers le bas, vers les rez-de-chaussée qui donnent sur des ruelles poussiéreuses, jonchées d'ordures ! Et puis elle se souvient de Zé, de Paranoá, du Distrito Federal…

L'homme aussi vient de Brasília ! Même s'il lui oppose ce visage buté, il a sans doute la *saudade* de sa famille, la nostalgie de sa ville, de la vie qu'on y mène, qu'il menait avant qu'on ne l'enlève pour le jeter dans l'enfer de Nova Jerusalem…

Tant pis pour les consignes de silence d'Alair, tant pis pour la prudence… Carmelita a besoin de parler à cet homme : il y a si longtemps qu'elle ne dit rien à personne. Ces paroles non dites, ces émotions vécues dans le silence l'étouffent.

« Moi aussi », dit-elle, « j'ai vécu à Brasília. Pas dans le Plan Pilote : à Paranoá. Vous voyez où est Paranoá ?… »

L'homme ne répond rien. Il esquive le regard de Carmelita : il regarde vers le fond de la pièce. Des rides verticales plissent son front entre ses sourcils, sa bouche est crispée dans une moue amère, une moue de refus. Il ne l'écoute pas, ne veut rien entendre, il fait comme si elle n'était pas là mais elle est là !

« L'invasion », elle insiste, « au-dessus du mur du barrage… Vous voyez bien où c'est ! »

L'homme baisse la tête, il entreprend de ramasser du bout de son index mouillé les grains de riz répandus sur la nappe de papier.

Il ne connaît sans doute de Paranoá que cette agglomération pouilleuse qu'on voit, à des lieues à la ronde, tacher de sa lèpre répugnante la superbe forêt de sapins plantée sur les collines de l'ouest, lors de la construction de la ville, et qui aujourd'hui est ignoblement mitée par les envahisseurs, par ces pauvres qui s'abattent, comme des parasites voraces, insatiables, sur des terres qui ne leur appartiennent pas.

Il les a sans doute maudits, elle et ses semblables !

Tu nous as maudits, n'est-ce pas ?…

Un jour que tu étais attablé avec tes amis devant une bière, à la terrasse de ces restaurants chics qui poussent maintenant au bord du lac, tu n'as pas dit qu'il fallait nous chasser, mais tu as laissé dire !

Tu n'as pas réagi quand une de ces grandes gueules qui ont des solutions pour tout a braillé qu'il fallait charger toute cette racaille dans des bétaillères et la larguer en pleine cambrousse, à cinq cents kilomètres de là, pour lui ôter l'envie de saloper les belles collines de la capitale fédérale.

Les autres approuvaient, ils ricanaient, en rajoutaient… Ils nous imaginaient, cavalant dans les champs, avec les flics aux fesses, tirant des coups de flingue, pour nous chasser jusqu'en Amazonie, pour nous noyer dans les marais du Pantanal…

Ils l'ont fait, *querido* !

Ils ont embarqué les gens dans des camions et ils les ont jetés dans le sertão de Bahia.

Ils sont revenus… Eux ou d'autres… Semblables en tout cas : miséreux, vêtus de loques… Des gens en loques…

Tu m'entends, dis ?… Est-ce que tu m'entends ?…

Non il ne l'entend pas : il continue de picorer les grains de riz comme un coq barbu.

D'ailleurs, comment l'entendrait-il : en vérité, elle ne dit rien ! Toutes ces accusations qu'elle porte contre les gens qui ressemblent à l'otage restent enfermées dans sa tête…

Elle se dit que parler à des types comme lui ne sert à rien.

Si elle lui adressait ses reproches à voix haute, il ne l'écouterait pas. Il penserait, comme tous les gens de son monde, hommes et femmes réunis dans le même mépris, qu'elle n'est qu'une *empregada* sans cervelle !

Carmelita se souvient des pleurnicheries de ses maîtresses du temps où elle servait dans le lac Sud : Dona Berenice, Dona Odília, Dona Bárbara…

Elles ne se gênaient pas pour trucider les pauvres devant elle : « Qu'on fiche le feu à ces baraques, *poxa* !… »

« Moi je ferais tout flamber, *querida* ! Comme disait mon défunt Amauri : je passerais tout ça au lance-flammes et le problème serait réglé ! »

C'était comme si Carmelita n'existait pas, comme si elles croyaient que ses oreilles de bonne ne captaient pas le sens de leurs paroles. En vérité, Dona Teresa, Dona Edith, cette grosse tourte de Violeta se fichaient pas mal de ce que pensait une *empregada*…

Elle se souvient de leurs voix aigres, de leurs voix qui se lamentaient avec une colère pleine de rancune, résonnant sur la véranda tandis qu'elle-même était occupée dans la cuisine.

« Et les bonnes, *querida* : toutes pareilles ! La cervelle aussi vide qu'une vieille boîte à biscuits... »

Leurs voix résonnaient dans le grand séjour immaculé de Dona Alba... Canapés de cuir blanc, fauteuils de cuir blanc, murs blancs. Tout blanc ! Blanc de blanc, Seigneur, et la terre rouge du cerrado, apportée par le vent, qui s'insinuait partout !

Épousseter chaque jour, ramasser de pleines pelles à poussière de cette saleté rouge, la rejeter dans le jardin, la retrouver à l'intérieur le lendemain...

« Et menteuses, fainéantes, voleuses... Grands dieux qu'elles sont voleuses ! Elles volent l'argent, la nourriture, les vêtements... »

Connasse de Dona Alba !... Du blanc dans un pays de terre rouge...

« Elles volent les hommes, aussi, quand elles le peuvent... Elles les ensorcellent, elles leur font boire des philtres, on ne sait quoi... Toutes ces *morenas* ont la luxure dans le sang, méfie-toi, *querida*, méfie-t'en... »

Salope de Dona Alba, de Dona Ivone... Garces du lac Sud, de la péninsule des Ministres !

Économise ta salive, ma fille ! Si tu lui disais tout ça à voix haute, il garderait les oreilles fermées, il penserait que tu caquettes, que tu fais du bruit, seulement du bruit qui ressemble à des paroles mais qui n'est pas des paroles...

Ferme-la, Carmelita... Tais-toi...

La seule chose qui intéresse les types comme lui c'est la fente qui s'ouvre entre les cuisses des bonnes quand elles sont jeunes, lorsque leur chair est ferme, savoureuse. Parfois ça les prend après un verre ou deux, ils se jettent sur la bonne un soir que Madame n'est pas là, ils l'enfilent en vitesse, debout dans la cuisine, honteux quand même de se taper l'*empregada*, la viande demi-choix de l'*empregada*...

Ça dure un mois, six mois, et quand elles ont un gosse dans le ventre, ils les foutent à la porte. Avec une poignée de billets pour avoir bonne conscience... « Où habitiez-vous à Brasília ? » demande-t-elle.

L'homme reste muet, il ne réagit même pas au son de la voix de Carmelita. Maintenant qu'il a fini de ramasser les grains de riz, il lisse la nappe du plat de la main, avec une application ridicule. Il gratte de l'ongle les taches sombres laissées sur le papier par l'huile de *dendê* comme s'il pouvait les faire partir ainsi.

C'est de l'huile, *querido*... Ça ne s'enlève pas comme ça, allons ! Même si tu n'as jamais nettoyé quoi que ce soit de ta vie, tu sais que ça ne partira pas ainsi !

Bien sûr qu'il le sait ! Une vache le saurait...

Il fait semblant : il se donne une contenance...

Il a l'air d'un gosse boudeur. D'un pauvre gosse malheureux qui bataille, avec un courage enfantin, pour s'empêcher de pleurer.

Peut-être vit-il ses derniers jours cloîtré ici, dans cette pièce sale, inachevée, plus misérable encore que la baraque où vit Carmelita, dans les hauteurs de Querozene...

L'otage lui paraît soudain terriblement démuni, vulnérable, fragile... Elle a honte de la colère qui l'a prise.

« Je ne vous en veux pas... », elle murmure.

L'homme tressaille et relève la tête vers elle dans un mouvement irréfléchi. Il ne dit toujours rien mais Carmelita lit sur son visage l'expression d'une incompréhension abasourdie.

Elle me pardonne, il se répète, cette négresse qui me tient prisonnier me pardonne…

Il la regarde, de haut en bas, doutant d'avoir bien entendu. Carmelita ramasse la vaisselle salie, tourne le dos et s'enfonce dans l'escalier, raide à tomber, qui plonge vers le bas de la baraque.

« Comment l'as-tu trouvé ?… Il a mangé, bien mangé ?… Il a trouvé ça bon ? »

Carmelita secoue la tête, tend, comme une preuve, l'assiette de faïence dans laquelle il ne reste plus que des traces de sauce.

« Bon », grogne Sagão, « ça va… S'il a mangé, ça va… »

Une colère sourde s'attarde dans sa voix comme si l'otage l'avait échappé belle…

Carmelita éprouve l'impression étrange que Sagão est gris. On dirait que son visage a été frotté avec de la poussière, pourtant sa peau est propre. « L'homme n'a rien laissé », elle se rengorge, « il s'est jeté sur ma *moquequa* comme un affamé et il a tout englouti. »

Sagão approuve avec impatience : il a compris, inutile d'insister. L'homme a mangé !

« Demain je lui ferai… » À dire vrai, Carmelita est encore indécise… Elle avait pensé à une *buchada* mais elle craint que les tripes ne répugnent à l'otage. Une lueur de convoitise brille un instant dans les yeux de Sagão. Si sa femme n'avait pas fichu le camp, il lui aurait demandé une *buchada* pour dîner.

Une bonne *buchada*, avec des tripes fraîches, du piment *bode* pour les relever…

Mais cette salope de Loira a mis les voiles ! Elle l'a laissé tomber ! Où est-elle maintenant ?

Où es-tu, Loira ?… Au plumard avec un autre type ?…

« Cet homme n'a probablement jamais mangé de tripes, non ? » s'inquiète Carmelita. « Qu'en penses-tu ?… Je prépare une *buchada* ?… »

Sagão ne répond rien.

Où veux-tu que soit cette pute de Loira ?…

Elle est retournée là-bas, dans sa famille, à São João dos Loucos. Pour passer la faim, elle bouffe du serpent…

Elle t'attend…

Tu parles qu'elle m'attend…

Chaque soir, elle se pavane dans les fringues que je lui ai offertes, elle se prend pour une dame, éblouit les bouseux…

Sagão pense aux types qui tournent autour de sa femme, il imagine la Loira sur le lit : à poil sur le lit, la touffe humide tandis qu'il est ici, dans le désert de Nova Jerusalem, à la tête d'un *sequestro* qui part en couille…

« Écoute ce que je dis, Sagão, je lui fais une *buchada* ? »

Sagão regarde Carmelita avec stupéfaction : cette conne a l'air soucieuse !

Non, pas de *buchada*, décide Carmelita, trop risqué !… Elle va tâcher de cuisiner un *cozido*…

Un bon *cozido* avec du bœuf, des patates, des carottes, de la *couve*…

« Qu'en penses-tu ? »

Sagão hausse les épaules : de la *buchada* ou du *cozido*… Elle peut préparer ce qu'elle veut, il s'en fout ! Du moment que l'autre, là-haut, éprouve du plaisir à manger, peu lui importe ce que Carmelita fourre dans sa gamelle !

Oui, Sagão est gris… Son teint est plombé, il est d'une sale couleur : verdâtre, jaunâtre… Il n'y a plus aucune lumière sur le visage de Sagão ! Ce gris de plomb vient de l'intérieur. Carmelita le connaît : c'est le gris du tourment, la charge de l'angoisse qui pèse sur l'homme, qui l'imprègne, qui l'épuise.

« Ça va ? » elle demande, regrettant aussitôt sa question. Elle ne veut pas que Sagão lui dise ce qui se passe, elle ne veut pas devenir grise, elle aussi, puer l'angoisse, sentir la terre, la destruction, la mort…

Sagão regarde Carmelita, la tête penchée sur le côté comme un oiseau. Il se mordille la lèvre comme s'il la goûtait avant de la couper d'un coup de dent pour l'avaler, la gober comme un ver…

« Ça va… », soupire Sagão. « Il faut bien que ça aille ! » Il est clair qu'il dit ça pour signifier que ça ne va pas, et Carmelita n'a pas envie d'entendre la suite.

« Il lui faut du papier toilette, elle coupe, du shampooing, de la lessive pour ses vêtements. »

Sagão acquiesce. Du papier toilette, de la lessive.

« Achète-lui un tricot, un bermuda, des caleçons… » Sagão a un geste d'exaspération.

« Habille-le comme un homme ! » jette Carmelita, déjà dans le couloir.

24

Une pluie lourde, aux gouttes énormes, crépite sur les tôles d'Eternit ; la charpente de fer vibre, amplifiant l'écho de ce pilonnage rageur. Une foudre molle lance des bras sans force, avalés aussitôt par le déluge. L'enceinte, haute de trois mètres, maigre comme une feuille de carton, qui sinue autour du bâtiment inachevé sous lequel s'est réfugié le groupe, empêche que les lumières de la favela n'atténuent l'obscurité si bien que sous le toit, dont Cinquante-Deux leur a dit que si on achevait un jour le bâtiment il serait une église, les ténèbres sont si épaisses qu'elles en paraissent solides.

Ferrinho a voulu allumer un feu pour tâcher d'y voir un peu mais Cinquante-Deux le lui a interdit. Il ne le lui a pas déconseillé : il le lui a défendu ! La voix de Cinquante-Deux est lourde, graillonnante, c'est la voix d'un type entre deux âges qui boit trop de *cachaça*, trop de bière, mais l'homme sait rendre sa voix coupante, dure, presque métallique. Lorsqu'il a dit, sans élever le ton : « Tu ne fais pas de feu ici, *cara* ! », c'était un ordre sans réplique et Ferrinho n'a pas insisté. La flamme d'un briquet a troué quelques instants cette obscurité de cave tandis que le garçon cherchait où poser son cul maigre et lorsqu'elle s'est éteinte, le noir s'est refermé sur eux.

Ils attendent.

Les lucioles pourpres des *baseados* tournent d'un type à l'autre. De temps à autre, le bout d'un stick rougeoie plus fort et Emerson s'efforce de reconnaître les visages brièvement illuminés par la braise incandescente. Mooca, Jacó, Baiano, Ferrinho... Ce soir, ils fument tous pour apaiser le fracas des combats qui résonne encore en eux, domestiquer la peur qui leur a fouaillé les nerfs. Ils cherchent la chaleur, la réconciliation de la *maconha*. Cinquante-Deux est le seul qui ne fume pas la *maconha*. Comme le proclame son surnom, l'unique ivresse qu'apprécie Cinquante-Deux est celle de l'alcool.

« Cinquante-Deux » est une *cachaça* fabriquée dans la favela : une de ces *cachaças* acides dont les cinquante-deux degrés flambent sans pitié le palais, la gorge, les tripes tout entières, flambent aussi cervelle et jugement.

Lorsque Emerson, de retour du marché couvert où il a abandonné la dépouille de Barba, en fin d'après-midi, a découvert Cinquante-Deux en conversation avec Jacó, il s'est dit que le bonhomme avait un ventre à bière.

Cinquante-Deux tenait un chat crevé par la queue. Un chat blanc, tellement raidi par la mort qu'on aurait pu croire que c'était une carcasse de carton ou de bois, recouverte d'un morceau de ces tissus synthétiques qui imitent le poil. Une humeur, translucide comme de la sueur, suintait au trou du cul rose, large comme un gros bouton éclos à la racine de la queue du chat mort et ce liquide suffisait à prouver que le cadavre qui pendait au poing de Cinquante-Deux était bien celui d'un vrai chat : un chat en viande et non pas une poupée ou un jouet. Cinquante-Deux est l'émissaire de Kenedi qu'ils ont attendu, en vain, toute la matinée.

D'après Mooca, il est arrivé vers quinze heures, l'haleine chargée de *pinga*, il a considéré avec une arrogance d'ivrogne ce qu'il restait du groupe de Barba et il a roté haut et fort son mépris pour ce ramassis de gamins.

C'est lui qui transmet les ordres de Kenedi, lui qui fixe les objectifs, décide de la progression. Il porte le gilet à bretelles vertes et le pantalon gris des agents de nettoiement. « Agent de nettoiement... », s'esclaffe Cinquante-Deux. « Il y a de quoi rire, pas vrai ? »

Dans l'ombre étouffante et sonore qui pèse sous le toit de tôle, nul ne saisit ce qu'il y a de drôle là-dedans ! Personne ne comprend pourquoi Cinquante-Deux, qui a tenu un chat mort par la queue une bonne partie de l'après-midi, rit à gorge déployée en annonçant qu'il est agent de nettoiement. Ramasser les saloperies immondes qui traînent dans les ruelles n'a rien de marrant, *cara* !

« Ça n'est pas ça qui est drôle ! » ronronne Cinquante-Deux.

Il laisse planer un long silence, durant lequel on n'entend que le martèlement de la grosse pluie sur la tôle d'Eternit, avant de livrer la cause de son hilarité. Cinquante-Deux est un tueur ! C'est lui qui se charge de liquider les ordures, *rapa* !

Et il éclate une nouvelle fois d'un rire bruyant, un rire plein de *cachaça*, de bière, de sang, de meurtre !

Ça se passe comme ça, il raconte. Kenedi l'appelle, il lui dit : Cinquante-Deux, tu te charges de

Bandeco ! Il a volé Fernanda et comme tu le sais, ici, je ne tolère pas les voleurs !... Je veux un exemple, *tá* !... Je veux que chacun se souvienne longtemps de ce qui est arrivé à Bandeco !

Kenedi a raison ! Dix fois, cent fois, mille fois raison ! Les voleurs attaquent qui ils veulent, ils détroussent qui ça leur plaît : hommes, femmes, enfants, vieillards, ils détroussent les chevaux, les poules, les cochons si le cœur leur en dit, mais pas dans la favela !

« Pas dans la favela, *puta merda* ! » hurle Cinquante-Deux dans un accès de rage soudain : une rage de dément, à moins qu'elle ne soit feinte, à moins qu'il ne cherche, en gueulant comme un chien, à effrayer les garçons qui viennent de se battre tout le jour durant, pour avoir barre sur eux, les tenir à sa main. À moins, pense Emerson, qu'il ne hurle le manque de *cachaça,* ou de bière, qu'il ne s'irrite de ce que sa chaudière intérieure refroidisse...

Emerson déteste les types qui ne savent pas se tenir, ceux qui hurlent pour un oui pour un non, qui piquent des rognes soudaines, il hait ceux qui se baladent serrant la queue d'un chat mort dans leur poing.

Cinquante-Deux reprend son récit. Kenedi veut qu'il s'occupe de Bandeco.

Très bien !... Il se charge de Bandeco.

« Bandeco !... » miaule Cinquante-Deux, « viens là ! Viens, *meu filho* ! J'ai quelque chose pour toi... »

Quelque chose pour moi ?

Quelque chose de bon... Une friandise, *rapa* !...

Bandeco est gras et veule, il aime bâfrer par-dessus tout ! Si on lui donne à choisir entre se taper une *gata* ou s'offrir un gueuleton, ce gros lard n'hésite pas une seconde : il choisit le gueuleton alors que lui, Cinquante-Deux, il se tape d'abord le gueuleton et au dessert, il s'envoie la *gata* !

Cinquante-Deux rit de son rire de *cachaça*.

Bandeco se méfie. L'imbécile est persuadé que personne ne sait que c'est lui qui a dévalisé la vieille Fernanda, ce n'est donc pas le vol qui l'inquiète… Ce qu'il juge bizarre c'est cette offre que lui fait Cinquante-Deux. Il ne voit pas au nom de qui, au nom de quoi, l'animal lui offrirait une friandise. Ce n'est pas le genre de Cinquante-Deux, *poxa* ! Un coup à boire, peut-être, mais une friandise ?…

Une friandise ? répète Bandeco. Quelle friandise ?

Une douceur, susurre Cinquante-Deux, tu verras, viens…

Pourquoi Cinquante-Deux ne la lui donne-t-il pas ici ? Hein, Cinquante-Deux…

Parce qu'il ne l'a pas là, *puta merda*, il ne l'a pas avec lui ! s'énerve Cinquante-Deux, si Bandeco ne veut pas de son cadeau, tant pis ! Un autre en profitera…

Cinquante-Deux s'excite pour un oui pour un non ! Cinquante-Deux, c'est de la dynamite et quand on est gras et veule, on n'agace pas la dynamite. Bandeco emboîte le pas à Cinquante-Deux, il le suit à contrecœur dans le terrain vague dont la boue s'étale en plaques craquelées sur le bord du *rio* Jacaré.

Une friandise, rumine Bandeco.

Son estomac gargouille déjà, il imagine un *doce-de-coco*, de la *marmelada*… Pourquoi pas des *quindins* ? Si c'étaient des *quindins, Senhor Deus* ? Il adore les *quindins* !

Bandeco se damnerait pour des *quindins* onctueux, des *quindins* d'un jaune intense, lourd, un jaune plus jaune que l'œuf, translucide !…

Le gros garçon salive.

Lorsqu'ils sont tout près de l'eau noire du *rio*, cette eau qui n'a d'eau que le nom, Cinquante-Deux s'arrête et sourit largement.

Ils sont arrivés.

Bandeco cherche autour de lui. Il ne voit ni *goiabada*, ni *marmelada,* encore moins des *quindins*. Il ne voit que cette eau, d'une noirceur infecte, les herbes salies de boue, les détritus, la mort…

Cinquante-Deux se baisse et lorsqu'il se redresse, il tient un bâton dans son poing : un bâton de bois dur dont le bout s'épaissit, un gourdin fait pour frapper, briser les os, faire éclater les chairs ! Un casse-tête ! Bandeco pourrait passer le terrain vague au peigne fin pendant dix ans, jamais il ne trouverait un pareil bâton. S'il est là, c'est que quelqu'un l'y a caché. Bandeco a compris. Cinquante-Deux sait qu'il a volé la vieille Fernanda. Bandeco est mort.

Des larmes coulent sur son visage.

Le bras de Cinquante-Deux monte au-dessus de sa tête, son visage se tord dans un rictus de masque.

« On ne vole pas dans la favela, *cara* ! »

Le bras de Cinquante-Deux s'abaisse.

Bandeco tente d'éviter le coup mais le bâton va trop vite pour lui : il fend l'air, vibrant de méchanceté, sifflant la destruction.

« Kenedi a interdit qu'on vole les gens d'ici. Tu le savais, Bandeco ! Tout le monde le sait ! »

C'est fini.

Bandeco n'est plus qu'une loque gisant sur la boue du *rio* Jacaré, cette boue mêlée d'ordure que les crues déposent jusque dans les baraques de Vila Rica do Irajá. On voit sa trace répugnante sur les murs des maisons, à l'intérieur des pièces. Elle décape la peinture plus sûrement que l'acide.

Cinquante-Deux se tait, satisfait. Ça s'est passé ainsi…

Il a tapé un moment encore sur Bandeco mais ça n'était plus la peine. Le premier coup l'avait tué.

La voix de Cinquante-Deux est graissée d'une satisfaction obscène.

Le crépitement de la pluie diminue, la foudre, exténuée, perce difficilement la couverture de nuages ; on dirait qu'elle s'éloigne, abandonnant Vila Rica à ses guerres de bandits.

Emerson voudrait dormir, sombrer dans un sommeil épais qui l'avalerait tout rond, lui ferait oublier la dépouille de Barba qu'il a laissée, là-bas, sur le ciment d'un étal comme un poisson crevé.

Il n'y a nulle part, ici, où il puisse s'étendre. Sous le toit de ce qui devait être une église, la terre est à nu. Si Emerson se couchait sur cette terre à vif, il aurait le sentiment de s'allonger dans sa tombe.

Dehors, l'herbe est trempée.

Il pense à la fille terrifiée chez qui il a flingué le type de Paulo Maluco. Elle savait que l'homme se tenait derrière la porte mais elle ne lui avait rien dit, ne l'avait pas averti : elle était restée plaquée contre le mur, serrant contre ses seins le gosse qui pissait dans ses bras. Emerson ne lui en veut pas de ce silence qui l'abandonnait au Destin, qui aurait pu l'envoyer à la mort.

Il se souvient de la fille se précipitant sur le balcon pour rattraper le gamin qui vacillait sur ses jambes tortes, gazouillant un rire aigu… Il se rappelle le soleil radiographiant le corps de la fille à travers sa robe de coton, et cette vision le fait bander.

Il n'a même pas pensé à demander son nom. Il ne l'a même pas embrassée. Il aurait dû l'embrasser : à pleine bouche…

Emerson ricane en silence : un baiser avant d'aller se faire tuer !

Il bande si dur que ça lui fait mal.

Il retournera chez cette fille : il la retrouvera, il enverra le gosse au diable et cette épine qui lui laboure le ventre cessera de le torturer.

Ferrinho soupire. « Qu'est-ce qu'on fout là ? » il râle. Ferrinho ne peut jamais s'empêcher de râler.

« Ce que tu fous là ?… » Cinquante-Deux semble indigné de la question de Ferrinho. « Tu demandes ce que tu fous là ! » À nouveau il semble sur le point d'éclater d'une colère rageuse puis sa voix s'adoucit. « Tu ne sais pas ce que vous foutez là ?… »

Mooca répond d'un grognement indistinct. Emerson prend la parole au nom du groupe : personne ne sait ce qu'ils foutent là ! Ce matin, Barba les a rassemblés, sur ordre de Valente, devant l'armurerie de Zizi qui leur a distribué des armes. Ils se sont engouffrés dans le combi de Jocimar qui les a conduits à Acari en leur tapant le cul et les a largués au bord du *rio* Jacaré. Avant qu'ils ne s'enfoncent dans les ruelles inconnues, Barba leur a raconté en vitesse qu'ils se battaient contre les hommes de Paulo Maluco. Pourquoi se battent-ils ? Ils n'en ont aucune idée. Le seul qui aurait pu les éclairer c'est Barba mais, à l'heure qu'il est, le cadavre de Barba repose sous le marché couvert.

« *Que Deus lhe dê proteção…* », marmonne la voix de Baiano.

Jacó connaît peut-être les raisons de cette guerre dans laquelle Valente les a jetés sans leur demander leur avis mais Jacó ne dira rien parce qu'il estime qu'il est le chef maintenant que Barba s'est fait plomber. Un chef ne partage que ce qu'il veut bien partager et Jacó n'a pas envie de partager grand-chose ! « Pas vrai, Jacó ? » raille Emerson.

« Ferme-la ! » grince Jacó. « *Calaa boca rapaz !* »

Emerson ricane tout haut : il se fout des ordres de Jacó. Il n'a pas peur de lui. Depuis qu'il a conquis ce flingue qu'il tient sur ses genoux, la main sur le pontet, il ne craint plus personne !

« Je vais vous dire ce que vous faites là ! » commence Cinquante-Deux, sur le ton convenu qu'on emprunte pour dire un conte, le soir, dans la cambrousse.

Cinquante-Deux s'emmerde, il a envie de parler pour passer le temps, abréger cette nuit chargée de pluie, lourde d'un orage paresseux qui musarde dans la Baía. En vérité, Cinquante-Deux est un *canastrão* : un cabot qui aime à tenir le crachoir. Il a besoin qu'on le regarde, qu'on l'écoute, Cinquante-Deux est un de ces types qui, sous une écorce de dur, aiment à se pavaner sur le devant de la scène. Un paillasse ! Un paillasse tueur, certes, mais paillasse quand même !

À l'en croire, Kenedi est un sage !

Kenedi est le chef le plus avisé qui ait régné sur Vila Rica depuis…

Cinquante-Deux fait mine de fouiller dans ses souvenirs.

« Depuis longtemps, *sabe*… »

« Kenedi est bon ! » assène Cinquante-Deux. Vraiment bon !… *Bom mesmo !* » Il insiste.

Il sent que les garçons l'écoutent : il les tient dans son verbe, il les captive avec des coquetteries de conteur de village qu'il a été, peut-être, dans son Nordeste natal : là où les gens assis le long d'un mur, sur des chaises bancales, écoutent les histoires que l'un d'eux déroule dans la nuit chaude traversée d'insectes volants…

« Kenedi était trop bon ! »

Lui, Cinquante-Deux, l'avait prévenu à l'époque : il lui avait répété dix fois, cent fois ! « Fais pas de cadeaux, Kenedi !… Paulo Maluco est un chien, méfie-toi !… Un mauvais chien mord la main de celui qui le nourrit ! »

Cinquante-Deux ménage un silence pour les laisser méditer ça : un mauvais chien mord la main qui le nourrit…

Saouls de *maconha*, ils imaginent le chien, imaginent la main, les crocs du chien, ses babines retroussées…

C'est Paulo Maluco ce chien ?… *Poxa* qu'il est salaud !

« Un salaud d'entre les salauds, *meus filhos* ! Tellement salaud qu'il a décidé un jour de prendre la place de Kenedi ! »

À l'époque, Vila Rica exploitait les plus grosses *boca*s *de fumo* d'Acari ! En rapport, elles surpassaient celles du Complexo do Alemão ! On écoulait à Vila Rica des dizaines de kilos de *brizola*, des tonnes de *maconha* à trois cent cinquante, quatre cents reais le kilo ! Du gros real bien lourd, souligne Cinquante-Deux ! Du real à un demi-dollar ! En ville, la *maconha*, la *brizola* valaient le double. Tout le monde venait se ravitailler à Vila Rica !

« Je lui disais : prends garde, Kenedi ! Ça ne plaît pas à tout le monde !… Les types de la Zone Sud font la gueule, tu sais ?… Tu leur casses le marché ! »

Kenedi répondait qu'il se moquait des types de la Zone Sud ! Des caïds de Rocinha, Vidigal, Pavãozinho, Cidade de Deus… il n'en craignait aucun… Ici on était à Acari ! Et Acari c'était le royaume des durs ! Le royaume des chiens qui mordent la main qui les nourrit !

Paulo Maluco gérait les trois *bocas* les plus importantes : celle de la Rua Libertador, de Serpente, vers Amarelinhos, et la *boca* de Vila Esperança !

« Je lui disais : ça fait beaucoup d'argent, Kenedi ! Pourquoi donnes-tu tout ce fric à Paulo Maluco ? Tu veux te faire tuer ou quoi ? »

Me faire tuer, il s'étonnait, pourquoi diable Paulo Maluco chercherait-il à me tuer ?

Il était persuadé qu'il administrait si bien son monde qu'il n'avait pas d'ennemis. Et le fait est que Kenedi n'avait pas d'ennemis !

Il distribuait l'argent à poignées ! Il donnait pour la crèche, il achetait les tuyaux pour les égouts, pour l'eau, les outils, il payait les agents de nettoiement, les agents de santé… Il payait pour les bals, pour les fêtes *juninas*… Il avait même le projet de créer une école de samba !…

Si ce salaud de Paulo Maluco n'avait pas fait son coup, Vila Rica aurait eu son école de samba, *cara* !

À l'inverse, Paulo Maluco ne distribuait rien du fric que lui rapportaient les *boca*s ! Comme on l'a su plus tard, il le mettait de côté pour s'offrir la tête de Kenedi. Il a rencontré clandestinement des chefs du Terceiro et il s'est entendu avec eux. Ils lui ont promis des hommes, des armes, du matériel.

Un samedi matin, un camion de déménagement s'est engagé dans les ruelles de Vila Rica. Il est allé jusqu'au marché. Incapable de s'enfoncer plus avant dans les tripes de la favela, il s'est rangé le long du mur, là où se rangent les camions qui livrent les légumes. Il était tard pour une livraison : onze heures et demie, presque midi. L'heure où les bars fument déjà d'une ivresse bruyante, et puis c'était un gros camion ! D'ordinaire, ce sont des minibus ou des pick-up qui desservent le marché. Il fallait être con, vraiment, pour faire entrer à Vila Rica un pareil monument, pensaient les gens qui se rendaient au marché, en faisant la grimace.

Emerson imagine un camion grenat. Un gros camion Mercedes, à la caisse rectangulaire. Sur ses flancs de tôle est écrit en gros…

Qu'est-ce qui est écrit, hein, sur ce foutu camion ?…

C'est écrit *Mudanças* ! En lettres jaunes, qui tiennent la moitié du panneau. Des lettres bien dessinées, carrées : DÉMÉNAGEMENTS RIBEIRO ! Et en plus petit : *Rapidité, sécurité, qualité de première.*

Le chauffeur est descendu de la cabine, il est allé tranquillement à l'arrière, il a ouvert la porte à double battant. Une douzaine de types, qui se tenaient prêts, ont jailli, le fusil à la main. Ils ont couru jusqu'au local, à cent mètres de là, où les types de Kenedi se rassemblaient, le samedi matin, pour toucher l'argent de la semaine en buvant de la bière. Les types descendus du camion savaient qu'ils les trouveraient là. Ils sont entrés, ils ont aligné tout le monde contre le mur. Kenedi n'était pas là. Ce samedi matin, exceptionnellement, il était chez sa mère, à Bangu, et cela, Paulo Maluco l'ignorait.

Les hommes descendus du camion ont fait sortir huit types qu'ils ont fusillés devant la porte. On voit encore sur le mur les impacts des balles. Lorsqu'ils auront repris Vila Rica, Cinquante-Deux leur montrera.

Ils ont coupé les têtes des cadavres, les ont alignées sur le seuil, et ils se sont installés tranquillement dans le local. Personne ne les a dérangés.

Emerson imagine les têtes coupées posées comme des fruits : des ananas hirsutes, le long du mur, dans la poussière.

Les têtes mortes disaient à tous ceux qui passaient de rester au large, elles disaient : entre Kenedi et Paulo Maluco, c'est la guerre totale, la guerre sans pitié, de la mort à la mort !

Paulo Maluco est passé vers onze heures du soir, il a donné un coup de pied dans une tête qui ne lui revenait pas et il est entré dans le local, féliciter ses gars. Les gens du voisinage les ont entendus chanter et gueuler les trois quarts de la nuit. Si Kenedi avait été sur place, à Vila Rica, il aurait pu lever une cinquantaine d'hommes et en finir, une bonne fois pour toutes, avec Paulo Maluco, mais il était toujours chez sa mère : Dona Alba, qui a le cœur malade…

Une mère de bandit n'a-t-elle pas toujours le cœur malade ?

Emerson pense à sa mère à lui. Il voudrait qu'elle le prenne dans ses bras, qu'elle le serre contre sa poitrine comme la fille serrait le petit qui pissait.

Prends-moi dans tes bras, *mãe*… Caresse-moi les cheveux, caresse-moi la joue… Chante-moi *Boi*… comme quand j'étais gamin…

Emerson a envie de pleurer.

À deux ou trois reprises, un hoquet sec soulève sa poitrine. Il doit se faire violence pour empêcher que les pleurs ne jaillissent de sa gorge, de ses yeux.

Dieu qu'il se sent petit !

Il revoit Barba assis dans la merde, tendant les bras vers lui comme s'il était convaincu qu'Emerson avait le pouvoir de l'arracher à la mort, il revoit le type qu'il a tué, étendu en travers du seuil chez la fille au gamin…

Petit, *mãe*, tout petit…

Malgré la répugnance qu'il éprouve, Emerson s'allonge sur la terre battue, il roule sur le flanc, le fusil serré entre les genoux, respirant une odeur de moisi, de terre souillée. Qu'importe… Il est tellement misérable.

Où es-tu, *mãe* ?… Viens me chercher ! Ne me laisse pas ici, couché sur le sol comme un chien… Ne m'abandonne pas.

Elle est loin, Emerson : elle est là-bas, quelque part dans la nuit de Querozene ou d'ailleurs, cherchant de l'argent pour manger.

Laisse tomber l'argent, *mãe* ! Ne te préoccupe plus d'argent ! Nous en aurons beaucoup, je te promets… Occupe-toi de moi, *mãe*, comme Dona Alba s'occupait de son fils qui pansait ses plaies, là-bas, à Bangu, ruminant sa vengeance…

Sous le règne de Paulo Maluco, les gens de Vila Rica ont senti la différence. D'une manchette, Paulo Maluco cassait une clavicule. Il en a cassé beaucoup ! Dans les bals funk où il débarquait avec une escorte de vingt hommes.

Toi, pourquoi me regardes-tu ainsi ?…

Moi ?… je ne te regarde pas !

Manchette, clavicule cassée.

Toi, là, que fais-tu avec cette fille ? Cette *gata* n'est pas à toi ! C'est moi qu'elle aime, moi qu'elle veut, pas vrai, *gata* ?

Clavicule, manchette…

Des mois durant !

Certains samedis, Paulo Maluco punissait les voleurs. Ses hommes amenaient le type au terrain de football, près du marché couvert.

Pose ta main par terre, voleur ! ordonnait Paulo Maluco. Le type s'exécutait et Paulo Maluco lui tirait une balle dans la main.

Un jour, on lui avait amené un homme accusé d'avoir volé une bouteille de gaz dans une baraque.

Pose ta main par terre voleur !

Le type gueulait : je suis innocent, je n'ai rien fait !

Tu parles que tu es innocent ! Pose ta main par terre !

Deux secondes plus tard, une gamine accourait. L'homme n'avait pas volé la bouteille de gaz, c'était elle qui lui avait demandé de la porter à sa place jusqu'à la boutique parce qu'elle était trop lourde ! Paulo Maluco avait menacé la gamine de lui tirer, à elle aussi, une balle dans la main pour la punir de son inconséquence !

La nuit blanchit. Les muscles sont courbatus, les têtes lourdes, embrumées de *maconha*. Emerson se redresse, il s'assoit, s'adosse à l'un des piliers de métal qui soutiennent la charpente et le toit. Sur la gauche, une croix, émergeant des ténèbres pâteuses d'humidité, dresse son squelette de tôle semé d'ampoules rondes comme des verrues. Une grande croix, haute de trois mètres, semblable à celle qui est plantée au-dessus de Divinea et qui brille nuit et jour : la croix du Vermelho. Elle dit que là où elle brille règne l'ordre du Vermelho ! À l'ombre de ses bras étendus, c'est la loi du Vermelho qui s'applique : une loi de fer, une loi qui tue pour un oui pour un non, malheur à celui qui la transgresse !

Le Vermelho a perdu Vila Rica, la croix ne s'illumine plus dès la tombée du jour.

La langue de Cinquante-Deux est pâteuse. Il se plaint qu'il a soif.

Paulo Maluco est le diable, *meus filhos*, et aujourd'hui, nous prendrons le diable et nous l'amènerons à Kenedi qui le tuera de sa main !

Kenedi a cuvé sa défaite dans le giron de sa mère durant près d'une année : mangeant à peine, cadenassé dans sa chambre, ne voulant voir personne… Jusqu'au jour où Dona Alba s'est plantée d'un air sévère sur le seuil de la pièce.

Tu vas pleurer longtemps… ? Combien de temps vas-tu rester ainsi : *chorando e chorando* ?… Pleurant comme un enfant : comme une fille déçue ?…

Et Kenedi s'est réveillé. C'est vrai ça, *mãe*, pourquoi je pleure comme ça ?

Il s'est levé, s'est peigné, il a passé son Beretta dans la ceinture de son bermuda et il est allé visiter un à un les chefs du Vermelho.

Il a rendu visite à Castor, son vieil ami Castor, sur le Morro São Carlos.

Oi Castor… Tu te souviens de moi ?…

Comment vas-tu, Kenedi ? Tu es sorti de ton trou à rat !…

Ça va comme tu sais, Castor, comme tu sais… J'ai besoin de toi, *meu amigo*…

Compte sur moi, Kenedi…

Il s'est rendu au Morro dos Prazeres, planté comme un village de l'intérieur, sur la butte qui domine Laranjeiras.

Oi Zezão, c'est toi le chef, maintenant, ici ?…

C'est moi…

J'ai toujours su que tu serais chef, Zezão… J'ai toujours dit : Zezão, c'est du bon sang ! *Sangue bom, sabe… Sangue bom…*

Que te faut-il, Kenedi ?

Comme d'habitude, Zezão : des hommes, des armes, de l'argent…

Il a grimpé la pente du Morro Santos Rodrigues.

Oi Valente… C'est haut chez toi, pas vrai…

Oui c'est haut, ça donne le temps de voir venir…

Tu as des hommes à me louer, *meu amigo* ?

J'en ai.

Tu me les fais à combien ?…

Dix reais par tête les jours de paix et cent les jours de guerre.

Fais-moi un prix, Valente… Je te revaudrai ça…

Le prix c'est le prix Kenedi. Si tu n'as pas assez, emprunte à un *bicheiro*. Va voir Orlando Jogador, ses loteries donnent bien…

Kenedi avait levé assez d'argent pour louer de mauvaises armes que distribuait Zizi, un mauvais armurier, il avait rassemblé une mauvaise troupe et le jour se levait.

25

« Quelle heure ?… », éructe l'homme.

Carmelita n'a pas vu le type arriver : elle est descendue précautionneusement du bus, serrant contre elle la gamelle du *cozido* enveloppée d'un linge blanc, scrutant le sol, choisissant avec soin l'endroit où poser le pied. Lorsqu'elle a levé la tête pour se mettre en route, l'homme était devant elle, surgi de la terre rouge comme un démon saoul et demi-fou.

« Midi… », hasarde Carmelita.

« Midi ! » beugle l'homme. « Tu te fous de moi ?… »

Il montre le ciel plombé.

« Regarde », il gueule, « tu crois qu'il est midi ? »

Graillonnant du moteur, lâchant des pets d'une fumée lourde de suie, le bus qui a déposé Carmelita s'éloigne pesamment. Il est trop loin maintenant pour qu'elle le rattrape, trop tard pour qu'elle s'y réfugie, et puis ce type inconnu qui hurle l'ivresse dingo de Nova Jerusalem lui barre le chemin ; il ne la laisserait pas passer…

Elle jette un coup d'œil autour d'elle, quêtant de l'aide.

Sur l'autre bord de la rue, un type est adossé au mur. À son indifférence de bois, Carmelita sait tout de suite que, quoi qu'il arrive, cet homme-là ne bougera pas. Peut-être est-il ivre, comme le vagabond qui lui cherche querelle, ou bien sa cervelle a fondu dans la drogue, l'alcool, ou Dieu sait quelle saloperie qu'il s'est fichue dans le corps, et il ne subsiste de lui que cette carcasse vide, ce visage lavé par la misère, la déchéance.

Un chien jaune et galeux passe d'un trot rasant, tête basse, comme si lui non plus ne voulait à aucun prix se mêler de cette dispute.

« Laisse-moi passer ! » ordonne Carmelita de sa voix la plus autoritaire.

« Où vas-tu ?... Pour qui tu te prends, hein ?... », ricane l'homme. « Qui es-tu, *puta merda*, pour me parler comme ça ? »

Il titube, il tangue d'une hanche sur l'autre, ses épaules roulent, tout son corps bouge d'un mouvement mouillé et continu. On dirait qu'il flotte sur le clapot sucré d'un fleuve de bière ou de *cachaça*. Il crie à la ronde, tournant sur lui-même comme une toupie qui n'a plus d'énergie et se désaxe avant de rouler sur le flanc : « Elle veut passer ! »

Carmelita tente de bousculer le type d'un coup d'épaule mais il est plus solidement campé sur ses jambes qu'il n'y paraît. Il encaisse le choc sans broncher et d'un geste vif, il attrape le bras de Carmelita, il le serre, enfonçant ses doigts dans le moelleux de sa chair jusqu'à presser l'os. Il approche son visage de celui de Carmelita.

« Reste là ! » il souffle. « Reste avec moi ! »

Un filet de salive brille sur son menton.

Dans son masque démoli et tragique, dans sa figure de damné aux traits martelés par l'alcool et le sort, ses yeux paraissent étrangement présents, actifs. Ils fouillent le visage de sa proie, se délectant de la crainte qu'elle éprouve et ne parvient pas à cacher.

« *Mulher !...* » il croasse.

Ça lui vient de la gorge, ça lui monte du ventre, lancé comme une insulte, une menace.

« *Mulher !...* »

Carmelita se débat, elle rue, tente de dégager son bras emprisonné. Le faitout du *cozido* l'embarrasse, il l'empêche de frapper le type, cependant elle ne veut pas le perdre. Là-bas, cloîtré dans la baraque de Sagão, l'otage attend qu'elle lui apporte ce *cozido* !

Le type ne lâche pas sa prise, au contraire ! Il s'amuse des efforts stériles de Carmelita qui crie : « Laisse-moi... *Pelo amor de Deus, deixa eu passar...* »

Elle ne comprend pas ce que lui veut cet homme, c'est comme dans un de ces cauchemars où on veut aller quelque part mais on en est empêché par de la boue, de la vase qui entrave les membres... « Qu'est-ce que tu veux ?... » elle s'affole. « De l'argent ?... »

Elle est prête à lui abandonner les quelques billets qu'elle garde sur elle mais l'homme se fiche bien de son maigre fric ! Il se colle à Carmelita et, de sa main libre, il attrape un de ses seins, il le presse, le broie avec une force convulsive comme s'il voulait l'arracher, comme s'il cherchait à en exprimer sang et lait.

Une douleur sourde, une douleur d'écrasement fibrille dans la poitrine de Carmelita, elle gémit.

« Tu aimes ! » ricane le type. « Hein ?... tu aimes ! *Mulher !...* » il crie, avec, cette fois, une férocité sourde dans la gorge, avant de se cambrer soudainement, comme un animal surpris, et de relâcher son étreinte.

Carmelita le fixe sans comprendre, n'osant croire qu'il cesse son assaut, puis elle remarque un tube noir qui s'enfonce dans l'oreille de l'ivrogne. L'homme paraît tétanisé, tout son visage est crispé comme s'il attendait la détonation, le plomb à travers sa cervelle.

« Fous le camp ! » ordonne l'homme qui tient le revolver. « Va-t'en, *vai, vai* !... *Sai daí malandro !* »

Il agite son arme sous le nez du type, fait mine de frapper à plusieurs reprises, retenant son coup au dernier moment. L'ivrogne recule pas à pas, les mains levées à hauteur du visage. Lorsqu'il se juge à distance suffisante, il beugle quelques insultes.

« Salope... Fils de pute... »

Puis, dans un geste ample du bras, il fait comprendre qu'il se moque de tout ça, tourne le dos et s'éloigne de son pas de noyé.

De l'autre côté de la rue, le type adossé au mur n'a pas bougé.

L'homme au revolver sourit à Carmelita. « Ça va ? » il demande, tout en soulevant le bas de son tricot, dévoilant brièvement une toison de poils noirs. Il fourre l'arme, à même la peau, dans la ceinture de son pantalon, comme un camelot qui planquerait sa marchandise.

C'est un type jeune, aux cheveux bouclés, qui porte un blouson de tissu synthétique brillant. Durant un instant, Carmelita croit voir devant elle le fantôme de Zé tel qu'il lui était apparu pour la première fois au Gato Cor-de-Rosa, dans son blouson rouge.

Ce n'est pas Zé, ma fille...

Celui-là n'est pas beau comme un archange : il est un peu enveloppé, un peu lourd. Son blouson a des reflets soyeux, certes, mais il n'est pas pourpre comme celui de Zé, il est bleu. D'un bleu vif, il est vrai, d'un bleu aussi tonique que l'était le pourpre du blouson de Zé !

« Il t'a fait mal ? » demande le jeune type.

Carmelita fait non mais, lorsque l'autre hausse les sourcils pour marquer son étonnement, elle prend conscience qu'elle masse son sein droit avec, sur le visage, un rictus de douleur.

« Viens », dit le jeune homme, « on va aller au poste de santé. »

Carmelita pense au *cozido* qu'elle n'a pas lâché, au prisonnier qui l'attend là-bas, au fond de Nova Jerusalem. Elle répond que ce n'est pas la peine mais sa protestation est inutile. L'inconnu l'a prise par l'épaule et l'entraîne déjà avec autorité.

Zé avait cette conviction, cette force d'entraînement à laquelle on ne résiste pas. Elle l'a sentie à plusieurs reprises, lorsqu'il l'emmenait quelque part alors qu'elle n'avait pas envie de le suivre.

« Tu n'es pas d'ici », dit l'homme.

Il sourit largement à Carmelita. Il a l'air d'un brave garçon : un des ces types pleins de bon sens et un peu pataudes, un peu gauches, qu'on rencontre dans les villages de l'intérieur.

Carmelita est sur le point de répondre qu'elle vient du Distrito Federal, mais le sentiment obscur qu'il vaut mieux se méfier de cet homme providentiel la retient de parler. Le geste rapide du type cachant son flingue sous son tricot lui reste en mémoire comme un signe d'alerte. Ce n'est pas le fait que l'homme soit armé qu'elle juge inquiétant : dans un endroit comme Nova Jerusalem, tout le monde est armé ! Non, ce qui la préoccupe, sans qu'elle sache pourquoi, c'est la manière dont l'homme a rangé son arme. Elle éprouve une impression à la fois irritante et angoissante de déjà-vu…

Elle répond qu'elle vient de Rio Centro.

« Rio Centro ? » répète l'homme. « Où ça dans Rio Centro ? »

Il y avait dans son geste une familiarité trouble… Comme si le flingue était un appendice intime. Elle revoit la main du type empoignant le revolver dans le creux, à la base du chien, avec une désinvolture traduisant une longue promiscuité. Il a fourré l'arme sur lui comme s'il s'agissait d'une pièce ordinaire de vêtement, comme s'il faisait ça chaque matin pour se rendre au travail.

Qui est cet homme s'il n'est pas le brave garçon un peu balourd qu'il paraît être de prime abord ?…

Un bandit ?…

Il n'a pas l'air d'un bandit…

Avec son blouson soyeux bleu vif, le jeune type lui fait penser à Zé, et Zé était flic.

Serait-il un flic ?

« Et toi ? » demande-t-elle, « tu es d'ici ? »

L'inconnu approuve : oui, il est d'ici !… Il n'est pas né à Nova Jerusalem : personne, rigole-t-il, à l'exception des serpents et des rats, n'est jamais né à Nova Jerusalem, mais il habite dans le coin depuis suffisamment longtemps pour dire qu'il est d'ici. Sa boutique se trouve à une centaine de mètres. « Par là-bas », il indique, d'un coup de menton, « en allant vers l'Avenida Brasil. »

Le jeune homme est commerçant, c'est pour cela qu'il trimbale une arme !

« C'est mon carnet de chèques », il plaisante, tapotant sa ceinture, « mon assurance-vie !… Tu sais ce que c'est ! »

Carmelita ne répond pas.

Si c'est un flic…, pense-t-elle, sans parvenir à penser plus loin. Si c'est un flic… Son cœur s'affole.

Si l'homme est un flic, tout peut basculer : le paysage maudit de Nova Jerusalem sera la tête en bas. Les maisons poudrées de terre rouge, les hommes mangés par la vermine et la *cachaça*, les collines pelées, le *barranco*… tout sera cul par-dessus tête !

Quel vertige, *Senhor Deus*… Quelle nausée !

« Ici », poursuit l'homme, « il faut faire attention, *sabe*… Tu viens souvent ? »

Carmelita secoue la tête. Non, pas souvent… De temps à autre elle apporte un *cozido* à sa vieille tante. « Tia Silvia ! » elle invente, en souvenir de la femme âgée qui travaillait avec sa mère, à la *fazenda* Caruaru, et qu'elle appelait tante. « Tia… Tia Silvia. »

L'homme fait la moue. Nova Jerusalem n'est pas un bon endroit pour les vieux… Trop de mouvement, trop de violence… Ici, dès la nuit tombée, ça tire ! Au matin on ramasse un ou deux jambons sanguinolents dans la crevasse du *barranco*. « Tu devrais emmener ta tante ailleurs ! » badine l'homme.

« On habite où on peut », soupire Carmelita.

L'homme hoche la tête : oui, on habite où on peut… Puis il revient à son interrogation première. « Tu ne m'as pas répondu. Où ça dans Rio Centro ? »

L'inconnu met trop d'insistance dans ses questions. On dirait qu'il lui importe vraiment de savoir d'où vient Carmelita… Pourquoi cette obstination ? Qui est cet homme, que lui veut-il ?

Carmelita scrute le visage de l'inconnu, cherchant une marque, un signe qui lui révélerait s'il dit vrai ou s'il ment, si, dans cette étrange rencontre, il cherche, oui ou non, à l'embobiner pour une raison qui, pour le moment, lui échappe.

Dans la figure légèrement empâtée du jeune homme, elle ne voit rien d'autre que les traits métissés d'un garçon qui mange un peu trop de riz aux haricots, boit un peu trop de bière…

Comment semer ce type inconnu ?

La rue s'allonge devant eux : droite, rouge, crevée de trous comme des yeux morts dans lesquels stagne une eau boueuse qui reflète le ciel gris. Il n'y a pas d'échappatoire, pas d'ouverture miraculeuse par laquelle se faufiler. Il lui faut poursuivre son chemin, vaille que vaille, jusqu'au poste de santé.

En attendant, elle parle pour museler sa peur.

Elle raconte qu'elle est bonne dans une maison de Santa Teresa : une des grosses villas du haut de la colline.

Une de celles qu'elle aperçoit depuis sa baraque de Querozene et qui la font rêver, parfois, avant de s'endormir : un de ces rêves idiots dans lesquels elle n'est plus misérable, elle n'est plus condamnée à vivre dans la dèche et l'anxiété jusqu'à la fin de ses jours. Un miracle s'est produit, elle n'a jamais cherché à imaginer de quel miracle il pourrait s'agir : un miracle a eu lieu, c'est tout, et, depuis, elle ne vit plus à Querozene mais là-haut, sur la colline d'en face, elle règne sur l'une de ces grandes demeures qui émergent des arbres.

Sa chambre, raconte-t-elle, est à l'arrière de la villa, elle donne sur les favelas : Fogueteiro… Mineira… Querozene, en face, de l'autre côté de la route.

L'homme approuve de la tête, il la suit, répétant : Fogueteiro… Mineira… comme s'il cherchait à retenir ces noms. Visiblement il ne connaît pas davantage Santa Teresa qu'elle ne connaît elle-même.

« C'est un bel endroit », commente Carmelita, « mais il y a trop de favelas ! Chaque nuit on entend des coups de feu… »

Parle, ma fille, raconte ce qui te passe par la tête, remplis-toi du son de ta propre voix, ne laisse pas le doute distiller son acide…

Ils sont arrivés devant un portail de tôle peint en vert. De part et d'autre se déploie un haut mur badigeonné d'ocre, dont le sommet est ourlé des volutes épineuses d'un fil de fer barbelé.

L'homme tape sur la tôle du portail qui résonne comme un gong. Le battant s'entrouvre, par la fente on aperçoit un bout de visage méfiant, la visière d'une casquette d'uniforme.

« Elle est blessée », dit le jeune homme, « laisse-nous entrer. »

Le garde ouvre le battant, fait signe à Carmelita de pénétrer dans la cour avant de barrer le chemin à l'homme.

« Si tu veux entrer », dit-il, « je dois te fouiller. C'est le règlement. Ici, personne n'entre sans être fouillé ! »

Le jeune homme est indécis.

« Les armes sont interdites dans le périmètre du poste de santé », insiste le garde. « Tu es armé ? »

Le jeune homme fait signe à Carmelita d'aller. « Je t'attends », il crie, tandis qu'elle s'éloigne, « je suis là ! »

Carmelita se faufile dans la foule qui patiente dans la cour puis elle prend sa place dans une file d'attente, espérant que l'homme se lassera. Le médecin qui l'accueille dans la pièce exiguë est une toute petite femme : une *gringa*, mince comme une poupée, dont la chevelure frisée lui arrive au menton. Elle fixe sur Carmelita des yeux d'un bleu très clair, elle sourit. « Qu'est-ce qui t'arrive ? » elle demande, avec un étrange accent qui donne envie de rire. Carmelita se plaint qu'un homme l'a violentée.

Le médecin a un geste fataliste : un geste qui dit que chaque jour elle reçoit des femmes battues, violées, blessées. C'est la vie n'est-ce pas ?...

Oui, c'est ainsi qu'on voit la vie au poste de santé Silvio Brauner...

Carmelita découvre sa poitrine : les empreintes de l'ivrogne marquent son sein droit de vilaines taches sombres.

26

Lorsque Carmelita émerge du trou de l'escalier, le prisonnier l'attend, depuis longtemps !

Au soulagement qu'elle lit sur son visage lorsqu'il la voit apparaître, au coup de reins brusque dont il se décolle du mur contre lequel il se tenait adossé, au geste nerveux par lequel il déplace, de quelques centimètres, la caisse de bière renversée où il s'est déjà attablé pour la remettre exactement à la même place quelques secondes plus tard, l'homme trahit une grande impatience.

« J'ai été retardée », s'excuse Carmelita. L'otage n'écoute pas sa justification. Il suit chacun de ses gestes avec l'attention exclusive d'un animal pour lequel seule compte la pitance qui arrive.

Il l'observe qui pose la casserole du *cozido* par terre, le temps de déplier la nappe en papier qu'elle avait coincée sous son coude pour grimper la volée de marches, puis qui déploie sa feuille blanche sur la caisse retournée, la lisse du plat de la main avant d'essuyer l'assiette avec le linge propre qu'elle a apporté spécialement pour ça.

Plus vite ! disent les mains de l'homme posées bien à plat sur ses cuisses, doigts écartés comme s'il les avait obligés à s'allonger de toute leur longueur pour mieux les dominer ; ne perds pas de temps avec ça ! Va... va... Presse-toi !... J'ai faim, *Senhor Deus* ! Je goberais une poule, je boufferais un cheval avec son cavalier !

Carmelita arrange l'assiette, la fourchette, verse dans le verre l'eau fraîche de la bouteille de Guaraná.

Lorsqu'elle soulève le couvercle de la casserole, le prisonnier se détend enfin. Humant le fumet qui monte des légumes et de la viande réchauffés, il sourit comme s'il s'agissait d'un parfum enivrant.

Il y a longtemps que Carmelita n'a pas lu pareil ravissement sur le visage d'un homme !

Elle pique les deux beaux morceaux de bœuf mijotés longuement dans le bouillon et les dépose au centre de l'assiette, puis elle cueille les légumes un à un avec la grande cuiller qu'elle est allée emprunter, pour l'occasion, à la grosse Lygia, et les dispose harmonieusement autour de la viande, comme Seu Renato le lui a enseigné car, avait coutume de professer le vieil homme : n'oublie jamais, *filhinha*, qu'un être éduqué mange à la fois de la bouche et des yeux !

Carmelita prend garde à ne pas briser les carottes, à ne pas chiffonner la *couve*, à préserver les patates douces dont la chair est si friable une fois bouillie.

Lorsqu'elle a fini de servir, le prisonnier se penche au-dessus de l'assiette, il ferme les paupières, se délectant de cette vapeur odorante qui monte vers lui.

« *Que bom...* », il murmure. « *Que bom...* » Puis, d'un geste avide, il plante sa fourchette, jusqu'à la garde, dans le plus gros des morceaux de viande et le porte à sa bouche qu'il ouvre comme un four, écarquillant des yeux d'ogre.

Carmelita regrette de ne pouvoir lui offrir un couteau mais, tout en cisaillant le morceau de bœuf avec ses incisives, la tête projetée en avant pour que le jus qui dégouline retombe dans son assiette, l'homme lui fait signe qu'il s'en fout : il se débrouille très bien comme ça !

Recueilli, il mastique longuement. « J'ai cru que tu ne viendrais pas… », il marmonne, la bouche embarrassée, sans cesser de mâcher.

Carmelita raconte l'ivrogne qui s'est jeté sur elle à la descente du bus, le poste de santé.

Elle ne dit rien de ses soupçons quant au jeune homme qui l'a délivrée de son agresseur. Pour lui échapper, elle a raconté à la minuscule docteur *gringa* que le type était son amant, que c'était lui qui l'avait blessée à la poitrine au cours d'une querelle amoureuse.

Ça lui avait fait drôle de dire ça : une querelle amoureuse… Elle avait pensé à Zé. Au cours de leur brève relation, c'était elle qui avait été jalouse, et pas le contraire !…

Le médecin l'avait fait sortir discrètement dans le combi de service du poste. Par la vitre arrière, elle avait aperçu l'inconnu qui l'attendait toujours, debout près du portail, grillant une cigarette.

« Je me disais : aujourd'hui, tu ne mangeras rien », dit l'homme, « et j'étais triste… *Poxa*, que j'étais triste !… Eh bien non… » il se réjouit, « je mange et c'est bon !… *Meu Deus* que c'est bon ! »

Il sourit à un morceau de courge piqué à la pointe de sa fourchette, il souffle dessus pour le refroidir un peu avant de le trancher d'un coup de dents gourmand.

« Merci ! » dit l'homme, regardant Carmelita bien en face comme jamais, encore, il ne l'a regardée.

Dans ses yeux se lit une espèce de gaieté amère comme s'il mesurait l'ironie de la situation. S'il est reconnaissant à Carmelita des festins qu'elle lui prépare, il lui reproche toujours d'être du *sequestro*.

Un sourire ambigu s'attarde sur les lèvres de l'otage puis il a un haussement d'épaules comme s'il se résolvait à un choix et il répète « Merci à toi ! » avec sérieux cette fois, avec une gravité appuyée.

Il prie Carmelita de lui cuisiner d'autres plats succulents car cette nuit, au lieu de se consumer en récriminations, en projets de vengeance, au lieu de s'abîmer dans le désespoir sans fond qui le détruit, il s'est repu du seul plaisir qui soit encore à sa portée : le plaisir simple, essentiel, primitif, de manger ! Il s'est rappelé cette *moquequa* inespérée, dévorée la veille, et ce soir il dégustera le *cozido* une seconde fois. Carmelita a su ranimer un désir auquel, étouffé par la peur, la douleur insensée du *sequestro*, il ne croyait plus. Il oublie son ressentiment, il efface sa rancune et il la remercie une nouvelle fois.

Les larmes montent aux yeux de Carmelita. La reconnaissance que lui témoigne cet homme la bouleverse.

« Tu pleures », il se moque… « Pourquoi pleures-tu ? »

Elle hausse les épaules, cherche quelque chose pour se moucher. Elle ne sait pas pourquoi elle pleure… Elle pleure parce qu'il est heureux… Qu'elle a rendu quelqu'un heureux…

« J'ai oublié les mouchoirs en papier », elle renifle. « J'en achèterai chez Fofi, je les apporterai demain… »

L'homme arrache un morceau de la nappe et le lui tend. « Ça suffit amplement », dit-il, cisaillant une autre bouchée de viande, « laisse tomber les mouchoirs... »

Il cueille une patate douce sur les dents de la fourchette et la considère longuement, attentivement, avant de l'enfourner dans sa bouche avec précaution. Lorsqu'il a fini de mâcher, après qu'il a dégluti, il dit, sur un ton de confidence que, jusque-là, jamais il n'avait regardé une patate avant de la manger : regardé vraiment !... « Avec les yeux de l'amour ! » il s'esclaffe, se moquant de lui, de la solennité dont il a empreint sa remarque et qu'après coup, il juge ridicule.

« Ton *cozido* est excellent ! » il dit, se renversant en arrière et se calant contre le mur pour marquer une pause. « Tu es cuisinière ? »

Carmelita sait que le prisonnier la flatte, qu'il la complimente au-delà de ce qu'elle mérite pour l'encourager à poursuivre son effort, mais elle ne boude pas son plaisir : elle sourit, heureuse, en achevant de sécher son visage. Non, elle n'est pas cuisinière... Elle fait un peu de cuisine, de temps à autre, avec le peu qu'elle a. Il y a des mois, sinon des années, par exemple, qu'elle n'avait pas préparé de *cozido*. Elle avait d'abord pensé à une *buchada* puis elle s'était dit que préparer des tripes était risqué : un homme comme lui ne devait pas aimer la *buchada*.

« Pourquoi ? » demande-t-il d'un air narquois. « Pourquoi un homme comme moi n'aimerait pas la *buchada* ? »

Carmelita hausse les épaules. Aucun des maîtres qu'elle a servis dans le Distrito Federal n'aurait toléré une *buchada* à sa table, à l'exception, peut-être, de Seu Renato, mais Seu Renato n'était pas comme tout le monde. Seu Renato voyait plus large que la plupart des gens… Elle suppose que dans une famille comme la sienne, une famille riche, on méprise les abats ; on ne mange que de la viande noble : la *picanha, l'alcatra*… de la *costela*, du *contra-filé*… du *filé mignon*…

Le prisonnier fait une moue ironique. Que sait-elle de sa famille ?… de sa vie ?… Où diable a-t-elle pris que la *buchada* était indigne d'un homme comme lui ?

Il adore la *buchada* !

Il se damnerait pour une bonne *buchada* baignant dans une sauce onctueuse avec une pointe de piment… Du piment *bode*… Du piment qui enflamme le trou du cul deux jours durant !…

L'homme se remet à manger. Il se tait, absorbé par la viande qu'il savoure, la *couve* qu'il déguste, les carottes qu'il découpe en rondelles fines de la tranche de sa fourchette pour qu'elles lui durent longtemps. Lorsque le plat tire à sa fin, il écrase ce qu'il reste de patates douces pour absorber le bouillon.

Les meilleures *buchadas* qu'il ait jamais mangées, il les a dégustées à Rio, alors qu'il étudiait à l'école d'architecture. Durant les deux dernières années précédant son diplôme, il n'était pas rare qu'il passe des nuits entières à travailler sur un projet. À l'aube, avec quelques camarades, ils allaient aux abattoirs et là, dans des restaurants populaires pleins de bruit, dans l'agitation fébrile du petit matin, au milieu des commis, des bouchers, des camionneurs, des maquignons, de tous les hommes qui vivent dans le sang et la viande, des putains harassées par une nuit de tapin, lui et ses amis dévoraient d'inoubliables *buchada*s.

Des *buchada*s de roi !

Il ne reste plus rien au fond de son assiette : même pas la trace du bouillon. Il a tout récuré avec une efficacité d'insecte méticuleux. Il se renverse à nouveau en arrière, s'adossant au mur. Il s'abîme un moment dans la contemplation du plafond tout en grattant, le plus discrètement qu'il peut, un interstice entre ses dents où restent prises quelques fibres de viande.

Il lui est aussi arrivé de manger des *buchada*s à Lapa, après une nuit passée à boire et à traîner de bordel en bordel, mais celles-là n'avaient pas la saveur des *buchada*s qu'il dégustait aux abattoirs après une nuit de labeur. La *buchada* de Lapa était une consolation, celle des abattoirs une récompense !

« Tu comprends ? » il demande.

Quel jeune homme était-il ? Carmelita tente de l'imaginer sans barbe, la chevelure encore noire.

« C'était il y a longtemps tu sais… », il dit, comme s'il suivait le cheminement de Carmelita. « C'était avant… »

Avant quoi ?

« Avant tout ça… », il soupire, promenant autour de lui un index dégoûté. Maintenant qu'il est pris au piège, qu'il ne peut sortir de lui-même durant des heures et des heures, il pense beaucoup à son passé. Il examine tout ce qu'il a vécu avec la lucidité cruelle de celui qui n'a plus que peu de vie en réserve.

« Ne dis pas ça ! » se récrie Carmelita.

« Tu crois que je vais m'en tirer ? » demande l'homme. « Tu crois que je sortirai d'ici vivant ? Tu rêves ! » il ricane. « Ils me descendront, ou les flics me descendront… Peu importe, au fond, qui me tuera… mais je quitterai la baraque les pieds devant ! »

Carmelita secoue la tête vigoureusement, elle presse ses mains sur ses oreilles pour ne pas entendre cette prophétie de malheur !

« Regarde-moi », se moque l'homme, « je ne ferai pas un beau jambon ?… Dis… » Par dérision il flatte sa barbe, passe sa main dans ses cheveux comme s'il cherchait à les faire bouffer.

« Si la mort ne me laisse pas bouche ouverte, les yeux révulsés, si les imbéciles qui me tueront ne me truffent pas de plombs, je ferai un jambon très présentable, n'est-ce pas ?… » il insiste, « un jambon honorable ! Tu verras », il raille, « tu seras fière de moi ! »

Carmelita enveloppe fiévreusement l'assiette, la fourchette dans la nappe de papier tachée. Avec le linge qui protégeait la casserole du *cozido*, elle nettoie sommairement la caisse de bière qui sert de table.

L'otage la regarde faire sans broncher, arborant un sourire provocant.

« Tu ne me crois pas ? » il la défie.

Carmelita ne veut pas penser à la mort ! Elle vit avec des spectres ! Celui de Zé la hante encore. Elle ne veut pas en accueillir un autre : sa mémoire est pleine ! Elle n'est pas un cimetière pour les hommes perdus, *sabe* !… Que l'otage s'amuse de sa propre mort si ça lui chante, elle, ces jeux morbides ne l'amusent pas.

« Qu'est-ce qui te dérange ?… », s'étonne l'homme, jouant une surprise de comédie. « Tu te sens coupable ? »

Carmelita achève d'effacer les traces du repas.

« Tu as du remords !… Je croyais que les bandits n'avaient pas de conscience ! » il ricane, tandis que Carmelita ramasse la casserole du *cozido*, se redresse, jette un dernier coup d'œil pour s'assurer que tout est en ordre, qu'elle n'a rien oublié.

Lorsqu'il la voit sur le point de s'en aller, il a peur, soudain, de se retrouver seul pour des heures et des heures… Un jour entier avec les pensées qui déferlent, se nouent, bloquent le souffle de sa poitrine ; un jour entier s'écoulera avant qu'elle ne revienne, avant qu'il ne parle à nouveau…

« Reste encore un peu », il murmure, comme s'il craignait d'être entendu par les hommes de Sagão… « Tu es arrivée tard aujourd'hui, bavardons quelques minutes… tu as le temps n'est-ce pas ? » il demande d'une voix petite, étranglée par l'angoisse de cette solitude terrifiante qui le menace à nouveau.

Oui elle a le temps… Les pauvres ne courent pas d'une occupation à une autre comme ces gens importants qu'on voit à la télévision… Les pauvres, en général, font toujours la même chose : du matin au soir, du lundi au dimanche. Si Carmelita accepte de prolonger sa visite, elle ne veut plus entendre parler de mort ! « Surtout pas ainsi », elle ajoute, « avec cette… » Elle cherche le mot qui lui échappe. « Cette coquetterie ! » elle jette, furieuse encore de la complaisance qu'elle a cru discerner dans les propos de l'homme.

« Coquetterie ? » répète le prisonnier.

Carmelita le regarde durement. Il n'a jamais trouvé de jambons criblés de balles et jetés au fond d'un *barranco* ! Ses morts, il les a vus dans leur lit ou peut-être sur la route mais il n'a aucune idée de ce que sont les jambons de favela.

Le prisonnier se tait, perplexe, vaguement honteux.

Avec le linge qui enveloppait la gamelle, Carmelita éponge la sueur qui roule sur son visage, sur son cou, elle passe le chiffon dans le creux entre ses seins.

L'otage pince les lèvres dans une moue dubitative.

« Coquetterie..., il répète. Jusqu'où se niche la coquetterie, hein ? » Puis il sourit. « Assieds-toi », dit-il, poussant vers Carmelita la caisse retournée qui lui servait de table, « pose-toi quelques minutes. »

Carmelita s'assoit du bout des fesses, sans lâcher sa casserole. « De quoi veux-tu que nous parlions ? » il demande.

« De toi ! » répond Carmelita.

Le prisonnier se lève, il fait quelques pas en direction de la fenêtre obstruée par des panneaux de bois fixés par de gros clous.

Depuis qu'il croupit dans cette baraque, ils sont seuls : lui, lui et lui ! Celui qu'il est, celui qu'il aurait voulu être, celui qu'il se reproche d'avoir été ! Il préférerait parler d'autre chose qui le ferait s'évader, le sortirait de lui-même, du huis clos dans lequel il se trouve confiné depuis qu'ils l'ont enlevé, c'est-à-dire quatre mois, au bas mot !

Longtemps il a tenu une comptabilité précise des jours écoulés, puis il a cédé au découragement. Il a pensé que compter les jours ne servait à rien puisqu'il était dit qu'il ne sortirait pas vivant de cette aventure. Lorsqu'il a cherché à reprendre le fil du temps, il a constaté que c'était impossible ! Sitôt écoulés, les jours de captivité se dissolvent dans un bouillon douloureux où ils ne laissent aucune trace. Lorsqu'ils l'ont enlevé, on était en été, il pleuvait presque chaque jour.

À cette époque, Carmelita travaillait au Gato Cor-de-Rosa. Zé n'était pas encore apparu dans sa vie et la petite était toujours vivante… Elle se souvient du motel posé au bord de la BR40 comme une énorme boîte grise enflammée de néons pourpres qui gueulaient : *gatas*, filles à baiser, *putas*, *piranhas, jacarés* !… *cerveja, uísque importado, bebidas !…* Toutes les filles lui reviennent en mémoire : Sônia qui croyait aux contes de fées et qui était persuadée qu'un jour ou l'autre un homme riche la tirerait de là, Helga qui parlait allemand et comptait chaque jour l'argent qu'elle mettait de côté pour rentrer chez elle, dans le Minas, du côté d'Uberlândia ; elle se rappelle Lia qui menait le gros Gustavão à la baguette, à la braguette et ne cachait pas son ambition de diriger la maison… Elle se souvient de Careca : le vieux Careca, l'homme à tout faire qui s'occupait des abords…

Où sont-ils aujourd'hui ?…

De la petite, de Gustavão, de Lia, il ne reste plus que des os décapés par les vers, mais les autres ?

Elle revoit la chambre dorée où Zé l'avait interrogée le matin du meurtre.

Que c'est loin, Seigneur !… Elle a le sentiment que la vie s'est retirée de ces souvenirs-là, qu'il ne reste plus que des images glacées peuplées de gens en cire ou en plastique, de personnages qui ne parlent pas, qui sont comme des mannequins qu'elle s'épuise à faire bouger.

« Tu connaissais le Gato ? » elle demande.

L'homme fait une grimace d'ignorance.

« Un motel à la sortie sud de Brasília… », précise Carmelita.

Le visage de l'homme s'éclaire. « Le bordel ! » il corrige, « le bordel du gros Gustavo, à la sortie sud de Brasília, sur la route de Belo Horizonte ! »

Qui, dans le Distrito Federal, ne connaissait pas le Gato ?

Pourquoi lui demande-t-elle s'il connaît le Gato ?

Il observe Carmelita avec un air suspicieux comme si le fait qu'elle nommait un endroit comme le Gato soudainement éclairait tout.

« Je travaillais au Gato », s'empresse d'ajouter Carmelita, « j'y étais *empregada*... » Elle insiste : « Je n'y faisais que le ménage ! »

Elle n'était pas pute ! Elle n'a jamais été pute !

L'homme se récrie que, pas une seconde, il n'a imaginé une chose pareille, mais Carmelita voit bien qu'il ment. Tandis qu'il lui sourit pour afficher sa bonne foi, il cherche sur son visage, sur son corps, un stigmate qui lui dirait : foutaises ! Une femme qui collabore à un *sequestro* ne peut qu'être une pute !

Il a rendu quelques visites au Gato, surtout vers la fin, lorsque ça s'était bloqué entre sa femme et lui.

Pourquoi le cœur de Carmelita accélère-t-il ainsi ?

Ce n'était qu'un client parmi les centaines, peut-être les milliers de types qui venaient là-bas, soulager leur bas-ventre. L'a-t-elle maudit lui aussi comme elle maudissait tous ceux dont elle devait effacer les souillures ? Les préservatifs racornis, collés par le foutre, les draps tachés de sperme, froissés parce qu'ils s'en étaient servis pour essuyer leur sexe encore humide, la terre rouge qui collait à leurs semelles et qu'ils abandonnaient derrière eux comme le sillage du péché, les bouteilles de bière vides, les mégots, les emballages de sandwich. Elle se souvient d'une carcasse de poulet jetée sous un lit. Pour l'attraper, il lui avait fallu se mettre à plat ventre !

Jamais ton cœur ne s'est affolé pour un client du Gato. Pourquoi s'emballe-t-il pour celui-là, ma grande ?

Parce qu'elle le croyait lointain et le découvre proche : très proche ! Ils se sont sans doute croisés, peut-être même se sont-ils frôlés sans se voir, n'étant, l'un pour l'autre, que deux silhouettes anonymes : lui dans un rôle de client ordinaire sans nom, sans autre identité que celle que lui conférait le fric qu'il venait claquer entre les jambes des filles, et elle dans celui d'une *empregada*, un de ces fantômes interchangeables qu'on ne voit pas, existant à peine…

Elle scrute le visage de l'otage à la recherche d'une marque de reconnaissance : la trace du mépris sourd dont elle accablait les types qui fréquentaient le Gato et ses filles aux étreintes mercenaires.

Elle ne trouve rien. Elle ne se souvient pas de ces traits même si elle a le sentiment qu'ils lui sont plus familiers maintenant qu'elle sait l'avoir croisé.

Se souvient-il des filles du Gato ?

Il cherche… Les filles du Gato… oui, non… il ne sait pas…

Ivete : une *baixinha* pour laquelle le vieux Careca avait composé une samba de Carnaval, « *a moreninha do Maranhão !* » ; la grande Sueli : une *gaúcha,* décolorée jusqu'aux genoux, qui se prenait pour une Américaine…

L'homme fait la moue… Ça ne lui dit rien…

Tarsília : une *sarará* à la peau très claire, aux yeux vairons ! Il n'a pu oublier Tarsília…

Il ne se rendait pas au Gato pour les filles mais pour oublier ses ennuis, parce que sa femme faisait la grève du lit et que ça le brûlait, parfois, avec une violence insoutenable…

Il ne sait rien de la série de meurtres qui a décimé le personnel du Gato après son enlèvement. D'ailleurs, il se fichait de ce qui se passait à Brasília où il se sentait étranger. Son cœur était resté à Rio. Bien qu'il ait cinquante ans, que ses poils aient blanchi, il est resté le jeune homme insouciant de l'école d'architecture qui au matin, avec quelques amis, allait partager une *buchada* dans les restaurants bon marché des abattoirs.

Souvent, quand il ne peut dormir, il se tient immobile : debout, au milieu de la pièce, il appelle ses souvenirs de ce temps-là et il tente de sentir où se trouvent les quartiers dans lesquels il a été heureux, où sont la mer, les plages : Leblon, Ipanema, où il allait presque chaque jour avec sa bande pour bronzer, jouer au beach volley, disputer une *pelada*…

L'obscurité reste froide. Rien ne lui parle ! Il a le sentiment que Rio est loin… loin… sa prison se trouve sur la lune, sur Mars…

« Aide-moi », il dit, sur un ton de supplique, « dis-moi où sont la ville, la mer… »

Carmelita n'en a pas la moindre idée ! Elle sait seulement qu'ici c'est Nova Jerusalem : un faubourg de l'enfer où des hommes ivres se jettent sur les femmes qui descendent du bus.

« Nova Jerusalem… », répète le prisonnier. Ce nom ne lui dit rien ! La favela est sans doute récente. Elle n'existait pas encore ou sortait seulement de terre lorsqu'il a quitté Rio pour s'installer à Brasília. Où se trouve-t-elle : au sud, à l'ouest de la ville ?

Carmelita décrit le chemin qu'elle emprunte pour venir jusqu'à lui : l'Avenida Brasil, la rue qui part sur la droite, la voie de chemin de fer que le bus coupe en cahotant, les collines pelées, les *barrancos* où les gosses précipitent les voitures incendiées. Elle décrit le groupe d'immeubles dressés au bas de la vallée comme un mur de barrage. L'homme cherche dans son souvenir. « De vieux bâtiments ? » il demande. Carmelita ne sait pas… Ils sont moches, raides, ils ont l'air de prisons… On en voit qui leur ressemblent dans les villes satellites du Distrito Federal : à Taguatinga, à Ceilândia, Sobradinho… ce genre-là, c'est tout ce qu'elle peut dire.

Il y a longtemps qu'ils bavardent ! Maintenant elle doit partir, sinon Sagão prendra la mouche. Au moment où elle s'enfonce dans l'escalier, l'homme lui demande une dernière faveur. Si elle lui apportait un livre, le temps lui serait moins long.

Il cite des titres, des auteurs…

Cette multitude de noms que l'homme jette comme s'ils lui étaient familiers affole Carmelita. Ce sont des oiseaux qui s'envolent : sitôt prononcés, ils lui échappent, elle ne parvient pas à les retenir.

Enfin elle entend un bout de phrase qu'elle retient car il lui parle du Nord, de la campagne où elle a vécu avec sa mère avant d'émigrer à Brasília. *Grande Sertão…* il y a quelque chose après mais elle n'a pas saisi et elle a honte de lui faire répéter. *Grande Sertão !* Elle se souviendra. Ça parle à coup sûr de la caatinga, du bétail assoiffé, de la terre sèche et crevassée, des paysans misérables qui bouffent les serpents.

Elle fait signe de la main tandis qu'elle s'enfonce dans l'escalier.

Salut… Salut…

Grande Sertão ! Je n'oublie pas.

27

« Avance, *puta merda* !... Vas-y !... »

Cette voix, qui hurle dans l'aigu, cingle Emerson comme une mèche de fouet. Il voudrait la faire taire, l'enfoncer dans la gueule de Jacó pour qu'il la boucle, qu'il lui laisse le temps de digérer ce bruit énorme, ce bruit terrifiant qu'il vient d'encaisser et qui tourne encore dans son cerveau comme un trop-plein de bière ou de *cachaça* qui l'a jeté au bord de la nausée.

Ferme ta gueule, Jacó ! *Calaa boca !... Calaa boca, porra !*

Emerson voudrait hurler, lui aussi, en réponse, mais il ne dit rien. Il reste accroupi, la tête rentrée dans les épaules, les mâchoires crispées, attendant que la nausée s'apaise. Si l'autre, derrière, cessait de brailler, il quitterait ce coin de mur et s'en irait s'asseoir sur un caillou pour griller une ou deux cigarettes, ou bien il s'allongerait n'importe où, essaierait de dormir un moment.

Il a le sentiment étrange d'avoir reçu un coup d'une violence inouïe, pourtant il a palpé son corps et regardé sa main à plusieurs reprises, découvrant à chaque fois, avec une incrédulité perplexe, qu'il n'y avait rien. Son sang ne coule pas. Il n'a pas été blessé... Rien n'est arrivé, rien de grave en tout cas, en dépit de ce sentiment d'avoir été broyé, d'avoir été jeté dans la gueule d'une machine qui l'a recraché : malade, la bile au bord des lèvres.

« Qu'est-ce que tu fous, Emerson ?... Qu'est-ce que tu attends ?... Tue-les !... Tue-les, ces fils de pute ! »

D'un doigt timide, Emerson montre les impacts qui ont fait exploser le mur, un mètre au-dessus de sa tête. Sous la violence du choc, la brique s'est désintégrée. Il tournait à l'angle de la ruelle lorsqu'un type, embusqué dans un recoin, a lâché une rafale terrifiante. Par quel miracle le tireur l'a-t-il loupé ?... Emerson l'ignore. Seul Dieu a pu décider de son salut !

« *Padre nosso que está no céu...* », il marmonne, à toute vitesse, convaincu qu'il doit, d'urgence, enfoncer les paroles d'une prière dans la brèche que les balles du type d'en face ont ouverte dans le mur du Destin.

Si l'autre avait eu un peu de patience, s'il avait attendu qu'Emerson s'engage de tout son corps dans le boyau, à l'heure qu'il est, il ne frissonnerait pas au souvenir de cette espèce d'aboiement monstrueux qui bégayait la mort, la dilacération des chairs... Il serait étendu, le nez dans la poussière.

« Notre Père qui es aux cieux... »

Il se voit allongé, inerte, comme ce type qu'il a flingué à la porte de la fille au bébé.

Emerson fouille fébrilement ses poches à la recherche de la papillote de *brizola* qu'il n'a pu s'empêcher d'emporter bien qu'il eût résolu de rester sobre, lucide dans cette bataille de rue dont il pressentait qu'elle ne pardonnerait à personne. Il trouve la papillote, la déplie.

Du pouce, il bouche l'une de ses narines et aspire la poudre de toutes ses forces, puis il lèche avidement le papier pour ne rien laisser perdre : que la drogue dépose sur son âme tuméfiée un gros emplâtre anesthésiant et chaud. D'ici peu, la poudre consolante irradiera en lui un optimisme désinvolte qui effacera le danger et il ne sera plus cet adolescent blessé et peureux qui frissonne, accroupi dans la poussière, au souvenir de la mort qui vient de lui aboyer aux oreilles.

D'ici quelques minutes tout ira mieux, *meu filho* !...

Paciência, Emerson, elle arrive, elle vient : la voilà qui te chauffe gentiment la cervelle...

Déjà, le froid de la peur se dissipe, son sang court plus vite dans ses veines. Le monde entier se réchauffe... Le gris du ciel bouché n'est plus aussi sinistre !

Mais quel boucan, *meu Deus* !...

Quel putain de bruit ! Hein Emerson !

Dans le crépitement dingue de l'arme qui a craché la mort au coin de la ruelle, il y avait l'écho des combats des films de la télévision, mais en beaucoup plus fort ! En beaucoup plus...

Comment dire ?...

Emerson cherche, écarquillant les yeux... Il ne trouve rien. Sa tête est trop sonore encore...

Le jus amer de la *brizola* coule dans son arrière-gorge. Il renifle un grand coup pour déboucher son nez et il a l'impression que ses poumons s'ouvrent grands, qu'un air pur et frais pénètre dans sa poitrine.

Il est tôt ! La fraîcheur de la nuit s'attarde sur la favela. Emerson devine la senteur iodée de l'océan.

Depuis qu'ils sont arrivés à Rio, sa mère et lui, pas une seule fois ils n'ont passé une journée à la plage ! Dès que cette guerre sera finie, Emerson réparera cet oubli ! Il emmènera sa mère à Copacabana, à Leblon. Ils se gaveront de soleil à Ipanema, à Botafogo...

Dès que j'en aurai terminé, *mãe*, je te le jure...

J'aurai du fric plein les poches, *mãe* ! De la *grana* épaisse... *Dinheiro ! Muito dinehiro*... Des liasses énormes de gros billets bien gras...

Emerson appuie sa tempe au crépi rugueux, d'un gris de fer. Il sourit en pensant à la tête que fera sa mère lorsqu'il débarquera à la baraque de Querozene en brandissant des poignées de billets.

Ça sera bien, n'est-ce pas Emerson...

Ça sera formidable !

Je bousille tous ces connards, je rentre à la maison et on va à la plage, *mãe* ! Toi et moi...

Une rafale isolée découpe un pointillé lointain dans le silence du matin.

Une petite rafale, hein Emerson ? Rien à voir avec celle qui t'a loupé de peu, pas vrai garçon ?

Rien à voir, en effet ! Celle-là est une pétarade aimable, une rafale d'enfant.

Emerson rit.

Ça fait un drôle d'effet, n'est-ce pas, lorsque les balles sortent du poste de télé et te cherchent pour te tuer ?

Oui, ça fait un drôle d'effet.

On a envie de rire parce qu'on a soudain le sentiment d'être devenu plus fort qu'un héros galactique, qu'on est désormais le vrai personnage de l'histoire qui se joue ! Mais ça fait peur aussi...

Très peur...

Dans ces détonations qui s'enchaînent sur un rythme inouï, infernal, on sent le diable à l'œuvre, n'est-ce pas Emerson ?… Tu as scnti sa langue de feu qui voulait te lécher dans un baiser terrible, tu as entrevu la mort, sa roideur tétanique. Tu as pensé au chat crevé que cet abruti de Cinquante-Deux baladait, suspendu à son poing.

Tu penses à Barba, pas vrai ?… Tu te demandes s'il est toujours là-bas, sous le marché couvert, étendu sur un étal de poissonnier et tu te fais du souci… Est-ce que les chiens le laisseront en paix, aura-t-il une sépulture convenable ?

« Tu roupilles, Emerson ?… Alors… Tu t'es endormi, *meu filho* ?… »

Cette voix qui grasseye une ironie méprisante, c'est celle de Cinquante-Deux ! Sa voix pleine de *cachaça*, de fumée de cigarette !

« À ton âge, on a besoin de sommeil, *tá*… », ricane la voix.

Emerson jette un coup d'œil par-dessus son épaule. Cinquante-Deux est venu se planter aux côtés de Jacó qui darde sa tête de ténia couronnée d'étoupe, d'un jaune presque blanc.

Quel couple grotesque !

Planté sur ses jambes ridiculement courtes, Cinquante-Deux pousse en avant un ventre à bière tout rond. On dirait que l'homme de Kenedi a gobé un ballon de basket qui lui est resté sur l'estomac.

Cinquante-Deux ressemble à un hanneton, mon grand : un gros hanneton condescendant qui sourit, d'un air goguenard et méchant !

À son côté, Jacó se dresse, les yeux luisants et caves sous sa tignasse de roquet peroxydé…

Scarabée et serpent ! Le couple de l'année !

Sous son ironie mordante, Cinquante-Deux est furieux. Il crache dans la poussière d'un air dégoûté. C'est la guerre : la guerre, *cara*, et ce con de gamin rigole ! Un type l'allume à l'AR15 et ça le fait rire !

« Tu t'es poivré le nez ! » grince Cinquante-Deux. « Hein ! Tu t'en es foutu plein la gueule, connard ! »

Au lieu de foncer droit devant lui, de tout bousiller sur son passage pour en terminer une bonne fois pour toutes avec ce Paulo Maluco de merde, cet abruti de gamin ricane, le cul dans la poussière ! Comment gagner une guerre avec ces bons à rien ?

« Guerrier de mes couilles !... », il vocifère. La cyanose jette un vilain voile sombre sur son visage épais et veule. « Cesse de rigoler, tu entends ! »

Cinquante-Deux ramasse un bout de brique qui a giclé du mur éclaté par les balles et le lance sur Emerson. Le morceau, de la taille d'un poing, frappe le garçon sur l'oreille.

Emerson se redresse d'un coup de reins. Il cherche des yeux ce qui l'a frappé, ramasse le morceau de brique tombé à ses pieds et le brandit dans la direction de Jacó et de Cinquante-Deux.

« C'est vous qui m'avez lancé ça ! », il accuse, le fusil à la hanche, pointé sur les deux hommes. La colère de Cinquante-Deux s'éteint d'un coup, soufflée comme une flamme de bougie. Une peur sale, gluante, crispe les traits de Jacó.

« C'est vous qui m'avez balancé ça ! », répète Emerson. Le canon de son flingue toujours braqué sur eux.

Ils ne répondent rien, leurs yeux roulent de la gueule de l'arme au visage d'Emerson qui semble au bord des larmes.

« Je vais vous tuer ! », il marmonne. Oui, il va les descendre tout les deux, ce sera beaucoup plus facile que de flinguer le type qui se tient en embuscade avec son arme qui souffle une mort monstrueuse ! Il va descendre ces deux cons et il rentera à Querozene, il dormira un moment puis ils iront à la plage, sa mère et lui. La guerre, les morts : tout sera effacé !

Et le fric, Emerson ?…

Et la *grana, querido* !…

Tu dois renter chez toi avec des billets à poignées en criant : *Mãe*, j'ai le *dinheiro, mãe* ! *Muito dinheiro !*

C'est vrai, ça ! Il a oublié l'argent ! Le fric est là-bas, au bout de la ruelle tenue par l'homme de Paulo Maluco et son flingue dingo ! Si Emerson veut être riche, il doit aller prendre le pognon dans les poches de Paulo Maluco !

Une crampe tétanise le bras droit du garçon jusqu'au coude. Il ouvre et referme sa main ankylosée pour appeler le sang, tout en répétant, sans vraiment prêter attention à ces paroles qu'il dit machinalement : « Je vais vous flinguer, je vais vous descendre tous les deux… »

Cinquante-Deux recule lentement, sans quitter Emerson des yeux. Il secoue la tête avec accablement. « Quelle misère !… », il marmonne. « Quel bordel, *Senhor Deus* ! »

Jacó l'imite, reculant lui aussi pas à pas, comme on fait face à un chien menaçant. Lorsqu'il juge le danger passé, Cinquante-Deux pivote sur lui-même, tournant le dos à Emerson, il hausse les épaules et se met à l'abri dans un renfoncement, à vingt mètres de là. Jacó le rejoint en se pressant.

Les deux autres partis, Emerson respire plus librement. Le sang revient dans sa main, dans son bras. Il manœuvre la culasse de son arme pour s'assurer qu'elle est chargée.

On n'entend rien.

Depuis le début des combats, la favela est silencieuse. Les gens se terrent où ils peuvent. Personne ne sait encore qui sortira vainqueur de cette guerre : la plus terrible qui ait jamais ensanglanté Acari !

Combien d'hommes sont morts ? Dix, vingt ?...

Emerson pense au type embusqué, à quelques pas de lui. Qui est-il ? Quel âge a-t-il ?... Est-ce que c'est un jeune type ou bien un homme fait ? Il a du mal à croire qu'on ait confié une arme si puissante à un adolescent. Non, celui qui se tient planqué au coin de la ruelle est plutôt un flic, ou un soldat, ou même un homme de la Criminelle appelé en renfort et qui est venu, avec son équipement personnel, donner un coup de pouce contre un gros paquet de fric...

« *Oi !* » crie Emerson. « Tu es là ? »

Il lui suffirait d'entendre la voix du type pour être fixé, mais l'autre ne répond pas.

« J'ai quelque chose à te dire ! » insiste Emerson. « Laisse-moi avancer ! »

L'homme ne réagit pas. Il ne dira rien, ne bougera pas. Flic ou pas, c'est quelqu'un qui connaît son affaire.

S'il était libre de ses mouvements, Emerson tâcherait de contourner le verrou, mais c'est Cinquante-Deux qui décide et Emerson n'a pas envie de risquer sa peau pour un connard à pattes courtes, un bouffeur de ballons. Alors il patiente, espérant que quelque chose arrivera.

Son ventre gargouille avec bruit. Il n'a rien mangé depuis la veille à mi-journée, une faim dévorante lui tord l'estomac.

Il soupire. Que faire, sinon attendre ?

Le trou creusé dans le mur par les impacts de balles ressemble à une face noire : une face de fantôme… Emerson le contemple longuement, se demandant qui est ce spectre creux que le Destin a gravé dans la brique ?

Est-ce le mort qu'il a flingué chez la fille au bébé ? Est-ce ce type au volant de sa voiture aperçu, de nuit, dans une rue de Niterói et dont il garde un souvenir si vague qu'il lui arrive de se demander si la scène de meurtre qui revient le hanter n'est pas un cauchemar dont la violence s'est imprimée dans sa mémoire et qu'il traîne avec lui comme une plaie à vif ?

Ce trou, c'est l'ombre d'Emerson projetée sur le mur !

De l'instant où le type a pressé la détente pour le déchiqueter, il ne reste que cette volonté de tuer creusée dans la brique. Emerson a été plus vif que la mort, plus rapide que cet homme en embuscade qu'il ne connaît pas mais qu'il tuera pourtant bientôt, sans hésiter, parce qu'il lui faut passer, poursuivre sa course folle, parce qu'il s'est enfoncé trop loin désormais, dans le chaos, pour tolérer un inconnu en travers de son chemin.

Un reflet bizarre luit au fond de la cavité. Oubliant le danger, oubliant l'homme qui le guette, Emerson approche son visage du trou et déchiffre l'obscurité. Lorsque ses yeux se sont accommodés à la pénombre, il distingue une image du Christ au cœur ardent encadrée d'une baguette dorée, qui semble flotter sur un mur peint en bleu ciel. Il devine un lit, poussé dans un coin de la pièce, et dans ce lit, deux corps sont allongés. Deux adultes, on dirait, ou deux adolescents déjà grands.

Homme ?… Femme ?…

Deux formes fuselées reposent l'une près de l'autre, des touffes de cheveux débordent de la couverture tirée par-dessus les visages. On dirait qu'ils sont morts, mais, en observant attentivement, Emerson constate que leurs poitrines se soulèvent.

Ces deux-là essaient seulement d'oublier la guerre qui court les ruelles de la favela, les balles qui pénètrent chez eux comme si le mur n'était qu'un bout de carton.

« Dormez… », dit Emerson d'une voix apaisante. « Dormez… Oubliez-nous, oubliez-moi… Je vais tuer ce type qui m'a tiré dessus et tout redeviendra tranquille… On partira… On vous fichera la paix… Dormez… »

Ils ne bougent pas. Ils restent allongés sur le dos, d'une immobilité de gisants, n'était le mouvement ténu qui dilate leur poitrine. Emerson les laisse à leur sommeil catatonique. Il a faim. Une faim énorme !

Une faim à bouffer un cheval ! À le bouffer vivant avec la selle, les sabots, le crin, tout le harnachement !

Il va d'abord se restaurer, après quoi, il reviendra, flinguera ce connard de type qui lui barre la route, dévastera le quartier général de Paulo Maluco et prendra Acari.

Tout seul, Emerson ?

Avec ceux qui voudront. Et si personne ne l'accompagne, il fera ça en solitaire !

Il passe devant Jacó et Cinquante-Deux qui sursautent en le voyant. Il les entend qui gueulent dans son dos : « Où vas-tu ?... Tu t'en vas ? »

Emerson ne répond pas.

« Tu abandonnes ton poste ! » glapit Jacó, d'une voix incrédule. « Retourne ! » il hurle, « retourne tout de suite !... Retourne ou je te tue ! »

« Tue-moi ! » jette Emerson, sans même lui accorder un regard. Tant pis si une balle le frappe, si une rafale l'abat ! Il est persuadé que Jacó ne tirera pas ! Pas maintenant en tout cas ! Barba mort, Baiano incapable de se battre, il ne reste, en tout et pour tout, que Ferrinho, Mooca et lui.

Jacó ne peut pas se priver d'un homme.

Une planche clouée au-dessus d'une porte annonce BAR CEARENSE en lettres blanches à la calligraphie maladroite sur un fond rouge vif. Emerson balance un coup de pied dans le rideau de fer tiré jusqu'en bas et cadenassé de l'intérieur. La tôle sonne avec un bruit de ferraille. « Ouvre ! » il crie. « J'ai faim ! »

Il tape du poing, du pied, criant : « Un homme a faim ! Un homme, *porra* ! » Personne ne répond. Emerson cogne de la crosse de son fusil. Une colère aveugle le tient, une colère insensée alimentée par la peur, la cocaïne, la fatigue des combats. « Ouvre ! Ouvre-moi, *puta merda* ! »

Enfin il croit entendre une voix dont il ne saisit pas ce qu'elle lui crie. Un cliquetis de métal résonne puis le rideau de fer monte d'un mètre, une main brune, petite, lui fait signe d'entrer.

Une femme entre deux âges, dont les traits creusés accusent l'angoisse qui la tient comme elle tient toutes celles et tous ceux qui se trouvent dans le périmètre des combats, se glisse derrière le comptoir et rabat vivement la planche qui ouvre un passage entre le bar et la salle, comme si opposer cet obstacle dérisoire pouvait la protéger.

Elle se tient derrière le muret du comptoir comme un animal peureux, prêt à plonger dans son terrier. « J'ai faim ! » grogne Emerson. « Cuisine-moi quelque chose ! »

La femme lui propose des œufs. Ce matin, deux de ses poules ont chanté. Avec ces tirs, cette bataille qui s'éternise, la femme n'est pas allée au poulailler mais quand ses poules chantent, c'est sûr, elles ont pondu ! Deux œufs du jour ! Il suffit qu'elle aille les chercher.

Pas question qu'elle disparaisse, d'ailleurs Emerson n'aime pas spécialement les œufs ! Il préfère la viande ! « Tu as de la viande ? »

La femme fait une grimace. De la viande ?... Pas qu'elle se souvienne... Non, elle ne croit pas ! « Faismoi de la viande ! » ordonne durement Emerson. « De la bonne viande avec du jus !... Sers-moi une bière fraîche. Bien fraîche, *tá*... »

Tandis que la femme allume le réchaud à gaz, Emerson jette un coup d'œil autour de lui. Des cerfs-volants aux couleurs rouge et noir du Flamengo, ou ornés de la croix du Vasco, sont accrochés aux murs. Une affiche mal imprimée sur un mauvais papier jaune annonce un *forrô* prochain. C'est tout ce qu'il y a à voir. L'huile grésille dans la poêle et bientôt le fumet odorant de la viande frite se répand dans la salle du bar.

Emerson tremble d'impatience, il se glisse sous le rideau, il appelle : « Mooca, Ferrinho, Baiano !...

Chega… Venham comer meus amigos ! Il y a ici une viande délicieuse ! »

La tête de la femme, affolée, apparaît au bas du rideau de fer. On dirait une marionnette, une poupée de chiffon et de chair. « Ne crie pas », elle supplie, « ne gueule pas, comme ça, que je vous fais à manger ! »

« Venez bouffer ! » s'époumone Emerson.

« S'ils savent que je vous ai nourris, ils me tueront ! » pleurniche la femme. D'une main ferme, Emerson repousse la tête à l'intérieur. « Personne ne te tuera », il dit. « Ce soir, Paulo Maluco sera mort ! Va surveiller ta viande. »

Mooca et Ferrinho arrivent les premiers. Emerson les fait entrer. « Coupe encore de la viande, fais frire de l'oignon, ouvre la bière, donne-nous du pain !… » commande Emerson. « Je te paierai ! », il promet. Écris la note sur un papier ! Compte tout, n'oublie rien… Ce soir, je serai riche. »

La femme baisse la tête. Elle coupe l'oignon, taille la viande en fines lanières. Elle n'a pas l'air de croire que ce soir Emerson sera riche. Il n'est qu'un de ces jeunes types vantards qui se croient maîtres du monde dès qu'ils ont une arme dans les mains.

Emerson boit à la régalade. La bière est fraîche, *Senhor Deus*, elle est bonne ! Emerson se sent submergé d'une joie féroce. Oui, ce soir il sera mort ou riche ! Tout est simple, si simple !… « On dirait de l'or, non ? » il dit, en regardant les bulles minuscules qui montent en file dans le liquide ambré. « *Fresquinha, tão fresquinha… Que maravilha…* »

Comme, ce soir, il ne sera pas mort, alors il sera riche !

La femme hoche la tête, grimaçant un sourire contraint.

On te retrouvera jambon, un matin, sur la berge putride du rio Jacaré, elle pense, se souvenant de son fils, Paulo, dont elle est allée reconnaître le corps ! *Zelitão, ô gordo* car son garçon était aussi gras qu'elle est maigre ! *Sim Senhor*…

« Ne fais pas cette tête, allons », rigole Emerson. « Les bières, la viande, le pain, tout sera payé ! »

Et Baiano ? Ils n'ont pas vu Baiano !

« Baiano est là-bas. Il fallait bien que quelqu'un te remplace ! » Cinquante-Deux prend un air d'évidence. « Il faut bien que quelqu'un veille, donne l'alerte si les soldats de Paulo Maluco attaquent !… Baiano tirera une fusée ! » ricane Cinquante-Deux.

Si les hommes de Paulo Maluco attaquent, Baiano se mettra à pleurer, ils le flingueront et ils rapporteront sa tête en guise de trophée !

« Un de ces jours », grince Emerson, appuyant durement le canon de son arme sur l'estomac gonflé de Cinquante-Deux, « je crèverai ça ! »

L'homme blêmit.

« On verra… », il grogne, tandis qu'Emerson, d'un coup de reins, se glisse sous le rideau de fer.

28

Plaqué contre le mur, Baiano se tient raide. À un mètre, à peine, du coin de la ruelle, il n'a aucun recul et si quelqu'un déboule soudainement, il sera sur lui avant qu'il n'ait le temps de se défendre ou de s'enfuir.

C'est Jacó, bien sûr, qui a placé Baiano en vigie à cet endroit et le garçon qui croit encore, avec une foi pathétique, qu'un chef finira par le remarquer, obéit aveuglément bien qu'il crève de peur. Les yeux fixes, il regarde droit devant lui comme lorsque Barba, blessé, l'appelait au secours et qu'il ne bougeait pas, figé par la terreur. Il appuie la crosse de son fusil par terre et serre le cache-flamme dans son poing comme s'il comptait s'en servir de massue.

Emerson se tient prudemment en retrait, à une dizaine de mètres. « *Baiano !* » il appelle, à mi-voix. « *Oi Baiano !* »

Le garçon n'entend rien. On dirait qu'il s'est absenté de son corps le temps que le danger se dissipe… Le temps que quelqu'un avertisse Valente… Dis donc, Valente, tu as un type de première dans ton équipe ! Ce Baiano, il n'a pas froid aux yeux, *tá* !… L'animal se tient toujours aux premières loges !

Et Valente fronce les sourcils. Baiano…, il marmonne. Baiano…

Ce nom lui dit quelque chose : quelqu'un lui a déjà parlé de ce Baiano…

Avec son embonpoint, ses membres courts et potelés, son visage charnu, luisant de sueur comme une lune sombre, Baiano a l'air d'un gros garçon jeté en pénitence à ce coin de ruelle et qui attend la fin de son châtiment en s'efforçant de ne penser à rien.

À moins qu'il ne soit paralysé par le venin d'une bête mauvaise… Hein Emerson… À moins qu'il n'ait été mordu par un de ces monstres ignobles, à tête de caoutchouc, qu'on voit à la télévision… À moins qu'il ne soit tombé sous le charme vénéneux de l'une de ces Reines maléfiques de l'Espace qui vivent au fin fond des étoiles et dont les yeux dardent des rayons rouges qui coagulent le sang…

Le maillot du Grêmio que porte Baiano est constellé de taches de graisse, son vieux bermuda bleu roi, aux coutures de fil blanc, accroché de travers sur ses hanches, donne l'impression que sa jambe gauche est nettement plus courte que l'autre.

Pauvre Baiano !

Deux renflements étranges gonflent les aines du garçon.

Qu'est-ce que c'est que ça, Baiano ?… Dis, qu'est-ce que tu portes là, accroché au bas-ventre ?

Les hommes du Nordeste vantent à tout bout de champ la puissance surhumaine de leurs couilles, ils exaltent leur bite, forte comme un pieu de jacaranda qu'ils plantent d'un coup de reins entre les cuisses des femmes qui se pâment aussitôt. Quand un garçon vient au monde, dans la poussière rouge de la caatinga, la première chose qu'inspecte l'accoucheuse, c'est le sac du bébé. On dit que les nouveau-nés dont les bourses sont noires à la naissance seront des hommes courageux, des combattants hors pair.

« Baiano ! » souffle Emerson. « Qu'est-ce que tu as, là ?… C'est tes couilles, Baiano ? »

Plus fort, Emerson, cet abruti n'entend rien. Il a tout débranché : cerveau, cervelle, cervelet… Si une attaque se déclenche il ne veut rien voir, rien sentir, il veut aller au ciel sans même prendre l'avion : plonger directement dans le bleu de l'éther ! Ce con de Baiano est totalement hors circuit, hors d'usage ! Baiano joue la Belle au bois dormant !

« Baiano ! » gueule Emerson. Il lui lance une pierre qui atteint l'autre au thorax. « Baiano ! »

Enfin le gros garçon se réveille, il jette autour de lui un regard ahuri. Apercevant Emerson, il le salue en levant le pouce, accompagnant son geste d'un sourire contraint tandis qu'il bafouille mécaniquement « *Oi Emerson… tudo bem ?* », comme s'il rencontrait, par hasard, un ami de la rue.

« Je te demande si c'est tes couilles ? » s'agace Emerson.

« Mes couilles… », répète Baiano, égaré.

« Ça, là ! » insiste Emerson, pointant un doigt accusateur sur le bas-ventre de Baiano. « C'est tes couilles, oui ou non ? »

Baiano penche la tête et regarde l'endroit que désigne Emerson. On verrait ses couilles ? Il fait une grimace d'incompréhension. Mais non, ses couilles ne se voient pas…

« Qu'est-ce que tu veux ?… » il se plaint, d'une voix geignarde, « qu'est-ce que tu racontes… Hein ? »

Baiano est encore plus débranché qu'Emerson l'imaginait.

« Fais voir ce que tu as dans tes poches ! » il ordonne.

Baiano extirpe avec difficulté deux grenades. Deux gros fruits, d'un vert olive sale, dont la cuiller, arquée comme un bec d'oiseau, est luisante à force d'avoir été trimbalée au fond des poches de Baiano et, sans doute, d'autres garçons avant lui.

Emerson a du mal à y croire.

« C'est des vraies ? », il demande, incrédule. « Elles pèteront, tu crois ? » Baiano acquiesce d'un coup de menton résolu.

Toutes les grenades du même lot qu'il a essayées ont explosé, sans exception. Ces deux-là exploseront aussi. Il les a protégées de l'humidité, le bouchon allumeur est en parfait état... Il n'y aura pas de problème avec ces grenades-là ! Elles sont américaines, *cara* !... Elles viennent du Premier Monde !

« Tu sais t'en servir ? » s'inquiète Emerson.

Pour la première fois depuis qu'ils se sont enfoncés dans le cauchemar d'Acari, Baiano sourit franchement. S'il y a une chose qu'il sait faire, c'est lancer une grenade de telle sorte qu'elle tombe précisément où il l'a décidé. Si Emerson en doute, il lui fait sur-le-champ une démonstration : il suffit qu'il lui désigne une cible !

Sacré Baiano.

Emerson lui fait signe d'approcher : viens, Baiano, viens par ici, *meu amigo*, j'ai deux mots à te dire !

Et Baiano accourt aussitôt, avec un empressement de chiot.

Quelque chose à me dire...

Des coups de feu éclatent, sur la droite. Les deux garçons restent un moment immobiles à écouter les rafales brèves qui s'enchaînent sur un rythme rapide. Quelqu'un tente une percée sur le quartier général de Maluco qui se trouve à cinq cents mètres, au plus, quelque part devant eux.

Une salve crépite au nord : là-bas, vers les Amarelinhos.

Tout le monde s'y met, *poxa* !... Chacun voudrait avoir la peau de Paulo Maluco !

Si tu veux le prendre, Emerson, si tu veux récolter la gloire de sa capture, grouille-toi, mon vieux ! Fais-moi sauter ce verrou ! Tue le type qui vous barre le chemin et cours ! File, droit devant toi ! Maluco est au bout, là-bas, avec sa garde !

Rassemblant les souvenirs de ce qu'il a brièvement entrevu lorsqu'il a tourné le coin de la ruelle avant que le type en embuscade ne l'arrose de son arme infernale, Emerson dessine un plan sur un carré de terre battue balayée du plat de la main. Penché par-dessus son épaule pour ne pas devoir renverser mentalement le dessin et le mettre à l'endroit, Baiano suit attentivement les explications d'Emerson qui trace un angle obtus : « Là c'est le coin du *beco*, *tá* ?... »

Baiano jette un rapide coup d'œil dans la ruelle, il hoche la tête : le coin où il se tenait : parfait !... Enregistré !

« Là, c'est le trou creusé dans le mur par les impacts de balles ! »

Baiano observe le trou durant un bref moment comme s'il cherchait à graver son image cave dans sa mémoire.

À partir de l'impact, Emerson trace une droite alignée sur le coin du mur, il la prolonge jusqu'au bord opposé de la venelle. « Le type avec son AR15 se tient par là ! » il dit, traçant une croix dans la poussière.

Sa grenade dans le creux de la main, Baiano réfléchit, bougeant les lèvres en silence comme un paysan qui jauge sa terre ou l'état de ses bêtes. Il évalue la distance à laquelle il lui faudra lancer. L'homme est sans doute planqué dans un recoin. Peut-être s'abrite-t-il derrière une protection : un vieux baril de tôle, un tas de briques ou des sacs de ciment…

Qu'est-ce que t'en dis, Emerson ?

Emerson n'a pas souvenir d'avoir vu quoi que ce soit mais, à vrai dire, les flammes et l'énorme pétarade exceptées, il ne se rappelle pas grand-chose.

Il faut que la grenade atterrisse en arrière de l'homme, suppute Baiano, qu'elle tape dans son dos pour le prendre à revers et rendre sa protection inopérante.

À son tour, le gros garçon trace un rond dans la poussière. Il faut que la grenade tombe là !… Là et pas ailleurs, au centimètre près !

S'ils avaient un bout de miroir, ils pourraient s'en servir comme d'un rétroviseur pour tâcher de deviner où ce salaud se tient planqué. « Veux-tu que je retourne au bar chercher un bout de miroir ? » propose Emerson.

Baiano fait non ! Pas de miroir. Il est prêt ! Déjà il imagine la grenade qui vole par-dessus le coin de la ruelle, il sent sa trajectoire courbe ; déjà la détonation résonne à ses oreilles.

Emerson court jusqu'à l'angle du mur tandis que Baiano, l'épaule basse et le bras en arrière, prêt à se détendre, se tient au milieu de la ruelle. Son index gauche a crocheté l'anneau de la goupille, prêt à l'arracher. Emerson prend ses appuis pour jaillir juste après l'explosion, puis il fait signe au garçon ! Vas-y Baiano, lance ton fruit miraculeux !... Que Dieu, ou le diable, guide sa course.

Baiano ne prend aucun élan, il fait un lancer misérable comme s'il balançait une boule de papier dans une corbeille grillagée. Emerson suit des yeux la tache noire de la grenade qui monte, rase le sommet du mur et disparaît de l'autre côté. Le temps s'allonge, il s'étire, rien ne se passe.

Cette putain de grenade était morte ! Elle était vide !... Vide !

Une explosion retentit, à la fois lourde et creuse. Emerson se jette en avant ! D'un coup de reins, il tourne au coin de la ruelle, lâchant au hasard une longue giclée de balles qui vide son chargeur.

Un voile de gaz noir et de poussière mêlés est suspendu dans la venelle. À peu de chose près, l'homme est à l'endroit qu'ils avaient prévu. Il est assis par terre, hébété, il tâte le sol de la main comme s'il cherchait quelque chose en aveugle, dans une quête qui l'épuise. Il soupire une fatigue accablante, jette autour de lui un regard désorienté puis bascule en arrière et roule sur le flanc comme s'il avait résolu de dormir un moment après ce boucan épouvantable qui lui a déchiré le tympan. Sa bouche s'ouvre dans un rictus de peine, de douleur, et il ne bouge plus. La mort vient de le prendre. Un maigre filet de sang coule de ses cheveux très sombres, raie la peau cuivrée de son cou avant de disparaître dans le col de sa chemise.

Baiano a rejoint Emerson, il s'accroupit près du corps pour l'observer de plus près comme si le cadavre était celui d'une once, d'une de ces bêtes fabuleuses que peu de gens ont la chance d'apercevoir, ne serait-ce qu'une fois dans leur vie.

D'après sa nuque taillée au carré, le mort était un soldat ou un flic, d'une trentaine d'années, qui se tapait un extra pour arrondir ses fins de mois. Un flic de base ou un homme de la PM familier des favelas : un monde dont il était issu, qu'il n'avait jamais quitté vraiment, où il était venu mourir.

Emerson assène une claque joyeuse sur l'épaule de Baiano. « Bravo, Baiano !… Bravo, *meu amigo* ! »

Le garçon lève vers lui son visage lunaire qu'un large sourire illumine. Plus que jamais il ressemble à un écolier qui, après moult et moult blâmes, reçoit enfin les félicitations.

Il l'a eu, oui, et il l'a bien eu ! N'est-ce pas, Emerson ?… Il l'a eu proprement, il l'a eu en beauté, pas vrai ?…

Il veut qu'Emerson le flatte, encore et encore, qu'il le félicite à l'infini, lui répète à quel point il est heureux d'avoir un type comme lui à son côté. Hein Emerson ?…

Bravo Baiano, bravo *companheiro* ! Tu l'as eu du premier coup ! En beauté, *meu amigo*, oui, tu l'as eu en beauté…

Emerson exulte. Il n'en revient pas de la facilité quasi irréelle avec laquelle cette affaire s'est jouée.

Une grenade, une seule, une grosse explosion et le chemin s'est ouvert. La guerre, ainsi, paraît si simple !

Du pied, Emerson fait rouler le corps sur lui-même pour dégager l'arme qui gît sous la dépouille. Il l'empoigne, la soupèse avec un mélange de crainte et de satisfaction : c'est bien un AR15, plus mauvais qu'un cobra !

Un AR15, *poxa* ! Et neuf…

Pas une seule rayure n'écorche le métal bronzé, pas une écaille n'a sauté au plastique de la crosse. Le canon exhale une odeur de cordite brûlée : un parfum poivré, vivant, le fumet d'une sueur d'acier.

Imitant la posture des guerriers de cinéma qu'on voit sur les affiches, Emerson pointe l'arme devant lui, il la descend bas sur la hanche, écartant les pieds pour affermir son assise.

Emerson la tempête, Emerson la vengeance !

Il lâche une rafale au hasard. L'arme tressaute à peine dans ses mains, pourtant elle déclenche le tonnerre et la foudre ! Comment cet imbécile, étendu à ses pieds, a-t-il pu le louper avec pareille machine ?

Qu'est-ce qui t'est arrivé, *cara* ?

Un mauvais geste, un moment d'inattention ?…

Tu as bu trop de bière, trop de *cachaça*, pour te donner du cœur ?… Tu as respiré trop de *brizola,* de *maconha* pour tâcher de dresser une vitre blindée entre le monde et toi, mais une erreur, *meu amigo*, une seule, et c'est fini !

Le monde te rattrape, *compadre* ! Où que tu sois, qui que tu sois…

Le monde t'étreint, il t'étouffe, te foudroie, et voilà !

À l'ouest, la fusillade s'intensifie.

Il n'y a pas de temps à perdre, Emerson. Mets-toi en route, allons !

Emerson passe la bretelle de l'arme maléfique en travers de son torse puis il tend à Baiano le fusil pris sur le mort de la veille et qui, maintenant, lui paraît dérisoire. Le garçon n'en veut pas. Pas de fusil, non, pas de pistolet non plus ! Baiano est désormais le canonnier d'Emerson, son artillerie à lui tout seul ! Rien ne leur résistera ! N'est-ce pas Emerson ?

Rien, en effet !

Mooca arrive, puis Ferrinho, Jacó tourne au coin de la ruelle flanqué de Cinquante-Deux. Ils découvrent, abasourdis, l'homme allongé sur la terre battue de la ruelle, le torse d'Emerson barré d'une large bande de nylon tressé, noir, et, dans son dos, dardé comme une antenne étrange, le canon trapu, le nez camus de l'arme automatique. Emerson ne leur laisse pas le temps de digérer leur stupeur : impatient, agacé par leurs yeux ronds, par cette surprise idiote qu'il lit dans leurs yeux, il les presse de se mettre en route. Le Destin est au rendez-vous, on l'entend qui trépigne, là-bas : au nord, vers les Amarelinhos, et qui caquette, à l'ouest, par-dessus la rumeur du trafic de l'Avenida Brasil…

Ils secouent leur torpeur, s'arrachent à la contemplation hébétée du mort, ils se mettent en route. Une page vient d'être tournée. Jacó n'est plus le chef du groupe et si Cinquante-Deux est toujours le représentant de Kenedi, il sait que son opinion comptera peu.

Emerson marche en tête.

Avec ce flingue qui crache six cents coups à la minute, cette arme qui déchiquette le monde comme un bout de carton, il se sent invincible, indestructible ! On peut envoyer contre lui le meilleur des troupes de choc : les tanks, les avions, les hélicoptères qui maraudent au-dessus des favelas dans un bruit d'engrenage, il ne redoute rien !

Emerson expérimente un sentiment de puissance inouïe qui l'éblouit, qui l'enivre. Il est São Jorge qui chevauche l'acier, les flammes, le tonnerre ! Il est l'archange Raphaël, il est Exu, le démon pourpre et tout-puissant de la *macumba* !

Que bom… Senhor Deus !

L'avenir n'a plus de limites !

Maravilhoso…

Rien, de toute la vie qu'il a vécue jusque-là, ne vaut cette jouissance pure, intense, qui le jette en avant, à grandes enjambées.

Baiano trottine à son côté, rayonnant de fierté. Il serre dans sa main droite la grenade qui lui reste. Peut-être serait-il plus avisé de retourner à la baraque de Querozene remplir ses poches à la caisse que son frère Juscelino a cachée dans un trou du plancher avant de se faire descendre, mais ce n'est pas le moment de s'absenter. Maintenant, c'est le temps de la guerre, *cara* ! Ils montent à l'assaut du quartier général de Maluco, ils vont le prendre !

Tu vois, Baiano, tout s'arrange… Il suffit d'attendre, de laisser au Destin le temps de tricoter la vie… Ce chef dont tu as tant espéré qu'il te remarquerait, tu l'as trouvé, enfin ! C'est lui : Emerson ! Il était devant toi et tu ne le voyais pas… Après avoir douté, après avoir désespéré, maintenant tu marches à son côté ! La vie est marrante, pas vrai ?…

Elle est imprévisible !

Désormais, Baiano accompagnera Emerson où il voudra, aussi longtemps qu'il le souhaitera et il détruira les cibles qu'il lui désignera.

Sim Senhor !…

Depuis qu'il a entre les mains ce flingue fabuleux, Emerson n'est plus le même. On dirait qu'il a vieilli.

Il est devenu un homme en une nuit, comme si, dans les ténèbres, un magicien s'était penché sur son corps endormi et lui avait infusé cette grâce, cette lumière qu'il irradie maintenant.

Guide-nous, Emerson, conduis-nous : on te suit, où que tu ailles ! S'il le faut, lui, Baiano, fera sauter la porte de l'enfer avec cette petite grenade qu'il tient dans sa main droite.

Cette petite grenade *querida* !

Hein, grenade…

Mooca colle aux talons d'Emerson. Son sourire de type à la coule, de type qui ne craint personne hormis la grand-mère borgne qui plante dans son visage le feu de son œil unique, ne flotte plus sur ses lèvres. Pour une fois, Mooca est grave. Il sait qu'il joue gros, que tous jouent gros ! Il y a beaucoup à gagner là où ils se rendent, pas vrai Mooca !

Vrai !

Celui qui brandira au bout de son poing la tête de Paulo Maluco verra le temps changé en or ! En or, Seigneur Dieu !

À lui les femmes, les *gatas* à la chevelure opulente, les filles au cul qui roule ! Il en aura dix, vingt, cent : dévouées, ardentes ! Il les baladera dans une belle bagnole, il achètera un lionceau qu'il promènera dans les rues au bout d'une laisse, comme Kenedi du temps de sa splendeur et alors… *Ai querida !*

Alors, il sera un des seigneurs de la favela !

Mooca sait déjà quelle fille il choisira en premier !

Il se rendra chez Elisabete Pereira, la *porta-bandeira* d'Estácio de Sá qui tangue par les ruelles, dans un short si petit qu'il lui découvre la moitié des fesses en un grand sourire rebondi. Lorsqu'elle passe, ondulant de partout, les yeux des hommes se collent à sa peau caramel comme les mouches, prises au papier glu, qui vrombissent, sans espoir, à se démancher les ailes !

Mooca l'abordera en plein milieu du bal funk et il lui dira devant tout le monde, que chacun sache à quoi s'en tenir : Elisabete, je t'ai choisie !

Coupe d'abord la tête de Maluco, garçon, c'est le prix, c'est l'épreuve ! Après tu te taperas Elisabete, tu t'enverras Ângela, tu sauteras Rosali, tu enfileras la moitié de Beija Flor si le cœur t'en dit.

Fais d'abord le boulot !

Avec la puissance de feu qu'Emerson a conquise, ni Mooca ni les autres n'ont de souci à se faire. Ils feront le boulot ! Avec un type comme Emerson qui ouvre le chemin, ils sont en sûreté. Ce diable sait où aller, comment y aller ! Avec quel éclat il vient de le leur démontrer !

Lorsque Mooca a vu Emerson quitter, furibard, le poste que Jacó lui avait assigné, il a pensé qu'il craquait ! Tandis qu'Emerson s'éloignait, Mooca avait jeté un coup d'œil à Jacó, attendant que celui-ci, poussé par Cinquante-Deux, lâche une rafale dans le dos d'Emerson.

Mooca n'en aurait pas fait une histoire mais ça l'aurait embêté parce qu'il y aurait eu un type en moins dans leur troupe déjà bien maigre, et un type de valeur, mais Jacó n'avait pas bronché, comme si Emerson avait un œil au milieu de la nuque, un œil qui les tenait à l'œil, lui et Cinquante-Deux, leur disant : bougez donc pour voir !... Fais le mariole, Jacó ! Aventure-toi à me mettre en joue !...

Et plus tard, lorsque Emerson avait quitté le bar soi-disant pour que Baiano puisse manger à son tour, Mooca avait cru qu'il se dérobait en dépit de son geste de bravade, quand il avait appuyé durement le canon de son fusil sur la bedaine de Cinquante-Deux. En tout cas, lui, Mooca, aurait cédé. Il n'aurait pas osé défier les deux autres.

Emerson était plus malin que lui : il savait ce que valaient ces deux ganaches. Il avait pris leur mesure, il les avait pesés et lorsqu'ils avaient accouru au bruit de l'explosion, il était trop tard ! Emerson était devenu chef à leur place !… Sans coups de feu, sans menaces ouvertes, sans dire un mot plus haut que l'autre si l'on exceptait ce geste de défi que tous avaient pris pour une rodomontade.

Chapeau, Emerson !

On peut s'accrocher aux basques d'un type pareil ! On peut lui faire confiance, pas vrai Mooca ?

Oui, on peut lui faire confiance !

Qu'est-ce que t'en dis, Ferrinho ?

Le garçon marche, tête baissée, aux côtés de Mooca. Il sait à quoi ils doivent s'attendre lorsqu'ils déboucheront de la ruelle. Les hommes de Maluco les guettent, ils vont les tirer comme du gibier. Si São Judas, le saint patron de Ferrinho qui, jusque-là, ne l'a jamais trahi, s'avise de lui faire la gueule, pour un motif ou pour un autre, s'il se montre simplement distrait au moment de l'attaque, les types de Paulo Maluco lui enverront un demi-kilo de ferraille dans les tripes et alors adieu Ferrinho ! Adieu *mãe*, adieu tout le monde…

Adieu la petite chatte aux plis roses d'Adeli…

Adieu *cachaça*, *maconha*, *brizola*…

Adieu les couinements d'Adeli quand Ferrinho la fourgonne et qu'elle jouit !

Adieu tout ce qui donne du prix à la vie mais quel prix, hein Ferrinho ?

Un prix de bananes, *querido* ! Un prix misérable, honteux… Un prix qui ne mérite pas qu'on s'interroge longtemps !

Il faut avancer, foncer, arriver avant les autres qui poussent, eux aussi, à l'ouest et au nord, qui, pour l'instant, tiraillent sans conviction, bégayant des poignées de projectiles à tort et à travers !

Eux, ils ne tiraillent pas avec de petites pétoires d'enfants, eux ils ont la foudre céleste entre les mains et c'est Emerson qui la commande ! Emerson l'intrépide, Emerson le fou, que rien n'arrête !

Il y a dans les yeux d'Emerson un éclat déraisonnable qui flanque la pétoche ! Oui, ce feu follet qui allume son regard, cette lueur de triomphe, alarme Ferrinho car il redoute qu'elle ne s'éteigne d'un coup !

Jusqu'ici, tu n'as pas triomphé souvent, n'est-ce pas garçon ?

Ni toi, ni aucun des gens que tu connais n'avez jamais savouré le plus minuscule triomphe ou alors un soir, un moment, dans les vapeurs de *cachaça*, dans l'ivresse trafiquée de la *brizola* !…

Mais le reste du temps, pardon ! Quelle dérouillée, hein Ferrinho ?

Les salaires de misère, le fric qui ne rentre pas ou qui, les soirs de paie, saigne des poches comme une hémorragie.

Le père qui rentre saoul et humilié. Saoul parce que humilié ! Un soir, c'est un type au volant d'une voiture qui l'a fait courir alors qu'il traversait la rue, gueulant au passage : *Sai daí vagabundo !* Comme s'il était un chien : un animal errant égaré sur le bitume.

Humilié par son chef, au boulot, qui braille à tout bout de champ : *safado !* Comme si c'était son nom ! Viens par là, *safado* ! Arrive ici, connard !

Le chef de son père est un homme du Sud : un *gaúcho* qui tient les gens du Nord pour des abrutis et ricane lorsqu'ils s'offusquent, prétendant que ces insultes, qu'il distribue si généreusement, sont des taquineries alors que tous les ouvriers du chantier, les manœuvres qui ploient sous les fardeaux, les coffreurs, les terrassiers, tout le peuple en guenilles des émigrés du Nord qui s'active, dans une frénésie de fourmis, sait, sans aucune équivoque, qu'elles sont le fond de sa pensée !

La mère qui rentre humiliée par la patronne qui n'est jamais contente, qui lui hurle à la tête parce qu'elle a ses nerfs, parce qu'elle a ses règles, parce que son mari, le salaud, lui a collé une baffe ! Des hurlements qu'il faut supporter parce que ça n'est jamais le moment d'avoir de la fierté, jamais le moment de se trouver à la rue…

Les frères qui rentrent à la baraque humiliés, la gueule cassée, va-t'en savoir par qui, va-t'en savoir pourquoi…

Les sœurs humiliées elles aussi pour s'être fait baiser contre leur volonté mais qui n'avaient d'autre choix qu'accepter, sans faire d'histoire, ou se faire cogner avant de se faire baiser quand même… Les sœurs qui tombent enceintes l'une après l'autre, même les petites, même cette pauvre Rita qui vient tout juste de fêter ses onze ans et pousse déjà devant elle un ventre distendu…

Et aucun espoir que ça change jamais, pas vrai Ferrinho ?…

À moins qu'Emerson ne s'en mêle…

À moins qu'Emerson et son regard d'illuminé céleste ne les conduise vers cette sortie dont ils rêvent, tous, depuis toujours...

Rien ne t'arrêtera, Emerson ?

Rien !

Promets de nous guider !

À la victoire, jusqu'au bout !

On les tuera, jusqu'au dernier, et on leur prendra tout !

Emerson presse le pas, tous pressent le pas.

Obligé à mouliner de ses petites jambes arquées, Cinquante-Deux a de la peine à maintenir l'allure. Il déteste se presser. Ses jambes trop courtes le contraignent à se déhancher. Il se sent ridicule ! Il redevient le gosse pataud dont tout le monde se moquait : *o gordinho.*

Cours, *gordinho*... remue ton gros derrière !

Il n'est plus *o gordinho* qui court en se tortillant comme un ver grassouillet : il est Cinquante-Deux le tueur, l'âme damnée de Kenedi que tout le monde redoute !

Va dire ça aux gamins, Cinquante-Deux ! Ils s'en tapent, mon vieux ! Ils viennent de Querozene... Dans cette favela de ploucs, chez ce ramassis de tarés, le surnom de Cinquante-Deux ne rencontre aucun écho.

Ils ne voient en toi qu'un type vantard qui les a fait chier la moitié de la nuit avec des histoires de l'ancien temps et qui, maintenant, tortille du derrière sur ses pattes tordues pour suivre le mouvement !

À la première tuile, Cinquante-Deux quittera le groupe ! Il les abandonnera à leur sort. Il est trop âgé pour suivre ces gamins. S'ils étaient nés à Acari, s'ils appartenaient à l'une des communautés qui se partagent le territoire de la favela, s'ils avaient été élevés dans la tradition du Nordeste, peut-être aurait-il une chance de maîtriser leur folie, mais ceux-là viennent d'ailleurs. Ils sont bien trop sauvages pour être domestiqués : ils ne connaissent rien à rien. Kenedi, Maluco, Orlando Jogador, Fernandinho Beira-mar sont des noms qui n'ont aucune signification pour eux ! Et même s'ils en avaient une, il est peu probable qu'ils les respecteraient.

Inutile de les conseiller, de les guider ! Négocier avec l'un, avec l'autre, ruser, intriguer, nouer des alliances éphémères, fomenter des complots : tout ce qui fait la finesse du jeu politique leur est inconnu, étranger. Leur stratégie se résume à tirer sur tout ce qui bouge et ici, dans les ruelles, les *becos*, les *bequinhos* d'Acari, ils estiment la chasse ouverte !

À qui obéissent-ils ? À Valente, vraiment ?...

Cinquante-Deux n'y croit pas !

Un type comme Emerson ne plie pas, il ne se soumet pas ! Il a écarté Jacó sans même prendre la peine de l'affronter ! Emerson a conquis son pouvoir les armes à la main et, depuis, Jacó n'est plus qu'une ombre : un soldat parmi d'autres qui rumine sa rancœur, son amertume de petit chef déchu.

À plusieurs reprises, au cours de sa vie criminelle, Cinquante-Deux a vu des types inconnus surgir d'on ne savait où, et s'imposer en quelques jours. La plupart d'entre eux n'ont pas fait de vieux os ! Leur ignorance, leur arrogance de parvenus qui se croyaient tout permis, leur brutalité, leur absence de savoir-vivre, leur manque total de scrupules ont inquiété les autres chefs de favelas et on n'a guère tardé à découvrir les cadavres de ces types abandonnés, criblés de balles, dans un terrain vague ou sur la berge boueuse d'un rio.

Le dernier qui s'est fait exécuter ainsi, c'est lui, Cinquante-Deux, qui l'a trouvé, à demi envasé, dans le lit du rio Jacaré, sous le pont de chemin de fer de la Rua União : un endroit classique pour les jambons !

Ils l'avaient flingué sur les voies de banlieue qui conduisent à la gare centrale. Les mains liées avec du fil de fer, la tête entortillée dans son tee-shirt, ils l'avaient jeté sur le plancher d'un combi. Comme dans les films de guerre, ils l'avaient collé contre le mur de parpaings qui borde la voie et, au signal, un de ses ravisseurs lui avait flanqué une poignée de balles dans le corps, après quoi ils avaient balancé la dépouille dans le vide.

Tu finiras ainsi, Emerson !

Ils attendront le temps qu'il faut. Ils te prendront un soir de fête, quand les hommes d'escorte boivent plus qu'ils ne devraient ; ils te cueilleront ensuqué de plaisir, dans le lit d'une fille ; ils te tendront une embuscade un soir de livraison de drogue, comme ils ont fait à Vigário-Geral, avec les quatre flics de la PM qui étaient trop gourmands…

Si tu as de la chance, ils te tueront proprement, comme celui du chemin de fer, mais si tu leur as déplu, si tu as réellement outrepassé les limites, malheur à toi ! Ils te découperont vif, au couteau, au sabre, ils te brûleront encore vivant, ils t'ôteront la peau comme on écorche un lapin ou un chat et te feront courir, la chair à vif, en s'amusant des embardées de ta carcasse sanguinolente !

C'est la loi, garçon ! La dure, la terrible loi de la favela !

Cinquante-Deux ne veut pas continuer dans cette ruelle qui débouche, là-bas, sur la placette où Maluco a établi son quartier général. C'est trop risqué pour un homme comme lui. Il boit trop, il fume trop, il déteste les exercices physiques comme courir, se jeter à plat ventre, sauter comme un cabri pour échapper aux tirs.

Si Emerson n'était pas une brute, s'il était un de ces chefs légendaires qui apparaissent, parfois, comme des envoyés de Dieu ou du Démon, tu raterais quelque chose Cinquante-Deux !...

S'il était un de ces types de légende : un genre de prophète comme cet Antônio Conselheiro dont le fantôme continue de hanter le Nordeste... Un *cangaceiro* moderne comme Lampião, comme d'autres, qui se sont bâti une légende à coups de sabre...

Ne laisse pas passer une chance pareille, Cinquante-Deux ! Reste auprès de lui, aide-le, conduis-le, et s'il n'est pas celui que tu crois, il sera toujours temps de le vendre à quelqu'un !

Ici, ce ne sont pas les tueurs qui manquent mais les gens à tuer ! Ceux qui valent la peine, s'entend, car les autres, les pauvres diables, il y en a plus qu'il n'en faut, n'est-ce pas !

« Qu'est-ce que t'en dis, Jacó ? »

Le garçon sursaute, jette à Cinquante-Deux un regard effaré. Cinquante-Deux lui sourit.

« Ne t'en fais pas ! » il dit. « Tâche seulement de rester vivant, *tá*... »

Jacó ne répond rien. Que croit-il, cet imbécile ? Qu'il se sent abattu depuis qu'Emerson a pris la tête du groupe, usurpant son pouvoir ?

Non, je ne suis pas abattu !... Je n'ai pas l'intention de mourir, *puta merda* ! L'histoire continue : la même vieille histoire commencée du temps de Zoinho, il y a longtemps.

Zoinho est mort, Barba est mort et lui, Jacó, est toujours vivant ! Alors…

29

Du bout des doigts, Carmelita effleure la couverture du livre qui repose au cœur de son emballage. Autour du volume, le papier dessine une corolle aux plis anguleux.

Elle a ouvert le paquet précautionneusement pour ne pas l'abîmer et le refermer ensuite sans laisser de traces. Elle s'étonne de la photographie qui orne la jaquette. C'est un arbre au tronc tordu qui brandit vers le ciel des branches maigres, totalement dépouillées de leurs feuilles.

On dirait un membre décharné : une main qui sort de l'herbe et qui crie au secours.

Ajuda !… Ajuda, por favor !… Aidez-moi !…

L'otage y verra peut-être le symbole de son tourment, de son abandon…

Si Dieu le veut, pense Carmelita, *se Deus quiser*, son exhortation sera entendue et un ange viendra à son secours…

Elle se signe, serre le livre un instant contre son cœur avant de le reposer délicatement sur le papier dont il épouse les plis comme un corps prêt à rentrer dans son costume.

Pourquoi avoir choisi un arbre aussi moche ?

Ceux qu'on aperçoit dans le fond de la photo ne sont guère plus beaux mais, tout de même, il leur reste un semblant de feuillage !

L'arbre du premier plan, l'arbre *estrela* : l'arbre vedette, en quelque sorte, a l'air à demi crevé ! Il est triste, il évoque la désespérance, la solitude...

Les gens qui font les livres en savent bien davantage que toi, ma grande ! S'ils ont choisi cet arbre, c'est qu'il y a une raison : une bonne raison que tu n'es pas en mesure de comprendre, voilà tout !...

Le bout de *campo* qu'on devine en arrière-plan pourrait être le *cerrado* de la région de Brasília. Il ne manque que les termitières et la terre rouge qui apparaît sous le *capim*, comme une peau crevassée...

À l'exception de quelques très petits nuages, le ciel est vide : un ciel d'hiver qui a perdu toute son eau...

L'air est si sec, en juillet-août, dans le Distrito Federal ! Les muqueuses se dessèchent tant que, parfois, respirer est douloureux, surtout le matin, quand on se lève, et en fin de journée, après que le soleil a brillé tout le jour.

Les bébés souffrent, *tadinhos*...

Sandra, qui était un nourrisson fragile, pleurait souvent et, au plus fort de la *seca*, les larmes lui manquaient...

Carmelita se souvient de la lumière basse, sans éclat, mélancolique, qui projette sur le sol des ombres longues suggérant des présences invisibles comme si les morts, chassés dans les profondeurs de la terre par la chaleur calcinante de l'été, profitaient de la fraîcheur de l'hiver pour remonter à la surface et faire un tour dans la ville, se distraire un moment aux turpitudes des vivants.

C'est étrange comme elle pense à Brasília depuis qu'elle s'occupe du prisonnier de Sagão. Parfois elle se souvient avec une vague nostalgie de la vie calme, routinière jusqu'à l'ennui, qu'elle menait dans le Distrito Federal avant que tout n'éclate sous l'impact de la balle que le fils Pedreiro avait tirée, par dépit de n'être plus qu'une moitié d'homme, entre les jambes de la petite du Gato ; avant que Zé et son blouson pourpre, ses Ray Ban collées sur son nez comme un papillon noir et luisant, ne fasse une entrée de théâtre qui allait la laisser pantelante.

Est-ce une si bonne idée que d'apporter ce livre à l'otage ?…

Elle craint que, passé la distraction de la lecture, la contemplation de cette image désolée ne plonge le prisonnier dans une affliction plus grande encore…

Elle contemple les lettres brunes, les bleues, suit de la pointe du doigt le double trait violet qui souligne la photographie.

Qu'y a-t-il là-dedans ? Des histoires d'arbres, de *campo* ?… Des histoires du *cerrado* ?…

Est-ce bien ce livret dont l'otage lui a fait la demande ?

La grande femme brune et mince, à visage d'oiseau, qui le lui a vendu ne l'aurait pas trompée ? Pas elle… Pas quelqu'un qui vend des livres sur Rio Branco. Pas quelqu'un qui lui était recommandé par la petite docteur *gringa* du poste de santé. L'enthousiasme de la promesse que Carmelita avait faite à l'otage s'était dissipé dans le bus qui la ramenait à Querozene lorsqu'elle s'était demandé comment elle allait se débrouiller pour se procurer ce fichu livre alors qu'elle ne savait pas lire, qu'elle ne reconnaissait que les lettres les plus courantes : le A comme un chapeau, comme un toit posé sur la ligne, le I vertical et sec, le trou du O… Le S, ondulant comme un serpent… Le X qui barre de toute sa croix…

D'ordinaire, lorsqu'il lui fallait déchiffrer un écrit, Emerson ou Sandra s'en chargeaient. Depuis l'an dernier, Beto avait commencé, lui aussi, à s'y mettre…

Sandra et Beto sont restés dans le Distrito Federal. Quant à Emerson, il ne s'est pas manifesté depuis plus de trois jours.

Carmelita se signe, murmure une prière express. *Nosso Senhor do ceu, protegeo meu filho…*

Elle avait passé la soirée à prier pour son fils et à se faire du mouron : plus la nuit avançait et plus l'achat de ce fameux livre lui paraissait une entreprise effroyablement compliquée.

Elle avait passé en revue les gens qu'elle connaissait et qui pourraient l'aider. Alair ?…

Alair ! Tu rigoles, ma grande ! Alair n'en sait guère plus que toi !… Alair a une cervelle d'huître ! Il n'y a pas de place dans sa petite tête pour un alphabet complet !

La grosse Lygia ?…

Si Carmelita ne voyait aucun inconvénient à emprunter un faitout ou une grande cuiller à sa voisine, il était hors de question d'avouer à ce monument de saindoux qu'elle était illettrée. Alair vivait à São Carlos, autant dire aux antipodes, mais l'autre habitait la porte à côté ! Si, par extraordinaire, la grosse Lygia savait lire, elle ne manquerait pas d'en tirer avantage ! Elle le lui rappellerait dix fois, cent fois par jour…

Elle irait clabauder à travers la favela, uniquement pour se mettre en valeur : cette conne de Carmelita n'est pas fichue de lire une seule ligne, de déchiffrer un mot !

Non, elle ne demanderait rien à Lygia hormis les recettes de cuisine et quelques ustensiles…

Les plans qu'elle échafaudait tombaient à l'eau, les stratagèmes qu'elle imaginait lui paraissaient puérils et lui faisaient honte. En vérité, elle n'avait aucune idée de la manière dont il fallait procéder ! Dans le Distrito Federal, elle se serait débrouillée : elle aurait envoyé quelqu'un de confiance, mais ici, elle ne voyait personne à qui demander de l'aide !

Malade d'impuissance, elle avait tout naturellement pensé à la petite docteur *gringa.* Elle était retournée au poste de santé, prenant le soin d'observer les abords avant d'approcher car elle redoutait obscurément que le type au revolver qui l'avait délivrée de l'ivrogne ne l'y attende encore.

Avec ses cheveux bouclés qui faisaient une boule au-dessus de son visage fripé gris de fatigue, la petite *gringa* ressemblait plus que jamais à une poupée épuisée. En voyant Carmelita débarquer dans son bureau à l'improviste, elle avait eu une grimace d'agacement mais lorsque celle-ci lui avait dévoilé la raison de sa visite, l'irritation de la petite femme s'était évaporée.

Elle avait invité sa visiteuse à s'asseoir et l'avait écoutée avec un intérêt bienveillant, hochant sa tête de poupée en signe d'assentiment, montrant ainsi qu'elle comprenait, qu'elle la suivait, l'accompagnait.

Naturellement, Carmelita n'avait soufflé mot ni du *sequestro* ni de l'otage, se contentant de déclarer qu'elle voulait acheter un livre mais qu'elle ne savait comment s'y prendre car elle était illettrée.

La petite *gringa* avait soupiré que Carmelita aurait été mieux inspirée en s'adressant à une enseignante, par exemple, ou à quelqu'un de l'action sociale dont l'alphabétisation des adultes était la spécialité, mais, visiblement, elle n'en pensait pas un mot. Qu'une femme vienne à elle pour autre chose que pour les motifs habituels changeait un peu ; par ailleurs, la confiance que lui témoignait Carmelita la flattait doublement : en tant que médecin, cette visite lui apportait la preuve qu'elle faisait plus que soigner les corps et en qualité d'étrangère, cette demande lui procurait le sentiment d'être acceptée par la communauté dont elle cherchait à soulager les maux !

Elle s'était excusée de lire peu, en tout cas, pas autant qu'elle l'aurait souhaité. Il y avait tellement de gens à soigner, tellement de misère qui frappait à sa porte…

Là-dessus, Carmelita en savait autant qu'elle, n'est-ce pas ?

Les vieux, perclus de rhumatismes, qui glissent dans la boue, les jours de pluie, et tombent, se brisent les os, les femmes qui se font refiler le sida par leur amant du samedi soir et n'en disent rien à leur époux de crainte de se faire battre, les fous que la misère rend plus fous encore et qui luttent avec le diable, qui le pourchassent, un couteau à la main, pour lui trancher le cou sans même se rendre compte que ce sont leurs propres enfants qui détalent devant eux en hurlant de terreur, les gosses mal nourris qui perdent leurs cheveux, dont le ventre gonfle comme une outre, les nouveau-nés qui se font mordre par les rats, toutes celles et tous ceux dont le sang cogne aux tempes quand la favela entre en guerre, ceux dont le cœur se fend lorsqu'ils découvrent un cadavre jeté à l'aube sur le bord du rio ou bien échoué, comme une ordure, dans la fange noire et putride qui gangue les rives d'une laque répugnante.

Carmelita sait tout ça !

« Tu veux lire ? » s'était étonnée la *gringa.*

Il y avait un émerveillement incrédule dans sa voix, si bien que Carmelita n'avait pas eu le courage de la détromper. En guise de réponse, elle s'était contentée de baisser pudiquement les yeux comme si elle confessait un désir intime.

Même si elle ne lisait guère, la petite docteur *gringa* fréquentait tout de même une librairie dont elle avait écrit le nom et l'adresse sur son papier à en-tête du poste de santé, répétant à haute voix, détachant les syllabes, comme s'il s'agissait d'une ordonnance pour un patient à la compréhension incertaine : Li… vra… ri… a… Le… o… nardo da Vinci !

Carmelita ne s'était jamais rendue dans la Cité. Le bus l'avait laissée à Cinelândia, devant un homme âgé, assis sur un banc, qui jouait du saxophone pour soutirer quelques pièces aux passants.

Carmelita était restée un moment sur la place, étourdie par le sentiment d'être dans une ville inconnue, immense, dont elle découvrait la puissance insoupçonnée. Une ville qui grondait, dans laquelle circulait un peuple de gens soignés, éduqués, sûrs d'eux ! Une foule apprêtée, maquillée, pomponnée, dans laquelle les *favelados* se repéraient au premier coup d'œil : comme des mouches sur une vitre ! Elle avait eu honte de ses vêtements mal coupés, de ses chaussures à bout de course.

La silhouette massive et grise du théâtre municipal l'avait interloquée. Elle avait demandé à une marchande de *pipoca* qui habitait cette vieille demeure monumentale. La femme s'était mise à rire et, fouaillée par la honte, Carmelita avait quitté la place.

Elle avait demandé son chemin à un balayeur qui promenait une brouette indolente. Le type lui avait montré la saignée de l'Avenida Rio Branco entre les murailles vertigineuses des immeubles aux façades luisantes qui écrasaient les gens de leur luxe, de leur hauteur énorme.

Carmelita avait longé la façade d'un autre bâtiment ancien qui rappelait le théâtre mais, cette fois, elle avait eu la sagesse de ne poser aucune question à quiconque et avait poursuivi son chemin.

Comme à Brasília, il y avait des bars, des boutiques, des banques, et d'innombrables kiosques à journaux débordant de papier, cependant tout lui paraissait nouveau, différent, à cause de cette foule incroyable qui glissait sur les trottoirs, de la profusion inouïe de marchandises offertes, tentantes. Tout paraissait accessible, à portée de main !

Elle montrait le papier du poste de santé sur lequel la petite *gringa* avait griffonné l'adresse où elle devait se rendre. Les gens ne la rembarraient pas comme elle l'avait redouté, ils se montraient plutôt compréhensifs : oui, elle était dans la bonne direction mais c'était plus haut, toujours plus haut !

Enfin, un vieil homme avait remonté ses lunettes sur son front pour déchiffrer avec difficulté l'ordonnance de Carmelita, grimaçant de tout son visage comme s'il éprouvait une douleur intense, puis il avait fait glisser à nouveau ses binocles sur son nez pour regarder au loin et déchiffrer le numéro de métal chromé affiché sur le marbre de la façade et il lui avait souri. Elle était arrivée ! Le 185 Rio Branco, c'était là !

Une rampe de béton plongeait vers le sous-sol de l'immeuble en s'enroulant sur son axe. Carmelita l'avait descendue avec un peu d'appréhension et lorsqu'elle était arrivée en bas, elle avait littéralement buté sur la librairie qui ouvrait ses vitrines d'aquarium de part et d'autre d'un bref couloir carrelé de dalles d'un blanc livide.

À travers les surfaces vitrées, on voyait des centaines, des milliers de volumes exposés sur des tables. Cette profusion extravagante avait suscité en Carmelita un malaise diffus. Durant un bref moment, elle avait eu le sentiment désagréable que tous ces livres, c'étaient des tranches de viande desséchée ou des os de défunts qu'on exposait ici, dans le secret d'un caveau.

Elle s'était sentie perdue, submergée par ce déferlement immobile. Comment retrouver le livre qu'elle cherchait dans cette pléthore hallucinante ?

Elle avait résisté à son envie de faire demi-tour, de quitter en courant cette ville trop grande pour elle et, se faisant violence, elle avait poussé le panneau de verre de la porte et elle était entrée. Elle avait avancé de quelques pas avant de s'immobiliser, interdite : il y avait encore davantage de livres qu'elle ne l'avait supposé ! Les murs en étaient pavés ! Ils s'accrochaient jusqu'au plafond comme des nids d'insectes. Cet amoncellement inouï avait fait suffoquer Carmelita, la jetant au bord de la panique.

Elle avait voulu s'en aller pour de bon mais quelqu'un l'avait poussée dans le dos sans ménagement, ordonnant, avec une autorité scandalisée : *Deixa passar !... com licença !*

Carmelita s'était retournée et s'était trouvée nez à nez avec une femme grande, assez âgée, aux cheveux teints en blond, courroucée de la présence de quelqu'un dont elle jugeait qu'elle n'avait rien à faire là ! Carmelita avait reconnu en elle une de ces femmes qu'elle avait servies durant des années dans le Distrito Federal : les Dona Alba, Dona Mara, Dona Clarisse... Une de ces bourgeoises à l'autorité cinglante dont dépendait sa survie lorsque Emerson, Sandra, Beto étaient encore petits.

Carmelita n'avait même pas pensé à l'envoyer balader : elle avait avancé, comme un automate, jusqu'au comptoir derrière lequel une femme mince et brune, manifestement la patronne dont lui avait parlé la petite médecin *gringa*, se tenait debout, un peu raide dans ses vêtements bien coupés et cependant d'un autre temps, bien qu'elle fût encore jeune. La femme jaugeait Carmelita du regard, évaluant en experte la surprise effarée qui se lisait sur son visage.

Lorsque cette dernière s'était arrêtée, à quelques centimètres du meuble, la femme brune avait ouvert la caisse dont le tiroir avait sonné avec un bruit éteint. Elle avait fait glisser quelques pièces dans sa main d'un geste huilé par l'habitude et les avait tendues, sans un mot, à Carmelita qui restait interdite, incapable d'esquisser le moindre mouvement, la bouche verrouillée par ce bras tendu vers elle, ces doigts pincés sur quelques pièces blanches, comme un bec d'oiseau. La femme brune s'était lassée, elle avait replié sa main et avait haussé les sourcils jusque très haut sur son front pour marquer son étonnement.

« Je voudrais un livre », avait murmuré Carmelita d'une voix blanche, presque inaudible.

La femme brune avait remis les pièces dans le tiroir-caisse avant de s'enquérir, comme si rien de désagréable n'était arrivé. « Quel livre voulez-vous ? » « Grande Sertão… », avait bredouillé Carmelita, s'attendant à ce que la femme brune éclate de rire et la chasse honteusement.

La femme avait fait le tour de la caisse, elle était allée droit à un rayonnage du mur, et, sans vraiment regarder, en avait retiré le livre qui était maintenant sur la table, au centre de sa corolle de papier. La femme brune avait dit que cela faisait cinquante-sept reais. Carmelita avait déplié le rouleau de billets qu'elle serrait dans sa main et avait compté, tant bien que mal, car la crainte de passer une nouvelle fois pour une solliciteuse ou pour une imbécile lui brouillait la vue, six billets de dix.

La femme brune avait appelé un jeune homme en blouse bleue et lui avait ordonné de faire un paquet. « Un paquet soigné », elle avait insisté, « avec un ruban large ! »

Qui est l'homme à lunettes dont la photographie, de profil, sourit à l'intérieur du livre ? Avec sa *borboleta*, ce nœud de tissu sombre posé sur le col de sa chemise blanche, ses lunettes rondes à épaisse monture, c'est lui, à n'en pas douter, qui a écrit ces myriades de lettres qui dansent la sarabande sur les pages. Il tient un stylo dans sa main droite levée ; devant lui, un livre épais est ouvert.

Il a l'air d'un homme aimable, dans le genre de Seu Renato, d'ailleurs il porte, comme lui, les cheveux tirés vers l'arrière.

Que penser de cet homme ?

Carmelita ne le sait pas.

Elle referme le papier sur le livre, respectant scrupuleusement les plis.

Tout cela est terriblement compliqué, n'est-ce pas ma grande ?

Compliqué, en effet !

Elle a loupé le train…

Elle est née d'une femme seule, dans la Zona da Mata…

Loin, loin… trop loin de l'école, des livres. Trop loin de tout !

Il ne sert à rien de regretter ! Quand le train est passé, il est passé, pas vrai ?

Oui, il est passé !

Elle refait soigneusement le nœud du ruban rouge. Personne ne peut voir que le paquet a été ouvert ! Demain, elle l'apportera à l'otage !

Est-ce que Sagão voudra vérifier ce qu'il contient ? Ce serait dommage !… Vraiment dommage car c'est un beau paquet : un paquet qu'elle est allée chercher dans les sous-sols de la ville et qu'elle sera fière d'offrir à l'homme de Brasília !

30

Ils sont assez loin et l'obscurité creuse encore la distance, cependant Carmelita les voit avec une netteté hallucinante, comme s'ils se trouvaient tout près. Elle vit dans leur proximité, ils font partie du décor de Querozene mais elle ne s'habitue pas à leur présence.

Ils ne sortent guère à la lumière du jour, pourtant il arrive qu'elle se trouve nez à nez avec l'un d'eux, titubant dans une venelle : les yeux luisants, les traits brouillés, perdu ! Carmelita se plaque contre le mur. Parfois le type la heurte, du coude ou de l'épaule, sans même avoir conscience de toucher un corps : un corps de femme, élastique, moelleux. Là où se trouve le malheureux, la chair s'est envolée, elle s'est vaporisée dans le ciel blanc !

Hier, alors que, le souffle court, Carmelita grimpait l'un des escaliers anguleux qui raient les flancs du *morro*, un de ces types a plongé à sa rencontre comme un homme en chute libre. Elle s'est immobilisée, elle a fait un écart pour le laisser passer puis elle s'est détournée et l'a suivi du regard, persuadée qu'il allait quitter sa trajectoire et s'écraser dans le *barranco*, en contrebas ; mais non. Le type a continué sa descente vertigineuse, en équilibre sur le fil du rasoir, et il a disparu dans une cassure de la pente.

De jour, le cœur de Carmelita se serre à chacune de ces rencontres, mais le soir, lorsque les drogués se rassemblent dans les parages de la *boca de fumo* avec d'autres, montés de la ville, leur foule anxieuse la terrifie. Carmelita pense à Emerson. Elle a des visions de cauchemar : ils se jettent sur son fils et le dépècent vivant avec leurs griffes de damnés.

En vérité, elle craint de reconnaître Emerson parmi ces gens hagards.

Une fois encore, elle scrute la foule immobile, au coin de la Rua Cavalcanti qui longe le bas de la favela, un peu en surplomb de l'arrêt de bus. On dirait des morts…

Ils attendent le Diable et ce salopard n'est pas là !

Il n'est pas là, *porra* !

Certains se sont rangés en file indienne le long du mur, croyant sans doute que cette docilité patiente leur vaudra la bienveillance du Démon. Ils s'appuient à la brique de l'épaule, des fesses, dans des postures de désossés… Ils gardent un silence abattu.

D'autres bavardent, par groupes de trois ou quatre. On les sent énervés, fébriles. Cette attente imprévue les dévaste, ils ont peur que le Diable ne les laisse tomber, que ni lui, ni même l'un des démons subalternes de son escorte, n'apparaisse de toute la nuit pour leur apporter cette poudre ensorcelée que leur corps réclame.

De temps à autre, l'un d'entre eux fait quelques pas de côté et scrute la ruelle de terre pour voir si, des fois, cette rumeur qui a résonné quelque part dans son cerveau rongé ne signalerait pas enfin l'arrivée de l'équipe de la *boca* ?

C'est toi, Diable ?

Diabo !... Demônio ! Responde !

Le type écarquille les yeux, scrute la venelle São João dont l'entaille noire bée entre deux baraques.

Personne ne dégringole de la favela, le sac, le fameux sac de plastique noir, bourré de papillotes, jeté sur l'épaule... Nul ne vient à leur secours...

Qu'est-ce que tu branles, *Diabo* ?... Arrive, *puta merda* !

Il ne vient pas, il ne viendra pas !

Emerson n'est pas parmi ces corps qui se débattent dans une ombre sale aux relents de sueur, de bière, de mauvaise *cachaça*, non il n'est pas là, ma fille ! Calme-toi, sois tranquille ! Ton fils n'est pas dans cet enfer-là, il n'y retournera pas !

La Rua Engenheiro Freyssinet est vide.

D'ordinaire bruyante, saturée par une circulation très dense, ce soir elle est étrangement sans vie : on dirait une rivière à sec, un tuyau dans lequel ne coule plus ce qui devrait couler et cette absence inquiète, comme si la vie elle-même était en panne...

Où sont passées les voitures ?

Il n'y en a plus ! Quelqu'un les escamote !

Le groupe qui attendait le bus s'est dissous lentement. Les gens se sont interpellés : « Qu'est-ce qui se passe, *fulano* ?... Tu es là depuis longtemps ? »

« Une demi-heure, *porra* ! Et rien... Tu as vu ça ?... C'est vide comme la lune !... »

La lune brille, impavide : une grosse lune ronde tavelée de taches sombres. Pas de bagnoles là-haut non plus, pas d'autobus ! Ce sacré *fulano* a raison, *poxa* ! Il a raison ce con !...

« Le 525 n'est pas passé ? »

« *Não, querida !* Ni le 525, ni le 532… Pas un bus depuis une heure, à ce que m'a dit un type !… Lui, le pauvre, il était là depuis sept heures… »

Les autres approuvaient, ajoutant ci, ajoutant ça… Inventant un accident, des travaux sur la chaussée, un meurtre, la chute d'une fusée ou d'un astéroïde…

Un type a demandé quelque chose à Carmelita mais avant qu'elle n'ait ouvert la bouche, quelqu'un avait répondu à sa place. Et c'était très bien ainsi. Lorsqu'elle se rend à Nova Jerusalem, Carmelita s'abstient d'engager la conversation avec des inconnus.

Calaa boca, minha filha ! Ne l'ouvre pas ! Ne dis rien ! À personne…

Dès l'instant où elle quitte sa baraque et descend jusqu'au bas de Querozene pour y prendre le bus, elle a le sentiment que commence un long voyage vers l'ignominie, le crime, la damnation.

Elle prie : *Padre nosso que está no céu…*

Aux premiers jours de ce trajet qu'elle connaît bien désormais, trop bien, elle imaginait qu'elle était l'homme invisible du film qu'elle a vu, à la télévision, une nuit qu'elle ne pouvait dormir. Au long de ses rêveries secouées de cahots, elle s'amusait à inventer des agaceries qu'elle pourrait infliger aux autres passagers. Depuis quelque temps, ces bêtises ne l'amusent plus. Elle imagine maintenant qu'elle n'a plus de corps, que les gens, non seulement ne la voient pas mais qu'ils passent à travers elle sans se rendre compte de rien et cette sensation de transparence absolue, de totale immatérialité lui procure un étrange plaisir…

N'empêche que chaque fois qu'elle cherche son reflet, elle le retrouve dans la vitre, tremblant au rythme de la vieille carcasse de ce bus qui, ce soir, ne vient pas.

Lassés d'une attente inutile, les gens sont partis en grommelant qu'ils allaient voir ce qui se passait, deux ou trois rues plus loin, espérant qu'ailleurs les bus et les voitures continuaient de circuler, que le monde ne s'était pas bloqué d'un coup comme dans cette rue de malheur.

Il ne reste plus, maintenant, qu'une jeune fille aux joues crevées d'acné qui, de temps à autre, lance à Carmelita des regards apeurés comme si elle redoutait qu'elle ne s'en aille, elle aussi, et ne la laisse seule. La petite n'ose pas affronter les ténèbres, elle craint que n'en surgisse un type qui lui trouera le corps ! Il reste aussi une vieille femme placide. Les mains croisées sur son ventre rebondi, un sac de plastique blanc suspendu au poignet droit comme une grosse goutte d'humeur séchée, elle peut patienter jusqu'à la fin des temps.

Là-bas, le groupe des types qui attendent la drogue, près de la *boca de fumo*, a grossi on dirait.

Depuis combien de temps font-ils le pied de grue ?

Deux heures, deux jours… Eux-mêmes ne le savent pas…

Leur vie se résume à l'instant. Il n'y a plus ni avant ni après mais seulement maintenant !

Ils ont vingt ans, trente, quarante, cinquante ans ! Ils n'ont plus d'âge…

La *brizola* fait tourner le compteur du temps à une vitesse folle.

Un passant vient dans la direction de Carmelita, il marche sans se presser. Les troncs des flamboyants plantés sur le trottoir éclipsent sa silhouette. C'est un homme fait qui approche, il est vêtu d'une chemise blanche, à manches courtes, flottant sur un pantalon de toile sombre. C'est un portier qui rentre chez lui, sa journée terminée, ou un garçon d'ascenseur, un gardien de parking.

Lorsque le passant arrive à sa hauteur, Carmelita lui demande pourquoi le trafic s'est interrompu.

« Ils ont mis un barrage là-bas, à l'entrée ! » répond l'homme, soulignant sa réponse d'un geste du bras dans la direction d'où il vient.

« Ils empêchent tout le monde de passer mais moi », il plastronne, « je suis passé quand même ! »

L'homme fixe Carmelita bien en face : son sourire s'élargit, se fait insinuant... Il reste devant elle, les bras ballants.

« Tu as vu cette lune », il demande. « Grosse lune, hein... »

Carmelita hoche la tête. Grosse lune, en effet.

« Quand je vois une lune comme ça », murmure l'homme d'une voix qui se fait caressante, « je me sens amoureux. »

Il a l'air de dire vrai. Il émane de lui une douceur inoffensive, une envie d'étreinte, d'enlacement, qui trouble Carmelita.

« Pourquoi ont-ils dressé un barrage ? » demande-t-elle encore.

L'homme se moque gentiment. Pourquoi, à son avis ? Pour arrêter les criminels, pardi... Récupérer les bagnoles volées... reprendre des prisonniers échappés de Frei Caneca, de Bangu ou d'ailleurs...

« Si on allait boire une bière », il suggère ..., « une petite bière bien *fresquinha* dans un bar, par là... »

Boire une Brahma ruisselante de buée, laisser cet homme lui faire une cour bon enfant, oublier la foule des types qui attendent la drogue…

Que t'arrive-t-il, ma fille ? Est-ce la lune qui te tourne la tête ? L'otage attend, là-bas, à Nova Jerusalem…

Qu'il attende… Une heure seulement.

Carmelita éprouve soudain une poignante envie de se laisser aller, de profiter de la douceur de la nuit.

Elle secoue la tête. Elle n'a pas soif… Elle voudrait seulement qu'arrive ce bus de malheur qu'elle attend depuis bientôt une heure.

« Une bière », insiste l'homme, « une *cachaça*… Une *batida* de citron… Non ?… Un jus de *maracujá*… »

Il a l'air honnête, l'air d'un type qui gagne sa vie en se tapant, avec constance, avec obstination, un boulot pas marrant. Ce soir, par le jeu du hasard, il a rencontré une femme qui lui plaît et il se sent redevenir jeune homme. Il a envie de s'envoyer une bière, de s'envoyer cette femme. Ils baiseront gentiment, décemment, comme des êtres humains et puis chacun retournera à sa vie d'avant la panne de bus.

Non ?… Carmelita…

Pourquoi ce barrage, elle s'inquiète. Il y a eu un *latrocínio* ?… Quelqu'un s'est fait tuer dans un assaut ?…

« Un truc dans le genre du bus 171 qu'un bandit avait pris en otage ?… » L'homme fait une grimace dubitative. Pas à sa connaissance. Lorsqu'il est passé à proximité du barrage, il n'a pas vu de bus, ni de banque assiégée, ni de transport de fonds au milieu de la chaussée, ouvert comme une boîte de conserve…

Seulement une voiture de PM en travers de la rue et les flics qui détournaient le trafic.

Alors quoi ?

L'homme hausse les épaules. Il paraît qu'Acari est en guerre. C'est peut-être ça…

« Viens boire une bière », il répète, des caresses dans les yeux. « Je ne te plais pas ?… Tu me trouves moche ?… »

Non, Carmelita ne le trouve pas moche, d'ailleurs il n'est pas moche, loin de là, mais elle doit se rendre quelque part. Elle n'a pas la tête à boire de la bière avec un homme de rencontre… Quelqu'un qui lui est cher, quelqu'un de sa famille souffre et l'attend. Est-ce qu'il comprend ?…

Le type baisse la tête, résigné. Pas de bière, pas de bavardage… Il a l'air déçu comme un gamin.

« Dommage… », il marmonne. Il hausse les épaules. Il avait cru que la lune l'aiderait, là-haut, mais ce soir, cette lune, c'est une grosse feignasse ! Il salue d'un bref signe de tête et tourne les talons.

Carmelita se sent brusquement désolée de le voir partir. Elle voudrait qu'il reste encore un moment pour lui tenir compagnie. Qu'il ne l'abandonne pas à l'ombre trop noire, à l'attente de ce bus qui ne vient pas, à ce voyage qui lui donne la nausée.

« Acari est en guerre ? » lance-t-elle, répétant les derniers mots du type.

« Une grosse bataille… », jette l'homme, par-dessus son épaule. « Ça tire depuis des jours. »

Carmelita se moque de la guerre qui ensanglante Acari. C'est loin, c'est là-bas, dans la Baixada.

« Beaucoup de morts, de blessés… », crie l'homme.

La nuit le prend déjà.

Carmelita le regarde s'éloigner. Lorsque sa silhouette a disparu, ses craintes reviennent la hanter. Les types perdus qui attendent leur drogue… L'otage, là-bas, recroquevillé dans un coin de son cachot… Elle imagine les flics du barrage qui dévient les voitures.

Elle pense à celui qui, l'autre jour, l'a libérée de l'assaut du vagabond… Car c'était un flic, elle en est certaine désormais ! Souvent elle s'est demandé ce qu'elle ferait si elle le rencontrait à nouveau. Est-ce qu'elle lui avouerait pourquoi elle se rend à Nova Jerusalem ?

Peut-être vaudrait-il mieux.

Sagão lui fait peur. Il déraille. Elle a souvent le sentiment qu'elle est le seul lien qui les relie encore au monde, lui et sa bande. Avant-hier, c'est Sagão, en personne, qui est venu lui ouvrir. Lorsqu'ils sont arrivés à la lumière, après la longue traversée du couloir ténébreux, elle a laissé échapper un cri d'effroi en découvrant le menton de Sagão barbouillé de sang. Il évoquait ces fauves qu'on voit à la télévision dévorant une proie. Devant la surprise effarée de Carmelita, Sagão a froncé un instant les sourcils puis il a compris ce qui lui faisait peur et il a éclaté de rire en tendant devant lui ses doigts aux ongles rongés jusqu'à la lunule. Taraudé par l'angoisse, Sagão est devenu cannibale ! Il se bouffe lui-même !

Ses créanciers le pressent : paie, Sagão ! L'échéance est passée ! Tu vas cracher, mon salaud… Tu nous dois trop maintenant !

Ils le menacent chaque jour : deux, trois, dix fois par jour !

Tu sais ce qu'on fait aux types qui ne paient pas leurs dettes ?

Tu te souviens du président de Vidigal ?… Souviens-toi !… On l'a trouvé en morceaux sur les plages de la Baía : la tête à Botafogo, un bras à Leblon, une guibolle à Copacabana, les couilles au Leme… C'était nous, *querido*… On l'a découpé vivant, mon grand !

Sagão a envoyé des douzaines de messages à Brasília mais personne ne lui répond. Ce silence le rend fou. La veille, il est descendu en ville et il a appelé l'épouse de l'otage d'une cabine publique. Dès que la femme a compris qui était au bout du fil, elle s'est mise à rire.

Lorsque Carmelita est arrivée à la baraque, il affûtait un couteau en passant furieusement la lame sur la pierre de l'évier. Il avait décidé de couper quelque chose à l'otage mais il hésitait encore entre une oreille ou un doigt. Quoi qu'il en soit, il était bien décidé à envoyer à cette salope un bout de son homme pour lui montrer qu'il ne plaisantait pas.

Ce Sagão, *puta merda* ! un vrai bandit *carioca*, pas un de ces petits *malandros* du Distrito Federal tout juste bons à braquer un type dans sa bagnole à un feu rouge ! Un boulot à la portée de n'importe quel *pixote* de Rio !

Il décrivait des moulinets avec son couteau, prêt à éventrer le premier venu ! Connards de Brasília ! Bons à rien, *moleques, filhas da mãe* !

Moins d'une semaine après avoir enlevé le type, ces connards l'expédiaient à Rio dans un camion chargé de bois parce qu'ils étaient incapables de tenir un *sequestro.*

« Tu m'entends, Carmelita ! »

Incapables de mener une négociation… Pas de nerfs, courage zéro !

Il avait récupéré son otage à moitié mort, déshydraté, crevant la dalle, baignant dans la pisse, souillé de merde parce que, tout au long du voyage, à chaque trou que passait ce putain de bahut, il avait cru qu'une pile de planches allait lui tomber sur la gueule et l'écraser comme une blatte ! Ça lui avait foutu la chiasse !

Sagão s'était approché de Carmelita, la lame en avant, sourd aux paroles d'apaisement qu'elle débitait d'ailleurs sans guère d'espoir de le ramener à la raison, faisant mine de lui découper le nez et le visage comme si, parce qu'il savait qu'elle avait vécu à Brasília, il la tenait pour responsable de ce qui s'était passé là-haut.

« Quand tout sera fini », il écumait, « quand j'aurai planqué la *grana*, je monterai au Distrito Federal et je leur couperai le sac à tous ces petits merdeux… »

Et il avait fait le geste, cisaillant l'air d'un coup de poignet.

Leurs petites couilles de *malandros*, il les donnerait aux chiens !…

« Oui », elle chuchotait, « oui Sagão, tu iras là-bas… Tu leur feras payer leurs conneries. »

Leurs saloperies, leurs mensonges !

Il a compris que ces salopards l'avaient escroqué. Ce type, cet imbécile qu'il tient à l'étage n'est pas, loin de là, la proie qu'ils lui ont fait miroiter. Il entend encore le chef de ces ordures lui vanter la marchandise au téléphone : un *empresário* de première, *meu amigo* ! Riche à millions… Il s'était mis à miauler : sa femme l'adore… Sa femme paiera ce que tu voudras pour le revoir vivant.

Tu parles !

« Quand je lui téléphone pour lui dire que si elle ne paie pas son type y laissera ses boulettes, elle rigole, cette garce ! Tu rirais toi, si un *sequestrador* tenait ton mari ? »

Non, Carmelita ne rirait pas… Mais la femme ne riait pas non plus ! C'étaient les nerfs… la tension de l'attente. Elle se fait du souci.

« Ne crie pas, Sagão, ne gueule pas, s'il te plaît ! »

Elle avait peur que la véhémence de Sagão n'alerte l'otage, que celui-ci entende, comprenne qu'ils étaient tous dans un cul-de-sac et qu'il y laisserait sa peau.

Elle avait eu tant de mal à le remettre d'aplomb !

« Cet imbécile n'est rien ! » enrageait Sagão. « Il ne vaut rien, je n'en tirerai rien ! » Et il s'était remis à se manger les doigts avec une ardeur dévorante.

Pourquoi ne les abandonne-t-elle pas ?

Va-t'en, Carmelita… Cours, grimpe dans la favela, cache-toi dans un trou et ne bouge plus. Reste tapie dans ton refuge jusqu'au Jugement dernier ! Quand les défunts se lèveront, tu te fondras dans leur innombrable cohorte et nul, dans cette foule immense, ne saura te trouver.

Et Sandra ?… Et Beto ?… Emerson ?… Et l'otage qui se morfond dans son cachot de Nova Jerusalem…

Non, Carmelita ne peut pas prendre ses jambes à son cou et partir droit devant elle, courir d'une traite à travers le Planalto jusqu'à Brasília, jusqu'au Vale d'Amanhecer où l'attendent Sandra et Beto, à quinze cents kilomètres de là… Il lui faut tenir quelques jours encore, malgré la peur qui la prend, de plus en plus souvent : cette peur qui lui vole son sommeil.

Alors va jusqu'au barrage, il n'est qu'à quelques centaines de mètres. Réclame le chef de la Criminelle, dis-lui que tu es au courant d'un *sequestro* ! Vends-lui Sagão et sa bande !

La famille te donnera de l'argent, elle t'offrira peut-être une maison quelque part, dans une ville satellite ! Ça se fait, tu sais... Ce sont des gens riches ! Si l'otage s'en sort vivant, ils procureront un emploi à Emerson, ils vous protégeront...

Les flics tueront l'équipe de Sagão. Dans ces cas-là, ils ne font pas de quartier, tu le sais, tout le monde le sait et l'accepte ! Ils flingueront Sagão, Toni, le petit Jeremias dans sa chemise rouge et noir du Flamengo, ils abattront Valdão, Salguerinho, ils aligneront leurs cadavres pour la presse et poseront fièrement à l'arrière-plan, leurs armes à la main, comme des chasseurs en Afrique !

Elle ne vendra personne.

Ce sont des bandits, Carmelita ! Des gens habités par le mal !

Elle ne peut pas.

Alors tâche de retrouver le flic de l'arrêt de bus, là-bas, à Nova Jerusalem, passe un marché. La vie sauve pour les ravisseurs, l'impunité pour toi contre la libération de l'otage.

On entend un bruit de moteur, c'est bien une voiture qui arrive, il y en a une autre. Le barrage est levé.

Lorsque le bus déboule enfin, Carmelita éprouve un immense soulagement. Elle pousse comme une forcenée pour grimper dans la caisse bondée. Le chauffeur doit manœuvrer les portes pneumatiques à plusieurs reprises avant de réussir à les fermer.

Sur la marche la plus basse, Carmelita est écrasée contre un jeune type mais elle se sent heureuse : elle a le sentiment d'échapper aux damnés qui attendent leur drogue, d'échapper à la nuit, à la police, elle se sauve à bord de ce vaisseau fantôme surgi des ténèbres alors qu'elle ne l'attendait plus.

Quelqu'un écoute de la musique.

Un battement obsédant, aplati par le casque d'un walkman, lui parvient malgré le boucan du moteur.

31

« Cette maison-là... » murmure Cinquante-Deux, de sa voix qui grasseye, « cette porte bleue. Tu la vois ? » Il désigne une maisonnette d'un étage, coupée comme une proue de bateau, à l'angle de deux rues.

Cinquante-Deux est au bord de l'asphyxie. De grands cernes, d'un gris de plomb, soulignent ses paupières, sa respiration siffle dans sa poitrine devenue trop petite à cause des cigarettes, de la *cachaça*, de la bière qu'il s'envoie chaque fois que l'occasion se présente.

Cinquante-Deux a sans doute commis une bêtise en revenant sur ses pas, galopant éperdument comme le jeune homme qu'il n'est plus, mais qui sait ? Demain, c'est peut-être Emerson qui commandera Acari ! Si c'est lui qui règne sur le commerce, qui décide de tout ce qui mérite décision, Cinquante-Deux se mordra les doigts d'avoir abandonné le garçon au moment de l'assaut. Il n'est plus d'âge à laisser passer la moindre chance !

Durant longtemps, Cinquante-Deux ne s'est guère préoccupé de ses vieux jours tant il était persuadé que devenir riche n'était qu'une question de patience. Il était convaincu, dur comme fer, que la Providence veillait et ne tarderait pas à le récompenser d'avoir su rester en vie alors que tant d'autres, qu'il avait connus dans son adolescence, tombaient comme des mouches. Mais les années passaient et Cinquante-Deux commençait à croire que la Providence était en train de lui faire faux bond. Au lieu du repos doré qu'il avait toujours imaginé, il voyait venir des jours encore plus difficiles, marqués par la maladie, l'indigence, et une panique incontrôlable le saisissait alors. Il se ruait hors de la baraque qu'il partageait avec Fúlvia, depuis bientôt dix ans, et il se jetait dans la première *birosca* pour y boire, jusqu'au seuil de l'inconscience, une *cachaça* fabriquée Dieu seul savait où, avec Dieu savait quoi.

Fúlvia le plaquerait, ce n'était qu'une question de jours ! Au début, lorsqu'elle s'était installée chez lui, elle croyait à ses promesses. Elle était aussi naïve que peut l'être une fille de quinze ou seize ans, il ne se souvient pas de l'âge qu'elle avait alors, ou il feint de l'avoir oublié. En tout cas la vie, depuis, s'était chargée de déniaiser sa compagne. Aujourd'hui Fúlvia savait parfaitement à quoi s'en tenir quant à l'avenir que lui avait fait miroiter Cinquante-Deux et chaque fois qu'il la retrouvait, en rentrant à la baraque, il remerciait Dieu de lui avoir accordé ce miracle. S'il ne lui rapportait pas rapidement un gros paquet de *grana*, Fúlvia se tirerait, ça ne faisait pas un pli !

Mieux valait se joindre à cette bande d'imbéciles, mieux valait se mettre à leur service car quelque chose, qui ressemble à son petit doigt, lui dit que cette galopade, qui l'a jeté au bord de l'asphyxie, est un effort bien investi.

Hormis les écussons du Flamengo et du Grêmio peints sur les murs latéraux, rien ne distingue vraiment la bicoque des autres bâtiments qui donnent sur la placette. Emerson en éprouve une vague déception.

Qu'attendais-tu, mon grand ?…

Une enseigne lumineuse, un panneau décoré avertissant : ici, quartier général de Paulo Maluco ! Prix d'entrée deux reais…

La *brizola* te tourne la tête, garçon ! Tu sniffes trop, *meu filho* ! Tu recommences comme avant… À l'époque où les types du bal funk t'ont laissé sur le carreau. Tu te souviens, garçon ?

Emerson se préoccupera de sa santé plus tard ! Il doit d'abord régler des affaires autrement plus urgentes. Avant de monter à l'assaut, une bonne pincée de *brizola* dans le nez est le meilleur des remèdes, alors il se bourre et se rebourre le pif, il s'en met jusqu'au front et ça fait du bien, *puta merda* ! La fatigue, le doute, la crainte, tout s'en va !

L'étroite façade de la baraque est couverte d'un crépi granuleux et grisâtre. Un garde est assis sur une belle chaise de bois vernis dont la nouveauté tranche sur ce décor miteux. Pour tout vêtement, le type ne porte qu'un short de toile kaki. Un Uzi est couché en travers de ses cuisses comme un animal familier. En équilibre sur les pieds arrière de son siège, l'homme n'a pas l'air de s'en faire. Les rumeurs de fusillades qui éclatent épisodiquement ne le troublent guère : il bâille, guetté par le sommeil.

Bien que la porte bleue soit entrebâillée, on ne devine rien de ce qui se trame à l'intérieur. Combien sont-ils là-dedans ? Cinq, dix, cent…

Cinquante-Deux hausse les épaules. Il a fréquenté le local du temps où Kenedi était le patron d'Acari, depuis, il n'y a pas fichu les pieds. D'après les chiffres qui circulent, Maluco aurait levé près de trois cents hommes pour résister à l'assaut de Kenedi, mais Cinquante-Deux mettrait sa main au feu qu'il n'y a pas plus d'une douzaine de types à l'intérieur. Les autres se battent au nord, vers les Amarelinhos, à l'ouest, en bordure de l'Avenida Brasil.

Les fenêtres ont été aveuglées par des morceaux de carton collés avec un gros papier adhésif d'un orange gueulard. Apparemment, il n'y a pas d'issue de secours. Si Maluco est à l'intérieur, il est frit comme un mulet du port.

Emerson fait signe à Baiano de se placer derrière lui ; il désigne le garde à Mooca et passe son index sur son cou. Mooca approuve d'un bref signe de tête. Il se charge du garde !

Emerson jette un coup d'œil interrogatif à Jacó. Ça va, Jacó ?

Le garçon lui répond en levant le pouce, grimaçant un sourire : ça va, Emerson. Ça roule cinq sur cinq, dix sur dix !

Emerson n'est pas sûr de Jacó. Si le cœur lui en dit, cet animal lui lâchera une rafale dans le dos ! C'est un risque à courir…

Vivre est dangereux, pas vrai ?

Infiniment dangereux !

Alors, à Dieu vat ! Garçon… Oui, à Dieu vat…

Emerson vérifie que son chargeur est plein, il se signe nerveusement et quitte le pan de mur derrière lequel il s'abritait. Dans son dos, il sent la présence de Baiano, collé à son ombre, et ça le rassure.

Le fusil-mitrailleur de Mooca crépite. Le garde se casse en deux. Il bascule en avant, la chaise valse, et le type tombe, tête en avant, dans la poussière. Mooca continue de tirer.

Jacó se déchaîne à son tour, arrosant les fenêtres, brisant les vitres, cisaillant le carton. Ferrinho s'y met aussi.

Emerson marche sans hâte. Lorsqu'il n'est plus qu'à une dizaine de mètres, il ouvre le feu. La porte blindée pivote, se rabat contre le mur avant d'être arrachée de ses gonds. Emerson concentre son feu sur le rectangle obscur où rien ne bouge. On dirait une grande gueule qui avale tout : l'acier chaud, les flammes, le fracas, qui gobera Emerson, lui aussi, s'il ne la crève pas rapidement, cette salope !

Le ciment vole en éclats, la brique explose, le métal du cadre de porte se tord et se déchire…

Emerson tire toujours puis, à cinq mètres du seuil, il se retourne et fait signe à Baiano d'expédier sa grenade. Baiano lance et, dans un même geste, tous deux se jettent au sol, les mains sur les oreilles pour protéger leurs tympans. Un éclat jaune-rouge, sec, bref, embrase le local et une pluie de débris gicle à l'extérieur comme si une bête furieuse venait d'éternuer.

Emerson se précipite. À l'intérieur, l'odeur de cordite brûlée est irrespirable, Emerson tousse, mais il tient bon. Ses yeux s'acclimatent à l'obscurité et, peu à peu, il déchiffre le chaos.

Des caisses de bière ont vomi leur chargement de bouteilles vides, semant partout du verre brisé, y compris sur le vieux bureau derrière lequel siégeait sans doute Paulo Maluco lui-même, lorsqu'il se prenait pour le boss d'Acari ou pour un général en chef, galonné d'or, de la braguette aux sourcils, et développait devant ses lieutenants abrutis de bière et de *maconha* ses plans pour l'avenir. Le meuble, criblé d'innombrables éclats qui ont gravé dans le bois de grandes balafres claires laissant la pulpe à vif comme une chair dilacérée, semble attendre que quelqu'un s'installe et commence le décompte macabre des conneries passées.

Des corps sont vautrés par terre dans le désordre de la mort. Du sang, qui se charge de poussière, coule lentement, capricieusement, sur la dalle de béton.

Cinquante-Deux a rejoint Emerson.

Soufflant comme un bœuf, il inspecte les corps, n'hésitant pas à les retourner du bout du pied pour les dévisager. Celui-là, il ne le connaît pas, il ne l'a jamais vu ! Sans doute un type sans importance ou bien le chef d'un détachement armé que Maluco a loué une fortune, le temps de la guerre, à un allié…

Celui-là c'est Cleide ! Pauvre Cleide… Il n'était pas un mauvais bougre mais un de ces types qui se trompent avec une application désespérante, choisissant à coup sûr le mauvais cheval, le mauvais coup, le mauvais endroit et le mauvais moment… Que Paulo Maluco ait appelé un type comme Cleide dans son état-major dit à quel point sa situation était précaire !

Et celui-là, avec son pantalon baissé jusqu'au milieu de ses fesses trop maigres ?… Celui-là c'est Waldemar : l'âme damnée de Maluco ! Un type qui lui ressemblait : un plouc, obtus comme son boss, violent, méchant, un type inquiet de tout qui poussait Maluco à faire régner un ordre de plus en plus brutal. Cinquante-Deux crache sur le corps avec mépris, il ricane. Waldemar avait raison d'être inquiet !

La preuve : le voilà les deux pieds dans la fosse ! Enfin calme, hein Waldemar, paisible maintenant qu'en pénétrant dans ta poitrine, un bout de métal, de la taille d'un doigt, t'a délivré du tourment qui t'obsédait !

« Connard ! » siffle Cinquante-Deux ! Il ne lui pardonne pas l'assassinat de Catia ! Car c'est Waldemar qui l'a commandité : chacun le sait à Acari ! Zoio Vesco, le tueur de Maluco, l'a confié à Cinquante-Deux. Certes, Catia était une *cagueta,* elle mouchardait aux flics, c'est elle qui rencardait ces deux ordures de Ney et Weiner : les anges de la mort comme ils se surnomment eux-mêmes, dont il faudra bien se débarrasser un jour ou l'autre. Catia méritait d'être exécutée mais pas de la manière que Waldemar lui avait réservée ! Même Zio Vesco avait honte du supplice qu'il avait dû infliger à Catia sur ordre de Waldemar, il s'était confessé à Cinquante-Deux car ils étaient collègues en ignominie !

C'est bien que Waldemar soit au tapis : voilà un problème de réglé ! Les imbéciles comme Paulo Maluco imaginent que ce genre de type les aidera à se maintenir au pouvoir mais ils se trompent. En vérité, des abrutis comme Waldemar foutent un bordel tellement ignoble qu'ils poussent les *favelados* dans les bras ennemis. En vérité, il n'est guère étonnant que Maluco ait commis cette erreur. Lui-même jouait un rôle identique auprès de Kenedi.

« Les imbéciles n'apprennent rien ! » marmonne Cinquante-Deux qui se penche sur l'un des cadavres recroquevillés au fond de la pièce.

La vie s'écoule avec son lot de leçons et eux ne changent pas : ils restent identiques à eux-mêmes, ruminant les peurs rassises de leur enfance, ressassant les mêmes vieilles haines, les frustrations de leur adolescence. Puisque ces types-là n'apprennent rien du temps qui passe, on ne peut que les tuer ! Cinquante-Deux n'est pas professeur, il n'est pas curé non plus ! Il est tueur et l'assassinat est le seul remède qu'il connaisse. Un remède de cheval, *cara* !

Il reste un moment accroupi près du corps, il le palpe, le tourne, le retourne, fait bouger les bras encore souples, il lui pince les joues comme s'il le grondait : tu t'es fait plomber, hein, animal ! Tu en as pris plein le buffet ! Regarde-moi ce gros trou qu'ils t'ont fait dans la poitrine : j'y enfoncerais mon poing ! Tu n'as pas honte, dis… Se faire farcir comme une dinde !

Cinquante-Deux se relève, rayonnant.

« C'est lui ! » il halète. « Celui-là ! »

Le gros homme vient à Emerson, il le prend dans ses bras. La gorge nouée, il est incapable de parler et se contente de serrer le garçon contre sa poitrine dans un *abraço* sincère. Il lui tapote les épaules en secouant la tête, bredouillant d'une voix mal assurée : « *Bravo ! Bravo, meu filho…* »

Jacó entre à son tour dans la pièce ravagée, puis Mooca, Ferrinho. Ils se penchent sur Paulo Maluco, saluent sa dépouille avec des grimaces désappointées. Depuis le temps qu'ils lui couraient après, désespérant de parvenir jamais au cœur de son labyrinthe, ils avaient imaginé un être extraordinaire : quelque chose qui ressemblerait à un monstre galactique… Un de ces hommes-serpents qui vivent sur Oméga ou bien une créature à cinq têtes, un robot diabolique… Mais ce n'est qu'un type mort : un jambon comme un autre… Ils en ont vu tellement…

Ils ont le sentiment d'avoir été bernés, que ce cadavre banal leur vole leur victoire. Jacó lui crache dessus. « Coupe-lui la tête ! » il aboie. « On va l'accrocher dehors, on va le mettre à pendre : qu'ils voient tous qu'on l'a eu ! »

Cinquante-Deux ne bouge pas : il attend la décision d'Emerson qui s'accroupit, ferme les yeux du mort et se recueille un instant auprès du défunt. Tandis que les garçons s'interrogent sur ce manège étrange, une ombre s'encadre dans le rectangle de lumière de l'entrée. Avant que l'homme n'ait eu le temps de tourner les talons, Mooca lui enfonce la gueule de son fusil dans le ventre.

Emerson termine sa prière avant de s'intéresser au nouveau venu. « D'où viens-tu ? » il demande.

Le garçon arrive des Amarelinhos : il vient faire son rapport, comme chaque matin depuis que la guerre a commencé.

« Je t'écoute ! » dit Emerson.

L'autre lui jette un regard abasourdi mais, du canon de son arme, Mooca le rappelle à l'ordre et le type s'exécute. Là-bas, la situation est sous contrôle. Tôt ce matin, les hommes de Kenedi ont tenté une percée mais son groupe les a repoussés facilement.

Le garçon abaisse son regard sur la dépouille de Maluco, allongée au milieu des débris, tandis qu'il marmonne : « Les hommes de Kenedi se battent mal. »

« Pourquoi ? » demande Emerson. Le type s'arrache à la contemplation du cadavre, il lève les yeux sur Emerson et l'observe avec attention, comme s'il voulait graver ses traits dans sa mémoire. Il ignore pourquoi la troupe de Kenedi se bat si mal… C'est une question à poser à un chef et lui n'est pas chef. Il n'est qu'un messager assurant son rapport quotidien parce que sa mère habite dans le coin. Maluco l'autorisait à lui rendre une brève visite.

« Préviens ta mère que la guerre est finie ! » sourit Emerson. « Ne t'attarde pas, retourne aux Amarelinhos et dis à tes amis de nous rejoindre ici. »

Un éclair de joie illumine le visage du garçon qui tourne aussitôt les talons et quitte rapidement la pièce dévastée.

Jacó a tiré son couteau, déjà il a empoigné la chevelure de Maluco et s'apprête à le décapiter mais Emerson l'en empêche. L'heure n'est pas à couper des têtes mais à réconcilier les gens pour un règne long et prospère !

Il ordonne de transporter la dépouille de Maluco au centre de la placette et de l'étendre avec respect sur des cartons ou des feuilles de journal, pas sur la terre nue car ce n'est pas ainsi qu'on traite un ennemi vaincu.

Ce n'est pas devant le mort qu'ils s'inclinent mais devant les vivants !

Qu'on transporte les autres aussi et qu'on les installe de même, que Baiano se procure des bougies qu'ils allumeront pour une chapelle ardente. Que Cinquante-Deux fasse le tour des boutiques pour annoncer la paix. Que les commerçants lèvent le rideau de fer, qu'ils apportent de la bière bien fraîche sur la place, qu'ils fassent frire de la viande de porc, de la *picanha*, des saucisses. Qu'ils n'aient aucune crainte : tous seront payés jusqu'au dernier real ! Que Cinquante-Deux n'oublie pas de préciser ce détail, *tá* ?

Cinquante-Deux sourit : il oubliera d'autant moins qu'il est convaincu qu'Emerson tiendra parole ! Il paiera tout ce qu'il faudra payer ! Cinquante-Deux a désormais la certitude que le garçon est le chef qu'il leur faut : celui qui leur manquait !

Tandis que les autres s'acquittent de leur corvée funèbre, Ferrinho vérifie la sono et, peu après, les haut-parleurs soufflent sur la favela un funk âpre, violent, qui dit que le train de la mort est passé. Il a emporté son chargement d'âmes au paradis des criminels. Saint Pierre les a reçues, leur a attribué un numéro de retour ici-bas…

Regardez les bébés qui vagissent dans les bras de leur mère, enjoint le funk, examinez leurs visages et vous reconnaîtrez quelqu'un qui vous est cher… Le cycle de la vie ne s'arrête jamais !… Sortez de vos maisons, approchez et dansez !

Les portes se déverrouillent, des visages effarés apparaissent aux fenêtres.

Qu'est-ce que c'est que cette musique, *cara* ? Qu'est-ce qui se passe, *Senhor Deus*, qu'est-ce qui est arrivé ?…

La guerre est finie, tu crois ?… On peut sortir, vraiment, se promener dans les *becos*, les *bequinhos*, se balader au gré de ses pas dans les ruelles, les venelles d'Acari…

Le ciel est gris, *poxa*, mais on s'en fout ! Mieux vaut un ciel pourri que la nuit de la tombe, n'est-ce pas ?

On va pouvoir recommencer à vivre !… Reprendre la routine : cette bonne vieille routine qui fait gueuler d'ennui mais qu'on retrouve avec délices parce que les choses qui sont à leur place, les événements réguliers qui se produisent à heure dite prouvent que le monde a retrouvé son assiette : il a cessé de tanguer…

Les gens arrivent, ils font cercle autour des dépouilles étendues, les examinent avec une curiosité brutc, sans fard.

La pièce est finie, *cara* ! C'était une tragédie !... Allons voir, maquillés en cadavres, ces acteurs qui nous ont terrorisés.

Tu as vu Albino ?... Le petit Albino de Dona Fernanda ?... Il est là !... Regarde comme il est beau... Il est mignon, pas vrai ?... On dirait qu'il roupille !... Il en a fait ce con ! Oh oui, il en a fait ! Va chercher Dona Fernanda ! Va !... Dis-lui que son fils est sur la place...

Certains montrent les cornes à Maluco ! *Exu*, épargne-nous le retour de ce connard ! Prends-le ! Emporte-le dans ta grotte de l'enfer, bouffe-le et chie ses restes dans la mer des Sargasses ! Efface-le à jamais !

São Jorge, donne-nous un autre chef ! Que celui-là nous apporte la paix ! Donne-nous un type juste, équitable ! Quelqu'un qui saura négocier, rendre justice... Qui tiendra les flics à distance. Tu crois que c'est possible ?... Dis, São Jorge... On en a suffisamment bavé, pas vrai ! Putain ce qu'on a peiné ces derniers mois... On a droit au repos maintenant, on a le droit de retrouver un peu de sérénité, tu ne crois pas ? São Jorge... nous sommes tes fils, tes enfants fidèles, reconnaissants...

C'est alors que les hommes des Amarelinhos débouchent en groupe compact. Le messager est à leur tête. Il est le seul à se réjouir. Les autres arborent des visages méfiants, tendus. Manifestement, ils redoutent une trahison, un guet-apens... Ils ont peur qu'on leur vole cette guerre pas encore terminée ! Les petits chefs ont le doigt sur la détente de crainte que quelqu'un ne leur pique leur pouvoir, ne les destitue…

La place est noire de monde. Les haut-parleurs beuglent une samba de carnaval. Une odeur de viande grillée monte des bidons éventrés sur lesquels rôtissent des cochons de lait embrochés sur du fer à béton.

La troupe avance, écartant la foule. Au milieu de la place, les hommes butent contre les corps entourés d'une ceinture de bougies allumées. Ils reconnaissent Maluco, Zelito, Cleide, Waldemar, Ezequiel… Albino, le petit Albino de Dona Fernanda qui se saoule à la bière, le cul dans la poussière, près de feu son garçon qui commence à raidir.

Les arrivants cherchent du regard qui est le nouveau maître ici. Qui est l'ordonnateur de cette fiesta funéraire. Qui paie la boisson, offre la viande, les *pastéis* que des fillettes offrent à la ronde… Qui a conclu cette paix à la fois joyeuse et lugubre.

Emerson s'avance à leur rencontre, des bières plein les mains. Il les leur distribue en disant : « Buvez, les mecs… Elle est fraîche, touchez… Regardez cette buée sur le goulot. » Les hommes prennent les bouteilles qu'on leur tend mais ils n'osent les porter à leurs lèvres comme s'ils hésitaient encore à se réjouir, redoutant une ultime entourloupe.

Emerson brandit une bière à bout de bras audessus de sa tête. « À vous ! » il crie. « Aux hommes courageux ! Aux soldats ! »

Emerson boit à la régalade, le messager l'imite aussitôt, puis tous les autres, et la foule applaudit bruyamment.

La musique se tait. Emerson se plante aux pieds de Maluco et réclame le silence. On entend un rire d'enfant, vite étouffé, puis la voix d'Emerson retentit : forte, assurée. Considérant Maluco il dit : « Je t'ai tué de ma main, je ne le regrette pas !... »

Il laisse un silence, le temps que chacun enregistre. C'est lui qui a flingué cet abruti ! Quel âge a-t-il ?... Seize ans, dix-huit ans... Il est gonflé, *poxa* !... Buter un chef du calibre de Maluco à seize ans... Il faut le faire, *tá*... À seize ans...

« Vous aussi vous êtes morts », poursuit Emerson, s'adressant aux cadavres allongés de part et d'autre du chef défunt, « et cela je le regrette ! »

Il laisse un autre silence encore, que chacun de ceux qui assistent à cette oraison funèbre se pénètre du regret sincère de ce nouveau venu. Il regrette, c'est bien ! Dona Fernanda doit être heureuse... Pour son garçon... Pour les compagnons de son fils mort...

Toutes celles et tous ceux dont les fils sont en âge de porter les armes sont soulagés de ces regrets. Ça change un peu des matamores, de ces tyrans qui coupent des têtes et les exposent, croyant faire réfléchir...

« Vous êtes déjà partis, vous êtes déjà là-haut ! » Levant les yeux au ciel, Emerson sourit. Il leur adresse un petit geste de la main... « Soyez heureux ! Faites un bon voyage !... Revenez-nous bientôt en hommes de bonne volonté ! Amen... » Et Emerson se signe pieusement. L'un des arrivants joint les mains pour une prière rapide. Les autres l'imitent. Emerson fait signe à Ferrinho de remettre la musique et la fête reprend.

Emerson circule dans la foule, saluant des gens qu'il ne connaît pas, répondant d'un clin d'œil aux sourires dragueurs des *gatas* qui se pressent autour de lui. Il n'a pas oublié la fille chez qui il est arrivé par le toit, il la cherche, espérant reconnaître son corps charnu que le soleil découpait en ombre noire dans sa jupe de coton. Il retournera chez elle, plus tard, lorsque tout sera réglé… Maintenant il attend Kenedi car celui-ci va arriver d'une minute à l'autre.

Emerson confie l'AR15 à Mooca et présente le garçon au groupe qui s'est replié des Amarelinhos, il donne des consignes claires, impératives. Les types hochent la tête. Ils comprennent ce que veut Emerson. C'est bien réfléchi, *cara*… oui, ça peut marcher… En tout cas, ça vaut la peine d'essayer…

Ils se dispersent, chacun gagne le poste qui lui est assigné.

Des rafales d'armes automatiques crépitent, amplifiées par l'étroitesse de la ruelle d'où arrive la troupe.

Emerson n'a jamais vu Kenedi mais il sait que le grand type costaud, la trentaine bien sonnée, qui marche, au second rang, c'est lui. Emerson le jauge. Le type paraît déterminé. On le devine cuirassé par les épreuves. Emerson saura-t-il le manœuvrer ?… Son cœur se serre.

À la tête de sa troupe, Kenedi vient reprendre les rênes de son royaume. Les gardes ouvrent le chemin en lâchant de longues rafales qui laissent derrière eux un sillage d'étuis.

La foule s'écarte, contrariée.

De nouveau la guerre, les armes, les conflits ; des morts encore, sans doute, alors qu'on ne pensait qu'à savourer la paix retrouvée en sirotant une bière.

Kenedi s'arrête devant les cadavres allongés.

Il les examine, un à un, comme s'il les passait en

revue. Lorsqu'il arrive devant le cadavre de Maluco, il lui balance un coup de pied dans les côtes : un coup de pied violent, méchant, et le corps bouge mollement, empreint d'une inertie glaçante.

Fiche-lui la paix, ruminent les spectateurs, il n'est plus ton ennemi : c'est un mort, tu vois bien ! Maintenant, il appartient à Dieu…

« Qui a fait ça ? » lance Kenedi à la cantonade. « Qui a tué ces voyous ? » Cinquante-Deux lance à Emerson un regard interrogatif mais celui-ci ne bouge pas : il se tient dans le gras de la foule, au cœur de la foule. Personne ne répond à Kenedi. « Dégagez-moi ça », il ordonne, « jetez-les dans le *barranco*, derrière le Nid de Serpent. Et puis avertissez les flics, qu'ils viennent les chercher ! »

Des hommes passent leurs armes en bandoulière, déjà ils se penchent pour saisir les corps par les pieds et les épaules, lorsque Fernanda, dont les yeux sont à moitié vitreux à cause des hectolitres de bière qu'elle s'est envoyés, se jette sur le corps d'Albino. « Pas lui », elle crie, « pas dans le *barranco* ! »

Un des hommes tente de l'arracher à son étreinte mais Fernanda se cramponne, hurlant de toute son âme. « Albinoooo… Albinooo… » L'écho renvoie ses cris, lugubres, déchirants, et la foule s'irrite. « Laisse-lui son Albino ! » crie quelqu'un, mais Kenedi est inflexible ! Il se bat depuis cinq jours, à la tête de ses hommes, pour reprendre le pouvoir qu'on lui avait volé. Il est de retour, il est à la maison et c'est lui le patron ! C'est lui le chef, *puta merda* ! « Jetez-moi ces jambons dans le ravin, là-bas, il s'énerve, et si cette conne résiste, balancez-la aussi. »

Autour d'Emerson, les gens grognent sourdement. Ils en ont marre de se terrer en priant le ciel d'écarter les balles en maraude ! Ils n'ont plus rien à boire et plus d'argent pour acheter à manger. Ça suffit, Kenedi ! Tu ne comprends pas que ça suffit ?

Ils en ont plus qu'assez de ces guerres sans fin entre chefs plus minables les uns que les autres ! Celui-là qui joue les matamores, tout le monde sait qu'il est allé pleurer chez sa mère lorsqu'il s'est fait expulser d'Acari… Ose prétendre qu'on ment, Kenedi !

« Laisse-lui son fils ! » dit calmement Emerson. Et la foule aussitôt prend parti. Voilà ce qu'il faut dire ! Laisse le fils de Fernanda, connard, laisse les autres où ils sont, comme ils sont ! Laisse-nous faire la fête, retourne vers les confins de la ville, fous le camp, allons, tu es de trop ! Tu gênes, *meu caro*, tu ne vois pas que tu nous gênes ?

Kenedi s'est raidi. « Qui vient de parler ? » il lance, faisant mine d'inspecter la foule pour y découvrir celui qui vient de l'apostropher. Emerson ne bouge pas. Il sourit et autour de lui, les gens sourient aussi. « Balancez-moi tout ça ! » gueule Kenedi, fixant Emerson de ses yeux rougis par la fatigue et le manque de sommeil. Il sait que c'est lui qui a parlé : ce grand type mince, ce gamin… Il n'est pas d'humeur à ce qu'un adolescent lui tienne tête ! Si celui-là s'avise de dire un mot encore, il est mort ! Tu entends, *cara* ? Je te flingue, je t'atomise, *caralho* !

« Va-t'en… », dit sobrement Emerson.

Kenedi fronce les sourcils, faisant celui qui n'a pas bien entendu. « Va-t'en ? » il répète, détachant les syllabes, accentuant sa grimace tandis que son doigt se crispe sur la détente de son fusil.

Un fluide gelé coule dans les veines d'Emerson, son cœur tape sourdement, ses oreilles bourdonnent, sa vue est brouillée. Toute sa machinerie est noyée par une peur gazeuse, toxique, qui engourdit ses muscles, mais il ne faut pas que l'autre s'en aperçoive.

Les gens s'écartent pas à pas, certains que Kenedi va descendre ce jeune type audacieux, certes, habile jusque-là, mais finalement inconscient. On n'affronte pas un chef du calibre de Kenedi avec son seul culot !

« Va-t'en ? » braille Kenedi, se retournant vers ses hommes pour vérifier, dans une pantomime appuyée, qu'il a bien entendu, bien compris l'énormité que ce fou de gamin vient de proférer au vu et au su de tous. « Il me dit de partir… » Kenedi veut mettre la foule de son côté. « Vous avez entendu ? » il demande à la ronde.

La foule n'a pas envie de jouer avec lui, pas envie de se prêter à cette comédie ridicule. La foule sait à quoi s'en tenir !

Elle a supporté un règne de trois ans durant lequel on a vu Kenedi se balader par les ruelles de la favela tenant un lionceau en laisse. Les langues de vipère, qui ne manquent pas à Acari, ont persiflé aussitôt que Kenedi se prenait pour Tarzan mais qu'il s'était trompé de rôle. Tout le monde voyait qu'avec son front bas, ses longs bras, il n'était pas Tarzan mais Sheeta, le singe de Tarzan !

Quand Kenedi a convoqué les habitants au terrain de football pour assister à l'exécution d'un violeur, ils s'y sont rendus docilement et même avec un certain entrain car les divertissements collectifs sont rares dans la favela. Face à la mort, l'accusé avait fait preuve d'un courage sidérant. Au lieu de s'effondrer en pleurs, comme beaucoup au moment d'y passer, il avait défié Kenedi, lui gueulant en plein visage qu'il était un menteur et un lâche ! D'une rafale de kalachnikov, Kenedi avait coupé la chique au condamné plus rapidement que prévu, frustrant la foule d'un cérémonial dont elle se réjouissait d'avance. Dès le lendemain, beaucoup murmuraient que le cas était douteux. En vérité, le présumé violeur aurait été un rival de Kenedi qui l'avait supplanté, quelques années plus tôt, dans le cœur d'une fille. Kenedi n'était pas le justicier qu'il prétendait être mais un cocu mauvais joueur, un rancunier qui tirait de ses rivaux des vengeances laides, mesquines.

La foule est plus maligne qu'on ne le croit. Elle déteste qu'on la prenne pour une conne !

« Retourne-toi ! » conseille calmement Emerson.

Kenedi obéit.

Mooca, appuyé par une vingtaine d'hommes du défunt Paulo Maluco, le tient en joue avec son AR15. Le visage de Kenedi devient d'un jaune grisâtre. Mooca ne menace pas de le tuer : il menace de le déchiqueter, de tailler son corps en morceaux, de réduire sa carcasse en charpie. Si Mooca appuie sur la détente, Kenedi ne sera plus qu'un tas de chairs éclatées, d'os broyés et ça le liquéfie.

Emerson avance sans crainte au-devant de Kenedi. Il le prend familièrement par le bras, le conduit auprès des cadavres toujours alignés au centre de la place. Couchée sur le corps d'Albino, Fernanda sanglote éperdument. Emerson lui tapote l'épaule. « Fernanda ! » il appelle. La femme lève vers lui un visage détruit. « On ne jettera pas ton fils dans le *barranco* », dit doucement Emerson. « Il sera enterré en chrétien : lui et tous les autres ! Je paierai les funérailles. » Il invite Fernanda à se relever et la femme obéit, titubant de bière et de chagrin.

« Va-t'en », répète Emerson, pressant le bras de Kenedi, « c'est mieux pour toi, pour moi, pour tout le monde. » Ce jeune type parle juste. Kenedi est bon dans le complot, les intrigues, mais pas dans la violence physique, brutale. Il prendra sa revanche plus tard, comme il l'a toujours fait. Il suffit d'attendre l'heure, *cara* ! Celle d'Emerson sonnera plus vite qu'il ne le croit !

Emerson reconduit son ennemi à la ruelle par laquelle il a fait son entrée tonitruante. Le quart de ses hommes le suivent, les autres, avides de bière, de viande rôtie, de *pastéis*, restent sur la place. Si Kenedi ne leur a pas payé leur dû, Emerson paiera.

Cinquante-Deux est sur le chemin de Kenedi mais lorsque celui-ci le hèle, Cinquante-Deux fait semblant d'avoir la tête ailleurs.

Emerson se sent sale. Le moment est venu de prendre cette douche qu'il projette depuis trois jours, mais avant de retourner chez la fille à la robe de coton il félicite Mooca, remercie Cinquante-Deux, distribue les tâches puis il appelle Baiano, il lui demande de choisir, parmi les hommes qui les ont rejoints, celui qui les accompagnera.

32

Carmelita observe l'otage depuis un long moment. Assis sur le matelas de mousse qu'il a plié en deux et tiré près de la fenêtre obturée par des planches, il lit. Un rai de lumière tombe sur son livre, accrochant au passage le blanc de ses cheveux. La tête penchée vers l'avant, il ne bouge pratiquement pas. De temps à autre il caresse sa barbe, d'un geste machinal, et ses lèvres s'étirent dans ce qui pourrait être un sourire.

Il n'a pas prêté attention à Carmelita grimpant l'escalier, sa casserole à bout de bras, alors que, d'ordinaire, il guette sa venue et, lorsqu'elle débouche dans la pièce, il est déjà assis devant la caisse de bière à laquelle il s'attable. Aujourd'hui, il est ailleurs. Son corps est là mais son âme vole quelque part. Peut-être au-dessus de cet arbre sinistre, décharné comme une main de cadavre, qu'on voit sur la photo du livre…

Fascinée par ce silence, par cette absence recueillie qui l'intimide, Carmelita poursuivrait son observation durant des heures mais si elle tarde encore, le *vatapá* sera froid et il n'y a rien de plus mauvais que l'huile de *dendê* à demi figée.

Elle grimpe les dernières marches, déploie la nappe de papier en faisant bruisser volontairement la feuille puis, comme d'habitude, elle dispose l'assiette, le verre, la fourchette, la bouteille d'eau fraîche, tout en surveillant l'otage du coin de l'œil.

Il lève enfin la tête et la regarde d'un air un peu égaré comme s'il débarquait d'un rêve qui l'a emmené loin. Il referme le livre, redresse en grimaçant sa carcasse ankylosée, puis il vient, marchant avec raideur, jusqu'à la table improvisée derrière laquelle il s'assoit d'un mouvement machinal. Il ne cherche pas à deviner ce que Carmelita lui a préparé mais soupire comme si interrompre sa lecture le temps du déjeuner lui coûtait.

Carmelita éprouve du dépit de cette indifférence. Elle a le sentiment que ce livre que l'otage serre sous son bras est plus important que le *vatapá* qu'elle a cuisiné avec la ferveur dont elle témoigne chaque jour depuis qu'elle s'occupe de cet homme.

L'otage dépose le volume sur le sol et le fixe durant quelques secondes comme s'il voulait s'assurer qu'il ne fichera pas le camp et restera sagement près de son pied.

« Mange », ordonne Carmelita.

L'otage obéit aussitôt, enfournant sans la voir une pleine cuillerée de *farinha*. Il mastique longuement : absent, regardant droit devant lui la fenêtre obturée par les planches comme s'il était encore là-bas, assis sur le matelas de mousse, toujours plongé dans ce livre qui le captive tant.

« C'est bon ? » demande Carmelita.

Il hoche la tête en signe d'approbation, attend d'avoir dégluti la *farinha* et dit, la bouche embarrassée : « Délicieux !... »

« Comme toujours ! » il ajoute, avec un sourire bref, avant d'enfourner aussitôt une nouvelle cuillerée dans sa bouche.

Il ment…

Ses compliments ne sont qu'une politesse qu'il a dite sans la penser, parce que chez lui, dans le monde d'où il vient, il est d'usage de féliciter la patronne…

Cet imbécile ne sent même pas ce qu'il a dans la bouche.

« Ça n'est pas trop froid ? » demande Carmelita.

Si l'otage fronce les sourcils, ce n'est pas pour s'étonner de la question mais parce qu'il ignore, tout simplement, ce qu'il doit répondre. Il a entendu la voix de Carmelita sans rien comprendre à ce qu'elle lui disait. Il la regarde, les yeux écarquillés, attendant qu'elle répète, mais Carmelita s'en garde bien.

« C'est délicieux ! il insiste, délicieux !… »

Comme les dindes du lac Sud, Seigneur ! Comme les troupeaux de pintades qui se gobergeaient sans faiblir aux lunchs de Dona Alba.

Faux jeton !

Si elle lui demandait ce qu'elle lui a servi, il serait incapable de répondre. Il est toujours avec son damné livre ! Carmelita a envie de prendre cet idiot par l'épaule, de le secouer, de lui crier dans les oreilles : je suis là ! Regarde-moi ! Écoute-moi !… Demande-moi comment je m'y suis prise pour te préparer ce *vatapá* de rêve…

C'est du boulot, tu sais ! On ne dirait pas mais ça m'a pris ma journée !

Elle a demandé la recette à Lygia, sa grosse voisine : Lygia qui rêvasse des heures sur le seuil de sa porte en se tortillant une mèche de cheveux !…

De quoi rêves-tu, grosse Lygia ?…

De plantureuses et interminables ripailles, arrosées de *cervejas* fraîches à givrer l'équateur ? Rêves-tu d'hommes qui t'aiment si fort et si ardemment que le monde se résume à un gros cœur rouge ne palpitant que pour toi, clignotant nuit et jour de tout son sang vermeil : on t'aime, grosse Lygia !… Une clameur immense résonnant de Belém à Rio Grande : on t'aime, grosse Lygia ! *Lygia querida !*

Lorsqu'il s'agit de cuisine, Lygia est toujours là ! Elle a récité la recette du *vatapá* sans se faire prier : d'une traite, se léchant les babines d'une langue gourmande à chaque respiration ! Il a suffi qu'elle la répète une fois pour que Carmelita sache sur le bout des doigts les ingrédients, les proportions, les temps de cuisson…

Tout ce qu'il fallait savoir du *vatapá*, Carmelita l'a appris !

Elle devrait être contente d'elle-même, pourtant elle ne se sent pas fière, non : loin de là !

Chaque fois qu'elle se rend chez son imposante voisine, Carmelita lit dans ses yeux sombres une curiosité sans fond ! Elle s'en inquiète. Pour justifier ses demandes quasi quotidiennes, elle raconte qu'elle a trouvé un emploi de cuisinière chez une dame d'en bas. Une veuve qui habite Leblon. La Veuve riche, bien élevée, douce avec le personnel dont rêve tout employé de maison ! À chaque fois que Carmelita lui sert ce conte, Lygia fait mine de s'émerveiller, mais Carmelita mettrait sa main au feu que la grosse n'est pas dupe. Son visage est une tarte de saindoux dans laquelle brillent deux olives noires, mais il ne faut pas s'y tromper : Lygia est fine mouche !

A-t-elle deviné quelque chose ?

Que dira-t-elle si les flics l'interrogent ?... Que répondra-t-elle si un enquêteur de la police criminelle débarque chez elle et lui demande : « Dis-moi, grosse Lygia, que sais-tu de ta voisine d'en face ? »

Lygia confiera sa perplexité, et ça suffit, parfois, à mettre un flic sur la piste d'un *sequestro*.

Adresse-toi à quelqu'un d'autre, Carmelita...

À qui ?... Alair ?...

Alair est un cafard électrique ! Alair est bonne pour manger, pas pour cuisiner, tandis que Lygia...

Lygia a appris par cœur toutes les recettes du livre de cuisine de Dona Benta ! Elle les récite comme personne. Quand elle dit, la voix onctueuse, mouillée : « Tu fais fondre dans ta poêle un morceau de graisse de porc de cette taille-là ! » elle brandit son poing potelé et l'on voit aussitôt la graisse qui fond, comme un iceberg, dans le noir de la poêle, on sent l'odeur chaude et épicée du lard. Lygia agite ses doigts boudinés, creusés de fossettes, pour faire revenir la viande de poulet dans la friture et on voit, réellement, la viande qui dore dans l'huile bouillante...

Lygia est irremplaçable, pourtant il faut la remplacer !

Carmelita s'y mettra dès demain ! Elle ira consulter Antonieta des herbes à remèdes. La vieille connaît sûrement la cuisine du *campo* !

Après avoir visité Lygia, Carmelita est allée à l'épicerie du Portugais, elle a acheté la farine, le riz et puis elle est allée au port pour les crevettes fraîches... Elle n'a pas pris d'huile de *dendê* : il lui en restait un bidon et elle était assez chargée comme ça ! Après quoi, elle est passée chez Martins qui vend de bonnes volailles.

Ce matin, elle s'est mise aux fourneaux à neuf heures. Le plus difficile est de réussir les cuissons. Lorsque la chair du poulet est bien rôtie, il faut la détacher des os, ce qui prend un peu de temps. Le reste est enfantin !

Son *vatapá* sous le bras, Carmelita a pris le bus pour ce long, cet interminable voyage qui lui sort par les yeux ! En arrivant, elle a dû bavarder un moment avec Sagão qui l'inquiète de plus en plus. Une fois encore, il lui a jeté son tourment à la tête, se bouffant les ongles avec une voracité de damné tandis qu'elle faisait réchauffer la casserole.

Voilà ce qu'il y a derrière ce *vatapá*, mon cher !...

C'est du travail n'est-ce pas, de la concentration, des risques ! Et tout ce que ce crétin trouve à dire c'est : « Délicieux », en ruminant sa *farinha*, les yeux vagues, comme un bœuf du sertão.

Tu te fous de moi ?... Tu me prends pour ta bonne ?

Il ne t'écoute pas, ma grande... Regarde-le, il est encore dans son bouquin...

Est-ce qu'il y a des femmes dedans ?... De ces femmes belles, riches, chics et maquillées qu'on voit dans les *telenovelas* de la Globo ?...

Dis-moi, idiot, qu'y a-t-il dans ce livre qui te captive à ce point ?

« Il n'y a pas trop d'oignons ? » elle demande, d'une voix contrariée.

Il secoue la tête distraitement : non, c'est parfait...

« Pas trop d'ail non plus ?... »

Il secoue la tête à nouveau, lève le pouce en signe d'assentiment : l'oignon, l'ail, le piment vert, tout est parfait ! Mais Carmelita a le sentiment que ce pouce que dresse l'otage, c'est un point d'exclamation qui lui intime : cesse ton bavardage de perruche, laisse-moi penser… laisse-moi rêver…

Carmelita se tait. Si elle avait su, jamais elle n'aurait acheté ce maudit livre…

Elle se sent méprisée, triste. Elle a envie de planter là cet imbécile, de le laisser bouffer son *vatapá* seul, la tête pleine de son livre stupide, mais la perspective de descendre et de devoir affronter encore l'angoisse de Sagão, le temps que l'autre finisse son plat, lui est intolérable.

Elle marche dans la pièce, se rend à la fenêtre barricadée, elle se penche en avant, colle son œil à une fente entre deux planches. La seule chose qu'elle aperçoit c'est un bout de ciel gris et vide.

Lorsqu'elle se retourne, l'otage la regarde fixement, la cuiller pleine de nourriture immobilisée à mi-chemin de sa bouche comme si son geste avait été interrompu par un événement auquel il ne s'attendait pas. Dans les yeux de l'homme, Carmelita croit déceler une tension qu'elle n'y a jamais vue. Elle cherche, autour d'elle, ce qui a pu attirer ainsi l'attention de l'otage mais lorsqu'elle revient à lui, il mange avec application, comme si de rien n'était.

Elle revient près de lui, se plante au bord de la table improvisée, agacée par le sentiment que quelque chose s'est passé qui lui a échappé.

L'otage termine son repas, apportant le même soin que d'ordinaire à ramasser avec sa cuiller le moindre relief de nourriture. Le récurage minutieux, presque maniaque, de son assiette a l'air de le rameiner dans la pièce. Lorsqu'il ne reste plus que d'infimes traces de sauce, il se renverse en arrière, s'adosse au mur et se frappe le ventre avec satisfaction, déclarant d'une voix repue, à la stupéfaction de

Carmelita, que ce *vatapá* qu'il a maintenant dans l'estomac, était le meilleur qu'il ait jamais mangé.

Cet aveu comble Carmelita, cependant elle se cantonne dans un silence boudeur. Cet animal aurait pu lui dire ça plus tôt ! Il aurait pu faire un effort, non ?

« Pardonne-moi… », murmure l'homme. « Ton *vatapá* méritait un meilleur convive… Je regrette… je regrette », il répète puis, après un silence, il ajoute : « Tu m'en prépareras un autre ?… »

Il a dit ça avec des inflexions de gamin, levant vers Carmelita un visage faussement implorant.

Il joue, il fait l'enfant…

On dirait Beto surpris en commettant une bêtise et qui avoue sans détour, sachant qu'il obtiendra son pardon à coup sûr.

Carmelita ne peut s'empêcher de sourire et, en écho, l'otage lui sourit plus largement encore.

Il sait y faire, n'est-ce pas ?

Oui, il sait y faire !… Il devait être diabolique avec les femmes !

Une étrange chaleur monte aux joues de Carmelita. Qu'est-ce qui lui prend, Seigneur ? Qu'est-ce que c'est que ce feu qui lui embrase le visage pour un sourire trop longtemps attendu ?

Elle s'active pour dissiper son trouble, emballe la vaisselle salie dans la nappe de papier.

« Tu l'as lu ? » demande l'otage qui la regarde faire.

Carmelita jette au livre un coup d'œil méprisant et remue la tête pour dire que non, elle ne l'a pas lu.

« Quand tout sera terminé », dit l'homme d'une voix sombre, « tu l'emporteras chez toi et tu le liras. Tu penseras à moi, n'est-ce pas ?… »

Il laisse un long silence durant lequel il se demande sans doute ce qu'il sera à la fin du *sequestro* ? Un homme ivre de liberté, un mort, un type estropié dans l'âme, tourmenté à jamais ?…

« Tu vas rentrer chez toi », lance Carmelita, tandis qu'elle achève de ranger la vaisselle. « Tu vas retrouver tes enfants, ta femme… »

« Ma femme… » Il soupire, comme sous le poids d'une énorme fatigue. Oui, si Dieu le veut, il retrouvera Rosa.

Rosamaria…

Cette pensée ne le rend pas heureux ?

Il hausse les épaules avant de se reprendre. « Très heureux… », il bougonne. « Heureux à en crever ! »

« Vous ne vous aimez plus ? » hasarde Carmelita.

Il fait un sourire amer. Non, ils ne s'aiment plus ! Certains jours ils se tolèrent et d'autres…

Souvent, il a lu des envies de meurtre dans les yeux de Rosamaria… Dans les beaux yeux limpides et clairs de son épouse il surprenait parfois une haine déraisonnable, furieuse, meurtrière… Lui-même n'était pas en reste. Peu avant son enlèvement, il avait entamé, en marge de ses travaux professionnels, ce qu'il appelait en son for intérieur car, jusqu'à ce jour, il n'en a jamais confié le secret à personne, une œuvre personnelle. Au départ du dernier employé, il baissait les stores qui l'isolaient de l'extérieur, il se servait un whisky importé bien tassé puis, dans le dernier tiroir, au bas de son bureau, il pêchait le Beretta qu'il cachait sous les dossiers et le posait devant lui.

Il dessinait au crayon de papier, s'attachant surtout, dans les derniers temps, à ciseler l'orifice du canon avec une précision excessive. Tandis qu'il examinait la gueule du pistolet à la loupe pour ne manquer aucun détail, il imaginait la balle, sortant comme la foudre, la détonation qui saturait les oreilles et le rideau noir qui s'abattait sur toute chose, sitôt le coup parti.

Il n'allait jamais plus loin. La gueule béante de l'arme, la balle qui jaillissait, la détonation : une séquence en boucle qu'il répétait indéfiniment, jusqu'à ce que la bouteille soit vide !

Qui la balle frappait-elle ?

Dans la tempe de qui creusait-elle un trou sanglant ?

Il prétendait l'ignorer tout en sachant parfaitement que Rosa et lui-même étaient étroitement associés à ce cycle obsédant de sensations et d'images auquel il s'abandonnait, de plus en plus souvent, comme à un rituel de mort : le canon, la balle, le coup de feu !

« Tu comprends ? » il demande, le visage crispé, oppressé par ce tourment ancien dont la torture revient le mordre.

Qui sait ce qui serait arrivé s'ils ne l'avaient pas enlevé ?

Carmelita tire à elle la caisse de bière libérée et s'assoit pour écouter car, visiblement, l'otage a le cœur lourd. Il a besoin de se confier, de se libérer des pensées qu'il rumine, à longueur de journée, alors qu'approche un dénouement qui lui fait peur.

« Assieds-toi, oui, prends place ! » l'invite-t-il. « Installe-toi commodément ! » Il est reconnaissant à Carmelita d'avoir deviné sa détresse, de lui témoigner sa compassion, de lui accorder un moment de son temps. Il oublie qu'il n'y a pas si longtemps il la considérait comme une femme à bandits ! Peu lui importe, ce soir, qu'elle soit une *sequestradora*, un gibier de potence ! Ce soir, plus que jamais, la couleur de peau de Carmelita l'indiffère, il se fiche qu'elle soit bonne, ignorante !... Ce soir, il a besoin qu'une femme l'écoute ! Une femme...

Et Carmelita l'écoute.

Il revient à l'époque des *buchadas*, dans le quartier des abattoirs, aux nuits entières à déambuler en bande, dans les bars et les bordels de Lapa avant de se jeter dans la mer, à la Praia do Arpoador, au soleil naissant. Il évoque cette période avec nostalgie, avec regret, comme si, au fond de son cœur, il ne se résolvait pas à n'être plus ce garçon insouciant, superficiel et turbulent qu'il décrit avec une ironie teintée de tendresse, comme si, bien que ses cheveux et sa barbe aient blanchi, il souffrait encore de cette jeunesse laissée derrière lui pour toujours. La sienne, certes, mais aussi celle des amis qu'il accompagnait et qui l'accompagnaient, celle de Rosamaria : la belle Rosa qui était en première année alors que lui-même préparait déjà son diplôme de sortie.

« L'école d'archi était très réputée chez les filles qui cherchaient un mari ! » il sourit, avec une note d'ironie.

« Elle m'a couru après ! » il sourit encore, avec nostalgie cette fois.

Est-ce qu'il se vante ? Dis, Carmelita, lui aurais-tu couru après, toi, si tu l'avais rencontré à vingt ans ?

Lorsqu'elle avait vingt ans, cet homme en portait quarante. C'est trop de différence ! Beaucoup trop ! Certaines des amies de Carmelita ont épousé des vieux qui possédaient deux sous. Jamais elle-même n'a pensé au mariage comme à un placement. D'ailleurs, la question est idiote ! Jusqu'à ce que le

Destin fasse cette embardée terrible, l'otage et elle vivaient dans le même pays mais pas dans le même monde !…

Peut-être se sont-ils croisés à Brasília, peut-être même l'a-t-elle vu passer, sans savoir que c'était lui, glissant dans une *quadra* au volant d'une belle voiture ? Qu'importe puisqu'ils n'étaient rien de plus, l'un pour l'autre, qu'une silhouette anonyme à laquelle on ne prête pas plus d'attention qu'aux arbres : aux *barrigudas*, par exemple, si nombreuses là-haut, à Brasília, guère plus hautes que des hommes échevelés, hirsutes, avec leurs troncs enflés comme des estomacs de buveurs de bière, et qui finissent par éclater, libérant leurs tripes de bois.

La question est idiote, c'est juste, mais réponds tout de même, ma fille ! T'aurait-il séduite quand tu avais vingt ans ? Ses cheveux n'avaient pas encore blanchi, son visage ne portait pas ces rides creusées par les disputes avec Rosamaria, les soucis, les nuits à se saouler au whisky importé tout en dessinant la gueule d'un pistolet prêt à tuer…

Calaa boca ! Ferme-la ! Cesse ces hypothèses imbéciles ! Le passé est passé. Le reconstruire à sa convenance ne sert à rien d'autre qu'à ruminer des regrets.

Pourquoi Rosamaria avait-elle jeté son dévolu sur lui ? Il hausse les épaules : il n'en sait rien ou ne veut pas savoir… Lorsqu'il le lui a demandé, un jour de colère, des années plus tard, gueulant, hors de lui, une fois encore, une fois de plus : « Pourquoi moi ?… Pourquoi m'as-tu choisi moi, bordel de Dieu ? » il était trop tard, déjà, bien trop tard pour que Rosamaria lui donne la vraie réponse ! La haine leur soufflait ses mensonges depuis si longtemps !

Elle avait hurlé à son tour qu'elle se le demandait encore.

Elle lui faisait face dans la cuisine, appuyée des deux mains à la table, tendue vers lui comme une once en furie.

Pourquoi lui, en effet ?... Pourquoi, Seigneur Dieu, s'était-elle entichée de ce *filho da mãe* ?... Pourquoi avait-elle choisi ce fils de pute alors qu'il y avait tant de braves types qui lui bavaient après dans cette école de merde !

Son père devait dire vrai : les femmes prêtent une oreille complaisante aux murmures du démon ! C'est comme ça, *filinha*, il soupirait, le démon aime les femmes et il sait leur parler... Comment expliquer autrement cette union désastreuse ? Hein ?...

Tandis que sa femme criait, le visage tordu par une colère qui montait du fond de ses entrailles, lui contemplait le renflement de sa poitrine qui apparaissait dans l'encolure de sa robe et ça le faisait durcir. Même au plus fort de leurs bagarres, les nichons de Rosamaria l'ont toujours fait bander !

C'est le diable qui avait soufflé à l'oreille de Rosa : celui-là, *querida*, il est pour toi !... Le diable est un grand travesti, *sabe* ! Il se faisait la tête de Carolina, la sœur aînée de Rosa qui chuchotait d'un air gourmand : jette-toi dans ses bras, Rosa, fourre-le dans ton lit !... Qu'est-ce que tu fiches, Rosinha ?... Si tu tardes, on va te le faucher !

Le démon empruntait le masque lugubre de Dona Esmeralda, la mère de Rosamaria ! Le visage tatoué par les cernes violacés qui lui pochaient éternellement les yeux, elle marmonnait, avec une obstination de mouche, les conseils qui l'avaient poussée elle-même au désastre : les hommes passent, *minha filha* ! C'est comme de la fumée !... Lorsque tu en tiens un, ne fais pas comme ta sœur Carolina, qui cst trop vieille maintenant : n'hésite pas, traîne-le devant le juge ! On vous marie au printemps !

Pourquoi Rosa avait-elle écouté ces deux vestales séchées sur pied ?

Dès que Rosamaria s'était invitée dans la bande, il avait senti le danger : elle était là pour lui mettre le grappin dessus ! Il s'était tenu à l'écart de ses yeux trop limpides pour être honnêtes, mais que faire contre les bains à Leblon, contre les maillots de Rosa qui semblaient fondre dans l'eau de mer qui, chaque jour davantage, mettait ses chairs en relief, soulignait les rotondités de son corps fruité, en suggérait les creux vertigineux ?

Que faire contre les nuits de Rio, les fêtes au bout desquelles on finit toujours par basculer dans un lit inconnu, une paire de bras autour du cou et deux jambes en tenaille autour des reins ? Que faire lorsque la tête te tourne parce que tu as bu trop de whisky, trop de bière, parce qu'un ami ou un inconnu, sans te demander ton avis, t'a fourré le nez dans une poudre blanche qui rend le monde léger, futile : un monde où rien d'autre ne vaut davantage qu'une paire de cuisses écartelées, qu'un corps pneumatique ?

Pas vrai, Carmelita ?

Elle se rappelle les bals, les *forrós*... La danse, les hanches qui ondulent...

Et la bière, Carmelita, la sueur, la *cachaça*, les types qui t'empoignent à pleines mains, te serrent contre leur corps, te font sentir leur ventre ; ces cavaliers effrontés qui glissent une cuisse entre les tiennes et relèvent ton menton d'un doigt insolent pour t'obliger à les regarder dans les yeux !

Tu t'en souviens ?

Bien sûr elle s'en souvient ! Cette chaleur qui monte du ventre, et puis l'embrasement, à cru, dans le *capim* du *campo* qui pique les fesses et le dos, et le plaisir qui t'emporte au moment précis où tu penses que ce n'est pas bien de se vautrer dans la campagne comme les animaux !

Non, Carmelita n'a pas oublié et ça lui donne chaud.

Bien sûr, Rosamaria avait attiré l'otage dans un lit, elle lui avait dévoilé ces seins laiteux qui, mille et une batailles plus tard, le rendaient toujours aussi marteau, elle les lui avait posés dans les mains, les lui avait confiés, abandonnés, lui disant, dans un souffle, qu'il pouvait en faire ce qu'il voulait et, naturellement, il l'avait engrossée ! Et Rosa l'avait traîné devant le juge et ils s'étaient mariés : là-haut, chez elle, dans la grande villa de son père : *O senhor Zuenir,* à Brasília.

Ce jour-là, le jour où il matait les nichons de Rosa tandis qu'elle lui hurlait sa colère indignée au visage, il l'avait accusée de lui avoir fait ce gosse contre sa volonté !

Rosamaria avait empoigné la tasse de porcelaine du petit déjeuner et la lui avait jetée à la tête. Il l'avait esquivée et la tasse s'était fracassée sur le mur dans une grande éclaboussure de chocolat.

« À trente ans passés, Rosa prenait toujours du chocolat au petit déjeuner ! » il ricane, comme si cette tasse qui l'avait manqué de peu lui restait encore en travers du gosier. « Comme une enfant », il insiste, « comme la fillette gâtée qu'elle est et qu'elle sera toujours ! »

Carmelita pense à la bonne qui a dû nettoyer la cuisine ce jour-là, elle se voit, frottant le mur avec vigueur. Elle imagine les taches qu'on découvre dans des endroits insensés, comme si ce foutu chocolat était ensorcelé ! Elle se voit passant la cuisine en revue dans ses coins et recoins pour que cette fichue Rosa ne tombe pas sur une tache qui lui aurait échappé.

C'est ainsi que Dona Isaura, l'une des innombrables patronnes que Carmelita a servies dans le Distrito Federal, l'avait chassée.

Son fils Ricardo, une crapule hurlante et trépignante d'une huitaine d'années, à qui sa mère cédait constamment, fracassait volontiers sa tasse pleine de chocolat contre le mur de la cuisine !

33

Elle aurait voulu être rock ! Elle ne sait pas très bien ce que ça signifie mais chaque fois qu'elle songe à son adolescence, c'est la réponse qui lui vient : rock ! Elle interroge son reflet qui tremblote dans la vitre du bus. Rock, Carmelita ?

Pourquoi pas…

N'importe qui pouvait être rock à l'époque !

Même une fille noire, misérable, analphabète ?…

Dans ces années-là, être rock était plutôt une affaire de Blancs mais la télévision dégote chaque semaine quelqu'un de mal parti dans la vie qui, un beau jour, se retrouve riche à millions. C'est bien la preuve qu'il existe des exceptions, pas vrai ?

Pour être rock, tu aurais dû changer de monde, ma grande… oublier la Zona da Mata, fréquenter d'autres amis, vivre ta jeunesse autrement que tu ne l'as vécue !

Pas une seule des patronnes que Carmelita a servies n'aurait toléré une *empregada* rock et ça, Carmelita le comprend, elle l'admet car, même si elle ignore le détail de la vie rock, elle sait tout de même que ceux qui la vivaient se moquaient de l'horloge, fumaient la *maconha*, s'habillaient un jour fluo et l'autre ver de terre !

Les patrons ne veulent pas de ça !

Même Seu Renato, le plus accommodant de toutes celles et tous ceux qui l'avaient employée, n'aurait pas supporté !

Elle s'imagine, poussant la porte de Seu Renato à cinq heures du matin, au sortir d'un concert, passant sous son nez de vieux hibou effaré en lançant, avec une désinvolture rock : *Oi irmao !* ou *oi brother !*

Quelle tête il aurait faite !

Carmelita pouffe de rire. Oui, elle aurait voulu voir ça ! Le vieux, ébouriffé dans son pyjama à rayures et elle, ondulant dans un jean délavé moulant son derrière et ses cuisses avec, sur le dos, un de ces petits débardeurs rose choc ou jaune sulfurique que les filles d'alors portaient sans soutien-gorge !

Oi Renato !

Il la regarde passer bouche bée, répondant mécaniquement *: Oi Carmelita !* car le vieil homme était trop bien élevé pour laisser un salut sans réponse, à cinq heures du matin !

Paix à ton âme, vieux Renato ! Paix à ta mémoire, vieux frère !

Elle débite quelques mots d'une prière express pour lui qui est là-haut et qui l'attend peut-être, maintenant que Dieu l'a débarrassé de sa carcasse vermoulue, pour une partie de toboggan sur ces immenses nuages qui dérivent, les matins d'été, dans l'air limpide au-dessus du *cerrado,* lustrant le miroir du lac Paranoá de leurs turgescences cotonneuses.

Difficile d'être rock lorsqu'il faut se lever avant tout le monde chaque jour que Dieu fait, pas vrai Carmelita ?… Lorsque la patronne t'oblige à porter une blouse de toile bleue qui emballe ton corps dans un sac, de crainte que tu ne bousilles les circuits du patron avec des hanches qui dansent dans des fringues trop délurées…

Comment invente-t-on une nouvelle façon de vivre ?

Le reflet sur la vitre, prête à jaillir de son châssis chromé tellement elle vibre quand le chauffeur relance le moteur pour passer une vitesse, n'en sait rien.

Il renvoie à Carmelita l'image d'une femme de trente-cinq ans dont le visage porte les stigmates, discrets encore, d'un passé difficile mais que l'âge accusera durement lorsque disparaîtra cette sensualité vivace qui gonfle ses lèvres, soulève sa poitrine toujours haute, qui lui donne cette énergie rayonnante, ce désir de vivre envers et contre tout qui frappe et séduit toutes celles et tous ceux qui l'approchent.

Comment changer de vie ?…

Lorsqu'elle rumine son rêve avorté d'une vie rock, Carmelita se reproche d'avoir suivi la voie de sa mère, celle de la mère de sa mère, celle de ses ancêtres, esclaves à la *fazenda* Caruaru dans la Zona da Mata, il n'y a pas si longtemps !

Comment effacer la servitude et le souvenir de la servitude qui hante, nuit et jour, comme un remords inextinguible ? Comment éteindre cette lueur ironique dans les yeux de celles et ceux qui ont profité de cette servitude, qui en ont joui comme s'ils avaient joui de toi, de ton corps dont ils estiment obscurément qu'il leur appartient encore, qui, lors d'une querelle de rue, d'une engueulade un peu raide, ne tardent jamais à te jeter à la tête ce passé empoisonné…

Pas vrai, ma fille ?…

Inventer une autre vie, trouver la faille par laquelle tu aurais pu te faufiler dans un ailleurs plus accueillant était au-dessus de tes forces !

Emerson, Sandra, Beto le sauront !… Chaque jour Carmelita prie Dieu, Oxum, Iemanjá, ou n'importe laquelle des divinités peuplant ce pauvre ciel, pour que ses enfants échappent à un destin qu'elle-même n'a pas su éviter. Au fond, elle est une rebelle soumise. Elle a toujours été ainsi, elle le sait, se le reproche, s'en désole.

Le seul homme qui lui avait offert l'espoir d'une autre vie c'était Zé !

Il venait du même monde que le sien et pourtant il ne ressemblait à aucun de ceux que Carmelita avait connus avant lui ! Même s'il a été assassiné par balle, Zé était bel et bien *fechado* !

Dans le souvenir de Carmelita, le jeune homme n'a pas tardé à apparaître nimbé d'une lumière étrange dont l'intensité n'a cessé d'augmenter, si bien qu'aujourd'hui, le goût de sa chair lui échappe. Elle ne parvient plus à se rappeler le grain de sa peau, la sueur qui perlait à son torse de chat la nuit où elle a improvisé cette cérémonie absurde et inutile dont elle avait espéré, dans son innocence naïve de femme amoureuse jusqu'à la déraison, qu'elle rendrait invulnérable aux balles, aux lames de couteaux, ce corps qu'elle désirait follement, qu'elle le fermerait, le mettrait pour toujours hors de portée des armes et des désirs de mort !…

Elle avait sacrifié une poule noire en récitant des prières incohérentes et qui n'avaient servi à rien.

Tu t'es trompée, Carmelita, ce n'était pas de ces prières-là qu'il avait besoin !

En vérité, Zé était *alma fechada* : son âme était fermée aux mesquineries, aux bassesses, aux compromissions… Il était imperméable aux tentations et aux vices dont se délectent les hommes ordinaires et c'était à cause de cela qu'on l'avait tué !

Peut-on aimer un homme si pur, Carmelita ?…

Peut-on aimer un homme dont l'âme plane dans le ciel du *cerrado*, à demi désincarnée ?…

Allons, réponds !

Le désir fou d'étreindre ce jeune homme, de s'unir à lui, qui a possédé Carmelita durant les quelques jours qu'a duré cette rencontre miraculeuse se résume, désormais, à cette lumière qui absorbe et dessèche…

Avec le temps, Zé devient un spectre incandescent et Carmelita en éprouve une déchirante *saudade*.

Comment était sa voix ? Tu te souviens ?

Non, elle ne se souvient pas ! Lorsqu'elle cherche à se la remémorer, elle entend à la place cette chanson de Chico : *A menina que comia luz* ! La petite qui avait mangé de la lumière ! Pourquoi cette musique lui revient-elle en mémoire ?… La fillette que chante Chico est cette gamine de Goiânia qui avait avalé de la poudre radioactive en jouant chez un ferrailleur et qui en était morte, le corps brûlé à l'intérieur par les rayons !

Va-t'en, musique !… Fous le camp !

La chanson ne s'en va pas ! Elle colle désormais à l'image de Zé, elle la dérobe à Carmelita, la lui vole !

Zé s'en va, ma grande !… Il part…

Il est une comète qui, après avoir traversé ta vie de sa course incandescente, poursuit sa trajectoire dans l'éther ! Il rentre chez lui, dans cette région du ciel à laquelle seuls les purs ont accès !

Bientôt, tu verras, son souvenir sera une image sainte, hors du trivial de l'existence, il sera loin, loin… Si loin que tu douteras l'avoir jamais rencontré. Il deviendra un personnage de légende, lui que tu as aimé, auquel tu t'es donnée, corps et âme, n'est-ce pas ?…

Corps et âme !

Si Zé ne pouvait rien pour elle, qui aurait pu quelque chose ?

Le hasard, *querida*, la Providence… !

Crois-tu au hasard, Carmelita ?

Elle croit au miracle…

D'ailleurs, si elle n'y croyait pas, le reflet dans la vitre du bus ne se gênerait pas pour le dire ! Il lui renverrait un masque ravagé, sans dents, dont les traits affaissés trahissent une vieillesse prématurée, un être à bout de souffle, à bout de ressources comme on en croise tant dans les favelas !

Si elle se coiffait autrement, si elle soulignait sa bouche d'un trait de rouge à lèvres, si elle portait des vêtements chics au lieu de ce jean de chiffon, de ce tee-shirt fatigué, les marques de sa vie difficile disparaîtraient aussitôt ! Elle serait alors une femme resplendissante, elle serait plus rock que rock : elle serait celle qu'elle croit être, au fond d'elle-même, mais qui n'a jamais eu la chance d'éclore !

Qu'attends-tu, Carmelita ?… Le temps passe, ma fille ! Dieu qu'il va vite !

Presse-toi de changer !

Il lui faut de l'argent !

Sagão apprécie ses services et la paie en conséquence. Elle a mis suffisamment de côté pour retourner au Distrito Federal et c'est ce qu'elle fera dès que ce maudit *sequestro* sera dénoué, mais ses économies ne suffiront pas pour changer de vie !

Que lui faudrait-il de plus ?…

Le reflet de la vitre hausse les épaules.

Il te faudrait un homme, Carmelita !… Un homme riche… Un homme comme cet otage qui serait mort, déjà, si tu l'avais laissé à son désespoir…

Le bus s'arrête, le temps que descende une poignée de passagers. Où est-on ? Est-ce qu'elle arrive bientôt ?

La lumière crevée qui tombe des néons sales empêche les passagers de voir à l'extérieur. Carmelita place sa main en visière au-dessus de ses yeux et colle son visage à la vitre. Elle aperçoit des maisons basses, cubiques, serrées les unes contre les autres : des baraques de favelas, tristes à mourir ! Une lampe anémique brille à l'entrée d'un commerce qui vend des boîtes, quelques bidons pleins d'on ne sait quoi, un amoncellement de cartons. L'arrière d'une carriole et le cul d'un cheval qu'on dirait amputé, émergent de l'ombre comme une épave naufragée dans un gaz noir et toxique.

Le bus s'arrache à son immobilité pesante dans un rugissement d'agonisant qui sent venir la mort et la refuse de tout ce qu'il lui reste de forces. Il reprend sa route cahotante et le reflet dans la vitre est à nouveau brouillé par ce tremblement sans fin qui prend les gens dont quelque chose dans la tête a cédé, comme le vieil Herlander qui tremblait nuit et jour au point qu'il ne pouvait plus pisser debout sous peine de s'arroser les jambes et devait s'accroupir comme une femme. Pauvre vieil Herlander…

Par la fenêtre ternie, on devine des alignements de baraques inachevées, désolées, des coins de rues dont la terre rouge est crevée de flaques reflétant un bout de lune, des magasins fermés, un mur orbe sur lequel une main maladroite a écrit à la peinture rouge, d'un pinceau qui coulait : *Vai matar !* Va tuer !

Le bus tourne en rond, rebondissant indéfiniment d'un faubourg à un autre, d'une favela à une autre… Le bus est un vaisseau sans maître qui transporte un chargement d'âmes souffrantes à la recherche d'un havre où poser leur fardeau.

Carmelita pense à l'otage, là-bas, au fin fond de Nova Jerusalem. Sans lumière, le livre ne peut l'aider à faire couler le flot poisseux de sa nuit de captif.

Que fait-il ?

Que fais-tu ?

Examine-t-il sa confession de fin d'après-midi, se reprochant certains de ses aveux, regrettant ceux qu'il n'a pas eu le temps de faire, les souvenirs qui se sont dérobés à sa mémoire et qui lui reviennent maintenant, comme les pièces sales d'une lessive incomplète.

Elle l'imagine allongé sur le matelas de mousse, les mains sous la nuque, ruminant son passé, l'épluchant sans fin pour tâcher d'y lire les prémisses d'un dénouement heureux auquel il ne croit guère.

Carmelita se rappelle, presque mot pour mot, ce qu'il a raconté. Lorsqu'on est analphabète, la mémoire tient lieu de registre sur lequel on inscrit les images, les sons, les odeurs, tout ce qu'on ressent sans pouvoir le nommer et encore moins l'écrire. Ainsi, on se souvient de tout !

Il avait dit, en ricanant, que dès le lendemain de la noce il prenait place dans le troupeau de son beau-père, ce qui était une façon de se moquer de lui-même, de la facilité avec laquelle il avait accepté un emploi dans l'entreprise de bâtiment de Seu Zuenir : la CMBG, *Construtora Moderna de Brasília e Goiás*, connue dans tout le Distrito Federal et au-delà : Minas Gerais, Bahia, Tocantins… La moitié des chantiers du Plan Pilote étaient signés CMBG, avec le cercle bleu et rouge de la *construtora* de son beau-père.

Pas vrai, Carmelita ?…

Vrai !

Seu Zuenir avait bombardé son gendre chef de quelque chose. Carmelita n'avait pas saisi de quoi il s'agissait mais, ce qui était sûr, c'est que, du jour au lendemain, l'otage était devenu un homme de poids dans la *construtora* !

Un mois après avoir consacré son gendre bœuf majeur de son troupeau, Seu Zuenir mourait sans prévenir personne !

Sa femme l'avait trouvé à l'aube, sur la véranda, vautré dans son hamac. Une bouteille de whisky aux trois quarts pleine débouchée sur le chariot à liqueurs, un verre fracassé sur le dallage comme s'il lui avait échappé des mains, comme si la mort avait foudroyé ce pauvre vieux Zuenir sans lui donner le temps d'aller jusqu'au bout de sa dernière rasade !

Carmelita imagine Dona Esmeralda en chemise de nuit dans la clarté cendreuse du jour naissant, son spectre de momie aux yeux pochés de violet et de jaune avançant à petits pas sur la véranda, découvrant avec stupeur la masse de son époux gonflant le filet du hamac et l'appelant – *Zuenir…* –, poussant le volume de sa voix pour dominer le vacarme de volière en furie des oiseaux qui s'égosillaient comme chaque matin, électrisés par le retour de la lumière.

Qu'est-ce que tu fais là, Zuenir… tu dors ?

Puis comprenant, à la vue du tesson et des éclats de verre dispersés sur les dalles, que quelque chose n'allait pas, murmurant plus bas, pour elle-même : *mon Dieu, Zuenir…*, à la fois ravagée par cette mort qu'elle sentait avec une acuité animale et soulagée par cette liberté béante qui s'offrait à elle soudainement alors qu'elle ne l'attendait plus tant elle s'était persuadée qu'elle claquerait la première, épuisée par la présence trop lourde, autoritaire et capricieuse, de cet homme : cet époux qui, durant toutes ces années de mariage, lui avait bouffé goulûment, impitoyablement, toutes ses joies de femme !

Dona Esmeralda était allée jusqu'au cadavre, avait touché son visage, bien qu'elle sût, à la lecture du lieu, que Zuenir était mort la veille, dans la soirée : son cœur avait lâché tandis qu'il sirotait un dernier whisky dans l'obscurité, et elle avait constaté, sans surprise, qu'il était déjà roide. Elle lui avait fermé les yeux puis elle s'était laissée tomber dans une chaise longue ou un fauteuil, le temps de reprendre son souffle, jetant, de temps à autre, un coup d'œil au hamac où reposait le corps, découvrant, sidérée, qu'elle n'entretenait plus avec lui aucune intimité, regardant le ciel, supputant l'arrivée de la pluie et se disant que s'il pleuvait, elle annulerait sa visite à son amie Rita et, quelques secondes plus tard, se disant que, de toute manière, elle ne pourrait se rendre chez Rita puisque, ce matin-là, quelque chose ne marchait pas, mais quoi ?…

Ce jardin, cette véranda encore dans la pénombre,

le corps de Zuenir mort en se tapant un whisky, c'était comme un film de la télévision qui se terminerait d'une seconde à l'autre, après quoi elle reprendrait sa vie normale, ordinaire : sa vie de momie aux yeux pochés, son existence de victime sacrifiée sur l'autel du mariage…

Elle était restée ainsi, hébétée, ne croyant pas vraiment à ce qui était pourtant bel et bien arrivé jusqu'à ce qu'une voix indistincte, une voix dont elle ignorait d'où elle venait, à qui elle appartenait, lui souffle : Esmeralda, dans les films de la télévision, les oiseaux ne piaillent pas ainsi ! On entend la musique et puis on lit le mot « Fin » !

Dona Esmeralda avait eu beau chercher, le mot fin n'était écrit nulle part dans le jardin, alors elle avait appelé la bonne et celle-ci était arrivée en se frottant les yeux, maudissant sa patronne, grognant : qu'est-ce qu'elle me veut encore, cette garce ?… Ça t'ennuierait de me laisser dormir, vieille charogne ?…

Oui, ça s'était passé ainsi et Rosamaria avait hérité de la moitié de la *construtora* et des deux *fazendas* que Zuenir possédait dans l'État du Goiás. Sept millions de reais, au bas mot : de quoi faire construire une villa sur la lune !

Carolina, l'aînée de Rosamaria, s'entendait aux affaires à peu près comme elle s'entendait aux hommes et Rosa avait dû assumer seule la direction de la *construtora*. Elle avait cru que son époux tout neuf la seconderait, qu'il serait le vrai patron de la CMBG, mais lui ne se consolait pas des *buchadas* près des abattoirs, des virées en bande dans les bars et les bordels de Lapa. Chaque fin de semaine, il prenait l'avion et s'en allait rejoindre ses amis, abandonnant Rosamaria à ses factures, à ses livres de comptes, la laissant seule avec son ventre qui gonflait comme les troncs de *barrigudas*… Il rentrait le lundi, en fin d'après-midi, éreinté par trois jours et trois nuits de beuveries, de cocaïne, de naufrages dans des lits inconnus, repartait le vendredi avant midi parce que après seize heures il était inutile d'espérer la moindre place dans un vol, même en classe affaires, jusqu'au samedi matin…

Au fil des jours, Rosa s'était chargée de tout : de l'enfant qui était né, de la *Construtora Moderna de Brasília e Goiás*, de la maison et de sa douzaine de domestiques. Elle avait haï ce faux mari que, croyait-elle, on lui avait fourgué, oubliant que c'était elle qui s'était mis dans la tête de l'avoir pour elle seule ! Elle croyait fouetter sa fierté de mâle en lui envoyant au visage qu'un homme, un vrai, prendrait la *construtora* en main, accroîtrait sa puissance !

Chaque fois que Rosa entonnait son couplet, l'otage se fichait d'elle.

Il dédaignait le pouvoir, il crachait sur l'argent même s'il devait taper dans la caisse pour s'offrir ses virées ! Lorsque Rosamaria lui mettait le nez dans ses contradictions, il rétorquait, avec une désinvolture blessée, que celles-ci n'avaient aucune espèce d'importance puisqu'il se méprisait lui-même. Il n'était pas l'architecte qu'il avait rêvé d'être lorsqu'il préparait l'école : il n'était bon qu'à dessiner la gueule d'un pistolet avec une précision hallucinante et cela, ce n'était pas du talent, ce n'était que de l'habileté !

Carmelita se souvient du visage défait de l'otage, de la tristesse sans nom qui l'accablait tandis qu'il répétait d'une voix blanche, éteinte par la déception :

seulement de l'adresse… du savoir-faire… Rien… une misère…

Les regrets de l'otage avaient blessé Carmelita et elle s'était surprise à se ranger instinctivement aux côtés de cette Rosamaria qui, quelques minutes plus tôt, lui paraissait pourtant si détestable !

Qu'est-ce qui la choque dans le désappointement de l'otage ? Carmelita l'ignore mais elle est convaincue qu'il n'aurait pas dû parler ainsi. Il est allé au-delà de ce que commande la décence, il a exhibé une blessure, une honte qu'il aurait dû garder secrète.

Le bus s'arrête une nouvelle fois. Les portes s'ouvrent dans un chuintement d'air comprimé et, aussitôt, des cris résonnent à l'extérieur. On dirait que des voix veulent grimper dans le bus alors que d'autres s'y opposent et la querelle s'exaspère.

On entend des insultes : « *puta, veado… bicha… filha da mãe…* ».

Durant un long moment, les portes restent béantes, ouvertes sur la nuit qui vocifère : « *Vai tomar no cu… Vai, vai.* »

Les voix se rapprochent, s'éloignent, reviennent. Réfléchies par la tôle, elles ont déjà grimpé à bord et puis de nouveau, la nuit les arrache à la carcasse, elle les aspire, semble sur le point de les avaler.

Le chauffeur s'est détourné de son pare-brise, il regarde en direction de la porte. Une main sur le volant, l'autre sur le levier de vitesses, il ne bronche pas : il attend, stoïque, impassible, que se dénoue un de ces drames courants sur la ligne !

Une main aux ongles exagérément longs, d'un pourpre incandescent, empoigne la barre d'appui, près de la porte, et reste posée sur le métal chromé comme une bête étrange : un crabe ou une araignée trop fardés.

Le visage plaqué à la vitre, Carmelita devine des silhouettes qui s'agitent dans l'obscurité. Des gens se querellent ou se battent. Soudain, un gros derrière gainé de léopard pénètre à reculons dans l'ouverture de la porte tandis que le reste du corps tressaute au rythme des coups de pied, des coups de poing lancés dans une bagarre confuse. Enfin une silhouette maigre, vêtue d'une robe tigrée, s'affale sur le plancher sale du bus qui, aussitôt, s'arrache au bas-côté.

Le tigre est un travelo maigre. Sa perruque, d'un blond péroxydé, a glissé sur son visage émacié par la drogue. Il la remet en place tandis que son compagnon, un colosse nègre boudiné dans sa robe panthère qui souligne chaque bourrelet de son ventre dilaté par la bière, vient se planter près du chauffeur et vocifère, gesticulant de son bras libre tandis que de l'autre il se cramponne à la barre d'inox pour résister aux cahots.

Les deux hommes se rendent au boulot, comme chaque soir, dans le voisinage des gazomètres et, comme chaque soir depuis une semaine, des merdeux leur cherchent noise.

Le bus file sur l'Avenida Brasil. Il se rue vers le centre. Bientôt il laissera Carmelita au bas de Querozene puis il passera sous les arcs de Lapa, continuera sa route en bord de mer, cap sur Botafogo.

Les lampadaires défilent comme des balles traçantes. Sur la vitre, le reflet tremble moins depuis que le bus a regagné l'asphalte.

« Ça ne peut pas durer comme ça ! » gueule Leopardo. Non, ça ne peut pas continuer ainsi ! Demain, il glissera un flingue dans son slip et si les merdeux les font chier à nouveau, Zizi et lui, il leur collera une balle dans le cul ! Pas vrai Zizi ?… Zizi la panthère acquiesce, secouant sa perruque péroxydée qui a du mal à tenir sur sa tête : une balle dans le cul !… Une autre entre les yeux et finis les merdeux !

La décision est prise, c'est une affaire réglée ! Il n'y a plus qu'à se laisser porter !

Les deux travelos s'assoient côte à côte sur la banquette, dans le dos du chauffeur. Maintenant que leur excitation retombe, leurs voix sont couvertes par le ronronnement du moteur.

De temps à autre, les vibrations des tôles entrent en résonance et secouent la carcasse du bus d'un frisson tapageur.

34

Il arrive !… Fábia est venue l'avertir. Cette folle a manqué se casser le nez en grimpant l'escalier quatre à quatre, glapissant : « Luíza, Luíza !… Quelqu'un pour toi, Luíza ! »

Calme-toi, Fábia… Qui vient ?…

Le nouveau chef d'Acari ! Celui qui a tué Paulo Maluco, qui a renvoyé Kenedi chez sa mère…

« Ce type-là, vraiment ?… Qui t'a dit qu'il comptait me rendre visite ? »

Tout le monde le sait ! Les gosses, les vieux, les urubus, les chiens… On ne parle que de ça !… Comment la nouvelle s'est-elle répandue ?… Fábia hausse les épaules. Comme les nouvelles se répandent toujours : le garçon s'est confié à quelqu'un ou bien il a demandé un renseignement qu'il croyait anodin mais, comme tout le monde connaît tout le monde, rien, ici, n'est jamais anodin ! En tout cas il arrive…

Que vas-tu mettre, Luíza ?… Comment vas-tu le recevoir ?

Luíza ne croit pas que le nouveau chef d'Acari vienne lui rendre visite… Allons donc !… C'est une blague qu'on lui fait. Un des types qu'elle a éconduits cherche à se venger, il a raconté des bobards à Fábia et cette gourde a marché. La malheureuse gobe tout ce qu'on lui raconte !

Immobile près de la porte comme si elle n'osait entrer plus avant dans la pièce maintenant que son amie est donnée pour la favorite de la favela, Fábia se tient raide, intimidée. La bouche entrouverte, elle fixe Luíza de ses yeux ronds, inexpressifs.

Dieu qu'elle a l'air bête parfois... Si niaise, hein Fábia...

Pourquoi viendrait-il chez elle ? En vertu de quoi l'aurait-il choisie ? Comment diable ce garçon inconnu a-t-il eu vent de l'existence de Luíza alors que des centaines de *gatas* superbes croisent, nuit et jour, dans les ruelles de la favela ?

Fábia l'ignore. À dire vrai, elle ne sait pas grand-chose... Personne, d'ailleurs, ne sait rien et c'est cela qui rend cette affaire follement excitante ! Il y a là quelque chose d'étrange, de surnaturel ! Tu ne crois pas... Comme un dessein mystérieux !

Et cette gourde de Fábia lève les yeux au plafond comme si Dieu en personne se tenait sur la terrasse...

Luíza embrasse les fesses parfumées du bébé. « Regarde ! » elle s'exclame, « regarde-moi ce gros-là !... On dirait un jeune cochon... Un joli petit cochon, pas vrai ? »

Elle retourne le bébé sur le dos, lui embrasse le ventre. Le bébé gazouille des trilles aigus, se tortille, saoul de volupté.

« Dépêche-toi », s'impatiente Fábia, « il doit être au bout de la rue ! » Elle sort sur le balcon, se penche de tout son buste par-dessus le muret. Il lui semble deviner du remue-ménage à l'autre bout du *beco*.

« Hâte-toi ! » elle souffle.

Luíza finit d'habiller le bébé. Elle l'embrasse encore : dans le cou, sur le front, puis elle le passe à Fábia qui le prend dans ses bras tandis que Luíza réfléchit à ce qu'elle va mettre au cas, hautement improbable, où ce fameux chef viendrait la visiter. Comme dit sa mère, il faut se préparer à tout : même à l'imprévisible !

Luíza fait passer sa robe de coton par-dessus sa tête. En culotte et soutien-gorge, elle se considère d'un œil critique dans le morceau de miroir cassé que Coelho a fixé sur le mur avec des clous tordus en guise de crochet. Elle pivote sur elle-même, se tord le cou pour regarder ses fesses. Les fesses ça va ! Elle est plutôt contente de ses fesses. Lorsqu'elle se balade dans les ruelles, les garçons se retournent sur son passage. Les garçons adorent les jolies fesses : pleines, rondes, charnues sans être grosses ! Elle emprisonne sa taille dans ses mains pour s'assurer de sa finesse, elle flatte ses hanches. Les hanches ça va, les cuisses aussi, mais le ventre…

Luíza pince la bouche, fronce les sourcils, le nez. Le ventre ça n'est pas tout à fait ça, hein Fábia !… C'est lui, là : ce gros dodu qui lui a fait ce pli… Elle tire sur la peau de son ventre, encore légèrement distendue, fait une grimace au bébé qui roule des yeux ronds. « C'est moche, non ? » elle s'inquiète.

Fábia secoue la tête : elle donnerait dix ans de sa vie pour être roulée comme Luíza ! Avoir le visage régulier de Luíza, ses traits fins, sa chevelure épaisse, luxuriante, son teint doré… Mais le Seigneur en a décidé autrement ! Parfois elle lui en veut. Elle ne se gêne pas, d'ailleurs, pour le lui reprocher ! Dis, Seigneur, tu as vu le derrière que tu m'as refilé ?… Tu pousses un peu, Seigneur !… Et ce nez en pied de marmite !… Je suis pauvre, métisse, analphabète… Pourquoi t'acharnes-tu, pourquoi m'accables-tu !…

À coup sûr, un des ascendants de Fábia a commis un énorme péché dont elle expie encore la faute… Salaud d'ancêtre !

« Dépêche-toi ! » elle insiste. « Je te dis qu'il est là ! »

La semaine prochaine, Luíza commencera la gym pour retendre tout ça ! Depuis le temps qu'elle se promet de s'y mettre… Coelho mort, elle n'avait plus de raison de s'occuper d'elle-même, mais elle est jeune encore, n'est-ce pas Fábia ?

Sa culotte blanche, qui souligne le hâle sucré de sa peau, est trop sage, non ?… Certes, un peu de dentelle festonne le pubis mais c'est une culotte de ménagère. On ne reçoit pas un type du calibre de celui qui s'annonce dans une culotte insipide comme celle-là. Il lui faut du linge plus spectaculaire, plus sexy…

Elle se souvient du lit avec Coelho et une chaleur soudaine lui embrase le ventre…

Elle fouille la commode aux tiroirs de guingois dans laquelle elle serre son linge intime. Elle saisit la culotte noire, d'une finesse arachnéenne, que Coelho lui a offerte la veille du jour où il s'est fait amocher, si bien que le pauvre ne s'en est délecté qu'une nuit et encore… Il ne s'était guère montré vaillant cette nuit-là ! Trop de poudre, trop de bière, de *cachaça*…

Coelho n'était pas un type raisonnable !

Luíza plaque la culotte noire sur son ventre, du doigt elle suit le contour du cœur en petites perles de strass noir, brodé à l'endroit du pubis. « Qu'en penses-tu ? » elle demande.

Fábia fait une grimace de perplexité. À franchement parler, elle ne porterait pas une culotte de ce genre mais elle n'a pas été, comme Luíza, la maîtresse attitrée d'un homme du crime… Luíza sait mieux qu'elle ce qui plaît aux bandits !

On dirait que le bébé fixe la culotte en bavant. « Qu'en penses-tu ? » s'amuse Luíza. « Tu vois maman là-dedans ? » Le bébé gigote, on dirait qu'il tape dans ses mains comme s'il applaudissait.

Luíza passe dans le cagibi qui tient lieu de salle de bains. Lorsqu'elle revient dans la pièce, elle a passé le cadeau de Coelho et virevolte sur la pointe des pieds, s'offrant au regard de génisse de cette pauvre Fábia.

Du bruit monte de la ruelle. Est-ce lui qui arrive ?

Luíza pousse Fábia vers la porte, le bébé dans les bras.

« Tu me raconteras ? » implore Fábia.

Mais oui elle lui racontera ! Lui a-t-elle jamais caché quoi que ce soit ?…

Fábia partie, Luíza ôte son soutien-gorge et enfile vivement sa petite jupe moulante noire qu'elle remet depuis peu, elle retire quelques grains de poussière accrochés au tissu, lisse son derrière en s'assurant, d'un coup d'œil dans le miroir, que sa culotte ne marque pas. Elle passe un chemisier soyeux, bleu clair, dont elle ouvre les boutons supérieurs pour mettre en valeur le renflement de sa poitrine et tire un trait de rouge sur ses lèvres : un rouge vif, incandescent, qui ne bave pas sous les baisers. Un rouge américain de première ! C'est Coelho qui le lui a offert. Il l'avait fait acheter par quelqu'un dans une boutique de la Cité. Chaque cadeau de Coelho était censé lui faire oublier un écart. Une nuit avec Paula, une étreinte avec Ester, une danse très appuyée avec

Cisca… Si bien qu'elle pourrait mettre un prénom sur chacun des présents de son amant défunt.

Pauvre Coelho ! Y a-t-il suffisamment de femmes au paradis ? Tourne les yeux, Coelho ! Oublie-moi un moment, veux-tu ?… Il se trouve que j'ai à faire !

Elle ne va tout de même pas porter son veuvage jusqu'à la ménopause !

Fais donc un tour dans les étoiles, *querido* ! Sors… va prendre l'air sur la Voie lactée !

On entend clairement des voix sous ses fenêtres. Luíza se rend sur le balcon, elle se penche sur la ruelle. Un homme, dont elle n'aperçoit que la chevelure crépue coupée très court, se tient en sentinelle près de la porte d'entrée. Un autre bloque la ruelle vers le bas. Dans l'autre sens Fábia s'éloigne, le bébé dans les bras, se détournant constamment pour tâcher de voir ce qui se passe. Elle va se casser la gueule, Seigneur ! Elle va tomber et le bébé sera cassé !… Veille sur mon bébé, Seigneur…

On entend des pas dans l'escalier. Des pas légers… Le cœur de Luíza s'emballe, il tape comme une machine folle…

Le voilà ! À quoi, à qui ressemble-t-il ? Elle espère qu'il est beau, jeune, bien balancé, mais s'il est moche et vieillissant elle le prendra quand même ! Un chef de bande, c'est un très gros morceau ! Les filles d'Acari donneraient cher pour être à sa place ! Même Fábia, qui pose à la vertu, ne cracherait pas dans la soupe.

Si elle avait eu davantage de temps pour s'apprêter, si cette super-cruche de Fábia l'avait prévenue plus tôt, elle lui aurait sorti le grand jeu… Un peu de rimmel sur les cils, des ongles laqués de frais… Heureusement qu'elle s'est épilée le matin même !

Elle déteste les poils qui pointent aux aisselles, ça ne fait pas soigné. Elle aime quand c'est net, lisse, impeccable ! Ellc file à la tablette sur laquelle sont rangés ses produits de toilette et saupoudre ses aisselles, magnifiquement glabres, de talc parfumé.

Les pas s'arrêtent devant sa porte. Il ne se passe rien ; pourtant, à l'ombre pesant sur le rai de lumière qui s'allonge sous la porte, Luíza sait qu'il est là.

Que fait-il ce crétin ?... Frappe, allons ! Qu'attends-tu ?...

Lorsque, enfin, il toque deux coups secs, elle crie « Qui est là ? » d'une voix ingénue qui se voudrait surprise, puis elle fait sauter la targette qu'elle a posée elle-même en attendant de faire changer la porte, déchiquetée par les impacts de balles, et de se payer, à l'occasion, une vraie serrure solide. Elle ouvre en grand et recule aussitôt de plusieurs pas. Comme toujours, en fin d'après-midi, le soleil bas lui tape en plein visage, si bien qu'elle a beau porter sa main en visière pour protéger ses yeux, elle ne devine qu'une silhouette sombre, énigmatique. « Entre », elle l'invite, soulignant son offre de la main, « donne-toi la peine... »

Elle n'est pas dans la robe de coton à travers laquelle le soleil découpait son corps en ombre chinoise, mais c'est elle, c'est bien elle ! Emerson se sent soudainement timide, il redevient le jeune homme gauche et vierge qu'il avait oublié. « *Oí* », il bafouille. « Comment ça va ? »

Il se sent stupide. Il n'avait pas envisagé cette visite ainsi... À dire vrai, il l'avait rêvée ! Dans son rêve, il n'était pas nécessaire de grimper les escaliers ni de frapper à la porte. Ça se passait comme au cinéma ; comme dans un film dont il n'aurait retenu que les gros plans : la bouche de la fille contre la sienne, son corps cambré, offert, et lui sur elle les yeux clos.

Elle minaude qu'elle va bien puis elle passe dans le dos d'Emerson pour repousser le battant de la porte et éteindre cette lumière trop vive qui l'aveugle. Elle revient face à lui et attend.

Que dire ?... Il ne sait pas... Il n'a rien préparé... Dans son rêve, il n'était pas non plus nécessaire de parler.

« Je... », il hasarde, avant de s'interrompre aussitôt. Je quoi, Emerson ?... Je voudrais te baiser ?... Car c'est bien de cela qu'il s'agit, n'est-ce pas ?

Elle lui sourit, surprise de sa timidité, de sa gaucherie. « Oui ?... », elle murmure, penchant la tête sur le côté pour éviter de le regarder trop en face, lui montrer qu'elle est prête à le suivre, à l'accompagner là où il désirera l'entraîner...

« Je me sens sale ! » lâche Emerson.

Luíza le regarde, ahurie. Elle ne s'attendait pas à ça ! S'il s'était précipité sur elle pour déchirer ses vêtements, s'il l'avait basculée sur le lit, elle n'aurait pas aimé mais ça ne l'aurait pas franchement étonnée de la part d'un type qui vient de prendre la favela les armes à la main, tandis que cet aveu étrange la déconcerte. Elle étouffe un petit rire. Si elle raconte ça à Fábia, elle ne la croira pas, et pourtant...

Le rire de Luíza cingle Emerson. Il est persuadé qu'elle se fiche de lui car, franchement, il y a de quoi... « On m'a dit que tu avais une bonne douche », il coupe, avec une certaine dureté pour montrer qu'il n'apprécie guère qu'on se moque de lui.

Luíza ne rit plus. Elle pense qu'elle s'est trompée. Cette conne de Fábia a compris de travers ! Il est venu chez elle parce que quelqu'un le lui a envoyé. Pour se venger sans doute…

Elle lui montre le cagibi dans lequel Coelho a fait installer une vraie douche, avec un chauffe-eau électrique chromé sur le pommeau. « *Faz favor* », elle sourit.

Elle a du linge pour le sécher : une grande serviette-éponge blanche. Est-ce qu'il veut de cette grande serviette ? Emerson acquiesce. Il acquiescerait à tout pourvu qu'à la fin, elle se roule avec lui dans le lit, mais on n'en est pas là, n'est-ce pas *meu amigo* ! On en est loin, *querido* !…

Luíza déploie la serviette pour lui montrer comme elle est grande, elle la lui tend et puis elle reste là, bras ballants. Qu'est-ce qu'elle attend ? Elle croit qu'il va se déshabiller devant elle, se mettre à poil devant une inconnue ?

« Où est le bébé ? » il demande.

Brusquement Luíza se souvient. Elle se rappelle l'ombre atterrissant sur son balcon, la fusillade, le mort allongé sur le seuil… Elle scrute le visage d'Emerson. C'était lui… C'est bien lui… Elle n'avait pas enregistré ses traits, ne gardant en mémoire que son expression tendue, déterminée, qui l'avait terrifiée, mais maintenant que la peur est passée, le visage revient : la figure d'un guerrier triomphant, encore adolescent. Et le voilà chez elle, demandant à se laver de quatre jours de combats.

Luíza se sent humide, chaude…

Si elle s'abandonnait, si elle s'étendait sur le lit, remontait sa jupe sur ses hanches, s'offrant à son étreinte, attendant, sans un mot, qu'il la prenne…

Elle doit faire un effort pour ne pas trahir le trouble qui la fiche à l'envers.

« Le bébé est là », elle dit, d'une voix qui tremble, « enfin il n'est pas là… » Elle l'a confié à une amie qui vient tout juste de l'emmener chez elle.

Emerson hoche la tête. Si le bébé est chez une amie, c'est mieux.

« Tu es chez toi », elle dit encore, « fais comme chez toi… » Elle lui tourne le dos pour épargner la pudeur du garçon et fait mine de s'occuper à ranger la chambre. Tandis qu'elle retape le lit, Emerson se déshabille maladroitement, il se glisse dans le réduit.

Le ruissellement de l'eau sur son corps l'apaise. Elle emporte la poussière, les nuits sans sommeil, la fureur des combats, la lassitude qui plombe les muscles et embrume la cervelle. Dieu qu'il avait besoin de cette douche ! En sortant de là, il sera un homme neuf !

Il reste immobile un long moment, le visage levé vers le pommeau. Il ne pense plus à la fille ni au rêve qui l'a conduit dans cette baraque, il pense à la douche qu'ils avaient là-haut, à Paranoá, qui coulait beaucoup plus abondamment que celle-là. C'était la douche la plus magnifique qu'il ait jamais eue, même si elle n'avait pas de chauffe-eau électrique… Sa mère mériterait une douche convenable au lieu du filet misérable qui sourd au bec du tuyau blanc.

Il la lui offrira.

Je te paierai une douche, *mãe* ! Une douche superbe !

S'il le faut, il fera construire une caisse à eau pour qu'il y ait suffisamment de pression…

Le savon est dans une petite coupe de plastique translucide posée sur le bord du lavabo, près du cagibi. Lorsque Emerson s'étire pour l'attraper, il surprend le reflet de la fille dans le bout de miroir accroché au mur. Elle a cessé de retaper le lit. Elle est debout, immobile.

Elle contemple le long corps mince d'Emerson, le fin relief de ses muscles qui paraissent gravés dans sa peau fine, dorée. Le corps de Coelho était très différent : râblé, avec des muscles ronds qu'il aimait à faire saillir pour exhiber sa force. Le torse de Coelho était couvert de poils courts, tirebouchonnés, et celui-là est aussi glabre que ses propres aisselles.

Son sexe est chaud, elle le sent... Son sexe qui n'a plus joui depuis la mort de Coelho et l'arrivée du bébé... Son corps entier est affamé de caresses.

Elle croise le regard d'Emerson dans la glace. Le garçon voit la bouche entrouverte de Luíza, ses yeux perdus de désir et il comprend que le moment est venu d'aller à elle.

Il bande ! Seigneur qu'il bande fort !

Il coupe l'eau, sort du cagibi. Luíza vient à sa rencontre. Il l'attire contre lui, l'embrasse, malaxe ses seins avec une vigueur maladroite, s'empêtrant dans les boutons du chemisier soyeux. Elle le laisse se débrouiller avec ses seins, avec le reste, grimaçant un peu lorsque la poigne d'Emerson froisse sa chair un peu trop fort...

Elle est molle dans ses bras, cambrée... Lorsqu'il la lâche pour s'occuper du fermoir de sa jupe qui lui résiste, elle s'abat sur le lit et reste inerte, les habits et le corps en désordre. Il remonte le vêtement sur ses cuisses pleines, rondes : des cuisses qu'il a envie de mordre tellement elles sont appétissantes, il découvre la culotte noire, arachnéenne, sur laquelle de petites rondelles de strass dessinent un cœur posé sur sa toison qui se résume à un trait, large, coupé au carré, dans le prolongement des bourrelets de chair brune qui festonnent à la jointure des cuisses.

Il se jette sur elle, il ôte la culotte avec difficulté, avec agacement car le tissu trop délicat se roule, glisse difficilement sur la chair tendre, la chair succulente de Luíza.

Elle ne bouge pas, savourant son inertie, la sensation ambiguë d'être prise et de s'offrir à un homme inconnu qui va pénétrer jusqu'au fond de son ventre : là où c'est fertile !

Leur étreinte ne dure pas longtemps mais c'est souvent ainsi avec les jeunes hommes. Ils bandent si facilement que ça n'a guère d'importance.

Luíza se colle contre le flanc du garçon qui s'est endormi tout de suite après une jouissance brève et violente dont il a paru surpris. Après avoir éjaculé il s'est retiré vivement du ventre de Luíza comme s'il redoutait de rester pris en elle comme ces chiens que se collent dans la rue, et que les gosses rouent de coups, il s'est allongé sur le dos, a gardé les yeux ouverts durant quelques minutes puis sa tête a roulé sur le côté et il s'est endormi.

Il a l'air épuisé, *tadinho* !

En appui sur un coude, Luíza contemple son amant.

Du bout du doigt, elle suit l'arrête de son nez, le contour de ses lèvres… Dieu qu'il a l'air vulnérable…

Sa visite est-elle un caprice de vainqueur ou bien le prélude d'une liaison durable ?…

Avec Coelho, elle a vécu les attentes insupportables des nuits où il ne rentrait pas, les nuits interminables lorsqu'elle le savait dans d'autres bras, dans un autre ventre que le sien parce qu'un homme du crime qui se respecte se doit d'entretenir une poignée de maîtresses qu'il comble de cadeaux... Coelho l'a cognée, quelquefois, lorsqu'elle lui envoyait avec trop de véhémence sa jalousie à la figure mais, dans l'ensemble, elle n'a pas eu à se plaindre de ses coups...

Elle a connu la peur à l'époque où les ruelles d'Acari résonnaient presque chaque nuit du fracas des règlements de comptes... Elle a connu le deuil alors que le bébé gigotait déjà dans son ventre gonflé à éclater.

Est-ce qu'elle vivra la même chose avec celui-là ?

Bien sûr ! Que crois-tu, ma fille ?... Qu'il est un employé de banque ? Qu'il gérera ses affaires en bon père de famille et rentrera chaque soir à la maison ?

Le doigt de Luíza descend le long du torse d'Emerson, il descend, descend encore... Ce qui est magnifique avec les jeunes types c'est que la caresse d'une mouche suffit à leur donner la trique ! Oui, une mouche passe au ras de leur bite et elle se dresse aussitôt : dure comme un bout de bois !

Le corps de Luíza est tiède, souple, il est plein de rondeurs, de creux, de fentes... Le corps de Luíza est divers ! Il y a du doux, du moelleux aux nichons, aux fesses, au ventre, et puis du dur aux ongles, aux cheveux ; il y a le dur des os qu'Emerson sent sous la paume de ses mains lorsqu'il l'empoigne aux hanches pour affermir sa prise !

C'est cette richesse, cette abondance éblouissante qu'Emerson avait pressentie quand le soleil radiographiait Luíza dans sa robe de coton.

Emerson soupire, s'étire voluptueusement. Il resterait des heures avec elle, la caressant à pleines mains, la léchant, lui mordillant les tétons, la baisant encore et encore jusqu'à ce que sa bite épuisée exsude la dernière goutte de son jus…

Tu vivrais bien ainsi, pas vrai garçon, couché couchant avec cette fille que ce sacré soleil t'a fichue sous le nez avec une lumineuse évidence !

Oui, il resterait la nuit entière, et le jour suivant… Une semaine, le temps de se remettre…

Mais la vie n'attend pas, Emerson ! La vie file vite, si vite ! Lève-toi, garçon, tes hommes attendent, ils piaffent déjà !

Un moment encore, juste un moment, le temps de faire l'amour une dernière fois…

Qui sait ce que demain réserve…

Demain il sera peut-être jambon !

Il a droit à une ultime étreinte ! Il est un guerrier, *poxa* ! Ce corps, infiniment voluptueux, qui s'allonge sous lui, ces jambes qui se nouent autour de ses reins, ces cheveux qu'il empoigne à pleines mains, auxquels il s'agrippe pour la pénétrer jusqu'à la garde, il les a mérités, *cara* !

Tu dois remettre la machine en route, Emerson ! Ça urge, mon grand ! Tu baiseras plus tard, autant que tu voudras, mais maintenant ça suffit ! Il te faut trouver le fric avec lequel tu dois payer tous ceux à qui tu as fait des promesses… Les épiciers qui ont apporté la bière, la viande, les *pastéis* !

Emerson n'a pas fait le compte de ce qu'il doit mais, à coup sûr, c'est un sacré paquet d'argent !

Il n'est pas nécessaire de tout payer d'un coup, Emerson ! Si tu fais régner l'ordre dans la favela, si tu parviens à imposer une paix durable, une paix vraie et non pas de façade, une paix équitable, favorable aux affaires, les commerçants te revaudront ça.

Dans l'immédiat, il faut payer les hommes, leur prouver qu'ils ne se sont pas battus pour rien, qu'ils n'ont pas risqué leur peau pour des nèfles, pour un type égoïste qui ne pense qu'à lui…

La fidélité s'achète, comme le reste, Emerson le sait…

Les hommes de Valente, ceux de Castor, les troupes du Vermelho, du Terceiro ne parlent que de ça : la *grana* ! Le *dinheiro* qu'ils gagnent dans le négoce. *O negócio !*

Au lieu de fourgonner cette fille avec ta bite qui n'en peut plus, il te faut rouvrir les *bocas,* Emerson ! Il faut que la vente reprenne, et rapidement ! Il ne reste plus rien des stocks de Maluco ! Durant la guerre, ses hommes s'en sont mis plein le nez, les gérants ont volé ce qui restait. Ne leur en veux pas, garçon ! Ici, la vie marche ainsi : on est volé, on vole, on sauve sa peau si on peut…

Descends du ventre de cette *gata*, Emerson ! Va voir les fournisseurs, passe commande ! Ils demanderont des garanties. Emerson n'en a pas mais il paraît qu'un des types de l'équipe de Maluco est coutumier des attaques de banques. Il en compterait une bonne dizaine ! C'est un expert, paraît-il, des attaques de fourgons.

Laisse cette fille, Emerson. Entends comme elle gémit à chacun de tes coups de reins ! Elle ne s'envolera pas ! Elle est à toi maintenant !

Va voir ce type, Emerson, monte une opération !

35

Lorsqu'elle émerge du puits de l'escalier, Carmelita cherche l'otage du regard. Il se tient près de la fenêtre obturée par des planches mais il n'est pas, comme la veille, assis sur le matelas plié en deux pour lire plus commodément : il est debout, entièrement nu.

Les yeux fermés, les traits crispés dans une grimace de gosse redoutant que le savon ne lui pique les yeux, il brandit au-dessus de sa tête barbouillée de mousse un tuyau de plastique d'où coule un filet d'eau. Le bruit des gouttes qui s'écrasent sur le ciment avec un bruit claquant l'a probablement empêché d'entendre l'arrivée de Carmelita.

La surprise passée, elle éprouve un sentiment de honte, comme si c'était elle qui s'était débrouillée pour surprendre la nudité de l'otage. C'est absurde, elle le sait, mais elle ne peut se défendre de ce trouble soudain qui l'englue, la submerge, l'empêchant d'avancer. Elle reste en équilibre sur sa marche d'escalier : interdite, confuse, pensant qu'elle est idiote de se laisser intimider par le spectacle de cet homme qui se lave, nu dans la pénombre de cette pièce aride.

Les parois de l'édicule où les femmes de la *fa-*

zenda Caruaru prenaient leur douche étaient sans cesse percées par des adolescents ou même des hommes faits qui venaient s'y rincer l'œil avec une obstination de mules. Avant de pénétrer dans le réduit, la plupart des femmes cueillaient une branche d'arbuste dont elles se servaient pour colmater les trous de voyeurs.

Carmelita aimait accompagner sa mère à la douche de fin d'après-midi. Elle y apprenait un rituel compliqué et savant dont elle était persuadée qu'il lui ouvrait le monde des adultes.

Vingt-cinq ans plus tard, elle respecte toujours l'ordre que sa mère lui a enseigné. D'abord, elle savonne une à une et vigoureusement toutes les parties de son corps : le cou, les épaules, les bras, la poitrine, le ventre, les jambes, et enfin les pieds auxquels sa mère recommandait de consacrer beaucoup d'attention car, professait-elle sentencieusement, ils valaient autant et même davantage qu'une auto, un bus ou une charrette... Si Carmelita voulait qu'ils lui fassent toute sa vie, elle devait les bichonner comme un trésor !...

Elle se souvient des *cosquinhas* dont la taquinait sa mère, d'elle qui se tortillait en gloussant : « *Pára mãe !* Arrête... », roucoulant des trilles aigus.

Après quoi, sa mère se frictionnait les fesses, le haut de ses cuisses, les hanches, avec un bout d'écorce pour raffermir tout ça, puis elle lavait sa culotte en se pinçant les lèvres tellement elle frottait fort, et Carmelita faisait pareil. Elle fait toujours pareil !

Un jour, elle avait vu bouger puis tomber le bout de bois qui bouchait un trou foré dans la paroi à hauteur de son visage d'enfant. Un œil était apparu dans l'ouverture : un œil mûr, un œil adulte qui l'avait terrifiée. Avec le temps, cet œil a encore grossi. Maintenant il lui paraît énorme, malveillant. Un œil qui fouillait sans vergogne le charnu du corps des femmes, épluchait leur intimité avec une avidité rapace. Carmelita avait crié et sa mère avait vivement plaqué sa main sur l'orifice. Si ce salaud recommençait à les mater, avait-elle menacé, elle lui crèverait son putain d'œil avec une longue aiguille !

Personne n'avait répondu.

Elles n'avaient même pas entendu le type s'enfuir et ce silence les avait glacées comme si ce gros œil inquisiteur n'appartenait pas à quelqu'un mais se baladait tout seul, flottant dans l'air chaud de la fin de journée comme une bête monstrueuse : un de ces parasites mortels qui pénètrent la peau et circulent dans les veines, distillant leur poison, bouffant ici et là en attendant de dégoter le cœur…

Privée de soleil depuis longtemps, la peau de l'otage est d'un jaune terne, éteint. L'ombre du maillot de bain lui dessine un caleçon livide. La tige courbe de son sexe émerge d'une touffe de poils poivre et sel collés par l'humidité en mèches filandreuses.

Carmelita pense à se racler la gorge pour révéler sa présence mais elle a peur de se sentir bête et puis, il est trop tard… Elle est là maintenant ! Redescendre les marches en essayant de ne pas faire de bruit ?… Retourner, honteuse, dans les profondeurs de la maison…

Tu n'es plus une enfant, Carmelita !

Elle est une femme faite et elle ne bouge pas, observant ce corps d'homme nu avec un mélange de plaisir et de gêne… Ce qu'elle savoure, ce n'est pas l'attirance de la chair mais le sentiment grisant de surprendre l'intimité de l'otage, de découvrir dans ce corps dévoilé une vérité secrète.

La maigreur efflanquée de l'homme exprime le tourment de sa captivité. Sous la peau un peu flasque, comme s'il avait maigri trop vite, on devine une musculature dans laquelle se lit de la fatigue, une certaine usure... Carmelita éprouve une tendresse émue pour ce corps un peu las, si vulnérable, si désarmé...

Dieu qu'il est loin de ces corps qu'elle a désirés, qui l'ont fait jouir... Dieu que cet homme est loin de Ricardo le paveur, à la carrure de brute, de Ciro, de Pitta...

Le sexe de l'otage a grossi, il s'est allongé dans un début d'érection... L'homme présente toujours son visage à l'eau qui coule du tuyau, il garde les yeux fermés mais Carmelita sait, intuitivement, qu'il a deviné sa présence. Oui, il sent qu'elle est là, qu'elle le regarde, immobile, hypnotisée par cette nudité inattendue, et ça le fait bander.

Bien qu'il soit prisonnier, que la mort rôde sans relâche autour de lui, bien que certains soirs elle remplisse le cachot de sa présence lourde, envahissante, ce regard de femme qui se pose sur lui le trouble et il durcit.

Carmelita se demande si c'est pour elle qu'il durcit ou bien s'il durcirait de même pour n'importe quelle autre femme parce qu'il est sevré de sexe depuis longtemps.

Lorsqu'ils sont en rut, la plupart des types sont peu regardants : n'importe quelle femelle complaisante fait l'affaire !

Celui-là est-il de cet acabit ?... Est-il homme à baiser la première qui lui ouvre son ventre ?

Si Alair, si la grosse Lygia étaient là, à la place de Carmelita, banderait-il tout pareil en sentant leur regard lui effleurer la bite ?

Oublie Alair, Carmelita, oublie la grosse Lygia… Vous êtes seuls ! Il n'y a que vous ici. Les autres sont de l'autre côté des murs, ils sont en bas : loin, loin… Dans les tréfonds obscurs de la baraque, ils rissolent en enfer… Oublie-les, ma grande !

Oui, à coup sûr, l'otage sait qu'elle est là ! Il le sait depuis qu'elle a posé le pied sur la première marche ! Peut-être même a-t-il attendu qu'elle grimpe l'escalier pour se déshabiller ?…

Il connaît ta présence, ma fille, et ça lui fait de l'effet on dirait !

Le sexe de l'homme palpite, gonflant, se dressant puis retombant au rythme du désir qui va et vient. Il grossit, il s'allonge lorsqu'il pense : elle est là, immobile, elle ne s'en va pas ! Elle ne s'enfuit pas, elle me regarde, elle me reluque, Seigneur !

La veille, tandis qu'il dévorait son *vatapá*, encore imprégné de l'atmosphère du roman dont il avait peiné à interrompre la lecture, il avait brusquement pris conscience de la présence physique de Carmelita.

Que s'était-il passé ?

Avait-elle eu un geste, avait-elle dit quelque chose qui l'avait tiré de sa torpeur rêveuse ? Il ne sait pas. En tout cas hier, pour la première fois il a perçu la féminité du corps de Carmelita ! Elle était à la fenêtre : cassée en deux, tentant d'apercevoir quelque chose par une fente entre les planches qui barricadent l'ouverture, elle lui présentait le charnu de ses fesses sans en avoir conscience…

Depuis, il n'a cessé de penser au cul de Carmelita !

Sa nuit a été longue d'une torture cuisante, sans répit. Dans les ténèbres, dans la noirceur à rôtir qui régnait dans cette pièce aussi dépouillée qu'un caveau, il imaginait le ventre de Carmelita, sa fourche crépue, sa chatte aux lèvres roses… Il a imaginé ses seins, ses mains à lui sur ces seins plantureux, fermes, dont il s'est souvenu d'avoir deviné les bouts érigés sous la maille du tricot…

Dans l'obscurité sonore de cette nuit sèche et poussiéreuse, il pensait aux seins de Carmelita comme à des fruits inimaginables ! Il avait envie de les pétrir, de s'en goinfrer, Seigneur, avec les doigts, la bouche, avec la paume des mains, de fourrer sa bite entre les rondeurs jumelles de ces nichons moelleux !

Une dernière fois avant que son monde ne devienne définitivement noir, avant que sa propre chair ne tourne en jus putride…

Il a attendu la venue de Carmelita avec cette impatience brûlante qui le dévorait quand il avait vingt ans, que son sexe s'enflammait pour un regard, un bout de peau entrevu, pour un creux sombre, plus suggéré qu'aperçu… Il retrouvait cette frénésie de la chair qui le possédait à l'époque où son gland n'était qu'un bout de phosphore, sa bite une grosse allumette qui menaçait à tout instant de s'embraser…

Et maintenant elle est là, en haut de l'escalier, elle ne s'enfuit pas, ne bouge pas, elle attend !

L'otage ouvre les yeux, il observe Carmelita à travers l'eau qui coule sur son visage comme si elle tissait un rideau derrière lequel il s'abrite.

Ils restent ainsi un long moment, incapables de bouger, de rompre cette tension qui les unit l'un à l'autre. Carmelita sent son souffle haletant qui dessèche ses lèvres, elle mesure la distance qui la sépare de l'homme. Elle voudrait que le temps se bloque, que rien ne bouge, que tout reste ainsi : figé, brûlant et glacé !

Enfin l'homme casse le tuyau dans son poing, il serre la bague qui coupe l'arrivée d'eau et le laisse tomber au sol. Il fait signe à Carmelita d'approcher.

Elle sent son cœur qui cogne, menaçant de tout démolir dans sa poitrine. Pourquoi veut-il qu'elle s'approche de son corps ruisselant, que fera-t-il, que se passera-t-il lorsqu'elle sera à sa portée ?

L'homme écarte les bras. Il l'appelle : « Viens… », il chuchote, « viens… », ordonnant à demi, suppliant à demi.

Elle va à lui, lentement, comme un automate. Ses oreilles bourdonnent si fort !… Elle sent le feu sur son visage !

L'homme fait un pas vers elle.

Il veut te prendre dans ses bras, Carmelita.

La brique des murs est à vif… le béton du sol est souillé… le matelas de mousse gît dans un coin… En bas, il y a des types en armes…

« Viens », bafouille l'otage, « viens… »

Il n'y a nulle part où aller, nul endroit où se rendre pour échapper à cette saleté, à cette misère dont la violence suinte de partout.

L'homme bafouille encore : « Viens… viens !… »

Carmelita attrape la serviette de toilette qui pend, accrochée à une brisure de la brique, elle la lui tend avec autorité.

L'otage fait signe qu'il n'en veut pas. Il fixe Carmelita avec une expression douloureuse, il l'implore de ne pas l'abandonner ainsi : avec ce désir, prêt à gicler, qui l'a tourmenté la nuit entière à cause d'elle, de son corps de femme qui lui est apparu soudain !

Carmelita lui met la serviette dans les mains. « Qu'est-ce que tu fais ?… qu'attends-tu ?… » Elle le gronde, comme elle gronderait Beto. « Sèche-toi, habille-toi ! »

La fermeté de la voix de Carmelita, la résolution que l'otage lit sur son visage disent qu'elle ne cédera pas.

Tandis qu'il serre le linge autour de ses reins, l'homme baisse la tête. Carmelita le sent vaincu, épuisé par cette nuit d'insomnie, par ce désir qu'il a ruminé follement, se tordant sur son semblant de matelas comme un poisson jeté vivant dans une poêle à frire.

Elle le guide, comme un impotent, jusqu'à la caisse de bière renversée qui lui sert de table.

L'otage s'assoit lourdement : accablé, la tête basse, les épaules basses.

Carmelita dispose la nappe, la bouteille d'eau fraîche, le verre, elle remplit l'assiette de la *bacalhoada* odorante qu'elle a préparée, là-bas, dans sa baraque de Querozene et qu'elle lui a apportée comme un présent, elle pousse l'assiette vers l'otage. « Mange… », elle ordonne, « n'attends pas !… »

L'homme conserve une immobilité têtue : il n'a pas envie de manger, il a envie de baiser !… De baiser avec elle ! Toute la nuit il n'a pensé qu'à ça, il n'a pensé qu'à elle !

« Regarde », elle dit, « lève la tête et regarde autour de toi ! »

Elle montre les murs, le sol, la fenêtre barricadée. L'homme hésite avant d'accompagner son geste.

« Alors ? » elle interroge.

L'otage soupire, il hausse les épaules.

L'endroit est sordide, il le sait mieux que quiconque, mais demain sera-t-il encore vivant ?

Carmelita fronce les sourcils : nul ne sait ce que sera le monde demain !… La baraque sera-t-elle encore debout ? Peut-être que la mer aura noyé la Baía… Qui sait ?

« Mange ! » elle insiste. « N'attends pas que ça soit froid ! »

Il fait la tête, il boude, ignorant la *bacalhoada.*

« Tu me fais du chantage ?… » s'étonne Carmelita. « Tu es bête ! » elle se moque. « *Senhor Deus* qu'il est bête !… sens-moi ça ! » Elle porte l'assiette de *bacalhoada* jusqu'au nez de l'otage, comme elle faisait avec Beto lorsque, par caprice, il refusait de manger.

Le fumet qui monte du plat chatouille les narines de l'homme, sa résolution faiblit à vue d'œil. Ça sent bon… Seigneur que ça sent bon !…

Elle le voit qui avale sa salive mais il se cramponne comme il peut à sa résolution. Tout ce que Carmelita lui prépare sent bon… Tout ce qu'elle cuisine est délicieux… mais aujourd'hui, ce n'est pas à la nourriture qu'il pense…

Il sait les murs pourris, le sol dégueulasse, il sait les types qui rotent leur bière, en bas, vautrés sur le canapé de skaï, leur flingue à portée de main !

Il sait tout, *puta merda* !…

D'un coup de cuiller vengeur et dérisoire, il tranche une pomme de terre en deux.

Depuis des semaines, il vit nuit et jour dans cette misère ! Est-ce que les pauvres ne baisent pas dans la misère ?… Malgré la misère ?

« Tu n'es pas pauvre... », objecte doucement Carmelita.

Ouais, il grogne, il n'est pas pauvre, mais aujourd'hui, il se sent pire que pauvre ! Il est prisonnier et il a envie de baiser !

Il charge un bout de morue dans sa cuiller et se met à manger avec voracité.

Carmelita le regarde se goinfrer. Elle a le sentiment que c'est elle qu'il mange, qu'il l'étreint, la mastique... Chaque fois qu'il lèche le jus sur ses doigts, elle sent la langue, la bouche de l'homme sur sa peau !

La caisse de bière ne permet pas à l'otage de loger ses jambes confortablement. Pour s'approcher suffisamment de l'assiette, il doit écarter les genoux et se pencher loin en avant. À chaque fois qu'il se baisse, son pagne improvisé remonte jusqu'à mi-cuisse. Il ne s'en soucie guère mais ce vide qui se creuse entre ses cuisses trouble Carmelita.

Elle a besoin de rompre le silence, d'oublier cette béance qui l'obsède.

« Parle-moi de ta vie », elle dit, « parle-moi de la *construtora*... »

L'otage lui jette un regard étonné.

« La *construtora* ? » Pourquoi diable parler de ça ?

« Elle est restée là-haut ! » il dit, avec un geste du bras qui pourrait aussi bien indiquer la direction de la Chine ! « Laisse-la où elle est ! »

La *construtora* est exactement le genre d'affaire dans laquelle il s'était juré de ne jamais mettre les pieds ! La plupart de ses collègues de l'école d'architecture auraient donné sans hésiter une année de leur vie pour occuper le poste que lui avait offert Seu Zuenir avant de claquer dans son hamac ! Les soirs de beuverie dans les bars et les bordels de Lapa, les types de sa bande imaginaient des projets inouïs. Ciro bâtissait des cathédrales chimériques à côté desquelles la Metropolitana faisait figure d'un gros pot de fleurs minable. Mário se promettait d'éclipser le pont du Golden Gate. Petrônio, le petit Petrônio, noiraud, maigre comme un clou, projetait, en toute simplicité, des immeubles qui se tiendraient la tête en bas !

À chaque fois, les autres sursautaient.

La tête en bas, Petrônio ? Qu'entends-tu par un immeuble la tête en bas ?

Petrônio répondait imperturbablement que, pour le moment, il n'entendait rien encore mais, un jour ou l'autre, Dieu lui soufflerait la solution et alors, on verrait ce qu'on verrait, foi de Petrônio !

À quoi l'otage rêvait-il ?

Lui, il aurait voulu être quelqu'un dans le genre de Palladio... Ça se nouait un peu dans leur tête, à vrai dire, mais quelle que soit leur ambition, aucun d'entre eux ne déclarait vouloir, avant tout, gagner de l'argent.

Est-ce qu'il était rock ? se demande Carmelita. Est-ce que c'était ça la vie rock plus que fumer la *maconha*, se lever à midi ?...

À chaque fois que l'homme se penche en avant pour aller cueillir une feuille de couve, une tomate, un morceau de pomme de terre, il tire involontairement sur le bord de la serviette.

Elle va se dénouer, c'est sûr, elle glissera sur ses hanches et la question se posera une nouvelle fois.

La question..., Carmelita ? Quelle question, ma fille ?

La question !

Celle qui la tourmente elle aussi… Celle qui taraude les gens : tous les gens avant qu'ils ne soient vieux et ne se débarrassent enfin, une bonne fois pour toutes, de cette bête étrange qui gigote en eux, qui se réveille tout d'un coup, sans qu'ils sachent pourquoi, cette bête bizarre du sexe qui rend fou…

Lorsqu'elle était gosse, à Caruaru, Carmelita avait été réveillée une nuit parce qu'un homme s'exhibait, à poil, sur le toit de la *fazenda*. Il avait escaladé une remise, personne n'avait compris comment, puis il avait sauté, comme un singe au long corps glabre, sur le bâtiment principal. Accroupi sur la faîtière, il hurlait en balançant les bras.

Tout le monde était sorti et s'était installé, comme au spectacle, pour voir comment on allait faire descendre ce cinglé de là-haut. Seu Celso, le *fazendeiro,* était arrivé, de mauvaise humeur, son gros fusil à la main. Il avait tiré en l'air, à plusieurs reprises, espérant que le fou prendrait peur, mais si le malheureux craignait quelque chose, ça n'était pas les balles que tirait l'arme du patron !

Confiant la capture du pauvre diable au régisseur et à ses aides, Seu Celso avait ordonné que tout le monde rentre chez soi.

L'homme, sans histoire jusque-là, avait disparu quelque temps puis il était revenu à Caruaru, il avait repris son emploi de conducteur de tracteur comme si rien n'était arrivé, mais pour tout le personnel de la *fazenda* il était devenu à jamais « Montre-Quéquette », le fou qui courait à poil sur les toits parce qu'une femme, à ce qu'on racontait, s'était refusée à lui au tout dernier moment !

« Tu connais les maisons de Zanini ? » demande l'otage. Il a, sur le visage, une expression de doute car il est convaincu qu'une signature d'architecte ne signifie rien pour quelqu'un comme Carmelita.

Pourtant elle hoche la tête. L'une des maîtresses qu'elle a servies sur le lac Nord habitait une vaste maison construite par ce type dont l'otage vient de citer le nom.

« Zanini ! » il répète, le visage illuminé, n'y croyant qu'à moitié.

Une grande maison dont la pièce principale, immense, ressemblait à une de ces huttes d'Indiens de l'Amazonie. En levant les yeux, on voyait la charpente et les tuiles du toit.

L'otage sourit largement, il hoche la tête avec conviction.

« Ça, c'est Zanini ! »

Il s'était pris de passion pour cet autodidacte qui avait réussi là où lui-même avait échoué. Zanini dessinait des maison étranges, des maisons qui ressemblaient davantage à des sculptures qu'à des endroits à vivre, mais il créait…

L'otage s'était consacré exclusivement à la construction des villas Zanini sur laquelle la *construtora* ne gagnait rigoureusement rien. Rosamaria n'avait pas compris sa dévotion, l'accusant de perdre son temps à des bêtises…

« Des bêtises, tu te rends compte ! »

Leur couple était allé ainsi : de malentendu en dispute, d'incompréhension en querelle, il avait fini par dessiner la gueule noire du Beretta en buvant du whisky, le soir, dans son bureau de la *construtora* où tout le monde lui reprochait son inutilité.

« Tu crois qu'elle va payer ? » Il ricane. « Tu paierais, toi, si tu étais à sa place ? »

Il la regarde gravement. Dans ses yeux, elle lit l'angoisse qui le tourmente mais la serviette de toilette s'est dénouée, au moindre mouvement elle glissera sur ses hanches.

Carmelita se lève d'un coup de reins.

« Adieu ! » elle jette, en s'élançant dans l'escalier. Tandis qu'elle dégringole les marches, elle l'entend qui continue à crier.

« Non, tu ne paierais pas !… Personne ne paiera ! »

36

Il voulait lui parler seul à seul et il a attendu l'occasion durant deux jours ! En vain…

Depuis qu'Emerson est le chef tout-puissant d'Acari, un monde fou tourne autour de lui. Comme des mouches !… Bzzzzzzzzzz… *Emerson querido*, Bzzzz… Bzzzzzzz. *Emerson meu amor*, je voudrais ci, je voudrais ça… Bzzzzzzzzz… Bzzzzzz.

Des mouches ! Un essaim de mouches à viande !

Chacun cherche à se faire valoir en mettant en avant un passé, une réputation… Lui-même, d'ailleurs, souhaitait rappeler à Emerson qu'il avait été l'exécuteur des basses œuvres de Kenedi… Un caïd de favela a besoin d'un homme de sa trempe : un type de confiance à qui il souffle, à voix basse parce que personne ne doit surprendre le secret : viens par ici, Cinquante-Deux !

Dis-moi, tu connais Clodomiro ?… Le grand qui boite : Clodomiro, tu sais qui je veux dire !… Bon, écoute : tu me débarrasses de ce type… Tu me fais ça discrètement, proprement. Pas d'embrouille, on est d'accord ?… Je ne veux pas qu'on retrouve quoi que ce soit ! Il disparaît, il s'évanouit comme de la fumée de cigarette…

D'autre fois, Kenedi entendait que ça se sache ! Alors Cinquante-Deux devait couper des têtes ou bien débiter un corps en morceaux qu'il s'en allait éparpiller sur les plages à bord de son vieux Fusca bleu layette : un pied à Copacabana, un bras à Leblon, une guibolle à Ipanema, les couilles à São Conrado, pour révulser les riches…

Les gens imaginent que c'est marrant de jouer au Petit Poucet avec de la bidoche humaine, mais ça n'est pas marrant du tout ! Découper un type ou piquer une tête au bout d'un bâton n'a jamais amusé Cinquante-Deux ! Maintenant, avec le matériel moderne, ça va : une douzaine de coups de tronçonneuse et c'est fait, mais avant, quand il n'avait qu'un coutelas ou une machette pour se taper le boulot, pardon !

Bzzzzzzz et Bzzzzzz, ils sont des dizaines à tourner, virevolter…

Ça se tassera… Emerson fera le tri mais ce qu'il avait à lui dire n'attendait pas. Emerson l'a tenu à distance, donnant la priorité aux autres, plus jeunes, plus adroits… moins compromis avec Kenedi.

Dommage, Emerson… Grand dommage…

Chacun y va de son lot de serments, de promesses… Beaucoup flattent honteusement le jeune homme pour lui faire oublier qu'ils l'ont combattu…

Cet imbécile de Jacó glande à droite et à gauche. Il met son nez un peu partout, cherchant sa place, sans grand succès jusqu'à présent. Mooca est aux affaires. Emerson lui a confié la création de deux nouvelles *bocas de fumo*. Maintenant qu'il doit faire tourner la boutique, Emerson a besoin d'argent, et vite !

Ce salaud de Mooca doit s'en mettre plein les poches !

Au début, ça révoltait Cinquante-Deux de voir ces jeunes types lui passer devant dans la course au fric, à la notoriété, mais, avec le temps, il en a pris son parti. D'ailleurs ce Mooca, on le retrouvera un de ces jours percé de la tête aux pieds. Tous ceux que Cinquante-Deux a vus flamber, tout ces gamins qui se croyaient invincibles se sont retrouvés jambons !

Ça met du baume au cœur, hein Cinquante-Deux… Tous ces cadavres au brillant avenir, ces beaux garçons en pleine santé qu'on découvre, la paillasse trouée ! Ça console, pas vrai ?…

Tu crois qu'Emerson finira ainsi ?

Lui est différent. On le dirait à cheval sur deux mondes : celui du crime et celui des affaires ordinaires. Des fois, Cinquante-Deux se surprend à penser qu'Emerson ira loin parce qu'il est le plus moderne de tous les chefs de favelas qu'il ait connu à ce jour…

Pour constituer sa trésorerie, Emerson a décliné les propositions du spécialiste des attaques de fourgon, et de l'humble avis de Cinquante-Deux, Emerson a foutrement bien fait car ce type ne lui disait rien qui vaille. Attaquer une *feijoada* la fourchette à la main, partir, le gosier en avant, à l'assaut d'une bouteille de *cachaça*, ça d'accord : ça lui allait comme un gant !

Mais un fourgon blindé de transport de fonds…

Pour chercher l'argent dont il avait besoin pour remettre le commerce en route, Emerson avait préféré se rendre chez Valente et Cinquante-Deux avait dû insister lourdement pour faire partie de la délégation qui avait grimpé les pentes du Morro Santos Rodrigues, le fief de Valente.

Emerson avait réduit sa garde à quelques hommes : l'inévitable Baiano, qui ne quitte plus son idole d'une semelle, les poches de son bermuda gonflées de grappes de grenades ; Ferrinho, qui revendique le titre de chef de la garde prétorienne ; Isaías, l'ancien lieutenant de Maluco, et Pitta, l'ex-adjoint de Kenedi, histoire de montrer à Valente qu'Emerson a réellement la situation en main, et c'est tout.

Lorsque Cinquante-Deux s'était joint à eux d'autorité, il avait vu dans le regard d'Emerson que celui-ci était sur le point de le chasser. Emerson le soupçonne d'espionner pour le compte de Kenedi. Tant qu'Emerson aura des doutes, Cinquante-Deux sera banni des cercles du pouvoir, mais patience...

Patience, garçon...

Par les trous percés dans le journal dont il s'est couvert le visage comme un ivrogne qui chercherait à s'abriter du soleil pour dormir un moment, Cinquante-Deux surveille la rue.

Il est trop tôt encore : Kenedi ne se hasarderait pas hors de la maison en début de matinée, mais comme on ne sait jamais, Cinquante-Deux ouvre l'œil et le bon comme rabâchait Áurea, sa première femme, qui hurlait, hors d'elle, dix fois dans la journée : « Attention, Cinquante-Deux, j'ouvre l'œil, et le bon ! »

Il faut dire, à la décharge de cette garce, qu'il reprenait en douce l'argent qu'il lui avait donné.

Cinquante-Deux ricane en silence.

Convaincue qu'il ne le trouverait pas, cette conne cachait le fric dans les toilettes. Il avait suffi de deux jours à Cinquante-Deux et de quelques ruses bien ficelées pour dénicher la planque !

Cette salope est retournée dans son Nordeste… Grand bien lui fasse ! À l'heure qu'il est, elle arpente la *caatinga* une machette à la main, beuglant comme une vache : « Garez-vous, les serpents, j'ouvre l'œil et le bon ! »

Tu parles…

Les serpents se foutent pas mal de ses menaces ! Ils s'aiguisent les crochets à l'ombre d'un buisson et lorsqu'ils les auront bien affilés, lorsque leur venin sera un pur élixir vénéneux : *craaaac !*

Ils ont intérêt à bien viser, à lui planter ça en plein dans une veine parce qu'elle est foutrement costaud ! Pour supporter un type comme lui, il fallait qu'elle soit costaud !

N'est-ce pas, Áurea ?…

Ne rentre pas à Rio, ma grande ! Reste là-bas, sur les terres sèches ! On est bien mieux qu'ici, tu sais… Tu ne bouffes rien, tu t'emmerdes à crever, mais on te fiche la paix, alors qu'ici…

Hier, à plusieurs reprises des gens se sont approchés, croyant qu'il était mort. Un chien a même profité d'un moment d'inattention pour lui pisser dessus ! Une de ces saloperies de petits clébards qui gueulent frénétiquement lorsqu'il arrive, vers six heures du matin, et se couche le long du mur de l'église pour la journée entière, sans bouffer et sans boire… Ils sautent, les cons, comme s'ils comptaient passer pardessus la grille ! Cinquante-Deux a toujours peur que l'un d'eux ne se faufile dans l'entrebâillement d'un portail et ne vienne lui bouffer une guibolle, ou les couilles ! La plupart des gens qui habitent le coin dressent leurs clébards à bouffer les couilles des inconnus, en tout cas, il a entendu un type se vanter de ça au bar du Portugais qui donne sur la place Santos Lima où il est allé boire un *cafezinho* le premier jour de son repérage.

Quand il en aura terminé, il reviendra une dernière fois et distribuera de la viande bien faisandée, de la belle viande odorante, à tous les clebs de la rue. Il balancera sa bidoche par-dessus les grilles et s'en ira en rigolant sous cape à l'idée que ces putains de charognes se tordent par terre en bavant comme s'ils avaient bouffé un paquet de lessive, aboyant à la mort ! À juste titre, pour une fois !

Demain, il entamera sa seconde semaine et il ne sait toujours pas combien de temps ça durera. Ça dépend de la Providence…

Il attend que le Destin lui fasse signe, qu'il lui dise : vas-y, Cinquante-Deux, c'est bon, il est à toi ! Alors il se lèvera, il ira à Kenedi et…

Et quoi Cinquante-Deux ? Que feras-tu ?…

Tu lui diras : salut Kenedi ! On va boire un café ?…

Cinquante-Deux ignore comment il s'y prendra. Il rumine ce casse-tête depuis qu'il est allongé le long de cette église dont il ne connaît pas le nom. Il aurait dû le demander à quelqu'un du voisinage et prier assidûment au lieu de ruminer et de se faire du mouron : sainte Rita, patronne des malheureux et des culs-de-jatte, éclaire-moi !

Kenedi est d'une prudence de chat et c'est pour ça qu'il est encore en vie. Pas pour longtemps, *meu amigo* ! Profite du temps qui te reste, Kenedi : bois, bouffe, baise, jouis autant que tu peux car rien ne prouve qu'il y a de la bière au paradis ! Et ça étonnerait Cinquante-Deux que saint Pierre tolère la *brizola* !

Quant aux filles…

S'il en croit Padre Ruben qui a fait son éducation religieuse, celles qui baguenaudent dans les nuages du paradis sont rigoureusement imbaisables pour la bonne et simple raison qu'elles n'ont rien qui leur permette de baiser… Pas moyen d'enfiler une bite dans leur tirelire car elles n'ont plus de tirelire ! Des fois il demandait : dis, *padre*, comment ça elles n'ont plus de… Tu sais bien, quoi, *padre*…

Le curé prétendait, avec un aplomb à toute épreuve, que la tirelire des filles disparaissait dès qu'elles montaient au ciel pour empêcher les anges de regarder sous leurs jupes !

Cette histoire de tirelire effacée avait longtemps tourmenté Cinquante-Deux. Si la tirelire des filles s'effaçait, qu'arriverait-il à son petit bigoudi ?… Il s'effacerait aussi ?… Qu'aurait-il à la place ?… Un petit robinet ?… Avec ou sans les poils ?… Et son trou du cul, est-ce qu'il serait gommé aussi ?

Si Padre Ruben disait vrai, cela signifiait qu'au paradis on ne bouffait pas, on ne buvait pas, on ne baisait pas… On ne devait pas non plus se bourrer le pif à la *brizola* ! Saint Pierre était un tôlier sinistre ! Tout compte fait, mieux valait descendre chez Satan !

De toute manière, avec la vie qu'il avait menée, une paire de chaussons attendait Cinquante-Deux, près de la grande chaudière, depuis le jour de sa naissance…

Avant d'entrer chez Valente, Emerson avait demandé à ses hommes de déposer leurs armes contre le mur de la baraque. Il avait dû insister pour que Baiano se déleste de ses grenades chéries.

Valente les a reçus au bord de la piscine qu'il a inaugurée le mois passé.

C'est une toute petite piscine : un bassin de dix mètres sur quatre dans lequel il convie les gosses à patauger. Valente est un malin ! Une piscine classe son homme ! D'un bout à l'autre de Rio, tout le monde, le monde du crime s'entend, sait que Valente a fait construire une piscine ouverte aux gosses de la favela.

Valente les a reçus en grand seigneur. Il leur a offert des sièges et a fait apporter une bouteille de whisky importé qu'il a laissée sur la table dans un seau rempli de glace que quelqu'un avait dû faucher au Othon Palace puisque le nom était gravé dans le métal.

Sa chemise largement ouverte laissait voir la chaîne en or, aux maillons épais comme ceux d'une chaîne d'ancre, qui pendait sur sa poitrine. Une bague d'or enserrait chacun de ses doigts, plusieurs gourmettes, de différentes tailles, auxquelles pendaient des médailles pieuses et des colifichets, cerclaient son poignet gauche.

Ce jour-là, Valente exhibait une quincaillerie de première ! Pour recevoir Emerson, il s'était bardé d'or de la tête aux doigts de pied !

Bien qu'il n'eût que trempé les lèvres dans son verre, Emerson avait loué la qualité du whisky de Valente.

Celui-ci était ravi qu'Emerson lui rende visite en premier. Il y voyait une marque de respect, une manière d'allégeance que lui rendait son ancien soldat, et il en concluait qu'il avait barre sur Emerson.

Barre sur Emerson…

Pauvre Valente ! Pauvre couillon de Valente !

À trente-cinq ans, il est déjà un type de l'ancien temps ! Face à Emerson, il faisait vieux avec ses bijoux de ringard !

Emerson a continué de le complimenter sur la piscine, sur les fauteuils de plastique, puis il a dit abruptement pourquoi il était là. Il l'a regardé bien en face, comme s'il le tenait dans les phares de ses yeux bleus, et il a dit : tu sais, Valente, j'ai besoin d'argent. Maintenant, tout de suite !

Valente a fait une grimace amusée. Cet animal d'Emerson était le patron d'Acari depuis une semaine et, déjà, il le tapait… Et pas qu'un peu ! Cent mille reais !

Il n'avait pu se retenir de bondir.

Cent mille ?… Cent contos !… Tu vas bien, Emerson ? Tu veux consulter un médecin ?…

Emerson ne se démontait pas. Cent mille, Valente !… Ou peut-être deux cent mille !

Valente ironisait : on va se rendre ensemble chez le docteur Laerte, *tá* ? On va lui dire : écoute, *doutor*, voilà, la cervelle de mon jeune ami Emerson est complètement dérangée. Le pauvre s'imagine que je vais lui prêter cent mille ou peut-être même deux cent mille reais pour relancer son affaire ! Tu te rends compte, *doutor*…

Il te prescrira quelque chose, tu verras : une pilule de bon sens à midi, deux gouttes de sagesse le soir, avant d'aller au lit…

Valente se moquait franchement et Emerson avait l'air d'apprécier que son ancien boss le raille ainsi, avec la condescendance d'un aîné, d'un type qui a de l'expérience…

Emerson l'a écouté dégoiser encore dix minutes puis il a marmonné, en dodelinant de la tête comme s'il se rendait à raison : je te comprends, Valente... Cent mille reais, ça ne se trouve pas comme ça... Ça fait beaucoup, ça fait énormément de fric à sortir pour quelqu'un dont tu ne sais pas grand-chose, au fond...

J'ai travaillé pour toi mais on ne peut pas dire que tu me connaisses, constatait Emerson.

Et Valente approuvait : il est parfait cet Emerson ! Il comprend tout au quart de tour... C'est vrai ça, je ne le connais pas...

L'ennui, poursuivait Emerson, c'est que je ne peux pas renvoyer mes gars... J'ai trois cents types en armes sur les bras !

Valente a froncé les sourcils. Trois cents, il a répété, incrédule, et Emerson hochait la tête comme un homme bien emmerdé : trois cents ! Valente avait bien entendu. Son groupe, le groupe de Maluco, qui s'était rallié en masse après avoir vu son chef allongé au centre de la place, au milieu des bougies allumées...

On avait raconté à Valente, n'est-ce pas ?... Les bougies, la bière, les cochons de lait qu'Emerson avait fait griller, les *pastéis*... Il sait tout ça ?...

Valente opinait, le visage fermé ! Il savait... Toutes les favelas de Rio étaient au courant. Les *morros*, la Baixada bruissaient de cette histoire ! Même si les autres avaient ignoré l'affaire, lui l'aurait su.

Il s'était redressé dans son fauteuil : Valente sait tout ! Il a des hommes partout !

Alors il savait, n'est-ce pas, l'avait interrompu Emerson, que ses hommes réclamaient de l'argent parce que, après une semaine de combats, ils crevaient toujours la dalle et estimaient le moment venu de toucher leur salaire !

Valente était au courant.

Et tu sais, bien sûr, qu'un imbécile leur a conseillé d'aller se servir chez toi !

Valente a fixé Emerson avec un mélange de haine et de terreur. Cet abruti comprenait enfin qu'il s'était trompé jusqu'à l'os ! Emerson : ce blanc-bec d'Emerson ne lui demandait pas de l'argent, il l'exigeait !

Tu imagines trois cents types qui monteraient à l'assaut : là, maintenant, dis, Valente !… Tu n'es pas prêt, n'est-ce pas ? Il te faudrait au moins deux ou trois jours pour rassembler une troupe suffisante !

Valente était terreux.

Prête-moi donc ces cent mille reais, ronronnait Emerson. Seulement cent mille, j'irai chercher le reste chez nos amis alentour. Vas-y, va !… Envoie quelqu'un, n'attends pas ! Si je redescendais sans cette somme, ils seraient tous tellement déçus qu'ils grimperaient aussitôt te faire la peau !

Valente avait payé.

La caution en poche, Emerson avait tapé Castor, Zezão, Orlando.

Ils avaient aussi payé.

À force de coucher des heures et des heures sur ce ciment de ses fesses, Cinquante-Deux a les hanches en compote, mais il accepte la douleur comme il accepte l'odeur de pisse qui monte avec la chaleur, la soif qui lui met le palais en feu, les aboiements des chiens qui lui fichent la trouille même s'il sait qu'ils sont enfermés derrière des grilles, il accepte aussi le manque d'alcool qui, par moments, lui durcit le dos à crier.

Cinquante Deux dédie ses souffrances à Dieu, ou, plus exactement, à la Providence. Car c'est elle qui lui a offert ce rendez-vous ! Sans la Providence il n'aurait pas surpris ce conciliabule de crapules à la Candelária.

Obrigado Senhor Deus ! Obrigado... Merci du fond du cœur...

Cinquante-Deux ne prie guère mais ce jour-là, il en avait besoin comme rarement il en avait eu besoin. Fúlvia l'avait quitté !

Lorsqu'il était entré chez lui, non seulement la baraque était vide mais elle était nettoyée. Il ne restait rien ! Pas une assiette, pas un verre, pas une seule pièce de vaisselle, pas un meuble. Elle avait tout emporté. Les fringues de Cinquante-Deux étaient jetées dans un coin comme un tas de vieilles nippes repoussantes.

Il avait déniché la bouteille de *cachaça* qu'il gardait toujours en réserve dans une cache du mur, il s'était assis par terre et il avait bu au goulot. Il avait bu en pensant à la solitude qui l'attend et qui durera jusqu'à la fin de ses jours s'il ne retrouve pas rapidement une position dans le crime. Car c'est pour cela que Fúlvia l'a laissé !

Lorsqu'elle a appris qu'il n'était rien dans l'organisation d'Emerson, elle a jugé que Cinquante-Deux était foutu. On ne rebâtit pas une carrière la cinquantaine bien entamée.

Attends un peu, Fúlvia ! Attends deux ou trois semaines encore, et tu verras ! Tu reviendras ventre à terre, tu me lècheras les pieds, tu me lècheras tout ce que je voudrai que tu me lèches pour te reprendre, mais ne compte pas là-dessus ! Compte plutôt sur un coup de trique ! Un bon coup de trique sur ta jolie gueule de *gata* !

Car cette garce était belle ! Oh oui, *Senhor Deus,* qu'elle était belle… Fúlvia était la plus chouette *gata* qu'il se soit jamais tapée. Il l'avait eue toute jeune ! Elle venait de débarquer de sa cambrousse lorsqu'il l'avait rencontrée !

Elle arrivait de Paragominas, un bled perdu dans le nord du Pará. Il fallait quitter la BR010 et prendre à droite une de ces pistes de terre rouge qui s'enfoncent dans la forêt. Lasse de crever de faim, toute la famille avait émigré à la favela de Chapadão où était déjà installé un de leurs cousins. Le père, la mère, les treize gosses s'entassaient dans une baraque si petite que voir partir l'aînée avait été un soulagement pour tout le monde, d'autant que Fátima, la cadette, était déjà en âge de remplacer Fúlvia dans les tâches quotidiennes.

Cinquante-Deux aurait bien pris Fátima également mais on ne peut pas tout avoir, pas vrai… Des fois, quand il baisait Fúlvia, il imaginait qu'il se tapait aussi Fátima et ça l'aidait à jouir.

Elle était maigre lorsqu'il l'avait installée chez lui ! Dieu qu'elle était maigrichonne. Lorsqu'elle se tenait debout, pieds joints, il passait sans effort un poing fermé entre ses cuisses, c'est dire si elle n'avait que la peau sur les os ! Il se souvient du balluchon qu'elle avait emporté avec elle ! Une misère… rien de rien… Deux culottes minables, à l'entrejambe décoloré à force d'avoir été frotté, un soutien-gorge informe, un bermuda, un tee-shirt VOTA PFL et deux serviettes hygiéniques pliées dans un bout de journal avec une brosse à dents.

Lorsqu'elle avait fichu le camp de chez lui en pillant la baraque, il lui avait fallu une carriole pour trimbaler le mobilier, la vaisselle, le linge, les vêtements…

Elle avait préparé son coup, la garce ! Il ne retrouvera jamais une fille comme Fúlvia. Jamais, il n'aura pas cette chance !… Jamais ne se reproduira pareil concours de circonstances !

Qui peut jurer de ce qui sera ou ne sera pas, Cinquante-Deux ?

Lui, là-haut, et Lui seul !

La vie, *meu amigo*, est pleine de surprises…

Le soir du départ de Fúlvia, Cinquante-Deux s'était saoulé à mort et, le lendemain, il avait jugé qu'une bonne séance de prière serait le meilleur des remèdes au désespoir et à la gueule de bois.

Il avait hésité entre la Metropolitana et la Candelária. Il s'était décidé pour la seconde car il avait estimé qu'elle appartenait davantage à son monde que la Metropolitana. C'était dans un recoin de l'aile droite de la Candelária que les flics avaient flingué une bonne demi-douzaine de gosses errants qui s'étaient réfugiés là pour dormir. Il n'y avait pas de plaque ni rien qui indiquât l'endroit où ils avaient été exécutés : seulement des traces de calcination de la pierre par les flammes des bougies qu'on avait allumées sur le lieu du massacre, le temps d'oublier, et Dieu sait qu'ici, on oublie vite !

Il était entré et il les avait vus sans y croire tellement sa chance était inconcevable. C'était comme si Dieu en personne lui avait ouvert la porte et lui avait dit : entre, Cinquante-Deux, viens mon grand, j'ai une petite surprise pour toi ! Regarde qui est là !

Ney, Weiner et Kenedi ! Oui…

Ils se tenaient dans la pénombre mais sans se cacher, bavardant à mi-voix. Il était clair qu'il s'agissait d'un rendez-vous de crapules. Il était parfaitement évident que Kenedi balançait quelqu'un aux deux flics, et le type que vendait Kenedi était Emerson. Cinquante-Deux en aurait mis sa main à couper séance tenante ! C'était pour lui annoncer cela qu'il voulait arracher une entrevue à Emerson, pour lui dire : fils, Kenedi te vend à la PM. Maintenant que tu vaux de l'argent, ils vont chercher à te prendre vivant ! Ils te vendront à l'administration pénitentiaire et tu pourriras des années à São Carlos, en payant chaque semaine pour rester en vie !

Emerson n'avait pas réagi. Ou ce garçon n'avait pas de nerfs du tout, ou il n'avait pas cru ce qu'il lui racontait. Prends garde à toi, Emerson ! Laisse-moi faire. Je vais t'en débarrasser, je vais les tuer, Emerson, fais-moi confiance. Je vais les flinguer tous les trois ! J'étais l'exécuteur de Kenedi, souviens-toi ! Un homme efficace, redouté… Demande autour de toi…

Emerson avait fait comme s'il n'entendait pas, puis, au moment où Cinquante-Deux s'éloignait, abattu par l'échec de sa démarche, Emerson avait lancé : que tu assassines Kenedi est une assez bonne idée, mais épargne les deux flics !

Cinquante-Deux avait écarquillé les yeux et Emerson avait ajouté, avec un sourire nonchalant : ces deux-là, on les connaît… On ne saura rien de ceux qui leur succèderont ! Un ennemi n'est jamais aussi dangereux qu'un inconnu… Tu sais ça, toi, Cinquante-Deux !

Et il avait tourné le dos.

Il a raison, *cara* !

Le conciliabule de la Candelária n'avait pas duré longtemps. Kenedi était sorti le premier, Ney et Weiner avaient fait le tour de l'église, puis ils s'en étaient allés à leur tour et l'avaient laissé seul.

Cinquante-Deux avait prié avec ferveur… Notre-Seigneur qui êtes là-haut, Jesus Cristo, toute la clique des saints et demi-saints, Vierge Marie, Santa Barbara… pardonnez-moi mes péchés, mortels et innombrables…

Il pleurait sur les assassinats qu'il avait commis, les mutilations qu'il avait infligées. Il pleurait surtout sur sa solitude, maintenant que cette garce de Fúlvia l'avait laissé tomber, il chialait sur l'inutilité de son petit *pirulito*, tout seul dans son falzar trop grand !

Donne-moi une *gata*, Seigneur… Une petite, bien docile, la dernière… J'en prendrai soin, tu sais… Je serai un mari modèle ! *Sim*, Seigneur… Je ne boirai plus, j'arrêterai de fumer…

Enfin, je ferai mon possible, *tá*…

Il se lamentait sur le vieillard indigent qu'il allait devenir si la Fortune ne se décidait pas à lui faire un sourire…

Mais elle venait de lui sourire !

Putain oui qu'elle lui avait souri ! Il s'était rué hors de la Candelária, il avait annoncé la nouvelle à Emerson, et voilà !

Il caresse le couteau qu'il a scotché sur la face interne de son avant-bras gauche. Ce n'est pas un couteau à vrai dire mais une lame de scie épaisse, affûtée à la meule à l'atelier de mécanique auto qu'a ouvert Gonçalves, Rua da União. Cinquante-Deux a découpé deux planchettes minces qu'il a fixées sur la lame avec du fil de fer, il a enroulé dessus du ruban adhésif marron et il a fabriqué le meilleur coutelas du monde ! Une lame comme celle-là, à la fois solide et souple, traverse n'importe quoi.

Il aperçoit une main, là-bas, qui empoigne les barreaux de la porte de fer. Est-ce lui ?

La porte pivote en grinçant.

C'est lui, c'est Kenedi.

Cinquante-Deux arrache le journal qui lui servait de masque, il se dresse d'un coup de reins, allonge trois pas et gagne l'autre côté de la rue.

Cinquante-Deux se hâte dans le dos de Kenedi qui marche paisiblement. Cet imbécile croit se rendre au bar du Portugais, sur la place Santos Lima, il ignore qu'en vérité, il est parti pour le funérarium !

Kenedi n'est plus qu'à une dizaine de mètres.

« Kenedi ! », appelle Cinquante-Deux. « Kenedi ! »

Kenedi se retourne. Il reconnaît Cinquante-Deux et son visage s'illumine. « *Oi !* » il s'exclame. « Qu'est-ce que tu fiches dans le coin ? »

« Je te cherchais ! » répond Cinquante-Deux.

Kenedi fronce les sourcils comme si quelque chose le turlupinait.

Dans sa main droite, Cinquante-Deux a saisi le manche du couteau, il l'arrache, déchirant le scotch. Il vient sur Kenedi. Lorsque celui-ci aperçoit la lame pointée sur lui, il sait que le moment est arrivé. Toutes ses vieilles peurs lui reviennent et elles s'envolent.

La peur des coups, la peur des blessures par arme blanche, la peur des balles qui perforent, éclatent la chair : tout s'en va !

Kenedi fait face à Cinquante-Deux avec indifférence. Il en a trop vu, a réchappé de trop de coups fourrés pour s'emmerder avec ce connard qui le menace.

Kenedi se casse en deux pour foncer, tête en avant, sur son assassin mais, d'un pas glissé sur le côté, Cinquante-Deux accompagne le mouvement de Kenedi. Malgré son gros ventre, la *cachaça* qu'il s'envoie plus que de raison, malgré les cigarettes, il ploie en souplesse ses jambes courtes, son bras passe en arrondi sous le torse de Kenedi et, d'un seul mouvement, Cinquante-Deux lui plante la lame de son couteau dans le cœur.

Jusqu'à la garde !

Il regarde sa victime tomber : lentement, lourdement, avant que le corps ne s'abatte d'une masse sur le bitume.

Cinquante-Deux est heureux.

Il l'a eu comme il voulait : proprement car c'est quand même Kenedi, *puta merda* ! Un type de poids qu'il a servi dix ans !

37

À travers la vitre de l'autobus, Carmelita aperçoit l'hélicoptère suspendu dans le ciel couvert comme un insecte étrange. Qu'un tel engin reste suspendu en l'air par la seule grâce du gros ventilateur qui tournoie au-dessus de sa carapace de tôles et de ferraille lui a toujours paru miraculeux. Pour rien au monde on ne la ferait grimper là-dedans et pourtant, chaque jour, des essaims d'hélicoptères sillonnent le ciel de Rio.

Que fait celui-là au-dessus de Nova Jerusalem ?… Il ne bouge pas on dirait, il reste sur place comme les colibris qui s'abreuvent au calice des fleurs après l'orage.

Qu'attend-il ?… Un blessé à l'évacuation urgente ou problématique ?

Un hélico se pose pour cueillir un blessé, ma fille ! Tu as vu ça mille fois à la télévision !

Plus le bus s'approche de l'arrêt où Carmelita doit descendre et moins elle aime cet hélico.

Pour autant qu'elle puisse en juger, il se tient au-dessus du *barranco* d'où montait cette fumée noire, épaisse, cette fumée d'incendie qui traçait un point d'exclamation funèbre dans le ciel de Nova Jerusalem, la première fois qu'elle est venue à la maison du *sequestro*.

Que fait-il s'il n'est pas là pour un blessé ?

Tous les hélicoptères qui survolent les favelas font la même chose, ma grande ! Ils traquent les bandits !

Tu ferais mieux de quitter ce bus au prochain arrêt et de rentrer chez toi, tu ne crois pas ?

Oui, elle ferait mieux, mais la porte s'ouvre, le bus s'arrête le temps que monte une femme âgée et Carmelita reste assise. Elle serre contre son ventre la casserole qu'elle apporte à l'otage. Aujourd'hui, poussée par Lygia, elle s'est lancée dans la cuisine *mineira*, dont l'otage lui a avoué qu'elle était sa préférée au temps de ses études d'architecture. Elle a mijoté un *iaiá com ioiô* qui lui a coûté des heures de boulot. Elle est allée acheter la viande chez Jorginho : de la belle viande de vache d'un rouge sombre, profond, de l'ail, des oignons verts, du piment, de la moutarde, une livre de farine de maïs… Elle a haché la viande et elle l'a fait dorer dans l'huile avec l'oignon et le piment, elle a fait mijoter à feu doux. Ça sentait bon… Dieu que ça sentait bon ! La grosse Lygia n'avait pu s'empêcher de goûter une bonne dizaine de fois, enfournant de grosses cuillerées.

Demain Carmelita préparera un *sarrabulho*, elle a déjà passé commande du sang de porc !

Crois-tu que tu reviendras demain, ma fille ? Avec cet hélico accroché au-dessus de la baraque de Sagão ?

Retourne dans ta bicoque, ma grande, invite la grosse Lygia et tapez-vous ensemble ce *iaiá com ioiô* qui promet ! Tu dois bien ça à la grosse Lygia, depuis le temps que tu la sollicites comme si elle était une banque culinaire !

Hein Carmelita !

Ne te préoccupe pas de l'otage : il est sauvé maintenant... Un homme qui a envie de baiser est un homme hors d'affaires, or c'est bel et bien ce qu'il espérait de toi, n'est-ce pas ? C'est bien ce qu'il voulait, pas vrai ?

Elle se rappelle le corps de l'homme ruisselant sous le filet d'eau qui coulait du tuyau, elle se souvient de son sexe qui palpitait pour elle comme un serpent amoureux...

Comment l'accueillera-t-il aujourd'hui ?

Lui réclamera-t-il encore une étreinte ?

Le cœur de Carmelita bat plus fort. Certes, elle voudrait qu'il la désire encore, qu'il la désire toujours mais elle sait aussi que s'il lui fait des avances, elle refusera une nouvelle fois. Comment le prendra-t-il ? Il se fâchera ? Il lui fera la gueule ?

C'est un gentleman, Carmelita, et non pas un de ces types chiens qui sont la proie de leurs désirs. Il a pris note de ton refus, c'est un homme bien élevé, il sait se maîtriser...

Retourner chez elle sans avoir remis ce *iaiá com ioiô* à l'otage lui paraît inconcevable. Elle a besoin qu'il se délecte de ce repas qu'il a attendu le jour durant, qu'il ronronne son plaisir et qu'il la félicite... Oui, qu'il la félicite non pas comme un patron content de son *empregada* mais comme un homme reconnaissant.

Comme un homme qui dit à ses amis : chez moi, je mange comme un roi...

Chez lui, à Nova Jerusalem ? Tu dérailles, Carmelita ! Cette bouffée de désir qui lui embrasait le ventre t'a flambé la cervelle, ma grande ! Pour qui te prends-tu ?... S'il est encore vivant après le dénouement, il retrouvera les siens et tu sais ce qu'il dira de toi ! Dans le meilleur des cas, il te présentera comme la cuisinière et dans le pire comme la *mulher du sequestro* ! À ses yeux tu es et tu seras toujours associée à Sagão, à cette captivité épouvantable dont le tourment le poursuivra jusqu'à son dernier jour. Ce désir qui le dominait hier n'était qu'un désir de circonstance : un désir de *sequestro*…

D'ailleurs vois, regarde ce qui se passe, là-bas, avec cet hélico de malheur.

Dans le rectangle sombre ouvert sur le flanc de l'appareil, éclosent des étincelles !

Ils tirent, Carmelita !

Les flics arrosent la baraque de Sagão depuis l'hélicoptère !

Non, elle pense, oh non…

Va, bus, file, dépêche-toi !

Que feras-tu, Carmelita ? Tu défendras l'otage, seule, contre le déluge de ferraille qui s'abat sur la baraque ?

Elle ne sait pas ce qu'elle fera, mais il faut qu'elle soit là-bas, vite, vite…

Trop tard, ma grande !

S'il doit mourir, c'est fait ! D'ailleurs il n'y a plus d'étincelles, ils ont cessé de tirer !

L'hélicoptère reste en suspension quelques minutes encore puis il vire largement et s'éloigne. Il s'en va mitrailler ailleurs d'autres bandits, d'autres *sequestros*. La ville est truffée de baraques où l'on tient des gens en cage pour extorquer de l'argent.

Que découvrira-t-elle là-bas ? Carmelita le sait : des murs crevés, des gravats, des cadavres, du sang… peu importe, il faut qu'elle aille jusqu'à cette maudite baraque, qu'elle sache si l'otage est vivant ou mort, ce qu'il est advenu de la bande : Sagão, qui avait peut-être fini de dévorer sa main gauche au moment de l'assaut ; Toni, à qui Sagão reprochait de lambiner dans les chiottes ; le petit Jeremias dans son maillot dépenaillé du Flamengo, Valdão, Salguerinho… Qui est mort, qui est vivant ?

Enfin le bus s'arrête à l'endroit habituel. L'hélicoptère a disparu et, durant quelques minutes, alors qu'elle presse le pas sur le chemin, Carmelita tâche de se convaincre qu'elle s'est trompée, qu'elle a fait un rêve éveillé, un sale rêve où il était question d'un hélicoptère dont elle ne voit aucune trace.

Peu avant la maison communautaire aux volets bleus, des voitures de police bloquent le passage. Derrière le barrage, la rue est pleine de monde. Les gens attroupés regardent tous le ciel vers la Rua São José comme s'ils guettaient l'arrivée d'un importantissime aéronaute : un envoyé des anges venu terrasser quelque dragon de favela, ou bien le pape, rappliquant du Vatican sur un nuage express…

Les mains sur la boucle du ceinturon, les jambes écartées dans une attitude martiale, un PM se tient au milieu de la chaussée. Carmelita demande, puis implore le passage, mais l'autre refuse fermement. Elle montre sa casserole qu'elle apporte, prétend-elle, à sa tante âgée, impotente, qui habite plus loin, elle montre la foule rassemblée au pied de la baraque. Ils sont passés eux. Pourquoi pas elle ?

Le PM fait non ! Pas question ! Tout à l'heure c'était différent mais maintenant c'est comme ça ! On ne passe pas, elle ne passe pas !

Il ne sert à rien que Carmelita insiste. Elle recule de quelques pas et attend.

Une sirène se rapproche et, bientôt, apparaît une ambulance. Dans le panache de poussière rouge que soulève le véhicule, on devine plusieurs voitures de télévision. Les équipes se précipitent vers l'homme de la PM. Une jeune femme salue les téléspectateurs en direct avant de planter son micro dans le visage du soldat.

Alors soldat, ce *sequestro* se termine… Qui est là-dedans, dis-moi ! Un gros poisson, n'est-ce pas…

Le cameraman braque l'objectif sur le visage de l'homme. Où en est-on, soldat ? On en a tué quelques-uns, le sang a coulé, il y a de la viande morte à montrer aux amis qui nous regardent, là, de l'autre côté de l'écran ?

Le PM hésite. Il cherche autour de lui quelqu'un à qui demander des directives. Carmelita en profite pour se glisser entre les voitures de police, elle se mêle à l'attroupement.

La foule se tait, elle attend : les morts, les vivants… Il y a toujours à voir dans l'assaut qui termine un *sequestro* ! La cellule où l'otage a vécu ses derniers instants de prisonnier, ou ses derniers instants tout court…

Un type corpulent, vêtu d'un tee-shirt blanc barré du mot *Lubrax* écrit en vert, masque la vue à Carmelita, elle lui tape sur l'épaule. L'homme se retourne pesamment. « Que se passe-t-il », demande-t-elle, « c'est fini ? »

Le type fait passer son cure-dent mâchonné d'un coin à l'autre de sa bouche. Il est arrivé il y a un quart d'heure à peine alors que les flics avaient débarqué depuis un bon moment déjà, il n'a donc pas vu grand-chose mais on dirait que c'est terminé, en effet, ils sont dans la baraque.

La porte, la fameuse porte blindée que les hommes de Sagão avaient bricolée, la hérissant de clous, a été arrachée. Elle ne tient plus que par un gond tordu et pend sur le côté comme une oreille arrachée. Le haut des murs est constellé d'impacts et l'un des coins de la baraque manque.

« Il y a un tas de monde là-dedans ! » marmonne le type au tee-shirt Lubrax. Les hommes de la Criminelle sont là, ceux de la PM, d'autres types en civil dont on se demande ce qu'ils fichent ici. Il y a même une femme qui est entrée en dernier : « Une blonde, un peu *gordinha* mais bien appétissante ! » ricane le type. Il paraît que c'est un juge !

L'homme n'a jamais vu de juge, ni de près ni de loin, alors il ne sait pas si ce qu'on dit est vrai. C'est peut-être une bourgeoise en mal de sensations qui a profité de relations haut placées pour venir se rincer l'œil avec les policiers…

Il y a du mouvement dans la baraque.

On devine des ombres qui s'agitent dans ce corridor obscur que Carmelita a emprunté si souvent avec le sentiment de se jeter dans la gueule du crime. C'est un civil qui gesticule, il retourne sur ses pas, disparaît, revient, puis il se campe sur le seuil et fait signe à l'ambulance de fendre la foule et d'avancer jusqu'à lui.

Carmelita peine à respirer.

L'ambulance se range, le cul au ras de la baraque. Un type en blouse blanche ouvre les battants en grand et le civil qui semble diriger les opérations fait signe vers l'intérieur de la maison que c'est bon ! Ils peuvent y aller. Qu'ils le sortent en faisant attention à ne pas déconner parce que la presse est là, *tá* !…

Les équipes de télé, les photographes se fraient bruyamment un chemin dans la foule : Globo, TV Bandeirante, TV Record… d'autres, dont Carmelita ne connaît pas le logo… Ils braquent leurs caméras comme des bazookas et les filles, les types cramponnés à leur micro dégoisent à toute vitesse, comme s'ils commentaient l'arrivée d'une course : la Grande Course au Drame, le Grand Prix Tragique de Rio de Janeiro ! *Ao vivo, queridos*… Avec le sang pas encore sec, les larmes toutes mouillées.

Carmelita se signe d'une main tremblante. *Nossa Senhora da Penha*, elle prie, merci *Nossa Senhora*.

Ce n'est pas l'otage qui est allongé dans la caisse de métal oblongue que portent quatre hommes de la PM, mais le petit Jeremias, dans son éternelle chemise du Flamengo. Il paraît minuscule, *tadinho* ! Son teint cireux, sa bouche à demi ouverte dans un rictus figé disent qu'il est mort depuis un bout de temps. Alors que les brancardiers s'apprêtent à enfourner le corps dans l'ambulance, la presse gueule qu'elle n'a rien vu. Elle n'a rien vu, *puta merda* ! Qu'est-ce que c'est que ce bordel, *poxa* ! Qu'on leur donne le temps de travailler !

Les soldats s'immobilisent le temps que les caméras dévisagent le mort.

Les blessures ?… Où sont les blessures ?…

Jeremias est touché au cou, à la poitrine, il a reçu une rafale dans le dos… L'homme en civil fait signe que ça suffit : il y en a d'autres, les télés auront de quoi faire, les photographes aussi qui se démènent comme de gros cafards fous ! Les ambulanciers rangent la caisse où gît le petit Jeremias sur le plancher du fourgon tandis que les soldats retournent à l'intérieur de la baraque.

« Ils l'ont flingué ! » marmonne le type au tee-shirt blanc. « Ils n'allaient pas s'emmerder avec un petit bandit comme ça, alors ils l'ont exécuté ! »

Déjà on sort un autre corps. Celui-là c'est Valdão ! Une rumeur accueille ce nouveau mort dont le visage est tourné vers la foule. On dirait qu'un sourire désolé flotte sur ses lèvres entrouvertes comme s'il regrettait, *post mortem*, de s'être mêlé d'une affaire lamentable. Les ambulanciers glissent la boîte de Valdão à côté de celle de Jeremias et l'ambulance s'en va. Une autre vient se ranger aussitôt à sa place.

Celui qu'on sort maintenant c'est Salguerinho. Il a tellement morflé qu'on a emballé le corps dans une de ces housses blanches qu'on voit de plus en plus souvent, maintenant, à la télévision. Une touffe de cheveux noirs émerge dans le haut de la fermeture à glissière. Elle dit : voilà, c'est moi, Salguerinho... Le Salguerinho que vous avez connu n'est plus ! Me voilà tourné fantôme, me voilà viré spectre de plastique... Mais attention, les gars, ne faites pas les marioles : n'oubliez pas qu'un de ces jours je vous rendrai visite, ma housse sous le bras !

Toni, qui s'attardait aux chiottes, est étendu sur un brancard. Un infirmier ou un docteur, brandissant à bout de bras au-dessus de sa tête le flacon d'une perfusion, accompagne le brancard. « C'est un jambon ! » ricane le voisin de Carmelita. « Regarde-le... il est déjà tout raide ! » Et il est vrai que Toni ne semble pas dans son assiette ! Il a l'air fichtrement parti le pauvre ! Hein Toni !... Tu n'es plus là, mon grand ! Tu n'es plus parmi nous...

Toutes ces balles, ces morceaux de ferraille qu'il a reçus dans le ventre, dans la poitrine, dans le cul, ça fatigue, *sabe*... Ça barbouille méchamment !

Ce n'est pas le jambon que soigne ce docteur de ses fesses, ricane l'homme au tee-shirt Lubrax, c'est l'image de la police… Celle des pouvoirs publics… C'est l'autorité qu'on bichonne…

Ces connards enlèvent l'un d'entre vous, ils nous tirent dessus, et malgré ça on les soigne, voilà ce que signifie cette perfusion brandie comme une oriflamme… On n'est pas bon, dites… Osez prétendre, maintenant, que la police n'est pas la crème de la nation… Ce bandit-là est mort mais on le soigne quand même ! N'est-ce pas admirable ?… C'est la démocratie, *querido* !

La vraie démocratie c'est soigner tout pareil les morts et les vivants !

Encadré par deux hommes portant le gilet noir de la police criminelle, Sagão avance tête baissée. Il est menotté dans le dos et c'est un *delegado* qui ouvre le chemin jusqu'au fourgon cellulaire pour bien montrer que celui-là est le chef de la *quadrilha*.

La foule hurle sa haine, son horreur.

L'animal s'est salement fait cogner ! Des traces de coups marquent son visage. Elles sont encore discrètes mais demain, si Sagão est toujours en vie, sa figure sera un masque de terreur comme on voit à la télévision. Oui, demain, Sagão fera une gueule de mort vivant, une de ces gueules de détraqué qui, la nuit venue, hantent les bois d'Amérique, une tronçonneuse à la main, pour découper vivantes les femmes solitaires…

À moins que les créanciers de Sagão ne le laissent tomber, qu'ils n'avisent les flics que ce type, ce Sagão qu'ils ont pris à Nova Jerusalem, c'est une chèvre, *cara* ! Fini, lessivé, ruiné jusqu'à la fin de ses jours parce que avec l'ardoise qu'il traîne au cul, ce con est incapable de se refaire !

À quoi bon garder cet abruti, hein *delegado* ! Laisse-le-nous ! On va faire un exemple, une démonstration pédagogique à l'adresse de nos amis criminels. On lui fera subir le traitement de choc qu'on réserve aux irresponsables de son espèce et on exposera ses restes avec l'avis suivant : amis bandits, voilà le châtiment de ceux qui doublent le Vermelho !

Avant de boucler Sagão dans le fourgon, le *delegado* l'offre en pâture aux télés durant quelques minutes. Les micros se tendent vers son visage tuméfié, les caméras moulinent.

D'où viens-tu, qui es-tu ? C'est ton premier *sequestro* ?

Sagão hoche la tête : c'est son premier *sequestro*. Il vient d'un bled de l'intérieur, São Joa dos Loucos, au fin fond du Ceará…

Si on lui laisse le temps, il expliquera tout ce qu'on voudra, mais il faut le garder en vie, *tá*. Ce *sequestro* a été formidable…

Les gens de la télé exultent : ce Sagão est génial ! Bien plus génial que ce connard de Flavinho, le dernier *sequestrador* qui s'est fait prendre et qui n'a pas moufté, qui leur a même craché à la gueule le salaud, mais il est vrai qu'il n'était pas foutu comme celui-là !

Le civil fait signe que ça suffit et les deux flics de la Criminelle obligent Sagão à grimper à l'arrière du fourgon cellulaire. On voit son visage tuméfié s'encadrer brièvement dans la fenêtre grillagée puis disparaître d'un coup comme si quelqu'un l'avait tiré en arrière ou l'avait fait tomber au sol en le frappant aux reins.

On devine un dernier groupe au fond du corridor, qui s'apprête à sortir. La foule murmure : c'est lui, c'est l'otage.

Carmelita se hausse sur la pointe des pieds.

Oui c'est lui, c'est bien lui qui se présente sur le seuil dans son vieux polo bleu, il est indemne. De la main, il écarte les micros qui se tendent vers lui, il baisse la tête, ne présentant aux caméras que sa chevelure blanche. Il refuse de répondre à la presse et se hâte vers une Mercedes noire aux vitres fumées, arrivée sans que quiconque y prenne garde. Lorsqu'il s'engouffre dans la voiture, Carmelita aperçoit son visage un instant. On dirait qu'il sourit.

Il n'a pas vu Carmelita, ne l'a pas cherchée du regard, ne serait-ce qu'une seconde, et elle en éprouve une terrible déception, le sentiment que maintenant qu'il est libre, elle est hors de sa vie. Elle se sent méprisée, victime d'une injustice.

Le *delegado*, puis la juge, Ana Maria quelque chose, un colonel de la PM, racontent l'assaut, les péripéties de la traque. Carmelita s'en moque. Elle se réjouit qu'il soit vivant sans parvenir à être heureuse.

Personne ne l'attend désormais. Elle va renter chez elle, dans sa baraque de Querozene, elle offrira le *iaiá com ioiô* à la grosse Lygia et la regardera s'empiffrer car, franchement, elle ne se sent guère d'appétit.

Carmelita est sur le point de faire demi-tour lorsque le jeune flic qui l'a délivrée de l'ivrogne qui la brutalisait à l'arrêt du bus apparaît sur le seuil. Il l'a vue, il se précipite vers elle ! Carmelita se faufile dans la foule, bousculant des femmes qui protestent et l'engueulent. Elle ne va pas loin. Deux hommes de la Criminelle lui barrent le passage. Le jeune homme la rejoint, il plaque Carmelita contre le mur de la maison aux volets bleus.

Carmelita suffoque. Elle entend : *a mulher do sequestro*, sans savoir si quelqu'un a réellement prononcé cette phrase ou si c'est la peur qui la lui a soufflée, la peur d'être embarquée avec les criminels devant les caméras de télévision, sous les regards de Beto, de Sandra, de sa grosse sœur Benedita…

« Tu t'en vas ? » s'étonne le jeune flic. « Tu nous lâches, Carmelita ? »

Il la tient solidement par le bras, souriant avec ironie.

Elle sent ses jambes qui faiblissent et se demande par quel miracle elle ne s'affale pas dans la poussière.

« Carmelita da Cruz », il ajoute, avec une espèce de jouissance à dire son nom en entier, à lui montrer qu'il connaît son identité. Elle hoche la tête. Oui, elle est Carmelita da Cruz.

Elle vient du Distrito Federal. Le visage du jeune flic est si près du sien qu'elle sent son haleine parfumée au Mentex. « Tu étais la cuisinière du *sequestro*, pas vrai ? »

Elle ouvre les yeux, elle le regarde. C'est vrai qu'il ressemble à Zé. Il a sur le visage ce même air de jeunesse, cette même détermination d'archange que rien n'arrête.

Elle a cuisiné pour l'otage, c'est vrai.

C'est à Zé, à la mémoire de Zé, au souvenir de Zé qu'elle s'abandonne. Elle remet sa vie entre ses mains.

« Il paraît que tu es bonne cuisinière !… »

L'homme l'a lâchée. Elle ne sent plus sa poigne enserrant son biceps. Les deux autres flics sont partis.

« Tu as appris la cuisine ? » il demande, glissant son flingue dans la ceinture de son jean avec ce geste désinvolte qu'elle avait remarqué la première fois.

« Tu peux partir », il dit, lui montrant la rue qui s'ouvre devant elle. Carmelita ne bouge pas. Elle a le sentiment de ne rien comprendre à une situation horriblement confuse. Tout se noue, tout se mélange. Les gens jouent avec elle comme si elle était un objet.

Le jeune flic garde le silence, surpris qu'elle ne prenne pas ses jambes à son cou de crainte qu'il ne change d'avis. « Le *delegado* voulait te coffrer », il explique, « mais l'autre, là-bas, a refusé ! » Il montre la Mercedes qui passe devant eux et s'éloigne vers l'Avenida Brasil.

« Qu'est-ce que tu lui as fait ? » insiste le jeune flic avec un sourire insinuant. « La cuisine, seulement la cuisine ? »

Carmelita ne répond pas. Elle sent des larmes rouler sur son visage. Pourquoi pleure-t-elle ?

« Tu dois être une fameuse cuisinière », soupire le jeune flic. « Le *delegado* a insisté, insisté, mais le type n'a rien voulu savoir !... »

Carmelita suit la Mercedes jusqu'à ce qu'elle disparaisse. Elle pleure parce qu'elle s'est trompée sur le compte de l'otage, elle pleure parce qu'il est plus généreux qu'elle ne l'a cru. Elle pleure de reconnaissance, elle pleure parce qu'il s'en va et qu'elle ne le reverra pas.

« Moi je te remercie », ajoute le jeune flic, « c'est toi qui m'as mené jusqu'au *sequestro* ! »

38

« *Oi mãe ! abre a porta mãe !* »

Cette voix qui appelle sur le seuil de la baraque, c'est celle d'Emerson ! Qui d'autre lui donnerait du *mãe* ? Carmelita peine cependant à reconnaître la voix de son fils. Elle lui paraît plus grave, plus assurée, différente de celle qu'elle garde en mémoire.

Cette voix est une voix d'homme, or Emerson est encore un garçon.

« Entre » ! elle crie, « le verrou n'est pas mis ! »

Il était un garçon, Carmelita ! Jette un coup d'œil à l'inconnu qui se tient au bas de la volée de marches. Il veut que tu viennes à lui, que tu lui ouvres toi-même ta porte. Regarde comme il sourit : il se délecte de la surprise qui sera la tienne lorsqu'il te présentera le jeune homme superbe qu'il est devenu.

Carmelita essuie ses mains au torchon de l'évier. Elle se surprend à penser qu'elle n'est pas dans une tenue convenable pour recevoir une visite : dans ses habits de Querozene, elle a l'air d'une souillon.

Allons Carmelita, allons donc !... Emerson t'a vue telle que tu es des dizaines, des centaines de fois !

Certes, Emerson connaît la vieille jupe de coton informe qu'elle passe lorsqu'elle est chez elle, le tricot mauve, distendu, taché par la Javel qu'elle porte pour cuisiner, faire le ménage, la vaisselle, mais, pour dire vrai, aller au fond des choses, c'est Carmelita qui ne reconnaît pas son garçon.

Ce jeune homme qui attend patiemment qu'elle vienne à lui l'intimide. Jamais elle n'a vu son fils ainsi et c'est pourquoi elle se reproche sa tenue négligée. Quelque chose est arrivé dans la vie d'Emerson, quelque chose s'est passé qui l'a changé au point qu'elle ne reconnaît pas l'adolescent encore imprégné d'enfance qu'elle a entraîné à sa suite à Rio.

Le cœur battant, elle se rend à la porte, elle ouvre les bras à son garçon qui grimpe les marches en deux enjambées souples et se jette contre sa mère. Il l'enlace avec chaleur, avec sa tendresse de toujours et Carmelita le reconnaît enfin : c'est lui, c'est son aîné… « *Meu filho* », elle chuchote, « *meu querido… !* » Une fois de plus des larmes roulent sur ses joues.

Elle pleure beaucoup ces jours-ci ! Oui, depuis la fin du *sequestro*, elle pleure chaque jour, plusieurs fois par jour et se demande pourquoi.

Il lui arrive de s'asseoir dans son lit, au milieu de la nuit, et de sangloter dans le noir avec de gros hoquets, se reprochant d'être une idiote à pleurnicher comme ça.

Emerson l'enlace, la presse contre lui.

Carmelita hume le parfum qu'exhale son fils. Elle reconnaît un parfum coûteux qu'on achète dans les boutiques du centre. Elle a le sentiment qu'Emerson a grandi, grandi, qu'il la dépasse maintenant d'une tête ; pourtant, durant les quelques mois au cours desquels ils ne se sont pas vus, son garçon n'a pas pu changer à ce point… Étreignant son fils, elle lui caresse affectueusement la nuque comme elle fait toujours. « Tes cheveux sont trop courts », elle le gronde doucement.

« C'est la mode, *mãe* », piaffe Emerson.

Carmelita se détache de lui, elle l'examine d'un œil tendre car, bien qu'il se soit métamorphosé par un miracle qu'elle ne s'explique pas, il est son garçon, pas vrai ? Il sera toujours son garçon : le fruit de ses entrailles ! N'est-ce pas, Emerson ?

Il porte un polo gris : un beau gris soutenu et profond. Carmelita tâte le tissu. C'est de la maille de première ! Un animal est brodé sur la poitrine comme sur les polos que portait Seu Ernesto. C'est un cheval avec son cavalier… Un beau polo, vraiment, sur un jean blanc, neuf, immaculé. La coupe est magnifique !

Emerson prend visiblement plaisir à l'examen de sa mère. « Tu as vu mes chaussures, *mãe* ? » il demande, avançant le pied pour mettre en valeur les mocassins de cuir clair qu'il porte à même la peau. « Regarde ! » il dit, exhibant la semelle constellée de petites boules de caoutchouc.

Quelle drôle de semelle ! Carmelita sourit. Ces boulettes lui rappellent les boutons d'impétigo qui ont poussé sur le corps de Beto l'an dernier. Emerson grimace.

« Ce sont des chaussures américaines, *mãe* », il s'indigne. « Des chaussures importées ! »

Carmelita s'assombrit aussitôt. « Ça vaut cher, n'est-ce pas ? » elle s'inquiète. Emerson lit du souci sur le visage de sa mère. Il hausse les épaules, fait l'une de ses mimiques d'enfance qui marchent si bien avec les femmes. « Ce sont des godasses, *mãe* !… Seulement des godasses ! »

Retrouvant l'expression de son fils, Carmelita oublie ces chaussures trop coûteuses dont le luxe l'inquiète. Ce grand gaillard épanoui qui sourit comme avant, comme au temps où il était petit garçon, c'est bien Emerson : l'Emerson de toujours !

« Laisse-moi te regarder », elle dit, « marche un peu, pour voir. »

Emerson fait celui qui est gêné. « *Mãe* », il rit, « *mãe*, tu me connais ! »

Mais Carmelita insiste. « Va, va », elle ordonne, « fais quelques pas par là ! » Car il est son fils, n'est-ce pas ! Il restera son fils, quoi qu'il arrive.

Emerson fait celui qui se résigne et traverse la pièce avec une nonchalance étudiée. « Ça va ? » il demande. « Tu veux que je marche sur les mains ? »

Non, ce n'est pas nécessaire.

Qu'il est beau Seigneur Dieu ! Ce cochon-là doit en profiter de façon éhontée. Il doit leur en faire voir, *sabe*, il doit les faire manger dans le creux de sa main ! Les belles, les moches, les timides, toutes les *gatas* des favelas doivent tourner autour de lui une sarabande folle !

« Alors », il demande, « je te conviens ? »

Carmelita hoche la tête.

« Tu ne me fiches pas dehors ? » Il fait semblant de jouer mais Carmelita devine dans la nouvelle voix de son fils un accent d'anxiété.

« Non », elle fait, « mais non !... Bien sûr que non !... » Une mère, une vraie, ne rejette jamais son garçon. C'est comme ça, c'est ainsi. Quoi qu'il fasse, quoi qu'il ait fait, il restera à jamais la chair de sa chair et le sang de son sang.

« As-tu soif ? » demande Carmelita. « Veux-tu manger un bout ? » Il lui reste du riz, un peu de haricots et un morceau de viande sèche.

Manger un bout n'est pas dans les projets d'Emerson, même si sa mère est la meilleure cuisinière qu'il connaisse.

« Tu exagères », elle proteste. « Je n'ai jamais cuisiné pour vous. Cuisiné vraiment... Je ne vous ai jamais préparé de *vatapá*, par exemple, ou une *moquequa*, une bonne *moquequa* avec des crevettes fraîches... »

« Des crevettes fraîches ! » s'étonne Emerson, accompagnant sa remarque d'un sourire gentiment ironique.

« Des crevettes du port ? » il insiste. Carmelita se trouble, le feu lui monte aux joues. Emerson s'amuse mais elle soupçonne que son jeu n'est pas innocent. Elle a brusquement le sentiment que son fils sait tout du *sequestro*, du rôle qu'elle a tenu auprès de l'otage.

« Des crevettes », elle coupe. « De bonnes crevettes pour une bonne *moquequa.* » Puis elle attrape deux verres posés cul par-dessus tête sur l'étagère, elle les rince à l'eau, les essuie, sans un mot, se demandant où son fils veut en venir, quel est le vrai motif de sa visite. Elle pose les verres sur la table et s'excuse de ne pouvoir lui offrir autre chose que de l'eau.

Emerson la remercie mais le mieux, suggère-t-il, serait qu'ils aillent boire un verre sous une paillote de Copacabana. Il connaît un bar qui fait d'excellentes *batidas,* des *sucos* sans égal dans tout Rio, après ça ils iront à la plage.

Carmelita considère à nouveau Emerson avec suspicion. Le garçon soutient le regard de sa mère sans broncher comme s'il était dans l'ordre des choses qu'il connaisse le meilleur bar à *sucos* de Rio...

Comme s'il était naturel qu'il porte des vêtements de qualité…

Carmelita objecte qu'elle n'a pas de maillot et ça fait rire Emerson. Il sera heureux de lui en offrir un. Il y a des maillots superbes dans les boutiques de Copacabana.

Carmelita s'assombrit. Elle ne veut pas aller à Copacabana, elle ne veut pas s'exposer sur la plage en maillot. Elle ne comprend rien à la visite de son fils ! Durant plusieurs mois il la laisse sans nouvelles et lorsqu'il réapparaît, il est vêtu au-dessus de sa condition et lui fait miroiter des choses extravagantes.

Extravagantes ? s'interroge Emerson. Un après-midi sur la plage est un événement extravagant ?

Carmelita s'entête. Il sait ce qu'elle veut dire ! Elle est sa mère, c'est elle qui l'a conçu : là ! Elle pose ses mains sur son ventre. « Tu es venu d'ici ! » elle souligne. Lui ne peut pas savoir ce que ça signifie mais elle se souvient de sa grossesse, de ce premier accouchement comme si c'était hier.

Emerson va jusqu'à sa mère, il lui prend les mains, les embrasse. « *Mãe*, écoute-moi, *mãe.* » Il la fait asseoir et Carmelita obéit car elle n'a jamais su résister à Emerson lorsqu'il se montre câlin, lorsqu'il l'enveloppe, l'enrobe, l'embobine de sa tendresse charmeuse.

Un jour, il raconte, la fixant avec gravité pour qu'elle prête attention, je me suis promis que je t'emmènerais à la plage. « C'était un jour terrible, *mãe*… Un jour comme tu imagines. *Tá*… » Carmelita lui rend son regard. Elle pense à cette nuit où la guerre avait pris JP II, où elle a cherché Emerson parmi les morts des combats qui gisaient sur la terrasse au siège de l'association des habitants, Rua Sampaio. C'était un jour comme ça, n'est-ce pas ?

Emerson ne répond pas. S'il est resté en vie, s'il est là aujourd'hui, heureux de se présenter à sa mère dans ses beaux vêtements, c'est sans doute à cause de cette promesse qu'il s'est faite ce soir-là, et qui lui a redonné espoir. On doit tenir ce genre de promesse, n'est-ce pas ?

Carmelita détourne le regard. Elle sait qu'il va l'avoir, comme toujours, comme chaque fois qu'il a voulu quelque chose, qu'il l'a voulu réellement.

« *Mãe* », il insiste, « il faut tenir ses promesses, n'est-ce pas ? C'est toi qui me l'as appris, *mãe.* »

Il sourit maintenant car il sait qu'il a gagné, qu'elle se laisse fléchir. Il lui tend les mains pour l'aider à se relever. « Va te préparer », il souffle. « Prends ton temps… mais ne traîne pas trop quand même ! » il ajoute, pour la provoquer, l'agacer, lui montrer que, désormais, il y a un homme, un vrai, dans la famille.

Ça c'est nouveau, pense Carmelita, tandis qu'elle attrape son linge et passe dans la douche pour s'habiller à l'abri du rideau.

Emerson regarde les murs dont le crépi écaillé dévoile le rouge crevard de la brique, les meubles rafistolés que sa mère a récupérés ici et là sans l'aide de quiconque, pas même la sienne… Il examine la vaisselle rangée sur des rayonnages de bois fixés de traviole avec des clous qui se débinent. À travers la fenêtre, on aperçoit d'énormes blocs de pierre ronds, polis par les orages, les branches décharnées d'un arbre qui a perdu ses feuilles à cause de la misère. On voit les favelas d'en face, de l'autre côté du vallon : Mineira, Fogueteiro. Une nécropole géante qui déploie ses caveaux troglodytes sur les flancs des collines.

Il examine le lit, enfin, ce que sa mère appelle son lit : une paillasse jetée sur un châssis de planches grossières dont elle s'est plainte longtemps qu'il tapait lugubrement lorsqu'elle s'y étendait. Dont elle ne se plaint plus parce qu'elle sait qu'Emerson ne le réparera pas, parce qu'elle a compris et accepté que la vie d'Emerson était ailleurs. Il ne vient plus la voir.

C'est fini, *mãe,* il pense, tu ne moisiras plus longtemps ici. Ce sont tes derniers jours, tes dernières nuits dans cette baraque ignoble !

Carmelita apparaît, en sueur car elle a dû se tortiller pour passer ses vêtements dans le réduit exigu. Elle porte le jean qu'elle s'est offert avec l'argent du *sequestro*, un tricot de coton rouge, sans manches, à encolure en V, une paire de tennis en toile bleu marine. Inquiète à la pensée qu'Emerson pourrait avoir honte de se promener à son bras, elle demande si ça va. Il lève le pouce, assure qu'elle est parfaite et l'entraîne aussitôt à l'extérieur de la baraque car il a soif, il a faim, il a hâte de se prélasser au soleil avec elle. Hein *mãe*, on va s'offrir un véritable après-midi *carioca* !

Tous deux dévalent l'escalier central de Querozene, lui devant, prêt à sauter trois marches d'un coup, et elle derrière, prudente, qui regarde avant de poser le pied sur les marches inégales.

Lorsqu'ils arrivent au bas de la favela, les vigies de Valente qui se tiennent dans un recoin saluent Emerson avec une déférence qui ne plaît guère à Carmelita. Une grosse voiture noire, impeccablement luisante, aux vitres fumées, une de ces voitures de luxe qu'on voit à la télévision, approche de l'endroit où ils attendent. On dirait qu'elle glisse sans effort, qu'elle lévite au-dessus du sol de terre battue crevée de trous. Lorsqu'elle s'immobilise devant eux, les portes s'ouvrent comme si c'était une bagnole magique, une de ces bagnoles apprivoisées qui vous embarquent au ciel ou à l'autre bout de la ville sans que quiconque tienne le volant. Un type est descendu : un métis plus âgé qu'Emerson. Il est bien vêtu, lui aussi, et se tient respectueusement à proximité de la portière ouverte comme s'il les invitait à entrer. Cette bagnole est pour eux, *Senhor Deus* !

Emerson empoigne Carmelita par le bras et la pousse vers la voiture béante. Carmelita résiste, elle ne veut pas entrer là-dedans ! Qui sait si cette bagnole, à la calandre cannibale, ne la bouffera pas une fois qu'elle se sera installée… Qui sait si, les portes refermées, cette voiture funèbre ne les embarquera pas dans un voyage mystérieux et terrible. Tandis qu'elle cède à la pression d'Emerson, elle imagine les bouches de l'enfer, les démons, les fourches, leur haleine au pétrole…

Elle se faufile à l'intérieur de la voiture et s'assied au ras de la portière opposée, prête à l'ouvrir pour s'échapper à la moindre alerte, car il y aura une alerte, n'est-ce pas ? Son fils et elle ne peuvent pas se balader dans une bagnole de ce calibre sans que personne réagisse !

Emerson la raille gentiment. Il lui demande de le rejoindre au beau milieu de la banquette. On sent qu'il a domestiqué la bête depuis belle lurette, qu'elle lui obéit au doigt et à l'œil. L'homme qui leur a ouvert s'installe à l'avant, sur le siège passager. La voiture fait demi-tour, se glisse dans la circulation.

On dirait que les autres véhicules lui cèdent instinctivement le passage, qu'ils s'écartent, effrayés par son lustre insolent, le noir de marbre de ses vitres fumées. On dirait que toutes les bagnoles qui circulent dans Rio savent que cette voiture-là est une bagnole de ministre ou une bagnole de bandit. De gros bandit. Une bagnole de riche, quoi, une bagnole montée par des gens qui disposent du pouvoir de faire tuer qui bon leur semble. On ne badine pas avec une bagnole comme ça, *cara* ! On reste au large…

Mille questions se pressent et se nouent dans la cervelle de Carmelita mais elle n'ose pas les poser de crainte que le chauffeur et le passager de l'avant ne les entendent. Elle ouvre le cendrier, manœuvre la tablette sur laquelle on peut écrire ou poser de quoi se restaurer. Dieu qu'il fait frais dans cette voiture ! C'est l'hiver, *cara* ! Ça sent le glaçon, le réfrigérateur…

« Ça te plaît ? » demande Emerson. Il caresse le tissu pelucheux qui couvre la banquette. « Regarde ! » il s'amuse. Il presse un bouton et une espèce de tiroir apparaît dans lequel on peut ranger des verres, une bouteille. Ça fait rire Emerson. Il n'a jamais eu la bêtise de le remplir mais il connaît des gens qui exigent de leur chauffeur que le bar soit constamment approvisionné en whisky, en champagne…

Quels gens, Emerson ?…

Il hausse les épaules, regarde par la fenêtre. Des relations professionnelles…

La voiture les laisse à hauteur du Othon Palace. Tandis qu'elle attend, sur le trottoir, qu'Emerson finisse de donner ses instructions au chauffeur, Carmelita se surprend à regretter la fraîcheur qui régnait à l'intérieur du véhicule. Le passager est descendu, lui aussi. Il attend, quelques mètres en retrait.

Emerson pousse Carmelita vers le palace. Elle ne veut pas le suivre mais, une fois de plus, il passe outre et l'entraîne vers les boutiques de la galerie marchande. Carmelita se sent mal. Elle a la certitude que tout le monde voit qu'elle est pauvre et qu'elle n'a pas sa place dans un lieu comme celui-là ! Tout le monde le voit, certes : le portier, le voiturier, les employés de l'accueil, la demi-douzaine de détectives qui patrouillent dans le hall… Ils l'ont à l'œil, ça ne fait aucun doute, mais aucun ne vient à elle, personne ne l'empoigne par l'épaule et ne la somme de déguerpir !

La vendeuse fait semblant de replier des vêtements après un essayage mais Carmelita sait que la fille les surveille. Elle leur balance des œillades qu'elle croit finaudes mais ce sont des œillades de vache pleine de six mois ! Des œillades d'éléphant !

Carmelita affecte d'examiner les maillots, elle les palpe, elle les déploie devant elle pour tâcher d'imaginer comment ils lui iraient… En vérité, elle fait semblant. Sa bouche est horriblement sèche, ses oreilles bourdonnent, elle a l'impression que quelqu'un appuie sur les globes de ses yeux… Partons, partons d'ici, fichons le camp, mon grand…

Celui-là ? suggère Emerson. Il tient par les brides un maillot d'un beau bleu un peu vert, il le présente sous le nez de sa mère. Essaie celui-là, *mãe* ! Et il appelle la vendeuse. « *Moça !… Moça* », il l'appelle fort cet imbécile ! Carmelita lui tape sur le bras. « Doucement », elle chuchote.

Emerson se fiche de ses mises en garde. « *Moça !* » il répète, avec une pointe d'irritation. Et la fille accourt, elle vient à eux comme s'ils étaient des clients ordinaires, de ces clients pleins de fric qui fréquentent l'hôtel.

Les énormes rouleaux de la marée montante déferlent sur le sable avec un bruit grondant. Ils arrivent de loin ! Place, place, ils rugissent ! Et ils s'enroulent sur eux-mêmes, déployant pour un dernier fracas toutes les nuances du vert, du bleu, du blanc !

Carmelita sirote son jus de citron.

Le passager de la voiture est assis un peu plus loin, à l'ombre d'une autre paillote, il ne les quitte pas des yeux… Le ciel est d'un bleu sans limites, le soleil est chaud mais il n'est pas encore ce soleil de janvier, ni celui du Carnaval qui écrase la ville en plein cœur de l'été.

Sitôt arrivée sur la plage, Carmelita a couru sur le sable brûlant sans attendre son fils et s'est jetée à l'eau pour que personne ne se moque d'elle, de ce maillot qu'Emerson venait de lui offrir et dont elle redoutait qu'il ne lui aille pas.

Elle jette un coup d'œil à son ventre, à sa poitrine… Il a l'air d'aller… Le tissu est tendu sans excès, il ne bâille pas, il ne souligne pas son ventre ni ses hanches… C'est un très beau maillot qu'elle n'aurait jamais eu l'idée de s'offrir même si elle en avait eu les moyens. C'est son garçon qui l'a choisi. Il est jeune, il sait ce qui se fait aujourd'hui.

Carmelita sourit à son fils. Emerson a eu raison de l'entraîner à Copacabana.

C'est une belle, une magnifique journée même si les questions, les terribles questions qui la hantent, continuent de se tordre dans sa tête.

Regarde, Carmelita, suis donc les ailes volantes

qui s'élancent du haut du *morro* de Cochrane et descendent doucement vers la mer, enroulant des courbes sensuelles qui suscitent le désir de voler, de se sentir oiseau, un moment, en glissant sur le vent…

Qui est cet homme qui les surveille sans relâche ?

L'homme qui nous accompagne est un ami, *mãe*…

Un ami qui reste à distance ?… Pourquoi ne l'invites-tu pas à notre table ? Pourquoi laisses-tu ce prétendu ami se morfondre dans la solitude d'une plage bondée ? Dis, Emerson…

Il travaille, *mãe*… Rester attablé en sirotant une *batida* et regarder les filles est un bon travail, non ? Il est bien payé, tu sais…

Observe les bateaux qui régatent au large, ma grande…

Pourquoi te tourmenter ? Pourquoi te faire du mouron ?… Laisse le temps rouler, ma fille… Aujourd'hui l'océan n'est plus cette plaque de métal qui bâillonne la grande gueule édentée de la Baía, aujourd'hui l'océan se vautre à tes pieds, aujourd'hui c'est de l'eau, de la vraie eau, salée et froide, de l'eau verte, tonique, qui roule et se brise en cataractes d'émeraudes…

À qui appartient la voiture qui nous a amenés ? Elle est à toi, Emerson ?…

Il sourit, il boit une gorgée de sa *batida* comme s'il voulait se donner le temps de soupeser sa réponse puis il dit :

« Je l'ai louée, *mãe*… »

Tout simplement, on va dans un bureau, on choisit la voiture, on dépose une caution et voilà ! On va cueillir sa mère chez elle et on file à la plage !

« Je l'ai louée pour toi, *mãe*… et pour honorer cette promesse que je m'étais faite, un soir. »

Un soir de guerre, n'est-ce pas ?

Une fois encore, Emerson ne répond pas. Il regarde les filles. Il s'en met plein les yeux ! Cette grande, dorée comme un gâteau, un grand gâteau pneumatique, et celle-là dont la chevelure blonde balaie le dos comme une crinière de cheval, cette *mulata* aux fesses bombées qui roule d'une hanche sur l'autre. Encore, encore des filles… des dizaines, des centaines de filles dont le corps opulent fait rêver…

Un soir de guerre, Emerson ? Un soir où tu faisais la guerre ?

Le garçon pose sa main sur le bras de sa mère, il le presse avec tendresse, avec amour… « *Mãe* », il répète, « *mãe*… Regarde attentivement l'horizon. Il n'est pas plat, n'est-ce pas… »

Non, l'horizon n'est pas plat. Si l'on se concentre un moment sur la ligne, on a le sentiment qu'il bouge imperceptiblement.

Elle ne le laissera pas s'échapper : pas cette fois ! Elle se reproche encore d'avoir enterré la question de la drogue.

Parle, Emerson, que fais-tu ?

Il hèle le garçon, commande un autre verre, il attend que le serveur le lui apporte puis il dit, avec une gravité qui ne trompe pas : « Je fais des affaires, *mãe*. Je suis dans le business… Un gros business qui rapporte fort, épais, beaucoup. La voiture, les fringues, c'est le business. Le garde du corps qui m'escorte, c'est toujours le business. »

Carmelita pleure, une fois de plus. Elle sanglote sans bruit. Les larmes ruissellent en silence sur son visage.

« Tous ceux qui font du business roulent en voiture blindée, louent une escorte », insiste Emerson. « Je fais comme tout le monde ! Ni plus ni moins que tout le monde. »

Elle continue de pleurer.

Dès qu'elle l'a vu au pied de l'escalier, elle a compris, mais elle voulait qu'il le lui dise, alors il le lui dit, avec ses mots, et elle écoute, hochant la tête pour lui prouver qu'elle l'écoute, qu'elle le suit même si ça lui arrache les entrailles.

« Je suis correct, *mãe*, j'essaie d'être correct. Je reste dans ma zone… Je ne fais pas d'histoires, je n'engage pas de concurrence violente avec mes voisins, je respecte les limites de chacun mais les affaires sont les affaires, *mãe*. Tu sais ce que c'est… Si un rival s'avise de me voler ma clientèle, s'il empiète sur mon territoire, je ne peux pas le laisser faire. Personne ne laisse faire ! C'est la loi des affaires, *mãe* ! Tu me comprends ? »

Elle approuve, elle se mouche dans les serviettes de papier que le garçon a laissées avec les *salgadinhos*.

« Si, demain, la Ford apprend que les gens de la Fiat racolent ses clients, le patron de la Ford rendra visite à son concurrent, il lui dira : tu chasses sur mes terres, *fulano*. Si tu continues c'est la guerre ! »

« Et voilà… *mãe*… tôt ou tard, c'est la guerre. »

Il ne dit pas les morts, les exécutions, car même si l'on s'efforce de respecter les règles, il faut tout de même exécuter. Emerson n'aime pas ça, il ne met pas ses crimes en scène comme le faisaient Kenedi ou Paulo Maluco, il ne coupe pas des têtes qu'il expose pour terrifier l'ennemi, il ne découpe pas les traîtres vivants ! Il exige de ses tueurs qu'ils soient sobres :

que ce soit vite fait et proprement ! Que ce soit fait, autant que possible, dans l'hygiène et la décence ! Même ses ennemis lui en sont reconnaissants.

Mais il tue, Carmelita… C'est le jeu…

39

La lumière est grise ! Un connard a gommé le doré du soleil…

Luíz Gonzaga inspecte l'horizon, il examine tous les coins et recoins du ciel qui pèse sur la Baía. Il plisse le nez ! Pas de déchirure, pas d'ouverture, pas le plus petit rai de lumière : rien !

Il l'a escamoté pour la journée, ce con !

Où es-tu, crétin ? Qui t'a permis ?

C'est un gamin, Luíz Gonzaga, les gamins adorent ce genre de blague : ils pressent l'interrupteur, le Grand Interrupteur Solaire Cosmique, et filent se cacher derrière la ligne d'horizon. Ils se délectent de la fureur sénile des adultes qui gueulent, qui écument, qui déboulent furieux, braillant : quel temps de merde… Tu as vu ça, *fulano* ? Dis, tu as vu ce ciel qu'on nous fourgue aujourd'hui !

Une journée pourrie, une journée de mélasse, *puta merda* !

Les vieux râlent, ils éructent, ils écument, et les gamins exultent !

Les gosses prennent un malin plaisir à faire des niches aux vieux !

Où est-il cette crapule ?... Trouvez-le, amenez-le !...

Viens là, voyou !

Qu'il s'assoie sur la pierre, là, près de moi, et s'il n'y a pas assez de place pour son derrière de chat, alors qu'il s'assoie dans l'herbe, à mes pieds, je lui expliquerai le monde !... Je lui expliquerai São Carlos, tiens : le Grand Cirque Tragique de São Carlos qui s'étale à mes pieds, dans la fosse...

Je lui expliquerai l'herbe sur laquelle il a posé ses fesses, je lui dirai : regarde-la. Elle est rustique, sale, elle est moche, souillée par l'haleine dégueulasse de la ville, souillée par les insultes qui montent du pénitencier, là, au-dessous, par les crimes, les meurtres absurdes qui se commettent nuit et jour dans les rues, les ruelles de la ville, et pourtant je la trouve admirable. C'est une herbe entêtée, *sabe*, une herbe qui pousse malgré tout ! Envers et contre tout ! Elle continuera de pousser après que tu seras mort ! Tu verras...

Des années et des années après que ton corps aura perdu sa chair, que ta viande se sera dissoute dans la terre, cette herbe méprisée continuera de pousser.

Tu sais, garçon, il se pourrait que chacun de nous ne vive et ne meure que pour permettre à cette vieille herbe moche d'exister et de croître...

Qu'en dis-tu, garçon ?...

La mer est d'un gris dur, solide !

Aujourd'hui, *cara,* on peut marcher dessus ! On peut partir du port à pied, un petit balluchon sur le dos, et arriver de l'autre côté, là-bas, en Afrique, deux ou trois vies plus tard. Sous ses pieds on voit défiler des baleines, des dauphins, des marsouins, des tas de poissons affairés qui se rendent quelque part. Avec un peu de chance, on tombera sur une ville engloutie dont on apercevra les lumières lointaines : en bas, tout au fond ! Trop loin pour qu'on fasse le détour ! De toute manière, il ne reste plus rien à faucher dans ces villes naufragées. Tout ce qui pouvait être pris l'a été. On devinera les épaves de bateaux enchâssées dans la vase et l'équipage autour, vautré dans le limon, qui s'emmerde à mourir en attendant de remonter à la surface pour le Jugement dernier !

Qu'est devenue l'Afrique depuis qu'on l'a quittée ? La télé dit qu'elle crève, que les gens s'y tuent avec plus d'ardeur, encore, qu'ici…

La télé ne sait rien, Gonzaga ! La télé ne voit que le visible, elle ne perçoit que l'exsangue des choses et le reste elle l'invente ! La télé n'est qu'une grosse pute sans cervelle qui ouvre ses cuisses au tout-venant, mon grand ! Une vieille pute mourante qui jouit son agonie avec des râles de limace en extase.

Les *morros* sont d'un gris noir, un gris buvard. Aujourd'hui, les *morros* sont les dents d'un boxeur qui en prend pleine la gueule !

Dans ce gris lourd, ce gris de poussière, ce gris toxique qui d'ordinaire lui plombe l'âme, Luíz Gonzaga est heureux. Il a dormi sa nuit, toute sa nuit, d'un sommeil paisible, rêvant de Berenice.

C'était un rêve de cul qui l'a laissé serein, apaisé, sur la grève du jour et non pas inquiet, du poison dans les veines, comme à l'issue de ces cauchemars qui l'assaillent trop souvent.

Berenice était au lit : à poil, dans un grand lit blanc. Pas un de ces lits étroits qui meublent les taudis de São Carlos : non ! Un grand lit, vaste comme une piste d'aviation, un lit qui n'en finissait pas, un lit de cinéma !

Berenice lui souriait. Elle lui faisait signe de venir la rejoindre : viens Luíz, viens mon grand…

Elle était à poil, oui…

Il apercevait ses gros seins, un peu moins fermes maintenant que l'âge est parti à l'assaut de ses chairs, mais même las et affalés, même un peu tremblotants, ces gros seins posés sur la poitrine de Berenice sont deux beaux gâteaux savoureux dont Luíz Gonzaga ne se rassasiera jamais !

Elle ne lui en voulait pas qu'il l'ait abandonnée pour cette garce de Fernanda… Dans ce rêve édénique, Berenice se montrait d'une infinie bienveillance. Viens mon grand… Viens Gonzaga… Et il se posait près d'elle dans ce grand lit, ce lit vaste comme une prairie. Il se posait sur le ventre ! Le ventre de Berenice, *cara*, il sentait sous lui le corps pneumatique de celle qui fut sa femme longtemps et dont il regrette aujourd'hui de l'avoir bazardée comme un vieil ustensile pour une plus jeune qui, tout compte fait, s'est révélée une mauvaise affaire.

Cette nuit, il ne s'est pas réveillé en sursaut, il n'a pas filé aux chiottes vérifier qu'il pissait bien, qu'il pissait fluide et clair, cette nuit les ténèbres se sont montrées clémentes. Il a dormi comme un bienheureux, comme un mort bienheureux. Et cette paix nocturne l'a rendu optimiste. La mort n'est peut-être qu'un long et paisible sommeil : un de ces sommeils voluptueux dont, chaque soir, au moment du coucher, on espère qu'il vous prendra et ne vous lâchera pas.

À quoi tient le bonheur, hein Gonzaga !

Le pénitencier est calme. À cette heure, les corvées ont été distribuées, les prisonniers sont au boulot. Les caïds traitent les affaires du jour au téléphone ! Ils convoquent leurs lieutenants au rapport de onze heures, analysent les comptes établis par les gérants des *bocas de fumo*, dressent l'état des stocks, s'informent des fluctuations du marché puis ils passent les commandes, fixent les dates et les modalités de livraison.

Après quoi ils prennent connaissance de l'actualité : dans la nuit, Zelão a attaqué Dona Marta mais les hommes se sont bien défendus et cet abruti de Zelão est retourné chez lui en laissant au tapis une douzaine de cadavres. Les caïds de São Carlos tiennent conseil. Ce connard de Zelão a rompu les accords passés dans la Zone Sud. Que fait-on de Zelão ?

On le met à l'amende ? On l'élimine définitivement ?... Si c'est la mort qu'on lui réserve, comment va-t-on le tuer ? Simplement ou avec mise en scène ?

Les caïds de São Carlos votent des résolutions, décident d'un échéancier, enregistrent les décisions du conseil dans un procès-verbal. Ils désigneront peut-être un émissaire qu'ils enverront négocier un rabais des primes d'« assurance-vie » qu'ils versent, chaque semaine, à l'administration pénitentiaire, car en ce moment, *cara*, les affaires ne sont guère florissantes. Quand le dollar grimpe, la *brizola* s'envole et les marges s'effondrent. Les clients paient mal, alors il faut faire des exemples : on en tue deux ou trois, on expose les têtes avec une pancarte : mauvais payeur... Crédit est mort...

La vie quoi !... Le train-train... La vie de bureau qu'on mène à São Carlos.

Une grande femme est arrivée silencieusement dans le dos de Luíz Gonzaga. Il ne l'a pas entendue venir et s'en fait le reproche. Ta vigilance, fameuse dans tout le pénitencier du temps où tu régnais sur les détenus de São Carlos, s'émousse, Luíz Gonzaga ! Ce sixième sens qui t'a sauvé la peau tant de fois s'endort, on dirait.

C'est à cause de cette bonne nuit qu'il vient de passer, de cette nuit généreuse durant laquelle Berenice, cette bonne vieille Berenice dont il a exploré chaque centimètre carré, l'a bercé de son corps capiteux.

N'empêche, Gonzaga : un de ces jours la mort sera là et tu ne l'auras pas vue venir…

Certes, mais cette femme-là n'est pas la mort.

Carmelita s'était rendue chez Alair à huit heures du matin. La petite femme n'était pas très bien réveillée et, avant de se donner la peine d'ouvrir, elle avait grogné avec colère qu'il n'y avait personne.

Lorsque Carmelita s'était annoncée, Alair s'était précipitée à la porte car elle savait que son ex-locataire apportait des nouvelles fraîches du *sequestro* dont elle avait suivi l'épilogue en direct à la télévision. Elle avait tiré au milieu de la pièce l'unique chaise de la baraque et avait ordonné, oui, ordonné à Carmelita de prendre place et de tout raconter dans le détail sans rien, tu m'entends Carmelita, rien oublier de ce qui s'était passé !

Elle était allée s'asseoir sur le lit défait et dansait, d'une fesse sur l'autre, une gigue exaspérée, pressant Carmelita pour qu'elle aille plus vite, qu'elle ne s'attarde pas à des détails qui ne l'intéressaient pas.

Alair ressemble plus que jamais à une blatte électrique.

Ses yeux mobiles se déplaçaient sans cesse, comme deux antennes tactiles, dans son visage émacié par l'alcool et verni d'une sueur malsaine.

Carmelita avait raconté, très fidèlement, ce qu'elle avait vu. Elle avait décrit les morts : Jeremias, Salguerinhos, Valdão, car Alair, comme tous ses amis cafards, se délecte de ce genre de détails.

Est-ce qu'on voyait les blessures, hein Carmelita ?...

Est-ce qu'ils avaient des trous dans le corps ?... Combien ?... Où ça les trous ?... De gros trous ?... Est-ce qu'ils saignaient encore ?...

Avant que Carmelita ne commence à passer en revue les demi-morts et ceux qui ne valaient guère mieux, Alair, décidée à ne pas perdre une miette du récit, l'avait interrompue d'un geste de la main et s'en était allée pêcher une bière dans le frigo. Comme d'habitude il n'en restait qu'une, croûtée de gel, échouée dans le compartiment à glace. Alair avait proposé à Carmelita de partager la Brahma et, sans attendre la réponse, s'était jeté une bonne moitié de la canette au fond du gosier. Et l'otage ? On l'avait vu, vaguement, sur TV Bandeirante, qui s'esquivait entre deux rangs de flics. Les journalistes avaient dit qu'il était en bonne santé. C'était vrai ?... Qu'entendaient-ils par là ?... Personne n'avait cogné ce malheureux otage durant l'assaut ?...

Il n'avait pas dérouillé ?... vraiment ?...

De toute manière, avait conclu perfidement Alair, Carmelita saurait bientôt à quoi s'en tenir car elle quittait Rio, pas vrai ? Elle était venue prendre congé… Elle allait lui annoncer qu'elle s'en retournait dans le Distrito Federal !

Carmelita avait ouvert la bouche pour protester mais aucun son n'en était sorti. La prophétie d'Alair l'avait atteinte comme un coup de poing entre les yeux…

Sacrée Alair !

Avec son bon sens de blatte excitée, elle avait mis dans le mille !

À aucun moment Carmelita ne s'était avoué que, de retour à Brasília, elle chercherait à revoir l'otage, mais maintenant que cette garce d'Alair l'avait dit à sa place, elle était obligée d'en convenir. Oui, elle chercherait à le revoir !

Pourquoi ?

Parce qu'il leur restait encore beaucoup à dire ! Ni elle ni lui n'en avaient terminé avec les confidences ! Ne plus parler, ne plus se livrer, ne plus chercher au fond d'elle-même les ressorts de sa vie manquait douloureusement à Carmelita. Elle avait le sentiment que quelque chose d'essentiel, de vital, s'était interrompu trop tôt et c'était cela, sans doute, qui la faisait pleurer souvent ces derniers temps. Au bout du compte, l'otage était le seul être humain avec lequel elle avait réellement échangé depuis qu'ils étaient arrivés à Rio, son fils et elle… Cet homme était même le seul homme auquel elle avait confié davantage que les lieux communs qu'on échange d'ordinaire pour meubler le silence.

Tu oublies Zé, Carmelita ?

Elle était amoureuse de Zé. On le lui avait tué avant qu'ils n'aient une intimité suffisante pour se confier vraiment. Ce qui s'est passé avec l'otage n'a rien à voir avec ce qu'elle a vécu avec Zé !

Elle ne rêve pas de lui comme elle a rêvé de Zé.

Fais-toi épouser ! ricanait Alair. Si tu sais y faire, d'ici peu tu seras riche ! Il n'y a qu'une manière avec les hommes, ma fille, pérorait cette garce, le lit ! On les a par le lit ! Fais travailler ton ventre, fais travailler ta langue… fais travailler tout ce que tu sais ! N'épargne pas ta peine, *filhinha*, et cueille-le ! Si j'étais à ta place, ma grande, je serais à la hauteur, crois-moi !

Alair avait liquidé sa bière dont le cadavre traînait sur le plancher et s'était mise en tête de trouver la bouteille de *cachaça* que Flavinho avait apportée la veille, car elle avait eu Flavinho ! Ce joli petit Flavinho qu'elle convoitait depuis des lustres, il y était passé, ma grande ! Et c'était bon ! *Poxa* que c'était bon !

La petite femme noiraude s'était envoyé une grande rasade de *cachaça* et avait soufflé, les yeux exorbités par la chaleur qui lui calcinait la gorge : n'oublie pas une chose, Carmelita ! Ces histoires-là ne durent qu'un temps !

Elle s'était envoyé une seconde rasade pour faire passer la première, s'exclamant, en fixant la bouteille avec des yeux écarquillés où les larmes affleuraient : Ça c'est du Bigorneiro, *puta merda*, du Bigorneiro *de primeira* !

Alors plume-le, ma fille ! Ne le loupe pas, *tá*… Tu connais la musique, n'est-ce pas ? Épuisés les plaisirs du plumard, ces types te balancent sans remords ! Ils te jettent à la rue et bonsoir !

Alair était une blatte et les cafards ne comprennent pas grand-chose aux pensées des humains !

Carmelita attend de cet homme qu'il lui fasse découvrir un autre Distrito Federal que celui qu'elle connaît. Elle en a marre de sa vision d'*empregada* ! Elle souhaite qu'il lui montre les rues, les boutiques, les parcs de la ville avec ses yeux à lui. Maintenant qu'elle a un vrai, un beau maillot de bain, elle veut qu'il l'emmène à la *cachoeira* du Parque Nacional.

Elle veut s'attabler à la terrasse de l'un de ces bars du bout de l'Aile Nord où l'on picore de petits crabes farcis en buvant des *caipirinhas*, elle veut qu'il l'emmène dans les endroits qu'il fréquente et dont elle ignore l'existence car ils sont dans le monde caché : un monde dans lequel, faute de guide, elle ne s'est jamais aventurée.

Le lit, l'argent ne l'intéressent guère. En tout cas, ce n'est pas à cela qu'elle pense, ce n'est pas cela qu'elle convoite !

Pour dire vrai, elle voudrait être rock !

Avoir, ne serait-ce qu'un moment, l'illusion d'être rock : rejoindre enfin ses rêves d'adolescente et cet homme au bout du rouleau, ce rescapé qui lui doit en partie d'avoir survécu, est le seul à qui elle peut demander de lui entrebâiller la porte et de l'accompagner, la guider sur cette *terra incognita* qui la fascine et lui flanque une pétoche bleue. Elle se rappelle avec des frissons son incursion dans la galerie marchande du Othon Palace sous la conduite d'Emerson. Elle a eu la sensation aiguë de passer de l'autre côté du monde où elle est enfermée depuis toujours et en a éprouvé un trouble qui la poursuit encore.

Ce jour-là, elle était une cliente et, même si elle ne l'a compris qu'après coup, cela lui conférait des droits qu'une *empregada* n'a pas. Voilà ce qu'elle demandera à l'otage lorsqu'elle le retrouvera, là-haut, à Brasília, après qu'elle aura récupéré Sandra et

Beto, qu'elle les aura arrachés à l'étreinte molle, asphyxiante, de sa sœur Benedita.

Et puis l'homme n'avait pas goûté à ce *iaiá com ioiô* qu'elle avait apporté le jour de l'assaut de la police et que, de retour à Querozene, elle avait donné à la grosse Lygia, qui l'avait dévoré seule, avec des mines de pâmée du ventre, lui répétant, menteuse comme pas deux, qu'elle avait dans son assiette le meilleur *iaiá com ioiô* qu'elle ait jamais bouffé ! Les yeux de la grosse Lygia brillaient et, bien que Carmelita ne crût pas une seconde à la sincérité de sa voisine, ce compliment l'avait comblée.

Elle veut aussi expérimenter le *sarrabulho*, d'autres recettes encore. Elle s'essaiera à tous les plats de la cuisine *mineira* !

Carmelita rêve, oui, elle rêve follement, frénétiquement, car elle n'a guère d'autre moyen de se tenir en vie que de rêver, n'est-ce pas ?

Elle rêve qu'elle devient cordon-bleu, qu'elle tient un restaurant : une affaire à elle, qu'elle dirige comme elle l'entend ! Elle conviera la grosse Lygia qui l'a bien mérité, elle lui paiera un aller et retour en bus Pullman, mais elle n'invitera pas Alair dans son restaurant chimérique car Alair boit trop !

Lorsque Carmelita s'en était allée, la petite femme était ivre. Elle gisait sur le lit en désordre comme une poupée trop vieille, trop abîmée par la vie de favela.

Carmelita avait jeté un dernier coup d'œil plein de *saudade* au réduit dans lequel ils ont dormi leurs premières nuits à Rio, son fils et elle, puis elle s'en était allée. En passant devant le pénitencier elle n'avait pu s'empêcher de s'arrêter pour contempler cette succursale *carioca* de l'enfer car nul ne passe devant Frei Caneca sans penser, ne serait-ce qu'un instant, aux centaines d'hommes qui pourrissent entre ces murs lépreux.

Maintenant elle se tient au bord du vide. Elle prie pour les prisonniers : cette foule anonyme d'hommes aux vies brisées. Ne les abandonne pas, *Senhor Deus*… Quoi qu'ils aient fait… ce sont des hommes… Accorde-leur ton pardon.

« Tu connais quelqu'un là-dedans ? »

Carmelita sursaute. Le vieil homme assis sur une grosse pierre l'observe avec une attention soutenue. Carmelita a la conviction d'avoir déjà vu ce type mais elle ne parvient pas à se rappeler où ni quand.

« Non ! » elle s'exclame, elle ne connaît aucun des prisonniers de Frei Caneca ! Et Carmelita se signe rapidement pour conjurer le sort.

« Tu pries comme si l'un de tes proches était bouclé en bas ! » insiste Luíz Gonzaga. Visiblement, le vieil homme cherche aussi dans sa mémoire d'où il connaît cette femme, cette belle femme qui se tient sur la bande d'herbe qui borde le vide comme une vigie guettant une arrivée.

« C'est calme maintenant », il soupire. « Combien ça durera ? Personne ne sait mais pour le moment ils se tiennent tranquilles ! »

Brusquement Carmelita se souvient. Il était là, au même endroit, le jour où ils avaient débarqué du Distrito Federal. Elle se rappelle la côte exténuante, l'interminable voyage vécu comme un cauchemar. Elle se rappelle le sermon que le vieil homme avait adressé à son fils, les lugubres augures dont il l'avait accablé. Carmelita n'y croyait pas à l'époque, et pourtant…

Oui, et pourtant…

Ce vieillard serait-il devin ?

« Tu lis dans l'avenir ? » elle demande.

Lui aussi se souvient. Tout lui revient d'un coup comme une séquence de film repassant en accéléré. Il revoit le garçon qui accompagnait Carmelita, le désir de vivre qui transparaissait malgré la fatigue et dont il n'était pas difficile de prévoir où il le conduirait. Non, Luíz Gonzaga ne lit pas l'avenir, mais point n'est besoin d'être devin pour prédire ce qui arrive aux types de cet âge dans la favela.

Le vieil homme est encore plein de sa nuit avec Berenice : sa chère Berenice dont il se demande s'il ne devrait pas partir à sa recherche pour vivre avec elle les derniers jours de sa vie. Il est encore imprégné de la tendresse qui baignait son rêve.

« Ne t'inquiète pas », il dit, avec toute la douceur dont il se sent capable. « Cette affaire n'est plus la tienne. » Il dresse un doigt noueux vers le ciel gris.

« C'est Lui, là-haut, qui décide ! Il veille sur ton fils comme Il veille sur toutes celles et toux ceux qui habitent ce monde… sur toutes les créatures de ce pauvre monde… »

Ce ne sont que les paroles d'un vieil homme un peu fou mais Carmelita les reçoit avec reconnaissance. Elle veut croire, de toutes ses forces, que ce vieux type lit le Destin. Il est un signe que la Providence a mis sur sa route pour l'éclairer.

Parle, vieil homme ! Dis-moi de croire à toutes les promesses d'Emerson.

Son fils veut lui offrir une maison : une belle maison en bord de mer, plus haut, vers le nord… Où il te plaira, *mãe* ! Où tu voudras ! Une maison en Chine, pourquoi pas… si tu aimes la Chine… Il lui a promis une voiture, des vêtements, des bijoux… Les bêtises qu'un fils promet à sa mère lorsqu'il se voit le roi. Un roi de favela, certes, mais un roi…

Elle refusait : *não, Emerson, não quero uma casa, um carro, não quero bons vestidos…*

Mais il continuait, passant en revue ce qu'il fera pour sa sœur Sandra qui deviendra une belle femme, son frère Beto, ce petit con de Beto à la cervelle farcie d'histoires de football.

Carmelita est convaincue que l'argent du crime est sale, qu'il corrompt. Elle ne veut pas de cet argent-là même si son refus doit peiner Emerson. Et puis sa vie n'est pas dans une maison au bord de la mer à regarder passer les jours, rongée par la crainte que son fils ne se fasse flinguer, attendant le jour où on lui annoncera : *Dona Carmelita, seu filho caiu !* Ton fils est tombé, Carmelita ! Ils l'ont eu !

Elle prie pour Emerson car elle sait qu'un jour où l'autre, son garçon passera par Frei Caneca, à moins qu'il ne soit incarcéré à Bangu. *« Nosso Senhor que esta no céu. »*

Le vieux lève le nez au ciel, il grimace.

« Tu as vu ça ? » il s'exclame. « Dis, tu as vu ce ciel qu'on nous fourgue aujourd'hui ! C'est une journée pourrie, *tá* ! »

Luíz Gonzaga est furieux. Il a le sentiment qu'on le vole, qu'on lui balance une journée merdique au lieu des belles, des magnifiques journées que mérite un type qui, comme lui, a vécu une longue part de sa vie dans le pénitencier.

Carmelita se signe, elle salue Luíz Gonzaga et s'en va.

Le regard du vieil homme accompagne la silhouette qui s'éloigne, s'attardant sur les hanches, les fesses de Carmelita et il se demande si, au lieu de chercher à renouer avec Berenice, il ne serait pas plus excitant de se mettre en quête d'une nouvelle épouse. Une femme comme celle qui s'en va…